经以济世

继往开来

贺教育部

人文又向项目

成果文献

季羡林
二00八

教育部哲学社会科学研究重大课题攻关项目
"十三五"国家重点出版物出版规划项目

性别视角下的
中国文学与文化

CHINESE LITERATURE AND CULTURE FROM THE PERSPECTIVE OF GENDER

乔以钢 等著

中国财经出版传媒集团
经济科学出版社
Economic Science Press

图书在版编目（CIP）数据

性别视角下的中国文学与文化/乔以钢等著.—北京：经济科学出版社，2017.10

教育部哲学社会科学研究重大课题攻关项目

ISBN 978-7-5141-8414-3

Ⅰ.①性… Ⅱ.①乔… Ⅲ.①妇女文学-文学研究-中国 Ⅳ.①I206

中国版本图书馆 CIP 数据核字（2017）第 220378 号

责任编辑：解 丹 洪 钢
责任校对：徐领柱
责任印制：邱 天

性别视角下的中国文学与文化

乔以钢 等著

经济科学出版社出版、发行 新华书店经销
社址：北京市海淀区阜成路甲 28 号 邮编：100142
总编部电话：010-88191217 发行部电话：010-88191522
网址：www.esp.com.cn
电子邮件：esp@esp.com.cn
天猫网店：经济科学出版社旗舰店
网址：http://jjkxcbs.tmall.com
北京季蜂印刷有限公司印装
787×1092 16 开 28 印张 530000 字
2017 年 10 月第 1 版 2017 年 10 月第 1 次印刷
ISBN 978-7-5141-8414-3 定价：70.00 元
（图书出现印装问题，本社负责调换。电话：010-88191510）
（版权所有 侵权必究 举报电话：010-88191586
电子邮箱：dbts@esp.com.cn）

课题组主要成员

陈千里　刘　堃　屈雅君　林丹娅
李　玲　张　莉　陈　宁　[韩]李贞玉

编审委员会成员

主　任　周法兴
委　员　郭兆旭　吕　萍　唐俊南　刘明晖
　　　　　刘　茜　樊曙华　刘新颖

总　序

哲学社会科学是人们认识世界、改造世界的重要工具，是推动历史发展和社会进步的重要力量，其发展水平反映了一个民族的思维能力、精神品格、文明素质，体现了一个国家的综合国力和国际竞争力。一个国家的发展水平，既取决于自然科学发展水平，也取决于哲学社会科学发展水平。

党和国家高度重视哲学社会科学。党的十八大提出要建设哲学社会科学创新体系，推进马克思主义中国化时代化大众化，坚持不懈用中国特色社会主义理论体系武装全党、教育人民。2016年5月17日，习近平总书记亲自主持召开哲学社会科学工作座谈会并发表重要讲话。讲话从坚持和发展中国特色社会主义事业全局的高度，深刻阐释了哲学社会科学的战略地位，全面分析了哲学社会科学面临的新形势，明确了加快构建中国特色哲学社会科学的新目标，对哲学社会科学工作者提出了新期待，体现了我们党对哲学社会科学发展规律的认识达到了一个新高度，是一篇新形势下繁荣发展我国哲学社会科学事业的纲领性文献，为哲学社会科学事业提供了强大精神动力，指明了前进方向。

高校是我国哲学社会科学事业的主力军。贯彻落实习近平总书记哲学社会科学座谈会重要讲话精神，加快构建中国特色哲学社会科学，高校应需发挥重要作用：要坚持和巩固马克思主义的指导地位，用中国化的马克思主义指导哲学社会科学；要实施以育人育才为中心的哲学社会科学整体发展战略，构筑学生、学术、学科一体的综合发展体系；要以人为本，从人抓起，积极实施人才工程，构建种类齐全、梯队衔接的高校哲学社会科学人才体系；要深化科研管理体制改革，发挥高校人才、智力和学科优势，提升学术原创能力，激发创新创造活力，建设中国特色新型高校智库；要加强组织领导、做好统筹规划、营造良好学术生态，形成统筹推进高校哲学社会科学发展新格局。

哲学社会科学研究重大课题攻关项目计划是教育部贯彻落实党中央决策部署的一项重大举措，是实施"高校哲学社会科学繁荣计划"的重要内容。重大攻关项目采取招投标的组织方式，按照"公平竞争，择优立项，严格管理，铸造精品"的要求进行，每年评审立项约40个项目。项目研究实行首席专家负责制，鼓励跨学科、跨学校、跨地区的联合研究，协同创新。重大攻关项目以解决国家现代化建设过程中重大理论和实际问题为主攻方向，以提升为党和政府咨询决策服务能力和推动哲学社会科学发展为战略目标，集合优秀研究团队和顶尖人才联合攻关。自2003年以来，项目开展取得了丰硕成果，形成了特色品牌。一大批标志性成果纷纷涌现，一大批科研名家脱颖而出，高校哲学社会科学整体实力和社会影响力快速提升。国务院副总理刘延东同志做出重要批示，指出重大攻关项目有效调动各方面的积极性，产生了一批重要成果，影响广泛，成效显著；要总结经验，再接再厉，紧密服务国家需求，更好地优化资源，突出重点，多出精品，多出人才，为经济社会发展做出新的贡献。

作为教育部社科研究项目中的拳头产品，我们始终秉持以管理创新服务学术创新的理念，坚持科学管理、民主管理、依法管理，切实增强服务意识，不断创新管理模式，健全管理制度，加强对重大攻关项目的选题遴选、评审立项、组织开题、中期检查到最终成果鉴定的全过程管理，逐渐探索并形成一套成熟有效、符合学术研究规律的管理办法，努力将重大攻关项目打造成学术精品工程。我们将项目最终成果汇编成"教育部哲学社会科学研究重大课题攻关项目成果文库"统一组织出版。经济科学出版社倾全社之力，精心组织编辑力量，努力铸造出版精品。国学大师季羡林先生为本文库题词："经时济世 继往开来——贺教育部重大攻关项目成果出版"；欧阳中石先生题写了"教育部哲学社会科学研究重大课题攻关项目"的书名，充分体现了他们对繁荣发展高校哲学社会科学的深切勉励和由衷期望。

伟大的时代呼唤伟大的理论，伟大的理论推动伟大的实践。高校哲学社会科学将不忘初心，继续前进。深入贯彻落实习近平总书记系列重要讲话精神，坚持道路自信、理论自信、制度自信、文化自信，立足中国、借鉴国外，挖掘历史、把握当代，关怀人类、面向未来，立时代之潮头、发思想之先声，为加快构建中国特色哲学社会科学，实现中华民族伟大复兴的中国梦作出新的更大贡献！

教育部社会科学司

前 言

在人类获取知识的过程中，认知事物的视角和方法起着重要作用，人们获得怎样的知识与此有着直接的关系。视角和方法不同，认知的结果也会不同。一种新的学术概念的提出，往往意味着研究视角的拓展或研究方法的更新。"性别"这一范畴在文学研究领域的引进和运用就是生动的例子。

所谓性别，在传统的理解中，被认为是一种人类的分类方法，它指的是生物学意义上的男性或女性。20世纪后期，这一词义在西方一些女性主义理论家那里发生重要变化，她们开始大量使用这个词来表示两性关系中的社会结构和意识中存在的性别差异。70年代，女性主义者确定了性别（Gender）与性（Sex）之间的区别[①]，其内涵在于强调影响男女两性发展的非生物因素——社会和文化因素的重要性，并引导人们将对性别差异含义的质疑，转移到对构成（所谓男性气质和女性气质）这些含义的社会文化因素的质疑。在将"性别"作为一个术语引入学术研究领域并演变为一个分析范畴的过程中，一些史学家不仅以妇女史研究证明了妇女有自己的历史并参与了人类文明的整个进程，而且向历史的更深处开掘，致力于探讨性别在人类社会关系中如何发挥作用，性别如何对历史知识结构和知识观念产生影响。这一重新建构"性别"含义的过程，也正是研究者寻找有效的、系统的理

---

① 女性主义理论认为，性作为生物的构成，指的是与生俱来的男女生物属性；性别，作为社会的构成，指的是人出生后在家庭和社会中不断成长，在此过程中由于社会文化的作用而形成的男女有别的期望、特征，以及行为方式的综合体现。见［美］盖尔·鲁宾、王政译：《女人交易——性的"政治经济学"初探》，王政、杜芳琴：《社会性别研究选译》，生活·读书·新知三联书店1998年版，第21～81页。

论表达方式艰辛努力的过程。

"性别"一词在学术研究中得以彰显,反映了一种不无策略性而又关乎根本的学术意识。首先,它包括妇女,但并非特指妇女,因此其本身就不再仅限于代表在不平等关系中处于不利位置的一方。其次,"性别"肯定和强调了不同性别之间密切关联、互为参照的关系,意味着从特定角度对人类进行研究。最后,"性别"暗示着主体认同的社会根源,提示着社会文化建构性别、造就不同的角色分工的事实。也就是说,性别研究是以"人"为对象并为宗旨的综合—分析模式。它将性别视为一种关系过程,这一过程连接着各种社会因素。在民族、国家等范畴之外,它以女人/性别的名义推举出一系列人类历史和社会文化的问题。

在文学研究中引入性别分析,是一个自然而合理的选择。因为文学作为人类把握世界的精神生活的重要方式之一,天然地与"性别"联系在一起。文学的创作者皆是有性别的人,其在社会实践中的人生经历和精神体验无疑会打上性别的烙印。这种烙印以不同方式、在不同程度上渗透在文学活动中,对作者的性别意识、文本的产生和内在面貌以及读者的接受和传播产生深刻影响。正是这一事实的客观存在,使我们有理由尝试从性别角度入手,展开对人类文学活动与性别之间相互关系的分析考察。事实上,从世界范围看,对性别这一范畴的关注,已经与对种族、阶级等范畴的讨论一起,成为当下文学研究的重要发展趋势之一。

在中国,文学领域性别批评有声有色的兴起和展开是20世纪80年代以来的事。一些学人在有选择地译介国外相关成果时,融入了对本土性别问题的思考;更多的研究者在吸收借鉴国外研究成果的同时结合本土实际,从性别角度出发,展开对中华民族文学文化传统和现实的探讨。一批相关研究论著先后出版、发表,显示出性别视角存在的合理性及其鲜活的生命力。当然,性别与文学的关系是复杂而深刻的,绝非一目了然。正如有学者指出的:"性别对文学并不构成直接的和必然的关系,它是文学作品的一种非结构因素,并不直接构成文学的结构要素如人物情节、环境、语言等。性别与文学的关系通过有性别的作者功能这个媒介来实现。……问题的复杂性在于,这不同的性别内涵,对于有性别的男读者与女读者来说,其意义并不是一种现成的自明的性别姿态,而是潜藏在文本之中,是一个有待发现和分析、阐释、显现的过程。"① 与此同时,所谓性别,无论在现实生活还是在文学创作、文学研究中,都不是一种孤立、静止的存在,它与阶级、种族、文化、宗教等方方面面的因素纵横交织,相互联系、相互渗透,在由人的活动所构成的历史与现实中呈现出极为丰富的样态。

迄今为止,性别范畴的建立和性别视域的开拓,在冲击男性中心传统方面体现出强烈的批判意识,但其在性别文化建设方面的作用还远未得到充分的发挥。此前的研究为我们开展新的工作打下了一定的基础,也为进一步拓展和深化这方面的研究留下了很大的空间。比如,多年来对性别与文学关联性探讨的重点主要是现当代女作家创作,特别是其中女性意识浓郁或持比较鲜明的女性立场的作家作品,而对古往今来更为广泛的、富于性别文化意味的文学现象则缺乏深入研究。又如,许多时候,研究者在进行性别分析的过程中,自觉不自觉地将男女两性想象为二元对立的本质化的群体,片面解读女性的社会历史处境,忽视了性别内部的差异以及各种因素的相互缠绕,从而将原本复杂的问题简单化,导致其有效性大打折扣。此外,在强调和突出"性别政治"的同时,文学创作的艺术品性未能得到应有的审美观照。总体而言,文学领域的性别研究处于初步发展阶段,性别视角在文艺学建设和男女平等性别文化构建方面的积极作用尚未得到充分发挥,多种研究方法的有效整合也还有待于艰苦的实践。

为此,本书主要在以下几方面做出努力:第一,从性别视角出发,结合中国文学文化现象的实际,审视古典文学传统的性别内涵以及近现代以来在社会思想文化转型和激变的背景下性别因素在文学活动中的多样体现。第二,梳理现代女性文学创作的发生和演变,考察现代文学的性别主体建构,剖析代表性作品的性别内涵,探讨特定时代的社会意识形态与文学创作中性别想象之间的联系,对各种文学文化现象进行性别分析。第三,考察文学史叙事的性别内涵以及文学批评、文学研究与性别的关联,探讨性别理论的本土建构;分析性别观念在

---

① 刘思谦:《性别理论与女性文学研究的学科化》,载于《文艺理论研究》2003 年第 1 期。

选择标准、评价尺度以及具体论述等方面对妇女/女性文学史书写以及文学批评产生的影响，辨析性别研究的理论资源，把握其基本特征和历史维度，剖析其有效性和局限性，思考切合本土实际的性别理论的合理建构。

毫无疑问，性别因素在文学中的存在既是社会历史文化在创作主体身上作用的结果，也是现实生活中个体生命的经验使然，但其间任何作家都并非仅仅以性别身份参与社会生活，而无不是在多重身份、多重角色的扮演中，同时受到各种复杂因素的影响和制约。为此，研究中有必要尽可能注意性别问题的本土特征及其复杂性，避免以偏概全、夸大性别因素对作家创作和文学史面貌的影响；在借鉴多学科研究理论和方法开展工作时，努力寻求合理、有效的整合途径和方法。

总之，我们力求本着尊重事实、不走偏锋、重视文化传统、体现时代精神的指导思想，在全面探讨古今文学领域性别因素的体现与影响的基础上，适当扩展至更为宽广的文化领域，揭示华夏文化与文学中关乎性别问题的优良传统以及在现代观念衡量下的缺陷，校正因性别偏见造成的史实偏离，克服因视角局限产生的视域盲点，并提出相关的理论原则与方法论方面的观点，以期体现对当代问题的关注和人文关怀，推动具有本土特征的性别理论和研究方法的丰富与发展。

摘 要

本书为教育部重大课题攻关项目"性别视角下的中国文学与文化"的结项成果。基本内容是：从性别视角出发，对中国文学文化的传统与现实进行多层面的审视；在考察性别因素在古今文学活动中的体现和影响的基础上，扩展到更为宽广的文化视域，深入揭示中华民族思想文化传统及现实与"性别"之间的关联，剖析各类文学文化现象，克服以往因男性中心的单一视角局限而产生的盲点或误解；借鉴本土具有悠久历史的思想文化资源和国外有关性别研究的理论思考，探讨性别理论的建设以及在多学科、跨文化视野中的研究实践。

第一章，重新审视古代文学文化传统，揭示传统文化建构中或隐或显的性别立场以及性别话语内部复杂的互动关系。首先借助《周易》《老子》等思想元典，对汉民族的性别观念进行溯源，指出其中重视性别关系、主张两性和谐同时又强调男性的地位与利益的基本思想模式影响深远，与本民族文学书写中的性别表述密切相关，借此在传统中国宗法社会"父权主导"模式的描述中增加性别互动的维度。继之，阐释古代女性创作的感伤传统及其文化土壤，分析由此形成的传统女性创作的基本特征；对女性语言与女性书写的代表性现象——早期词作中的歌伎之词进行重点剖析；考察在社会转型的大背景下晚清"女国民"话语中的女性想象，具体阐明这些文学话语如何与"性别"发生关联，诠释着转折时代的风貌与意义。

第二章，考察近现代以来多种文学文化现象的性别意蕴。首先，在新文化运动背景下探讨现代知识分子如何通过对"娜拉"与"芸娘"两个女性形象的翻译、改写与阐释，在异国的文化资源和语言里间接地构筑起现代中国的主体。其次，重返文学/历史现场，在特定的思想文化语境和女性书写的本土脉络中，从发生学的意义上探寻现代女作家得以生成的历史条件及其特殊内涵，分析"五四"女作家的女性观及其创作的基本特征，揭示新文学期刊在现代女作家"浮出历史地表"过程中的重要作用。最后，结合经典作家作品，讨论现代文学家庭冲突书写的性别意味。

第三章，聚焦富于性别意味的当代文学文化现象。首先，指出在20世纪80年代的启蒙语境中，女性文学创作始终不渝遵循的人道启蒙以及重建个人自主性的努力，与女性自身发展的内在要求并不完全一致，新启蒙主义关于"人"的主体性的知识表达与建立女性主体的目标并非天然契合。新时期文学对女性问题的关注，既体现了启蒙思想模式的渗透，同时也昭示出在启蒙主义"人"的视野中确立女性自我的难度。继之，具体分析"新生代"小说创作中性别因素与思想文化内涵的关联，探讨"80后"女作家富于个性色彩的文学书写。

第四章，将性别视角引入百余年来中国文学性别研究的实践，以丰富的资料为基础，对相关学术史进行清理。在此过程中，注重本土实际，避免对性别研究的狭隘理解以及男/女二元对立的思维模式；跟踪本领域研究实践的前沿动态，具体分析中国现代女性文学史观及性别理论建设和批评实践中的收获和缺憾，探讨未来推进研究发展的途径和可能。

以上各章的最后一节均为"个案阐释与分析"，从该章所涉及的内容范围中提取有代表性的案例进行深入解读。

全书注重扎实的史料工作和理论资源的清理，注意吸收本领域学术前沿成果，宏观把握与微观分析、理论探讨与实证研究相结合。鉴于中国文学中的性别关系并不是相互割裂的两端，不是二元对立的绝对化的尊卑格局，而是互相缠绕、互相映射的复杂形态，为此，本书注意性别问题的本土特征及其复杂性，在坚持对落后性别意识形态进行文化批判的同时，尊重事实，不走偏锋，体现了促进性别平等文化建设的人文情怀和时代精神。

本书为文学领域性别研究的拓展和深入提供了有价值的参考和启发。

Abstract

　　This monograph is the final product of the "Chinese literature and culture from the perspective of gender" project, a major program of China's Ministry of Education. Adopting gender-theoretical frameworks of analysis, the book examines the tradition and current trends of Chinese literary culture from multiple angles. While adopting a consideration of gendered factors in both the expression and influence of literary movements—both ancient and modern—as its foundation, it expands into a realm of broader cultural perspectives. The book offers an in-depth discussion not only of the relationship between Chinese people's conceptions of "gender" and its tradition of cultural thought but also between notions of gender and the cultural tradition's expression in reality. Moreover, in dissecting various literary phenomena it overcomes the conventional limitations that result from largely male-oriented perspectives as well as the errors and flawed interpretations, which such perspectives inevitably engender. Drawing on the historical depth of the domestic tradition's cultural-philosophical resources alongside foreign theoretical approaches to gender research, the book offers a thorough investigation not only of the construction of gender theory but also of the methodological approaches and conclusions, interdisciplinary and culturally diverse, that this line of inquiry has produced.

　　The first chapter reviews the cultural traditions of ancient literature from the perspective of gender; it reveals the complex interaction between gender discourse and ideology construction. First, in its analysis of the "*I - Ching*," "*Lao Tzu*," and other foundational works of Chinese thought, it traces the origins of Han Chinese conceptions of gender and points out that they exerted a formative influence on the literary tradition and advocate gender harmony while emphasizing male status and interests. This kind of thinking mode may have led to increase the dimension of gender interaction while China turned out to be a patriarchal society. The chapter expounds the sentimental tradition of ancient Chinese female writing, which was inextricably linked with the cultural soil of patriarchal dominance. Finally, it delineates the basic characteristics of traditional female writing. The studies analyze female language in poems of geishas in the Tang and Song dynasties as representative of early female writing; they also examine "women-citizens'" discourse against the backdrop of social transformation in the late Qing dynasty.

The second chapter examines the denotation and connotation of gender in literary and cultural phenomena in 19 – 20th centuries. First, the context of the "new culture movement" (1910s ~ 1920s) produced many translated texts of non – Chinese and Chinese works. Through the process of translation, edition, and interpretation, female characters such as "Nora" and "Madam Yun," as well as the language and cultural contexts in which they were embedded, were used by modern intellectuals to indirectly construct the subject of modern China. Secondly, the first generation of modern female writers in China played a significant role in the May Fourth Movement. They were caught up with the wave of movement and narrated their stories of growing and love. The research about them returned to the historical scene and explored their historical role from the ontogenesis view by analysis of the process in which the literature magazines produced a "female writing style and characteristics". Another research focused on the classical works of well-known modern Chinese writers, picked the narrative of "family conflict" out and discussed the potential gender implications.

The third chapter focuses on gendered modern cultural phenomena in order to delve into specific gender analyses. Firstly, it points out that in the context of the "New Enlightenment" in the 1980s, women's writing unswervingly followed the major theme of the times, which was humanitarian enlightenment and individual autonomy; this trend, however, was not entirely consistent with women's own desire for self-development and realization of their potential. As a whole, the intellectuals of the New Enlightenment expressed a strong approval of individual subjectivity. However, neither male nor female writers were clearly aware that "female subjectivity" was a goal in and of itself rather than simply a secondary component of individual subjectivity. The literature of 1980s that was concerned with women's issues not only embodied the thought model of the New Enlightenment, but also revealed its limitations. Also considered is the relationship between the characteristics of "the new generation" novels and their ideological connotations, and discussed the post – 80s' female writers' individualistic style.

The fourth chapter considers the academic history of the 20th century from a gender perspective. Particular attention is paid to the realities of contemporary Chinese conditions in order to avoid a restricted approach to gender research as well as a conceptual dichotomy between male and female. The chapter tracks the dynamic research practices of the present day and contributes a detailed analysis of the *Stand der Forschung*, including a history of female writing, gender theory construction, and feminist criticism.

Each of the above chapters is concluded with a section of case studies. In-depth analyses of representative works from different time periods illustrate the theoretical concepts discussed in each chapter.

The book utilizes a broad scope of historical data while summarizing relevant theoretical approaches. Methodologically, it incorporates the frontier results while maintaining a balance between the breadth and depth of research analyses. Based on the conclusion that gender relations in Chinese literary tradition is not on polar extremes in opposition to one another, nor is it the dualistic dichotomy that embraces a hierarchical power structure, the book elaborates on the entangled and mutually reflective dynamics while preserving the complexity of contemporary Chinese conditions.

The book offers relevant research to both gender and literary studies, and should be of interest to a broad readership.

目 录

第一章 ▶ 古代文学文化传统的性别审视　1

第一节　阴与阳的冲突与平衡　1
第二节　古代妇女创作的文化土壤及其感伤传统　14
第三节　女性语言与女性书写：早期词作中的歌伎之词　29
第四节　晚清"女国民"话语及其女性想象　46
第五节　个案阐释与分析　59

第二章 ▶ 现代文学文化现象的性别意蕴　100

第一节　翻译中的女性形象及其文化内涵　100
第二节　新文学期刊与现代女作家的出现　110
第三节　"五四"女作家的女性观及其创作　120
第四节　现代文学家庭冲突书写的性别意味　141
第五节　个案阐释与分析　155

第三章 ▶ 当代文学文化现象的性别分析　200

第一节　"人"的主体性启蒙与女性的自我追求　200
第二节　20世纪80年代的女性文学书写与现代国家意识　211
第三节　性别视域中的"新生代"小说　218
第四节　"80后"女作家的个性发声　236
第五节　个案阐释与分析　251

第四章 ▶ 文学领域性别研究学术史及其反思　291

第一节　中国古代文学的性别研究　291
第二节　中国现代女性文学史观的初建　320

第三节　20世纪80年代女性批评主体的实践　340
第四节　21世纪以来性别与文学关系的探索　352
第五节　个案阐释与分析　365

结语　404

参考文献　411

后记　419

Contents

Chapter 1 Gender Inspect of Ancient Literature and Cultural Tradition   1

    1.1   The Conflict and Balance between Yin and Yang   1

    1.2   The Sentimental Tradition of Ancient Female Writing and Its Cultural Roots   14

    1.3   Female Language and Female Writing: the Poems of Geisha in Tang Dynasty   29

    1.4   "Women – Citizens" Discourse and Derived Literature in Late Qing Dynasty   46

    1.5   Case Study   59

Chapter 2 Gender Implication of Modern Chinese Literature   100

    2.1   The Images of Women in Translated Literature in Early 20th Century China   100

    2.2   The New Literary Periodicals and the Emergence of Modern Female Writers   110

    2.3   Female Writers' View of Women and Their Works in the May –4th Period   120

    2.4   The Narrative of Family Conflict in Modern Literature and Its Gender Meaning   141

    2.5   Case Studies   155

Chapter 3   Gender Analysis of Contemporary Chinese Literature   200

    3.1   Individual Subjective Realization and the Pursuit of the Female Self   200

    3.2   Female Writing in 1980s and Modern National Ideology   211

    3.3   "New Generation" Novels from a Gender Perspective   218

    3.4   The Personal Voices of Female Writers in the Post – 80 Generation   236

    3.5   Case Studies   251

Chapter 4   Reflections on Academic History and Theoretical Gender Criticism   291

    4.1   The Study of Gender in Ancient Chinese Literature   291

    4.2   The Initial Establishment of the History of Women's Literature in China's Modern Era   320

    4.3   Writing Practices of Female Critics in the 1980s   340

    4.4   Academic Explorations of Gender and Literature in 21st Century China   352

    4.5   Case Studies   365

Conclusion   404

References   411

Postscript   419

第一章

古代文学文化传统的性别审视

在华夏民族几千年的历史进程中,男性本位意识不仅居于性别文化的主导地位,而且渗透在社会的运行机制中,本土的文学文化传统也正是在这样的氛围中形成。本章聚焦其中若干问题进行探讨。

第一节　阴与阳的冲突与平衡

在此主要结合中华文化经典文本《周易》和《礼记》,探讨与传统性别观念联系密切的一个重要方面:家庭观念。

由于农耕文明的基本生存方式延续了两三千年而没有根本性的变化,导致"华夏—汉"文化圈的家庭基本形态也就没有根本性变化。这种延续性折射到文本中,就表现为早期的经典性表述保持了长久的影响力,如《论语》、如《周易》、如《礼记》等等。因而在描述传统家庭观念的时候,选取代表儒家观念的《礼记》和杂糅儒与道两家①的《周易》为例进行评述,是一条可望事半功倍的途径。

"宗法"是华夏文化的制度核心,这是源于农耕文明的人类基本存续方式,表现在家庭、家族与国家三个不同而又密切关联的层面上。三个层面上的具体内

---

① "杂糅"话题参见陈鼓应:《易传与道家思想》,生活·读书·新知三联书店1996年版。

容自然不同，但深层的关系框架却是同构的。我们可以抽绎出这种基本结构，就是：上主而下从，男主而女从，嫡主而庶从。所谓"上"，既包括辈分，又包括地位。如《红楼梦》中的贾母在家中享有至尊无比的地位，根据就是她在三个方面都是"上"：辈分高、自身地位为国公夫人、娘家同样地位尊崇。这是核心结构中的核心。而"男""嫡"都较为具有相对性，在同一上下层面中，这两种关系结构的意义方才凸显出来。实际上，这三个不同角度上的关系准则是相互补充为用的，而在"上""男""嫡"三个主导方面的交叉地带，留有很大的模糊空间，不是刚性的二元对立的绝对尊卑关系。

当然，总体来看，在诸多关系中，父权又是占有至上的地位。首先，"父权"可以涵摄上述三种关系的主导地位；其次，整个制度要维护的主要也是"父权"的至上地位与相关利益。仍以贾母而论，她的尊崇地位究其始还是来源于"父权"的分润，又得益于"父权"的暂时缺位，甚至还得益于贾政这下一层级"父权"的存在。不过，如果只提"父权"一个角度，容易被理解为简单的男权至上，也不能够解释上述的复杂情况；当然，如果只提"宗法"一个角度，同样会模糊事情的全部真相，特别是容易淡化、忽略复杂中的要害，忽略现象后的本质。所以，如果用"宗法—父权"制来概括"华夏—汉"文化圈封建时代家庭制度的核心内容，可能是较为准确的①。

这样一种概括，可以在中华传统文化的经典文本《周易》和《礼记》中得到印证。

一、《周易》的家庭观念及其重要影响

《周易》是一部对中国人精神世界以及言语行为产生过巨大影响的书籍。孔子的时代已经对它十分尊崇、重视，所以才有孔子"韦编三绝"的求索。汉代以后儒术独尊，作为"五经"中唯一富有哲理内涵的经典，它更是高踞于经典的首席。同时，由于《周易》原为卜筮之书，经过各种阐发后又与民间文化、宗教活动发生了密切的关系，从而成为唯一在大、小传统中都有巨大影响的典籍。《四库全书总目·易类一》："易之为书，推天道以明人事者也。""易道广大，无所不包。"所以，《周易》中的观念往往是作为"终极依据"来指导封建时代各个阶层人们各个方面行为的。

正因为《周易》的"无所不包"，也正因为它"推天道以明人事"的自我定

---

① 关于这个问题，也有概括为"宗法父权"的主张。但若那样的话，"宗法"是"父权"的定语，不能体现二者相互制约、彼此补充为用的关系。

位，所以对家庭问题多有涉及。如《荀子·大略》云："《易》之'咸'见夫妇，夫妇之道不可不正也，君臣父子之本也。"前人对这一点虽有所觉察，不过所论一般未超出"有天地然后有万物，有万物然后有男女，有男女然后有夫妇，有夫妇然后有父子。有父子然后有君臣，有君臣然后有上下。有上下然后礼义有所错"① 的浮泛之说。而实际上，《周易》的家庭观念相当丰富，并且相当辩证，堪称研究中国人传统家庭观念的最根本文献之一。

把《周易》的经、传及其两千年间的解读作为一个巨大的符号体系来看②，其中的理路是十分庞杂的，且不无矛盾、抵牾之处，但核心又很明确，就是阳爻与阴爻按照特定的排列组合规律产生的 64 个符号组合，以及"十翼"对其规律及意蕴的解说。就此核心来说，符号组合的演化运转都是循阴、阳的对待、冲突与互转、和谐的理路进行。其基本思维模式是多向度、可调性的二元对待。基本二元是阴与阳，或称为柔与刚。其中阳、刚居于主导地位。但是，由于符号系统还有卦位、卦形、爻位等被赋予意味的形式因素，所以阴阳之间的关系就不是凝固的简单的主从、高下、尊卑，而是可以从不同向度进行调节的动态关系。

阴、阳是高度抽象的哲理化概念，又在《易》的特殊文本形态中得到了最充分的符号化，二者的所指便随具体语境可有无穷多的变化。不过，无论是当初符号的设定，还是"十翼"对符号组合的解析，男女两性总是对应于阴阳刚柔的首选。这样，《周易》在推演卦象的时候，就自然而然地与男、女两性发生十分密切的喻指关系。而其富有辩证意味的推演/思维模式也就影响到对于两性关系的认识，影响到家庭观念的形成。

以《归妹》卦的卦辞、象辞以及后人的传文为例：

归妹，征，凶，无攸利。

彖曰：归妹，天地之大义也。天地不交而万物不兴。归妹，人之终始也。说以动，所归妹也。征凶，位不当也。无攸利，柔乘刚也。

少女之穷也，无所往而归其长阳。女说其有归而往也，男说其有家而娶也。有生化之义焉。不交则无终也。故少配长，说以与动，有终，而自此始也。少阴失位以求合人，斯贼之矣，不足以相久。征，其凶哉。柔得中，众

---

① 《周易·序卦》，(魏) 王弼、韩康伯注，(唐) 孔颖达疏，余培德点校：《周易正义》，九州出版社 2004 年版。

② 《周易》包括古经与"十翼"（即"传"）两部分。经、传文并非成于一时，而"十翼"之文在很大程度上是对"经文"的"误读"，但由于 64 个"符号组合"是它们共同的基础，是经、传思想、观念展开的同一起点，所以《周易》作为一个整体的逻辑依据还是相当充分的。另外，这种"误读"（包括后世经学家的阐释与进一步的"误读"）对于两千年间的中国人来说，同样具有权威意义，同样产生过巨大影响。而在这个时间段落里，人们对"经文"的理解，也大体是以"传文"所言为旨归。所以本书将《周易》看作一个整体来论述，不再细加分说。

之归也。阴虽从阳，阳下其阴，失其位也，柔制其刚也，岂人伦之序哉！不足以独化也，故无攸利；至于终，存乎生化之大义焉。

"归妹"，就是"嫁女"①。此卦原本是以嫁女的事项占卜，卦词的本义是曾在征战时占得此卦，结果是吃了败仗。《彖辞》却解释作："此卦是以女子出嫁象征天与地的交合沟通，而女子出嫁与天地交合一样重要，是人类延续的开始。至于卦辞所说的'失败'，则是指婚姻中女性压倒了男性。"这分明是一种误读。而《子夏易传》则对《彖辞》加以进一步解释、发挥，把兑卦坐实为"少女"，把震卦坐实为"长男"，所以分析出一幕婚姻家庭的悲喜剧来——妙龄少女在无奈的情况下嫁给了年纪大的男人。由于女方动机不够纯正，加上年龄的悬殊，这桩婚事很难持久②。而老夫少妻也造成家庭关系的失常，少女不免恃宠而骄，成为家庭的主导。他以爻位关系来证明自己的论断，指出上卦的核心被阴爻占据，下卦相应位置却是象征男性的阳爻；就上卦而言，四位为阳，五位为阴，也是"阳下其阴"，因此"岂人伦之序哉"！但是，值得注意的是，他又解释说："柔得中，众之归也。"也就是说，女子如果占据了家庭的核心位置，众人自然就会依附在她的周围。这无疑是对现实中并非罕见的某类家庭现象做出的合理化说明。他还解释道："至于终，存乎生化之大义焉"。也就是说，为了族裔的延续，这种不够"正确"的家庭关系也还是要延续下去的。

这是很有意思的矛盾心理。作为男性，《子夏易传》③的作者既意识到家庭关系——特别是两性关系——对于族类/个体的不可或缺的意义，又立足男性本位，有潜在的危机、焦虑感。特别有趣的是，他对"岂人伦之序"与"存乎生化之大义"的强解，流露出的是对现实的某种无奈，也反映出家庭中两性关系的"另类"情况的存在。这一点在他对《姤》的解释中表现得更加突出。《姤卦》卦词为"女壮，勿用取女"。历代注家对这个"壮"字有不同解释，而他是理解为年龄较大的意思，于是说：

> 女之壮也，非人伦之道，不足以娶之。事无恒，不足以为用。夫易无穷也。阳不能独化，化不可以无遇，故遇而后成。初苟而终固，即遂其生化之大焉。

他认为，娶"壮女"是一种很不理想的婚姻状况，但是"阳不能独化"，为了"遂其生化"的终极目标，小原则服从大原则，家庭关系终于还是要维持下

---

① 对"归妹"有两种不同理解，一种认为是从女方立场讲的，一种认为是从男方角度看的。对于本书所论，这一歧义没有影响。
② 此卦的王弼注也有"少女而与长男交，少女所不乐也"之说。见《周易正义》。
③ 《子夏易传》是《周易》现存号称最早的传注本，作者标为孔门高弟子夏。但一般认为是托名，因而在经学的体系中是疑问较多的一种，向来不受重视。但作为思想文化史上的存在，其中独特的见解仍应关注。

去。其实，从卦辞来看似属梦占，即梦见"女壮"（或解为女子受伤）来占卜，卜得不利于婚嫁的警示。但从象辞起就没有解通，"子夏"此解更是令人摸不清他的逻辑。不过，虽解经不通，却表达出他自己的观念，特别是"阳不能独化"和"遂其生化之大焉"的见解，与《归妹》的传注联系起来，确实更明确地反映出男性对家庭中两性关系的实用性态度。

《周易》关于家庭中男女关系的看法最根本的当然是男性主导，不过，无论经与传都有不把问题绝对化的表述，甚至还有相当明确的补充、修正。前述的是无可奈何式的承认现实，而在《咸卦》中还有更积极的、更有理论性的阐发。

《咸》为《周易》第31卦，其卦象为上兑下艮，兑为泽，属阴柔，艮为山，属阳刚，也就是阴柔在上而阳刚在下。其卦辞、象辞及孔颖达疏曰：

咸，亨，利，贞。取女，吉。

象曰：咸，感也，柔上而刚下，二气感应以相与，止而说，男下女，是以"亨利贞，取女，吉"也。天地感而万物化生，圣人感人心而天下和平。观其所感，而天地万物之情可见矣。

孔疏曰：艮刚而兑柔，若刚自在上，柔自在下，则不相交感，无由得通。今兑柔在上，而艮刚在下，是二气感应，以相授与，所以为咸亨也（下略）。男下女者，此因二卦之象释"取女吉"之义。艮为少男，而居于下，兑为少女，而处于上，是男下于女也。婚姻之义，男先求女；亲迎之礼，御轮三周：皆是男先下于女，然后女应于男。所以"取女得吉"者也。

《咸卦》卦辞只是笼统地说，占得此卦预示娶女进门大吉大利。《象辞》则对此做出一番分析解释："咸"即"感"，即二者感应的意思；而艮有静止稳定的意蕴，兑有喜悦的意蕴——由于娶亲的过程中，"柔上而刚下""男下女"，即男性对女性采取了卑下的姿态，所以婚礼成功，家庭得以顺利建立。王弼作注认为："《咸》柔上而刚下，感应以相与，夫妇之象莫美乎斯！"孔颖达更进一步从哲理上加以发挥。他认为代表男性的"刚"本就是高高在上的，如果坚持以高高在上的姿态和女性打交道，男女之间就不会有感情的交流，家庭也无法顺利建立。自己把姿态放低反而容易和处在高端的女性沟通。他还以婚礼习俗相证，说明在求婚、成婚、建立家庭的整个过程中，男性对女性表现出卑下的姿态是合乎天理大道的，也是顺利成功的保证。显然，孔疏的这种见解是对王弼"夫妇之象莫美乎斯"的具体化阐发。

象辞的"男下女"观点既是当时民风民俗的反映，也是《周易》思想体系——阴阳对待/和谐——的自然表现。而经过王弼、孔颖达的进一步阐发（王注孔疏也因《周易正义》的官方色彩而具有权威性），对后世家庭观念，特别是家庭之夫妇关系的定位，都产生了重大影响。如宋人解释《诗经》，涉及婚礼和家庭中男女关系时讲道：

《周易·咸卦》兑上艮下，《象》曰：止而悦，取女吉也。《恒卦》震上巽下，《象》曰：雷风相与，盖长久之象也。是以《礼》有亲迎御轮三周，所以下女也；道先乘车，妇车从之，所以反尊卑之正也。凡此皆是圣人礼法之所存，不可乱也①。

其立论全采《周易》——包括象辞和孔疏。但是，他强调这种对女性的尊重是"反常的"，其见解比起王弼和孔颖达来却是有所倒退。

在《蒙卦》的"子夏"传中也有类似的见解："家道大者，莫先于正夫妇也。居中贵而委身于卑，能接之以礼者也。子能克家，莫过是也。"他认为男性在家庭中虽然居于主导地位，但其对女子按照礼的要求"委身于卑"，是处理好家庭问题（"克家"）的最为可贵的品性。

虽然《象辞》和孔疏的"男下女"均有明确的限定，只是在求婚到建立家庭的一个短暂时间段落中，而在接下来的《恒卦》中，孔颖达又忙不迭地补充道："刚上而柔下"才是家庭常态，才是"夫妇可久之道"。但是，他们毕竟提出了家庭中有时也需要"男下女"，而且论证了"男下女"才是夫妻感情交流的良好前提。特别是王弼，他对"柔上而刚下，感应以相与"的夫妇关系发出的"莫美乎斯"热情赞颂，是非常难能可贵的。作为经典，《周易》中关于家庭的这样合理的观点，无疑对两千多年间中国人的家庭具有重要的正面影响。

《周易》中关于家庭还有一个可贵的观点，就是对于父母在家庭中作用的论述。《周易》六十四卦中专设有《家人》一卦，全是围绕家庭问题展开，其卦辞、象辞以及"子夏"有关阐释为：

家人，利女贞。

象曰：家人，女正位乎内，男正位乎外。男女正，天地之大义也。家人有严君焉，父母之谓也。父父，子子，兄兄，弟弟，夫夫，妇妇，而家道正。正家而天下定矣。

正家之道在于女正。女既位，而男位正也。故圣人设昏礼焉，重而娶之。当其位也，然后可保其久矣。夫妇正，家道之先，上下之始也。严君之道始焉，父母之道出焉。故严其君，则父父、子子、兄兄、弟弟、夫夫、妇妇，家道咸正，而天下定矣。

这里特别值得注意的有三点。第一点是《象辞》中的"女正位于内，男正位于外"，这是关于家庭分工的较早的明确表述。过去对此往往视为是对女性的歧视，其实看上下文恐怕更多的是对事实的描述。而在当时生产力水平下，在农

---

① 四库本《毛诗李黄集解》卷11。

业为主的条件下，这也是唯一可能的基本分工方式。第二点是《彖辞》中的"家人有严君焉，父母之谓也。"这一条经常被论者忽视。过去谈到封建家庭中的女性地位，人们引证最多的是"未嫁从父，即嫁从夫，夫死从子"。闻一多据此有"从历史上看中国的女性，就是奴性的同义字，三从四德就是奴性的内容。"①这固然不错，但我们也不能忽视问题还有另外一个方面。在《周易》中，关于女性家庭地位就有不能简单以"奴性"概括的内容。《彖辞》在这里把家庭的主导定位为"严君"，然后明确宣示："严君"就是父亲和母亲。这一点其实在中国的家庭中——包括古代，可以说是一个基本的权力架构。作为长辈的母亲和父亲一样拥有对晚辈的管教权力与责任。忽视了这一点，过分强调"夫死从子"，就无法解释焦仲卿、陆游等家庭悲剧，无法解读《红楼梦》中的贾母、《野叟曝言》中的水夫人等文学形象②。第三点是对"女正"的重视。这一点可以从多方面来认识。强调"女正"当然有约束女性行为的意思，这是毋庸讳言的。可是其中也包含着对女性在家庭中地位的重视："圣人设婚礼焉，重而娶之。"另外，认为女性摆正在家庭中的地位并端正自己的行为是"正家"的首要事项，也从反面表现出约束女性之困难。

《周易》关于家庭的论述还涉及其他方面，如指出家庭的根基在于男女的异性互补（《睽》："男女睽而其志通也。"）、一夫多妻的必然矛盾（《睽》："二女同居，其志不同行。"）、家庭要艰苦奋斗不可嬉乐无度（《家人》："家人嗃嗃，悔，厉，吉。妇子嘻嘻，终吝。"）等等。由于《周易》的基本思维/论述方法是天人合一，如王弼所明确指出的："取天地之外，以明形骸之内。"所以多用阴阳协调、平衡的哲理来解释、说明家庭的关系。正是由此出发，才有了上述关于家庭的可贵的论述。

二、《礼记》有关家庭关系的表述

《礼记》是所谓"三礼"（《周礼》《仪礼》《礼记》）之一，又列于"十三经"中，在两千余年的中国封建社会中，也是指导人们行为、观念的权威文本。而由于《周礼》实际上不是讲"礼"，与士人、民众的日常生活毫不相干；《仪礼》简涩而难通，所以在"礼制""礼法"方面影响于社会最大的儒家经典其实就是《礼记》。

《礼记》非常重视家庭生活中的"礼"，在49篇中直接或间接涉及家庭问题

---

① 闻一多：《妇女解放问题》，选自《闻一多文集》，海南国际新闻出版中心1997年版。
② 张爱玲的小说《金锁记》后半部分曹七巧的家庭悲剧也是类似的例子。

的有31篇①,占总数的60%强。其中大体又可以分为两种情况:一种是对现有礼俗的描述——当然也包含了编者的带有倾向的改造②。所谓"礼源于俗",《礼记》在这方面保存了一些当时家庭生活中婚娶丧葬民俗的状况。另一种是家庭观念,特别是伦理原则的表述。《礼记》本着"礼之所无,可以义起"的准则,提出了一系列儒家的家庭关系准则——这是《礼记》在家庭问题上的主要见解所在。

同《周易》一样,《礼记》在家庭关系中也是最为重视夫妻关系,因而对婚礼强调到无以复加的地步:

> 昏礼者,将合二姓之好,上以事宗庙,而下以继后世也。故君子重之。
>
> 男女有别而后夫妇有义,夫妇有义而后父子有亲,父子有亲而后君臣有正,故曰,昏礼者,礼之本也。
>
> 夫昏礼,万世之始也。(《礼记·昏礼》)

对于不理解婚礼意义的鲁哀公,孔子甚至变颜易色地和他辩论:

> 公曰:"寡人愿有言,然冕而亲迎,不已重乎?"孔子愀然作色,而对曰:"合二姓之好,以继先圣之后,以为天地宗庙社稷之主,君何谓已重乎!"
>
> 孔子曰:"天地不合,万物不生。大昏,万世之嗣也。君何谓已重焉!"(《礼记·哀公问》)

有意思的是,孔子重视婚礼的理由最终落到了政治的大原则上。他认为国君的婚礼是政治清明国家强盛的出发点。其逻辑为:

> 古之为政,爱人为大;所以治爱人,礼为大;所以治礼,敬为大;敬之至矣,大昏为大;大昏至矣!

他进一步指出,婚礼的意义在于体现出"爱"和"敬"的充分与平衡,而这需要通过具体的仪式来实现:

> 大昏既至,冕而亲迎,亲之也。亲之也者,亲之也。是故君子兴敬为亲,舍敬是遗亲也。弗爱不亲,弗敬不正,爱与敬,其政之本与!(《礼记·哀公问》)

婚礼体现出的"爱"与"敬",成为"政之本"。这样的观点,今天看来未免有些"泛政治化",有些过甚其词,可是它与儒家一贯的"修身、齐家、治国、平天下"思路完全一致,所以在古代还是产生了很大的影响。其中包含的家庭应在"爱"与"敬"的基础上建立起来的观点,应该说还是很可贵的。

---

① 据通行本的"小戴"《礼记》统计。
② 《礼记》是汉儒杂采先秦诸子之说与汉人有关礼仪的记载编集而成。

在描述婚礼过程的时候,《礼记》表现出对家庭内部和谐关系的重视。在《郊特牲》一章中,编者一面记述婚俗的步骤,一面加以解释、评说:

> 父亲醮子而命之迎,男先于女也。子承命以迎,主人筵几于庙,而拜迎于门外。婿执雁入,揖让升堂,再拜奠雁。盖亲受之于父母也。降,出御妇车,而婿授绥,御轮三周。先俟于门外。妇至,婿揖妇以入。共牢而食,合卺而酳,所以合体,同尊卑以亲之也。

其中特别值得注意的有两点:一点是迎娶过程中"出御妇车""揖妇以入"等环节与《周易》"男下于女"的有关记述完全相合——实际上类似的环节直至今日仍保存在一些地方的婚礼习俗中。另一点是对"共牢而食,合卺而酳"的解释——"同尊卑以亲之也"。明确地以"同尊卑"来规定家庭中的夫妻关系,在当时的典籍中,很可能是仅见的。

出于对和谐的重视,《礼记》还记述了新妇和公婆之间互敬的礼俗:

> 舅姑入室,妇以特豚馈。……舅姑共飨妇,以一献之礼奠酬。

婚后第二天,新妇要向公婆献上美味。而第三天,公婆则要回请。肯定这种礼尚往来的关系,也是《礼记》家庭观念中可贵的内容。

不过,从总体看,《礼记》毕竟是维护宗法、父权的,所以即使讲和谐,目的也是更好地建立父权的统治地位:

> 婿亲御授绥,亲之也;亲之也者,亲之也。敬而亲之,先王之所以得天下也。

而且,在不同的地方,还有对男权更加赤裸裸的宣扬和强调:

> 男帅女,女从男,夫妇之义由此始也。

> 妇人,从人者也。幼从父兄,嫁从夫,夫死从子。……妇人无爵,从夫之爵,坐以夫之齿。(《礼记·郊特牲》)

于此显然是把女性完全置于从属地位。应该说,这其实是对当时两性关系的客观描述。至于这种观点和前述引文的矛盾,既可以看作是儒家家庭观的固有矛盾的反映——如同其政治观的固有矛盾一样;也可以看作是《礼记》这部书在编纂过程中杂取多方的结果。

虽然《礼记》把婚礼以及夫妻关系提到很重要的地位,但实际上编者论述最多的还是家庭中的尊卑关系,包括父子、长辈晚辈、婆媳等。而在尊卑关系中,编者的立场显然是绝对偏向的。他在《坊记》一章中讨论了"孝"与"慈"的关系。"孝"是下对上的尊敬、服从与供养,"慈"是上对下的抚爱与养育。《礼记》声言自家的原则是"言孝不言慈",同时感叹"君子以此坊民,民犹有薄于孝而厚于慈。"

在论及家庭关系时,用大量的篇幅谈"孝",这是《礼记》与《周易》在家庭观上最大的不同。在儒家的统系中，曾子是讲孝道的典范。《礼记》中关于"孝"的议论多出于其口，如：

> 曾子曰："夫孝，置之而塞乎天地，溥之而横乎四海，施诸后世而无朝夕。推而放诸东海而准，推而放诸西海而准，推而放诸南海而准，推而放诸北海而准。诗云：'自西，自东，自南，自北，无思不服。'此之谓也。"（《礼记·祭义》）

这便在时间与空间两个维度上把"孝"的意义和价值强调到了极致。推重孝道，是与"宗法"制度紧密相关的。中华民族讲求孝道，这是民族文化的特点，也是一个长处。但孝道同时也就意味着纵向的尊卑与服从的关系。如若只是一味讲"孝"，在家庭关系中就会出现畸形。比如《礼记·内则》中的以下主张："父母有过，下气怡色柔声以谏；谏若不入，起敬起孝，说则复谏。""父母怒，不说而挞之流血，不敢疾怨，起敬起孝。""子甚宜其妻，父母不说，出。子不宜其妻，父母曰'是善事我'。子行夫妇之礼焉，没身不衰。"其中"起"是"更加""越发"的意思。父母有了错误，甚至是严重的虐待、暴力行为，作为子女，反要更加恭敬与孝顺。子女一辈的婚姻，不论自己的感受如何，只能以父母的意志为转移。这些观点，在今天理性的观照下，其荒谬之处昭然若揭。而历史上多少家庭悲剧的上演，都是由这样一些"经典"式的家庭观念直接造成的。

在这样的强化尊卑的家庭关系中，子女辈的处境十分拘谨："在父母舅姑之所，有命之，应唯敬对；进退周旋慎齐，升降出入揖游，不敢哕噫、嚏咳、欠伸、跛倚、睇视，不敢唾洟；寒不敢袭；痒不敢搔……"（《礼记·内则》）这样的情况，我们在《红楼梦》中一次又一次的贾宝玉见贾政的描写中，可以说是耳熟能详了。

《礼记》关于家庭关系的论述，还有一个兴奋点，就是嫡庶关系问题。如：

> 嫡子、庶子祗事宗子、宗妇，虽贵富，不敢以贵富入宗子之家。虽众车徒，舍于外，以寡约入。

> 子弟若有功德，以物见馈赐，当以善者与宗子也。若非所献，则不敢以入于宗子之门。（《礼记·内则》）

这显然也是着眼宗法制度对统系的严格要求，同时也是对家族内尊卑关系的强化与固化。

与《周易》相比，《礼记》涉及家庭关系的方面更多。它记载了当时婚丧嫁娶的种种风俗习惯，其中既有写实的，也有理想化的。在此基础上，表达了相当全面的家庭观念。《礼记》从社会与国家的"宏大"语境着眼，讨论家庭的意义、功能、存续之原则，虽有夸大之嫌，但为家庭关系准则提供了强有力的支撑，对封建宗法家庭制度延续两千余年而不变，起到了很大的作用。另一方面，

《礼记》针对具体家庭成员，对于家庭中的权力结构——即支配与服从的关系，家庭中的利益格局——即权力、责任与义务的关系，以及家庭中的伦理原则与亲情价值等，提出了一系列见解。

总体来说，《礼记》与《周易》可谓多有相同或相近之处。其中较重要者，一是重视夫妻关系，重视婚姻制度和嫁娶风俗；二是在男性主导家庭的大前提下，主张两性和谐。两者的不同之处在于：《礼记》讨论的家庭关系范围更广，更为全面；"礼"的主要功能就是"别尊卑"，所以《礼记》更着眼于家庭尊卑关系；在论及家庭尊卑关系时，更多的是站在强势一边，强调女性对男性的顺从、晚辈对长辈的顺从、庶出对宗子的顺从，等等。

两千余年的中国封建社会，思想意识领域的大框架是"儒道互补"而以儒为主，在家庭观念方面基本上也是类似的格局。也就是说，上述《礼记》代表的儒家思想与掺杂了道家思想的《周易》都产生了重要的影响：既影响于现实生活，也影响于文学书写。相比较而言，《礼记》所代表的儒家思想在现实生活中影响大一些。至于在文学创作中，则是因文本而异。

三、道家原典中的相关论述

《礼记》可以说是儒家元典中家庭观念表达最为充分的一种。《周易》的情况则有些特殊，一方面它被儒家尊为"五经之首"，另一方面它的"传"文和后人的注释又融入了其他思想流派特别是道家的内容。如果我们在道家乃至后来的道教经典中爬梳一下，就可以把这种渊源流变看得更清楚一些了。

道家元典自然首推《老子》。从性别观念、家庭观念的角度把《老子》同《周易》比较一下，是颇有趣味的话题。《老子》中的性别话题大体可分三类，最多的一类是对"母"德的颂扬：

"有"，名万物之母。[①]

我独异于人，而贵食母。（二十章）

有物混成，先天地生。寂兮寥兮，独立而不改，周行而不殆，可以为天地母。（二十五章）

天下有始，以为天下母。既得其母，以知其子；既知其子，复守其母，没身不殆。（五十二章）

有国之母，可以长久。（五十九章）

这些赞词多是一种比喻。但是，以"母"来喻道，以"母"性与"母"德

[①] 《老子》第一章，见《老子注释及评介》，中华书局1984年版。

来赞誉"道"的至德、至性,这本身就流露出作者在性别之间的价值判断。这种价值判断无疑是与中国两千余年封建社会的主流判断不一致的。

另一类是直接谈到性交的:

  天下之牝,天下之交也。牝常以静胜牡,以静下也。(六十一章)

  未知牝牡之合而朘作,精之至也。(五十五章)

  谷神不死,是为玄牝。玄牝之门,是谓天地根。绵绵若存,用之不勤。(第六章)

看来,在那个时代,人们还不像后来那样耻于言"性"。而以讨论性交的方式比喻天地至道,也是不可多见的奇文。至于其中强调女性的力量则与前面所述一致。还有一类,并没有直接谈及性别,但与性别话题相呼应、相关联。例如:

  重为轻根,静为躁君。(二十六章)

  知其雄,守其雌,为天下谿。(二十八章)

  柔弱胜刚强。(三十六章)

  天下之至柔,驰骋天下之至坚。(四十三章)

  强大处下,柔弱处上。(七十六章)

寻绎前后文,考察语境、互文等因素,这些命题与性别话题相关联,应是无疑义的。从中可以更清楚地看到作者以性喻道的思路。

总体观之,《老子》与《周易》相比,相同或相近的地方是:1. 涉"性"的话语较多。在我国思想元典中,这是涉"性"话题最多的两部。2. 有些话题甚至观点相同,如《周易》中有:"男下女,吉";《老子》则有:"强大处下,柔弱处上",如此等等。正是由于这方面原因,有学者认为《易》传特别是象辞与象辞,主要出于道家①。而二者不同的是,《老子》不像《周易》那样强调和谐,而是强调"母"德的伟大,强调女性(牝、雌、柔等)的真正力量。

《老子》虽然没有直接标举家庭的话题,但所谈两性关系却正是家庭关系中最基本的内容。他重视女性,特别是重视"母德"的思想,既可以看出远古家庭关系的遗存,也对当时及以后社会性别观念、家庭观念产生了相当大的影响——包括对《易传》。

《老子》中涉及家庭话题的还有一个主张,是直接针对儒家提出的,就是"六亲不和有孝慈""绝仁弃义,民复孝慈"。其中要点是强调家庭中的长辈与晚辈应保持自然天性,而不应该人为地规定诸多礼法。这显然与《礼记》中有关"孝"的思想完全不同。这一点,为《庄子》所继承并发挥。《庄子·天运》中

---

① 参见陈鼓应:《易传与道家思想》,生活·读书·新知三联书店1996年版。

讲道："以敬孝易，以爱孝难；以爱孝易，以忘孝难；忘亲易，使亲忘我难思君兮感结，梦想兮容辉。……""敬"与"爱"，正是儒家提倡的孝伦理的高层次表现，但《庄子》却认为是低层次，而真正的高层次是彼此间发自天性的自然感情、自然关系。

《庄子》中，还通过一个寓言来抨击了提倡礼法的危害："演门有亲死者，以善毁爵为官师——其党人毁而死者半。"（《外物》）在论者看来，当提倡过度时，"孝"就成为表演，成为虚伪。

道家元典中，明显与《周易》可以相互发明的，则有《庄子·田子方》："至阴肃肃，至阳赫赫；肃肃出乎天，赫赫发乎地，两者交通成和而万物生。"还有帛书《黄帝四经》："今始判为二，分为阴阳……牝牡相求，会刚与柔；柔刚相成，牝牡若形，下会于地，上会于天。"这里把阴阳刚柔与男女相联系，描述其平等互动，思路及表述都与《易传》相当接近。

而《周易参同契》的一些论述，更是明显地把《易》与《老》糅合到了一起："雄不独处，雌不孤居……牝牡毕竟相须。假使二女同室，颜色甚姝，令苏秦通言，张仪为媒，发辩利舌，奋舒美辞，推心调谐，使为夫妻——弊发腐齿，终不相知。"

总之，在《周易》和《礼记》中，可以看到"华夏—汉"文化圈封建时代家庭制度在基本构成方面的重要特征，即以"宗法"与"父权"相联系、相补充、相制约。两者都重视夫妻关系、婚姻制度及嫁娶风俗；在男性主导家庭的大前提下，主张两性和谐。其间，《周易》多用阴阳协调、平衡的哲理来解释、说明家庭的关系；《礼记》讨论的家庭关系则范围更广、更全面，同时也更着眼于家庭尊卑关系的确立。

上述思想文化传统在不少文学作品中得到形象的反映。我国古代家庭生活的具体情况如何，由于史籍基本付诸阙如，我们几乎无法得到直接的权威性的材料。所幸明清两代的白话小说中有"世情"一类，很大程度上可以弥补这一缺憾。如《金瓶梅》《醒世姻缘传》《天雨花》《林兰香》《红楼梦》《歧路灯》等，皆在家庭生活中着墨甚多。这些作品的共同特点是不避琐屑，基本上是写实的笔法，因而不同程度上呈现出立体、丰富的家庭生活场景。而惟其丰富，其中的观念形态也便复杂甚至矛盾。究其原因，既有社会家庭生活本身丰富复杂之故，也与传统思想文化在这方面的多元并存有关。这一点从前述儒、道元典有同有异的观点中可见一斑。

例如，《林兰香》是一部脱胎于《金瓶梅》的作品，但对待女性的态度比起《金瓶梅》则有了大的变化。《林兰香》的主线是写燕梦卿的人生悲剧。燕梦卿才华过人，贞淑娴静，却在家庭中饱受冷落，郁郁而终。作者通过这个形象质疑了夫权至上的家庭制度，特别是男性出于对女性才能的恐惧而加以"裁抑"的愚蠢行为。显然，作者对女性的智慧与力量抱有钦敬的态度，而对于家庭中的单向度的"权力"十分不满。

《红楼梦》的故事为人熟知，但对其中的家庭观念鲜有梳理者。大略言之，情节中呈露出的倾向主要有如下几点：其一，对家庭生活中女性的才能、地位的高度肯定（与之形成鲜明对比的是，宁、荣二府几乎没有一个能干的男人）。其二，塑造出一位最高权威的家庭之"母"——贾母。而贾母的雍容大度、无为而治，颇有《老子》所向往的"道"的风范。其三，作者向往家庭生活中自然的感情，厌恶繁缛的礼数。其四，作品中涉及一方偏胜或阴阳冲突的家庭关系时，多是着力揭其弊端（如对薛蟠、王熙凤等）。

与《红楼梦》相似，《野叟曝言》也塑造了一位最高权威的家庭之"母"的形象——水母。水母同样是家庭中德行、智慧的化身。更有趣的是，其子文白尽管已是半人半神，却时常要到这位水老夫人身边，获取人生的智慧与能量。这自然让我们想到《老子》总是以"水"、以"母"来比喻大道。不过，《野叟曝言》的家庭观念更多的是内在的矛盾。一方面，在水老妇人的形象上呈现出《老子》的思想；另一方面，又通过文白的行动间接甚或直接地宣扬礼法。比起前述几种作品来，这方面明显迂腐了很多。其他可以与儒、道元典相互发明的文学作品还有不少，如《醒世姻缘传》《浮生六记》等，都有相当的发掘空间。

第二节　古代妇女创作的文化土壤及其感伤传统

进入父系社会以后，妇女的地位随着她们在经济生活中所起作用的减弱而骤然跌落。物质生产活动的现实反映到意识形态上，自然而然形成了社会对妇女人生角色的认识与规范。这种规范在儒家经典中很早就有着明确的表述：

父者子之天也，夫者妻之天也。（《仪礼》）

妇者，服也；服于家事，事人者也。（《大戴礼·本命》）

妇人无专制之义，御众之任，交接辞让之礼。职在供养馈食之间。（《白虎通·论妇人之赘》）

类似的言论在高度重视伦常关系的儒家著作中不胜枚举。它很大程度上也代表了一种社会意识。男尊女卑、夫为妻纲、三从四德、贞节观念等构成了中国宗法社会所特有的压迫和禁锢女子的完整的思想体系。这些伦理观念虽有一个产生、发展、演变的过程，但总的趋势不是纲纪松弛，而是越箍越紧，经宋代到明清,一步步登峰造极。特定的文化土壤,对传统女子的创作面貌产生了深刻影响。

一、古代妇女创作的思想文化背景

从事文学创作的女性虽然有机会掌握一定的文化知识,可是她们之中绝大多数人的人生角色本质上同普通妇女并无多少区别。尽管其中有后妃宫人、贵族妇女,也有娼尼婢妾,各自的身份很不相同,但同是作为女性,在对男性的依附这一点上,又是相通的,其文化背景也大致相近。旧时妇女所受文化教育有很大的局限性,其内容大都出自儒家经典,教育的宗旨则是培养合乎礼教标准的所谓贤妻良母。从汉代《女诫》、唐代《女论语》、明代《内训》到清代《女范捷录》等,历代一系列女教著作无不带有浓厚的儒学伦理色彩。清代虽然女子入塾读书的机会渐多,但所受教诲依然不出这一范围。《训学良规》言及当时教学内容云:"有女弟子从学者,识字,读《弟子规》与男子同。更读《小学》一部,《女四书》一部,看《吕氏闺范》一部。勤与讲说,使明大义。"

旧时代女子生活天地本来就十分狭窄,不像男性文人那样可以离家远足,广为交游,博闻多彩,更加之以妇道闺范的束缚,于是,她们便如同生来就关在笼中的鸟儿,渐渐地连思飞之心都泯灭了。偶尔有个别女子因为环境的特殊,在才学方面得到较好的培养,能够比较充分地发挥自己的文学才能,时或写出"不让须眉"的作品,但即使是这样比较有个性的女作家,也往往不能摆脱正统伦理观念的重荷。

正是由于现实生活对妇女的压迫及其渗透于社会意识和妇女教育之中的伦理性、宗法性的严格规范,女性作者与男性作家在从事创作的文化背景方面显示了某种差异。

在中国这个绵延千载的古老国度,文学创作的文化土壤极为深厚复杂,儒道释三者的分立与融合构成了它的重要组成部分。由于儒家思想在其发展、演变过程中更能与封建统治阶级的需要相适应,它长时间在社会思想领域居于主导地位。但是,另一方面,道家思想、禅宗意识等对知识阶层乃至整个社会的影响亦是十分深刻的。老庄崇尚自然、反对扼杀生命灵性的思想主张孕育了历代一部分作家有悖于儒学正统观念的创作主体意识。佛学传入中国以后,亦常成为作家冲破儒教、反叛正统的精神武器。西汉贾谊谪居时据老庄哲学以自遣的《鹏鸟赋》,正始时期阮籍、嵇康任性使气愤世嫉俗的诗文,晋宋之际陶渊明对返璞归真艺术哲学的妙会,唐代李白追求个性自由、蔑视权贵、笑傲王侯的气概和浮生若梦的情绪,王维后期冲淡玄远的审美境界,宋代苏轼部分作品中所流露的"逍遥齐物追庄周"的旷达情怀,明清时代李贽"童心说"以及汤显祖、袁宏道、曹雪芹、龚自珍等人的文学思想等,都与道学或佛学主张特别是禅宗思想有着或深或浅的内在联系。

然而,这种情况在女作者方面却有所不同。相比之下,她们受儒家以外思想的影响要微弱得多。在历代女子的创作中,很少见到背离正统观念的明显的异端,倒是不难发现她们同宗法思想,尤其是儒家伦理观念的密切联系,诸如"为失三从泣泪频"(徐月英《叙怀》)的悲叹,"糟糠不弃得相亲"(盛氏《赠别诗》)的嘱望等。可以说,就整体而言,古代女性作者的生活和创作呈现出主要受儒家思想(特别是其伦理观念)影响、层次不十分深厚丰富的文化色彩。

宗法制度下,知识妇女的处境与构成男性文学创作队伍主体的士大夫文人有明显差别。她们不属于得志入青云、失意处穷巷的士人阶层,而是从社会到家庭概被当作男子的附属品。在士大夫文人那里,道家"法自然"的学说和对宗法制度、正统观念的强烈批判精神,禅宗那种对自然清净的心境、进退淡然的生活方式的追求,常常成为他们政治上遭遇挫折之时赖以摆脱现实的困扰、鄙履功名的武器,或是寻求慰安的盾牌。而一般来说,女作者们既没有参与社稷政治、体验仕途坎坷的机会,自然也很少可能体味政事变迁、宦海浮沉所带来的心理波澜,她们的生命本身又是贬值的,于是,较少需要像许多士大夫那样从道家、佛家学说中寻求心理平衡(这一点不是绝对的,因为生活中失去心理平衡显然并非只缘于政治因素,但是,在与士大夫文人关系甚大的政治生活方面,绝大多数女性所面对的毕竟只是一片空白),也较少生出追求纵欲、享乐,渴求长生不老之心。同时,又缺乏从非正统思想中找寻否定现实的批判武器的胆识。作为宗法社会秩序的理论表述,儒家伦理思想与她们的实际生活处境具有最为明显的相关性。旧时代的女子不自觉地纷纷拜倒在儒家伦理思想之下,显示出认知方面的共同倾向,并不是出于偶然。而特定的伦理模式越是严密、越是强化,女作者们就越不容易冲破它的束缚去吸收其他思想文化成分。人身依附、奴隶地位的经济政治关系现实与反躬自省、自我抑制的道德要求相结合,使女子个性的压抑达到最大程度。

与此相联系,男女文人之间显示出更为深刻的差异,那就是对我们民族在长期物质生活、精神生活中所形成的传统思想内涵的吸收之不同。仅以儒家思想而论,士大夫文人从中汲取的往往既有克己自抑、保守拘谨的一面,也有刚烈奋发、积极进取的一面,女作者则更多地汲取了前者。更进一步,即使是同一侧面的吸收,在男女身上也往往产生大不相同的效应。温顺平和、谨慎谦恭在男人那里有时可以衍化为以屈求伸、以柔克刚、宁静致远的人格特点和行为方式,而在女性方面则几乎没有这样的内在意味,却是基本导向隐忍妥协、自卑自贱的人生姿态。宗法社会背景下中国人所形成的强烈的从属意识，在士大夫身上有时既表现为对君臣关系、名位本分的谨守，又表现为对国家社稷的忠诚。而在女子身上，从属意识的发达则主要只表现为对个别的、具体的男子的忠贞、顺服。"三从"的道德规范切实融进女性的意识，成为她们处理人际关系的指南。在一些女子所写的涉及两性关系的作品中，这种附庸意识常有所表现，但又多与女子对某一男性的思恋爱慕糅合在一起。至于那种弥漫在统治者及士大夫意识中的华夏中心的传统文化氛围以及对外族以尊临卑的运思方式，在女作者心理上的反映则是十分微弱和模糊的。

总之，中国历史给妇女文学的创作者们所提供的思想文化背景有异于男性，而她们在对传统思想文化的接受方面也有自己的某些特点，这里儒家思想起了重要作用。当然，也应看到，历代文学作品及其他典籍也会进入女子书斋，使她们有可能从中汲取各种思想、艺术的营养；加之各朝女作者所面临的具体生活环境并不完全相同，她们的天性也有差别，所以，知识女性虽然受儒家思想影响很深，但并不能够简单化地一概而论。

二、基本创作倾向

特定的思想文化背景对古代女性的文学创作无疑会带来某些影响，从宏观的角度来看，比较突出地表现在这样几个方面。

首先是观照人生的现世性。儒家艺术精神贯穿着为人生的哲学，在这种艺术精神指导下，中国文学很早便形成了文以载道、重教化、重实用的传统，这一传统在位卑身贱、本无资格干预政事的知识妇女的创作中也有一定表现。从汉至清，出自才女之手宣扬妇道闺范的文字屡见不鲜，班昭、宋若华等都是其中颇有名气的作者，诗歌中亦有宋景卫《修身正伦歌》一类充满封建道德说教之作。但这些东西很难说得上是真正的文学作品。我们还是来看杰出女作家李清照的创作。在《浯溪中兴颂诗和张文潜》《上枢密韩肖胄诗》等作品中，她大胆地咏史论政，发表自己对历史和时局的政治见解，以诗载道、以诗言志的含义十分明显。有名的《夏日绝句》一诗更是气度非凡："生当作人杰，死亦为鬼雄。至今思项羽，不肯过江东。"作者谈生论死，借古喻今，既在诗中蕴含了对南宋统治集团投降派的尖锐讽刺，又表明了自己所崇尚的人生准则。

当然，就大多数女性作者来说，是缺乏李清照那样的政治眼光和过人识见的，她们写诗填词主要是抒发比较狭隘的个人情怀，而无政治方面的考虑，但从这些作品中同样可以看到儒家艺术精神的影响，只不过它更多地体现着这种精神的另一个层面，即对现实人伦情感的重视。她们的作品常有比较浓重的人情味和现世感,作者思维主要朝向自身、现世,关注的是与此直接相联系的人和事、情与景。某些男作家基于比较丰厚的思想文化土壤在作品中表现出来的那种纵深的历史感、恢宏的宇宙意识通常为女性作者所不具备。她们的笔墨始终围绕着现时现世的人伦情感,而不是过去、现在或未来的大千世界。浏览古代女性的作品,很容易发现这样一些跨时代的共同主题:闺中相思、弃妇忧愁、感物伤怀等等。她们的视点往往如此接近,心境又常是那么相通。朝代的更迭、世事的变迁在多数女子的创作中留下的只是淡淡的痕迹,以致我们可以纵跨千年,将这些作品的内容上大体概括为"身边文学"。

儒家艺术精神导源于它入世的人生态度,这种人生态度也影响到古代女性创作的"现世"眼光。例如,儒生在重视道德方面自我提升、"独善其身"的同时,又注重在社会活动中猎取功名,"兼济天下"。身为女人,生于旧世,有志亦不得伸,有才也不为用,分明极少有步入仕途的可能,然而女作家中同样有人表达了对科举入仕的向往之情,尽管只能是"自恨罗衣掩诗句,举头空羡榜中名"(鱼玄机《游崇真观南楼睹新及第题名处》)。又如,女子的天性一般来说是较爱幻想、多情易感的,但在她们的创作中却很少能看到庄子、李白那样天马行空的惊人想象、弃世绝俗的思想飞腾。虽然她们也曾生发出许多奇思妙想,但大都偏于情爱的实现而缺乏对现实的否定性的高度超越。即使哀怨深重也依然魂系大地,这恐怕很难说是为表现手法所局限,而主要源于某种内在的思维定式的制约。

建安时代,蔡琰在五言《悲愤诗》中沉痛诉说的是现世的苦难和不幸,它与志深笔长、梗概多气的"建安风骨"并非那么浑然一体。即使在《胡笳十八拍》的浪漫之声中,作者也依然恨世而不离世。"怨兮欲问天,天苍苍兮上无缘",每节每拍都维系着人生现实。同是愤世嫉俗,屈原可以上叩天阍下求佚女,追寻理想境界,李白可以梦游天姥幻入仙境,释放自己苦闷的灵魂,女作者却往往只是面对现实发几声感慨,道几分无奈,哀而不怨或怨而不怒。朱淑真"磨穿铁砚成何事,绣折金针却有功"(《自责》)的牢骚在女作者中已属少有之音。李清照的《渔家傲》词(天接云涛连晓雾)和她的《晓梦》诗写到了神境鬼界,颇有些上天入地的气魄。但这样的作品在女子创作中终究是偶一见之,且其中否定现实的意味也不是十分浓厚。女性的创作往往更执著于现世,这一特点与其思想文化背景所提供的儒家人生哲学或多或少有一定的内在联系。

不过,应当看到,女子的入世同那些信奉儒教的士大夫文人并不完全相同。士大夫知识分子身上存在的仕与隐的矛盾,在女子身上是不存在的。她们无"仕"的资格,也便少些"隐"的欲念。作为女性降生人世,一切都命中注定,很难改变。因而,就总体而言,女作者处世的主导倾向是安时处顺,缺乏那种早熟者的压抑、厌世者的超然以及孤独者的觉醒。古代妇女文学创作中所体现的观照人生的现世性，也正是建立在这样的基础之上。

其次是情感表现上的压抑迂回。婉转曲达，本是中国传统文学艺术表现上的特征之一，但在女性作者笔下，这种手法的运用很多时候是与感情上的压抑联系在一起的。礼教束缚下的女子言行处处受到限制，妇道要求她们"专心正色""清闲贞静""喜莫大笑，怒莫高声"，命运遭际给她们的人生蒙上一层黯淡的色彩。一些比较接近民间的女子尚能少些顾忌，时或大胆爽快地倾诉心曲，而那些居于高宅深院的闺秀、受妇道规范熏染甚深的才女，则很少能脱开自身所受教养的约束。于是，回环吞吐、半遮半掩成为许多女作者情感表达上的共同特点。

从她们口中，很少听到畅怀的高歌，而多是委婉低回的吟唱。"玉枕经年对离别"（姚月华《古怨》）的相思之苦，与丈夫"恩情中道绝"（班婕妤《怨诗》）的遭弃之忧，深闺独处的惆怅，红颜易老的感慨，生活给予她们的多种苦痛，在作品里都化为哀婉忧戚的歌。一种节制，同时也是一种压抑，给这些作品抹上了旧时代女子情感生活所特有的色调。对于她们所要抒发的内心感受来说，蕴藉委婉的表达方式常常更为相宜，而客观社会条件也促使她们选择这样的方式，于是，中国文学讲究比兴象征的传统在女作家的创作中得到了较为充分的体现。宫女不直抒对自然人生的渴望而寄情红叶，思妇不直言别夫苦情而转叙春景，类似的情感表达方式在作品中俯拾即是。

当然，男性文人同样有许多含蓄宛转之作，但若细细体味，二者的性质常是并不完全一样的。一方面，男作家这类作品许多时候并不含有压抑的意味；另一方面，他们有时还是"寓刚健于婀娜之中，行遒劲于婉媚之内"，或所谓"敛雄心，抗高调，变温婉，成悲凉"。虽以婉约出之，实则是一种力的顿挫。高远的志向，难酬的抱负，对政事的态度等等，有时就蕴于其中。而且，这种迂回又常是同直抒胸臆结合在一起的，或可将之称作一种"以退为进"的迂回。而在女作者，这样的情况很少见。生活上的重压，心理上的重负，使她们曲折道出的通常是个人心头的抑郁愁思。逝去的欢爱，朦胧的恋情，凄然的离别，孤苦的心境，她们的迂回所通向的常常不是未来，而只是过去和现在。

毋庸置疑，深致细婉、一唱三叹也是一种富于美感的艺术风采，它与慷慨激昂、淋漓酣畅的艺术表现并无高下之分，但当它在众多女子笔下比较突出地伴随一种压抑感出现时，或许存在着某种潜藏于深处的动因，即儒家思想传统要求人们、特别是要求女性自抑自制在她们创作心理上潜移默化发生的作用。很多女子在特定的生活环境中，性情本就偏于内向，儒学的教诲、妇道的束缚使这方面的特性愈加强化，从而给创作带来一定影响，这应该说是难免的。当然，这里也存在明显的异端，即封建社会中一个特殊阶层——娼妓、女冠的文学创作。历代常有一些通晓诗书文字的女子，因家道中衰、世风浸染等种种原因，沦落为娼或投身寺院。这些女子既失"人伦"，无可顾忌，反倒常能在创作中纵情恣意，吐露心声，表达上率直真切，忧喜之情溢于言表。比如唐代薛涛、李冶和鱼玄机等人的诗歌，赠友遣怀，时有可观之作，与宫廷、闺阁中的女子文学相比，有其独特的风貌和价值。

再一点是审美情趣上的趋同倾向。从古代女作家的作品来看，一般而言，她们在审美情趣上多倾向于柔美凄婉，笔下绝少气势雄浑、壮怀激烈之作。无论感物咏怀还是写人记事，字里行间回荡着的几乎总是一缕阴柔之气，极少有作品出乎其外。铿锵之声、豪放之音虽然也并非绝无仅有，但在整个古代妇女文学创作中所占比重极小。这样一种状况，是否也有特定的思想文化背景上的依据呢？回答是肯定的。

从先秦时代开始，温柔敦厚的诗教不仅在思想内容上，而且在艺术形式和审美情趣等方面对中国传统艺术发生了重要影响。并且，无论儒家、道家还是中国化的佛教，都具有"尚柔"的素质，这与温和厚重、坚韧顽强的民族性格相联系。作为一种哲学思想，柔之内涵十分深邃；作为一种艺术精神，它也有多方面的含义，这里仅言其一端。

中国古人素来的观念是"阴阳殊性，男女异行。阳以刚为德，阴以柔为用。男以强为贵，女以弱为美"（《女诫》）。柔，对女子尤为紧要，可以说关乎其立身之本，故有所谓"妇德尚柔"（《女史箴》）之说。封建时代，统治阶级和卫道士们在倡导女子谦卑柔顺方面可谓不遗余力，他们要求女性从精神气质到言语行动彻底柔化。而在特定情况下，这种"柔"又应当出之以"烈"，其实质是完全一样的，即主张女子对自己所从属的男性主人无条件的忠顺。与此同时，士大夫文人笔下的女子也常是柔弱妩媚，温静娴雅，从外貌到内心柔味十足。女子受着天性的驱使，再加上奴性教育的熏陶以及男性文人创作上的示范，渐渐生成尚柔的审美眼光，写出温厚柔婉的作品也就不足为奇了，而这与她们的社会地位也是颇为协调的。缠绵悱恻的情思，孤寂难遣的忧愁，宛如缓缓流淌的小溪，虽也有一波三折，终不同于撞击岩壁礁石飞溅而起的浪花。多愁善感，柔情似水，成为绝大多数古代女作家作品中所映衬出的抒情主人公形象，这也从一个侧面反映出她们相近的审美情趣。较之男性作家的创作，显然缺乏更为色彩斑斓的风貌。

仅以唐代文人诗而论，李白的雄奇飘逸，杜甫的沉郁顿挫，韩、孟的尚奇求险，元、白的浅俗平易，李商隐的富艳绵密，杜牧的风流俊爽……不同的创作风格反映出审美趣味的明显差异，而这样的差异在女性作者那里则往往不甚鲜明或比较细微。若仅从不同性别的生理、心理特点上来解释这种现象显然是缺乏说服力的。应该说，这与男女作者人数及其流传下来的作品数量所存在的巨差可能有一定的关系,但这很难说是问题的实质。恐怕还是需要追溯到古代女作者思想文化背景的较为单薄的色彩。也就是说,与男作家相比,女作者们的审美意识与正统伦理观念往往结合得更为紧密,她们的心灵受束缚更深,更多地沉积着儒家的伦理道德要求,因而妨碍了审美情趣的多元发展。

总之,深层文化心理的建构对创作产生了不容忽视的影响,特定的生活状态和历史文化土壤塑造了古代知识女性的人生意识、心理素质和审美趣味,也培育了妇女文学的艺术品格。

三、感伤的艺术特质

古代妇女创作的感伤传统源远流长,贯穿历代创作。在最早的诗歌总集《诗经》里,有相当数量的作品从内容和情调上可以基本断定出自女性之手(或口),它们涉及战争、征戍、家庭生活、集体劳动等多方面内容,而以婚姻恋情为数最多,其中不少作品发出的是闺中怀人、弃妇哀怨的痛苦之声。汉魏六朝,是文人文学诞生以后有主名的女性作者开始崭露风采的时代。此时从事文学创作的主要是宫廷女子和少数官宦人家的妇女。她们的作品大都流传甚少,作者名下往往仅存一两篇。然而,就从这为数不多的创作中已可约略见出,妇女文学在初兴之时便呈现出特有的情感基调——幽怨感伤。两汉四百年,辞赋为一代之盛,特别是西汉武帝到成帝时代最为突出,司马相如等人以长于辞赋而名扬四海,赋坛成为当时文人竞显身手之地。他们纷纷以铺张扬厉的文字讴歌封建王朝的强大,颂扬汉家天子的威严,同时对统治者贪图享乐、挥霍资财进行一点委婉的讽谏。可是,这种文学风潮在女作者那里几乎不曾引起什么反响。此时在她们笔下,有宫中失宠妃嫔的泣诉:"新裂齐纨素,皎洁如霜雪。裁成合欢扇,团团似明月。出入君怀袖,动摇微风发。常恐秋节至,凉飙夺炎热。弃捐箧笥中,恩情中道绝。"(班婕妤《怨歌行》)有远嫁异域的公主的悲伤:"吾家嫁我兮天一方,远托异国兮乌孙王。穹庐为室兮旃为墙,以肉为食兮酪为浆。常思汉土兮心内伤,愿为黄鹄兮归故乡。"(刘细君《悲愁歌》)有官吏之妻的离愁:"悠悠兮离别,无因兮叙怀。瞻望兮踊跃,伫立兮徘徊。思君兮感结,梦想兮容辉。……长吟兮永叹,泪下兮沾衣。"(徐淑《答秦嘉诗》)有被弃之妇的怨叹:"茕茕白兔,东走西顾。衣不如新,人不如故。"(窦玄妻《古怨恨》)一派愁苦哀怨在女子诗作中流淌。这样的格调与同时代男性文人的创作情趣相比,可谓相去甚远。

汉末魏初,曹氏父子及其周围的文人掀起诗歌创作的高潮,写下许多"志深笔长""梗概多气"的篇章。世积乱离,风衰俗怨,群雄并起,铁马金戈。建安文学的"风骨",呈现的是阳刚之美,而同时代女子的诗章依然充盈着泪水。蔡琰为战乱中的不幸际遇而哀（《悲愤诗》），魏文帝夫人甄氏因失宠而泣（《塘上行》），丁廙的妻子在丈夫亡灵前痛哭（《寡妇赋》）……内在精神上的疏离在延续。魏晋六朝是中国思想史和文学史上一个具有重要意义的历史时期。社会的巨大动荡带来思想上的急剧变化，魏晋名士以自己的狂放向传统伦常挑战。受这股社会风习的影响，部分妇女的生活方式发生改变，中上层人家的妇女亦备受濡染。然而，尽管此时参与文学写作的女子人数稍多，但除谢道韫等显示了一点不同凡俗的意趣之外，妇女创作大体上仍然沿袭了两汉以来的格调，吟唱着哀婉低回的心曲。

唐宋之时，诗词领域绽放出空前绚丽的花朵，也正是在这一时期，妇女文学创作第一次出现比较活跃的局面，女皇后妃、女官宫娥、名媛闺秀、市井钗鬟、娼妓道姑等各种身份的女子纷纷参与诗歌创作。然而，回荡其间的主旋律仍是悲苦愁怨："一入深宫里，年年不见春"——宫人怨，这是生活在帝王宫中的女子的倾诉。"莫作商人妇，金钗当卜钱"——商妇怨，这是托身于商人的妇女伫立江边的哀吟。"从此不归成万古，空留贱妾怨黄昏"——征妇怨，这是征人的妻子在夕阳下的痛哭。"良人何处事功名，十载相思不相见"——离妇怨，这是士人妻子在空闺中的悲啼。"偶然成一醉，此外更何之"——青楼怨，这是娼妓、女冠在青楼道观中的怅叹。此外，唐代妇女文学中还可以听到在社会动乱、经济窘困的现实下妇人的呻吟（如张窈窕《成都即事》），可以看到由于官僚昏庸造成冤案给女子带来的心灵重创（如程长文《狱中书情上使君》），等等。盛唐文学气势壮大、崇尚风骨的时代追求，中唐文学尚实、尚俗或尚怪奇的艺术倾向，晚唐幽奥隐约的创作途径等与社会政治局面、士人遭际及其心理状况紧密联系的创作风潮的转换，在女作者那里不曾留下明显痕迹。她们的创作主要循着自前代延伸下来的感伤传统表现个人私情，于其间注入无尽的苦涩。

宋代妇女文学的一个显著特色是相当数量的女词人的涌现。词，作为较之诗歌出现为后的一种文学样式，有其独特的文体特点。它融合音乐、诗歌艺术，委曲倚声，打开了文学抒情功能的新层面。文人词发展到晚唐五代，已逐步形成"香而弱"的纤美风格。以深婉的笔致抒写柔艳之情，成为许多词作的共同艺术风貌。词这种文学样式，也几乎成为古代文学中最适于表现儿女之情的艺术体裁。而众多女作者所欲抒发的，主要也正是儿女之情。比起诗歌来，词体给了她们更多的便利，与她们的精神素质更为契合，加之侑酒侍宴的需要、社会风尚的熏染，她们之中许多人自然地选择了这种文体借以言情。李清照、魏夫人、朱淑真、吴淑姬以及孙道绚等均是宋代有名的女作者。她们的创作内容大部分仍囿于传统的圈子，多是吟咏婚姻恋情以及由此而生的忧戚情怀。不过，由于作者善于汲取前代丰富的文学营养，并能较好发挥词体长于言情的特点，因而在表情达意、展示人物内心世界方面往往深婉细腻，取得了相当高的成就。如果说唐以前少数女子的零星创作尚不足以构成一种文学态势的话，那么，此期的妇女创作则以其作者之多、篇什之丰以及若干优秀作家及其代表性的出现，具备了特定的情感生活内容，确立了凄美柔婉的总体风格和以诗、词两种文学体裁为主的艺术样式，相当清晰地展现出妇女文学感伤传统的基本建构。

经元到明清，旧有的格局尚未被彻底打破，但已在延续中显现出僵化、板滞、缺乏艺术魅力的一面。与此同时，一些新的因素开始生长。清代妇女文学空前繁荣，据胡文楷《历代妇女著作考》统计，此期仅有集行世的女作者即达三千余人。妇女吟咏活动相当频繁，有的母女唱和一门联吟，有的雅集诗社以诗会友，也有的投拜在进士、举人门下，成为"随园女弟子""碧城诸闺秀"。不过，其中有相当一部分是朝廷命妇、县郡淑人或富贵人家的名媛闺秀，风花雪月、逸致闲情成为反复吟咏的对象，尽管作品常是辞采丰富、格律工稳，但常缺乏深刻的情感冲动和富于生命活力的精神内核。此期一部分与社会生活发生了较密切关系的女作者奉献出略具新意的创作，体现了感伤传统在新的历史条件下的蜕变。这些作品包括身经易世之痛的女子怆怀故国的哀思，也有表现劳动人民生活苦况并对其寄予深切同情的作品。一些人格意识有了初步觉醒的女子，在创作中对男尊女卑的社会现实和妇女才能抱负不得施展表达了不平之情。与前代个别女子怀才不遇的叹息相比，这些女作者情感更为浓郁，呼声更为强烈。

古代妇女文学倾于感伤的艺术特质在以下几个方面得到鲜明的体现：

第一，以忧伤的情思为审美思维的形象脉络。古代妇女文学作品出自不同时代不同作者之手，所运用的具体表现手法也有种种差别，但就其艺术构成的基本方式而言，大体上是以忧伤的情思作为贯穿整个作品审美思维的中心线索。可以看到，在她们的许多文学创作中，抒情主体形象以及整体艺术氛围都是围绕这一线索建立起来的。

古代妇女作品对抒情主人公形体的描绘大都比较简略，远不如一些男性文人对女子形体外貌的刻画那么细密。但在这方面，女作家们用笔有一共同的特点，即写"瘦"多，写"病"多。从李清照这样的词坛大家到一般女作者往往均是如此。李清照写到人物之"瘦"的句子就有"新来瘦""人比黄花瘦""憔悴更凋零""如今憔悴损"等。她们作品中随处可见这样的句子："年年来对梨花月，瘦不胜衣怯牡丹。"（朱淑真《春霁》）"憔悴卫佳人，年年愁独归。"（张玉娘《双燕雏》）"偷照菱花，清瘦自羞觑。"（吴淑姬《祝英台近》）"叹无端心绪，台城柳色，难禁许多消瘦。"（沈宜修《水龙吟》）；与"瘦"相关，写"病"亦十分常见："相逢仍卧病，欲语泪先垂。"（李冶《湖上卧病喜陆鸿渐至》）"愁病相仍，剔尽寒灯梦不成。"（朱淑真《减字木兰花》）"几日病淹煎，昨夜迟眠，强移心绪镜台前。"（王朗《浪淘沙》）。在她们笔下，被加以突出描画的往往是清癯消瘦的身影、玉减容衰的病姿。这种外部形象的描写包含着相当丰富的心理内容，就其进入作品的情感脉络来说，显然是与愁苦之情联系一起的。因忧而瘦、而病，瘦、病复亦更增其忧，这是许多女作者所共有的心理—生理过程。一方面，带消极色彩的生命活动信息在作用于她们精神世界的同时，对其生命本体的生物性存在发生着微妙的影响；另一方面，这种受到微妙影响的生物性存在又促使她们更进一步加深了对特定生命活动信息的心理体验。所以，她们作品中有关"瘦""病"的描写，不仅是对外部生命存在状况的表述，更是女作者内心愁绪的象征，是她们传统忧思的载体。以李清照的词作名篇《醉花阴》为例。虽然在这首词中，"瘦"字到词尾才最后一个出现，但它与全词所表现的离情别绪有着十分密切的联系。而"人比黄花瘦"这一句之所以历来为人称道，其妙处也正在于，它不仅生动、形象地勾勒出女主人公的体貌，而且于含蓄蕴藉之中表现了她的相思愁情。

与此类似，女作者笔下的"病"也总是与愁相连，写病痛之苦其实是在强调愁之凝重。例如吴藻的词作《清平乐》："弯弯月子，偏照深闺里。病骨阑珊扶不起，只把纱窗深闭。几家银烛金荷，几人檀板笙歌？一样黄昏院落，伤心谁似侬多？"在这曲抑郁凄清的悲歌中，"病"显然不是作者主要的吟咏对象，它所重点表现的是主人公的孤寂心境。以瘦衬愁，更显愁苦；以病诉怨，愈现怨深。在忧伤之情的支配下，形体的瘦弱多病成为女作家特殊的审美对象和情感抒发的凭借物。一种自怜自惜之情流露在字里行间，而将瘦、病、愁集于一身的抒情主人公形象也便往往具有一种特殊的美。这美的基调是寒凉哀楚的，构成它的元素既有女子深挚的感情，又有她们生命的销损、心灵的创痛。可以说，以瘦病之体写愁苦之心，已成为历代文学女性言愁述怨之作所常采用的抒情模式之一。

围绕创作主体忧伤情思这一中心线索的，还有作品通过人物与景物的关系所创造出的忧郁氛围的悲凄色调。人与自然发生审美关系的过程，也即心与物、主观与客观相互作用的过程。这种相互作用使文学创作中的客观景物披上主观色彩，同时又赋予主观心理活动形象鲜明的物质外壳。讲求寓情于景、情景交融，是中国文学源远流长的传统，历代男性文人曾写下许多体现这一传统的优秀篇章，其中蕴含作者极为丰富的审美感受。有时，它展开的是俯仰宇宙的壮士襟怀；有时，它体现的是静观自然的隐士情趣。既有情景合一的涵浑，又有物我两忘的超然。审美主体投射于客观景物的情绪色彩相当复杂：或激越狂放，或恬淡平和，或奔突跳跃，或消沉颓丧……女作者方面的情况却颇有不同，正像谢榛《四溟诗话》中所说："观者同于外，感则异于内。"从女作家的景物描写中可以看到，她们的审美感受有一个相当普遍的倾向，就是将景物描写纳入人物的悲情之中,以愁笼物,以物凝愁。换句话说,她们对自然景物的审美感受明显偏于寒凉凄楚。大致来说,她们对人物与景物关系的处理主要采取两种表现方式。

一是以哀情外射,集注于景,借助物化的形式表现人物内心伤痛。此时,女作者们又可能运用多种不同的艺术手法。比如以写实性白描含蕴情感,在貌似客观的景物描写中贯穿忧思。李清照于此最为擅长,其他女作者也常有佳篇,像魏夫人的《菩萨蛮·春景》:"溪山掩映斜阳里,楼台影动鸳鸯起。隔岸两三家,出墙红杏花。绿杨堤下路,早晚溪边去。三见柳绵飞,离人犹未归。"词的上阕以细腻写实的笔触展现出浓丽的春色,主人公的情思含而不露。下阕用笔依然客观。全词无一句直接言情,却将春日怀人的主题表达得神完意足。

女作者们又常在情景相融的双向交流中突出忧伤之情。当此之际,外部景物不仅成为富于悲凉色调的客观描写对象,而是本身便具有一定的主体性,仿佛真的能够通人意,解人语,为人事生哀。如以下两例:"一寸柔肠万叠萦,那堪更值此春情。黄鹂知我无情绪,飞过花梢禁不声。"(陈梅庄《述怀》)"山亭水榭秋方半,凤帏寂寞无人伴。愁闷一番新,双蛾只旧颦。起来临绣户,时有流萤度。多谢月相伴,今宵不忍圆"(朱淑真《菩萨蛮·秋》)。这里,有生命的鸟和无生命的月都成为与抒情主人公心心相印之物。飞鸟含情,皓月同孤,作者不仅将自己的苦情对象化,使自然景物以清冷萧索的面貌出现,而且进一步赋予外物浓厚的人情味,让它与抒情主体一道为悲愁之情所笼罩。由此,主人公从自然界中得到了在现实生活里难以觅得的同情、理解和哀怜。

二是将哀情内敛,通过主客体之间的不相协调乃至相互对立,突出强调抒情主人公的苦闷感伤。此时,外在景物非但不是主人公的朋友,反而成为一种具有排斥哀情性质的自在之物。主人公不但不能在同它的沟通和交流中获得安慰,反而因它而备受刺激、倍增感伤。于是,主人公只能独守于痛苦之境,将融入了外来刺激从而变得更为浓重的忧伤之情收束、沉积在自己心中。比如表现清宵怀人的词作:"帘外一轮明月,凄切!空自照秦楼。玉箫吹断碧云秋,愁么愁!愁么愁!"(赵家璧《荷叶杯》)秋日的夜空明月高悬,词人在孤栖之中满怀忧愁。作品中"空自"二字点明物我之间的了不相干,处于伤感之境的主人公显然无法从自然界的美景中获取愉悦,反而因之更加体验到愁苦之凝重。另一种情况则是更进一步,描写欢乐之景为悲伤之情所厌憎,通过内情与外物之间的矛盾凸显忧愁。如徐月英的《送人》诗:"惆怅人间万事违,两人同去一人归。生憎平望亭前水,忍照鸳鸯相背飞。"又如孟淑卿所作《春归》:"落尽棠梨水柏堤,萋萋芳草望中迷。无情最是枝头鸟,不管愁人只管啼。"这类作品中,人物与景物之间的关系由于审美主体的情感作用而发生变异,以两相对立的方式联结在一起,而抒情主人公的忧伤之情也便在它们之间的不和谐中显得分外突出和鲜明。与此类似的作品很多。

　　正由于在塑造抒情形象、结构情景关系时，女作者们所围绕的往往是忧思愁绪这一审美的中心线索，所以，倚楼望远、夜深剪烛、花前拭泪、对镜自怜等体验着人生苦情的女子形象，孤月夕阳、朝露晚霜、败荷疏雨、弱柳残红等在传统文学表现模式中易于与悲愁之情相交融的客观景物，便很自然地常常出现在她们的创作之中。

　　第二，内在情韵的温润柔和。女子感伤文学艺术品格的另一重要标志是内在情韵的温润柔和，这主要是指创作中情感内质的平和及其文学表达上的颇有节制。女子感伤之作产生于不遂人愿的生活状况和郁闷忧烦的情绪心态之中，其间时或还可能蕴含着人生的大悲大恸。然而，她们笔下极少喷涌出激荡的情感，而多是轻柔温润的惋叹。例如，被君王打入冷宫的女子发出如此低吟："团圆手中扇，昔为君所持。今日君弃捐，复值秋风时。悲将如篋笥，自叹知何为。"（田娥《长信宫》）被丈夫抛弃的妇人道出这般痴情："君如收覆水，妾罪甘辨箠。不然死君前，终胜生弃捐。死亦无别语，愿葬君家土。傥化断肠花，犹得生君家。"（季芳树《刺血诗》）在全然没有独立人格、只是作为男性的奴隶而生存的可悲状态里，她们的情绪哀苦却又和缓，伴着忧伤的泪水，总有缕缕柔情。那些表现女子离愁别恨的作品也是如此："一呷春醪万里情，断肠芳草断肠莺。愿得双泪啼为雨，明日留君不出城。"（齐景云《赠别傅生》）"春风送雨过窗东，忽忆良人在客中。安得妾身今似雨，也随风去与郎同。"（晁采《雨中忆夫》）"朝朝送别泣花钿，折尽春风杨柳烟。愿得西山无树木，免教人作泪悬悬。"（鱼玄机《折杨柳》）这几篇作品均是在奇特的想象中表达主人公相思之情。第一篇幻想以泪化雨留住心上人，第二篇渴望以身化雨追随夫君，后一首则运用审美上的错觉感知表现诗人的深切依恋，仿佛没有了杨柳也便不会再有别愁。三首诗均以新鲜生动的手法表现了恋极而生的痴情，情意不可谓不浓。然而，细品起来，这情感又都是比较舒缓、平和的，不仅与民间情歌相比是这样，而且与一些男性文人代言闺情之作（如李益《江南曲》、金昌绪《春怨》、孟郊《怨诗》等）相比，也显得沉稳得多。作者似乎在丰富的想象中"异想天开"，其实却相当冷静地驻足于现实。"愿得""安得"一类的字眼既是她们对梦想与现实之间距离的确认，又是她们在二者之间寻得某种心理缓冲的桥梁。这并不只是关系到具体表现手法的运用，也不仅是个别作品中所具有的情感流程，事实上，很多女子创作中均有类似的处理，只不过它未必都有明确的字句加以标示，而往往是在运思用情的过程中无形地完成了自我心理的调节和自我情感的平衡。

　　温润柔和的内在情韵另一表现特征是情感的"适度""有节"。在对痛苦的心灵体验加以表现时，女作者的哀思愁情很少趋于极端。尽管她们有时也会发出一些怨愤之辞，表达对"负心汉"的指责或对具体生存状况的不满，但大体上总是在一定的限度内"适可而止"，不致变"怨"为"怒"。例如南宋易祓之妻所作的《一剪梅》词："染泪修书寄彦章，贪做前廊，忘却回廊。功名成就不还乡，铁做心肠，石做心肠。红日三竿未理妆，虚度韶光，瘦损容光。相思何日得成双，羞对鸳鸯，懒对鸳鸯。"易祓字彦章，据《古杭杂记》载，他是宁宗朝状元，"初以优校为前廊，久不归。其妻作《一剪梅》词寄之"。词之发端，流露出较明显的责备之意，然而最终还是以"怨"始而以"伤"结，不满化为相思，温情包容了怨艾。又如南宋林子建之妻韩玉真的《题漠口铺》诗："南行逾万山，复入武阳路。黎明与鸡兴，理发漠口铺。盱江在何所？极目烟水暮。生平良自珍，羞为浪子妇。知君为秋胡，强颜且西去。"林子建原为太学生，得官以后只身赴闽，行前许诺秋冬之际遣人前来迎妻团聚。可是，事后却爽约不至。韩玉珍上路前往闽地寻夫，行至漠口铺，却又闻丈夫已官盱江（在今江西东部）。她便在壁上题下此诗。诗中先述客旅艰辛，复言丈夫易地难寻，幽怨之情含而不露。末几句虽以"浪子""秋胡"称夫，但情感基调不违封建社会的妇道，用语也未伤大雅。这首诗不仅当时为人所传，后来还受到封建文人"笔有余闲"的称道，这与它情感的节制显然是分不开的。悲哀而又温柔，怨怼却又不失敦厚，女子之作感伤之作时常涂抹着一层弥盖全篇的柔润之色。她们总是相当自觉而有分寸地把握着"伤"与"责"、"怨"与"怒"的界限，故而在作品内在情感的建构上，往往出现颇为相近之处。比如刘彤的《临江仙》词："千里长安名利客，轻离轻散寻常。难禁三月好风光，满堤芳草绿，一片杏花香。记得年时临上马，看人眼泪汪汪。如今不忍更思量，恨无千日酒，空断九回肠。"丈夫追名逐利而去，妻子独守空闺抑郁伤怀。词一开始稍露怨尤之意，但随即转为倾吐离愁，完全是一片温情了。抛开作品字面上所取物象的不同，这首词与易祓妻的《一剪梅》在情感内质上几乎没有什么区别。

  内在情韵的温润柔和体现出女作者们一种共同的审美倾向，即注重情理的中和。这也是华夏民族在长期生产劳动和社会实践中形成的一种普遍心理——"中和为贵"的反映。春秋以前人们论"和"，主要是从朴素的宇宙观出发，由推崇自然界事物的和谐相处演进为对审美客体和谐会引起审美主体心理和谐的认识。后来，在此基础上，儒家的一些思想家进一步赋予中和观念鲜明的政治、伦理色彩，其中一个重要内容即是要控制情感的抒发并使之合乎正道。特别是强调不能与礼教相悖，而应当"发乎情，止乎礼义"（《毛诗序》）。这种观念渗透到人们审美观念中，形成了对宽和、适度的情感的推重。然而另一方面，中和观念又并非儒家所独有。早在春秋战国时期，就存在着道家思想对儒家中和观的冲击和修正。道家不是像儒家那样，把审美、艺术范畴中的"和"与政治教化上的"和"

统一起来，而是从物性自然的角度追求"与天和"，主张摒弃法度，无为、自然而和。与儒家"以道制欲"、用礼义持人性以臻中和的观念不同，道家强调"任其性命之情"（《庄子·骈拇》），发以真心，达到自然之和。文学史上，这样的性情观对相当一部分文人产生过重要影响。他们任情而发，率性而作，在文学创作中体现出比较鲜明的主体意识和个性精神，其中不乏对儒家正统中和观的反叛。但是，基于传统社会妇女低下的生活地位和深受礼教束缚的精神现实，女作者们的情感被局限在一个无形的框架之中，受着某种"质"的规范。在这样的背景下，温润柔和，很自然地成为妇女文学内在情韵的主要特征。

　　第三，艺术手法的细腻婉约。与温润柔和的内在情韵联系在一起的，是以细腻婉约为特色的外部艺术表现形态。女作者们大都有一颗敏感的心灵。狭小的生活空间局限了她们的视野，却又促使她们无形中培养起对身边事物的敏感，使之长于捕捉各种信息并向细处、深处生发。有时，她们从风雨中倾听青春消逝的足步，感受孤身独栖的悲凉；有时，她们面对凋花衰柳、晓星淡月发出人生多难的怅叹。被人捐弃的秋扇，飘浮天边的白云，一行雁影，几声莺啼，都会使她们心有所动，黯然伤情。从审美上说，女作者们此时追求的不是以小见大，而是以细见深，即在细微之处传达出主人公的心绪情感。例如明代沈氏女所作《春日即事》诗："金针雕破窗儿纸，引入梅花一线香。蝼蚁也知春色好，倒拖花瓣上东墙。"诗中所写景物极细小，平素绝少有人对它加以注意。但在一个身闭闺中的女子那里，却引发了独特的感受。作者就凭借这十分细微的景物表达了自己不能享受美丽春光的苦闷之情。与此同时，女作者细腻的笔致又常与含蓄婉约的传统艺术表现方式相结合。有时，二者的高度和谐会创出动人的艺术境界。试看朱淑真的词作《蝶恋花》："楼外垂杨千万缕，欲系青春，少住春还去。犹自风前飘柳絮，随春且看归何处？绿满山川闻杜宇，便做无情，莫也愁人苦。把酒送青春不语，黄昏却下潇潇雨。"宋代有不少以惜春为题材的词作，柳絮纷飞，杜鹃哀鸣，暮雨淅沥是这类作品中经常可以见到的几组景物形象，然而，它们在一位多愁善感的女性笔下仿佛独具魅力。作者在对春景的描绘中融入了自己复杂微妙的心理感受，写来分外曲折细腻。词的上片首先由垂杨柔条缕缕这一自然景观落笔，生发出"欲系青春"的联想，继之又将漫天飘舞的柳絮想象为一心要追随春天步履的有情之物，进一步暗示主人公恋春痴情以及欲唤春回之意，这就比相对常见的飞絮送春的构思更为曲折深婉。下片以摇曳生姿之笔点出人情的愁苦：即令杜鹃无情，也在为惜春的人们深感忧虑而发出声声哀啼。从垂柳系春、飞絮随春到主人公把酒送春，人物心绪的起伏表现得细腻蕴藉而又富于层次。作者依恋春光的深情、惜别春光的忧伤以及对青春、生命的内心感受，全都包含在其中了。李清照更是一位善于在创作中体现思深情浓、细腻婉约的艺术特质的优秀作家。在写实性白描中含蕴深厚情思，是她词作的一个突出特点。《凤凰台上忆吹箫》等不少表现离愁别绪的篇章为人们所熟知。当然，女子之作有时也采取直接发露的方式，但从总体来看，婉约致情、委曲达意的艺术表现更具有普遍性。

综上，以忧伤之思为中心脉络，用细腻委婉之笔写温润柔和之情，构成了古代妇女创作特质的一个重要方面。温婉妇人语，忧伤女儿心，熔铸了古代妇女文学偏于柔婉的质地和品格。

第三节　女性语言与女性书写：早期词作中的歌伎之词

西方女性主义从20世纪40年代末期女性自我意识之觉醒，继之以女性主义文学批评兴起，开始了对于"文学中的女性"与"女性的文学"之种种反思和研讨。到以后女性主义之性别论述，则更结合了与政治学、社会学、心理学等各学派的对话，而且与时俱进地更渗入了后结构主义与后现代主义的种种新说。而要想探讨女性词之美感特质，无可避免地就要牵涉到一些有关性别和文化的问题。本节所提出的"女性语言"，就是我们在探讨女性词作之美感特质时首先要触及的一个重要问题。

而说到"女性语言"，就不能不对西方女性主义有关女性语言之论说的提出与演化略加追述。早在1991年，当笔者撰写《论词学中之困惑与〈花间〉词之女性叙写及其影响》（以下简称《论词学中之困惑》）一文时，就曾对安妮·李赖荷（Annie leclerc）之《女性的言说》（Parole De Femme）、卡洛琳·贝克（Carolyn Barke）之《巴黎的报告》（Reports fion Paris）、特丽·莫艾（Toril Moi，或译为特丽·莫伊）之《性别的、文本的政治：女性主义文学理论》（Sexual/Textual Politics: Feminist Literary Theory）诸家著作中有关女性语言之说，做过简单介绍①。约言之，她们所提出的大约有两个重点：一是一般印象中所认为的男性语言之特色为理性、明晰，女性语言之特色为混乱、破碎之二分法的观念，应该予以打破；二是女性应该尝试以写作实践写出一种自己的语言。除去该文中所举出的以上诸家有关女性语言之一些基本的观念以外，本节还要提出另外两家重要的说法，那就是露丝·依丽格瑞（Luce Irigaray）之"女人的话"（le parler femme或译为"女人话"）与海伦·西苏（Hélène Cixous）之"阴性书写"

---

① 叶嘉莹：《论词学中之困惑与〈花间〉词之女性叙写及其影响》，见《迦陵论词丛稿》，河北教育出版社1997年版。

(écriture feminine)①。她们所致力的都是对男性父权中之二元化的解构。

依丽格瑞认为，如果陷身于男性中心的语言架构之中，女人所能做的就只是鹦鹉学舌，否则就要保持沉默。所以要将之解构，而另外建造出不受父权中心所局限的一套语法与文法。这种女人话的特征是经常在一种自我编织的进行中（in the process of weaving itself），拥抱词语同时也抛弃词语（embracing itself with words but also getting rid of words）②，为的是不使其固定化。依氏同时也以自己的写作来实践她的理论，就以她提出此种说法的那本著作《性别非一》（*This Sex Which Is Not One*）一书而言，就不仅在内容文体方面有着多种变化，而且就连书名本身，也有着明显的意义不确定的性质。西苏则认为，男性父权中心的运作方式乃是占据和拥有，而所谓阴性书写则是给予，她把一切运作方式都置之不顾，到最后，她寻求的不是她的获得而是她的差异（not her sum but her differences）③。又说："当我书写，那是写出我自己（written out of me），没有排拒（no exclusion），也没有规约（no stipulation），那是对爱之无止尽的寻求"（unappeasable search for love）④。而女学者特丽·莫艾（Toril Moi）在其《性别的文本的政治》（*Sexual/Textual Politics：Feminist literary theory*）一书中，对于西苏所提出的"阴性书写"之概念，实在与德希达（Jacques Derrida）之解构理论之说有密切的关系⑤。德氏之说是从索绪尔（Ferdinand de Saussure）之语言学发展出来的。索氏认为语言在落实到说与写之前，其能指（signifier）与所指（signified）已经具有了一种固定的结构关系。而德氏则认为语言中之"能指"与"所指"是随着时间与空间之不同而改变的。因此德氏乃提出了一个新的术语，称之为"延异"（difference）⑥。而且德氏以为写作之语言与口述之语言不同，口述者之自我在场，而写作者之自我则不在场，因而其"能指"与"所指"乃形成了一种难以固定的关系⑦。至于西苏虽然也提出了所谓"差异"（difference），但西苏所致力的乃是破坏男性父权逻辑之控制，要把二元对立之说突破，而享有一种开放文本的喜乐（the pleasure of open-ended textuality）⑧。再有一点应注意的，就是西苏所谓"阴性书写"，其所指的只是一种写作的方式，与作者之生理性别并无必然关系。所以一般译者往往将其所提出的"écriture feminine"译为"阴性书写"，而

---

①② Lucei. This Sex Which is not one. Catherine Poster. Ithaca：Cornell University Press, 1985：29 – 30.

③④ Elaine M, De Coustirzon Isabella. New French Feminilisms. Amherst：University of Massachusetts press, 1980：264.

⑤ Toril M. Sexual Textual Politics：Feminist Literary Theory. New York：Methuen, Co. Ltd, London, 1985：15.

⑥⑧ Irena M R. Encyclopedia of Contemporary Literary Theory. Toronto：University of Toronto Press Incorpotred, 1993：534.

⑦ Jacquesd. Writing and Difference [M]. Alan Bass. Chicago：University of Chicago Press, 1978：26.

不称之为"女性书写",这是为了表示一种特殊的意涵。也正如一般译者之将依丽格瑞所提出的"le parler femme"译为"女人的话"或"女人话",而不称之为"女人话语"或"女人语言",那是因为中文所译的"话语"和"语言"甚至"言语",在今日专门介绍西方理论的中文著作中大都已经另有专指。"话语"指的是"discourse","语言"指的是"language",而"言语"则指的是"speech"。这些都既有专指,所以依氏所提出的"le parler femme",这里就只能译为"女人的话"了。而且依氏所提出的此一说法,其实还有一个吊诡之处,那就是"parler"一字当做动词用时,原可不分性别地泛指"说话"和"讲话",但当其做名词用时作为"语言"或"言语"之意时,则是一个阳性的名词,所以前面的冠词用"le"而不用"la",但后面的"femme"一字,则确指生理上的女人。依氏此种结合两种性别的词语,在女性主义论述中,当然可能也有其颠覆男权之独特的取义。

本节之标题所用的则是"女性语言与女性书写",虽引用了西方女性主义学者的一些论述,但却并不想承袭她们的论述,而只是想透过她们的一些光照,来反观中国传统中的一些女性词人之作品的美感特质。这里所说的"女性语言"主要指的是女性之词在语言中所表现的女性之内容情思;至于"女性书写"则指的是女性在从事词之写作时所表现的写作方式和风格。下面就从这两方面对女性词作之美感特质加以探讨。

首先,关于男性之词与女性之词的起点之不同。对于男性之词的美感特质之探讨,笔者是以《花间集》作为开始的。虽然早在唐代就已有不少诗人文士从事过词之写作,如世所共传的李白之《菩萨蛮》(平林漠漠烟如织)、《忆秦娥》(箫声咽);张志和之《渔父》(西塞山前白鹭飞);刘禹锡之《忆江南》(春去也);白居易之《长相思》(汴水流)诸作,大都与诗之绝句的声律相去不远,不仅体段未具,而且声色未开,只能算是诗余之别支。至其真能为词体之特质奠定基础者,自当推《花间集》中之温、韦为代表。而温、韦所奠定的《花间集》之美感特质,则在笔者多年前所写《论词学中之困惑》一文中已早有论述。总之《花间集》之以叙写美女与爱情为主的小词之出现,对于男性"士"之文化意识中的以"言志"为主的诗歌传统,乃是一种背离。

不过,值得注意的是,作为一个男性,即使当他为歌筵酒席之流行歌曲撰写歌词,而脱离了"士"之意识形态时,他的作为男性的父权中心之下的意识却依然强烈地存在。因而这些男性词人笔下之美女与爱情,就形成了两种主要的类型:第一种类型是用男性口吻所叙写者,其所写之美女成为一个完全属于第二性的他者,只是一个可以供其赏玩和爱欲的对象。《花间集》中,凡属大力叙写女子的衣服装饰姿容之美的多数作品,其笔下之女子自然多是属于赏玩之对象。至于另一些大胆叙写男女之情,如欧阳炯者,则其笔下之女子便大多是属于爱欲之对象。而无论是属于赏玩之对象或爱欲之对象，其男性父权中心之意识都是显然可见的。

第二种类型则是用女子口吻来叙写的女性之情思，此类叙写也有两种情况，一类是在男子的爱欲之中女子所表现的无悔无私的奉献之情，如牛峤之"须作一生拚，尽君今日欢"①、毛文锡之"永愿作鸳鸯伴，恋情深"② 属之；另一类则是当女子失去男子之爱情时所表现的相思怨别之情的作品，这类作品在《花间集》中占了极大的分量。而也就正是这一类作品中所写的女性情思，竟而使得读者引生了许多男性之"感士不遇"的"贤人君子幽约怨悱不能自言之情"的联想。这种联想之引发，固应是由于一种"出处仕隐"之属于男性的士文化之情意结的作用，而如果抛开此种作用之联想不谈，只就其表面所写的男子想象中之被自己所离弃以后的女子之情思而言，则我们便可分明感受到男子之自我中心的一种充满自信的强烈的男性意识。在男子的意识中，对女子之取舍离合其主权完全是操之在己的一种自由任意的行为，而女子对于男子则应是永不背弃的忠贞的思念。所以在撰写《论词学中之困惑》一文时，笔者曾应用过西方女性主义学者李丝丽·费德勒（Leslie Fieldler）和玛丽·安·佛格森（Mary Anne Ferguson）之说，她们以为向来男性文学作品中之女性形象都是不真实的，都不是现实中真正的女性。女性应该努力脱除旧有的定型的限制，写出女性自我的真正生活体验和自我真正的悲欢忧乐③。

下面举引一些真正出于女性之手的词作，来看一看女性真正的生活和情思。

关于女性之词和男性之词的起点之不同，前文已曾叙及。男性之词的特质以《花间集》为起点，而女性之词则应以敦煌曲子为起点。因为女性之词与女性之诗，在其都以叙写个人之生活情思为主的本质上既然并无不同，不像男性之词有着从言志之诗到歌曲之词的重大的背离，所以女性之词自应随词体之开始为开始。而早期之良家妇女根本不敢从事于这种歌词之写作，所以早期的女性词作所流传下来的乃大多为歌伎之词。而私意以为歌伎之词又可因其文化层次及交往对象之不同而表现为不同的风格和美感。下面对这些风格和美感不同的歌伎之词，略加举引和探讨。

第一类是早期敦煌曲中文化层次较低的一些歌伎之词，如：

（一）抛球乐（《云谣集杂曲子》〇二六）

珠泪纷纷湿绮罗，少年公子负恩多。当初姊妹（原作"姊姊"）分明

---

① 牛峤：《菩萨蛮》，见曾昭岷、曹济平、王兆鹏等编：《全唐五代词》，中华书局1999年版。
② 毛文锡：《恋情深》，见曾昭岷、曹济平、王兆鹏等编：《全唐五代词》，中华书局1999年版。
③ 叶嘉莹：《论词学中之困惑与〈花间〉词之女性叙写及其影响》，见《迦陵论词丛稿》，河北教育出版社1997年版。

道，莫把真心过与他。子细思量着，淡薄知闻解好么（原作"磨"）①。

菩萨蛮（同前，〇四一）

枕前发尽千般愿，要休且待青山烂。水面上秤锤浮，直待黄河彻底枯。白日参辰现，北斗回南面。休即未能休，且待三更见日头②。

望江南（同前，〇八六）

莫攀我，攀我太（原作大）心偏。我是曲江临池柳，者（别作这）人折了那人攀。恩爱一时间③。

前调（同前，〇八七）

天上月，遥望似一团银。夜久更阑（原作风阑）风渐紧，为奴（原作以）吹散月边云（原作银），照见负心人④。

（二）雀踏枝（同前，一一五）

叵耐灵鹊多瞒（原作谩）语，送喜何曾有凭据。几度飞来活捉取，锁上金笼休共语。比拟好心来送喜，谁知锁我在金笼里。愿（原作欲）他征夫早归来，腾身却放我向青云里⑤。

南歌子（同前，一一九）

悔嫁风流婿，风流无准凭。攀花折柳得人憎。夜夜归来沉醉，千声唤不应。回觑帘前月，鸳鸯帐里灯。分明照见负心人，问道些须心事，摇头道不曾⑥。

第二类是《全宋词》中所著录的与文士相往来之文化层次较高的一些歌伎之词，如：

（一）满庭芳（杭伎琴操改写秦观词，见吴曾《能改斋漫录》卷十六）

山抹微云，天连衰草，画角声断斜阳。暂停征辔，聊共饮离觞。多少蓬莱旧侣，频回首、烟霭茫茫。孤村里，寒鸦万点，流水绕红墙。　魂伤。当此际，轻分罗带，暗解香囊。漫赢得，青楼薄幸名狂。此去何时见也，襟袖上、空有余香。伤心处，高城望断，灯火已昏黄⑦。

（二）鹊桥仙（蜀伎，陆游客自蜀携归者，见《齐东野语》卷十一）

说盟说誓，说情说意，动便春愁满纸。多应念得脱空经，是那个、先生教底。　不茶不饭，不言不语，一味供他憔悴。相思已是不曾闲，又那

---

① 任二北：《敦煌曲校录》，上海文艺联合出版社1955年版，第27页。
② 同上，第34页。
③ 同上，第58页。
④ 同上，第59页。
⑤ 同上，第74页。
⑥ 同上，第77页。
⑦ 琴操：《满庭芳》，见唐圭璋编《全宋词》，中华书局1997年版。

得、工夫咒你①。

（三）鹧鸪天（都下妓，后归李之问。见《绿窗新话》卷下引《古今词话》）

玉惨花愁出凤城，莲花楼下柳青青。尊前一唱阳关后，别个人人第几程。寻好梦，梦难成。有谁知我此日情。枕前泪共帘前雨，隔个窗儿滴到明②。

（四）如梦令（天台营伎严蕊筵前被命题红白桃花之作，见周密《齐东野语》卷二十）

道是梨花不是，道是杏花不是。白白与红红，别是东风情味。曾记。曾记。人在武陵微醉③。

（五）鹊桥仙（同前，被命题限韵之作）

碧梧初出，桂花才吐，池上水花微谢。穿针人在合欢楼，正月露、玉盘高泻。蛛忙鹊懒，耕慵织倦，空做古今佳话。人间刚道隔年期，指天上、方才隔夜④。

（六）卜算子（同前，被释从良之际之作）

不是爱风尘，似被前身误。花落花开自有时，总是东君主。去也终须去。住也如何住。若得山花插满头，莫问奴归处⑤。

以上所抄录的第一类的六首词作皆录自敦煌之《云谣集杂曲子》。这些词都没有作者姓氏，盖皆为唐代歌伎所作之俗曲。据任二北《敦煌曲校录》之考证，以为其中之《菩萨蛮》（枕前发尽千般愿）一首，"可能写于天宝元年"，"为历史上最古之《菩萨蛮》"⑥。其他五篇作品亦当为唐代之作。至于第二类之五首词作，则皆录自《全宋词》，全部为两宋之作。前一类之风格较为质拙，后一类之风格较为典丽，此种差别自属一望可知。不过本节之标题既然提出了"女性语言"与"女性书写"之说，而且前文也曾举引了一些西方女性主义的论述，因此就将先从这些观点对这两类词加以论析。

据前引依丽格瑞与西苏二家之说，女性语言与女性书写所当致力者，原当以颠覆男权中心之控制与模式为重点。只不过私意以为她们的论述和实践，无可讳言地似乎都落入了一种概念先行的误导之中，她们理论的重点既完全以破坏父权中心为主旨，而且又认为一切语言模式都是父权中心的产物，所以当她们要尝试

---

① 蜀伎：《鹊桥仙》，见唐圭璋编《全宋词》，中华书局1997年版。
② 聂胜琼：《鹧鸪天》，见唐圭璋编《全宋词》，中华书局1997年版。
③ 严蕊：《如梦令》，见唐圭璋《全宋词》，中华书局1997年版。
④ 严蕊：《鹊桥仙》，见唐圭璋《全宋词》，中华书局1997年版。
⑤ 严蕊：《卜算子》，见唐圭璋《全宋词》，中华书局1997年版。
⑥ 任二北：《敦煌曲校录》，上海文艺联合出版社1955年版，第74页。

将她们的理论概念落实到真正的写作实践之中时,就不免有心致力于对她们所认为属于父权中心之逻辑性的语言之破坏。但语言既原是一种交流之工具,因而就也必须有一种共同可以遵守的法则,如果盲目地一意以颠覆破坏为事,则自然难以达到有所建树的结果。而反观中国女性词中的一些早期歌伎之作,则她们却正好在毫无理论概念的情况下,以她们的最真诚质拙的语言,颠覆了那些男子假借妇女之口吻而叙写的女性之情思的不真实的谎言。即如第一类歌伎之词中第一首《抛球乐》之"少年公子负恩多"及"莫把真心过于他",与第三首《望江南》之"攀我太心偏"及"恩爱一时间",和第四首《望江南》与第六首《南歌子》之两次责骂男子为"负心人"。凡此种种叙写之直指男子为"负恩""负心"及对女子之只是自私的"攀折"而并无长久"恩爱"之诚意的指责,当然可以说都已经对男性词中之"谎言",做出了彻底的颠覆。

不过,本节对女性词作所做的探讨,却并不似西方女性学者对"女性语言"及"女性书写"之论述所致力者之一意以"颠覆"为事,本节所要探求的乃是这些"女性语言"中所表露的真正的女性情思,与这些"女性书写"中所表现的真正的美感特质。如果从这两点来看,我们就会发现在这些女性语言中她们所表露的真正的情思,其实只是对一份真诚深挚之爱情的追求和向往。前面所举引的一些对男子之责怨,只不过是因为其所追求和向往之落空而产生的反面情绪而已。至于真能把女子之情思做正面之表述者,则自当以第二首《菩萨蛮》(枕前发尽千般愿)一词为代表。而且私意以为这一首词所叙写的对于爱情之真挚专诚的投注,其所表现者实在已不仅是写作这一首歌词之女子的个人之情思愿望而已,它所代表的更可以说是千古以来之所有女性的共同的情思和愿望。因为在传统社会中,作为一个女子,既然别无自我谋生独立之能力,而且在整个社会之无可抗拒的文化风习下,舍去婚姻之一途以外,女子实更无其他出路可供选择。因而其亟盼能得到一个可以终身仰望而相爱不渝之人,就成了所有女子的一生一世之最大的愿望。既是所有女子的共同的感情和愿望,则古今诗歌中自必有类似之作品。任二北在其《敦煌曲初探》论及"修辞"一节时,就曾举此一词与明代小曲《挂枝儿》及汉乐府《上邪》两作相比较。下面先举引此二篇作品。

(一)汉乐府《上邪》

上邪!我欲与君相知。长命无绝衰。山无陵,江水为竭,冬雷震震,夏雨雪。天地合,乃敢与君绝①。

(二)明代俗曲《挂枝儿》

要分离除非是天做了地;要分离除非是东做了西;要分离除非是官做

---

① 无名氏:《上邪》,见余冠英选注:《汉魏六朝诗选》,人民出版社1978年版。

了吏。你要分时分不得我,我要离时离不得你。就死在黄泉,也做不得分离鬼①。

如果将这两篇作品与前所举引之敦煌曲《菩萨蛮》(枕前发尽千般愿)一词相比较,则私意以为《上邪》一篇由呼天之口吻"上邪"二字为开始,当下就承接以"我欲与君相知"之真挚热切之愿望,而提出了"长命无绝衰"的坚贞的期许。其下之"山无陵""江水为竭""冬雷震震""夏雨雪",以一排音节迫促的短句,写出了天地变动之奇诡的异象,而以"天地合"之另一个迫促的短句,对以上之奇诡的异象做一总结,再继之以"乃敢与君诀"之反面的誓词,因而遂有力地传达了其永不决绝的强烈的誓愿。这一首乐府诗,是笔者当年第一次读汉魏乐府古辞时,最感觉入目惊心受到强烈之震撼的一篇作品。至于敦煌曲中之《菩萨蛮》(枕前发尽千般愿)一词,则是当年读敦煌曲时,在诸多烦琐浅俗之曲子中,也突然感到眼前一亮,而不免为之动容的一篇极为出色的作品。从字面上看,这一篇俗曲的作者,应该是从来并未曾读到过汉乐府之《上邪》一诗的,但其所设想的意象之诡奇,乃竟与《上邪》一诗大有相似之处。可见当一个人用情至深、用心至坚而要发为决然之誓愿时,其自有一种可以找到与自己内心坚决之情意相切合之语言的一点,古今盖原有可以相通之处也。只不过这两篇作品之时代不同、文体各异,因而其所表现的美感特质,当然也就有了鲜明的差别。

如果以汉代武帝时所流行的乐府与唐代玄宗时所流行的俗曲相比较,其时代之先后相差盖已有六百年以上之久。若更以文化相比较,则乐府诗乃是先有辞,然后才合以音乐的;而敦煌曲则是先有流行之乐调,然后才依其曲调来填写歌词的。所以从表面看来,其形式虽皆为句式长短不齐之体式,但乐府诗之体式在写作时原来乃是完全自由的;而敦煌曲之写作则是为一个已经固定的乐调来填写歌词,其体式乃是完全不自由的。不过值得注意的是,这一首《菩萨蛮》的作者,本来原就是一个歌伎,歌伎既熟于音乐之拍板节奏,所以便能够很灵活地掌握其乐律之高低缓急,而在适当的节奏中可以自由增加一些衬字。即如这一首《菩萨蛮》的牌调,其本来的句式原乃是上片四句,其每句字数为"七七五五",后片四句,其每句之字数为"五五五五"。如此看来,则此词上片之第三与第四两句,固原应为"水面秤锤浮,黄河彻底枯",而后片之第四句则原应为"三更见日头"。此种格式在《花间集》温、韦诸人之作品,盖皆谨守格律,无一逾越。而这一首《菩萨蛮》词,则正因其作者原为一市井间之本无高深文化之修养的歌伎,所以乃不仅能依其乐律而自由地增加衬字,而且更以俚俗之口语传达了一种

---

① 无名氏:《挂枝儿》,见冯梦龙:《挂枝儿》,江苏古籍出版社2000年版。

极为鲜活有力的感情的生命，表达出了女性之一份坚毅深厚的真情的誓愿。与汉乐府《上邪》一篇之全以短促坚决古朴质拙的口吻来表现其强烈之誓愿者，正可谓各擅胜场。至于明代俗曲之《挂枝儿》一篇，则较之前两篇就未免有虚弱之感了。

其所以然者，私意以为盖由于该曲一开端就接连写了三句"要分离""除非"如何如何的话，便分明是一种透过思量计较的口吻。而且直贯全篇所写的都是透过思致的有心的叙述，与前两篇之全以强烈之情感喷涌而出的深挚之情相较，自不免就显得有些虚弱了。不过，如果以前文所举引的西苏之"阴性书写"之论述所提出的论点来看，则西苏所谓"当我书写，那是写出我自己""没有排拒""也没有规约""那是对爱之无止尽的寻求"的一些说法，则我们所举的这三篇作品，就可以说正是都表现了西苏所提出的这些特质。虽然西苏所提出的"阴性书写"之特质并不专指生理性别之女性，但私意以为女性更具有此种特质，则正是由于社会风习之约束，使女性在除了仰望终身之感情外更无他途可供选择之情势下，所形成的自然之结果。而此种强烈真挚殉身无悔之情，则无论其为男性或女性，都应该是极值得感动和尊敬的一种感情和品格。

第一类中的第五首《雀踏枝》词，也颇有可说之处。首先应提出来一谈的，就是此词之牌调的问题。任二北在《敦煌曲校录》中注云："《雀踏枝》，调名，罗书（按指罗振玉之《敦煌零拾》）据原卷作'雀'，未改'鹊'；王集（按指王重民之《敦煌曲子词集》）改'鹊'，是否有据，抑臆改，未说明。"① 而任氏又于《后记》中"一一五"一则中注云："'雀'、'鹊'，唐人有时通用。如徐夤《谢惠酒鱼》云'早起雀声送喜频'，《白帖》'公冶长解雀语，得免罪'。"② 是则据任氏之说，则此调之写作"雀"或"鹊"，盖原可相通者也。不过值得注意的是，据潘重规《敦煌词话》影印之伯四〇一七号原卷，另有一首题为《鹊踏枝》的作品，其辞句为"独坐更深人寂寂，忆念家乡、路远关山隔。寒雁飞来无消息，教儿牵断心肠忆。仰告三光珠泪滴，教他耶（即爷）娘、甚处传书觅。自叹宿缘作他邦客，辜负尊亲虚劳力"③。这首词除了下片第四句多出一个衬字"作"以外，其余都与《花间集》及《全宋词》所收录之各家《鹊踏枝》（别名《蝶恋花》）之格式全相吻合。而此一首《雀踏枝》之格式则为上片四句"七七七七"，下片四句"七八七九"，初看自与一般《鹊踏枝》牌调之格式并不相合。不过私意以为此首《雀踏枝》即通行之所谓《鹊踏枝》之调，"雀"与"鹊"相通，盖无疑义。至于格式不同之故，则因能够合乐而歌的词曲，在熟于乐律的

---

① 任二北：《敦煌曲校录》，上海文艺联合出版社1955年版，第74页。
② 同上，第201页。
③ 潘重规：《敦煌词话》，台北石门国书公司1981年版，第83页。

歌者口中，往往不仅可以有增衬的多出之文字，亦可以有所谓偷声减字之法，将句中之文字减少。然则此词上片第二句之"送喜何曾有凭据"之七字句，与下片第二句之"谁知锁我在金笼里"之八字句，盖应皆为一般此调之格式之为"四五"之九字句的减字之体也。此种考证，虽与作者生理之性别无关，但其可以随意增衬或减字的写作方式，则私意以为此种情况盖亦与依丽格瑞所提出"拥抱辞语""同时也抛弃辞语""把固定的语法及文法解构""不使其固定化"的所谓"女性话"之特质，似亦颇有可以相通之处。

  总之，这一类文化层次较低之歌伎所写的歌词，其读书既少，因之所受到的"男性书写"的格式之习染与约束也就较少，所以才会写出如此生动变化富于本真之生命的表现。而且此一首《雀踏枝》词亦多用俗语，如"叵耐"即"怎奈"之意，"瞒语"即"谎话"之意，"比拟"即"本拟"之意；又设想为与灵鹊问答之语，于朴拙中有尖新之致。凡此种种，自然都可以说是属于早期文化层次较低的歌伎之词之一种美感特质。

  至于第二类与文士相往来的文化层次较高的歌伎之词，则其最值得注意的一点，就是其所受到的文士们之"男性书写"之方式习染之渐深。先看第一首《满庭芳》词，此词见于吴曾之《能改斋漫录》载云："杭之西湖，有一倅唱少游《满庭芳》，偶然误举一韵云：'画角声断斜阳。'妓琴操在侧云：'画角声断谯门，非斜阳也。'倅因戏之曰：'尔可改韵否？'琴即改作阳字韵云：'山抹微云，……画角声断斜阳。……灯火已昏黄。'"云云①。从吴曾的记录来看，则此杭伎之经常与官吏文士相往来，且熟悉于文士之词作，自可想见。而且在《能改斋漫录》中，更曾载有此杭伎琴操与苏轼相识之一段经过，谓苏氏对琴操之改写秦少游词"闻而称赏之"。其后东坡守杭，更曾传有琴操因与东坡问答而悟道的一段故事②，则琴操之才华敏悟可知。除去此一词例外，《全宋词》还载有不知名的都下伎所改写的一首欧阳修之《朝中措》词③。由此自可见到当日与文士相往来之歌伎其不免受到文士词之影响的一般情况。不过改写之词大都只是一些语言韵字的改动而已，基本仍保留着文士原词的风格面貌，并不能表现出歌伎自己的情思特质，所以本书对这一类词之举引，仅只是为了说明此一情况而已，并不想对之多加论述。

  其次，我们所要看的，则是一些不仅曾与文士们有过密切的交往，而且更是一些曾经与文士们相互唱和酬赠的歌伎之词。这一类作品，本书在前面也曾举引了两首例证。其一是《全宋词》中题为"蜀伎"之作的《鹊桥仙》（说盟说誓）

---

①②　（宋）吴曾：《能改斋漫录》（卷16），上海古籍出版社1979年版。
③　都下妓：《朝中措》，见唐圭璋编：《全宋词》，中华书局1997年版。

一词；其二则是《全宋词》中题为"都下伎"之作的《鹧鸪天》（玉惨花愁出凤城）一词。为了评说之方便，我们现在先对此二词的出处本事，略做简单之介绍。

第一首《鹊桥仙》词见于周密之《齐东野语》，载云，"放翁客自蜀挟一伎归，蓄之别室，率数日一往。偶以病少疏，伎颇疑之。客作词自解，伎即韵答之"① 云云。第二首《鹧鸪天》词见于杨湜之《古今词话》，载云，"李公之问仪曹解长安幕，诣京师改秩。都下聂胜琼，名倡也，资性慧黠，公见而喜之。李将行，胜琼送之别，饮于莲花楼。唱一词，末句曰'无计留君住，奈何无计随君去'。李复留经月，为细君督归甚切，遂别。不旬日，聂作一词以寄之，名《鹧鸪天》（见前）。李在中路得之，藏于箧间。抵家为其妻所得，因问之，具以实告。妻喜其语句清健，遂出妆奁资募。后往京师取归。琼至，即弃冠栉，损其妆饰，奉承李公之室以主母礼。大和悦焉"② 云云。

如果我们从前文所提出的"女性语言"及"女性书写"两点来看，则此二词之语言中所表现的女性之情思，及其书写中所表现的女性之风格，不仅都与前所评说的敦煌曲中的女性作品已有了明显的不同，而且此二首词的彼此间也各有相当的差异。以下分别加以评述。

先看第一首《鹊桥仙》词。据《齐东野语》之记述，则此词自然乃是此一蜀伎对于那一位将之赎归而处之别室之文士的答词。仅就此一点而言，这一首词中所表现的女性之情思，实在就已经与前所举引的敦煌曲中之女性情思，有了极为明显的不同。敦煌曲中的一些歌伎之词所表现的，乃是亟愿求得一多情之男子而许以终身，但所愿终不可得的绝望之怨情，所以乃往往对那些弃之竟去的男子称为"负心人"。至于这一首《鹊桥仙》词中所写的男子，则是已经将此一歌伎赎归，只不过是因为被现实环境所拘限，而不得不将其"处之别室"，而且偶然"以病少疏"，还对之"作词自解"。可见此一男子固应原是一个有情有义之人。因而此一词中之歌伎所表现的情思，自然就与那一些敦煌曲中之歌伎所表现的绝望之愤怨，有了显著的不同。这一首词中所表现的不是一种愤怨，而是一种"娇嗔"。所谓"娇嗔"者，是当一个女子已得到男子宠爱以后，还想要得到更多之怜爱时的一种故作薄嗔以向男子进一步邀宠的表现。而无论是敦煌曲中一些歌伎所表现的"愤怨"，或是此一词中之歌伎所表现的"娇嗔"，总之这些情思所显示的，都是在性别文化中女性之处于男性之附属地位的一种表现。所以一般男性对于女性对之故作娇嗔乃是爱赏的，因为男子往往正是在女子向其娇嗔邀宠时，

---

① （宋）周密：《齐东野语》（卷11），中华书局1983年版，第195页。
② （宋）杨湜：《古今词话》，见唐圭璋编：《词话丛编》，中华书局1986年版。

才更证实了自己在性别文化中之绝对的权势和地位。在《全唐五代词》中有一首无名氏的男子所写的《菩萨蛮》，全词为："牡丹含露珍珠颗，美人折向庭前过。含笑问檀郎，花强妾貌强。檀郎故相恼，刚道花枝好。一向发娇嗔，碎挼花打人。"① 这首词就充分表现了男子对于一个向之"发娇嗔"之女子的爱赏之情，而隐藏在此种爱赏之后的，则正是在男女并不平等的性别文化中，男子对于自己之优势地位的一种自得与自信的优势的感觉。

至于我们所讨论的这一首《鹊桥仙》词，则是一位女子自写其"娇嗔"之作，所以若就"女性语言"来说，这首词自是一种属于充分表现了女性情思的作品；至于就"女性书写"来说，则这首词所表现的写作方式与风格，也有极值得注意之处，因为这首词所表现的可以说正是属于由敦煌曲之纯朴质拙的女性书写风格向文士之书写风格过渡的一篇作品。此词开端的"说盟说誓，说情说意，动便春愁满纸"三句，无疑的乃是对于那一位文士所写的"自解"之"词"的嘲讽。而这种嘲讽则也可以说正是切中了一般文士之辞的通病。同时也可以说正是针对男性之惯弄笔墨的一种虚矫之风的揭露。下面"多应念得脱空经，是那个先生教底"两句，则是使用与男性书写之风格全然相反的质俗之口语，对男性的虚矫之词所提出的正面指责。句中的"脱空"两字，往往见于禅宗语录，正是唐宋时代的一个口头俗语，泛指一种虚假不实的言说。即如《五灯会元》中，就曾载有五祖法演禅师说法示众之语，云，"一句是一句，自小不脱空"②。又曾载有清凉慧洪禅师与居士张公的问答，有"脱空妄语不得信"③ 之言。而一般禅师更是往往指责一些不悟道而妄言的人为"脱空漫语汉"。至于"念得脱空经"一句，则应是指一些口头上虽表现为诵经之念念有词，而所念者则皆为虚假不实之妄语，故曰"念得脱空经"。下面"是那个先生教底"则是质问其如此惯于妄语谎言是从何处学来？这两句正是对于本词前面三句所提出的男子"自解"之"词"之虚情假意的正面指责。至于下半阕的"不茶不饭，不言不语，一味供他憔悴"三句，则是女子自写其相思之苦况。开端四个"不"字，正与上半阕开端的四个"说"字相呼应，在质朴的口语中，有一种整饬的典雅之致。至于结尾的"相思已是不曾闲，又那得工夫咒你"两句，则是极为直白的叙述，而口吻中则与前半阕的娇嗔之情相呼应。真诚朴率中别具情致，是一首在章法中以整饬之语法驾驭朴拙之口语的作品，写得整饬又生动，自是歌伎之书写与文士化之书写相结合以后所写出的一首兼有两种风格之美的好词。

再看第二首《鹧鸪天》词，这是在宋代歌伎之词中最被人们所熟习和称道的

---

① 无名氏：《菩萨蛮》，见曾昭岷、曹济平、王兆鹏等编：《全唐五代词》，中华书局1999年版。
② （宋）普济：《五灯会元》（卷19），中华书局1984年版，第1243页。
③ 同上，第1160页。

一篇作品。除去见于杨湜之《古今词话》以外，其后如清代冯金伯之《词苑萃编》、叶申芗之《本事词》，直至晚清词学大家况周颐之《蕙风词话》，对于此一首词及其本事，皆曾屡加引述。而且这一首词之音节谐美，情思柔婉，油然善于中人，所以除了广被传诵以外，也曾得到过不少人的称赞。当然，第一个欣赏了这首词的就是《古今词话》所记述的李之问的妻子，一见此词即"喜其语句清健"，而且其欣喜赏爱的程度，甚至超过了一般女性所常有的妒嫉之情，竟然自己拿出妆奁之资，将此女取归。则此词的感人之力可以想见。至于况周颐则更是在《蕙风词话》中对之大加赞美，以为其"纯是至情语，自然妙造，不假造琢，愈浑成，愈精粹"，甚至以为其"于北宋名家中，颇近六一、东山"①。更以为其可以比美于宋代两位著名的女词人朱淑真和李清照，谓其"方之闺帏之彦，虽幽栖漱玉，未遑多让"②。这对于聂胜琼之《鹧鸪天》一词之赞美，真可以说是达于极致了。

私意以为，这首词从一般眼光来看，自然不失为一首"音节谐美、情思柔婉"，易于得到读者喜爱的好词。只不过如果按本书所标举的"女性语言"与"女性书写"两点来看，我们就会发现这一首词实在已是极端文士化了的女性之词。其易于得人喜爱，也正因其与一般文士之词的美感特质大有相似之处的缘故。首先其开端之"玉惨花愁出凤城"一句，便已是非常文士化了的语言。因为"玉惨花愁"的叙写，本应是一般文士眼中的女子形象，而今聂胜琼乃以此自叙，则其书写之已经极为文士化可知。至于下半阕之"寻好梦，梦难成"，以及"枕前泪共阶前雨，隔个窗儿滴到明"云云，则更是文士词中所习见的辞语。即如温庭筠之《更漏子》词，就曾有"梧桐树，三更雨，不道离情更苦。一叶叶，一声声，空阶滴到明"③之句。温氏之《菩萨蛮》（牡丹花谢莺声歇）一词，则曾有"相忆梦难成"④之句。李煜之《清平乐》词，亦有"路遥归梦难成"⑤之句。而万俟咏之《长相思》咏雨之词，则更有："一声声，一更更，窗外芭蕉窗里灯，此时无限情。梦难成，恨难平，不道愁人不喜听，空阶滴到明。"⑥从这些征引中，我们自可见到这一首词的文士化的程度之深。而这当然很可能也就正是其易于得到一般读者之赏爱的主要原因。只不过如果按本书在前面所引述的西方女性文论来看，则此类作品固应原属于陷入男性语言架构中的鹦鹉学舌之作。但女性之作之必然会受到男性之作的影响，则是一个不可避免的事实，因而如何

---

① ② （清）况周颐：《蕙风词话》，见唐圭璋编：《词话丛编》，中华书局1986年版。
③ 温庭筠：《更漏子》，见曾昭岷、曹济平、王兆鹏等编：《全唐五代词》，中华书局1999年版。
④ 温庭筠：《菩萨蛮》，见曾昭岷、曹济平、王兆鹏等编：《全唐五代词》，中华书局1999年版。
⑤ 李煜：《清平乐》，见曾昭岷、曹济平、王兆鹏等编：《全唐五代词》，中华书局1999年版。
⑥ 万俟咏：《长相思》，见唐圭璋编：《全宋词》，中华书局1997年版。

对此类作品加以衡量,自然就是我们所必须面对的一种应加探讨的工作了。而下面我们所要评说的严蕊之作,就是一个很好的例证。

严蕊之作也见于周密所撰的《齐东野语》。《齐东野语》载云:"天台营妓严蕊,字幼芳。善琴弈歌舞丝竹书画,色艺冠一时。间作诗词有新语。颇通古今,善逢迎。四方闻其名,有不远千里而登门者。唐与正守台日,酒边,尝命赋红白桃花,即成《如梦令》(词见前)云。"① 又载有"七夕,郡斋开宴。坐有谢元卿者,豪士也。夙闻其名,因命之赋词,以己之姓为韵。酒方行,而已成《鹊桥仙》(词见前)云"②。据《齐东野语》有关此二词之记叙,可见严蕊身为营妓,其所为词原不过只是为了承命于官府,在酒席筵前被命题甚至限韵所写的应时即兴之作而已,其语言所表述者既非一己真正的情思;其书写之风格亦全属男性士人所习用的方式。如果根据前文所举引的依丽格瑞之论述,则此类女性作品当然就也应属于男性父权中心之语言架构中的"鹦鹉学舌"之作了。因此我们若想评量严蕊的这两篇作品,当然就也应采用对男性语言之标准来加以评量了。

先说第一首《如梦令·题红白桃花》之作,这当然明明是一首咏物之作,而咏物之作首先就要切题,从"红白桃花"之命题来看,这分明是郡守唐与正给严蕊出的一道难题。盖因桃花一般多以红色为主,红白相杂之桃花殊不多见,其难于切题自属一望可知。但严蕊确实才思敏捷,不仅当筵即写成《如梦令》一词,而且句句切合所咏之物。开端先以白色之梨花及红色之杏花为比衬,点出其红白二色,而又接连用两个"不是",指出其既非梨花又非杏花。继之以第三句"别是东风情味"一句,暗示桃花之最足以代表春光春色之一种特质。直到结尾的"曾记,曾记,人在武陵微醉"之句,才用陶渊明《桃花源记》所叙写的"武陵人"之出典,点出所咏之物之为桃花。贴切工巧,既切合所咏之物,又不明写出桃花字样,自是完全合乎男性文士之语言规范的一首咏物之佳作。

至于第二首《鹊桥仙》词,则为在七夕节日的应景限韵之作。而所限之以谢元卿姓氏为韵的"谢"字,则属于词韵中上声"马"韵与去声"祃"韵相通之韵部。此一韵部中多为不习用之韵字,其欲以难题测试严蕊之用心,盖亦正如唐与正之命其赋红白桃花之有相难之意。而严蕊对这些难题不仅了无难色,而且都是当筵立成。先说此词选调之用《鹊桥仙》,便已暗中点明七夕之节日,而且所选用的限韵之字,都极为自然妥帖,全无勉强之感。开端首从夏秋间之各色花木写起,点出节令。首句"碧梧"即梧桐,夏秋间开微带黄色之白花;次句"桂花"较桐花开花稍晚,为秋色之代表;三句"水花"指池中之荷花,为夏季之

---

① (宋)周密:《齐东野语》(卷20),中华书局1983年版,第375页。
② (梁)宗懔:《荆楚岁时记》,山西人民出版社1987年版,第374页。

花。对这三种花，严蕊用了三种不同的述语，曰"初出"是已开始绽放之意；曰"才吐"是方才含苞欲放之意；曰"微谢"则是已开始零落之意。用三种不同的花和三种不同的述语，极切合地反映了七夕之节物景色。至于第四句，则由七夕之景物转入了七夕之人事。据《荆楚岁时记》之记述，云："七月七日为牵牛织女聚会之夜。……是夕，人家妇女结彩楼，穿七孔针，……以乞巧。"①《东京梦华录》中之"七夕"一则亦载云："贵家多结彩楼于庭，谓之乞巧。"又有"妇女望月穿针"之记载②，所谓"穿针人在合欢楼"者也。其下第五、六两句，则由人事又转回自然界之节序，曰"正月露、玉盘高泻"，盖《礼记·月令》曾有"孟秋之月……凉风至，白露降"之记载③。七夕正当孟秋，新月之光影下，白露初凝。而"玉盘"则是用汉武承露盘之典故。虽然承露金人本当是"金盘"，不过此处乃写七夕之民间风俗，并非帝王之家，故改"金盘"为"玉盘"，曰"正月露、玉盘高泻"，是写凝露泻入玉盘中，以应《月令》孟秋之节序也。以下之后半阕词，则写传说中七夕的故事。据《月令广义·七月令》引殷芸《小说》云："天河之东有织女，天帝之子也。年年机杼服役，织成云锦天衣，容貌不暇整。帝怜其独处，许嫁河西牵牛郎。嫁后遂废织，天帝怒，责令归河东，许一年一度相会。"④因而民间遂有喜鹊搭桥使其相会之说。而《梦粱录》则更载有"于庭中设香案及酒果，令女郎望月瞻斗列拜，以乞巧于女、牛"之说。又云："或取小蜘蛛，以金银小盒儿盛之，次早观其网丝圆正，名曰'得巧'云云。"⑤故曰"蛛忙鹊懒，耕慵织倦，空做古今佳话"，是写蜘蛛正忙于结端正之网以示巧于人，喜鹊则搭桥方罢，感到懒倦，牛郎织女正忙于相会，故倦于耕织。凡此种种盖皆为古今传说之一段佳话也。以上诸句固已从自然及人事之各方面，对七夕节物做了详细而生动的叙写。而更使全词为之振起的，则是结尾二句忽然腾起所写的一段人间天上的遐想。世间隔年，天上不过仅隔夜而已，戛然而止，而情思绵邈不尽。对一篇在酒筵前即席赋成的命题限韵之作，能写得如此周至贴切、生动灵活而有远韵，此在男性文士为之，亦当属难得之佳作。

作为一个歌伎，才华敏慧如斯，却不过只能在歌筵酒席中供士人之欣赏笑乐，本来已是一种不幸。而严蕊之不幸，则更有甚于此者。原来据《齐东野语》之记叙，更曾载云，"其后，朱晦庵以庚节行部至台，欲撼与正（即守台之唐与正）之罪，遂指其尝与（严）蕊为滥"⑥，将严蕊"系狱"，"蕊虽备受箠楚，而

---

① （梁）宗懔：《荆楚岁时记》，山西人民出版社1987年版，第53页。
② 邓之诚：《东京梦华录注》（卷8），中华书局1982年版，第209页。
③ （唐）孔颖达：《礼记正义》，北京大学出版社1999年版，第518～521页。
④ （明）冯应京：《月令广义》（卷14），明万历壬寅序刻本。
⑤ （宋）吴自牧：《梦粱录》（卷4），浙江人民出版社1980年版，第25页。
⑥ （宋）周密：《齐东野语》（卷20），中华书局1983年版，第375页。

一语不及唐。然犹不免受杖,移籍绍兴,且复就越置狱鞫之。久不得其情。狱吏因好言诱之曰:'汝何不早认,亦不过杖罪,况已经断罪不重科。何为受此辛苦耶?'蕊答云:'身虽贱伎,纵是与太守有滥,科亦不至死罪。然是非真伪,岂可妄言以污士大夫?虽死不可诬也。'其辞既坚,于是再痛杖之,仍系于籍。两月之间,一再受杖,委顿几死。然蕊声价益腾"①。足可见严蕊虽为一歌伎,而其才慧节操,则固有男子所不及者也。而且以上《齐东野语》之记述盖应皆属实情。因《朱子文集》第十八与第十九两卷所收《奏状》中,前后就曾收录弹劾唐仲友(字与正)的奏状有六篇之多②,而"与严蕊为滥",则正为其中之一大罪状。唐氏为政固有可议之处,而朱熹之所以对之穷追不舍者,盖因唐氏与当时宰相王淮相善,而王淮不喜朱熹,大力攻击道学,其后遂有庆元伪学之禁。此固原属士大夫之政争,而严蕊竟然以一歌伎牵涉其中,备受苦楚,是则弱势之妇女之往往成为被侮辱与损害之对象,其情况可见一斑。

  之所以叙写此一段故事,还不仅只是要说明严蕊虽具过人之才慧品节,却只因在性别文化中身居弱势而备受屈辱迫害之一种现象而已,所要说明者乃是透过《全宋词》中所著录的署名为严蕊的这三首作品,原来还可以探讨出一些女性作品之可以有双性风格的一种可能性。不过要想探讨此双性风格,我们首先要辨明的就应是这三首词之皆为严蕊之作。这是因为其《卜算子》一词据《朱子全集》中弹劾唐仲友之第四状,以为此词乃唐氏友人高宣教之作。因此我们首先就要对此略作说明。此词亦见于前引之《齐东野语》,谓严蕊被囚禁杖责而声价愈腾之后,"未几,朱公改除。而岳霖商卿为宪。因贺朔之际,怜其病瘁,命之作词自陈。蕊略不构思,即口占《卜算子》云云(词已见前)。即日判令从良"③。是则此词乃作于朱熹改除之后,在严蕊被释从良之际。不过朱熹劾唐仲友之第四状中则载云,唐仲友守台时,拟使严蕊脱籍,严蕊曾作有"去又如何去,住又如何住?但得山花插满头,休问奴归处"一词,而朱氏则指云此词非严蕊自作,乃唐仲友之戚高宣教所作④。所以《全宋词》乃两者兼收,前者题名严蕊,后者题名高宣教⑤。按高宣教其人不详,更无能词之名。朱熹之指为高作,并无依据。故私意以为此二词盖应皆为严蕊所作,其内容皆写愿得有机会脱籍从良的一段内心情事。盖以既已身为倡伎,则去住皆非自己所能做主,故曰"如何去"又"如何住"。"山花插满头"则写倘得有从良之机会为人妾妇自是一件喜事。"休问奴归处"者,正与上一句之"但得"相呼应,谓只要能得此"山花插满头"之从

---

① ③ (宋)周密:《齐东野语》(卷20),中华书局1983年版,第375页。
② ④ (宋)朱熹:《晦庵先生朱文公文集》(卷18、卷19),见张元济《四部丛刊初编本》,商务印书馆1926年版。
⑤ 唐圭璋编:《全宋词》,中华书局1997年版,第2168页。

良脱籍之机会，则不论归向何人何处都不计较，故曰"休问奴归处"也。可能正因为严蕊前一次曾得有唐仲友欲为之安排脱籍之机会，已曾写有一首四句之作。不过该次既并未如愿，而今又久经囚禁杖责，现在既幸得有官长如岳霖者怜其病瘁，令其赋诗自陈，故能"略不构思"，即"口占《卜算子》"词。前片四句，固正为朱熹所指为高宣教所作之四句词的引申之语，追述其沦为倡伎固原非一卑弱女子所自愿之选择，故曰"不是爱风尘，似被前身误"也。既已沦落，则一切得失祸福便都已不是个人之所能主宰，故曰"总是东君主"也。

这一首词完全是严蕊自写其心事，所以自然就又回复到了如前文所举引之其他歌伎的女性语言与女性书写的特质与风格了。只不过严蕊之文化程度较敦煌曲子之歌伎为高，故能对为倡与从良之情事，全不做落实的浅俗之说明，而皆以花为喻说，既以"花落花开"喻说为倡伎之不能自主，又以"山花满头"喻说脱籍之得以从良，可以说是文化水平较高的歌伎之词的一篇代表作品。而如果更以此词与前所举的严蕊在筵前受命而作的限题限韵的、全以男性笔法写出的吟咏特定之名物节日之作相对比来看，我们就会发现若就性别与文化立论，则在此种对比中，却原来具含有许多可资吾人反思之处。

其一，作品内容之情思意境，盖主要皆应由作者之生活背景而来。不同性别有不同的生活背景，这正是造成男性诗词与女性诗词之内容与风格之差异的主要原因。如果脱离了作者主观抒情的写作方式，而写为客观的咏物之词，则作者之性别差异自然就失去了对作品之内容与风格之影响的重要性。而咏物之作本来原是男性文士们在其诗酒文会之时，作为逞才取乐的一种雅戏，所以咏物之作的主要风格原来本是由男性诗人所形成的[①]，因此当女性诗人偶然也写为咏物之作时，自然也就不免受到男性诗人在咏物之作中所形成的风格的影响。而所咏之物既原无男女性别可言，所以当女性也写为客观的咏物之词时乃能完全脱除了其在现实生活中所受到的性别之拘限，而纯以个人之才能心智为之。而才能心智则是并不因心理之性别而有高下之分的，所以严蕊在歌酒筵席被出题限韵而写出的咏物之词，才能够完全摆脱了性别与身份的限制，而写出了足可以与男性作品相颉颃的作品，此其一。

其二，严蕊之此类作品，可以说是已经为后世明清女词人之逐渐发展表现出来的双性之写作才能，做出了一种预示。不过女性词人所发展出来的双性特质，与《花间集》中男性词人所表现的双性特质，却并不完全相同。笔者早年在《论词学中之困惑》一文中，所提出的男性词人之双重性别的美感特质，是男性

[①] 叶嘉莹：《论咏物词之发展及王沂孙之咏物词》，见缪钺、叶嘉莹：《灵谿词说》，上海古籍出版社1987年版。

词人中纯用女性口吻来写女性情思的作品；而在女性词人中纯用男性口吻写男性情思者，则极为少见。一般说来，即使女性在作品中表现了属于男性之情思与风格，其口吻也仍是属于女性自我叙写之口吻的，即如晚清参与革命的烈士秋瑾之作，就是一个很好的例证。那主要是因为无论其为写诗或写词，女子都一贯是以写志言情为主，而不似男性作者之曾经有过一个为歌女写作歌词的特殊语境。至于女子之完全用男子之口吻来叙写男性之情思的作品，也并非完全没有，那是要等到后来明清两代之另一新的文学体式戏曲流行以后，才逐渐涌现出来的。那正是因为戏曲之角色已经脱离了女性之诗词自我抒情的传统才得以出现的，而这种情况则也恰如当初词体才一出现时，男性作者之得以摆脱自我言志抒情的约束而代歌女写作歌词一样，同是由于文体之改变使得作者之语境有了改变的缘故。关于此种情况，将于论及明清之女性词人的词曲之作时再加详述。现在只是想藉由严蕊之两种性质不同的词作，指出女性词人之可以有双性之美感的一种预示而已。

第四节 晚清"女国民"话语及其女性想象

19世纪末特别是甲午海战之后，晚清中国在资本主义的全球性扩张中陷入了前所未有的政治危机和思想危机，面对"晚清帝国"与（资本主义）"民族国家"的政治能动性的鲜明对比，知识分子纷纷以西方"民族国家"概念来描述理想的中国，以"国民"概念来描述个人与国家的新型关系。在"国家—国民"的思想体系中，"国家"逐渐取代"朝廷"成为知识分子向往和立志忠诚的对象，也成为他们动员社会、起而创建或者拯救的目标；而"国民"并不仅仅意味着一个从西方和日本引进的、用以重新塑造中国社会关系和国人思想人格的概念，更同时是一个新的、凝聚人心的身份认同符号。知识分子面临国土陆沉之危，发出迫切的"新民"号召。当此之际，他们不仅未曾把"无智无识"的妇女排除在外，相反，妇女成为他们予以重视并首先动员的对象。借助于"戒缠足""兴女学"等一系列"女权"论述，要求妇女在身体、知识、政治意识等各方面符合"国民"资格、认同"国民"身份的思想氛围逐渐形成。

一、两种价值判断：从"分利者"到"国民母"

从维新时期到辛亥革命前关于女性的论述，无论是对女性被压迫被束缚现状的控诉还是对女性基本权利的伸张，都存在一个隐含的价值判断，即女性限于身体、知识和生存能力的缺陷，既不能以劳动者的身份直接为国家创造物质财富/经济价值，又不具备为国家生产合格国民的母亲资格。正是基于这样的判断，一些男性知识分子着眼于"张女子之用"，提出"戒缠足""兴女学"的主张，以求实现女性作为"劳动力/剩余价值生产者"和"人的再生产者"的双重人力资源价值。张之洞感叹两万万妇女因为缠足而"废为闲民谬民"，"或坐而衣食，或为刺绣玩好无益之事"，即使劳动，创造的价值还不及男子的五分之一（"所做之工，五不当一"）①。康有为的请禁裹足则基于缠足导致女性身体羸弱、而弱女则生弱子的"生物决定论"②。他说：

> 欧美之人，体直气壮，为其母不裹足，传种易强也。回观吾国之民，……为其母裹足，故传种易弱也。今当举国征兵之际，与万国竞，而留此弱种，尤可忧危矣！

这里对缠足的否定，既不是基于女性本位的身体权利的伸张，也不是出于美学标准的反省，而首先是因为缠足使女性成为无用的废人，成为男性的拖累、国家的分利者以及"东亚病夫"的生理源头。也就是说，面对外侮紧逼的危局，对关乎国力的两个重要指标——国富、兵强的社会功利计算，构成了戒缠足运动的思想核心。

女学的倡兴遵循着同样的思想逻辑。梁启超在《变法通议·论女学》③ 中，阐释了兴办女学的思路：第一，对女性进行职业教育，使之可以谋生自养，不再"坐而分利"，由此增加国民收入，实现民富而至国强；第二，用一种类似于"通识教育"的知识视野来改变女性的"闺阁心态"和庸俗人格；第三，强调母教的重要性，指出正是以"科第禄利子孙田产"为中心的庸俗母教导致了中国的"野蛮固陋"，故迫切需要改造母教；第四，提倡女子体育，以保证其生育肌体的健康，从而强种保种。其中第一条和第四条遵循的是"以女子为用"的实用主义逻辑；而第二、三两条，虽然同样着眼于女性的"母职"之用，但其对女性"知识""道德""人格"的议论展开了一个更有意味的问题空间。关于女性到底应该学习什么样的知识/学问、具备什么样的才能，梁启超认为：

> 古之号称才女者，则批风抹月，拈花弄草，能为伤春惜别之语，成诗词集数卷，斯为至也！若此等事，本不能目之为学，其为男子，苟无他所学，

---

① 张之洞：《张尚书不缠足会叙》，《知新报》（第 32 册），光绪二十三年九月初一，见张玉法、李又宁编：《近代中国女权运动史料》（下册），台北：传记文学出版社 1975 年版。

② 康有为：《请禁妇女裹足折》，《戊戌奏稿》，见张玉法、李又宁编：《近代中国女权运动史料》（上册），台北：传记文学出版社 1975 年版。

③ 梁启超：《变法通议·论女学》，载于《时务报》（第 25 册），1897 年 5 月 2 日。见《饮冰室合集·第一册》，中华书局 1898 年版。

而专欲以此鸣者,则亦可指为浮浪之子,靡论妇人也。吾之所谓学者,内之以拓其心胸,外之以助其生计。一举而为数善,未见其于妇德之能为害也。……使其人而知有万古,有五洲,与夫生人所以相处之道,万国所以强弱之理,则其心也,方忧天下悯众生之不暇,而必无余力以计较于家人妇子事也。

他对古代才女所擅长的诗词创作是贬抑的,认为"此等事"不仅算不得学问,而且容易导致人格"浮浪",于妇德有碍。这便将女性的文才与道德相互对立起来。不过,梁启超并非主张女子弃学,而是强调兴办女学当着眼于帮助女子拓展心胸,了解历史、地理、政治等方面的知识,使之具有宏大的知识视野,拥有心忧天下、情系黎民的士人情怀,不再计较于家人妇子之事。他对妇学内容和目标的设计,有使女性"士人化"的倾向。其中强调接受妇学启蒙的女性要有爱国爱民的情怀,这在中国历史上原本并非新鲜。历史上,在王朝更替、政治动荡的危机时期,往往有一些女性会获得"跻身士林"的象征性机会。晚明及清初的所谓"遗民诗人"与名妓的诗歌往还以及这一现象在历史和文学领域的深远影响,就是比较典型的例证①。

另一个值得注意的问题是,在传统儒家伦理观念中,母教的标准一直存在"道德决定论"和"道德知识调和论"的争议②,梁启超也不得不在力图改造女性知识结构的同时,强调他的主张无损于妇德("未见其于妇德之能为害也")。事实上,新的女学产生于开放的、包含了"中外"的广阔地理空间以及西方近代知识的广阔知识空间,这本身就超越了传统女教对妇德的要求。梁氏女学主张的新质隐隐预示着,被民族危机裹挟的晚清开始进入了国家、民族利益高于一切,"国权"逾越"男权"直接对女性进行询唤与征召的历史进程。

在性别观念层面,通过废缠足、兴女学来改造传统女性作为拯救国家危亡的途径,其深层隐藏着这样的认知判断:传统女性素质低下是导致国家衰弱和危亡的重要原因。对此,当时的先进女性往往也持同样见解。例如胡彬在《论中国之

---

① 关于这一点,汉学家孙康宜(Kang – I Sun Chang)的著作《晚明诗人陈子龙:爱情与遗民意识的危机》(The Late Ming Poet Ch'en Tzu-lung: Crisis of Love and Loyalism, New Haven: Yale UP, 1991)有比较深入的研究,作者认为,晚明及清初具有遗民意识的文人之所以流连于名妓,与之诗歌往还,是因为身遭家国沦难,在潜意识中把自我投射到沦落风尘但精神高洁的名妓身上,而相对地,名妓也投入到她们所倚附的文人的理想中,一方面扮演文人红粉知己的角色,一方面自己也声名大噪,跻身士林。

② "孟母三迁"的著名故事,歌颂了母亲的道德智慧(而不是她的博学),说明儒家传统存在以美德而不是才华定义好母亲的习见。但同时,识文断字、精通儒家经典的母亲能帮助儿子科考成功也是得到社会肯定的。因此,与孟母这一榜样同时并存,在儒家传统中有一股强大的潜流鼓励妇女接受文化教育,以成为儿子的蒙师。参见高彦颐(Dorothy Ko)《才和德的追求:十七世纪和十八世纪的中国的教育和女性文化》(Pursuing Talent and Virtue: Education and Women's Culture in Seventeenth-and Eighteenth – Century China),《晚期中华帝国》(Late Imperial China),1992年6月号。

衰弱女子不得辞其罪》中的自省:

> 吾中国积弱之故,彼二万万之男子固不得辞其责,然吾所尤痛心者,乃二万万之女子也。……夫以二万万女子居国民全数之半者,殆残废无用愚陋无知,焉能尽国民之责任,尽国家之义务乎①?

这种积极承担国家衰亡之责的姿态,使得女性在尚未成为国家和社会的主人之时,便已被置于相当不利的道德位置。然而,在同样的民族危机语境下,换一种论述策略,又可能在话语层面实现角色的反转,变女子难逃其咎而为国家的"拯救者"。比如,亚特撰文强调必须铸造"国民母",因为"国无国民母,则国民安生?国无国民母所生之国民,则国将不国。故欲铸造国民,必先铸造国民母始"。从表面看,这与梁启超的"兴女学、促母教"以"善蒙养、育国民"的观点相类似,但明显不同的是,亚特强调"国民"之所以不存,不是因为国民之母不存,而是因为作为"神明贵胄"的汉族被满族这一异族统治者屠戮束缚,又被西方外族列强掠夺压制,完全失去了国民的主体意识②。不过,论者虽然不再要求国民之母对"国民之缺"负责,却突出强调了"她"应该对"国民之再造"负责:

> ……然亦知国民果孰生之而孰支配之乎?斯巴达女子有言:"惟斯巴达女子能生男儿,亦惟斯巴达女子能支配男儿。"……

女性作为"国民之母",拥有生产和支配"国民"的天然之责,担负着实现汉族/中华民族复兴的大任。然而,这里价值逆转的契机,在于女性与民族主义的紧密结合——论者先是断开了女性与民族危机现状之间的责任联系,进而直接将女性的再生产性与民族复兴的未来联系起来。于是,女性所可望孕育的,不仅有现实意义上的民族国家的主体(即国民),也有象征意义上的民族复兴的精神和希望。

然而,无论是"分利者"还是"国民母",其价值判断的出发点和落脚点并无本质区别。

二、"女国民性"的界定:从"工具论"到"主体论"

进一步把女性从负面价值导向正面价值的身份界定,是绕过"国民母"这一基于生物性的性别身份,而直接并明确地把女性指称为"女国民"。从"国民母"到"女国民",经此转换,女性在国家话语系统中不再仅仅是作为国民的母

---

① 胡彬:《论中国之衰弱女子不得辞其罪》,载于《江苏》第三期。
② 亚特:《论铸造国民母》,载于上海《女子世界》1904年第七期。

亲，而是作为国民本身被谈论。其间，对女性"爱国"精神特质的描述和张扬，尤使有关论述焦点从女性生殖/生育的工具性转移至女性精神气质的本体性。最终女性得以在话语层面脱离了"国民之母"这一间接主体性，从而建立起"国民"的个人主体性。例如，一首长达十段、词曲兼备的《女国民歌》①中唱道：

> 壮壮壮，同胞姊妹气概都显昂。光复旧物如反掌，莫笑吾辈狂。胡尘必扫荡，大唱男降女不降。扬子江流，昆仑山色，特别显荣光。（第六段）

歌词以"女国民"的身份和口吻，表达了抒情主人公对国家的热爱以及对光复大业的美好憧憬，充满气壮山河、豪迈奔放的情绪。"大唱男降女不降"指的是，清兵入关后要求汉人髡发易服，女子放足。其后，男子髡发得以推行而女子放足一直未能顺利实现。于是，在两性的身体方面，有了"被征服"与"未被征服"的象征性区别。这里，"女国民"的爱国宣言借用了汉族男子阿Q的思维方式：在被迫接受异族统治、充满屈辱感的无可奈何之中，将汉族女子不改缠足提升至坚持民族大节的高度，来论证汉族的一半人口"尚未被异族征服"②，从中获得一点心理平衡。而事实上，清廷接受汉族妇女继续缠足这一"积重难返"的文化现象，主要只是因为妇女地位低下，在当时的社会格局中并不构成对满族统治的威胁，无须动用更多的治理成本去坚决纠正。所谓"男降女不降"，其实并没有与之对应的历史事件可供参照。《女国民歌》在此采用"示别于胡人"③的历史叙述策略，一边蔑视男性之"降"（"髡发也骄人""北面事虏廷"），一边以女子的"不降"自矜。这就出现了某种有趣的吊诡：在一种视女性为负面的价值立场上，"缠足"被视为女性有碍于国家富强的"工具论"意义上的缺陷；而在一种视女性为正面的价值立场上，不放弃"缠足"则成为女性"民族气节"的象征；在以"强国保种"为目标的"铸造国民母"的论述中，"缠足"是"必去之而后快"的民族羸弱之根源和耻辱之标记，而在以排满革命为目标的"女国民"论述中，则"足"以为民族"争光"。在这样的认知方式中，女性的历史作用无论是作为工具还是貌似主体，其实都未能获得真正的独立存在。

---

① 佛哉：《女国民歌》，载于上海《女子世界》1907年第六期。
② 当时民间有所谓"十不从"之说，指的是女子、小孩、乞丐、僧人、死人等"边缘人群"可以在衣冠服制上不遵从清朝对汉人"髡发易服"的要求。而女人的"服制"实际指的是"脚制"。尽管自顺治二年（1645年）起，清廷就不断发布禁缠足令，然而由于缠足风习过于固久，禁令一直不能顺利推行，清廷索性于康熙七年（1668年）弛禁。所以直到晚清，汉族妇女的缠足风习依旧如故。由此，妇女缠足这一相沿未改的习俗，被视为汉人区别于满人的民族特征而加以强调，甚至有了"气节"的意味，所谓"男降女不降"的说法即产生于此。参见夏晓虹：《历史记忆的重构——晚清"男降女不降"释义》，见《晚清女性与近代中国》，北京大学出版社2004年版。
③ 姚灵犀：《采菲录：中国妇女缠足史料（初编）》，天津时代公司1936年，转引自夏晓虹《历史记忆的重构——晚清"男降女不降"释义》。

这一吊诡的生成，是晚清民族主义的两个面向①（即所谓"与白种争胜"的"对外民族主义"及主张排满革命的"对内民族主义"）之同质和差异在妇女议题上的投射。尽管两者的论述都是以汉族为发言主体，但在前者看来，对汉族进行"劣质化"的描述可以凸显汉族与"白种"之间的力量对比，通过强调民族危机来激励国人自强；而在后者看来，则认为需要对汉族采取"优越化"的表述，藉以强化汉民族以"神明贵胄"之身折腰事"虏"的屈辱感，借助"华夷之辨"的传统思维质疑清朝统治的合法性。而在两者的叙述策略中，女性在客观上同样充当了最方便动用的符号资源。

可以看到，当发言者的言论焦点在于表达"黄种"被"白种"打败、消灭的民族生存焦虑时，女性从身体到精神的种种故状都是作为被指责的对象出现的。论者有意无意间借助"罪女论"来摆脱作为历史主导者的男性的责任，缓解内在焦虑。而当言论焦点转移到"汉种"被"胡种/虏种"（清朝）所奴役压制而导致的社会/政治危机时，女性又恰恰成了汉族意欲颠覆清朝统治、"重整河山"，进而恢复儒家理想统治秩序的隐喻。女性之"足"作为这一政治隐喻的符号象征，也因而被过分强调和张扬。问题的关键在于：在男性借褒贬女性来表达自己的焦虑和欲望时，女性自身的生存状况、自我感知和价值判断，在男性中心的话语氛围里却始终无从表达。——这样的话语现实不能不令人质疑：那个"大唱男降女不降"的声音，与断骨挛肉、哀哀呼痛的无数女子之间，真的有什么关系吗？

当时一些先进女性，如《女学报》的创始人和主笔陈撷芬②（笔名楚南女子或女史），在寻求探讨女界前途、妇女解放的方向和出路时，首先借重的话语资源就是"女性爱国论"；进而由此生发，论述女性之于男性的优越性。例如在《中国女子之前途》一文中，陈撷芬以"吾中国女子"与（内涵实为社会主导者即男性的）"吾中国人"对举，将两性分而论之；从团结爱国有"坚持心"、参与政治有"平等、公和、自爱种族"的"慈爱心"，以及反抗异族有奋发雪耻的"报复心"三方面阐扬了"中国女子特色"③。在作者看来，女子的感情强烈而持久，且忠于集体，而男子则无感情无忠诚；女子天然具有平等博爱之心，男子则嫌贫爱富、自私冷酷；女子性情刚烈而有民族气节，疾恶如仇勇于反抗，男子则贪图利禄，背叛种族，认贼作父。在她的表述中，"吾中国女子""办事之手段"

---

① 王晓明：《现代中国的民族主义》，载于《当代作家评论》2003 年第 2 期。
② 陈撷芬是《苏报》负责人陈范之女，1899 年在上海编辑随《苏报》附送的《女报》，即《苏报》妇女版，1902 年 5 月她将《女报》改为独立月刊，更名《女学报》。冯自由所撰《革命逸史》称之为"开吾国革命教育宣传事业之先河"。王绯：《空前之迹：中国妇女思想与文学发展史论（1851—1930）》，商务印书馆 2004 年版，第 215 页。
③ 楚南女子：《中国女子之前途》，载于东京《女学报》1903 年第四期。

不仅远胜于本国男子，而且也优于欧美女性。当然，这样的判断有一个前提，那就是女子要受教育，"幡然而明，知国为至宝"，进而"知大体，爱国爱种"。值得注意的是，作者这些言论隐含着对"女国民性"先验的、本质主义的想象和理解，但也表达了女性当有机会接受国民教育的意愿。而在国难当头的形势下，启蒙"女国民"的重要内容之一，是培育她们"爱国爱种"。

无独有偶，忆琴在其所发表的同名文章中，针对嘉兴设立女学社一事评论道：

> 开此女学而犹以娴内则、修德行为目的，吾见其迂。使开此女学，而必欲其学伦苏小，才拟班昭，吾犹见其谬。盖今日之世界，大异于畴昔，则今日之学问，故未可仍旧贯，而必输以最新最明之宗旨。昭君犹在，吾将移其爱君之心使爱国；缇萦复生，吾将易其爱父之心使爱同胞，务令其宗旨与志士相等，其热诚与志士相等，其气焰与志士相等，咸能执干戈以卫祖国，即使文字言语不逮男子万亿倍，吾固可以有恃而无恐，世之提倡女学者其斯言①。

作者希望兴办女学的目的是向女子"输以最新最明"之宗旨即爱国爱同胞，而不是作为传统女性道德的女教；希望女学的内容是培养爱国的热诚、铁血的气焰和"执干戈以卫祖国"的军事才能，而不是旧时代才女的"文字言语"。何香凝在《敬告我同胞姊妹》②一文中也隐约表达了基本相同的观点。她用强烈而沉痛的语气批评那些"不知国家为何物，兴亡为何事"的女性，呼吁她们在因为国家沦亡而受辱被戮之前赶快觉醒。她将需要启蒙的女性分为两类，一是墨守"无才是德"的女教规训，无智无识，一窍不开的普通女性；二是有一定文化知识但沉迷于闺阁词赋的文字游戏而不问国事的上层女性。封闭的闺阁于此处在与开放的公共空间相对立的位置上，喻示着女性的政治无意识和无能；而闺阁文学也与女教规训一起，同构性地成为阻碍女性觉悟国民责任的思想桎梏的象征。

由此可以发现这样一个颇有意味的现象：从梁启超的倡兴女学到何香凝的寄语女界，在晚清的女性论述中，明清以来大盛的女性诗词以及悠久的女性诗词写作传统被一而再、再而三地作为民族国家的对立物加以贬斥和批判。"妇女文学误国"事实上成为一种广有影响的论调。而与此同时，以梁启超《论小说与群治之关系》为代表的"小说救国论"却是愈演愈烈。显然，在历史的转捩点，文学与政治或曰文学与民族国家的关系，成为评判文学类型的重要尺度；以诗词为

---

① 忆琴：《论中国女子之前途》，载于《江苏》第四期、第五期。见张玉法、李又宁编：《近代中国女权运动史料》（上册），台北：传记文学出版社1975年版，第408页。
② 何香凝：《敬告我同胞姊妹》，载于《江苏》第四期，见张玉法、李又宁编：《近代中国女权运动史料》（上册），台北：传记文学出版社1975年版，第403页。

主体的传统妇女文学，因其无助乃至被认为有碍于救国，而成为历史文化的负面因素。这之中蕴含着怎样的文化运行机理？"性别"因素在其中起着怎样的作用？值得进一步探讨。

三、公民身份："女国民"思想的另一进路

前述有关"女国民"的讨论，是就女子对国家所应负的责任和应尽的义务而言。而在当时知识分子关于女性身份的认识中，还存在着强调女性作为社会主体的"公民身份"（citizenship，又译"公民资格"）的思想进路。

"公民"与"国民"（national）作为主体身份既有重合之处又有区别。"公民"着眼于个人与其他公民之间的关系，强调一国之内社会成员之间权利义务的平等性；"国民"则着眼于个人与国家的关系，强调公民参与国家事务的方式与组织形式。在西方思想史上，尽管关于"公民社会"的理解存在歧义，但思想家们对公民身份的本质在相当程度上拥有共识，那就是肯定公民在人格上的独立、自由与平等以及在权利与义务关系上的对等性①。在晚清中国的语境下，当然并不具备发育出西方所谓"公民社会"的历史条件（如以市场经济为基础，以契约关系为基本结构等），但公民身份所内含的现代性价值作为具有通约性（commensurability）的文明理念与精神，是能够跨越历史文化背景与社会形态差异的。不少晚清知识分子在讨论女性作为国民所拥有的"女权"议题时，把发展"公民身份"及其权利意识作为题中应有之义。陈撷芬在《女界之可危》一文中，特别强调了男女两性在权利和义务上的完全平等，认为女性不能被动等待别人赋予/赠予的权利，而应主动争取权利。她说：

> 吾中国之人数也，共四万万，男女各居其半，国为公共，地土为公共，财产为公共，患难为公共，权利为公共，……国既为公共，宁能让彼男子独尽义务，而我女子漠不问耶？……既不尽义务，即有权利，以他人与我之权利，非吾辈自争之权利也。……吾辈既欲与之争，须先争尽我辈之义务，则权利自平矣②！

这样的观点尽管在概念层面肯定了公民权利义务的同一性，但在实践层面又把它们分离开来，更为强调的是女子的国民义务/责任。与陈撷芬澎湃的爱国感情常漫溢在理性思辨中不同，男性启蒙思想家马君武和金天翮对男女平权的理解

---

① 西方思想家关于"公民"身份的概念界定，参见［德］黑格尔，范扬等译：《法哲学原理》，商务印书馆1996年版，第174、197页；［法］卢梭，何兆武译：《社会契约论》第二卷，商务印书馆1980年版，第35～74页；《不列颠百科全书》第四卷，中国大百科全书出版社1999年版，第236页。

② 陈撷芬：《女界之可危》，载于《中国日报》1904年3月11日、12日。

更富于西方近代自由平等学说的理性色彩。1902~1903年，马君武翻译了英国社会学家斯宾塞的《女权篇》，并译述了英国哲学家穆勒（即其所译"弥勒约翰"）的《女人压制论》和西欧社会民主党《女权宣言书》中关于男女享有平等权利的思想主张。马君武将男女平权与民主共和相提并论，认为欧洲之所以能够进入近代文明社会，是因为经历了"君民间之革命"与"男女间之革命"这两大革命；要改变"人民为君主之奴仆，女人为男人之奴仆"的专制国家状况，"必自革命始，必自革命以致其国中之人，若男人、若女人，皆有同等之公权始"①。这一论点把"天赋人权"逻辑内的"男女平权"与政治文明的程度隐然联系起来。

稍后，金天翮著《女界钟》于1903年8月在上海刊行。《女界钟》引述的西方近代思想资源主要也是斯宾塞、穆勒等人由"天赋人权"引申出的"男女平权"思想主张，但它同时针对本土妇女的现状提出了很多开创性的见解。首先，作者主张民权②与女权密不可分："十八、十九世纪之世界为君权革命之时代，二十世纪之世界为女权革命之时代"③。他明确指出了"民权"和"女权"的延续性：西方国家首先发生民权革命，接着才发生女权运动；中国的民权革命既未实现，遑论女权革命，所以"两大革命之来龙，交叉以入于中国"（第六节）。因此，在中国的革命目标中，"民权与女权如蝉联跗萼而生不可遏抑也。吾为此说，非独为二万万同胞姊妹说法也，为中国四万万人民普通说法也"（第一节）。其次，他认为国家兴亡，不仅匹夫有责，"匹妇亦有与责"。他把这种责任称之为女子的道德，而且是"爱国与救世"的"公德"。与"公德"相比，守身如玉、相夫教子的"私德"具有的则是等而下的价值（第二节）。作为国民的"匹夫""匹妇"，在对国家负有救亡责任这一点上是完全平等的。第三，他特别重视女子参政权利，认为20世纪女权问题之核心就是女子参与政治。但在清朝专政下，男子尚不能干政，何况女子？所以他鼓励女子从事革命：

> 女子亦知中国为专制君主之国乎？夫专制之国无女权，女子所隐恫也。……夫议政者，固兼有监督政府与组织政府之两大职任者也。然而希监督政府而不得，何妨退而为要求；愿组织政府而无才，则不妨先之以破坏。

---

① 马君武：《弥勒约翰之学说》，见莫世祥编《马君武集》，华中师范大学出版社1991年版。
② 据日本学者须藤瑞代考证，在近代启蒙语境下，"民权"概念是指国民之公权即参与国事的权力，偏重于公民的政治权利，而"人权"概念是指人生来就拥有的权利，包含男女平等、言论自由等含义（须藤瑞代：《近代中国的女权概念》，《山西师范大学学报》社会科学版，2005年第1期）。而在时人的论述中，这两个概念的边界较为模糊，尤其在论述女权问题时，论者时常把两者兼而论之，统统纳入女权的辨析之中。
③ 金天翮：《女界钟》第六节，上海古籍出版社据大同书局1903年刊行本重新标点简体字版，2003年版。下引《女界钟》均出自此版本。

要求而绍介，则吾男子应尽之义务也；破坏而建设，乃吾男子与女子共和之义务也。（第七节）

金天翮的洞见在于发现女权的对立面并不仅仅是男权，而更是专制主义的政权；女性必须和男性一起革命，打破专制制度，在一个更为合理的民主共和国家框架下，才有可能谋求政治权利。

总之，马、金两位的论述有共同之处：第一，他们所说的"女权"都包含"天赋人权"和"男女平等"思想；第二，他们主张"民权"与"女权"密不可分，甚至在民主政治的框架下女性参政就是"女权"的应有之义；只有争取参政权利，女性才能贡献作为国民的责任，从而承担起国家富强的重任。女性在与男性"同担责任、同尽义务"之后，就获得了与男性同样的"国民"身份[①]。这是近代女权运动一个重要的思想资源和论证女权正当性的基础。

对于男性启蒙者的"女权"言说，当时的女性思想家既有赞同呼应的一面，也有基于女性独立意识和性别自省的别异洞见。陈撷芬对男性精英所进行的"女权"动员，有着难能可贵的警惕和反思。她认识到女权主要由男性提倡，女性靠男性赠与权利，则女性永远无法摆脱依附于男性的命运。在《独立篇》中，她说：

即有以兴女学、复女权为志者，亦必以提倡望之于男子。无论彼男子之无暇专此也，就其暇焉，恐仍为便于男子之女学而已，仍为便于男子之女权而已，未必其为女子设身也……呜呼，吾再思之，吾三思之，殆非独立不可！[②]

相同的观点来自龚圆常《男女平权说》一文，作者认为女性的权利都是在男性知识分子的女权提倡中"赠予"女性的，而不是女性自觉的权利要求，因而其范围和具体内容都是有限的。而女性由于没有自觉的权利意识，还算不得拥有"自由民"（公民）资格[③]。这种尖锐的批判并非无的放矢，就拿当时最热门的女性权利——教育来说，其内容以蒙学、家政为主，其目的以豢养儿童、条理家务为要，就体现了男性对于女性受教育权的"规定性"。诗人兼教育家吕碧城有感于当时女子教育范围和目的之狭隘，对女子教育只为养成"乳媪及保姆"、对"女子只应治理家政，不宜与外事，故只授以应用之技艺"的女学宗旨提出批评，认为这不过是"造成高等奴隶斯已耳"[④]。她提出女性在担当后代的教育义务之

[①] 宋少鹏：《民族国家观念的建构与女性个体国民身份确立》，载于《妇女研究论丛》2005年第6期。

[②] 陈撷芬：《独立篇》，载于《女学报》1903年第一期，见全国妇联妇女运动历史研究室编《中国近代妇女运动历史资料（1840~1918）》，中国妇女出版社1991年版。

[③] 龚圆常：《男女平权说》，载于《江苏》第四期。

[④] 吕碧城：《兴女学议》，载于《大公报》1906年2月18日、26日。

外,更有一重"国民"义务:

> 女子者,国民之母也,安敢辞教子之责任;若谓除此之外,则女子之义务为已尽,则失之过甚矣。殊不知女子亦国家之一分子,即当尽国民义务,担国家之责任,具政治之思想,享公共之权利。①

而尽此国民义务所需要的"具政治之思想,享公共之权利",则不仅有待于女子教育中政治、思想等"高级知识"的普及,更有待于中国全社会民主意识的萌蘖和政治文明的进步。吕碧城的论点直指"女权"主张背后所隐含的男性中心倾向——男性思想家对女性提出做受教育、有知识的"国民之母"要求,服务于"强国保种"之目的,从特定的意义上说,这只不过是"相夫教子"的传统女性工具论在近代民族国家框架下的应变性发展。"国民之母"与女性主体意识充分发展、"具政治之思想,享公共之权利"的"女国民"之间,在内涵上存在很大差异;甚至可以说,仍然作为男子"贤内助"的"国民之母",根本就与女性权利和国家福祉无关。因此,虽然构词中同有"国民"二字,但做"国民之母"并非必然能够导出"女国民"的主体生成。女性只有逾越传统生活模式中的性别角色,以主体身份直接服务于社会,在个人与国家之间构建充分的权利和责任空间,才有实现"女国民"身份的可能。

四、"女国民"想象:"身体中心"的叙事

晚清时期,尽管男女知识分子从各自的立场出发对"女国民"的思想内涵和实践方案进行着愈演愈烈的讨论,但这些主要以报章、杂志、译著为载体的议论文字的受众并不广大,而只限于具有一定文化水平的智识阶层。就欲做"国民"之女性而言,其言说主体和实践主体,都局限于"有学问"的知识女性②。与此同时,社会上出现了大量以普通妇女为期待读者、以妇女救国为题材和主旨、以一种更为通俗化的手段来倡导"女国民"的小说③。在以启蒙者自居的知识分子看来,"(西学流入),士大夫正目不暇给之时,不必再以小说耗其目力。惟妇女

---

① 吕碧城:《论某督札幼稚园公文》,载于《女子世界》第9期,1904年9月10日。
② 当时一位佚名作者评论著名女医生、女性教育和慈善家张竹君时说到,"如竹君有这样的学问,方可讲平权,倘没有一点儿学问,和有学问的男子比起来,一高一低,怎么会平呀?"(《张竹君女士历史》,载于《顺天时报》1905年11月16日)充分说明了"女权"持论者的精英性质。
③ 这些小说包括《女举人》(1903)、《六月霜》(1903)、《自由结婚》(1903)、《女狱花》(1904)、《女娲石》(1904)、《黄绣球》(1905)、《女子权》(1907)、《女英雄独立传》(1907)、《中国之女铜像》(1909)等,但前人尚未从"女国民"的思想角度对它们进行过分类和研究。

与粗人无书可读,与求输入文化,除小说更无他途"①。所以小说相比于其他启蒙工具而言,更具有宣传普及的有效性。这一论调隐含着启蒙者/被启蒙者——"士大夫"(知识分子)/普通妇女、社会底层的身份等级,而由知识结构和文化水平所决定的文化消费类型的不同,潜在地影响到他们之间的分别甚至对立。不仅"妇女"是作为被启蒙的对象,而且,相对于"西学"来说,启蒙妇女的工具"小说"也是粗鄙的知识。但这并不意味着启蒙妇女不重要,相反,国难当头,妇女是首先需要考虑的社会动员的对象,用一位小说作者的话来说:

> 我国山河秀丽,富于柔美之观,人民思想,多以妇女为中心。故社会改革,以男子难,而以妇女易。妇女一变,而全国皆变矣②。

作者"人民思想以妇女为中心"的论点虽不免有些夸张,但足以体现出当时知识分子重视妇女启蒙的倾向。就"女国民"思潮而言,它从一开始就在两个方向上展开:一是报刊之类媒体上的议论文章通过各有侧重的"女国民"讨论,阐发其包括国民义务、公民权利、男女平权等思想观念在内的丰富政治意涵;二是小说创作通过文学想象承载政治概念,再造生动的"女国民"形象。这些形象大多具有乌托邦色彩,寄寓着多姿多彩却不具备现实条件的政治和社会理想③。甚至,有些作者也坦言其并不真实,声称写作目标仅在于"设一理想境界":

> 编小说的深慨中国二百兆妇女久屈于男子专制之下,极盼望他能自振拔,渐渐地脱了男子羁勒,进于自由地步。纵明知这事难于登天,不能于吾身亲见,然奢望所存,姑设一理想境界,以为我二百兆女同胞导其先路,也未始不是小说家应尽的义务④。

因而这些小说共同的特点就是立意高蹈,想象奇幻,女主人公文韬武略无所不能,而又侠肝义胆精忠爱国,往往为排满革命或反抗外侮的民族大业献身。也许与作者的"理想境界"过于迂阔有关,这些小说大多并未完成。在此不妨以其中较有代表性的作品《女娲石》为例,分析当时此类小说"想象女国民"的方法。

《女娲石》二卷十六回,未完,初版为东亚编辑局铅印本,甲卷印行于光绪三十年(1904年)六月,乙卷印行于次年二月。作者署名"海天独啸子"⑤。小

---

① 夏曾佑:《小说原理》,见陈平原、夏晓虹编:《二十世纪中国小说理论资料(1897~1916年)》(第一卷),北京大学出版社1989年版。

② 海天独啸子:《女娲石》之卧虎浪士序,见陈平原、夏晓虹编:《二十世纪中国小说理论资料(1897~1916年)》(第一卷),北京大学出版社1989年版。

③ "乌托邦小说"在晚清庚子事变之后一度蔚为大观,它不仅是近代中国所遭受的挫折的曲折反映,也是中国近代化知识、情感、意志的承载。参见耿传明《清末民初"乌托邦"文学综论》,载于《中国社会科学》2008年第4期。

④ 思琦斋:《女子权》,见《中国近代小说大系·〈女子权〉〈侠义佳人〉〈女狱花〉》,百花洲文艺出版社1993年版。

⑤ 下文引文见于《中国近代珍稀本小说(第三卷)·〈女娲石〉》,春风文艺出版社1997年版。

说以褒扬爱国女性为主旨。女主人公金瑶瑟素有爱国热忱，又留学日、美多年，恨国事之不可为，达官显贵沉迷声色而罔顾国运，于是舍身为娼，欲以色度之，令其醒悟，结果却毫无效果。后来金瑶瑟又两度寻机刺杀"胡太后"（慈禧）但均失败。逃亡避祸途中，被擒获并卖至妓院。不料天香院实为女子革命党"花血党"的总部兼女学堂。"花血党"有党员百万，支部数千，专门以暗杀手段惩办清廷大员。金瑶瑟与党首秦爱浓相见恨晚，要求入党，但秦爱浓开出的"入党条件"——"灭四贼"十分苛刻：第一要"灭内贼"，即绝夫妇之爱，割儿女之情，舍弃一切人伦关系；第二要"灭外贼"，禁止崇洋媚外；第三要"灭上贼"，反抗专制君主，并致力于消灭一切统治阶级；第四要"灭下贼"，即灭绝情欲。

其中，反对崇洋媚外、反对清廷专制，是当时"政治正确"之表述，无甚可奇，但要求女子无性欲、无情感、无家庭，成为冷血的暗杀机器，则令人瞠目。"禁欲主义"的革命主张，可以看作是《女娲石》的"女国民"实践方案之一。然而，与之并行的方案之二，却恰是反其道而行之，即"以色救国"。作者对金瑶瑟式的"以色救国"的妓女有个独特的称呼，即"国女"（例如第十回写道："那妇人待瑶瑟坐定，慌忙跪下请罪道：'有眼不识国女，死罪，死罪！'"）。在小说开篇，海天独啸子就发表了"女强于男"的议论，原因是："男子有一分才干，止造得一分势力。女子有了一分才干，更加以姿色柔术，种种辅助物件，便可得十分势力。"（第一回）也就是说，女性为了达到某种目的，可以利用自己的"姿色柔术"，此为男性所不及。这一见解对作者来说并非独到，当时一些激进的革命派、无政府主义者均持此见：

> 越之谋吴，日之胜俄，皆暗收功于女子，此等阴谋，本不足贵，然看见女子每能成事……使女子而增其知识，加以学问，将何功不成也①！

海天独啸子在《女娲石》序言中也承认，"此等阴谋"不是什么光彩的行为，也不是成熟的革命手段，仅仅是革命思想不成熟的特定历史阶段的权宜之计："我国今日之国民，方为幼稚时代，则我国今日之国女，亦不得不为诞生之时代。"也就是说，在社会的政治、思想之条件还不足以孕育"国民"的"幼稚时代"，"女国民"还无从谈起。所以，"国女"作为"女国民"的前身，也就应运而生了。

总之，从海天独啸子对"花血党"和"国女"的描写中可以看到，当时的男性话语如何在想象的层面以国家之名对女性国民提出希望和要求：一是"禁欲主义"，即要女性割断一切人伦情感和个体欲望，完全地服务于"国家"这一终极目标；二是"以色救国"，即要求女性将身体奉献于瓦解敌人的救国大业。两

---

① 鞠普：《女德篇》，载于《新世纪》第四十八号，1908 年 5 月。

者殊途同归，不仅再次印证了"国权逾越父权"对女性进行召唤的历史逻辑的客观存在，而且，女性身体被想象为她们响应召唤的重要资源的情形显示出，在女人的身体这一"亘古不变的男人想象的空间"中，女性身体的伦理价值是"被男人的叙述构造出来"的①。最终，"国家"在这样的话语系统中成为凌驾于女性身体之上的宏大叙事。前者对后者进行宣传、鼓动、教育、塑造，并赋予价值；后者则只有在积极响应前者的召唤并付诸行动中，可望获取意义和价值。

以上以性别视角对晚清"女国民"话语所做的考察，初步揭示了女性性别意识与彼时初露头角的民族主义话语的交叉重叠。毫无疑问，对作为整体的中华民族的政治解放以及中国进入现代世界来说，女性启蒙或女性"国民"身份的建立是一个先决条件。不过，虽然男女知识分子对现代历史叙述的这一起点达成了共识，但无论在他们的思想表述还是小说想象中，启蒙者的性别立场还是作为各自思想主张差异性的决定因素之一鲜明地表现出来。众声喧哗的"女国民"话语中的性别想象，不仅建构了现代中国的一个颇为重要的问题空间，也为历史与文学之间复杂而微妙的关系提供了一管之窥。

第五节　个案阐释与分析

一、金圣叹的易性写作

这里不妨从一段真实的荒诞故事说起——

小鸾，字琼章……亡后七日，乃就木，举体轻软。母朱书"琼章"二字于右臂，臂如削藕，冰雕雪成，家人咸以为仙去未死也。吴门有神降于乩，自言方（天）台泐子，智者大师之大弟子，转女人身，堕鬼神道中，借乩示现而为说法者也。乩言女人灵慧，殁后应以女人身得度者，摄入无叶堂中……俄而召琼章至。琼来赋诗，与家人酬对甚悉。泐师演说无明缘行生老病苦因缘，琼曰："愿从大师受记，不复往仙府矣。"师与审戒，琼矢口而答，皆六朝骈俪之语。师大惊曰："我不敢以神仙待子也。可谓迥绝无际矣。"遂名曰"智断"，字"绝际"。今堂中称"绝子"，又称"绝禅师"。自时厥后，泐子与醴子母女，降乩赋诗，劝勉熏修，不可胜记……余往撰《泐子灵异记》，

---

① 刘小枫：《沉重的肉身——现代性伦理的叙事纬语》，华夏出版社2004年版，第74~75页。

颇受儒者谣诼,今读仲韶《窈闻》之书,故知灵真位业,亿劫长新;仙佛津梁,弹指不隔。聊假空华,永资迴向云尔①。

这是明清之际文坛领袖钱谦益所撰《列朝诗集小传》中"叶小鸾"一节的梗概。《列朝诗集小传》是钱氏所编《列朝诗集》的诗人简介,保存了很多明代文学资料。其中弥足珍贵的是有66位女作家的小传,反映出钱氏较为通达的性别观念与文学观念。要理解这段文字,需了解传主的家世。传主叶小鸾,是叶绍袁的三女儿。叶绍袁的家庭是吴江的文学世家,其妻女都是才情过人的诗人,但都红颜薄命。女儿叶小鸾十七岁早夭,随后其姊、其母皆因之哀伤过度而谢世。《列朝诗集小传》中并收母女三人的事迹。

《列朝诗集小传》的这段文字主要包含四层意思:(1)叶小鸾去世后的"神异"状况。(2)附体于某扶乩者的"泐子"的来历,以及其有关于"才女"的"无叶堂"说法。(3)某扶乩者"表演"的情况:先是"泐子"降临,然后招来叶小鸾的亡灵;继而在扶乩者的笔下,"泐子"与叶小鸾展开对话,内容包括诗句的"酬对"。(4)钱谦益以此事为自己辩解——此前,他已请过这个扶乩人为己扶乩,并就此吟诗著文;因而曾被"儒者"攻击。前三层意思是主体,内容来自于叶绍袁编著的《窈闻》《续窈闻》。这些内容在叶书中更为详尽,钱氏在很大程度上是照搬而稍加节略而已。

叶绍袁深信妻女都是仙女谪凡,在她们去世后多方寻求沟通仙凡之路,最终找到"附体"于乩者的"泐大师"(据《窈闻》,在找到"泐大师"之前,已经通过"通灵"的严某,有过一番"上穷碧落下黄泉"的寻觅②),并请他代招叶小鸾、沈宜修(绍袁妻)亡魂。而据钱谦益所撰《天台泐法师灵异记》:"乩所冯者金生采,相与信受奉行者戴生、顾生、魏生。"③也就是说,这个扶乩人就是金圣叹,助手则是他的几个朋友。叶绍袁在《续窈闻》中详细记载了"泐大师"(即金圣叹)每次表演的内容,包括以每位女魂身份与家中人的会面、谈话,以"泐大师"身份对每位女魂的前生今世、仙界处境的说明,以"泐大师"身份对叶绍袁本人前生甚至前伸至战国时代的情况说明,还有最为复杂的是"泐大师"与各位"女仙"即时的诗歌唱和。

如果我们综合各种记载,"还原"一下当时的情景的话,大致应该是这样:金圣叹的助手们(戴生、顾生、魏生)负责扶乩中读沙盘、记录等环节;金圣叹自己则是那位扶乩的表演者。他的表演如同一位说唱演员,有时以"泐大师"身份(附体)向"观众"(即叶氏家人)讲述并对话,有时则轮流扮演多个角色

---

① (清)钱谦益:《列朝诗集小传》,闰集,上海古籍出版社1983年版,第755页。
② (明)叶绍袁:《窈闻》,见叶绍袁《午梦堂集》,中华书局1998年版。
③ (清)钱谦益:《天台泐法师灵异记》,见《牧斋初学集》,上海古籍出版社1985年版。

("泐大师"、叶小鸾、沈宜修、叶纨纨),彼此进行对话("轮流附体"的形式),彼此诗歌唱和,如同在他的身体中演出戏剧一般。

他在叶家的表演主要有三次。一次是崇祯八年,距叶小鸾去世三年。金圣叹到达叶府后,即以"泐大师"身份就叶家诸人的前生今世编造了十分复杂的故事,又讨来叶氏亲友的悼亡诗集,翻阅后当场作序一篇,继而又画四季花卉四幅,博得众口赞叹。接下来便是"重头戏"——招魂。他以"泐大师"身份招来"叶小鸾"的灵魂,再以二者身份进行一番对话与诗歌吟诵。另两次是次年四月。金圣叹到叶府的三个月后,叶小鸾的母亲沈宜修哀伤去世。在叶家一再敦请之下,金圣叹两到叶府,声称已把叶氏母女的灵魂全都招致"泐大师"为才女所建"无叶堂"中,随后又把她们一齐招到现场,来了一次四"人"联句——"泐大师"与沈宜修、叶纨纨、叶小鸾。

这里要说明的是,按照金圣叹的设计,所谓"泐大师"也是一位女仙,只是有复杂的转世以及佛门背景而已。因此,在这两次降神活动中,金圣叹是以四位女性口气在进行特殊的"易性写作"。

我们先来看第一次①。金圣叹"招来"叶小鸾的灵魂后,即以"泐大师"身份提出:"试作一诗,用观雅韵。"然后以叶小鸾亡灵的身份吟道:

  身非巫女惯行云,肯对三星蹴绛裙。清呗声中轻脱去,瑶天笙鹤两行分。

"亡灵"自己又主动作诗一首:

  汾干素屋不多间,半庇生人半庇棺。黄鹤飞时犹合哭,令威回日更何欢。

其后双方问答,亡灵表示不再回仙府,愿皈依于"泐大师"莲座前。"泐大师"便弄出一大套"审戒""授戒"的把戏,并为亡灵取了法名。这一大段彼此对话起伏跌宕,"说唱者"金圣叹一会儿以高僧大德(女仙/女尼)身份出现,一会儿以闺中少女之灵的身份出现,轮流揣摩截然不同的口气,充分显示出他的创作才能与表演天才:

  问答未竟,师云:"无明缘行,行缘识,识缘名色,名色缘六入,六入缘触,触缘受,受缘爱,爱缘取,取缘有,有缘生,生缘老死忧悲苦恼。君谛听之,我当细讲。"停呎甚久,师云:"奇哉!是也。割爱第一。"又云:"菩萨正妙于从空出假,子真妙悟天开也。"

  女即作诗呈师,云:"弱水安能制毒龙,竿头一转拜师功。从今别却芙蓉主,永侍猊床沐下风。"师云:"不敢。"女云:"愿从大师授记,今不往仙府去矣。"师云:"既愿皈依,必须受戒。凡授戒者,必先审戒。我当一一审汝,汝仙子曾犯杀否?"女对云:"曾犯。"师问:"如何?"女云:"曾呼

---

① (明)叶绍袁:《续窈闻》,见《午梦堂集》,中华书局1998年版。

小玉除花虱,也遣轻纨坏蝶衣。"

"曾犯盗否?"女云:"曾犯。不知新绿谁家树,怪底清箫何处声。"

"曾犯淫否?"女云:"曾犯。晚镜偷窥眉曲曲,春裙亲绣鸟双双。"

师又审四口恶业,问:"曾妄言否?"女云:"曾犯。自谓前生欢喜地,诡云今坐辩才天。""曾绮语否?"女云:"曾犯。团香制就夫人字,镂雪装成幼妇词。""曾两舌否?"女云:"曾犯。对月意添愁喜句,拈花评出短长谣。""曾恶口否?"女云:"曾犯。生怕帘开讥燕子,为怜花谢骂东风。"

师又审意三恶业:"曾犯贪否?"女云:"曾犯。经营缃帙成千轴,辛苦鸾花满一庭。""曾犯嗔否?"女云:"曾犯。怪他道蕴敲枯砚,薄彼崔徽扑玉钗。""曾犯痴否?"女云:"曾犯。勉弃珠环收汉玉,戏捐粉盒葬花魂。"

师大赞云:"此六朝以下,温李诸公,血竭鬓枯,矜诧累日者,子于受戒一刻,随口而答,那得不哭杀阿翁也。然则子固止一绮语罪耳。"遂予之戒,名曰"智断"。

女即问:"何谓智?"师云:"有道种智,一切智,一切种智。"又问:"何谓断?"师云:"断尘沙惑,断无明惑。有三智应修,三惑应断。菩萨有智德断,德智断者,菩萨之二德也。"女云:"菩萨以无所得故而行,应以无所断故而断。"师大惊云:"我不敢复以神仙待子也,可谓迥绝无际矣。"遂字曰"绝际"。今无叶堂中称绝子,亦称绝禅师。①

其中,以叶小鸾身份写作的完整诗篇一首,即"弱水安能"的绝句。此诗揣摩初皈的信女心理与口吻,是相当贴合的。不过,更为有趣的是接下来的审戒与忏悔。金圣叹以"泐大师"身份连续提出十戒的内容相审,随即再以叶小鸾灵魂身份一一应声而答。叶小鸾所答有四个可注意之点:(1)每个所谓犯戒的事由都以诗句的形式出现。(2)诗句描写的都是少女生活的情境,如扑蝶、葬花、画眉、刺绣等。(3)在有些情境描写中,生动表现出闺中少女的心态、性情。(4)这些情境、事由其实都远远谈不上"犯戒",分明是为了吟出这些诗句而设立的"审戒"问答。

今天的读者当然一眼就可以看出,这一切都是金圣叹在表演,而且应该是前一夜在家中打好腹稿,或曰写好"剧本"、编好"台词"的。但在当时,叶绍袁一家却是宁信其有——对答是那样合榫,而爱女又确确实实是诗才卓荦。金圣叹正是抓住了叶家的这种心理,把这场戏弄得更加复杂。一番问答后,金圣叹掩饰不住自我欣赏之情,先是称赞这个"叶小鸾"文才超过了温庭筠、李商隐,接下来称赞其佛理颖悟,远超一般神仙,并赠予这位初皈依者"绝禅师"的称号。这

---

① (明)叶绍袁:《续窈闻》,见《午梦堂集》,中华书局1998年版。

一番高调赞美,叶家自然十分满意,而金圣叹内心更加得意。他的得意是双倍的:一为自己的多方面才能得意,二为自己"英雄欺人"的造假、表演本领得意。

此后,由于金圣叹编造出的"泐大师"在他界是叶家儿女的佛门导师,在人间则成了叶夫人的导师,依托这种十分密切的关系,金圣叹与叶家的走动便频繁起来。沈氏亡故后,"泐大师"又为此到叶府说因果,第二天更是同时招来了母女三位的亡灵,加上她本人,来了一个四"人"联句:

（泐:）灵辰敞新霁,密壶升名香。（母:）神风动瑶天,（女一:）道气弥曲廊。（母:）憨燕惊我归,（女二:）疏花露我床……（母:）感应今日交,（女一:）围绕后时长。（女二:）思之当欢踊,（泐:）何为又彷徨①!

这一篇"大文章"或者说这部"小剧本",不仅四十四句一韵到底,而且还有很多前后对白,联句中间的彼此承接转换又颇多变化,实在是花费了金圣叹不少精力。不过,对于这个文学青年来说,这一次逞弄才华的机会十分难得。一是他要代言的几位女性都是文才出众的,他所模拟的诗文、谈吐必须表现出过人的才情。二是他还同时要模拟天台高僧"泐大师",其佛学修养要配得上这位虚拟的佛门大德的水平。第三,这是多人之间的对话,要求金圣叹必须迅速在几个角色间转换。应该说,金圣叹是成功地应对了上述挑战,把这场戏唱得有板有眼,声情并茂。他不但显露了快捷的诗才,表现出多种文体写作的能力,还锻炼了自己的表演才能与揣摩、虚构的想象力。

（一）金圣叹易性写作"成绩"的分析

这里需要明确一点,在近一年的降神活动中②,无论是"泐大师"所言、所写,还是"泐大师"招来的叶小鸾、叶纨纨、沈宜修所言、所写,其实都是金圣叹所言、所写。对于现代的读书人来说,这种判断应是毫无疑问的事情——尽管是金圣叹以非常特异的方式在言说,在书写。所谓"特异的方式",是指他通过装神弄鬼（这里只是描述,不含贬义）的方式,以类似戏剧的"代言体",揣摩四个不同的女性身份、心理与文才,以多种文体来分别传达一个男性对她们生活、情感的想象及体验。

先来看他代"泐大师"的写作情况。"泐大师"的性别较为复杂。据钱谦益《天台泐法师灵异记》:

天台泐法师者何?慈月宫陈夫人也。夫人而泐师者何?夫人陈氏之女,

---

① （明）叶绍袁:《续窈闻》,见《午梦堂集》,中华书局1998年版。
② 金圣叹第一次以"泐大师"身份到叶宅,是崇祯八年六月,记载中的最后一次则是九年四月。

殁堕鬼神道，不昧宿因，以台事示现，而冯于乩而告也。乩之言曰："余吴门饮马里陈氏女也……故天台之弟子智朗堕女人身，生于王宫，以业缘故转堕神道，以神道故，得通宿命，再受本师记蔾，俾以鬼神身说法也。"①

也就是说，她有双重身份，显性的身份是一位女仙——"慈月宫陈夫人"，隐性的身份是男性的僧人转世，这个转世灵魂因"通宿命"而记起了当初佛门的身份与使命。金圣叹绕这么大的圈子来设计如此复杂的一个附体者，原因似有两端：一是扶乩由女仙、女鬼附体原有传统，而金氏也对这样的性别转换感兴趣；二是如此设计，一个附体的灵异既有仙缘又有佛缘，即是男性又是女身，可以满足各种"客户"的需求。但是，其基本性别是女性，这也是叶家肯一而再地请"她"登堂入室，妻女皆坦然拜在"她"门下的原因了。所以，凡金氏以"泐大师"身份写下的诗文，也都应视为易性的写作。"泐大师"身份写下的诗文，今日可见者计有序言一篇——《彤奁双叶题辞》，信札三通，四人联句诗中以"泐大师"口气吟出者十五句，为叶小鸾画像（未就）而作题辞一首，另有《瑶期外纪》未完之残稿。

信札、题辞与《外纪》都是装神弄鬼糊弄对方的权宜文字，如第一封信是沈宜修病重，叶绍袁请求"泐大师"施展神通救其弟子性命之时，"泐大师"的答复，略云：

世法之必轮转……岂惟夫人，明公亦应早自着脚。仙人情重，情重结业，业结伤性，性伤失佛，失佛大事，死又不足言也……②

救命自然是这位假"大师"做不到的，唯一能做的就是告诫其不要动情伤心，以免失却佛性。一个月后，沈氏亡故，"泐大师"再次致信告诫叶绍袁"无以爱根缠杀佛根"。这两封书信纯以佛家常谈应付，并无性别因素在内。其后，"牍札往返"，但仅存其一，谓"天下事无大无细，洵皆因缘哉"云云。

那首"题辞"则更有戏剧性。当"泐大师"多次招来叶小鸾亡魂后，叶绍袁便请她（他）为爱女画像。此前，这位"泐大师"为逗弄才华曾当众画过四季花卉，没想到弄巧成拙，导致了画像的要求。金圣叹实在没见过这位才女真容，"泐大师"也就无从画起。情急之下，她（他）便以一篇"题辞"来转移了话题，走出困境。其词云：

是邪非邪耶？立而俟之，风何肃穆其开帷。是邪非邪？就而听之，声瑟瑟其如有闻。步而来者谁邪？就而问之，泪栏干其不分明。瞥然而见者去邪？怪而寻之，仅梅影之在窗云。丙子夏日，写绝子小影不得，拟李夫人体

---

① （清）钱谦益：《天台泐法师灵异记》，见《牧斋初学集》，上海古籍出版社1985年版，第1123页。
② （明）叶绍袁：《叶天寥自撰年谱》，见《午梦堂集》，中华书局1998年版。

叹之①。

文章写一缥缈的少女鬼魂似有若无、娇弱羞怯的形象，以及招魂时的期盼、疑似氛围，都十分传神。可以看出金圣叹丰富的想象力和出众的文字水平。只是此文的描述和前面那些审戒、受戒的场面描写太不一致了。好在叶家是宁信其有，又不敢怀疑神通广大的"泐大师"，这才没有"穿帮"。

金圣叹以"泐大师"身份写作的最佳作品当属《彤奁双叶题辞》，这是为《彤奁续些》做的序言。《彤奁续些》是叶绍袁编辑的亲友悼念叶纨纨、叶小鸾的诗集。"泐大师"的题辞署名"天台无叶泐子智朗槃谈"，包括了金圣叹设计的多重复杂身份。文章是一篇漂亮的骈文，略云：

吴汾诸叶，叶叶交光。中秀双妹，尤余清丽。惊才凌乎谢雪，逸藻媲于班风……岂期赋楼虽有碧儿，侍案复须玉史。妹初奔月，姊亦凌波。嗟乎伤哉，天邪人也！观遗挂之在壁，疑魂影之犹来。痛猿泪之下三，哀雁字之失二。左思赋娇，不堪更读；中郎绝调，今复谁传……②

这篇序文，随诗集而流传，后世言及叶家才女，多有引用者，如陈去病《笠泽词徵序》。

总体说来，金圣叹以"泐大师"身份写作的时候，注重的是佛学修养与驾驭各种文体的能力，性别的因素基本没有体现。当金圣叹以叶小鸾身份写作的时候，文本中便时而显露出他对少女、才女心理的揣摩。

我们先来看他代叶小鸾做的三首绝句：

身非巫女惯行云，肯对三星蹴绛裙。清映声中轻脱去，瑶天笙鹤两行分。

汾干素屋不多间，半庇生人半庇棺。黄鹤飞时犹合哭，令威回日更何欢。

弱水安能制毒龙，竿头一转拜师功。从今别却芙蓉主，永侍猊床沐下风。

三首诗的水平说不上多么高明，但作者刻意表现出"自己"女仙的形象、口吻。从这个角度讲，诗还是成功的。下面再来看那首复杂的"四人"联句：

灵辰敞新霁，密壶升名香（泐师）。神风动瑶天（宛君），道气弥曲廊（昭齐）。憨燕惊我归（宛），疏花露我床（琼章）。宿蛛冒我钗（宛），飘埃沾我裳（昭）。锈花生匣锁（宛），虫鼠游裙箱（琼）。遗挂了非我（宛），檀佛因专房（琼）。新荷为谁绿（昭），朱曦惨无光（宛）。君子知我来，清涕流纵横（宛）。（叶黄）。舅氏知我来，不复成趋跄（昭）。（时沈君晦在也）。兄弟知我来，众情合一怆（琼）。（叶平声）。婢仆知我来，洒扫东西忙（宛）。请君置家业，观我敷道场。须弥已如砥（师），黑海飞尘

---

① （明）叶绍袁：《续窈闻》，见《午梦堂集》，中华书局1998年版。
② （明）叶绍袁：《彤奁续些》，见《午梦堂集》，中华书局1998年版。

扬(琼)。月亦沉昆仑(师),日不居扶桑(琼)。帝释辞交珠(师),迦文掩师幢(琼)。万法会有尽(师),一切皆无常(琼)。独有芬陀华,久久延奇芳。灵光顶上摇(师),慈云寰中翔(琼)。断三而得三(师),遮双即照双(琼)。父兄亦众生,母女成法王(师)。感应今日交(宛),围绕后时长(昭)。思之当欢踊(琼),何为又彷徨(师)。

金圣叹为这首诗颇用了一番心思。对每个人的身份、彼此的关系,都有相当细致的考虑与安排。开端二十二句是第一个层次,是描写三个魂灵返回家中的情景与感受的,所以由"泐大师"开一个头,然后母女三人次第吟唱。三人之中,母亲为主导,两个女儿轮流承接。后面十六句是第二个层次,专论佛理,所以由"泐大师"与叶小鸾一唱一和,沈宜修、叶纨纨无所置喙。最后六句为结尾,"泐大师"开头,母女三人依序一人一句,"泐大师"最后收尾。全诗结构相当完整,起承转合的章法也具匠心。当然,最有意思的是金圣叹对母女三人女性心理的揣摩与表达。

如"沈宜修"的诗句,"憨燕惊我归""宿蛛胃我钗""锈花生匣锁"确是离家归来的主妇眼中所见,而"君子知我来,清涕流纵横""婢仆知我来,洒扫东西忙"更把她这一特定身份表现得准确而生动。两个女儿的诗句虽不及母亲的贴切,却也基本是女儿亡灵的视角与口气,如"飘埃沾我裳""虫鼠游裙箱"等。至于中间谈佛论道的部分,金圣叹则是呼应十个月前他对叶小鸾的褒奖乃至"封赠"——"绝禅师"云云。"断三而得三"与"遮双即照双"都是有一定深度的佛理话题,"泐大师"与"绝禅师"吟唱之际,旗鼓相当,既照应了当初的揄扬之词,又满足了叶家的心理期待:金圣叹之用心可谓良苦!

当然,盘点金圣叹这一番易性写作的"成绩",前文提到的叶小鸾"破戒"十吟是必须重点计入的。这十吟完全是金圣叹打好腹稿的戏剧性安排,其中如"晚镜偷窥眉曲曲,春裙亲绣鸟双双""勉弃珠环收汉玉,戏捐粉盒葬花魂""生怕帘开讥燕子,为怜花谢骂东风""曾呼小玉除花虱,也遣轻纨坏蝶衣"等,表现出他对少女生活情形的细致了解、生动想象,可以说是其"易性写作"的最佳成果。正因为这十吟的生动、贴切,加上审戒的戏剧性,这一段诗意问答时常为后世才子们津津乐道。周亮工《因树屋书影》、袁枚《随园诗话》、陈廷焯《词则》、陈文述《碧城仙馆诗钞》等都提到这审戒十吟,只是没有一人质疑,没有一人想到这一"诗剧"的真正作者、表演者其实是金圣叹。

(二) 传统的易性写作及扶乩值得探询

金圣叹的表演并非独创,而是传统中的易性写作与扶乩术的融合,但是又深深地打上了他个人的心理印记。易性写作,在中国古代的文坛上,基本都是男性的行为。而这一写作方式，由于复杂的原因，不仅绵延不绝，而且枝繁叶茂，形成了一种独特的文学传统。

《诗经》中颇有出自女子口吻的诗歌，如《氓》《伯兮》《君子于役》《将仲子》《风雨》等等，但我们没有充分的理由否认其作者的女性身份。所以，严格意义上的"易性写作"，应认定自屈原开始。屈原的《湘君》为祭祀时的歌词，作者以女神的口气，抒写等待夫君的复杂情感。从此，男性作者借歌咏香草美人抒发自己政治上的失意，成为一种近乎"母题"的现象。而其中既有第三人称的旁观之作，也有第一人称的异性代言作品。不过，这一类异性代言的内容都是浮泛的，具有明显类型化的特征。历史上有具体内容的异性代言作品，最早也是最典型的当为司马相如代陈皇后所作的《长门赋》。如果说屈原一脉的创作动机主要是男性作家自我中心的发愤之词的话，司马相如开始的一脉的创作动机则明显不同。我们不妨把并非出于自我政治抒情的异性代言作品归为一大类，以区别于屈骚传统。学者张晓梅把男子易性写作分为了六类，不过又承认这仍不足以包括所有的情况（指出这一局限是很明智的，例如本文所论就很难归入六类之一）①。其实，也可以换一个思路，既然讨论的是"易"性写作的问题，那我们分析的焦点就集中到这一点上。由此，我们可以把易性写作分为两大类，一类是明显的自我中心，是"借"女性身份、口气表达男性作者自身某一社会政治意图的作品；另一类则是没有这种明显的意图，作品的直接目的是"替"女性发出声音。汉魏之际，这两方面的传统都有继承、发展。前者如张衡的《同声歌》等，后者如曹丕、曹植兄弟的《寡妇诗》等。其后，二者在历朝历代都不绝如缕，有时还会成为一时的创作时尚，同时也不乏名篇佳制。如大量收录异性代言作品的《玉台新咏》，反映出齐梁时这方面的潮流；如辛稼轩的《摸鱼儿·更能消几番风雨》，可谓屈骚之后香草美人传统的扛鼎之作，等等。

另一个必须提到的传统是扶乩。扶乩起于何时，很难有准确的断定。作为降神术与占卜术的结合，六朝时的道教典籍中已经有所记载。陶弘景所撰《真诰》有降神的诸女仙留诗的记载。细玩其上下文，似乎此前的降神都不留字迹，故《真诰》开篇还借"女仙"之口对于留字迹与否做了长篇大论的说明。据《真诰》所记，在兴宁三年（东晋哀帝）时，终于有两位女仙——九华真妃与紫薇夫人"体恤下情"，俯允所恳，借道士之手，各自留诗一首。这很可能是"女仙"附体吟诗的最早记载。不过，道士们如何与"女仙"沟通，换言之，"女仙"的诗通过何种方式传达到道士笔下，《真诰》语焉不详，似乎是被附体者口中代言。这与后世的扶乩有很大差别。

---

① 张晓梅：《男子作闺音》，人民出版社2008年版。

后世的扶乩具有更多民间色彩，其起因当与紫姑神崇拜有关。此事的记载以苏东坡的《紫姑神记》为最详细。文中不仅详述其来历，还描写了召请紫姑神的仪式：

> 神复降于郭氏……则衣草木为妇人，而置箕手中，二小童子扶焉，以箕画字。曰："妾寿阳人也。姓何氏，名媚，字丽卿。自幼知读书属文……公少留，儿为赋诗，且舞以娱公。"诗数十篇，敏捷立成，皆有妙思①。

小童扶箕、以箕画字，长于韵文，这些后世扶乩术的基本要素都已齐备。似乎因为紫姑生前的妾侍身份，又是兴起于民间的仪式，所以才有了"托于箕箒"的形式。详细记述这一活动的还有陆放翁的《箕卜》：

> 孟春百草灵，古俗迎紫姑。厨中取竹箕，冒以妇裙襦。
> 竖子夹扶持，插笔祝其书。俄若有物凭，对舍不须史。
> 岂必考中否，一笑聊相娱。诗章亦间作，酒食随所须。
> 兴阑忽辞去，谁能执其袪。持箕畀灶婢，弃笔卧墙隅。
> 几席亦已彻，狼籍果与蔬。纷纷竟何益，人鬼均一愚②。

竹箕、竖子扶持、若有物凭等，与东坡所记一致。不同的是二人的态度。放翁持怀疑、批评态度，所以详细描写了散场后的狼藉。

到了明代，扶乩术虽在细节上有些变化（如不再"衣草木为妇人"），但大端已经定型，只是附体的不再限于紫姑神。由于传统的缘故，这种方式的降神，召请的"神灵"中女性仍占较大比例，民间地方性"邪神"——当地普通人的亡灵也较为多见。明人笔记中多有记载，如王锜的《寓圃杂记》、焦竑的《玉堂丛语》等。

与一般的扶乩术相比，金圣叹的表演要复杂多了。首先，他不是简单的"泐大师"附体，而是由附体的"泐大师"到碧落黄泉去寻觅其他三位的灵魂，再由这四位仙灵"现场"做多方面的表演。其次，他借此机会构建了一个只属于他的天上世界，包括"泐大师"三生石上的出入佛道，更包括缥缈之中的女儿世界"无叶堂"。另外，金圣叹逞弄才华的范围更广，他在迷狂状态下表演的写作能力覆盖了文学的多种文体，又涉及了佛学的方方面面——不仅是"泐大师"所论，而且包括叶小鸾所论。还有，由于整个过程设计得较为复杂，如招来叶小鸾的魂灵后，魂灵要旧地重游，要见过故人等，金圣叹的表演才能也得到充分的实现。

与前辈的异性代言诗相比，金圣叹显然不属于屈骚一脉。他是在"替"这几位女性讲话，而且是在替出众的才女、血脉相连的女诗人们代言作诗。这种情况

---

① 苏轼：《东坡全集》（卷38），见《四库全书》集部。
② 陆游：《剑南诗稿》（卷50），见《四库全书》集部。

在文学史上前所未有。与一般扶乩术不同，金圣叹的表演更富有文学、文化的内涵、品味更"雅"一些，在一定程度上有骚人雅士异性代言创作的性质——不如此，岂能取信于钱谦益、叶绍袁等文坛名流。而与一般文士的代言诗相比，金圣叹所为所作又染上了浓厚的江湖之气，甚至诡异之气。所以，无论欣赏他的人还是贬斥他的人，都不把这些文字看作他自己的作品，一句"魔来附之""为乩所凭"，便彻底剥夺了他的著作权。实际上，无论出于多么诡异的形式，这大量的文字都出于金氏之手是毋庸置疑的。

金圣叹如此处心积虑，不是简单的"迷信""欺骗"所能解释的。笔者20年前曾在一篇旧文《金圣叹钱谦益"仙坛唱和"透析》中，分析金氏行为的原因，将其归为三个方面：文人假托"仙缘"的传统，晚明的时代风气以及他自身的性格、心理因素。而在其自身因素中，揭示出金圣叹好名、急于求名的心理，"英雄欺人"的心理，逞弄才华的心理等。当时，对于他"易性"降神行为的心理动因也有所分析，但由于和钱谦益的唱和中这个因素不很突出，所以仅是略微涉及而已。

而在金圣叹这一次降神表演中，性别的因素突出了。他不仅是虚构了女性的"泐大师"，而且召来多名"才女"成为她们的代言，甚至"组建"了世外女性天堂——"无叶堂"，自己以"泐大师"身份成为她们（虚拟中的）的导师与领袖。如此种种，显示出金圣叹心灵深处的隐秘。

隐秘之一是他的易性冲动。在降神的过程中，金圣叹借"泐大师"之口有一断言："天下最有痴人痴事。此是发愿为女者，向固文人茂才也。"① 他认为叶纨纨这样的才女，前世都是有痴情的才子，发愿易性转世而来。换言之，痴心的才子会发愿转世而易性。这里包含着"夫子自道"的成分。金圣叹在《第六才子书西厢记》的序言《留赠后人》中，表达了这样的意愿：

> 后之人既好读书，必又好其知心青衣。知心青衣者，所以霜晨雨夜侍立于侧，异身同室，并兴齐住者也。我请得转我后身便为知心青衣，霜晨雨夜侍立于侧而以为赠之②。

情愿转世之后变为女性，甚至是为婢为妾，和好读书的才子成为知心。这在当时，不啻为惊世骇俗的狂言。金圣叹敢为此论，一则是以佛学撑腰（如《维摩诘经》中即有舍利弗化身为女的情节），二则表明自己确有易性体验的冲动——这在当年的叶府得到了最为充分的实现机会，现在只有在写作中来满足了。

隐秘之二是他的"意淫"心态。金圣叹不是一般的招魂表演，而是虚构出一

---

① （明）叶绍袁：《续窈闻》，见《午梦堂集》，中华书局1998年版。
② 《金圣叹全集》（第三册），江苏古籍出版社1985年版，第9页。

座"无叶堂",并虚拟出堂中的情景:全是女性在其中,既有数十名才女,又有数十名小婢,而主人就是与他一而二二而一的"泐大师";他以这个名义到天上收集才女们的亡魂置于堂中由他指导、教导、管理,自言"(叶纨纨)今归我无叶堂中……今日不携之归来耳",可见其心态;他又以导师身份对其成员在幻想中"审戒",在现实中"收编"(如对沈宜修)①。我们自不必把他说得多么不堪,但金圣叹在幻想世界中让自己支配才女们的思想与行动,并从中感受乐趣,这也是不争的事实。

正是金圣叹这样特异的心态,才有了文学史上这一桩极其特异的易性写作。

(三)金氏易性写作的文学史意义

《午梦堂集》于崇祯九年初刊后,至清末的不足三百年间,便有不同的刻本八种,抄本一种,可见传播之广。八种刻本,其一由乾隆年间文坛领袖沈德潜作序,其一由著名诗话作者叶燮选编,其一由晚清名士叶德辉编辑,这几位都是能够影响文坛的人物。金圣叹的上述作品附骥尾而传,读者虽大多不知与金氏有关,但"泐大师"与叶小鸾的事迹,以及此一事件蕴含的思想意义会自然产生较为广泛的影响。

金圣叹自导自演的这出降神剧中,一个核心的关目是"无叶堂"的创建。《续窈闻》关于"无叶堂"的记述有以下九处②。其一是叶绍袁归纳"泐大师"的自述——其实是金圣叹的正面讲述:

> 无叶堂者,师于冥中建设,取"法华"无枝叶而纯真实之义。凡女人生具灵慧,夙有根因,即度脱其魂于此,教修四仪密谛,注生西方。所云天台一路,光明灼然,非幽途比也。具称弟子,有三十余人,别有女侍,名纨香、梵叶、嬿娘、闲惜、提袂、娥儿甚多,自在慈月。

另一处是在叶绍袁问及叶纨纨魂灵升天后情况之时,"泐大师"的答复:

> 师云:"天下最有痴人痴事。此是发愿为女者,向固文人茂才也。虔奉观音大士,乃于大士前,日夕廻向,求为香闺弱质。又复能文,及至允从其愿,生来为爱,则固未注佳配也。少年修洁自好,搦管必以袖衬,衣必极淡而整。宴尔之后,不喜伉俪,恐其不洁也。每自矢心,独为处子。嘻!亦痴矣。今归我无叶堂中,法名智转,法字珠轮,恐乱其心曲,故今日不携之归来耳。"

然后,"泐大师"召来叶小鸾的亡魂,在叶绍袁与叶小鸾的对话中提到:

---

① 详见下一节。
② 以下引文均出自《续窈闻》,见《午梦堂集》。

余问:"……见昭齐姊否?"云:"在无叶堂。""汝何以知之?"云:"顷是泐师告儿也。"

另外,当叶小鸾的魂灵表示不再回归仙界,愿从"泐大师"修行之后,"泐大师"对她的安排:

师大惊曰:"我不敢复以神仙待子也,可谓迥绝无际矣。"遂字曰"绝际"。今无叶堂中称绝子,亦称绝禅师。

以上是崇祯八年六月初十,金圣叹第一次到叶府,叶绍袁记录下的关于"无叶堂"的文字。四段文字,或出于叶绍袁本人的综述,或出于"叶小鸾"之口,或出于"泐大师"之口,但细推敲,其实都是出自金圣叹之口。也就是说,金圣叹在接到叶家邀请之后,设计出了"无叶堂"的总体构想,然后通过各个环节表现出来。这样,叶家的两位亡灵都在"泐大师"直接呵护、"管理"之下,金圣叹又是"泐大师"的全权代理,于是乎不仅这一次的表演因无叶堂而丰富复杂,而且为金氏与叶家长期往来打下了基础。两个月后,沈氏重病,作绝笔诗尚念念不忘无叶堂:

四大幻身终有灭,茫茫业海正深时。

一灵若向三生石,无叶堂中愿永随。

可见金圣叹的这一构想对于"才女"的吸引力及心灵抚慰功能。沈氏病逝后,叶绍袁一再敦请"泐大师"佛驾,询问妻女在无叶堂中的情况,半年后,金圣叹再到叶府,与叶绍袁对话中就无叶堂中情况描述如下:

余拜谢,敬问:"亡妇沈氏,已在无叶堂中,授何法名?"师云:"法名智顶,法字醯眼。摩醯首罗天王顶上一眼,大千世界雨,彼皆能知点数,取此义也。今教持首楞严咒,以断情缘。绝子则天上天下第一奇才,锦心绣口,铁面剑眉,佛法中未易多见。醯子当与不肖共树新幢,珠子则佐母氏而鼓大音,亦奇杰也。明日当同三公来,尊兄父子,不必如今日设供。酌水采花,以书端节之欢。前者犹是世缘,于今已成法眷。看绝子口吐珠玑,惊天动地,亦世外之乐也。但万勿及家事,醯公愁绪初清,恐魔娆又起耳。若绝子,则虽以万庾丝令之理,亦能一手分开;以热汤沃其顶上,能出青莲朵朵,固不妨以愁心相告也。"

对话中,还涉及"无叶堂"的两个问题。一个是叶纨纨与沈宜修是如何加入的,另一个是叶家尚有两位男童早夭,是否加入了"无叶堂"。关于前者,对话如下:

余(叶绍袁)言:"……君何以得至无叶堂?"(沈宜修)云:"得本师(即泐大师)导御,送至郡,对簿毕,即往也。"

余问:"如何以得至无叶堂中?"(叶纨纨)云:"偶尔游行虚空,为逻卒所捉，因解入上方宫，承师收授佛戒。"

后者则通过沈宜修的叙述，介绍"无叶堂"分为内宫与外宫，生前有亲属关系的男性可居于外宫；内外宫之间能够互通信息，但不能见面云云。

综观上述"无叶堂"的有关内容，可以得出以下认识：

（1）金圣叹到叶家的降神活动，是以虚构的"无叶堂"之说为基础的。所以不长的《续窈闻》中竟有九处相关的文字。

（2）九处文字中，有些是金圣叹为了坚定叶绍袁的信心，破除其疑虑而借魂灵名义讲述的，如加入无叶堂的过程等。

（3）综合其余的讲述，所谓"无叶堂"可以描述如下——这是凡尘之外的一个女性乐园，进入者都是有佛缘的才女之魂灵；主持其事的是半佛半仙的"泐大师"，她既是乐园诸女性的精神导师，又是沟通女魂们与凡间的联系人、桥梁；无叶堂排斥男性，即使生前有亲属关系的男魂，也只有住在外堂的份；带有处子崇拜的色彩，对于叶小鸾则强调其婚前去世而来至此地，对于叶纨纨则强调"琴瑟七年，实未尝伉俪也"；无叶堂中，诸才女魂灵都有婢女服侍，过着舒适的生活。

类似这样的女性世外天堂，此前似乎没有见诸文字描写。而在清代的长篇小说中，却先后出现于《金云翘》《女仙外史》《红楼梦》《镜花缘》等作品里。特别是《红楼梦》中的太虚幻境，上述无叶堂的特征几乎全都有所表现。考虑到林黛玉的形象与叶小鸾诸多相似之处，考虑到《红楼梦》与《午梦堂集》其他方面的可比性，认为太虚幻境的构想很可能从无叶堂中得到过启发，恐怕也不能说是无稽之谈。另外，想象之中的"无叶堂"的构建强化了两性差别的观念，不过他是站在女性的立场上来强化的。从这个意义上说，"无叶堂"观念的提出与传播，对清代文坛的"才女崇拜"潮流具有很强的"加温"作用。

金圣叹一生的名山事业主要在于文学批评，特别是《水浒》《西厢》的两部评点，可以说是金氏名扬天下的本钱。金圣叹的文学批评理论中，"动心""现身"是两个重要的主张。

"动心"之说是金氏解决叙事作品中作者人生经历与作品情境不合的办法。《第五才子书》评点云：

耐庵于三寸之笔，一幅之纸之间，实亲动心而为淫妇，亲动心而为偷儿。既已动心则均矣。又安辨泚笔点墨之非入马通奸，泚笔点墨之非飞檐走壁耶[①]？

[①] （清）金圣叹：《第五才子书水浒传》第五十五回回评，中州古籍出版社1985年版，第898页。

作者实有设身处地之劳也①。

"既已动心则均矣",就是作家与所创造对象的认同。这是金圣叹对创作心理的一个规律性认识。换言之,就是说在创造人物形象时,作者要有一个忘我的幻化过程。这一点,金氏屡屡言及,如《圣人千案》云:"人看花,人销陨到花里边去;花看人,花销陨到人里边来。"《第五才子书》三十五回评:"一部书从才子文心捏造而出,并非真有其事。"等。

金圣叹之前,讨论叙事作品的虚构问题只有李卓吾等数人而已,讨论的深度远不及金氏所论。特别是金圣叹强调的忘我与认同,在创作心理方面,可谓是极致的观点。当他批点《第六才子书西厢记》时,这种身临其境、认同对象的主张就更明确了。他认为《西厢记》的作者一定是把自己幻化为崔莺莺,经过一番揣摩与体验,然后才能有深入其内心的笔墨:

> 前篇《粉蝶儿》是红娘从外行入闱中来,故先写帘外之风,次写窗内之香。此是双文从内行出闱外来,故先写深闭之窗,次写不卷之帘。夫帘之与窗,只争一层内外,而必不得错写者,此非作者笔墨之精致而已,正即观世音菩萨经所云:应以闱中女儿身的度者,即现闱中女儿身而为说法。盖作者当提笔临纸之时,真遂现身于双文闱中也②。

> "马儿慢慢行,车儿快快随。"二句十字,真正妙文。直从双文当时又稚小,又憨痴,又苦恼,又聪明,一片微细心地中的描画出来。盖昨日拷问之后……车儿既快快随,马儿仍慢慢行,于是车在马右,马在车左,男左女右,比肩并坐,疏林挂日,更不复夜,千秋万岁,永在长亭。此真小儿女又稚小,又苦恼,又聪明,又憨痴,一片的微细心地,不知作者如何写出来也③。

> 手搦妙笔,心存妙境,身代妙人,天赐妙想④。

> 纵心寻其起尽,以自容与其间⑤。

"现闱中女儿身而为说法""心存妙境,身代妙人""自容与其间",这样一些说法,在中国文学批评史上前无古人后无来者。从这样独特的观点、表述,我们自然要想到他在叶府种种表演,不正是把自己幻化为叶小鸾等,向叶家满门宣扬"无叶堂"的故事,宣扬佛法吗?不正是"现闱中女儿身而为说法"吗?当其时也,金圣叹不正是"心存妙境,身代妙人"吗?不正是"自容与其间",享

---

① (清)金圣叹:《第五才子书水浒传》第十八回夹批,中州古籍出版社1985年版,第313页。
② (清)金圣叹:《第六才子书西厢记》,见《金圣叹全集》(第三册),江苏古籍出版社1985年版,第144页。
③ 同上,第188页。
④ 同上,第64页。
⑤ 同上,第144页。

受着大胆创造、恣意表演的愉悦吗？

因此，清人王应奎在《柳南随笔》中讲："（金圣叹）性故颖敏绝世，而用心虚明，魔来附之……自为卟所凭，下笔益机辩澜翻……好评解稗官词曲，手眼独出。"[①] 我们有理由认为，青年金圣叹透过"降神/易性写作"这种极为特殊的形式，体会了虚构性叙事的乐趣与规律，对于模拟不同角色的身份、口气，有了直接的深切的经验。这种亲身体验，在形成其日后的"心动""幻化"的创作心理之见解、"设身处地""因缘生法"等虚构理论时，无疑是起到了触媒以至启悟作用的。可以说，金圣叹青年时代非圣无法的一番"胡闹"，不仅是成就其特立独行文学批评大家的重要环节，而且对清代小说也有相当程度的正面影响。

二、《天雨花》的性别意识

"俗文学"也即流行于民间、为大众所喜好的通俗文学。在俗文学的写作中，往往融入了鲜明的性别意识。本节尝试对清初弹词体长篇小说《天雨花》[②] 进行文本分析，揭示对这方面问题进行深入探讨的可能性。

《天雨花》是清代俗文学的皇皇巨著。全书30回，90余万字，在二三百年间拥有广泛的读者和听众，对女性群体影响尤大。论者甚至有"南'花'、北'梦'"的提法，将它与《红楼梦》相提并论。这虽有溢美之嫌，却可见该作当时风行的程度。

这样一部重要作品，作者却面目模糊。自嘉庆以来的刻本皆首弁《原序》，署名"梁溪（今江苏无锡）陶贞怀"，并明白表示女子身份：

> 家大人……惜余缠足，许余论心，谓余有木兰之才能，曹娥之志行，深可愧焉。……别本在清河张氏嫂、同里蒋氏姊、高氏姊、管氏妹，并多传抄讹脱，身后庶将此本丁宁太夫人寄往清河。

不但有所明示，而且就身后作品流传的思虑与叮咛也分明呈露出女性的特点。但是，近人对此颇多置疑。其理由主要为三点：（1）《原序》最早见于嘉庆九年遗音斋刻本。而嘉庆五年孔庆林氏据《天雨花》作杂剧《女专诸》，在序言中称原作出于"浙中闺秀某"，可见其未见"遗本"之《原序》，从而足证"陶贞怀"之说为后出。（2）嘉、道间某抄本结尾有"要知执笔谁人手？前人留下劝后人。"亦可见其时并无"陶贞怀"之成说。（3）晚清《闺媛丛谈》又有出自

---

① （清）王应奎：《柳南随笔续笔》，中华书局1983年版，第46页。
② 《天雨花》的文体属性问题可参看李剑国、陈洪主编《中国小说通史》（卷四）第二十编，第一章第一节，高等教育出版社2007年版。从较为宽泛的意义上讲，《天雨花》也不妨视为韵、散相间型的小说。

男性作家徐致和之手的说法，谓其尽孝娱母，作此弹词"以为承欢之计"。此外还有"江西女子刘淑英"及"康熙初年某男性遗民"等观点。皆对"陶贞怀"说形成挑战①。

应该承认，这些理由动摇了"陶贞怀"说的权威地位。但是也应该指出，这尚不足以完全推翻此说（《原序》有"别本……并多传抄讹脱"之说，至少可以减轻一、二两条理由的分量）。所以，在发现新的材料之前，《天雨花》的作者具体为何人以存疑较妥。

实际上，在目前的情况下，比起具体判断作者姓甚名谁来，分析、判断文本的性别意识，对于深入理解作品，对于发掘作品特有的文化意义，都要更为重要一些。因为《天雨花》所流露的女性创作意识，在同类作品中，甚至在整个文学史上，是十分突出，且富于典型意义的。这主要表现为：贯穿于作品的反抗男权统治的描写；对于多妻制的敌视；女性的评判尺度；写婚姻家庭而绝无秽笔。

（一）父女冲突叙事的情感倾向

作者用浓墨重彩刻画了两个理想人物——左维明与左仪贞。父女二人都是德才兼备、文武双全、品貌皆优的完美形象。但奇怪的是，二人之间经常发生冲突，有时还相当激烈，甚至到了性命相搏的地步。而作者对于冲突双方，却是左右双袒——左维明总是符合于伦理纲常、道德准则，而且总是最后的胜利者；左仪贞总是站人情物理一面，并通过作者的叙述笔调而充分赢得同情。

如第十六回，左仪贞的堂妹秀贞因陷贼被判死罪②。作为一个弱女子，她完全是政治斗争的无辜受害者。但其生父左致德与伯父左维明都怪她玷辱门庭，见死不救。左仪贞出于姐妹情谊与二人发生剧烈冲突：

〈仪贞〉："若言三妹这件事，实因叔父害她身。……如何责在一女子，此言太觉不通情。……但把三妹救了出来，也是人情天理。"

致德起身来一唾："我今当你梦中人！……不打之时了不成！"

小姐听了心中怒，又复开言冷笑云："只怕梦中人还有些仁义之心，梦中语还稍存公道，不似梦外之人……"

左公离坐便抽身，道言："兄弟休与辩，畜生放肆不成文！惟有重责无他说。"

接下来的近两万字集中写父女之间的意志较量。左仪贞私改手谕，再三跪求，透露信息，甚至自杀、绝食，不救出秀贞誓不独生。而左维明不仅屡屡设计

---

① 详见李平的《〈天雨花〉前言》，中州古籍出版社1984年版。
② 此事件后来发生戏剧性转折，但在左氏父女冲突时，二人所了解的情况就是如此。

谋杀秀贞，而且对仪贞也毫不容情，张口便是："今朝必要来打杀，莫要轻饶逆畜生！""我也不必来问你，只立时打死有何论？""从今与你断绝天伦之义，父女之情，任你饿死便了。"作者对这一冲突过程的描写，有两点特别值得注意：一是左维明责骂时总要点明仪贞的性别，由此凸显其行为的越轨，如"小小一个闺中女，如此施为了不成""你道那个闺门女，恁般大胆胡乱行"等等，并且直言："惟女子与小人为难养也！近之则不逊，远之则必怨。"二是强调二人意志间的较量，如左仪贞在父、叔逼迫之下明白宣告："违拗父亲难免罪，任从责罚死应该。三军可以来夺帅，匹夫立志不能更！钢刀加首难从命，总是今朝不顺亲。"而左维明则反复强调仪贞的"拗"："女子执性""其执拗处，原是生性使然""这般拗性怎区分""执拗之人曾见有，从来不及这仪贞"；等等。尤其是围绕仪贞绝食的大段描写，焦点就是谁的意志更坚强。这两点合观，文本表现性别冲突的意味十分明显。

有趣的是，凡写到左维明与奸党、匪徒冲突时，作者总是把他写得不仅刚直不阿，而且有情有义；而一写到他与左仪贞的冲突，就立刻变得蛮横、偏执。作者虽写二人互不让步，但左维明以威势压人，左仪贞为情义抗争，笔墨间的轩轾是十分明显的。

意味更明显的文例是左仪贞为母抗父一段。二十二回写由于左维明"闺门严禁，不得出游"，以至左夫人"到此八年，连房屋还未全识"。左夫人不甘心，便带领仪贞姐妹数人到自家花园游玩。左维明发现后，以"内则""闺训"为据，对母女大加训斥，结果夫妇反目。他先是要以家法责打，又将夫人深夜锁闭于园中。左仪贞认为"父亲言语多尖利，总来铲削母亲身。欺人太甚真不服，我今怎肯顺爹心？"于是挺身而出，持剑救出母亲，并以理相争，驳得左维明"默默无言难理论"。接下来一段，男权与反男权的斗争更为显豁。左维明理屈词穷之下祭出"夫权"与"父权"的法宝，命仪贞"速跪尘埃受责刑""今朝不是来责你，借你之身责母亲"，以此逼迫夫人就范。然后又得寸进尺，强令仪贞之母饮酒，而且一定要连饮数杯；继而逼迫其吃饭，而且一定要连吃三碗①。夫人恨道："欺人太甚真堪恨，算来非止一桩情。受他委屈多多少，各人心内各自明。"当然，结局是仪贞与母亲不得不屈服，但作者的感情态度却显然是倾向于弱者一边。

这样的家庭冲突在其他作品中同样存在，但相比之下有一明显相异之点。其他作品若同情女性，必对男性人物贬抑；反之亦然。而此书的左维明却是第一号正面人物。他不仅在政治斗争中人格高尚，而且在上述性别冲突中，见解、智慧

---

① 这一情节与曹禺《雷雨》中周朴园逼迫繁漪一节极似，但不知曹禺读过《天雨花》否。

也总是高人一筹的——从道理上讲，左维明每次都是"正确"的；只是他居于支配地位的权力令人（包括左仪贞、左夫人，其实首先是叙述人）反感。有趣的是，作者笔下的左仪贞从整体人格上看，也是名教卫士，纲常伦理一丝不苟。父女间的冲突其实无关乎作品宣扬的大"原则"。表面看，二人立场有别：父讲理而女讲情；但细推敲，父之理女并不反对，女之情父亦理解，所以二人间的冲突实质乃是一种权力意志的冲突。左维明扮演的是居于优越的权力位置的父亲、男性，左仪贞代表的是有才智、合情理却被迫居于臣服地位的女性①。

在同时代男性作家的笔下，绝无这样的写法。例如《野叟曝言》，取材与思路与《天雨花》十分接近，《好逑传》也颇有相似之处，稍晚的《儿女英雄传》立意也相通，然丝毫没有对男权抗争之笔。《红楼梦》及稍前的《林兰香》、稍后的《镜花缘》，都批判男权，但作品中男权的代表都属被批判之列。唯独此书，男权的代表在作品的整体中是赞颂的对象，甚至男权本身也得到理性的肯定，而同时又在感情态度上、在具体描写中对其提出挑战。

这种矛盾的写法是封建时代知识女性矛盾心态的不自觉流露。一方面，她们认同于封建伦理（被迫的，或者自愿的），另一方面，她们又深切地感受到父权制社会中男女二元对立的严酷现实，感受到男权无所不在的压迫。这种感受因其才智、能力之不凡而较一般女性更为强烈。从《天雨花》对左仪贞才智权变的刻意描写中，我们感觉到，作者正是在这方面特别自负。因而才塑出以才智权变见长的"女强人"左仪贞，才有意识地安排她与男主角的才智较量，最后无意识地表现为性别间的意志冲突，并把同情的笔墨洒向冲突中女性的一边。

对于女作家在写作中，特别是在小说写作中的这种矛盾态度，朱丽叶·米切尔认为具有相当程度的普遍性。她称女作家的小说"既是妇女小说家对妇女世界的拒绝，又是来自男性世界内的妇女世界的建构。"② 即一方面遵从父权制的秩序来构建艺术世界，一方面又抗拒这种秩序，从事着一定程度的颠覆。"陶贞怀"通过左仪贞的形象，正是发出了这样一种女性的"双重"的声音。

（二）对婢妾的敌视

清代描写家庭生活的文学作品，大多有婢妾的形象，并程度不同地涉及妻妾关系。在男性作家的笔下，婢女小妾往往是楚楚可怜的，这在明末清初的"冯小青"题材热中尤为明显。冯小青为冯某之妾，才华绝代，而冯某性情粗豪，冯妻

---

① 小说中四次写到父亲企图逼死亲生女儿的情节，过高的"复现率"自然产生出特殊的意味——女性对无法摆脱的男权畏惧而又敌视的心理。

② 张岩冰：《女权主义文论》，山东教育出版社1998年版，第98页。

悍妒非常，终使小青备受磨难而死。清初以此为题材的小说戏剧有十余种，另外涉及的还有多种。这充分表露出身处多妻制矛盾旋涡中的男性的某种心理。在男作家笔下，即使写婢妾之恶，如《林兰香》的任香儿、《红楼梦》的赵姨娘，也只是个人品质，同时往往另有可怜可爱之其他婢妾，如《林兰香》的女主角燕梦卿，《红楼梦》的香菱、尤二姐等，作者因其为妾为婢而笔墨之间格外予以同情。

《天雨花》却大不相同。全书的女性反派角色大多安排给婢妾，如左维明之妾桂香、左致德之婢（后为郑国泰之妾）红云等，皆用相当多的笔墨来写其恶。桂香为左维明自家人众的唯一反派，正面形象的树立、故事情节的发展，与她关系甚大。作者把她刻画成淫贱、愚蠢、恶毒的形象，极力加以丑化。笔墨中流露出强烈的轻贱、敌视态度。这个人物身世背景与《红楼梦》的几个丫鬟颇有相似之处，但作者的感情态度却判若云泥。她八岁被卖进府，在老夫人身边"服侍随身十五春"，待老夫人安排她出嫁时，由于"志气多高傲"，眼中只有左维明一人，便道：

  小婢八岁来卖进，恩养如今十五春。夫人待我如亲女，义重恩深不忍分。情愿一世来服侍，不愿终身配下人。

——这一节极类似于鸳鸯；当老夫人答应放她回家时，她历数自己家人的不是："他乃丧尽良心辈""狗肺狼心不是人""今朝若是回家去，正好卖我身来做本银。"——这又类似于晴雯（以及鸳鸯）的故事。本来这样的经历很容易被处理为可怜可爱可惜的形象，但《天雨花》的作者却笔锋一转，把她写成处处流露出邪恶的可鄙可恶可笑的人物。值得注意的是，桂香的"邪恶"并非完全出于个人品质，而很大程度上是其欲邀夫宠的妾妇身份。字里行间似乎都有作者这样的潜台词："凭你，也配？！"从这个意义上讲，作者敌视的不是桂香这个人，而是其婢妾的身份。

这种敌视心理甚至有病态的表现。作者一而再、再而三地安排桂香被毒打，拳脚、皮鞭、棍棒，无所不用其极，最后还让她"绑缚云阳身首分"。每逢写到这里，作者总是津津有味地描写，仿佛在品味"贱婢"的痛苦。如第四回：

  使尽平生之气力，照其粉面就施刑。二十巴掌来打罢，满口鲜红眼鼻青，双腮足有一寸厚，有口难开泪直淋。……维明喝令从重打，肉绽皮开鲜血淋。桂香倒地身难起，哀哀哭得好伤心。……衣衫首饰来卷起，隔窗掷与贱妖精。

  维明喝令来扯过，菱花拖过地中心。一鞭抽去鲜红冒，背上油皮揭一层。桂香号哭声震屋，恨无地洞便钻身。刚刚打到十数下，桂香死去又还魂。

第十一回：

  左右家人齐应是，即揪贱婢在庭心。麻绳几道来捆缚，左安执棍便施刑。

迎风起落难禁架,桂香痛哭震厅门,看看打到三十棍,肉绽皮开鲜血喷……

作者真是"情不自禁"了,特别是十一回这段,用了一千三百多字来写行刑,迹近残酷的笔墨与全书的格调殊不相合。而书中另一个初为婢女后作侍妾的红云,作者也给她安排了身首两分的下场。还有黄御史小妾吕巧莲被沉江溺死,左家冒充小姐邀宠的婢女凤楼被"绑下枭首级",如此等等,不一而足。小说史上写小妾受虐的作品并不罕见,但大多是作为被侮辱被迫害的形象出现,如《金云翘》《醋葫芦》等。像本书这样明显敌视婢妾的情感态度,在男作家笔下似未曾有,我们只能视之为女性对于自己婚姻地位的危机感的变相表现。

由此而进一步通观全书,作者上述笔墨虽不高明,甚至有刻毒之感,但其背后隐含的婚姻家庭观念却是应予充分肯定的,即明确否定多妻制,而且是带着强烈的感情色彩,这在中国小说史中同样是十分罕见的。

(三) 情节安排与衡量男性的价值尺度

《天雨花》中的左维明是个封建社会的理想型人物。他文武双全,"家资巨富",少年中第,位极人臣。特别是智谋与武略超人,所以不论何种情势,何等对手,他都能应付裕如。在这些方面,他与后出的《野叟曝言》的主人公文素臣极为类似①。不过,二者的差异也是相当明显的。

与男作家笔下的理想人物比,左维明的特色首先在于生平不近二色,正如他本人自夸的:

> 我在杭州三载春,爱我之人多不少:妙莲庵内众尼僧,苟家献尽殷勤意,妖狐变作美人身。我身若是心不正,安得性命转回程。

作者对这一点十分在意,反复写其在这方面经受的"考验",如狐精迷惑有三次之多,"贱婢"引诱竟达五次,还有妓女的陷阱、宫女的诡计、淫尼的牢笼等,几乎终其一生都要接受"忠贞"的检验。当然,左维明过一关又一关,从无"失足",从而完成了自己的高大、完美、理想的形象(当然,也就是作者心目中的理想形象)。

即以狐精"考验"而论,一次是"月貌花容美十分"的女子自荐枕席,结果被左维明把"细软娇柔"的手指"只一掐","中指齐齐断骨筋",于是现出狐狸的丑形;一次是"玉质香肌软又温"的黎又娇与其同床,结果同样被左维明"掐断指中筋,大叫一声原形现"。宫女、妓女的"考验"其实也都差不多:任

---

① 中国小说史上以一个家庭为中心的作品大致可分三类:一是贬斥批判型,如《金瓶梅》;一是留恋感叹型,如《红楼梦》;一是赞颂向往型,如《天雨花》《野叟曝言》等。二书的主人公左维明与文素臣不仅形象相类,而且经历——包括与权奸的斗争,平定朝廷的叛乱,与僧道、精怪的斗争等——也极为近似。从这个角度讲,《天雨花》创造了一个模式。

妖娆百般，左自岿然不动，而最后一定要把这些妖精及"准"妖精杀死——尽管她们或百般求饶，或本属无奈。

与文素臣比，二者在不断经受"色"的考验方面颇相似，但结果却大不相同。文素臣所经"考验"多为是否不欺暗室，而送上门的女人骨子里大都是可亲可爱的，故开始文虽峻拒，结局却照单儿全收。文也遇到狐精之类的"考验"，结局是凭他的出众的性能力把狐精降伏。这显然带有男权与男性自我炫耀的意味，和《天雨花》为左维明设计的决不二色表现大相径庭。

《天雨花》的作者不仅安排左维明顺利通过一次次"考验"而终于"守身如玉"，还多次让左维明就此直接表态。如第十七回：

  夫人道："你为何不寻几个姬妾？……"左公便道："言差矣，为何反愿这般行？我曾当日亲言誓，再不将心向别人。如何纳甚偏房宠？只愿夫人有妒心。"

第四回：

  左公暗笑回身转，温言来慰左夫人："……当初赵松雪作词示管夫人云：'我为学士，你做夫人……我便多娶几个胡姬、赵女，也不为过分。'管夫人答词云：'我侬两个忒杀情多……我的泥里有你，你的泥里有我。'赵览之，大笑而止。……有才有智多权术，愿卿须学管夫人。"

让男主人公立誓不近二色，而且期盼夫人有权术、有妒心以利于"监督、保证"，这种笔墨如果出于男性之手就恐怕有些不正常了。类似情况，《野叟曝言》的描写也可作对比。文素臣与妾刘氏谈论夫妻问题，文自述其"理想"是一妻四妾，"一室之中，四美俱备"。刘氏则大加赞扬，道是：

  有大志者，必有奇缘；有奇才者，必有奇遇。……这等机缘，在他人实属万难，在相公则易如反掌。

让女性如此衷心拥护一夫多妻，若非男作家所为，也恐怕有些不正常的。

左维明的另一特色是对日常家庭生活的浓厚兴趣。书中反复写他与妻子、女儿嗑嘴磨牙，其兴味浑不似经天纬地朝堂重臣所当有。兹略举一二：

  夫人笑道："好意作诗奉贺新婚，不蒙称赏，反要问起罪来，真是奇事！"维明道："胡说！什么新婚，你捉弄丈夫，该当何罪？"夫人道："你使妾当夕，可有罪么？"维明笑道："你自让妾当夕，与我何干？"夫人笑道："休强辩，……"维明笑道："此言虽是，然总因是你误人。今日只是打了桓清闺，方消此恨。"夫人道："听你便了，我手无缚鸡之力，自然任你欺凌，有甚说得。"御史挽住佳人袖，勾抱怀心笑语云："以卿如此娇柔质，细雨微风也不禁，当恐窗开来日晒，每愁帘动有风侵……"夫人笑唾抽身起，侍儿暗笑尽含春。

小姐说罢连冷笑。左公见说许多论，不禁说笑称奇事："为人子者这般行，果然半点无忌讳！乃尊度量太慈仁！累次被你来毁骂，不还一字死其心……"小姐道："孩儿怎敢骂父？只是爹爹扭住仪贞寻事，觉得可笑耳……"左公笑道："此论甚是有理，家里自出了那精灵，到今已二十四岁矣（按：指仪贞）……"小姐冷笑回身转："这般乔话说谁听？……"左公暗笑自思寻："枉称她是聪明女，这样机关辨不明……"

显然，这里谈话的内容并不重要，作者所着力表现的是夫妇、父女之间的拌嘴之乐。而左维明尽管时有"霸气"，但对家庭生活的浓厚兴趣却颇显其可爱——这一评价角度在众多男性作家的世情小说中也是未曾有过的。

左维明还有一个特点，就是给女性以充分的安全感——家里家外，无论何种危机，妻女皆可完全依赖之。作者特别强调他文武双全，不同于一般的书生：

锦绣珠玑随口出，万字千言不费心。三教九流无不晓，百家诸子尽知能。兵机阵法多精熟，天文地理更深明。更兼武艺般般好，打拳舞棒胜于人。将门之子英雄种，迂腐全然没半分。

并以他人作反衬：

却教老杜如何处？眼看娇妻送贼人。此时之乎也者全无用，子曰诗云怎当兵？毛锥杀不得诸强盗，文章唤不回枕边人。

书中三次写强盗劫持妇女，被劫者一次是左家的乡邻，一次是左家的亲友，一次是左家自身。三次全赖左维明的胆略与武勇化险为夷。不厌其烦写同类情节，可以看出作者对于男主人公"护花使者"形象的厚爱乃至偏爱①。

文素臣、铁中玉也是文武双全的人物，也扮演"护花使者"的角色，但与左维明相比有明显差异之处：二人均曾落难，均被女子救命且加以呵护。而左维明从始至终如根深本固的大树，周围的女性皆可依偎于他而获得稳定与安全，却不必为他提供保护，为他操心。两种形象所反映的创作心理显然是十分不同的。

（四）含蓄的性描写

写家庭生活难免写到性。明清的世情小说十之七八有秽笔。即使高雅如《红楼梦》，也有多浑虫灯姑娘、秦锺智能一类笔墨点染其中。而《天雨花》却大不相同，全书凡涉及夫妻生活的地方，纯用含蓄笔法，绝无秽亵。如写左维明宦游归来，与桓氏久别后的初夜：

早听谯楼交二鼓，佳人才子转房门。相思两地三年久，此日相逢无限情。

连"颠鸾倒凤"之类的小说套话都没有，"无限情"轻轻三个字便带了过

---

① 这一点似可作为写作于清初乱离之世的旁证。

去。又如写左仪贞新婚之夜,千余字的篇幅,并无一语近亵。写到床笫时,亦不过:

> 玉人低首无言语,状元怎禁那春心。温柔软款情如蜜,双双同展绣鸾衾。通宵画烛妆台上,月映纱窗亮似银。星河良夜闻清珮,流水桃花遇仙真。连理同枝春色满,鸳鸯比翼共和鸣。意密情深缘不浅,才子佳人天配成。

着眼之处也是在"意密情深""情如蜜",而落笔则全在一种幸福氛围的渲染——不写性而只写情,这应是那个时代女作家区别于男作家的标志之一①。

作品中偶尔涉及性生活时,作者的态度也与当时一般小说迥异。如第七回,左维明以在外久旷为理由,坚持要与夫人同寝;而夫人则以怀孕须注意"胎教"为说,拒绝其要求。这一段围绕"胎教"之是非,津津乐道写了一万余字,而中心是对夫妻对性生活的不同态度,以及在性生活中的主导权问题。这个话题在男作家的笔下似未曾见,而作者站在女性的立场,表现孕妇自我保护的意识,更是通俗文学中绝无仅有的。

作者对这个话题的浓厚兴趣,不仅表现在文字的篇幅上,而且表现于情节的刻意雕饰。围绕"丈夫要求,妻子拒绝"的矛盾,作者设计了四次冲突:第一次左维明先以"既然你要遵胎教,决不前来犯你身"骗过桓氏,然后强行上床,而"夫人柔弱力难禁";第二次"夫人竟执定此意,牢不可破",左维明便设计将其灌醉,乘机潜入;第三次左维明先骗后强,"夫人两手来推拒,如何敌得半毫分?浑身香汗如淋雨,看看松到里衣衾……",最后还是"夫人无奈顺郎心";第四次左维明更直接动用夫权,以杖责要挟,"只因正身怀孕,不便施刑,所以把丫鬟代责。"四次冲突皆以左维明得逞终结,但作者的谴责之意还是相当明显的。作者借桓氏之口一再谴责道:"相公虽则是能人,只怕过于好恶难延寿,还该忠厚两三分。""言行相违岂是人!""你今方得廿五岁,不要太使尽心机!"这样的诅咒之言实已超出了小夫妻斗嘴的通常界限。

胎教之说,多见于《女教》《女训》之类,然其说不一。相关的比较权威的说法是《礼记》,其《内则》云:"妻将生子,及月辰,居侧室。夫……则不入侧室之门。"因此,在这次冲突中左维明是明显背离了礼教"原则"的。作者这样处理非常特殊,因为全书的其他部分左维明无不时时代表着儒学与礼教的原则。这个例外可有两种解释:一是作者对胎教及孕妇自我保护的话题太感兴趣了,为展开这一话题而牺牲了左维明形象的一贯性;一是作者关注家庭中性生活的主导及和谐问题,而正如霭理士《性心理学》所言,"女子的性生活大部分受

---

① 郑振铎等前辈或曾指出此点,然未及细论。

男子的性生活的限制和规定","在性关系的树立上,男子占的是一个优越与支配的地位。"① 故作者借此话题表示不满以及反抗意向——"夫人心下多不乐:此等奸人世少寻。我偏烦躁他偏笑,玩于掌上太欺人。""玩于掌上"云云,是故事中夫人的不满,也是作者的心声。

对孕妇的心理乃至生理要求如此体贴、关心,对性生活持如此态度,似乎在当时(甚至现在)的男性作家笔下是不曾有过的。

总之,从《天雨花》文本所流露的性别意识看,具有相当鲜明的女性特色,与当时(甚至古今)的男性作家的作品大不相同,因此,其作者当以女性为是。而作品此种性别意识之流露,也使其成为女性写作的典型文本,从而具有了多方面的研究价值。

三、"木兰故事"的演变

母题表现了某一人类共同体的集体无意识,并常常成为一个社会群体的文化标识。其重要特征是具有某种不变的、可以被人识别的结构形式或语言形式。"性别易装"作为这样的母题之一,在中国民间文学和通俗文学中衍生出许多故事,"木兰代父从军"就是其中的一个典型文本。

木兰虽于史无证,但民间信有其人其事,相关故事的文字记录始见于《木兰诗》。该诗又称《木兰辞》,是南北朝时期的一首北朝乐府民歌。《木兰诗》的通行版本见宋代郭茂倩编的《乐府诗集》。它与南朝的《孔雀东南飞》在中国文学史上合称为"乐府双璧"。作者及产生年代不详。一般认为,(陈)释智匠《古今乐录》已著录此诗,故其产生时代不会晚于陈代;其间可能经过隋唐文人的加工润色。这首叙事诗记述了木兰女扮男装,代父从军,征战沙场,凯旋回朝,建功受封,辞官还乡的故事,充满传奇色彩。

伴随时代变迁,《木兰诗》衍生出小说和戏剧等体裁,后人在原诗的基础上不断加以丰富和改造。辗转流传中,"木兰"一再被加以重新阐释。例如,明杂剧《雌木兰替父从军》、清传奇《双兔记》均敷演了木兰从军的故事,清小说《隋唐演义》也将木兰从军的故事穿插在唐代开国的历史叙事中。清代书坊更是陆续刊刻了两部木兰从军的章回小说,即《北魏奇史闺孝烈传》和《忠孝勇烈奇女传》。如果将流传民间的木兰故事视为集体写作的话,那么,之后一些男性作家在已有的故事框架下进行增删后使之行诸于文的第二度创作或可视为独立写作。集体写作隐含着民族的集体无意识,独立写作则在客观上有利于建构某种意

---

① (英)霭理士,潘光旦译:《性心理学》第七章第二节,生活·读书·新知三联书店1987年版。

识形态的询唤机制。后世由男性作家书写的改版木兰故事，暗含着基于男性本位的创作构思和修辞惯例。在原文与改写版本的空白和缝隙处，刻画了自觉归顺于妇道的"木兰"形象。

（一）"忠贞""孝义"的品格

在后世文人的改编中，冒充男性角色进入父权秩序的木兰均是以忠贞、孝义的形象出现的，有的虽情节上略有变化，但内质并无不同。

这种相通的倾向从木兰故事结局的改写中可见一斑。在《木兰诗》中，木兰回家的第一件事就是"脱我战时袍，著我旧时裳。当窗理云鬓，对镜贴花黄。"当木兰以真实的女性身份出现时，"伙伴皆惊惶，同行十二年，不知木兰是女郎。"这个结尾多少有些喜剧色彩，同时也为日后的故事演变留下了想象空间。时至元代，侯有造在《孝烈将军祠像辨证记》中写到女主人公荣归故里时，则不仅有"释戎服，复闺装，举皆惊骇"之语，而且衍生出天子对木兰"召复赴阙，欲纳宫中"的情节，接着叙写木兰以"臣无媲君礼制"为由誓死拒之，最后因"势力加迫，遂自尽"。这一融合了男性的情色想象与妇道观念的故事结局，显然强化了传统思想内涵。而作者在原诗叙事空白处所做的增衍，恰恰成为木兰身后得以被"追赠有孝烈之谥"的依据。又如，《隋唐演义》中的木兰，回乡后才知父死母改嫁；其后可汗爱其姿色欲选入宫中，木兰于父坟前自刎以表忠贞。对于木兰如此绝命，作者褚人获大加赞赏地写道："木兰亦死得激烈，不愧女中丈夫。"（第六十一回）

清代《忠孝勇烈奇女传》将木兰设定为山灵降凡的奇女，并通过神魔参战、忠奸抗争的故事，刻画了全孝全忠又全节的木兰形象。小说中的木兰正如该书"序言"所赞："观其代父从军，可谓孝矣。立功绝塞，可谓忠矣……娴弓马谙韬略，转战沙漠，累大功十二，何其勇也……木兰具表陈情掣剑剚胸出心，示使者而死。死后位证雷部忠孝大神，何其烈也……木兰能尽人所当尽，亦尽人所难尽。其人奇、行奇、事奇、文奇。读者莫不惊奇叫绝也。"易装使木兰得以成功地替父从军，但当其凯旋后又被塑造为"守节"的传统女性。从中不难看出，木兰变换性别身份之举，谈不到有什么女性主体意识的含义；她的易装出征主要是以"孝道"为支撑的，而其战场归来则因保持了"贞节"而为人所重，由此也就成全了形象的"完美"。

木兰故事催生了诸多与女英雄有关的文学叙事，后人在已有的故事模式上加以想象和改造，书写了"一文一武实超群，千古流传名姓"的女杰形象。尤其是明初出现的女性易装事迹大多演绎前代易装女性的故事。所不同的是，这时女性易装的目的已悄然发生变化，即为"洁身自好"而易装，也便是突出了对"贞节"的道德要求。这一变化无疑受到明代特有的社会文化氛围的影响。在此过程中，木兰这个人物被赋予更加浓厚的礼教色彩。几经改写和增添细节之后，终以"全孝全忠又全节"的"完美"形象出现在读者面前。

在原诗中，面对"军书十二卷，卷卷有爷名"然而"阿爷无大儿，木兰无长兄"的现实，木兰决定"愿为市鞍马，从此替爷征"（《木兰诗》）。在"长兄"缺位的情况下，冒名"顶替"参军，维护了一家之主的安危，也使传统社会"父为子纲"的伦理秩序得以延续。然而，后世有关木兰故事的讲述特别关注的往往是女性的"贞节"。比如刘克庄在《后村诗话》中言及木兰时写道："木兰始代父征戍，终洁身归来，仲卿妻死不事二夫，二篇庶几发乎性情，止乎礼仪。"① 在歌颂木兰勇武时也念念不忘对其"女儿身"的渲染。有的作者还特别吟咏道："出塞男儿勇，还乡女子身。尚能吞劲敌，断不慕东邻。"② 明代《喻世明言·李秀卿义结黄贞女》入话中记叙木兰故事时还特别强调："如此十年，役满而归，依旧是个童身"。

据美国学者曼素恩根据清代恽珠《兰闺宝录》对历代"模范女子"的归类考察，明清时代以谋略和才气著称的女子占总数的27%，以贞洁孝顺著称的占64%③。毋庸置疑，明清是立贞节牌坊最多的两个朝代，朝廷对贞节的提倡更增强了女性以节烈博得声名的愿望。虽然在明代王阳明、李贽等思想家的出现，在思想文化领域打破了程朱理学一统天下的局面，注入了"以情反理"的思潮，但在文学文本中，"重节烈"的女性形象仍然受到重视并被反复书写宣扬。例如，明代思想家吕坤将历代模范女性的事迹集结成集，书名为《闺范图说》。该书语言浅白易懂，且附图画，在民间广为流传。书中收录的木兰故事题为《木兰代戎》。④ 作者先简述木兰从军经过，然后礼赞木兰"清白之操可比冰玉"，并将木兰推崇为士人学习的榜样。于是木兰以愈加符合传统伦理道德的完美形象不断被刻画与重塑，其中所包含的"全孝全忠又全节"的观念，比唐人韦元甫拟作所表述的"世有臣子心，能如木兰节"可谓更进了一步。

明代徐渭的《雌木兰》同样凸显了木兰对封建礼教的认同和依附，女英雄木兰被塑造为完美无缺的卫道士。此剧使用了大量口语，人物刻画生动贴切，故增强了现实感。其中增添的一个细节，突出了明代"重节烈"的社会风气。木兰出征前，母亲对她能否全身而归表示怀疑："千乡万里，同形搭伴，朝食暮宿，你

---

① （宋）刘克庄：《后村诗话》，王秀梅点校，中华书局1983年版，第86页。
② （清）吴之振等选、管庭芬等补：《宋诗钞》，中华书局1986年版，第3555页。
③ ［美］曼素恩：《缀珍录》，江苏人民出版社2005年版，第271页。
④ 《木兰代戎》收录于《吕新吾全集》之《闺范图说》卷二，清道光六年刻本。

保得不露那话儿么?"① 木兰宽慰母亲道:"你尽放心,还你一个闺女回来"。结束十二年征战后,木兰立功还乡,作者在略述她所立功勋后,笔锋一转,描写木兰用迫不及待的口吻对母亲说道:"我紧牢栓,几年夜雨梨花馆,交还你依旧春风豆蔻函。"② 可以说,立功和守贞在此成为木兰女扮男装、从军征战的两个目标,而后者甚至更为紧要。

(二)"缠足"作为性别标志

在对木兰故事进行加工的过程中,再一个鲜明的特点是突出了木兰的性别标志——缠足,尽管原诗中并无这一情节,前代也没有文献提及木兰缠足之事。而恰恰是这方面的刻画,最能反映后世作者对文本的思想介入及其所处社会的性别文化状况。

妇女缠足风俗本始于南唐③,而明代文本《雌木兰》中的女主人公木兰则是生活于北魏,这里便露出了破绽。北魏少女木兰"提前几百年"缠足的离谱情节,恰恰从一个侧面体现出男性作家徐渭在木兰形象中所渗透的性别意识。他所描写的木兰在女扮男装后,曾一度纠缠于"放脚"和"收脚"的问题举棋不定。后来,祖传的"漱金莲方子"消除了木兰替父从军的"后顾之忧",使木兰日后势将面临的婚姻难题迎刃而解。于是,她尽可以放心地投身军旅,因为可望借助"收脚"之方完成性别"复位"。

毫无疑问,"木兰缠足"情节的增加,使传统女性的性别标志得到强化。可以说,它是一种不断提醒木兰不忘"本分"的性别烙印。缠足促使即使像木兰那样"勇过男"的女性最终仍必须回复故道,做谨守妇道之人。同时它还透露出,虽然木兰可以暂时为合乎整体目的而女扮男装,但那只不过是社会性别层面上的"易装",而对于女性的身体,则是最可实施具有约束力的道德机制和纲领的。正因为如此,在后世故事的演变中,即使封爵之后,木兰也还是或以自尽(明代朱国桢《涌幢小品》),或以归顺妇道(明代徐渭《雌木兰》)的方式回归女子本位。

本来,木兰驰骋沙场不仅打破了"男女授受不亲"的古训,而且通过性别越界获得了同男性一样报效国家的合法身份。然而,这种身份不可能在日常生活中得到延续。正因为如此,木兰被后世男性作家塑造成浅尝辄止、自觉回归"女儿身"的女性形象。缠足不仅限制了木兰的步履,而且束缚了她与男性平起平坐、

---

① (明)徐渭:《徐渭集》第四册,中华书局1983年版,第1200页。
② 同上,第1205页。
③ 陈东原:《中国妇女生活史》,商务印书馆1998年版,第125页。

在社会上建功立业的精神向往和欲求。木兰只是在特定的情境中放脚习武,最终还是不可能摆脱身为女子的归宿。设法"收脚"、复原"女儿身"、扮演传统秩序所要求的女性角色,便是她归家后唯一可行的人生之路。

此外,值得一提的是,女扮男装的原因与战争关系密切,北朝时的木兰故事、杨门女将故事,以及梁红玉擂鼓战金山的史实和传说,辽国萧太后"亲御戎军,指麾三军"的记载,还有元末明初的韩贞女(韩娥)故事等,都张扬了戎装女帅的风采。可见,尽管女扮男装带有性别僭越意味,但当这一行为主要作用于维护社稷、同时也即捍卫男权统治时,是能够得到社会文化的包容、默许和认可的。

(三) 叙述声音的置换

在木兰代父从征的故事经历不断修改的过程中,虽然故事发展的核心人物仍是女扮男装的木兰,但性别意识和道德教化意识渗入故事的讲述,叙述声音无形中发生了置换。这一点在木兰回乡后自贬其才的情节中体现得比较鲜明。

在徐渭《雌木兰》①中,写到木兰遵循父母之命与刚刚见面的王青云拜堂成亲,作者以高昂轻快的笔调渲染了满堂的喜悦气氛。母亲说:"喜得王司训的儿子王郎说木兰替父行孝,定要订下他为妻。不想王郎又中上贤良、文学那两等科名,如今见以校书郎省亲在家。木兰又去了十几年,两下里都男长女大得不是耍。却怎么得他回来,就完了这头亲,俺老两口儿就死也死得干净。"② 木兰还未到家门,母亲就迫不及待地告知众人,回家后的木兰接受这门婚事也是欢天喜地。在王郎面前,这位女英雄自贬自卑,甘愿低人一等,显露出男尊女卑、重文轻武的深层文化积淀。她说:"久知你文学朝中贵,自愧我干戈阵里还。配不过东床眷"。战场凯旋的木兰在夫君面前一副自惭形秽模样,表现出贞淑柔顺的女子情态。接下来,她还向王青云许下诺言,说自己绝不会像孙权的妹子那样难为夫婿,想方设法表白自己虽久经沙场,但并不曾失去女子的贤淑品性。此外,这种喜庆场面本身,构成了对木兰"守贞"的高度肯定,也使木兰借回归秩序、"高攀"贵人而对自己曾一度僭越妇道的行为从心理上得到补偿。在这一文学叙事中,男性评判女性价值的标准暗含其间。

尽管徐渭在《雌木兰》中体现了木兰为国尽忠的侠肝义胆,让木兰发出"休女身拼,缇萦命判,这都是裙钗伴,立地撑天,说什么男儿汉"③的呼声,

---

① 木兰姓花,化名花弧始于此剧。庄一拂:《古典戏曲存目汇考》,上海古籍出版社1982年版,第429页。
② (明)徐渭:《徐渭集》第四册,中华书局1983年版,第1204页。
③ 同上,第1198页。

与崇祯皇帝为勇武女将秦良玉的赠诗"尝就高川入阵图,鸳鸯袖里握兵符。由来巾帼甘心受,何必将军是丈夫"有异曲同工之妙,但木兰在夫君面前的自愧不如、低眉顺眼,以及贬低自身、抬高对方的言行则体现了另一种倾向。这里,木兰在战场上立下的功勋被降格为"不值一提"甚至"耻于挂齿"的雕虫小技,主客地位发生了根本转折。尽忠尽孝的巾帼英雄木兰因王郎的出现而黯然失色,女中豪杰的风采荡然无存,俨然成为王郎的陪衬。这位此前未曾露面的夫君,不费吹灰之力便颠覆了木兰多年兵马弓刀、出生入死的意义和功绩。他所增添的,是木兰衣锦还乡之际喜上加喜的意味。木兰的终身大事由此画上圆满的句号,其父母也解除了后顾之忧。木兰"尽孝"的美德也因此而愈加突出。然而,这一貌似"完满"的结局所透露出的,实际上是作者陈腐的性别意识。

(四) 形象的"翻新"

及至近代,在爱国忧民、尽忠报国的语境中,木兰形象进一步翻新,成为部分男作者介入社会思想文化的媒介,象征性地挑战了不尚力争、雅柔兼爱的深层文化意识;与此同时,其间也整合了男性意识对女性生命的投射和欲求。

柳亚子取义"亚洲的卢梭",化名亚卢写下了《中国第一女豪杰女军人家·花木兰传》,在《女子世界》第3期至第11期陆续刊出。作为中国近代第一个革命文学团体南社的主要发起人,柳亚子以文学为武器,为民族民主革命摇旗呐喊,其激进的革命思想直接投射在对木兰事迹进行改写的段落中。

首先,《花木兰传》在故事的叙述中,突出了木兰从戎的主动性。作者写道:"'执干戈以卫社稷国民之义务也'。今日之事何敢辞,虽然我父老矣,安能驰驱塞外,与强胡角逐,为同胞出死力,我弟方幼,又无长兄,代我父行者,我虽女子,亦国民一分子也。"木兰为江山社稷奋不顾身的豪迈情怀于此跃然纸上。这种义无反顾的姿态与北朝乐府民歌《木兰诗》中那个惴惴不安、不知所措的木兰形成鲜明对照。《木兰诗》的描写是:"唧唧复唧唧,木兰当户织。不闻机杼声,惟闻女叹息。问女何所思,问女何所忆。女亦无所思,女亦无所忆。"而木兰辗转反侧、百感无奈的心境和情态到了柳亚子笔下,已一变而为雄奇豪放的英雄风范,洋溢着以身许国的情感。柳氏写道:"我其往哉,且我闻俚俗之恶谚矣,曰:'妇人在军中,则兵气不扬,咄咄妖孽,谁以腐败之恶名誉污辱我女界者,我其誓雪,此耻哉,直请于父母易男子妆以行。'出门四望,云暗天底莽莽,关河驰驱远道。木兰既怀抱非凡,发达其如焚,如裂之爱国心,组织空前绝后之大事业。以纤纤一弱女子,一跃而上龙争虎斗之大舞台。割慈忍爱别井离群,一曲悲歌飘然竟去。"这些文字大力渲染木兰的爱国情怀,由此推导出合格的"女国民"形象。作者将木兰置于女性社会地位和文学实践的交界处,对木兰形象加以重塑,借其与"女国民"话语之间的契合,表现了推崇"女侠""女军人"的激进思想,创出了巾帼不让须眉的"女国民"神话。

其次,《花木兰传》这样叙述女英雄决意归田退隐的情节:"天子动容,召木兰于前殿,论功第一,赐缯百千,将授以尚书郎之职。木兰不屑也,直怡然曰:'某不佞所以居留戎马之间,一十二年者,欲牺牲一身以报我民族耳。岂以是为功名富贵之代价哉?'长揖归田,拂衣竟去。"木兰不恋功名富贵,两袖清风回乡,应合着传统文化心理。当女性主动为国家出力时,其体力、心力和才干似乎得到承认,然而一旦恢复常态秩序,社会文化对女子的定位便重新转向居内的传统角色。柳氏对木兰在危机时刻挺身而出尽国民义务、战后自觉归隐所流露的肯定和赞赏之意,也正反映了这种性别文化心理。可以说,无论出征还是还家,木兰作为一个女子在男性的想象话语与时代呼声中都被架空了独立的人格,沦落为一种空洞能指。木兰易装为男性,身处在男性空间——战场、军队之中,与男性共事,并为维护男性中心秩序而尽孝尽忠,此时的她被赋予忠孝勇烈的品德。兵马弓刀、驰骋沙场的行为尽管有违女德,但它于此被书写为过渡性的短暂过程,且是在协助平息社会动荡的特殊环境中不得已而为之的异常之举。而整个故事之关键,并非在她身着戎装、进入男性角色的一刻,而是在其重穿女儿装之时。木兰行为背后所体现的忠孝节义价值观,在此过程中得到充分体现。

综上,历代木兰故事的演变蕴含着男性本位的价值取舍,木兰形象作为传统文化符号,承载着不同时代对易装女性的接受心理与意义诠释。木兰故事的改编通过女→男→女的性别出位与归位过程,折射出传统文化积淀及思维定式。其间,"贞节"为改编者分外看重,而"缠足"作为女性最具代表性的身体印记在后代作者笔下进入叙事,凸显了男女之间的不平等。正是这一不平等决定了传统伦理秩序中处于不利地位的女性的宿命。作为书写主体的男性作家在对《木兰诗》这一民间创作进行改编时,自觉不自觉地强化了全贞全节、持守德操的木兰形象;同时,将其纳入近代国家民族想象,发挥了某种思想载体的功能。木兰故事演变过程中所流露出来的性别意识值得反思。

四、晚清小说中的"妓女"与"贞女"

晚清小说史上存在着两个引人注目的现象,其一是在叙事题材方面,众多小说文本以对晚明名妓故事加以重新叙述的方式,召唤前朝的集体记忆,其二是小说文类方面,"写情小说"勃兴,以浪漫哀婉的叙事笔调塑造节烈贞女的形象,强调传统道德伦理的回归。本文将通过分析晚清小说中"妓女"与"贞女"形象的平行建构,来考察面临民族/政治/文化/身份等多重危机的士人心态,并进一步检视由传统帝国向现代民族国家转型时期的社会心理。

(一) 作为文化怀旧的名妓故事

在中国文学中,关于妓女的故事和篇章是一个不容忽视的部分。妓女成为文学表现的重要角色,起始于唐代。《全唐诗》中多达2 000余首诗歌是献给妓女的,还收录了妓女身份的作者21人共136首作品。唐人小说取材于平康北里(青楼妓所)的亦不下数十篇。至于笔记中关于青楼韵事、妓女才情的记载更是屡见不鲜。这一现象的发生与唐代的科举制度和社会风气有关。唐世重科举,经过科甲晋身的士子在社会上享有殊荣,读书人莫不殚精竭虑以搏一第,甚至老死科场亦无悔。而在长年的科场争逐中,宴游狂欢、纵酒狎妓也是一种普遍的时尚风气,"长安有平康坊,妓女所居之地,京都侠少萃集于此,兼每年新进士以红笺名纸游谒其中,时人谓此坊为风流薮泽"①。唐代妓女们的才艺修养也是出类拔萃的,这一方面是因为教坊制度的有意栽培,另一方面也是妓女与士人举子频繁互动的结果。妓女的声名和收入仰赖士子的鉴赏品题,士子"誉之则车马继来,毁之则杯盘失措",所以妓女当然要投其所好。而士人举子们除了从青楼获得充分的娱乐外,也仍然存在着一个借助妓女为自己扬名的需要。诗歌最好的传播媒介就是青楼,此中既是公卿士大夫宴集清议的公共场所,歌诗奏乐又是妓女们的专长,因此文人举子都不会放弃在风流题咏中扬播声名的机会。于是,士子与青楼妓女之间自然形成了一种互相依傍、互相提携的紧密关系②。

这种关系在明末清初的鼎革之变中获得了另一种发展,以至于士子与妓女双方面都为历史留下了纪念碑式的人物:前者为"东林复社",后者为"秦淮八艳"。明末遗民余怀《板桥杂记》记载南都的风流薮泽"旧院":"旧院与贡院相对,仅隔一河,原为才子佳人而设"③。贡院是高级别的科举考试场所,用于举人资格的乡试。秦淮河南岸的旧院是专属文人雅士的畛域,这里所蓄的是"雅妓"④。居于秦淮河两岸的两院彼此呼应,以至于后人感慨:"笙歌画舫月沉沉,邂逅才子订赏音。福慧几生修得到,家家夫婿是东林"⑤。虽有诗人的夸张,但秦淮名妓与东林才俊定情,确是一时风行,名垂史者举如李媚姐与余怀、葛嫩与

---

① (五代) 王仁裕等撰:《开元天宝遗事十种》天宝上卷 "风流薮泽" 条,上海古籍出版社1985年版,第157页。
② 参见陶慕宁:《青楼文学与中国文化》,第一章 "唐代青楼文学的审美品位与文化意蕴",东方出版社1993年版,第7~16页。
③ (明) 余怀:《板桥杂记》,台北:艺文出版社1969年版,第3页。
④ 当时南京欢场,各有不同层次,如珠市,为暴发户阔佬流连之所,南市则供下层社会消遣。
⑤ (清) 秦际唐:《题余澹心〈板桥杂记〉》,见李金堂校注《板桥杂记 (外一种)》前言,上海古籍出版社2000年版,第6页。

孙临、董小宛与冒辟疆、卞玉京与吴梅村、马娇与杨龙友、李香与侯方域、柳如是与钱谦益等。这些名妓的文学形象,以余怀《板桥杂记》、张岱《陶庵梦忆》、孔尚任《桃花扇》为代表,把对江左风流、秦淮香艳的缅怀与政治的反省、历史的沉思熔于一炉。其中《板桥杂记》记叙最为详尽,列"雅游""丽品""轶事"三卷,上卷叙南京旧院之奢侈规模、习俗体制;中卷记南曲诸妓才艺性情、归宿下场;下卷载一时文酒唱和、风流轶闻。作者深得风人之旨,外无臧否,内实寓褒贬。他对那些沉湎声色、丧节辱身的所谓名士不无讥诮揶揄,而对操守高洁、临难不苟的风尘妓女心怀敬意。如写名妓葛嫩,跟随"飞将军"孙临在甲申之变中"兵败被执",葛嫩一同被缚,"主将欲犯之,嫩大骂,嚼舌碎,含血噀其面,将手刃之。克咸见嫩抗节死,乃大笑曰:'孙三今日登仙矣!'亦被杀"①。

晚清小说描写妓女形象,当然以狭邪小说为大宗,以俞达《青楼梦》、韩邦庆《海上花列传》、张春帆《九尾龟》为代表,对于妓女的描写"凡三变,先溢美,中是近真,临末又溢恶"②。不过总不脱于明末才子佳人的情调和因果劝善的说教。此外另有一支脉,以"白头宫女说天宝"的叙事腔调,乞灵于晚明世变的集体记忆,在晚清的青楼故事中向秦淮香艳的前辈致敬。究其原因,晚明与晚清的鼎革之伤、易代之痛,确有相似之处,在士人心态上引起的震动和反映自然接近。其次,从文人讲史叙事的目的性来看,时人希望借鉴历史经验为现实政治与文化变迁提供一定的参照和提醒,从而重构历史、讽喻当下。黄濬在《花随人圣庵摭忆》中对顾媚的叙述颇具代表性。他先是引述了余怀《板桥杂记》中关于龚鼎孳原配童夫人将"本朝恩典"让于"顾太太"、顾氏专宠受封的记录,进而有引述《晋书》中关于曹魏、西晋的"贰臣"贾充后妻郭槐的记载。郭氏在历史上以善妒而出名,曾因为怀疑丈夫与儿子的乳母有染而害死两位乳母。贾充有原配李婉,晋武帝登基后,曾特准贾充置左右夫人,让李婉、郭槐皆为正妻,但郭槐却深感不满,认为自己才是辅佐贾充成就事业的人,李婉不应和她平起平坐。贾充也因畏惧郭槐,辞让了准置两夫人的诏书。黄濬在引述后只有一句置评:"龚顾事与此何其酷类"③。整篇条目几乎都在转引别人的话,悭吝笔墨,最后一句却是语气凌厉,直接把顾媚打入"恶妇"另册。由此可见,时人对于名妓与名士之间才子佳人的私情已然看轻,而看重民族之义、家国之情。正如陈寅恪《柳如是别传》所言:

披寻钱柳之篇什于残阙毁禁之余,往往窥见其孤怀遗恨,有可以令人感

---

① 见(清)余怀:《板桥杂记·中卷》"葛嫩"条,台北:艺文出版社1969年版,第207页。
② 鲁迅:《中国小说的历史变迁·清小说之四派及其末流》,见《鲁迅全集》(第九卷),人民文学出版社1981年版。
③ 黄濬:《花随人圣庵摭忆》(上册),中华书局2008年版,第56~57页。

泣不能自已者焉。夫三户亡秦之志，九章哀郢之辞，即发自当日之士大夫，犹应珍惜引申，以表彰我民族独立之精神、自由之思想①。

以民族"独立之精神、自由之思想"的萌蘖来界定青楼女子与士人的爱情，这是大概是对"青楼士子"传统在历史舞台上消失前最后的也是最高的评价。

民国之初，一些怀旧派的文人有感于此，依然在小说中缅怀秦淮名妓的高标傲世。龙公（姚鹓雏）的长篇小说《江左十年目睹记》虽写成并发表于1929年的上海《时报》，内容却是以民国初年到北伐前夕江南地区官场、文界的生活表现为主。第一回开篇就感叹"南中名胜，一片秦淮"，申明如今风流云散、事事不如往昔。在此后叙述中，借书里人物的口吻，进一步点评道："秦淮自明亡以后，板桥草没，旧院榛荒。二三百年来，为俗子荒伧所占，不晓得风月为何物"②。燕谷老人（张鸿）的《续孽海花》，虽然撰于抗战期间，直至1943年才由上海真美善书店出版单行本，但主要内容是关于戊戌变法与义和团运动期间晚清士人风貌种种，尤其以戊戌前后清廷重臣名流与维新士人围绕时政变局、寻求变法救国的言论行状为重，书中人物皆实有而化名。在描写士人时，也不免语涉青楼。小说第四十二回，借人物之口评价名噪一时的北京名妓小玉，"不过是中等人材，又不认得字，没有什么可取。近来许多名士捧她，声价就此增高"。为了配合"名士"之风雅，小玉书寓墙上挂了四屏条幅，便是寓名"秦淮八艳"的马湘兰的兰花、卞玉京的竹子、顾媚的梅花、柳如是的白描观音，"据说是江苏名士姜剑云所赠，真是无价之宝"③。然而，正如不识字的晚清名妓以张悬晚明名妓的书画来附庸风雅一样，民国之后的秦淮记忆，由于历史情境的变迁而抽空了其政治指涉与历史寓意，泛化成为一种表演性的文化怀旧符号。

（二）晚清社会转型与"名士—名妓"关系的演变

晚明风月场所形成的"名士—名妓"互相点缀、互相张扬的风气，既是一种时代的创造，也内在于一个更广大的传统：从屈原《离骚》以"香草美人"比喻君臣关系，到曹植《美女篇》、朱庆余《近试张水部》以美人问仕，士人陈陈相因，总是把美人作为自身的喻体而看待，这恰恰反映了中国传统政治的一个症候：士人（道统）不具有独立性，需要依附于皇权（政统）。正因为这一症候的长期存在，历史才为文学提供了将儿女之情与政治得失、国家兴亡捆绑在一起的可能性。清末废除科举之后，士人与政治的人身依附关系从制度上解除了，报业

---

① 陈寅恪：《柳如是别传》，生活·读书·新知三联书店2000年版，第4页。
② 龙公：《江左十年目睹记》，文化艺术出版社1984年版，第1页、第78页。
③ 燕谷老人：《续孽海花》，黑龙江人民出版社1982年版，第174页。

初兴为士人提供了新的职业身份和言说渠道，当然士人的身份认同和精神归趋也成为新的问题。他们在由传统士人向现代报人和知识分子转变的过程中，经历了艰难的内心挣扎，充满了对个人身份与前途的茫然失措，以及对历史与记忆的伤怀感喟。这种士人身份与自我言说方式的变化，不可能不对"名士"与"名妓"的相互生产产生影响。

  清中叶以后妓女制度的变迁，也导致了"名妓"之内涵的巨大变化。雍正朝下令废止乐籍制度，国家不再正式供养官妓，青楼也不再承担为士大夫消愁遣兴的义务，妓女也就不必含英咀华、濡染翰墨去迎合士大夫的雅趣。由于娱乐报纸的兴起和戏园、书场等公共娱乐场所的普及，妓女在城市生活中的曝光率大大增加，她们通过在书场戏园的公开演出、慈善筹款等公共活动，把自己创造为一种公共人物，把自己的文化形象从"名妓"转化为"明星"。在这一过程中，娱乐小报也取代了文人来传播妓女的声名。可以说，"名妓"已经不再需要"名士"，亦不必迎合"名士"的风雅了。另一方面，士人也已经不再需要传统意义上的"名妓"。晚清士人与妓女的交游，最为流行的是"叫局"①，一群官吏或者文人若不召妓作陪，几乎不可能在任何社交场合聚集，所谓"无局不成席"。他们的目的并不在于真正的鱼水之欢，而是借妓院和酒楼的各种"局"而聚会清谈，议论时局、臧否人物。燕谷老人（张鸿）的小说《续孽海花》，写状元夫人傅彩云来到上海，改名"曹梦兰"重张艳帜，凭借其"局"的时髦奢侈，一时风头无两。曹梦兰的书寓，"光是房子的布置就花了六七千两银子"，家具与装饰品完全与欧洲的时尚同步，上海的小报纷纷报道，黄埔滩上无人不知，尤其当时一班提倡新学变法的才俊，凡经过上海的，都以参与一场状元夫人的"局"为荣。在一场曹寓的聚会上，戴胜佛（谭嗣同）、梁超如（梁启超）、匡次芳（汪凤藻）等人热烈讨论秘密会党，梦兰则为他们预备了精致的西餐。席间宾主畅谈出洋见闻，一起为中国外交官因为无知颟顸所闹出的种种笑话而感喟。最后，让卿（汪康年）持了香槟杯，立起身来向众人说道："今天的聚会，并不是平常的征逐，此一杯酒，望诸各图前进，以救国为宗旨，将来所趋，纵有不同，总勿忘救国。望诸位尽此一杯，为前途努力"②。读者读到此处，恐怕不能不与席上人物一起，肃然起立。状元夫人曹梦兰超越买欢卖笑角色，在得风气之先的上海，成为众星捧月的社交中心。她在自己豪华的欧式寓所里，似是而非地扮演着欧洲上流社会的沙龙女主人，这里上演的却不是才子佳人的爱情故事，因为占据这一空间的是

---

  ① "叫局"又谓"叫堂差"，是冶游的入门："冶游的人们要白相堂子，第一步的方法就是叫堂差。凡能知晓她们妓女的芳名和住址，就可在菜馆里或旅馆里写局票差佣人送去，即能召之而来，来后便可与之交谈。"见汪了翁：《上海六十年花界史》，时新书店1922年版，第39页。

  ② 燕谷老人：《续孽海花》，黑龙江人民出版社1982年版，第88页。

正在形成中的新兴知识分子,而不是在"名士—名妓"互喻关系中的传统文人。他们已经不再需要借传统的"名妓"来歌风颂雅、品题扬名,而是另有言路、别有抱负。就此意义而言,到了19世纪末20世纪初,传统的青楼文化已经消失了。

王韬用自己的文字为这一传统的消逝而哀悼。《海陬冶游录》① 一书,是王韬描绘上海青楼的冶游笔记。1853年,上海爆发小刀会起义,英美出兵干涉,此后,上海海关开始由英、美、法三国委派的"税务司"共管,上海租界建立了独立于中国行政系统和法律制度以外的统治机构。和余怀以追忆秦淮来哀悼明朝的灭亡一样,王韬在回忆被这一事件所破坏的老城厢之青楼时,字里行间也寄寓了黍离之悲。《海陬冶游录》在体例完全模仿余怀《板桥杂记》,分上中下三卷。上卷"雅游",以热情和自豪的语调描绘沪上青楼靡丽纷华之景;中卷"丽品",以工笔画法和《世说新语》式的人物行状展沪上名姝风流艳媚之态;下卷"轶事",以晚明名妓/名士故事为摹本叙申江烟花风情万种之事。其中读来最令人动容的,是王韬在风月场上第一次认真的恋爱。他的情人廖宝儿是一位风度娴雅、酷爱赏花、品茗和焚香的妙人,比起晚明秦淮名姬来,毫无逊色。因为宝儿被原来的丈夫勒索而不得不搬家,王韬却无钱为她置办新居,情缘不了而终:

> 宝儿既迁新第……余未识其处,莫得其耗,自此遂绝。一日过其书宅,见门上燕巢如故。紫雏数头,引颈巢外,呢喃如旧识。窗纱仍闭,悄然无人,桥边绿苔,长已涩户。踯躅久之,不忍遽去。室迩人远,徒怆我心矣。

人去楼空、只剩燕子"呢喃如旧相识"的凄凉景象,传递出深深的失落感。空间的破败与情感的枯竭相对照,与人物的自我迷失相呼应——在没有开始政治流亡之前,王韬为传教士工作已经算是一种"文化流亡",当时上海文人认为"以华事夷"是斯文扫地的行径,对此嗤之以鼻。王韬虽然高标傲世,自诩"少抱用世之志"②,但以此为由早早放弃科举正途未免牵强。过高的自我期许与落魄现实之间的落差,常常会扭曲一个才子的自我认同,使其更加自怜自恋。在一个漫长的传统里,流亡文人常常建构一种高洁而自怜的自我形象,例如以松、竹的品格自比。而那些才貌双全的名妓们,往往有相似的心态,比如以莲花自比,建构一种堕落风尘却出淤泥而不染、在卑污环境中仍然保持内心纯洁的自我形象。有趣的是,王韬自号"玉魷",这一名称是在兰谱中评价极高的一种名贵白兰③,

---

① 首先收入光绪四年的《艳史丛抄》(1878),后收入宣统三年虫天子辑录《香艳丛书》(1909),上海国学扶轮社。
② 王韬:《淞隐漫录·自序》,人民文学出版社1983年版,第2页。
③ 玉魷,或鱼魷,兰花名种。宋代赵时庚《金漳兰谱》称之为"为品外之奇"。明代张应文《罗钟斋兰谱》中记载:"其花皓皓纯白,瓣上轻红一线,心上细红数点,莹彻无滓,如净琉璃。香清远超凡品,旧谱以为白兰中品外之奇,其珍异可知矣。"

以"莹彻无滓、香清超凡"而著称。这一别致的自喻显然比陈词滥调的松竹之属更加高格,同时也具有女性化的特征。王韬在宝儿的故事中流露出的边缘文人在现实中的无力感,他自以为是名妓的"护花使者",但其实他自己和花儿一样柔弱,他已经不具备前辈们的社会地位和经济资本,只能坐视一段美好的爱情如花般凋零而无能为力。

他在另一部刊刻于1875年的笔记小说集《淞隐漫录》里,继续按照晚明的理想重写上海妓女的故事。例如在《眉绣二校书合传》一篇里,他写了两位饶富风情的妓女,眉君和李绣金,二人"性情豪爽,身具侠骨,胸有仙心。每见文人才士,极相怜爱,周旋酬应,出自至诚,从不琐琐较钱币;若遇巨腹贾,则必破其悭囊而后已"。她们的共同特征就是对于文人才子的敬重偏爱,对于富豪的鄙薄无情。两位妓女个性鲜明,一个以坚韧的斗争对付势利的鸨母,一个以"贫贱不移"的信念,忠诚于爱情,他们的爱人反而相形见绌,以陪衬的形象出现。相对于妓女忠诚重义和勇敢掌握自己的命运,文人的道德形象是模糊的,其所追求的价值已经不是"道统"而是世俗的生计与成功。晚清上海妓业的实况,却既非唐代以来妓女对落魄文人极尽同情模式,亦非晚明文学中所体现的柳如是、钱谦益式的平等态度与传奇关系,而是妓女跃迁为具有独立性、现代性的大都会新人物,文人反深感失落①。

(三)"贞女"形象与新的文人理想

无论余怀还是王韬,他们在塑造妓女形象时的叙事腔调都充满感伤,这一方面与叙述人所采取的怀旧姿态相关,另一方面也内在于由明至清"主情"与"写情"的思想—文学谱系。1899年,林纾翻译小仲马的爱情小说《巴黎茶花女遗事》,标示为"言情小说",一时洛阳纸贵。1901年,英敛之日记载:"灯下阅《茶花女》事,有催魂撼魄之情,不意西籍有如此细腻者。"② 1902年严复赋诗《甲辰出都呈同里诸公》:"忆昔戊巳游京师,朝班邑子牛尾稀。即今多难需才杰,郭张陈沈皆奋飞。孤山处士音琅琅,皂袍演说常登堂。可怜一卷《茶花女》,断尽支那荡子肠!"③ 更是把担当国难的英雄才俊与被《茶花女》感动的"断肠人"联系起来,以隐约暗示的"青楼士子"传统唤起了同侪的普遍共鸣。在当时的评论中,邱菽园的议论最为细致和理论化:

---

① 叶凯蒂:《文化记忆的负担:晚清上海文人对晚明理想的建构》,见陈平原等编:《晚明与晚清:历史传承与文化创新》,湖北教育出版社2002年版。
② 方豪编:《近代中国史料丛刊续编第3辑·英敛之先生日记遗稿》,台北:文海出版社1974年版,第319页。
③ 严复:《严复集》,中华书局1986年版,第365页。

年来获《茶花女遗事》，如饥得食，读之数反，泪莹然凝栏干。每于高楼独立，昂首四顾，觉情世界铸出情人，而天地无情，偏令好儿女以有情老，独令遗此情恨，引起普天下各种情种，不如情生文也？文生情也？……甚矣！言情小说之亦不易为也①。

在这个评论里，第一次出现了"言情小说"这个标举文类的概念。1903 年，《新小说》第 8 号开辟"写情小说"栏，吴趼人发表写情小说《电术奇谈》。此后"写情"之栏目在各大小说期刊遍地开花，尽管名称并不统一。至 1906 年，写情小说达到创作高峰，吴趼人发表长篇"写情小说"《恨海》，并专门界定了"写情"之"情"。小说第一回起笔便曰：

人之有情，系与生俱生，未解人事以前便有了情。大抵婴儿一啼一笑都是情，并不是那俗人说的"情窦初开"那个"情"字。要知俗人说的情，单知道儿女私情是情；我说那与生俱来的情，是说先天种在心里，将来长大，没有一处用不着这个"情"字，但看他如何施展罢了。对于君国施展起来便是忠，对于父母施展起来便是孝，对于子女施展起来便是慈，对于朋友施展起来便是义。……至于那儿女之情，只可叫做痴。更有那不必用情，不应用情，他却浪用其情的，那个只可叫做魔②。

吴氏以"情"为正面价值，视其为忠孝节义等儒家伦理的自然基础和逻辑起点，而把儿女私情界定为价值中性的"痴"、把情欲逾越道德的不伦之情界定为负面价值的"魔"。这一界定，相对于晚明强调情欲本能的"主情主义"，恰好是一个反拨。吴氏把情感从道德的边缘重新拉回到儒家伦理的中心，并以此作为个人认同的基础性原则，这足以使我们重新思考儒家思想基本价值在晚清的影响。这一特征也反映在民初的"鸳鸯蝴蝶派"小说里。因此它们可以说是共享了一种"儒家感觉结构"③。这一点与"五四"浪漫主义小说形成了鲜明的对比，后者视儒家道德为新近引入的普世价值（人类主义与民族主义）的对立面，通过个人与家庭的冲突来表达一种"启蒙感觉结构"④。

---

① 见陈平原、夏晓虹：《二十世纪中国小说理论资料·第一卷》，北京大学出版社 1997 年版，第 46 页。邱氏评论中有"情生文，文生情"句，出自剩斋氏《英云梦传弁言》："晋人云：文生情，情生文。盖惟能文者善言情，亦惟多情者善为文。"

② （清）吴趼人：《恨海》，见海风编《吴趼人全集》（第五卷），北方文艺出版社 1997 年版。以下该作引文均出自此版本。

③ 所谓"感觉结构"，这一概念来自英国文化理论家威廉姆斯，它比"世界观"或"意识形态"更为切近有效地解释文化现象，意为"某种社会经验和关系的特定品质，历史性地区别于其他品质，并且能够赋予一个世代或时代以特殊的感觉"。见 Remond Williams, *Maxism and Literature*, Oxford：Oxford University Press, 1977：131.

④ 关于此两种感觉结构的详细分析，见 Haiyan Lee, *Revolution of the Heart：A Genealogy of Love in China*, 1900 – 1950, Stanford University Press, 2007：16.

以庚子事变为背景的《恨海》，故事情节并不复杂：久已订婚却未曾拜堂的少年夫妻陈伯和、张棣华，因为八国联军入京而结伴走上逃难之路。陈、张两家本来是同居一院的邻居，但自从成为儿女亲家，为了守礼避嫌而分居两处。因此二人同行就不免有越礼的为难，但虽无夫妻之实，而有夫妻之名，况且还要共同照顾年迈生病的张母。一路行来两人谨守名分，彼此有心惦记呵护，体贴细微，仍旧做全了相敬如宾的礼数。后来事情突变，伯和被乱兵冲散，等到二人在上海重逢时，伯和已经变成毒瘾入骨、百病缠身的流浪汉。矢志不二的棣华却坚持把伯和接回家里，曲尽为妻之道，劝其改过自新。无奈伯和病入膏肓，终于一命呜呼。随后棣华削发为尼，再全守节之礼。作为对照，小说还描写了另一对少年夫妻仲蔼和娟娟，娟娟自小读书聪慧，却流露出孟浪行迹，历经离乱，仲蔼发现她已经在上海堕入风尘。娟娟卖淫却不是生计所迫，而是出于和伯和一样追求享乐纵欲的目的——需要注意的是，所有败德坏礼的行为，都发生在20世纪初的上海。

从"现代"逻辑来看，棣华对伯和坚定不移的感情令人不解。尽管自从逃难散之后两人并未见面，重逢之后又发现伯和在道德言行上有着致命的缺陷，棣华对他的爱情却有增无减，以至于有的分析者说棣华看上去只是忠贞不二于指定的未婚夫这一名称，而并非爱上一个具体的男人①。或者，棣华的热情与其说是奉献给这个男人的，不如说是奉献给她自己的道德感觉②。然而，拜吴趼人出色的心理描写所赐，棣华这一人物形象远比她所体现的道德观念生动可感得多。例如小说第二回写棣华与伯和、母亲一起夜宿旅店，纠结于要不要与伯和同炕而卧：

> 棣华只是低着头。……心中暗想："我若是不睡，便连母亲也累得不能睡了。只是这嫌疑之际，令人十分难过。倘是先成了亲，再同走倒也罢了。此刻被礼法所限，连他病体如何，也不能亲口问一声，倒累他体贴我来。我若是不睡，岂不是辜负了他一番好意？"又想到："尚未成婚的夫妻，怎么同在一个炕上睡起来？"想到这里，未免如芒在背。几次要坐起来，又怕累得伯和不安，只得勉强躺着。一夜想这个，想那个，何尝睡得着。

小说中最动人的一幕，是棣华与伯和失散后，想到伯和有可能被人群挤倒，甚至被踏成肉酱，她"不觉柔肠寸断，那泪珠儿滚滚的滴下来。又恐怕母亲看见，侧转身坐了，暗暗流泪。忽然又怪他为什么不跨在车沿上，便可以同在一起了。"又想：

---

① Patrick Hannan, Introduction. In *The Sea of Regret*: *Two turn-of-the-century of Chinese romantic novels*, Honolulu: University of Hawaii Press, 1995: 13.

② David Wang, Fin-de-siecle splendor: Repressed modernity of Late Qing fiction, 1849 – 1911. Stanford, CA: Stanford University Press, 1997: 13.

这都是我自己不好,处处避着嫌疑,不肯和他说话。他是一个能体谅人的,见我避嫌,自然不肯来亲近。我若肯和他说话,他自然也乐得和我说话,就没有事了。伯和弟弟呀!这是我害了你了。倘有个三长两短,叫我怎生是好?这会你倘回来了,我再也不敢避什么嫌疑了。左右我已凭了父母之命,媒妁之言,许与你的了。

这段深情的独白与棣华痴情守贞的性格逻辑相符,也为小说之后的情节发展铺陈下了事理逻辑,换言之,棣华高标的道德感也是叙事得以推进的关键动力。正是因为棣华对礼数的顾忌,在逃难时只有一辆马车可雇的情况下,两人没有同车,才导致伯和被乱兵冲散。而棣华把伯和堕落的原因归结到自己,也把两人重逢后她冲破顾虑亲奉汤药、充满"赎罪"意味的行动合理化了。小说里一个引人注目的细节,是在伯和的弥留时刻,已经无力咽下汤药,棣华则"自己把药呷在口里噙住,伏下身子,哺到伯和嘴里去。看他咽了,再哺,一连哺了二十多口"。和她之前的过分拘谨恰成鲜明对照,她唤他"郎君",接触他的身体,向他坦陈"妾心更苦"。棣华形象前后转变如此巨大,以至于周蕾评价说伯和的形象仅仅是一个道具,用以展现棣华艰巨而又复杂的道德/情感历程①。

这一道德历程复杂性的集中体现,在于"孝"与"贞"的冲突。棣华是一个无可指摘的孝女,逃难路上母亲生病,她效仿古人"割股疗亲",割了一块肉在汤药里喂给母亲。伯和死后,棣华决定出家守贞,与父亲哭泣道别:"父亲!你可怜女儿翁姑先丧,小叔尚未成年,叫我奔丧守节,也无家可奔,断没有在娘家守节的道理。这一条路,女儿也是出于无奈。……女儿本打算一死以了余生,因恐怕死了父亲更是伤心,所以女儿这个还是下策中之上策。……女儿不孝,半路上撇了父亲,望父亲从此勿以女儿为念。倘天地有情,但愿来生再做父女,以补今生不孝之罪"。出家守贞与在家孝父的内在价值冲突,最终在一番情真意切、感天动地的剖白中和解。唐小兵认为,在棣华形象的塑造过程中,吴趼人从本土的文化资源中调取了"真诚"与"奉献"两种价值来保持人物的内在道德合法性,同时也呈现出一种对于业已受到外来文化冲击和威胁的本土文化如何保持其纯洁性和可持续性的总体焦虑②。相似的,杜赞奇也讨论过,民族主义的合法性建制之一,就是通过一种传统内在于现代性的女性形象,把女性建构为民族文化基本质素及其延续性的象征符号③。唐小兵和杜赞奇都注意到了吴趼人对道德的

---

① Rey Chow, *Woman and Chinese modernity: The politics of reading between West and East*, Minneapolis: University of Minnesota Press, 1991: 57.

② Tang Xiaobing, *Chinese moderntiy: The heroic and the quotidian*. Durham, NC: Duke University Press, 2000: 42-44.

③ Prasenjit Duara, *Rescuing history from the nation and the nation-state: Questioning narratives of modern China*, Chicago: University of Chicago Press, 1995: 98.

高调召唤——他几乎把棣华塑造为一个道德无缺的圣女——伴随着他对"情"的歌颂,情是"先天种在心里"、内在而永恒的道德律令,足以对抗传统文化所遭受的外在挑战,无论这挑战来自时间、历史暴力还是人类情欲。

显然,吴趼人对"情"的痴迷别有寄托,在他看来,只有从世道人心的角度才能挽回陷入危亡的国家,延续国族命脉只能在普通子民的道德重塑中实现,这正是他在众多高谈阔论的政治小说之外,选择"写情小说"一途而用力甚巨的原因。在与《恨海》几乎同时创作的《新石头记》[①] 中,吴趼人一改《红楼梦》续书为宝黛爱情翻案的俗套,令宝玉"勘破情关",一心惦念"未酬补天之愿",游历科技昌明的"文明境界"而寄寓救国理想的国民榜样。时人评论道:"其目的之正大,文笔之离奇,眼光之深宏,理想之高尚,殆绝无而仅有",而与《红楼梦》相对比,"旧《石头》艳丽,《新石头》庄严;旧《石头》点染私情,《新石头》昌明公理;旧《石头》为言情小说,亦家庭小说;《新石头》系科学小说,亦教育小说;旧《石头》儿女情长,《新石头》英雄任重;旧《石头》浪子欢迎,《新石头》国民崇拜"[②]。吴趼人对于以道德为核心的"中国常经"[③] 如此坚守,以至于有学者认为,吴氏的写情小说,是"五四"时期"整理国故"的先声[④]。

总之,以棣华为代表的"贞女"形象,无疑象征了晚清"老新党"式知识分子的文明理想,而以"状元夫人"为代表的晚清名妓,正喻示着这一理想得以浮现同时也被压抑的社会文化场域或语境。晚清小说中"妓女"与"贞女"的平行建构,既是一个有趣的现象,也具有更深层次的文化意蕴:晚明名妓的集体群像,经由晚清直至民国文人的反复重写,已经泛化为文化怀旧的符号;晚清名妓的书寓为我们揭示出新的经济资本、政治资本与文化资本紧密结合并指引时代变革的力量;文人阶层在晚清社会的身份变化及其新的政治/文化诉求,催生了新的文学风向与文学形象,从一个侧面显现出社会生活与人们心灵的"感觉结构"或显著或微妙的变化。

---

① 《新石头记》创作于1905~1906年间,最早发表于1905年末的上海《南方报》,仅十一回。1908年上海改良小说社出版单行本,共四十回。标"社会小说",署名"我佛山人"。
② 魏绍昌:《吴趼人研究资料》,上海古籍出版社1980年版,第119页。
③ (清)"顽固之伧,以新学为离经叛道;而略解西学皮毛之辈,又动辄诋毁中国常经"。吴趼人:《吴趼人哭》,见海风编:《吴趼人全集》(第八卷),北方文艺出版社1997年版。
④ 李青果:《情感·道德·国家——吴趼人〈恨海〉及其周边》,载于《云梦学刊》2009年第30卷第6期。

第二章

现代文学文化现象的性别意蕴

本章选取部分具有代表性的现代文学现象，考察其性别文化内涵，从特定的角度做出阐释。

第一节 翻译中的女性形象及其文化内涵

自"西学东渐"以来，"翻译的现代性"已成"现代中国"应有之义。翻译参与构建中国现代文学亦是一个不争的事实。晚清翻译小说的繁荣、民初通俗翻译小说的流行、《新青年》杂志文学翻译的实践和"五四"时期文学翻译的多元选择，无不体现着翻译文学与社会思想文化转型之间的内在因应关系。另外，我们并不能因此把中国现代文学视为西方史学界"冲击—反应论"的文化验证，而应看到晚清以来中国文学以"文本外译"或者"双语写作"的方式向西方输出中国传统文化形态和价值观的种种努力。这种双向互译的文学活动尽管不能在传播效能上等量齐观，但也形成了某种潜在的对话关系，既展示出异质文化彼此吸引、互为社会文化改良援手的"合目的性"，又催生出一系列具有参照意味的文学形象。例如，"娜拉"与"芸娘"就是在中西文学互译过程中的两个影响深远的女性形象。本节以"娜拉"与"芸娘"形象的文学翻译及其改写、传播为研究对象，分析这两个形象在20世纪前半期中国风云际会的时代语境下不断演变的文化内涵。

一、"娜拉"在中国：思想启蒙与妇女解放运动之镜像

在《新青年》杂志（第4卷第6号）的"易卜生专号"里，胡适与学生罗家伦翻译的《娜拉》（即《玩偶之家》）只能用"不胫而走，脍炙人口"来评价，此后的30年间，仅《玩偶之家》的中文译本就有9种之多，同时这出话剧在剧院和学校剧团也经演不衰。剧中女主人公娜拉（Nora）成为"五四"时期翻译过来的、最为著名的文学形象之一，在多个文本中被不断转写和转译。

胡适是中国最早全面系统评论易卜生的学者。据《胡适留学日记》载，他在"易卜生专号"上发表的《易卜生主义》，早在其留学期间即用英文撰写成，并在康奈尔大学哲学会上宣读过。在《易卜生主义》一文中，胡适通过对易卜生的《玩偶之家》《国民公敌》《群鬼》等作品内容的介绍和运用，宣扬了他所阐释的"易卜生主义"（即健全的个人主义）。1919年，胡适又在《新青年》（第6卷第3号）上发表了第一部中国"娜拉剧"《终身大事》。剧中女主角田亚梅女士和她的恋人陈先生私奔了。田女士/娜拉所体现的是胡适心目中的现代理想人格，即"人人都觉得自己是堂堂地一个'人'，有该尽的义务，有可做的事业"①。有学者认为，剧中陈先生开来的汽车是一个醒目的符号，意味着接受了西式教育、崇尚西方近代物质文明与价值观，并拥有一定的经济政治资本的资产阶级青年一代的反抗。这辆车是"载着自由恋爱和国民国家的梦轻快地开走的"②。田女士与陈先生私奔意味着"新价值"对"旧伦理"的胜利，"女主人公要出走的父亲之家，与要建立的新家，在胡适文本的潜在话语中，分别代表了两种不同的文化形态和价值取向：前者代表传统宗法制度以及专制、迷信等旧文化；后者代表新文化，被无条件地想象为反抗专制的个性主义者胜利的归宿"③。可以说，胡适借易卜生主义来宣传健全的个人主义思想，代表了新文化运动时期知识分子的典型启蒙模式，即"以思想革命为一切改造的基础"④，一面以雷霆万钧之势攻击传统文化，一面大量绵密地引进当时流行于欧洲的各种思想学说，并通过翻译介绍西方文学来达到启蒙民众、呼唤现代民族国家主体的目的。

---

① 胡适：《美国的妇人》，载于《新青年》第5卷第3号，1918年9月。
② （日）清水贤一郎《ノーラ、自动车に乘る——胡适「终身大事」を読む》（《娜拉坐汽车——读胡适〈终身大事〉》），载于《东洋文化》第77号，1997年3月。
③ 杨联芬：《新伦理与旧角色：五四新女性身份认同的困境》，载于《中国社会科学》2010年第5期。
④ 罗家伦：《一年来我们学生运动地成功失败和将来应取的方针》，载于《新潮》第2卷第4号，1920年5月。

五四运动爆发后，"易卜生主义"的影响进一步扩大，现实中也涌现出来许多"娜拉"式的女性，1923年，北京女子高等师范学校的女生排演了《终身大事》，产生了极大的影响，以至于随后出现了一系列以"娜拉出走"为主题的社会问题剧①。与此同时，冰心、丁玲、萧红、张爱玲、苏青等女性作家的作品，从全新的视角展示了"五四"新女性的个性解放要求，这也是对"易卜生主义"所激起的个性主义浪潮的一个有力回应。1923年，鲁迅在北京女子高等师范学校作了题为《娜拉走后怎样》的著名讲演，这篇演讲的核心与其说是论述经济权与妇女解放的关系，不如说是对"娜拉"形象的两个层面进行了区分：对于写实的"娜拉"即当时众多通过求学脱离父家和包办婚姻的青年女性而言，"出走"的行动将面临经济现实与伦理道德的诸多困境，鲁迅在其小说《伤逝》（1925）中塑造了子君这一出走的女学生形象，通过男主人公涓生独白忏悔的形式，把"娜拉出走"的现实困境升华为美学范畴的悲剧；另一层面则是象喻意义上的，即"五四"时期的青年，在精神上普遍经历的脱离旧制的集体出走，娜拉形象在此"精神出走"中发挥了最大的刺激作用，以至于"娜拉超越了伦理的意义而成为中国现代的象征"②。从胡适到鲁迅，启蒙知识分子笔下的娜拉，并不纯然是一个女性形象的化身，其所指涉的，实际涵括所有从傀儡般的旧身份出走的青年一代③。

　　经由《新青年》"易卜生号"的鼓吹而盛行的"易卜生热"，在后"五四"的思想文化语境中日渐降温。胡适后来回顾《易卜生主义》，以为这篇文章所以能有"最大的兴奋作用"，因为"它所提倡的个人主义在当日确是最新鲜又最需要的一针注射"④。从20世纪20年代后期开始，民族主义迅速勃兴。通过中国社会性质与革命道路的讨论，左翼意识形态的影响力不断扩大。1931年，茅盾从检讨五四运动的角度，把"易卜生主义"与资产阶级的弱点联系起来："（中国社会的历史状况）使中国新兴资产阶级感觉到他们的命运的不稳定，使他们无论如何不能有历史上新兴阶级的发扬踔厉的坚决乐观的精神，他们迟疑审虑，这在他们的文学上的反映就不得不是客观地观察而没有主观地批评的易卜生的写实主义。胡适之所以努力鼓吹的易卜生主义——只诊病源，不用药方，就是这样的心理自嘲而已"⑤。在另一篇文章里，茅盾更明确地指出："个人主义（它的较悦耳

---

① 如熊佛西的《新人的生活》、侯曜的《弃妇》、郭沫若的《卓文君》、张闻天的《青春的梦》、余上沅的《兵变》、欧阳予倩的《泼妇》等。
② 林贤治：《娜拉：出走或归来》，百花文艺出版社1999年版，第2页。
③ 比如巴金的长篇小说《家》，男主人公觉慧就是一个离家出走的"男性娜拉"。
④ 胡适：《介绍我自己的思想》，见欧阳哲生编《胡适文集》第5卷，北京大学出版社1998年版。
⑤ 茅盾：《"五四"运动的检讨——马克思主义文艺理论研究会报告》，载于《文学导报》第1卷第5期，1931年8月5日，收入《茅盾文集》第19卷"中国文论二集"，人民文学出版社1991年版。

的代名词,就是人的发见,或发展个性),原是资产阶级的重要的意识形态之一,故在新兴资产阶级的意识形态对封建思想开始斗争的'五四'期而言,个人主义成为文艺创作的主要态度和过程,正是理所必然"①。

对于易卜生的再解释和对于"五四"的反省,促使"娜拉"的符号意义也发生了偏移和转变。在茅盾的小说《虹》(1929)中,主人公梅行素不满于娜拉"全心灵地意识到自己是'女性'",要努力克制"自己的浓郁的女性和更浓郁的母性",准备献身给"更伟大的前程","准备把身体交给第三个恋人——主义"。在以无产阶级为主体的"革命"的召唤下,梅行素完成了"时代女性"的"革命化"过程。不过,相较于梅行素对于"主义"的畅想,20世纪30年代左翼电影里面的时代"新女性",则用更加直接的方式回答了"娜拉走后怎样"的问题。例如电影《新女性》②中的女主人公韦明(阮玲玉扮演),与男同学自由恋爱,未婚先孕,离家出走,虽然争取到了婚姻的自由,但却被恋人抛弃,她凭借自己的知识才华教书、写作,独立谋生抚养孩子,但最终在经济压力下不得不卖身,不堪受辱而自杀。耐人寻味的是,韦明这一形象实现了"五四"女青年所有关于"娜拉出走"的设想,包括接受新式教育和自由恋爱,甚至走得更远——成为职业妇女和单身母亲,但却仍旧不能生存;让"娜拉"们拥有个人意志而"出走"是新文化运动的旨归,但"走后怎样"才是妇女解放的真正议题,质言之,相对于已经争取到的个人自由,社会所能提供的发挥这种自由的机会与空间却并未完全对女性敞开。

韦明相对照的是女工李阿英。导演蔡楚生通过一组巧妙的对比蒙太奇镜头鲜明地表达了是非褒贬:放纵起舞中男男女女旋转轻移的皮鞋、辛苦劳作中劳动者艰难迈动的草鞋;舞场上陪男人跳舞的韦明,夜校里带着女工唱歌的李阿英,钟楼上大钟指针的旋转……当韦明从舞场的空虚中归来,李阿英上工去的巨大身影越发衬出韦明的渺小。蔡楚生对此解释道:

我们用这种象征手法,把对生活抱有崇高理想和革命斗志的女工李阿英和软弱彷徨的知识妇女韦明构成一种鲜明强烈的对照……为的是让许许多多的韦明感悟到只有和劳动人民相结合,才能克服她们的软弱;只有投身于民族解放斗争和阶级斗争的伟大行列中,才能在这些斗争的胜利中同时求得自己的解放③。

聂绀弩在《谈〈娜拉〉》一文中写道:"新时代的女性,会以跟娜拉完全不同的姿态而出现。首先,就不一定是或简直不是地主绅士底小姐;所感到的痛苦

---

① 茅盾:《关于创作》,见《茅盾文艺杂论集》(上),上海文艺出版社1981年版。
② 《新女性》由孙师毅编剧,蔡楚生导演,联华影片公司1934年出品。
③ 蔡楚生:《三八节中忆〈新女性〉》,见《蔡楚生选集》(下编),中国电影出版社1988年版。

又不仅是自己个人生活;采用的战略,也不会是消极抵抗,更不会单人独骑就跑上战线。作为群集中的一员,迈着英勇的脚步,为宛转在现实生活的高压之下的全体的女性跟男性而战斗的,是我们现在的女英雄"①。他期待这样的"英雄"替代"娜拉",成为新的时代偶像。聂绀弩的意见,体现出20世纪30年代左翼文化阵营在妇女解放问题上的思想倾向。"五四"时期具有个人主义和思想启蒙内涵的娜拉形象,在20世纪30年代的左翼文化思潮中被解构,并被建构出一种成长为无产阶级集体主义英雄妇女的可能性②。

  1936年,夏衍创作三幕话剧《秋瑾传》,借鉴湖女侠的革命行动来激励当时的女性。显然,在夏衍看来,相较于寻求个人独立的娜拉,把自己投入整个民族解放中的秋瑾,更值得颂扬和仿效。此后,中国进入抗战时期,国内的注意焦点很快从易卜生和娜拉身上转移到拯救民族的战争中。易卜生从此在中国几乎消失了。到了1942年,郭沫若在《〈娜拉〉的答案》一文中,又重新提出"娜拉走后怎样"的问题。他认为这个问题的答案,"我们的先烈秋瑾是用生命来替他写出了",秋瑾作为另外一个女性形象符号,一个"侠之大者,为国为民"的女英雄,代替了娜拉③,"为中国的新女性,为中国的新性道德,创立了一个新纪元"④。至此,一个翻译过来的文学形象"娜拉",以及她所燃起的、在中国长达二十余年的涉及文学、戏剧、政治的纷争,基本上淡出了文化政治的舞台。总之,"娜拉在中国"这并不漫长却曲折的旅程算是结束了,但是,她在20世纪前半期的中国所具有的旗帜般的动员力量和符号学意义,及其在不同话语系统中的文化政治能量,均值得后人深味。

二、"芸娘"崇拜:传统文化个人主义的"文艺复兴"及其世界性

  在"娜拉型"戏剧上演最盛的1935年,林语堂完成了对清人沈复的笔记《浮生六记》的英译,这一译本在英文期刊《天下》与《西风》刊载后引起强烈反响,女主人公芸娘被视为"最美的中国女子"。同一年,他用英语写作的《吾

---

  ① 聂绀弩:《谈娜拉》,原载于《太白》第10期(1935年1月),收入《蛇与塔》中,生活·读书·新知三联书店1986年版。
  ② 参见张春田:《民族寓言:后"五四"时代的"娜拉"故事》,载于《粤海风》2008年第1期。
  ③ 关于秋瑾的形象转写的分析,参见刘堃《侠女、启蒙者与母亲:秋瑾形象的视觉呈现与主体位置》,载于《情况》(日本)2012年8月号。
  ④ 重庆《新华日报》1942年7月19日,见《郭沫若全集·文学编》第19卷,人民文学出版社1992年版。

国与吾民》（*My Country and My People*）在美国引起轰动，林语堂又继续用英语写作了《生活的艺术》（*The Importance of Living*）（1937）、《孔子的智慧》（*The Wisdom of Confucius*）（1938）、《老子的智慧》（*The Wisdom of Laotse*）（1948）等。从书名上看，林语堂以一种通古达今的文化气魄，把中国传统文化置于先进的位置上，而他的美国读者则需要在古典中国的智慧与艺术面前做一个虚心的小学生。这样一种对晚清以来中西文明等级阶序的颠倒，与20世纪30年代世界范围内的政治危机有关。美国经历了第一次世界大战、经济大萧条及其引发的社会政治危机之后，普遍出现了对资本主义的怀疑情绪，而中国经历了辛亥革命的失败、军阀割据所导致的饥荒战乱之后，"五四"知识分子盲目崇拜西方、企图以西方制度文化改造疗救中国的愿景也宣告破产。于是，异质于西方现代文化的中国传统哲学及其生活方式就成为某种潜在的资源，以期对包括中国在内的"现代化进程"加以修正。有趣的是，林语堂在向美国人介绍孔子、老子等思想家的同时，也把一个名不见经传的中国女性，即《浮生六记》里的芸娘，介绍给了异国读者。

　　五四落潮之后，一方面，社会现实的混乱黑暗使逃避现实的鸳鸯蝴蝶派小说大受欢迎；另一方面，一些明清文人悼亡忆旧、陈情感伤的回忆录①被重新发现，屡屡翻印，成为大受青年喜爱的热门书而流行一时，并且引起了知识界的关注和讨论。在这类旧籍中刊印版次最多、流传最广、影响最大的当首推沈复②的《浮生六记》，自1924年由俞平伯整理标点首次以单行本印行后，直至20世纪40年代至少已印行了50余版次，可见该书受读者欢迎的程度及流传之广。沈复只是乾嘉之际一个苏州无名文人，此六记是他的自传，分别为"闺房记乐""闲情记趣""坎坷记愁""浪游记快""中山记历""养生记道"，后两记散佚。《浮生六记》中沈复不断追忆和妻子芸娘相识相恋的柔情蜜意和坐困穷愁却充满闲情逸趣的居家生活，其最大的文学成就是塑造了芸娘这样一个美好的女性形象：她聪慧好学，热爱生活，欣赏自然美艺术美，勤俭持家又善于创造情趣，却由于不谙礼法世故历经坎坷，贫病而逝。林语堂在英译本自序中盛赞芸娘是"中国文学上一个最可爱的女人"，甚至突发奇想，要去他们家做客，十分生动地想象自己坐在椅子上打瞌睡时，芸娘会用一条毛毯给他盖在腿上。他最后深情地总结，在这对

---

① 包括（明）冒辟疆《影梅庵忆语》、（清）沈复《浮生六记》、（清）陈裴之《香畹楼忆语》、（清）蒋坦《秋灯琐忆》等，这些明清之际文人写下的笔记大多描写闺阁生活琐事，多不合正统礼教，故皆属文坛末流，为士林所不屑。然而，在西学涌入、新说迭出的二三十年代，它们却成了与西书并列流行的文字。

② 沈复（1763~1825），字三白，号梅逸，长洲（今江苏苏州）人，清代文人，无详细生平记载，据《浮生六记》中的夫子自道，他出身于幕僚家庭，从未参加科举，热爱书画、园艺，曾习幕、经商、卖画为生。

夫妻身上他"仿佛看到中国处世哲学的精华",即"那种爱美爱真的精神,和那中国文化最特色的知足常乐、恬淡自适的天性"①。

林语堂在基督教背景的家庭和学校中长大,对于典型中国式大家族聚居的生活并不熟悉,因此,沈复夫妇由于不拘礼法而遭到家族排斥所导致的困厄,在林语堂的译作里只是一笔带过,他对沈复夫妇生活方式的肯定,偏重于个人本位主义的、对个人情志的追求。他在多篇谈论生活艺术的文章中,引述沈复夫妇对庭院房间的布置、插花的艺术、享受大自然等种种怡情悦性而富于艺术情趣的记事,赞赏"他俩都是富于艺术性的人"②。他特别赞美芸娘具有"爱美的天性",她与丈夫一起赏景联句、亲手制作美食等,使日常生活充满了艺术情趣。在林语堂看来,这种重视"生活的艺术"的人生哲学,对于中国人来说是"奠定了相当的稳健与安全的基石"③。不得不说,林语堂在一种"文化输出"的心态中把中美两种文化进行了一种二元对立的简化,他认为"美国人是闻名的伟大的劳碌者,中国人是闻名的伟大的悠闲者"④,希望芸娘作为中国传统文化和生活态度的完美典范,能够唤起对美国人对"美"的感受与追求,并对以"忙碌"为象征的现代工业文明有所补益。

最初点校此书的俞平伯对《浮生六记》的喜爱并不亚于林语堂,这从他给不同版本写了两篇序言就可以看出来。但其喜爱的出发点又有所不同。首先,作为周作人的爱徒、"五四"时期著名的散文作家,俞平伯特别看重《浮生六记》文字清新真率,无雕琢藻饰痕迹,其文心之妙"俨如一块纯美的水晶,只见明莹,不见衬露明莹的颜色;只见精微,不见制作精微的痕迹";其次,在他看来,此书最值得称道的是沈复、芸娘夫妇在日常生活中所表现出来的"个人才性的伸展"。沈复曾怂恿芸娘女扮男装去水仙庙观看神诞花照,曾与她密谋托言归宁而偷偷游历太湖,他们还商定等到芸娘鬓发斑白后要偕同出游,饱览江南的名山秀水……俞平伯以赞赏的笔调列举了沈复与芸娘任情随性的洒脱行为,如他二人日常生活中不知避人而"同行并坐"的恩爱举止,芸扮男装后"揽镜自照,狂笑不已"等,在俞平伯看来,这些"放浪形骸"的举动,充满了脱离传统礼法羁绊、个人性情尽情舒展的"新人"的魅力。

不仅如此,与传统文人恪守"载道"不同,沈复以率真自然之态度记述家庭生活,碍于礼教的夫妇昵情也欣然于笔下,因此俞平伯称赞沈复的文字"极真率简易,向来人所不敢昌言者,今竟昌言之",他认为,沈复是个生性率真的"真

---

① 林语堂:《〈浮生六记〉英译自序》,见蔡根祥《精校详注〈浮生六记〉》,台北:万卷楼2008年版,第17页。
②④ 林语堂:《生活的艺术》,见《林语堂文集》(第七卷),作家出版社1995年版。
③ My Country and My People, Introduction. by Pearl Buck, 外语研究与教育出版社2009年版。

性情的闲人",因而能"不知避忌,不假妆点,本没有徇名的心,得完全真正的我",故其字里行间"处处有个真我在"①。

这一评点至少蕴含着两层意思:第一,儒家文人传统的显在层面是尊经践礼、文以载道,但文人在个人/内心生活上始终存在洒脱飘逸、率真放达、任情随性的潜在追求,李白、苏轼的诗歌和魏晋名士、明末异端们的行状,都生动鲜活地呈现着这种追求。在明清以来名士汇聚的江南苏州,所谓"名士之风"更是一种根深蒂固的文人的迷信,它就像一个无形的徽章,让文人们彼此确认,让作为沈复同乡的俞平伯立刻心照不宣,与之惺惺相惜。当"五四"新文化运动兴起,儒家文人传统冠冕堂皇的政教面向趋于瓦解,其个人面向的"名士之风"又与新文化运动对"个人"的发现、界定和推崇若合符节,于是沈复的"真性情"就被俞平伯拿来作为新时代的一面旗帜而欣喜挥舞了。第二,沈复的率情任性不仅意味着"真我"/自我的发现,同时也意味着女性/他者的发现。换言之,只有具备了放纵和表达"真我"能力的男性文人,才有可能发现并尊重女性的个性、才气与生命,才有可能描摹出"中国文学上最可爱的一个女人",才有可能替女性发现"自我"——《浮生六记》毕竟不是芸娘的作品,她只不过是沈复之眼所观察、沈复之笔所描画的对象,是期待被发现和被塑造的"那一个"形象②。

正是在这种新观念的观照下,俞平伯通过沈复夫妇这一实例,对沈复夫妇追求个性伸展而受大家庭排斥压制深表同情。这一倾向与胡适他们当初翻译介绍《娜拉》及易卜生主义的初衷不谋而合。在这个意义上,《浮生六记》实际上已经脱离了原作者沈复的话语系统,而被纳入到了一个新的观念系统和表述系统中,并被赋予了新的时代内涵。一方面,只要打破旧家庭制度,就会使个性得到解放、民族焕发活力的因果逻辑,借由沈复夫妇率情任性的个人生活及其受到大家庭排斥的悲剧而构成,从而使得《浮生六记》由一个"个人叙事"文本转变为一个内在于"新文化"思想脉络的"宏大叙事"文本。另一方面,沈复夫妇的事例还意味着,作为启蒙思潮一个核心概念的"个性解放",不只是一个由西方引进的外来观念,它还有着本土传统的基因和血缘,只是以往被压抑摧残而不得彰显。俞平伯想要强调的是,与"现代散文"这一文类相似,个人主义与其说是从西方舶来,不如说是中国既有的文化基因在历史契机下"文艺复兴"的

---

① 俞平伯:《校点重印〈浮生六记〉序》,见蔡根祥《精校详注〈浮生六记〉》,台北:万卷楼2008年版,第11页。
② 参见李长莉《〈浮生六记〉与"五四"文化人的三种解读——现代家庭观念中民间传统的延续与变异》,《现代中国》第七辑,北京大学出版社2006年版。

产物①。

总之,芸娘形象所蕴含的"恬淡自适"的美感与"真我性情"的个人价值,经由林语堂的翻译和俞平伯的阐释而加倍放大,分别因应这不同时代、不同社会语境下中美两国的读者需求,从而获得了广泛的接受。

三、翻译的主体性:"觉悟"与文化再构

梁启超在《五十年中国进化概论》(1922)一文中指出,"近五十年来,中国人渐渐知道自己的不足了",他把这种基于民族危机的不满足感概括为三个历史时期,第一时期为"器物"上的,第二时期为"制度"上的,第三时期为"文化"上的②。显然,晚清洋务派的"师夷长技以制夷"对应于"器物时期",维新派知识分子对于国体/政体的论述与想象对应于"制度时期",而新文化运动以来,不同代际、不同知识结构、不同政治立场的知识分子所关注的问题纷纷从政治转向文化领域,则对应于"文化时期"。这并不意味着文化可以与器物、制度截然二分,也不意味着文化是循器物、制度之序进化的高级阶段,仅从翻译的角度来看,西方文化的输入一直贯穿着这三个时期,并且作为客观知识体系、技术文明/技术理性的"西学"与作为上层建筑的宗教、政治往往彼此纠缠——但直到中国内部与外部的政治形态与社会生活发生巨大的变化,传统文化与西方文化之间的冲突才日趋显影和深入,引人注目的标志性事件是五四运动前后在知识界爆发了剧烈的"中西文化论战",而文化冲突深入化的标志则是知识分子的争论从公共领域(国体和政体)拓展到私人领域(家庭和婚姻)。"文化时期"与前两时期相比,发生了一个重要而显著的变化:知识分子不再纠结于对西方文化的迎拒抑或对中国传统文化的守成/谋变,而是在经历了中西方文化的双重断裂之后,萌发出一种"再造新文明"的"觉悟"③。

促成这一转折的,正是20世纪30年代的中国与西方所共同面临的文化/政治危机。早在林语堂用中国文化补救西方之不足之前,梁启超在《欧游心影录》(1919)里所谈论的"中国人之自觉"④,就不再是借鉴西方文明的自觉,而是从

---

① 1926年11月,周作人为俞平伯点校的《陶庵梦忆》作序,说道:"现代的散文在新文学中受外国的影响最少,这与其说是文学革命的还不如说是文艺复兴的产物";"我们读明清有些名士派的文章,觉得与现代文的情趣几乎一致,思想上固然难免有若干距离,但如明人所表示的对于礼法的反动则又很有现代的气息。"

② 梁启超:《五十年中国进化概论》,见《饮冰室文集(第五集)》,云南教育出版社2001年版。

③ 参见汪晖《文化与政治的变奏——战争、革命与1910年代的思想战》,载于《中国社会科学》2009年第4期。

④ 梁启超:《欧游心影录》,东方出版社2006年版。其第一章(下篇)的标题即"中国人的自觉"。

西方文明危机中反观自身的自觉。他谈到，这个自觉，"第一步，要人人存一个尊重爱护本国文化的诚意；第二步，要用那西洋人研究学问的方法去研究他，得他的真相；第三步，把自己的文化综合起来，还拿别人的补助他，叫他起一种化合作用，成了一个新文化系统；第四步，把这新系统往外扩充，叫人类全体都得着他好处"。这种"文化化合作用"所形成的"新文化系统"，同时宣告了作为二元对立概念的现代西方/中国传统的失效，而这种"新文化系统"的主体，是"我们可爱的青年"，他鼓舞他们"立正，开步走"，"大海对岸那边有好几万万人，愁着物质文明破产，哀哀欲绝的喊救命，等着你来超拔他哩；我们在天的祖宗三大圣和许多前辈，眼巴巴盼望你完成他的事业，正在拿他的精神来加佑你哩。"梁启超在清华国学院的学生张荫麟解给这段话加了一个注释："及欧战甫终，西方知识阶级经此空前之大破坏后，正心惊目眩，彷徨不知所措。物极必反，乃移其视线于彼等素所鄙夷而实未尝了解之东方，以为其中或有无限宝藏焉。先生适以此时游欧，受其说之薰陶，遂确信中国古纸堆中有可医西方而自医之药"①。

　　由此我们看到，在20世纪上半期的文化语境里面，中国知识分子对于东西方文明的反思与重构的愿望呈现为一个整体性的背景，这正是这里所谈论的问题的起点：不论是"中国式娜拉"对于个人权利与自由的价值追求，还是左翼文化对于"娜拉"的扬弃、解构与重写；不论俞平伯如何给生活在19世纪的"芸娘"包裹上20世纪的新价值外衣，抑或林语堂如何假借"芸娘"之美给美国送去文明调和的心灵鸡汤，他们的出发点都是一种强烈的"文明觉悟"，只有在对这一时代特征充分了解的基础上，我们才能从一个更为宏观的角度来观察和把握20世纪中西文学互译行为的深层内涵。也是从这一角度，中国现代知识分子对娜拉与芸娘形象的翻译、改写与阐释，具有一种文化主体的意味。酒井直树（Naoki Sakai）认为，翻译直接影响了20世纪亚洲的主体形成。在向西方学习的过程中，翻译是最为痛苦的学习过程：翻译召唤了学习者寻求某些东西的主体性，却又要在异国语言的象征秩序里打碎它②。但在娜拉与芸娘的翻译和阐释者那里，由于有了"文明觉悟"的内在动力，他们的翻译行为没有导致翻译理论所说的"译者的消失"③，而是通过对两个女性形象的不断重构，在异国的文化资源和语言里间接地构筑起了现代中国的主体，如果说一个多世纪以来的"中国梦"仍然在延续的话，那么文化主体性就是这个梦想的内核，这也正是我们重新

---

① 张荫麟：《素痴集》，百花文艺出版社2005年版，第142页。
② Naoki Sakai, Translation and subjectivity. Minneapolis, MN: University of Minnesota Press., 1997: 28.
③ Venuti, L. (Ed.). (1992). Introduction. In Rethinking translation: Dis-course, subjectivity, ideology (pp. 1–17). London: Routledge.

思考这两个翻译形象及其背后的文化内涵的意义所在。

第二节　新文学期刊与现代女作家的出现

中国历史上现代意义的女学生——不是请私塾先生进入家庭，也不是名士文人在家中收的女弟子，出现在晚清。有资料可查的中国人自办的第一所女校出现在1898年。女学堂的出现，意味着几千年来一直生活在家内的中国女性可以合法地走出家庭、进女校读书，也使同龄女性之间的交流机会增多、与男性交往可能性加大，这是现代女作家出现的客观条件。但这并不意味着，进入学堂学习的女性就必然会成为现代女作家。她们需要写作实践、需要发表作品的机会，更需要个人的聪慧与努力。"五四"新文化运动中，女高师和燕京女大就出现了一大批具备上述条件的女大学生，其作品出现在高等学校校刊的同时，也开始进入新文学期刊，现代女作家们以"集体"的形式浮出水面。

1918年，陈衡哲在《新青年》上发表诗歌、小说和独幕剧，成为《新青年》最重要的女性作者；1919年开始，冰心成为《晨报》《小说月报》的重要作者，也成为声名远播的女作家；大学三年间，庐隐写了大约有十几万字的作品，它们分别发表在《晨报副刊》、《人道》月刊、《批评》半月刊、《时事新报》（文学旬刊、学灯）、《小说月报》、《小说汇刊》；从女高师到北大国学院，冯沅君作品分别发表在《创造季刊》《创造周刊》《语丝》，被誉为当时最勇敢的女作家；苏雪林，则先后在《晨报副刊》《民铎》《民国日报》《国民日报》《时事新报》等刊物发表作品，另外，她还曾担任过《益世报·妇女周刊》的主要撰稿人；凌叔华则在《晨报副刊》及《现代评论》发表作品，日后成为《现代评论》的代表性作家。

上面的资料表明，在"五四"的热风里，女学生们迅速成为新文学杂志的重要作者；同时，这样的统计也显示，新文学杂志为女性作者提供了广阔的发表作品的空间。事实上，其历史效果并不只是提供作品发表空间这么简单。在陈衡哲、冰心、庐隐、冯沅君、凌叔华等人成长为现代女作家之路上，新文学报刊起到了举足轻重的作用。

一、"她抓住了读者的心"：冰心与《晨报副刊》《小说月报》

在第一代女作家中，能用得上"家喻户晓"四个字来形容的，恐怕非冰心莫属。当然，这样的评价具有双重含义：她既和其他女作家一样在文坛上得到众多同行的赞誉，也得到了广大普通读者的认同。这除了冰心本身的写作才华之外，20 世纪 20 年代《晨报》及《晨报副刊》功不可没。

在晚年的回忆录中，冰心强调了自己是被"五四"震上文坛的事实。也正是在 1919 年，这位女学生开始用白话文写作。它们发表在《晨报》，一个刚刚开始发行的报纸上。冰心当时是协和女子大学预科一年级的学生，协和女大也是北京女学界联合会员，所以她参加了当时联合会的宣传股——被要求多写反封建的文章，在报纸上发表。冰心的表哥刘放园，是北京《晨报》的编辑。表妹找到表哥，希望他帮忙。他"惊奇而又欣然地答应了。"① 在这家报纸，冰心先是以女学生谢婉莹的署名发表了两篇杂感《二十一日听审的感想》《"破坏与建设时代"的女学生》，之后开始使用"冰心"发表文学作品。

从 1919 年 9 月 18 日首次使用冰心女士这个署名开始，到 1920 年 12 月 21 日止，冰心女士在这一年间毫无疑问是《晨报》重要作者：1919 年 9 月 18 日至 22 日，连载了《两个家庭》，半个月后，10 月 7 日至 11 日连载《斯人独憔悴》，10 月 30 日至 11 月 3 日，又连载了《秋雨秋风愁杀人》，11 月 22 日到 26 日连载小说《去国》，1 月 6 日至 7 日连载《庄鸿的姊姊》，1920 年 3 月至 5 月，又有三部小说以连载的形式发表，它们是《最后的安息》（1920 年 3 月 11～12 日），《还乡》（1920 年 5 月 20～21 日）。除了这些连载小说外，她还发表过杂感和单篇小说，粗略算来，冰心的名字几乎每月都有几天出现在《晨报》上。如果说频繁出现的作者的名字会对读者留下深刻印象的话，那么连载，则使深刻印象得以强化。频繁发表作品，又常以连载形式，但并不必然导致一位女学生成为读者关注的女作家。重要的还是要取决于作品本身的魅力（关于冰心作品本身的魅力，另作章节详细讲述）。对于日刊，尤其是以市民为主要读者群的报纸来说，作品的题材是否吸引读者，尤其重要。

冰心之所以能"抓住"读者的心，除了她本人的敏锐观察力之外，可能与她的表兄刘放园的点拨有关。在冰心的回忆录中，谈到刘放园表兄的帮助，她说"此后他不但在《晨报》上发表我们的宣传文字，还鼓励我们多看关于新思潮的文章，多写问题小说。"② 转述表兄的话中，"新思潮"和"问题小说"应该得到重视——它们显示了在 1919 年时作为《晨报》编辑的刘放园对于社会的敏感问题的把握，这位编辑触摸到了时代的脉搏，还可能了解到《晨报》读者兴趣点，当然也是对新文化运动保持兴趣的编辑对《晨报》办刊宗旨的理解。刘在提出这些建议的同时，还给冰心寄去了当时新出版的刊物，比如《新青年》《新潮》

---

①② 冰心：《回忆五四》，见《冰心全集》（7 卷），海峡文艺出版社 1995 年版。

《少年中国》《解放与改造》等。① 刘的双重身份：表兄及编辑，既可以解读为一位编辑对于来自高校的女学生的希望、对《晨报》作者的要求，也可以解读为表兄如何提醒表妹如何提高稿子的命中率。无论出自何种立场，表兄的心思都没有付之东流。从后来的情况看，聪明而善解人意的冰心领会了表兄的意思，她从身边人事入手，寻找与社会相关的"问题"，并把问题以小说的形式表现出来。"我只想把我所看到的听到的种种问题，用小说的形式写了出来。"② 在《晨报》，冰心没有受到过普通作者所遇到的阻碍，"我寄去的稿子，从来没有被修改或退回过，有时他还替上海的《时事新报》索稿。"③ 表兄的呵护，为初次写作的冰心在《晨报》获得了得天独厚的条件。

或许是最早的小说缘故，在《两个家庭》中，冰心显得有些拘泥。但是，自《斯人独憔悴》和《秋雨秋风愁杀人》始，她的写作日渐成熟，她也慢慢习惯了一种新鲜视角：讲述学生的世界。这些小说中的人物，与刚刚结束的五四运动相互映照，有点类似于五四运动参与者们生活侧记的印象。比如《斯人独憔悴》发表后，北京《国民公报》的《寸铁栏》一个星期后就有读者来信说，读完《斯》他想到了"李超"事件。另外，当时的学生团体对小说也很感兴趣，在新明戏院演剧时，这部小说成为登上舞台的首选剧本——冰心小说获得了现实与文本间的"互文关系"。

《晨报》编辑很快发现了问题小说与现实之间的"互文性"，在《秋雨秋风愁杀人》中，他们为它加上了"实事小说"的注解。这篇以讲述女学生境遇的作品，也引来了冰心同学的无限感慨。在1919年11月22日至26日五天的连载中，冰心讲述了留学生回国后报国无门的《去国》。一周之后，《晨报》就刊登了读者鹃魂的读后感《读冰心女士的〈去国〉感言》。④ 需要着重提到的是，这篇感言非与一般的读者来信相同，它篇幅很长，以至发表时从第七版一直转到了第八版。把常常刊登广告的第八版让出篇幅刊登某个小说的读后感，显示了《晨报》对冰心作品引发的效应格外看重。

从作品发表到被人讨论、改编成话剧、作品的读后感被报纸大幅刊载，1919年8月到12月，年仅20岁的冰心作品以密集连载的形式、以与国是紧密相关的主题，进入了《晨报》读者的视野。到1919年12月1日《晨报》报刊一周年之际，纪念特刊上刊登了四位作者的作品。第一位是胡适《周岁——祝晨报一年纪念》，第三位是鲁迅《一件小事》，第四个是起明（周作人）译《圣处女的花园》，而第二篇，则是冰心的《晨报……学生……劳动者》。特刊的排列形式，

---

①③　冰心：《关于男人（之四）》，见《冰心全集》（7卷），海峡文艺出版社1995年版。
②　冰心：《从"五四"到"四五"》，见《冰心全集》（7卷），海峡文艺出版社1995年版。
④　载于《晨报》1919年12月4日。

是《晨报》对于刚刚20岁的女学生冰心的支持。

成就冰心新文学史上女诗人地位的，依然是《晨报副刊》。1921年，冰心在西山写了一段《可爱的》，在《晨报》登出来时被分了行。记者孙伏园对分行的解释是认为冰心的文章很在"诗趣"，所以就把杂感与诗趣打通了。① 分行发表鼓励了冰心大胆尝试。之后她又创作了《迎神曲》《送神曲》《春水》《繁星》等。对于前无古人的小诗形式，作为冰心的"老朋友"的《晨报》给予了宽容与理解。在《晨报副刊》《新文艺》将发表冰心小诗的前夜，尽管刘放园在给冰心的电话中还有"这是什么？"②的疑问，但在1922年1月1~26日，从新年的第一天开始连载《繁星》，而在同一年的3月21日至6月30日，则陆续连载了《春水》。新鲜的小诗很快得到了读者良好的回应。

冰心成名的1920~1922年间，正是《晨报副刊》"露出头角"（鲁迅语）之时。她与《晨报》之间良好的合作关系使其成为"新文艺运动中的一位最初的、最有力的、最典型的、女性的诗人、作者。"③ 换言之，无论从影响力还是发行量，《晨报副刊》都为冰心的写作提供了一个重要的平台。

不仅是《晨报》。1921年，冰心列名于文学研究会。同年，《小说月报》革新，全面登载新文学作品。这是在现代文学史上有着重要地位的一部文学期刊。现代文学史上大部分著名作家的小说，大都从这里开始发表。1921年1月10日，在《小说月报》革新的第一期这一期上刊载了《小说月报》的"改革宣言"，附录了"文学研究会宣言"和"文学研究会简章"。这些细节都显示了这一期将具有"历史意义"。也是在这一期上，冰心发表了小说《笑》，被排在仅次于周作人和沈雁冰的"理论"之后，显示了她被作为"文学研究会"主要作者的地位。同期发表作品的还有叶绍钧（叶圣陶）、许地山、瞿世英、耿济之等人，不能忽略的是，除冰心外，他们都是"文学研究会"的发起人。

1921年4月10日，冰心在《小说月报》发表《超人》，同期还有她的杂感《文艺丛谭》。同年的7月10日《小说月报》，登载了小说《爱的实现》，而在11月10日这一期中，冰心同时发表了两篇小说《最后的使者》和《离家的一年》；到了1922年，她发表的是《疯人笔记》《遗书》《寂寞》《往事》；从1921年4月到1922年10月，年轻的冰心发表了8篇小说，一篇杂感和一篇散文。换句话说，在这个月刊杂志上，18个月的时间里，她发表了约计10篇的文章，大约是两期便有一篇，同时，她的作品也常被放在《小说月报》的创作篇目的"头条"

---

① 冰心：《我是怎样写〈繁星〉和〈春水〉的》，见《冰心全集》（5卷），海峡文艺出版社1995年版。
② 冰心：《我的文学生活》，见《冰心全集》（3卷），海峡文艺出版社1995年版。
③ 黄英编：《现代中国女作家》，北新书局1931年版。

给予推荐。另外，1922年，《小说月报》在"创作批评"栏目中，有三期集中刊发了读者对冰心作品的感想：第8期是三篇①、第9期是两篇②、第11期是三篇③。《小说月报》时代的冰心，如在《晨报副刊》一样受到了读者的欢迎与杂志的扶持。

在《小说月报》大量发表小说，使冰心获得了"文学同仁"的认可。《超人》发表时，《小说月报》的主编茅盾，就以冬芬的署名附注在小说的后面，以一个读者的身份讲述自己看完这篇小说后的感受："我不禁哭起来了！"④甚至还有作者还对她的《超人》进行模写——这与《晨报》读者对其小诗进行模写的方法类似。文学青年或文学作者不一定每期都能阅读《晨报》，但在当时，大部分都是《小说月报》的读者。也许用同行王统照（剑三）的说法更有说服力："我有许多的男女朋友，不论是研究文学者否，差不多异口同声，对于女士的作品有同等的赞美。此等现象，足以证明，一方面是中国对于真正良好的文学作品的鉴赏，并不是绝对的缺乏，一方面可见出女士的作品，能得大多数读者的同情。"⑤

二、"金榜题名般的喜悦"：庐隐与《小说月报》

就庐隐的创作之路而言，说《小说月报》是其文学生涯拯救者的说法并不夸张。在小说《一个著作家》受到陈老师"不适合写小说"的评价后，庐隐在同乡郑振铎的介绍下，寄给了茅盾（时任《小说月报》主编）。一个月后，《一个著作家》在《小说月报》——有着重要影响力的新文学杂志上发表。"金榜题名"的惊喜，把灰心的庐隐从自卑中解脱出来："从此我对于创作的兴趣浓厚了，对于创作的自信力增加了。"⑥

《小说月报》不仅使庐隐的创作兴趣增强，也使这位刚刚踏上文坛之路的作者很快为读者知晓。自1921年2月10日《小说月报》第12卷2号上发表《一个著作家》，庐隐先后发表了《一封信》《红玫瑰》《两个小学生》《灵魂可以卖

---

① 这三篇感想参见：佩薇：《评冰心女士底三篇小说》，直民：《读冰心作品志感》，张友仁：《读了冰心女士的〈离家的一年〉以后》，见1922年《小说月报》第8期。

② 这两篇感想是：剑三（王统照）《论冰心的〈超人〉和〈疯人笔记〉》，断崖《评冰心女士底〈遗书〉》。

③ 这三篇感想参见：赤子《读冰心女士作品的感想》，式岑《读〈最后的使者〉后之推测》，敦易《对于〈寂寞〉的观察》。

④ 《小说月报》第12卷第4期《超人》后。

⑤ 剑三（王统照）：《论冰心的〈超人〉和〈疯人笔记〉》，载于《小说月报》第13卷第9期。

⑥ 庐隐：《庐隐自传》，见钱虹编：《庐隐文选》，福建人民出版社1985年版。

吗?》《思潮》等六篇小说,更值得注意的是,在 6 月、7 月、8 月,庐隐的小说连续三期被刊登,之后,第 11、12 期依然有她的小说发表。当然,1921 年 7 月 10 日这期,在发表小说的同时,刊载了她的创作谈《创作的我见》。换句话说,1921 年《小说月报》出版的十二期中,有六期刊载庐隐女士的作品。——1921 年间《小说月报》对女作者庐隐的扶持力量可见一斑。当然,尽管没有 1921 年那样的发表频率,但在 1922 年、1923 年间,庐隐的许多代表作也依然在《小说月报》中发表,其中包括《或人的悲哀》《丽石的日记》《海滨故人》等。

  尽管庐隐并没有得到如冰心作品那样的推介力量,也没有获得如冰心那样广泛的"同行认可"。但就庐隐创作生涯考察,《小说月报》毫无疑问是推动女学生庐隐成为新文学女作家身份的重要力量。自然,这并不意味着《小说月报》对庐隐的扶持是无原则的。庐隐小说"很注意题材的社会意义"的开掘,其小说仅从取材范围而言也具有很大的开阔性,从城市到乡村、从教育到婚姻、恋爱、工人农民以至对民族问题的关注……她的着眼点,正与《小说月报》编者们的文学理念相吻合。因而,正如《晨报》认同冰心在问题小说创作方面的努力一样,《小说月报》对庐隐作品对于社会问题的关注表达了欣赏之意——只有杂志所追求的审美口味与作家作品气质之间相吻合时,杂志期刊对女作者提供的平台才可以显现其作用。毕竟,作为杂志长期顾客的阅读者们的阅读趣味是不可忽视的,即使是报纸期刊有意扶持,作者的气质与杂志风格不相吻合的话,读者也不会接受。

  当然,关注问题小说和社会问题,从而显示其与"旧的"闺阁女作家的不同审美情趣,恐怕也是当时报纸期刊对于两位女作家的期待。毫无疑问的是,这两位分别来自中国最好的女子大学的作者,没有使编辑们失望,她们以旺盛的创作热情回报了新文学期刊给予文学女青年的机会,进而完成了从女学生到女作家的过渡。

  但是,需要指出的是,虽然冰心和庐隐都是《小说月报》的女作者,但庐隐为成为《小说月报》的作者所付出的努力可能要比冰心更大。尽管茅盾以不无赞赏的语气认为庐隐的写作视野开阔,但是,可也正是这种对其写作视野开阔的期待,在某种程度上束缚了这位刚刚进入文坛的女学生。在《灵魂可以卖吗?》这篇小说中,庐隐讲述了一位 19 岁的从女校辍学的纱厂女工对于灵魂自由的呼唤。但是,这样的呼唤与其说是一位生产女工的想法,莫若说是 19 岁的对哲学颇感兴趣的庐隐在学校课桌上想象女工生活更为合适一些。没有亲身经验和经历,再加上想象力的有限,在这些被夸奖为"社会题材开阔"的作品中,庐隐显现了创作者的吃力。她无法真实传达出一位女工的生活经验,也无法真实表达生活在困苦中的人们的心声。

庐隐对读者的影响力也无法与冰心小说相比，这不仅仅在于两人的文学表达能力差别，还在于庐隐放弃了她熟悉的领域，而徒然追求表现社会问题。这种追求题材丰富性的努力结果是，获得了更多发表的机会，却是以（有意或无意）牺牲自己的写作长处为代价的。庐隐的创作及发表经验，既可以为20世纪20年代爱好文艺的女学生如何在新文学期刊的帮助下成长为女作家提供佐证，也可以看作一位女作者为获得一种"主流"的认可所做出的写作"策略"。1922年底，写作经验日趋成熟的庐隐开始回到自我，她的一系列以女学生生活为创作题材的小说《丽石的日记》《海滨故人》，在为文坛提供了一代女性知识分子形象的同时，也找到了一种与个人气质相吻合的、以书信及日记体为主的表达方式。

三、"东吉祥的座上宾"：凌叔华与《晨报副刊》和《现代评论》

在燕京女大读书时期，凌叔华便是位对文学创作深感兴趣的女学生，她甚至在周作人的信中信心十足地表达理想，希望做一个女作家。并且，她还寄给了周作人一篇稿件。"所寄来的文章是些什么，已经都不记得了，大概写的很是不错，便拣了一篇小说送给《晨报副刊》发表了。"在回忆中，周作人明确地说："她的小说因我的介绍在《晨报》上连载"，"其时《现代评论》还未刊行"；此后"她的文名渐渐为世上所知，特别是《现代评论》派的赏识，成为东吉祥的沙龙的座上宾了"。① 一般认为，周作人推荐的这篇小说是《女儿身世太凄凉》，它经过著名编辑孙伏园的稍事修整，发表在1924年1月13日《晨报副刊》上，也是凌叔华的处女作。

尽管在另外一篇文章②中，凌叔华对《晨报》只喜欢登与记者直接或间接相识的作者的稿件的现象进行批评，但具体到她本人身上，也不得不采取求助于周作人的方法去发表小说。这是身为女学生的凌叔华，如何借助于著名老师的影响，为自己的小说找到发表阵地的一个实例。但这并没有什么不合情理和可以批评之处，它显示的是一位热爱文艺的女学生在"表现自己"方面所具有主动性。

自《女儿身世太凄凉》之后，凌叔华在1924年间共在《晨报副刊》上发表

---

① 周作人：《几封信的回忆》，载于（香港）《文艺世纪》1963年12月。
② 1923年，当时《晨报》有"有关纯阳性的讨论"，署名萧度的《纯阳性的讨论》的一篇通信引起了凌叔华的兴趣。在这个讨论中，萧度"深惧男性的畸形的发展，更感到中国女界的可危"。对此，凌叔华于1923年8月25日《晨报副刊》发表了《读了纯阳性讨论的感想》。文中分析了女学生不愿投稿的原因，反驳了那种把女子看作"无心前进的，可以作诗就算好的，或与文无缘的"一路人；希望人们对女作者能多扶持与栽培。

了 6 篇作品，其中 5 篇是她还是燕大学生时发表的。以她在燕大读书时在《晨报》发表的作品作研究重点，两篇是小说：《女儿身世太凄凉》（1924 年 1 月 13 日）、《资本家的圣诞》（1924 年 3 月 23 日），三篇散文：《朝雾中的哈大门大街》（1924 年 4 月 28 日）、《我的理想及实现中的泰戈尔先生》（1924 年 5 月 6 日）、《解闷随记》（1924 年 7 月 5 日）。

以《女儿身世太凄凉》为例，与凌叔华后来的成名小说类似，都着眼于"高门大户"人家女儿的经历。尽管从行文及语言都约略地感觉到凌叔华后来的一些叙述风格，但整个故事的立意与后来的作品相比，显得直白而粗糙，故事的推动由两个女人之间的互相倾诉自己的不幸来推动，作者甚至让她的女主人公婉兰直接站出来后悔："……总而言之，女子没有法律实地保护，女子已经叫男人当作玩物看待几千年了。我和你，都是见识太晚，早知这家庭是永远黑暗的，我们从小学了本事，从小立志不嫁这样局促男人，也不至于有今天了。"在小说的结尾，作者描述婉兰说，她"似悟不悟"，在吟述了一句"似这般飘花坠絮，九十春光已老，女儿身世原如是，"又说，"呸，人为万物之灵，女子不是人吗？为什么自甘比落花飞絮呢？"① 直白的结尾，与当时"控诉家庭罪恶"的问题小说相似，而与她后来作品的含蓄、委婉方式相悖。另一篇小说《资本家的圣诞》，描画了一个贪图享乐、伪善、自私的资本家老爷形象。文章中对资本家的蔑视态度和嘲讽语气显示了当时身为"女学生"的凌叔华对待资本家的态度与立场。这样的立场，与后"五四"时代大多数进步青年的立场具有相通之处。

另外，"资本家"和"女儿"这两篇小说题目的风格与凌后来小说的题目风格也有着明显的区别。从最早的两篇小说题目上，我们能一目了然于内容，甚至可以看出作者的叙述立场——从女儿角度叹惜命运，把主人公定位于资本家的角度去描述等等。这样的叙述角度与大部分青年学生以及社会主流的角度是取自同一视角。另一篇散文《朝雾中的哈大门大街》叙述的是作者早上坐车去上学看到的北京城内的风景。因为有了大雾，所以街道上的破败——耻辱门、穷苦人家都看不到了。当然这种看不到也是一种强调。很明显，早期《晨报》上的小说，较之于《现代评论》时期的作品，有着青涩、粗疏、直白的毛病，跟其他女作者的着墨点与写作方法并没有特别大的差别，独特的凌氏风格还没有形成。

把凌叔华 1924 年 1 月的《女儿身世太凄凉》与 1925 年 1 月发表在《现代评论》上的《酒后》放在一起，会发现一年之间，两篇作品由青涩到成熟的明显差别，在某种程度上，是一个飞跃。是什么使这位女作家早期作品是那种风格，又是什么使其风格发生转变？得从凌叔华本人的阅读说起。凌是《晨报》长期的

---

① 凌叔华：《女儿身世太凄凉》，见陈学勇编《凌叔华文存》（上），四川文艺出版社 1998 年版。

读者。作为作者，获得报纸发表及青睐的主要方式，恐怕就是要在创作上迎合其办刊口味。这与其被看作是一种对作者的压抑，不如说是作者成为作家的过程中的一种策略。为《晨报》写稿的凌叔华身上，策略的运用得到了体现。首先，学生时代，她把读报纸看作是一种学习，"凡三十岁以前的人，都应当随时随地虚心接物的作学生，然后才能得真确而广大的学问。"她对晨报副刊上的各种讨论，"什么'女子参艺'哪，'日本货'哪，'爱情定则'哪，'科学与玄学'哪……不觉的使我无时或息的脑海，变了风雨时期，镇日价在那里波涛澎湃的闹得哭不得，笑不得，连说出来亦觉太多余了！"[①] 这样的一位热心读者，对于报纸编辑的"爱好"、"口味"、对当时作家们所关注的题材具有一定的了解与认识，所以，对《晨报》的办报风格深为熟悉的女学生，在创作初期的写作方式上进行迎合与融入并不令人费解。这种融入策略，使凌叔华早期小说并没有显示其特质。

当然，作者以与报刊宗旨的相契合，使其作品得以发表的情况并不仅仅针对女性投稿者，这样的编投规则，是对所有投稿者适用的。也正因如此，新文学的倡导者们才得以推动一种新的阅读习惯、写作习惯的建立。因而，尽管后来的批评家们把冰心、庐隐、冯沅君等人的创作倾向与对女性主体的压抑联系在一起评述，看起来有道理。但如果从历史语境出发，女性作者的这种创作倾向，不一定一味用压抑来解释。这些女作者投稿时都是女学生，她们的处女作、成名作发表之时，大都还是在校学生。如果我们把女学生看作是一个复合词"女""学生"的话，此时的她们可能更侧重于学生的一面。因而，她们的视角，与当时大部分青年学生的关注相契合，实属正常。正如茅盾所言，那正是一个学生会时代。作为燕大学生的凌叔华，也难以逃避"五四"所给予她的影响。

另一方面，如果我们把女学生作家们看作主体而不把她们看作是被动写作的话，那么她们不约而同地在创作初期选择与新文学的创作方向相吻合的姿态，正是体现其主体性所在。作为新文学的主要阅读者，她们的阅读习惯开始形成，在写作小说时受到阅读趣味的影响，她们的自主、自动地融入新文学创作，写作取材与创作主流的趋同，既是阅读与模仿的互动，也是一种"无意"（也可能有意）的写作策略。

1924年5月，凌叔华在迎接泰戈尔的茶会上认识了陈源（陈西滢）。1924年7月，她从燕大毕业。同年12月，《现代评论》创刊。1925年1月，《酒后》发表在《现代评论》。之后，在1925年至1926年，凌叔华在《现代评

---

① 凌叔华：《读了纯阳性讨论的感想》，见陈学勇编《凌叔华文存》（下），四川文艺出版社1998年版。

论》上发表了《吃茶》《绣枕》《再见》《花之寺》《有福气的人》《等》《春天》《他俩的一日》《小英》等小说，女作家凌叔华由此而广为人所知。1926年，陈、凌结婚。

这一时间背景意味着，《现代评论》创刊后，凌叔华的大部分小说都是发表在她的未婚夫、后来的丈夫陈源做主编的杂志上。这与她辗转经由周作人把小说推荐给孙伏园发表的情况相比，待遇自然不同。就青年作者创作角度而言，凌叔华在1925年之后的创作将不再受到编辑的挑剔，自由写作的空间大了许多。即使她有写作的压力，但家人给予的压力与权威编辑给予的压力是不能相提并论的。这也表明，自1925年开始，凌叔华有了自由地、不必迎合编辑和读者进行写作的客观条件。

由上可知，在冰心、庐隐、凌叔华成为女作家的路上，新文学期刊扮演了重要的、不可或缺的角色。在其他女作家的成长之路上，新文学期刊的作用也不可忽视。以中国现代文学史上的第一位女作家陈衡哲为例。陈最早为人所识，中国现代史上卓有地位的新期刊《新青年》的作用不可低估。自1918年《新青年》第5卷第5期开始，陈衡哲先后在《新青年》发表《人家说我发了痴》（1918年第5卷第3期）、《老夫妻》（1918年第5卷第4期）、《鸟》、《散伍归来的"吉普色"》（1919年第6卷第5期）、《小雨点》（1920年第8卷第1期）、《波儿》（1920年第8卷第2期）等作品。作为最早在《新青年》发表文学作品的女作者，也是发表作品最多的女作者，陈衡哲进入《新青年》的作者群不仅仅是获得发表作品的机会，还意味着成为"新文学运动初期干部。最初出现于新文坛的女作家。"①

在《新青年》获得比其他女性作者更多的发表作品的机会，陈衡哲的留美学生经历值得关注。在美国读书期间，当胡适构想白话文写作的梦想时，陈衡哲便是他的支持者。因而，当胡适成为《新青年》的主将时，陈衡哲的作品便比别人更有机会发表。当然，在1917~1920年间，正是文学革命与白话文写作都处于艰苦卓绝之时，如陈衡哲般对白话文写作有着创作实践热情、对文学有着独特理解力的女作者，于《新青年》而言也是宝贵的。

冯沅君的成名与创造社的期刊有关。冯以淦女士为笔名在《创造季刊》（第2卷第2期）上发表了《隔绝》之后，在《创造周报》第45期、46期、49期又相继发表了《旅行》《慈母》《隔绝之后》，进而以《隔绝》系列作品震惊了文坛。正如许多批评家指出的是，冯沅君只以三篇小说内容相近、结构类似的作品就获得了文坛的瞩目，一方面在于"她非常大胆的在封建思想仍旧显着它的威力

---

① 阿英：《中国新文学大系·史料索引卷》，上海文艺出版社（影印本）2003年版，第220页。

的时代里勇敢而无畏的描写了女性的毫无掩饰的恋爱心理"①这样的女性精神气质，符合了时人对于叛逆的、敢于主动表达爱的新女性形象的期待，另一方面沅君本人是《创造季刊》的读者，也受到创造社创作观念的影响。其作品的获得的关注借助了《创造季刊》《创造周报》的影响力，毕竟在短短的时间里，同一女作者的稿件接连发表，会带给读者更强的冲击力。

　　苏雪林的成名得益于《晨报副刊》《益世报》。1919年10月，刚来到北京的苏雪林在《晨报副刊》上发表了《新生活里的妇女问题》。之后，她和同学一起，受邀《益世报·女子周报》担任主编。1920年至1921年间，在《益世报》专门为女高师学生作者提供的阵地上，笔耕不辍的苏雪林以每月写两三万字的产量成为《女子周刊》当仁不让的主笔。和当时大部分青年作者们类似，苏雪林以一位"五四人"的身份观察社会与人生以及妇女的生活经验，她的文字大都以反映现实黑暗与底层百姓生活以及礼教对于女性生活的迫害有关。

　　以上主要是以《新青年》《晨报副刊》《小说月报》《新青年》《创造》等杂志为主要考察对象，这并不意味着在当时只有这些杂志对女性作者进行扶持。事实上，在冰心、庐隐、冯沅君、苏雪林的创作目录上，《语丝》《时事新报·学灯》《民国日报·觉悟》《益世报》等报刊都曾刊载过她们的作品。正是新文学期刊不约而同的共同支持，陈衡哲、冰心、庐隐、沅君、凌叔华等人及其作品才日益为广大读者广泛阅读、为同行认同。这是女作者们成长路上具有重要意义的一步。她们借此由热爱文艺的女学生成长为万众瞩目的女作家。当然，需要指出的是，作品关注问题小说和社会问题、符合新文学事业的构想、显示其与"旧的"闺阁女作家的不同审美情趣，这些也正符合当时报纸期刊对于年轻女作者们的期待。最终，接受了现代教育的女作者们没有让编辑们失望，她们以旺盛的创作热情和优秀的作品回报了新文学期刊给予的宝贵机会，进而完成了"浮出历史地表"的历史使命。

第三节　"五四"女作家的女性观及其创作

　　"五四"新文化运动催生了第一批现代女作家。她们自觉关注和思考性别问题，体现了具有女性主体意识的性别观念。

---

①　黄英（阿英）编：《现代中国女作家》，北新书局1931年版，第110页。

一、女性观的形成及其基本内涵

郁达夫曾谈道："'五四'运动的最大成功，第一要算'个人'的发现。"①这一发现的最大意义在于确立了生命个体存在的价值。"人"不再是为君而存在，为父母而存在，也不再是为国家、种族、群体而存在。鲁迅笔下的子君宣称"我是我自己的，谁也没有干涉我的权利"（《伤逝》），发出个人本位主义的声音。周作人则申明："我所说的人道主义，并非世间所谓'卑天悯人'或'博施济众'的慈悲主义，乃是一种个人主义的人间本位主义。……所以我所说的人道主义，是从个人做起。要讲人道，爱人类，便须先使自己有人的资格，占得人的位置。"② 这就从根本上否定了维系传统社会运转的纲常伦理体系和统治秩序。个人的发现体现了崇尚区别、崇尚差异的思潮，挑战了"大一统"社会君权、神权、父权的霸权地位。个体生命的价值观由此产生划时代的变迁，赞美和肯定人的生存本能和自然情欲，呼唤感性形态的生之自由与欢乐，强调人类的世界意识和对于社会职责的担当，成为社会思潮的主流。"五四"女作家也正是受这样的思潮影响，对女性的生理属性和社会属性给予双重肯定。

发现和肯定女性、儿童、农民等社会弱势群体的意义与价值，是"人的觉醒"这一时代主题的重要内容。鲁迅曾言："中国人向来就没有争到过'人'的价格，至多不过是奴隶"，而在这奴隶下面，"有比他更卑的妻，更弱的子在"③。在"五四"先驱者们看来，女子独立价值的发现与觉醒，必须"使女子有了为人或为女的两重的自觉"。④ 其中，尤为强调女性与男子平等的"人"的地位以及人格的独立。在《女子人格问题》一文中，叶绍钧认为女性应具有人格。他批驳了"良母贤妻"的传统女子教育宗旨对女性思想的毒害以及"男子势力主义"的压制，指出"女子被人把'母'、'妻'两字笼罩住，就轻轻把人格取消了。"⑤ 从中可以看到，此时进步知识分子不但从社会制度与道德观念上挖掘造成女子地位卑弱的根源，而且将矛头对准了男性本位立场的两性关系模式。如何使女性成为有独立人格的人，成为他们关注的核心。围绕这个问题，思想界展开了有关妇女教育、妇女职业、男女社交公开、伦理、道德、婚姻、家庭、妇女经

---

① 郁达夫：《中国新文学大系·散文二集·导言》，见《中国新文学大系·散文二集》，良友图书公司1935年版。
② 周作人：《人的文学》，见钟叔河选编《周作人文选》，广州出版社1996年版。
③ 鲁迅：《灯下漫笔》，见《坟》，人民文学出版社1973年版。
④ 周作人：《妇女运动与常识》，见周作人《谈虎集》，北新书局1936年版。
⑤ 叶绍钧：《女子人格问题》，载于《新潮》第一卷第二号。

济独立以及儿童公育、人口问题、废娼、解放婢女等各方面议题的讨论。

  时代发现了女性，觉醒的女性也发现了自身。"五四"前后对于妇女问题的讨论，在社会各层面的女性中引起强烈反响。许多女性参与到这场讨论中，通过切身体验表达对妇女问题的见解。例如向警予《女子解放与改造的商榷》、邓春兰《我的妇女解放之计划同我个人进行之方法》等①。反映妇女生活的文学作品在这一时期也多见于各大报纸杂志，其中一部分出自女性作者之手。冰心、庐隐等女作家正是这一时期开始走上文学创作的道路。冰心回忆道："这个强烈的时代思潮，把我卷出了狭小的家庭和教会学校的门槛，使我由模糊而慢慢地看出了在我周围的半封建半殖民地的中国社会里的种种问题。这里面有血，有泪，有凌辱和呻吟，有压迫和呼喊……静夜听来，连凄清悠远的'赛梨的萝卜咧'的叫卖声，以及敲震心弦的算命的锣声，都会引起我的许多感喟。"② 庐隐说："那一年，胡适先生极力提倡白话文，……在这个时期，我的思想进步最快，所谓人生观者，亦略具雏形，……可是这个时期我也最苦闷，我常常觉着心里梗着一些什么东西，必得设法把它吐出来才痛快。"③ 写作成为她们宣泄个人情感、认识和了解自己的重要途径。她们通过展示"我的思想"来印证自身的存在。

  "五四"女作家大都出身于旧学氛围浓厚的仕宦文人家庭，自幼饱啜中国传统文化的乳汁。冰心7岁便与表兄弟们一起在舅舅杨子敬的指导下阅读《三国演义》《水浒传》《聊斋志异》等古典文学名著。10岁时又在表舅王羍逢的指点下读了《论语》《左传》《唐诗》以及班昭的《女诫》等。冯沅君的母亲曾任女子小学校长，她向女儿口授四书五经和古典诗词，给了女儿文学上的最初启蒙。凌叔华的父亲凌福彭曾在光绪年间与康有为同榜中进士，并点翰林。家中往来多为一时俊彦之士如辜鸿铭、齐白石、王竹人、陈衡恪等。幼年的凌叔华混迹其中，耳濡目染学到了很多东西。如果时光倒退几百年，在这样的环境中，她们很可能成长为传统意义上能文善墨的才女。然而，生当新旧交替之时，历史为她们提供了更多的选择。外来思想文化的不断涌入，近代女子学校教育的兴起，使这些官宦人家的"小姐"的思想和行动不再仅仅局限于闺房之内。冰心在忘情于《聊斋》故事的同时，林译的欧美小说《孝女耐儿传》《滑稽外史》《块肉余生述》等吸引她手不释卷。五四运动前夜，冯沅君阅读长兄友兰、二兄景兰从外地带来的新书刊，逐渐受到新思想的影响，立志要像哥哥们那样外出求学、谋求自立。

---

① 向警予：《女子解放与改造的商榷》，载于《少年中国》第二卷第二期，1920年；邓春兰：《我的妇女解放之计划同我个人进行之方法》，载于《少年中国》第一卷第四期，1919年。
② 冰心：《从"五四"到"四五"》，见李保初、李嘉言选编《冰心选集》（第三卷），河北教育出版社1992年版。
③ 庐隐：《庐隐自传》，见钱虹选编《庐隐选集》（上册），福建人民出版社1985年版。

私塾家学已不能满足她们的求知渴望。朦胧中，一个更为阔大的世界等待她们去感知、去触摸。

"五四"女作家获得求学机会的方式和难易程度各不相同，但有一点是共同的，即走出家门、接受正规的学校教育对她们的人生和创作产生了重要影响。迈出深闺，亲身感受时代的风云变幻，在学习传统文化的同时接触国外思潮，促使她们意识到个体存在的意义和使命；在此过程中经历的种种艰难，也使她们对女性命运有了更为自觉的思考。

她们之中，相当一部人曾在教会学校求学。冰心就读的学校，从福州的女子师范学校，到北京的贝满中学、协和女子大学和燕京大学，皆为基督教卫理工会所办的教会学校；庐隐在生活单调、校规严格的慕贞女子学院里度过了四年时间；袁昌英在上海中西女塾第一次接受到西方思想……教会的女子教育对她们女性观的形成产生了一定的影响①。20世纪初中国境内的教会女子教育形成了包括小学、中学、大学、职业教育在内的完备教育体系。教会女校除了国文、历史、算术等基本内容外，大多还设有英文、理化、生物、天文、西方历史、地理等现代人文科学和自然科学课程，科学、民主、文明的观念渗透其中，学生在受教育过程中，逐渐质疑和摒弃中国传统文化中愚昧、迷信的理念。在舞蹈、体操等课程中，西方文艺复兴以来崇尚人体的健康美、自然美的思想改变着中国女性以柔弱为美的病态审美标准。在社交礼仪课程中，女生们学习如何与男性交往、如何择偶、组织家庭。她们不再认同"男女授受不亲"、婚姻须听从"父母之命、媒妁之言"的礼教约束，接受了现代性爱观念和两性平等的男女社交模式。教会女学对女生实施与男生大体对等的教学内容，也有利于改变女子的自卑心态，帮助她们树立自尊心和自信心，使其潜在智能得以发挥。与此同时，基督教思想也产生了潜移默化的影响。《圣经》宣扬的以善救世精神，使目睹现实社会黑暗的女性在远离尘嚣的"信、望、爱"中，获得救赎的力量。善良的牧羊人、诗意盎然的理想国，激发她们的爱心；以"仁慈、宽容、博爱"面目出现的"天父"形象，给习惯于男性家长冷冰冰的权威面孔的"女儿"们以强大的安全感和庇佑感。于是，冰心开出了"爱的哲学"的药方，庐隐陷入"爱的苦闷"时，常觉得自己如同一只"迷途的羔羊"，渴望牧羊人的指引……

"五四"女作家中，不少人又曾负笈海外，亲沐欧风美雨。她们大多求学于海外知名高等学府，所学集中在文学、戏剧、历史、艺术等人文学科，取得了硕士或博士学位。西方文艺蕴含的人本主义思想和自由、平等、博爱的精神使她们在吸取外来文化精髓的同时，丰富和完善着理想的东方女性形象。同时，在欧美

---

① 中国第一所教会女子学校为伦敦东方会妇女教育促进会委员爱尔德女士1834年在澳门设立。

各国的所见所闻激发着她们比较东西方女性的生存差异,更为冷静、客观地探索本土女性的出路,培育了她们开放性的世界眼光。

在历史和时代双重作用下,"五四"女作家形成了新型的女性观。陈衡哲曾谈道:"在女子兼具有个性和女性的立场上,我们的要求是一个发展这两重人格的充分机会。……因为我们相信,女子的这两重人格不但不相冲突,并且在一个同情与高明的指导之下,它们还是相辅相成的。"① 这里所说的"女子的个性和女性的两重人格"概括了"五四"女作家女性观的重要立足点,即女性"为人"和"为女"的自觉和统一。

具体而言,这种新型女性观的基本内涵主要表现在几个方面。

一是强调女性独立人格。1924年,陈学昭在《我所希望的新妇女》一文中,将"人格"的完备列为"新妇女"的首要条件。"要了解这个进化不已的世界,使她们知道正确的人生观,去掉自私的、妒忌的观念;拿道德的、公平的、明察的态度来对待外界。不为盲目者所称赏,但求同道者的同情,更具有不屈不挠的牺牲的博爱的精神,全在修养好人格——伟大的人格。"② 如前所述,"五四"时期女性问题的提出,是伴随"人的发现"浪潮出现的,它也正是"人的发现"的具体化。其出发点是尊重人的价值和个性独立、人格平等的人本主义思想。作为女性中的先觉分子,"五四"女作家所强调的女性健全人格,首先意味着女性应摆脱封建伦理秩序中的人身依附关系,成为具有独立行为能力,独立主体价值的人。其次,女性应自强自立,为争得自己的权利和地位不畏艰辛、顽强奋斗。例如,陈衡哲自幼受舅父庄思缄的影响,认为"世上的人对于生命的态度由三种,一是'安命',二是'怨命',三是'造命'"③,而女性生活在世界上,应取第三种态度。"造命"的人生观,即不依赖外界的帮助,依靠自己的努力和奋斗实现生存的价值。从几千年来禁锢女性的牢笼中解放出来,铲除奴性,自强自立,光明磊落地做一个独立的人。正是基于这样的认识,"五四"女作家普遍认为,女性"人"的地位的获得,不能依赖男性的施予,而应摒弃自身的腐朽思想和作风,自尊自重、自强自立。在《破坏与建设时代的女学生》一文中,冰心对一些女学生的行为提出了批评。陈衡哲也一针见血地指出,女性解放的真谛不是"剪彩绳与做校花",不是"把一个厨役式的老婆,变为一个舞伴式的'甜心'"。她认为,"女子解放的真谛,在志愿的吃苦而不在浅薄的享乐,在给予而不在受取,在自我的上进而不在他人的优待。简单来说,即在心理与人格方面,而不在

---

① 陈衡哲:《复古与独裁势力下妇女的立场》,见《衡哲散文集》(第二集),开明书店1938年版。
② 陈学昭:《我所希望的新妇女》,载于《时报》1924年新年增刊,见陈学昭《海天寸心》,浙江人民出版社1981年版。
③ 陈衡哲:《西风·我幼时求学的经过》,见《陈衡哲小说·西风》,上海古籍出版社1998年版。

形式方面"。庐隐在《花瓶时代》一文中大声疾呼："你们要想自救，只有自己决心把这花瓶的时代毁灭，苦苦修行，……而这种苦修全靠自我的觉醒。不能再妄想从男人们那里求乞恩惠，……男人们的故示宽大，正足使你们毁灭，不要再装腔作势，搔首弄姿地在男人面前自命不凡吧！花瓶的时代，正是暴露人类的羞辱与愚蠢！""要恢复女子固有的人格，最要紧的是自立。"① 在她们心目中，这一点关系到女性解放的根本。

二是倡导女性参与社会。恩格斯说："妇女解放的第一个条件就是一切女性重新回到公共的劳动中去；而要达到这一点，又要求个体家庭不再成为社会的经济单位。"② "五四"前后，在大城市中，女性在教育、卫生、工业等领域中已经开始占有比较重要的职业市场份额。生活空间的开辟，使女性有可能从禁锢着她们的"父"与"夫"的家庭中走出，通过社会工作获得经济上的独立。但是，她们对女性人生道路的思索并未止于"出走的娜拉"背后那沉重的关门声。白薇从充当童养媳的不幸生活中逃出后，在日本靠给人当女佣、做码头挑夫为生，考入了著名的东京御茶水女子高等师范学校，并以写作为业；陈衡哲、冰心、庐隐、石评梅、苏雪林、袁昌英从学校门毕业后均就职于教育界；陈学昭以自己能够凭借稿费和间歇性的教书所得完成学业并赴法留学而自豪。个体人生经验使她们深切认识到，女性不但要参与社会生活以获得自身经济地位的独立，同时应投身社会、奉献社会。陈学昭认为，女性在政治、教育、职业、蚕业、商业、医业、文学、艺术等多个领域都可以有所作为③；陈衡哲在谈到女性的职业问题时更为客观而深入地指出："我们所说的职业，是不但须有目的和成绩，并且它的目的和成绩是必须于人于己都有益处的。"她反对以"家庭也是社会事业之一"的说法将女性囚禁在家庭中的观点，认为这是"男主外女主内"的封建思想披了时代的外衣的"还魂"。她批驳道："'内外'的一个名词，并不含有什么尊卑贵贱的意义，那是不错的；但在数量上，它们可能称为平等吗？一个小池沼的水，并不贱于太平洋的水，但我们能说它们是平等的吗？……假如我们把家庭以内，归诸妇女，家庭以外，归诸男子，看上去，似乎是很公平了；但在实际上，则男子有一个伟大的世界，任他们翱翔与选择，而女子呢？却只有一方天井，数间狭室，来供他们发展"。④ 女性不但应走向广阔的社会生活，而且要与男子平等地分享公共空间。这样的认识具有一定的超前意义。

---

①③　陈学昭：《我所希望的新妇女》，载于《时报》1924年新年增刊，见陈学昭《海天寸心》，浙江人民出版社1981年版。

②　恩格斯：《家庭、私有制和国家的起源》，见《马克思恩格斯选集》（第四卷），人民出版社1972年版。

④　陈衡哲：《妇女与职业》，见《衡哲散文集》（第二集），开明书店1938年版。

三是肯定女性美好特质。秋瑾原名闺瑾,乳名玉姑,号璇卿。留学日本后易名瑾并自号"竞雄"。从哀叹"知己不逢归俗子,终身长恨咽深闺"的璇卿到"醉摩挲长剑作龙吟"的竞雄,她所执意抛弃的,不仅仅是一个女性化的名字,更是一切传统意义上温柔委婉、贞静缠绵的女性气质。因此,她常身着男装并仿效男子的饮酒舞剑等行为。1906年,秋瑾自题男装照片:"俨然在望此何人?侠骨前生悔寄身。"可见"身不得,男儿列"是其终生引以为憾的事。有学者将这种女性试图通过假以男性的面孔或声音实现自我解放的心态称之为"花木兰情境"。父权社会中,男性本位的标准覆盖一切。当女性最初萌生改变自身处境的愿望时,很自然地以男性生活为尺度,陷入"花木兰情境"在所难免。女性的男性化不可能使女性获得真正的解放。"五四"时期"女性的发现"的卓越意义,就在于它发现的是一个有别于男性、具有独特生命价值的女性群体。在一些"五四"女作家看来,女性不但是与男性平等的性别,而且具有男性所缺少的美好特质。她们赞美女性的真纯善良,讴歌女子的无私、宽容;她们笔下描写了女儿的天真烂漫、少女的轻灵娟秀、少妇的成熟韵致、母亲的慈爱宽厚。这样的女性世界与污浊的现实世界形成鲜明对比。冰心说:"世界上若没有女人,这世界至少要失去十分之五的'真',十分之六的'善',十分之七的'美'"。[①] 陈衡哲直言,所谓男女平等,"并不是把女子男性化,乃是女子们要求得到一个发展个性与天才的机会,一个与男子平等的机会"。在她看来,男女两性既有共性又有差异,应使女子的"个性"和"女性"都得到充分发展,偏颇哪一方面都将"不得不以一个畸形的人生作为代价"[②]。认识自我性别的价值与意义,并在文学创作中坦然地加以赞颂与表现。

四是高扬女性神圣母职。在"五四"女作家们高扬的女性光辉的旗帜上,母职的神圣与崇高被置于尤为显著的位置。传统的父系家庭模式中,虽然"母"与"父"并列在"家长"的位置上,但"既嫁从夫、夫死从子"规定实质上将母亲排斥在家庭权力阶层以外。"五四"女作家所推崇的"母职"是在西方现代文明影响下形成的科学化的母职观。她们认为,女性不但要承担生育、抚养子女的任务,更要胜任教育、指导子女的职责,从而使培养出的下一代在拥有健康体魄的同时,更具备健全的人格和智慧的头脑。由此,母职的内涵和意义与传统观点相比有了重要不同,在文化程度、思想水平、行为能力等方面也对女性提出了更高的要求。陈衡哲指出:"对于母职,我们但求社会给妇女们一个'学养子'的教育,和一个尽责的机会;此外一切都须由她们自己决定,不能让任何权利来干涉

---

① 冰心:《关于女人·后记》,见《关于女人》,开明书店1945年版。
② 陈衡哲:《妇女问题的根本谈》,见《衡哲散文集》(第二集),开明书店1938年版。

她们的这个神圣领域。"① "五四"女作家们已不再简单地将生儿育女视为纯由女性自然属性承担的职责,而是视作需要通过学习才能圆满完成的崇高使命。它既有着积极的社会意义,同时更是女性自我实现的需要。女性在这一过程中由传统的被动模式上升到主动者的地位,单纯的义务转变为自主的权利。因此,女性的价值不但不可替代并且不容侵犯。母职的神圣化,意味着"五四"女作家们对女性主体地位的充分肯定以及对女性自我的深入认识。在维新派推崇的"贤妻良母"女性观里,"母"的身份意味着单一的繁衍种群的功用;而在"五四"女作家心中,母性的张扬、母职的实现更多地出于女性自我实现的要求。二者有着本质的不同。另外,对于作为"母亲的女儿",推崇"母职"神圣还有更深一层的心理因素。在父系家庭模式中,"父"意味着权威统治,他所代表的男性世界对女儿来说是一个神秘而冰冷的未知所在。母亲与女儿之间除了天然的血缘亲情外,更多了一份相知相依的同性情谊。母亲不但是女儿的养护者,更是女儿面对异己的男性世界时精神上的庇佑者和支持者。于是,母爱筑成为她们对抗和抵御外界人生风雨的精神城堡。因此,女作家们大都成为母爱的歌咏者和颂赞者。

当然,由于个人成长经历和生活环境的不同,"五四"女作家女性观的基本内涵在前述肯定女性人的价值的共同前提下又有着一定的差异。陈衡哲受美国的科学实证主义影响,兼之长于严谨的历史学研究,因此她的女性观体现出鲜明的理性色彩;冰心在一个爱国、民主气氛浓郁的家庭中长大,来自祖辈和父母的宠爱以及兄弟姐妹之间的亲情,使其更多地体验到人间温情的一面,她的女性观由此融入了温柔敦厚的东方传统色彩;而对于自幼经历坎坷的庐隐和白薇来讲,人生展示给她们太多的黯淡,不平与抗争的经历使她们的女性观呈现出义无反顾的激进意味;冯沅君、陈学昭的幼年生活中,父兄的权威在她们的心灵中留下了深刻烙印,她们的女性观既有大胆反叛的一面,同时也交织着彷徨和犹疑,颇具矛盾性,如此等等,需要具体辨析。

二、现代观念烛照下的女性主题

"五四"女作家在创作伊始,便自觉地肩负起为女性立言的使命。个性解放的呐喊,歧路彷徨的苦闷,对社会问题的关注,对女性命运的探寻以及对母爱、童心、自然的讴歌成为"五四"女性创作中常见的主题。其中以婚恋问题的思索和女性命运的探寻最为突出。她们的文学实践凸显了富于人格独立意识和女性主体精神的现代女性观。

---

① 陈衡哲:《复古与独裁势力下妇女的立场》,见《衡哲散文集》(第二集),开明书店1938年版。

（一）戴镣铐的爱神：婚恋主题

"五四"新文化运动对"人"的发现和个性主义的提倡，为新文学开辟了个性解放的主题。而个性的觉醒落到实处，便是以平等、互爱为内核的现代性爱意识的觉醒。因此，争取婚恋自由，表现青年人在爱的追寻中的种种心态，成为"五四"创作中常见的内容。

《礼记·昏义》将"上以事宗庙，而下以继后世"作为婚姻的宗旨，高度重视婚姻的生殖功能和宗族延续目的，使两性婚姻具有很强的功利色彩。婚姻的主宰权掌握在男女双方家长手中，婚姻当事人并无决定的权力。对女性而言，婚姻不过是遵从家族意愿，从"父的家庭"中转移到"夫的家庭"中生活，承担传宗接代的使命。"五四"新文化运动将矛头直接指向包办婚姻这一青年现实生活中的敏感问题。觉醒的青年男女为实现婚姻自主所做的抗争成为他们打破镣铐、获取人的尊严的实际行动。冯沅君的小说《隔绝》《隔绝之后》《旅行》中，主人公缦华和士轸从彼此倾心到热烈相爱，从共同面对家庭的阻力、傲然蔑视世俗的偏见到决然抗争，最终不惜一死来见证爱情的神圣，作者以热烈的情感、严肃的态度刻画了这对年轻人为了"意志的自由"所做的牺牲。缦华宣告："身命可以牺牲，意志自由不可以牺牲，不得自由我宁死。人们要不知道争恋爱自由，则所有的一切都不必提了"。在这里，爱情不单单是一种情感，更是一种可以为之殉身不恤的信仰，是时代青年自我实现的精神动力。这种将爱情神圣化、浪漫化、极端化的表现，恰是洋溢着青春激情的时代精神的写照，而作品中"追求—反抗—殉情"的情节模式，在"五四"女作家演绎爱情题材的作品中反复出现。

她们笔下，时代的叛女们以对"父母之命，媒妁之言"的决绝反抗否定着"未嫁从父"的女性禁令。在对爱的追寻中，她们发现并肯定隐秘曲折的内心深处女性自我的觉醒；回应着复苏了的人性要求和青春萌动的召唤；在爱的抗争中，她们实践着对人的权利与尊严的捍卫，再一次确认了"我"的存在。然而，当"父"的大门在身后轰然关闭之后，面对无所皈依的漫漫长路，她们不得不认识到自己对此去人生的准备是如此仓促——除了一腔火热的爱，她们只剩下了那颗彷徨无着的"女人的心"。正如白薇在诗剧《琳丽》中所言："人生只有'情'是靠得住的……人性最深妙的爱，好像之存在两性间……离开爱还有什么生命？"对爱的极度推崇恰恰映现出女性初返社会生活领域时狂热而茫然的心理状态及其对女性前途的隐隐忧惧。囿于时代和思想的局限，她们还无法回答"争得了意志的自由后又能怎样"的疑问，无法在打碎父权制下的女性生命规范后，建构起新的女性人生模式。

在"五四"女作家笔下，爱情不是汪洋恣肆、一泻千里的洪流。真诚美好的爱情总是会遇到来自各方面的阻力。爱神的微笑常与眼泪相伴，殷红的玫瑰总是泣血的心灵，这几乎是"五四"女作家们对爱情所下的共同注解。"恋爱路上的玫瑰花是血染的，爱史的最后一页是血写的，爱的歌曲的最终一阕是失望的呼声。"（冯沅君《隔绝之后》）这些爱情的悲剧反映出强烈的时代情绪——希冀中交织着彷徨，热忱中隐藏着怯懦。奔放狂热的情感巨浪与焦灼压抑的灵魂呻吟成为这些作品文字下面的一道潜流。"五四"时期，现代性爱观念的觉醒冲击着青年人的心灵，青春的激情，爱神的召唤，促使他们要去争取爱的权利，表达爱的心声；与此同时，礼教在社会上依然有着极大的威慑力，传统道德观在灵魂深处时时浮现，羁绊着他们前进的脚步。女作家们细腻地写出了时代青年在情与理的冲突中的复杂心态。鲁迅曾称赞冯沅君在《旅行》中描写女主人公在列车上的心理活动的一段文字"实在是'五四'运动之后，将毅然和传统战斗，而又怕敢毅然和传统战斗，遂不得不复活其'缠绵悱恻之情'的青年的写照"。[①]

在庐隐的一系列作品中，女主人公或是因为曾经有过的感情挫折而拒绝接纳新的爱情（如《象牙戒指》中的沁珠），或是抱着"游戏人间"的态度，不再付出真情（如《或人的悲哀》中的亚侠），或是囿于旧的道德观念，熄灭心中爱情的火焰（如《归雁》中的纫青）。无论是最终在爱的追悔中泣血而死的沁珠，还是在苦闷中选择了死亡的亚侠，或是负荷着更沉重的悲哀重新去漂泊的纫青，她们内心都充满对爱情的渴望。但是，在严峻的社会现实和无处不在的旧思想遗存面前，心灵不免敏感和脆弱。她们的幻想大于实践，人生旅途中的坎坷，理想与现实的落差，使她们逐渐在悲观失望的情绪中走向对自我的禁锢。而在冯沅君和苏雪林的笔下，母爱与性爱的冲突使女主人公陷入极大的矛盾中。一边是不惜以生命为代价而倾心相恋的情人，一边是养育恩深却强加包办婚姻的慈母，追求婚恋自由的女性不得不面对两难选择。争取爱的自由的女性在封建势力、传统观念的阻碍面前，表现出勇敢的不妥协的斗争姿态，而在面对母爱所设置的障碍时，又显得犹豫彷徨，时而忏悔"我是个为了两性的爱忘了慈母的爱的放荡青年"（冯沅君《慈母》），时而坚信"身命可以牺牲，意志自由不可以牺牲，不得自由我宁死"（《隔绝》）。最终，女主人公们有的选择了遵从母命，如醒秋；也有的选择了以生命为代价"开了为要求恋爱自由而死的血路"，如缭华。透过亲情与爱情的矛盾，女作家们写出了不同婚恋观念的极大差异。以母亲为代表的旧式女性将"门当户对"作为权衡女儿婚姻至关重要的标准，以缭华为代表的新式女性则更看重心灵的自主、意志的自由。面对不同思想之间难以逾越的鸿沟，母女两

[①] 鲁迅：《中国新文学大系·小说二集·序》，见鲁迅《且介亭杂文二集》，人民文学出版社1963年版。

代人不得不成为对峙的双方。女作家们在创作中写出了青年在情感与理智、亲情与爱情之间徘徊彷徨的真实情形，记录了女性面对爱情时真诚热烈又不免怯惧犹疑的微妙心态，体现了这一主题的表现深度。

凭借一双女性的眼睛，一些女作家沉痛地发现，在当时轰轰烈烈的"男女平等""恋爱自由"的口号声中，新形式的两性不平等悄然滋长。爱神旗帜的高扬，并未给新女性带来理想中的幸福，也没有给曾在旧式婚姻制度下过活的女性带来真正的新生，动听的口号沦为某些男性玩弄欺哄女性的堂皇理由和诱惑的假面。在庐隐的《蓝田的忏悔录》《一幕》以及白薇的自传体小说《悲剧生涯》等作品中，天真、热情的新式女子在嚣浮、杂乱的社会中被冠以新青年假象的男人欺骗蹂躏。依然是女性被随意玩弄和遗弃，依然是男性同时占有数名女性的贪欲，她们的作品揭示了以新面目出现的男权文化的畸形存在。

其中《蓝田的忏悔录》颇具典型性。小说中的蓝田为反抗包办婚姻带来的悲剧命运，怀着"不但是为我个人谋幸福，并且为同病的女同胞作先锋"的豪情出逃到北京。面对那些标榜"爱情至上"的男青年冠冕堂皇而又动听诱人的表白，蓝田坠入情网并与何仁同居。不想何仁一面与蓝田山盟海誓一面还与别的女子相恋并成婚。天真的蓝田从情梦中惊醒后病困潦倒奄奄一息。病榻上，何仁的新夫人和蓝田终于同时醒悟："不讲贞操""狡兔三窟式的讲恋爱"仍然是社会给予男子的特权，"我们同作了牺牲品了呵！"故事始于女子情爱的觉醒而终于爱的幻灭，颇具象征意味地揭示出女子命运在周而复始的循环里终难逃脱失败者的角色，男权社会的蛛网不会因女性的无畏和热忱而灰飞烟灭。白薇激愤地指出："在这个老朽将死的社会里，男性中心的色彩还浓厚的万恶社会中，女性是没有真相的！什么真相、假相、假到牺牲了女子一切。各色各相，全由社会、环境、男人、奖誉、诽谤或谣传，去决定她们！"①

在开掘爱情主题内涵的同时，女作家自觉地肩起了"还女性以真相"的使命。她们在处理旧式婚姻存在与现代爱情观念的矛盾时显得冷静而谨慎。与当时一些创作过于简单化的处理不同，她们敏锐地觉察出，盲目和绝对的"爱情自由"隐藏着人性中自私和残忍的一面。在"爱情"的旗帜下，石评梅的《这是谁的罪》中的冰华将无辜的素贞置于死地；而在庐隐的《时代的牺牲者》以及袁昌英的《人之道》《玫君》等作品中，已为人夫的男留学生打着反抗封建的幌子与新式女性追求"神圣之爱"，对原本伉俪情深的妻子或骗其离婚或置之不理，制造出一幕幕家庭悲剧。女作家在对极端个人主义者进行批判的同时，流露出真诚纯洁、拒绝伤害的理想主义爱情观。

---

① 白薇：《悲剧生涯·序》，见《悲剧生涯》，生活书店1936年版。

爱情的深刻基础是由生物因素（性欲、延续种属的本能）和社会因素（社会关系、两人的审美感受和伦理感受、对亲昵的追求等）构成的。① 具有灵肉二重性。"五四"女作家对爱情主题的表现尤为侧重其精神层面，而对于爱情中的肉欲成分则表现出有意或无意的回避。无论是庐隐挣扎于情与理之间的苦闷之爱，还是石评梅倚坟当哭的伤逝之爱，抑或凌叔华笔下欲言又止的朦胧之爱，在这一段段爱情故事里，有对性爱的渴望而无性爱本身，有激昂的情感而鲜有具体化了的情感对象，一切都止于"女儿"而不是"女人"。即使是当时以大胆、率真的文风著称的冯沅君，在小说中也往往以"……"或"××"代替一些表示两性关系的词语如"夫妻""结婚""离婚"等。主人公"拒绝使用现有的表示两性关系的词语"，因为她已"朦胧察觉到他们的爱情关系不同于旧式的由父母包办而成的夫妻关系，但是她却苦于无以命名"。② 实际上，性爱话语的尴尬是所有"五四"女作家在创作时遭遇的共同问题。这表明她们在阐释爱情主题时已走到了传统思维和话语的极限。

前面已经提到，对"五四"女性来说，一方面，时代思潮促使她们主观上自觉地对腐朽意识坚决背弃、进行批判；另一方面，传统文化观念、价值体系、伦理规范已内化为她们的心理积淀，客观上不时隐现在意识深处。人类早期社会男性对于女性生殖力和性诱惑力的恐惧派生出了对女性最原始的排斥和厌恶心理，这一心理在男权社会里还原为对女性性本能的压抑，构成了其对女性自然存在的压抑一个重要方面。中国传统社会畸形的性道德观进一步压抑女性欲望，将女性抽象化为男性欲望的投影和满足男性的工具。在此背景下，"五四"女作家对性爱的回避便具有了维护女性情感和自由恋爱的"纯洁性"意味，但这也显示出，传统的男女关系模式制约着她们对两性关系的认知，她们尚不能坦然面对女性的本能。在当时的创作中，除了《一个情妇的日记》（庐隐）、《琳丽》（白薇）等少量作品之外，绝大多数文本所描写的婚恋过程仍是男性主动追求、女性被动选择或接受的形态，"性"依然为女性羞于启齿、畏于涉足。当郁达夫在《沉沦》中淋漓尽致地展现性欲的苦闷时，冯沅君《旅行》中的女主人公却还是"很想拉他的手，但是我不敢"。"五四"女儿还无法坦然接受自己的身体，她们笔下的爱神只能戴着镣铐艰难前行。

（二）何处是归程：女性命运探寻

"女性出路在何方"是"五四"女作家在现实世界和文本世界中同样面临的

---

① ［保］基·瓦西列夫，赵永穆、范国恩、陈行慧译：《情爱论》，生活·读书·新知三联书店1984年版，第144页。
② 刘思谦：《"娜拉"言说》，上海文艺出版社1993年版，第33页。

重要问题。否定传统社会女性封闭、愚昧、麻木的生存状态,反思女性群体自身,探索人生的新方向,成为"五四"女作家集中表现的又一主题。从本体经验出发,以具有现代色彩的女性观审视生活实际,使她们在争取与男性平等权利的同时,注重实现女性独特的生命价值和生存意义。

  探寻女性命运,从一开始就与人的解放、人的自由与尊严等一系列人文主义的时代命题相关联。一些女作家关注女性的真实境遇,提出问题并试图给出自己的解答。冰心的三部作品《庄鸿的姊姊》《是谁断送了你》《秋风秋雨愁煞人》,写出了求学的女子所面临的人生困境。庄鸿的姊姊是一个资质甚好的女学生,因为中交票贬值,当小学教员的叔叔薪水拖欠,为了维持家计以成全弟弟的学业不得不辍学在家,最终抑郁而死;怡萱在叔叔的帮助下获得了上学的机会,不想一封男学生的求爱信不期而至,思想迂腐的父母误认其品性不端。怡萱在巨大的压力中死去。叔叔在墓前痛心地发问:"是谁断送了你?"清高活泼、志向远大的英云在学校度过了快乐的中学生活,立志继续钻研高深的学问,但封建大家庭的婚姻生活将她所有的梦想化为泡影。她只有在"酒食征逐的旋涡中"回忆当年牺牲自己服务社会的理想。三位女主人公的遭遇清晰地划出女子人生被断送的轨迹。对于这些女性而言,求学机会的获得是她们走出家庭的第一步,原本意味着她们有可能摆脱父权制下女性命定的生活道路。然而掌握一定的知识文化并没有使她们的人生得到拯救,传统社会的铁幕无所不在而又无可逃脱。虽然冰心未能回答"是谁断送了你"的疑问,但与她在《最后的安息》等作品中将女子的不幸简单归结为"没有受过教育"的判断相比,这里对女性问题的思索已经由家庭和学校扩展到社会领域,对问题的思考有所深化。

  相形之下,陈衡哲对女性出路的思考更富于理性。在她的对话体小说《运河与扬子江》中,运河循着既定的渠道流淌,扬子江却按照自己的意志流向东海。在扬子江的眼中,运河虽然安时处顺但只是一个"快乐的奴隶";而它自己固然一路上要经历凿穿峭岩、打平尖石的艰辛,但却在"筋断骨折、心摧肺裂"的奋斗中"打倒了阻力,羞退了讥笑,征服了疑惑",感悟到"生命的奋斗是彻底的,奋斗来的生命是美丽的"。显然,作者笔下"成也由人、毁也由人"的运河,恰是中国女性几千年来被动人生的形象化表现;而"不畏艰辛、努力奋斗"的扬子江,则寄托了新女性的生活姿态。截然不同的生命方式,传达出作者对女性命运的见解——女子解放要靠自身积极主动地努力奋斗;依靠外界力量、等待他人救赎,无法使女性真正获得自由与幸福。

  作为现代中国第一代知识女性,"五四"女作家在对女性命运的探寻中,尤为关注女性在自我实现过程中"为人"与"为女"二者间的协调统一。在陈衡哲的小说《洛绮思的问题》中,女博士洛绮思因担心婚后家庭生活会影响事业而放弃了与志同道合的恋人瓦朗白德定下的婚约。若干年后，功成名就的洛绮思在夫妻恩爱、子女绕膝的梦境里，体味出心底隐隐的孤独失落和对天伦之乐的憧憬向往。于是，回忆与假设诱发了梦境与现实中两个自我的交战，种种感慨与惆怅成为留在洛绮思心中一个"绝对不容窥见的神圣的秘密"。

"五四"时期，中国社会上绝大多数女性的生活范围仍然局限在家庭中，"洛绮思的问题"并不带有普遍性，也尚未引起人们的足够重视。陈衡哲对这一问题的提出，显然与她在美国长达六年的生活经历有关，作品中的人物和故事也是以美国社会为背景的。但是，在洛绮思这位异国女子身上，体现出作者对女性在家庭与事业关系问题上的思索。小说中，作者借女主人公之口发问："结婚的一件事，实在是女子的一个大问题。你们男子结了婚，至多不过加上一点经济上的负担，于你们的学问事业，是没有什么妨害的。至于女子结婚后，情形便不同了，家务的主持，儿童的保护及教育，那一样是别人能够代劳的？"

强调女性在家庭生活中无可取代的地位与职责，是陈衡哲的一贯主张。她在《复古与独裁势力下妇女的立场》《妇女与职业》《女子教育的根本问题》等文中多次表达了类似观点。作为一位研究历史的女学者，陈衡哲主张女性应发挥自己的才干、有所作为；同时她认为女性应在发挥"个性"的同时担负起家庭职责。因而，她将事业与家庭兼顾的居里夫人视为完美的女性，因为她"不但是一位第一流的科学家，并且还是她儿女的贤母良师"，拥有一个"完满的人生"。[①] 可见，实现"个性"与"女性"的协调发展，是陈衡哲理想中的女性生命完美境界。但是如何成功地做到这一点依然是悬而待解的难题。庐隐的短篇小说《补袜子》继《洛绮思的问题》之后含蓄地展示了新女性的困境。作为职业女性的妻子由于没能及时给丈夫补袜子引起了丈夫的恼怒和感叹："补袜子的太太，和能经济独立的太太不可得兼，也算是个妇女问题呢！"

无论是陈衡哲对女性家庭职责的重视，还是庐隐揭示的职业女性顾此失彼的矛盾，都是基于对女性"社会的人"和"家庭的人"双重身份的认识和思考，与要求女性完全服务于家庭的封建思想以及提倡女性彻底走出家庭的激进观点有着本质区别。她们笔下徘徊于事业与家庭之间、彷徨于自我实现和母性职责矛盾中的女性，在对"女性健全的人生"的探索中，为开始步入现代社会的女性写作开启了新的主题。

"五四"女作家对于女性命运的探寻，始终笼罩在焦虑和迷茫中。她们看到，即使当自由之爱战胜了礼教的淫威，出走的娜拉在社会上谋得了一席之地之后，女性依然无法拥有一个可供停泊和栖息的家园。对于"胜利以后"女性困境的真

[①] 陈衡哲：《居里夫人小传》、《哀悼居里夫人》，见《衡哲散文集》（第三集），开明书店1938年版。

实再现，使"五四"女性在这一主题的开掘上显示出更深一层的意蕴。在庐隐的一系列作品中，女主人公总是不断陷入无路可走的境地，一重困境的摆脱往往成为新的陷落的开始。有知识、有思想的新女性进入婚姻之后，发现自由恋爱换得的家庭仍不过是女性困守的围城，欲在家庭之外有所为但又无法可为的现实使她们强烈感受到自我价值无法实现的失落。于是，《胜利以后》中的沁芝感叹"做人实在是无聊"；《前尘》中的"伊"惆怅里写出满纸哀音；《何处是归程》中的沙侣面对歧路纷出的人生不知所措……这些女性悲观消沉的心境，实际上蕴含了对独立的自我人格和人生价值的不懈追求以及改造社会现实的热望。

"五四"时期，女性参与社会生活的呼声一浪高过一浪。然而，昙花一现的参政运动无法动摇男性中心的社会现实。庐隐的《曼丽》、白薇的《炸弹与征鸟》透过主人公走出家庭、参与政治生活的经历以及她们的心路历程，折射出女性解放道路的艰难曲折和她们对人生理想的执著追求。无论是庐隐笔下的曼丽还是白薇笔下的余氏姐妹，都曾怀着热忱与幻想加入某个党派或政府的部门以图拯救国家的危难，然而她们的所见和亲历与想象大相径庭。更让人失望的是，在这些"进步""革命"的组织中，女性仍不过是充当"花瓶"与傀儡，甚至沦为男性的玩物。于是，热情变为失望与愤怒："革命时的妇女的社会地位，如此不自由，如此尽作男子的傀儡吗？"她们拒绝接受这样的现实，只能带着困惑走向未来，继续女性命运的探寻。

三、性别观念与两性形象的塑造

"五四"女作家的文学创作很大程度上融入了自己的女性经验。在此过程中，具有现代意义的女性观念的投射，使她们笔下两性形象的刻画成为一次重塑。

在古典文学作品中，女性形象主要由男性文人书写。"五四"时期知识女性创作的兴起开始改变这一状况。女作家们所塑造的比较有代表性的女性人物形象包括如下类型：

一是"叛女"。早在20世纪30年代，评论界对"五四"女作家就有"闺秀派""新闺秀派""新女性派"之分[①]。在"闺秀""女性"之前加以"新"字，表明其形态与传统相比具有本质的区别。其中"新女性派"的写作尤以大胆、泼辣的文风和所塑造的具有时代特色的女性形象受到关注。她们笔下的女性，受到"人的觉醒"和"个性解放"思潮影响，在思想和行为上与保守、封闭的旧式女子大相径庭。庐隐短篇小说《一个情妇的日记》中塑造的女主人公美娟便是其中

[①] 黄人影：《当代中国女作家论》，光华书局1933年版，第4~5页。

的一个代表。美娟由于工作上的频繁接触爱上了有妇之夫仲谦。这份爱激活了她的情感和生命，她不计代价、不想后果，主动要求献身给仲谦，并表示自己是一个"以爱情为生命的女儿"，只要做"一个忠心的情妇"。仲谦在责任心的趋势下离开美娟回到了妻儿身边，美娟却依然对他深深迷恋。但是，当日寇铁蹄下东北同胞的深重灾难使她受到震动后，美娟毅然决定到前线去——"我要完成至上的爱，不只爱仲谦，更应当爱我的祖国"。庐隐无意从道德的角度评价美娟的行为，而只是客观展现了女主人公如何回应心灵的召唤迈出前进的步伐。美娟这一形象集中了"五四"新女性的诸多特征——纯真、热烈、坦白，视爱情为生命和信仰，具有鲜明的自我意识和强烈的社会责任感。无论是情感的追求还是生活道路的选择，始终将主动权掌握在"我"的手里，社会舆论、道德理法等外界力量无法左右她，"我"成为一切的主宰，"父"和"礼"的权威彻底丧失了意义。美娟和《海滨故人》（庐隐）、《琳丽》（白薇）、《隔绝》以及《隔绝之后》（冯沅君）中的诸多女主人公一起，成为"五四"女作家笔下"叛女"的代表——在思想上，她们追求意志的独立和灵魂的自由，常常有意识地思索人生的意义和女性的意义；在情感上，她们大胆奔放，充满忘我的热情；在行为上，她们敢于反抗封建礼教的种种规约与束缚，拒绝遵从旧式女子的人生范式。自我的实现与权利，成为她们对抗社会压迫的精神动力。"叛女"形象构成了"五四"女性抒张自我、崇尚个性的写作传统。

　　二是闺秀。"五四"文学中，新女性与旧式女子的形象几乎是同时出现的。在一些男作家笔下，麻木、愚昧的旧时代妇女形象成为一个功能性符号——"她必须首先承担'死者'的功能，以便使作者可以指控、审判那一父亲的历史。甚至可以说，唯有作为'父的罪孽'中的死者、牺牲和证物时，她才有话语意义、有所指、被'看见'。"[①] 然而，当人们为新女性与旧礼教的斗争摇旗呐喊时，极少有人注意到这些旧式女性形象的潜在意义。女作家凌叔华却在此时将笔触引入深闺重门之内，对女性的历史和命运进行了审视和反思。《绣枕》中的大小姐便是其中颇具象征性的一个形象。盛年未嫁的大小姐花了半年时间精心绣制了一对靠垫，在她近乎偏执的劳作里寄蕴着对婚姻、幸福、未来以及全部人生的美好期待。可是当靠垫被作为说亲的信物送到白总长家后，却被酒足饭饱的客人们吐上污物、踩在脚下。两年以后，污秽不堪的绣枕竟然又回到了大小姐的绣房，而她这时依然在不停地绣着。小说里的大小姐从始至终没有任何语言，唯一的行为便是日复一日地刺绣。显然，"绣枕"这一意象隐喻了大小姐所代表的传统女子长期以来被漠视的人生命运。她们所有的雕饰与装扮，所有的训练与努力，都只不

---

① 孟悦、戴锦华：《浮出历史地表》，河南人民出版社1989年版，第10页。

过是为了被作为一件礼物，由一个男人送给另一个男人。被"赠与"的一刻是她们生命期待的巅峰，但瞬间的"赞美"与"展示"后，留给她们的只有残暴的凌辱。最终她们只能回到封闭、隐秘的深闺，带着污渍与伤痕被冷落、被遗忘。凌叔华以内视角审视时代浪潮所不及的角落里的生命，透过大小姐的眼睛看到了父权制下女性生活的狭小空间和被人主宰的命运。这一形象粉碎了传统闺秀的美丽神话，发露出其灰暗、隐秘、无意义、无价值的生活底色，而这也正是传统社会女子被物化的人生的写照。

三是母亲。在众多女性人物中，母亲形象是"五四"女作家刻画的又一重点。无论是冰心描绘的慈母爱女图之和谐与温情，还是冯沅君笔下母女天然同盟被解构时的撕裂与阵痛，字里行间，无不浸透着对母爱的温暖、母亲的慈祥的由衷赞美和讴歌。"五四"女性创作中的母亲形象是诗化、神圣化、提纯化的，她总是那么慈祥、温柔、无私和宽容，充当着女儿面对外部世界遭遇风雨坎坷时精神上的避难所和休憩地。冰心的小说《第一次宴会》揭示了"五四"女儿这一深重的"母爱情结"背后的精神内涵。小说里的母亲牺牲了女儿在身边的慰安和舒适，不顾自己时刻要人扶掖的病体，挣扎起来偷偷在即将远嫁的女儿箱底放下一支银花插，使新婚的女儿第一次作为女主人操办的宴会得以成功举行。这里，女儿婚后的第一次宴会意味着她作为一个独立的"女人"生活的开始。"女儿"与"女人"的根本区别，在于前者可以安享母亲羽翼的庇佑，后者则要独自面对一个为男性所主宰的世界。因此，小说里的瑛筹备宴会时的紧张和不安，实际上透露出女性在走向男性世界时内心安全感的严重匮乏。而此时母亲赠与的银花插，使女儿在巨大的孤独感中又一次感受到母亲的关爱和温暖，她得以鼓足勇气面对即将开启的新的人生之旅。银花插所传递的，实际上是一份女性在男性世界中共有的生命经验。在父系文化环境中，母亲不但是女儿通往外部世界的桥梁，也是女儿生活的模板。母亲的现在即是女儿的未来，母亲所体味过的一切也将在女儿的生命故事里上演，母女亲情在这里便有了更深一层的含义：它是女性在抵御一个共同的异己世界时，彼此支持、彼此扶助的精神同盟，也是她们独自行走在漫漫长路上时力量与信心的来源。当女儿遭遇坎坷、面临困境时，母亲便成为她们渴慕与向往的安宁之乡。冰心曾将"我在母亲的怀里，／母亲在小舟里，／小舟在月明的大海里"视为"造物者极乐的应许"（《春水·一零五》）。"五四"女儿在摆脱父权专制、走向独立自主时，内心充满了孤独、胆怯和犹疑；她们渴望在母亲的怀抱里获得支持，而这也正是她们心中隐在的"母爱情结"的文化根源。

"五四"女作家笔下的男性形象同样值得注意。两性间相互依存、相互造就，不但"使其各自的性别意识形成始终有赖于对应性别的存在及其对己的作用"①，而且使两性间的"自认"与"互认"相辅相成。"五四"女作家们对自我性别重新体认的过程，十分自然地连接着男性形象的塑造。

首先是父亲形象。父权文化确立了家庭中男性家长的主导地位。"五四"新文化运动中，"父"的地位受到"逆子"与"叛女"们的挑战。"五四"女作家文本中出现了不少残忍、无情的父亲角色。在庐隐创作的小说《父亲》和《秦教授的失败》里，父亲代表着"老中国的溃烂"。他们抽鸦片烟、娶小老婆、嫖娼、骗人、贪敛钱财、不择手段地谋求权势，在家庭中以打骂、训斥来维护自己统治者的形象与地位。《父亲》里的父亲玩弄女性，骗取了小他十余岁的少女的青春，使之在抑郁中死去。秦教授的父亲甚至对儿子咆哮："我能生你，我也能打死你！"充分显示出父权生杀予夺的残暴和嚣张。这些暴戾、专制的父亲形象，正是父亲原型中"天父"意象的体现。研究发现，在众多神话、宗教、偶像及社会结构中，父亲原型具有多个侧面。"天父"（Sky Father）意象在世界思想和社会结构中占支配地位，他所突出的是作为保护者、裁决者、赐予者的特征：充满自信，富于侵犯性、竞争性并崇尚武力，否认感情、感觉、直觉和非理性的重要性。这些特点与男性特征完全一致，不但成为人们的集体无意识，而且尤为受到父权制文化的支持。②子女幼年时，"天父"代表着外部世界、力量与安全；而当子女进入青春期后，自我意识的苏醒往往导致与"天父"型人格的父亲间的对抗与冲突。"五四"时代对于"人"的独立性和自主性的高扬促使醒来的"人之子"在对"父"的叛逆中实现自我的确认。此时对"父"的审判，实质是对其所代表的专制、腐朽的封建意识形态的宣战和讨伐。子一辈所奋力声讨的，不是个别的、单一的"父"，而是对整个"父的历史"和"父的阶层"的否定。《父亲》中的"我"感到，"父亲是我的仇人，我的生命完全被他剥夺净了"，流露出"弑父以求自活"的潜在愿望。

在父神圣像的破碎声中，"五四"女儿无可避免地要面对心理结构和情感世界中"父"的缺席。对充满"人"的温情的理想之父的渴慕，对深沉、宽厚的父爱的向往，促使他们在文本世界里积极地重塑父亲形象。冰心在诗中写道："父亲呵！/出来坐在月明里，/我要听你说你的海。"（《繁星·七五》）"父亲呵！/我愿意我的心，/像你的佩刀，/这般的寒生秋水！"（《繁星·八五》）"父亲呵！/我怎样的爱你，/也怎样的爱你的海。"（《繁星·一一三》）诗中挺拔巍峨的高山、汹涌澎湃的大海、寒生秋水的佩刀，代替了以母亲为歌咏对象的诗里常见的"微风""飞花""归鸟"等意象，显示出一种以雄强、刚毅为特征的男

---

① 禹燕：《女性人类学》，东方出版社1988年版，第2页。
② ［美］阿瑟·科尔曼、莉比·科尔曼，刘文成、王军译：《父亲：神话与角色的变换》，东方出版社1998年版，第27~29页。

性风格，并由此折射出作者心中英武而深沉的父亲形象。冰心的父亲谢葆璋曾参加过甲午海战。在冰心有关描写父亲的作品中，父亲总是以平等的身份教育、开导、说服女儿，有时甚至会带有几分溺爱与娇宠。① 她心目中的父亲不是高高在上、凛然不可亲近的"天父"，其所具有的平等、慈爱、关怀等特性，更近于父亲原型在富于统辖性的"天父"（Sky Father）和偏于抚育性的"地父"（Earth Father）之外的另一种意象——二分父神（Dyadic Father）。这样的父神既担当家庭的保护人和供养者，同时也是孩子亲密的抚养人。与传统家庭角色"天父—地母"的绝对分立相比，二分父神体现了两性家庭角色的相互渗透和深刻结合。② "二分父神"形象渗入了包容、温情等诸多母性元素，又在此基础上有所超越。他不但更具保护性、安全感，而且，其鲜明的父性特征意味着更为浩大广阔的外部环境。除了宗教思想的影响外，"五四"女儿对此类形象的向往或有深一层的文化心理因素：无论她们怎样将母爱的力量扩大到极致，母亲始终无法填补"父"位的空缺带给内心的匮乏感。在这个意义上，理想化的父亲形象体现了对两性互补完美人格的期待。

　　男性恋人是"五四"女作家笔下爱情故事里的又一重要角色。不过，相对于女主人公勇敢叛逆、无所畏惧的性格特征，作品中的男性往往相当模糊。他们不是爱情神话中骑着白马、手挥利剑、斩断爱情之路上所有荆棘的英武骑士，也很少有勇武、雄健的阳刚之气。这些与"叛女"们一起反抗父权专制的"逆子"大都苍白、清瘦、孱弱，动辄流泪、呕血，显得软弱、胆怯、被动。石评梅剧作《这是谁的罪》中，男青年甫仁一开始满怀改良社会国家的壮志，还叮嘱恋人冰华回国后"注意不要被环境无形的软化"。然而，当他们的自由恋爱受到封建家庭的阻挠时，甫仁立即变得灰心。他一次次痛哭，还对冰华说："我现在对于什么家庭，社会，国家里的事情，我实在是无心过问了，此后株守家园以终余生罢了！"曾经的斗志消失殆尽，前后言行判若两人。相反，冰华虽也因人生幸福被"一阵横风吹散"痛心，但仍念念不忘"家庭内未了的琐事，社会上应尽的义务"，并劝慰鼓励甫仁："你哪里可以从此灰心短志……我劝你不要英雄气短儿女情长……我希望你可以从此将昔日的那种缠绵委婉的情，一剑斩断；宽怀释念。将来拿对我的这种感情，推广到社会国家，有一种贡献成绩"。同样，在濮舜卿取材于《圣经》的三幕话剧《人间的乐园》里，夏娃始终较之亚当更为坚定勇敢、刚毅顽强。而剧中的亚当则是个性格软弱的"合作者"。他在逆境中迟疑、动摇，不止一次想打退堂鼓。石评梅和濮舜卿对传统男女两性形象的改写，显示

---

① 王炳根：《永远的爱心·冰心》，山东画报出版社1998年版，第25页。
② ［美］阿瑟·科尔曼、莉比·科尔曼，刘文成、王军译：《父亲：神话与角色的变换》，东方出版社1998年版，第56～63页。

出鲜明的女性本位立场。这一现象在其他女作家的创作中同样存在。一方面，它是对长期以来"男性神话"中男性作为创造者、主宰者形象的颠覆；另一方面，也流露出女作家在现实生活中对男性的失望心理。

四、现代女性观及其文学表现的意义

"五四"时期启蒙思想家有关女性问题的论述普遍将女性问题作为社会问题的一部分。其中的功利成分具有历史的合理性，但与此同时也局限了他们的视域。有研究者指出，"五四"十年里男性知识分子们对女性觉醒、追求、解放和困境的构想始终未能走出"娜拉"的模式。娜拉形象中蕴含的"女人是与男人一样的人"这一抽象的平等无疑是女性观念上的一次革命，但她并未说出"自己女性的历史特殊性"①。而无论在历史还是现实社会的场景中，女性解放所面临的障碍不仅是笼罩于日常生活格局的传统意识形态，而且还有深潜无形而根深蒂固的男性中心意识。正因为如此，在女性问题讨论中，一些男性发言者不自觉地流露出"启蒙者"和"救赎者"姿态。与此相关，作为"弑父"行为中被附带解救的女儿，所谓女性觉醒其实是作为个人觉醒的副产品临世的。也就是说，"女子问题"相当程度上是历史（history，男性叙事）之手在特定时期安插的一次幕前表演，其演出效果则是服从于一种"他性"目的。② 因此，如果说"五四"女作家在性别观念上提出了挑战，那么其对象同样是性别歧视的文化传统而不是男性群体。

在此背景下，"五四"女性写作与时代话语形成了一次"合谋"。她们笔下那些充满叛逆色彩的女性，很大程度上可以看作是"逆子"们的精神倒影——她们与他们一样，背弃父权的规约与束缚，将"我"的意志视为行动的指南；她们热烈而真诚地追寻"娜拉"的足迹，并且天真地以为走出"父"的家门将可获得自由的天空。这种向往形象地体现在1919年5月《新青年》第6卷第5号上发表的陈衡哲的新诗《鸟》中："我若出了牢笼，/不管他天西地东，/也不管他恶雨狂风，/我定要飞他一个海阔天空！直飞到精疲力竭，水尽山穷，/我便请那狂风，/把我的羽毛肌骨，/一丝丝的都吹散在自由的空气中！"而冯沅君、庐隐、白薇塑造的诸多"新女性"形象，与胡适、鲁迅、周作人等人推崇的自主、自立的女性理想不谋而合。可以说，在高扬女性独立人格、崇尚自由精神等方面，

---

① 孟悦、戴锦华：《浮出历史地表》，河南人民出版社1989年版，第13页。
② 王侃：《历史：合谋与批判——略论中国现代女性文学》，载于《中国现代文学研究丛刊》1998年第1期。

"五四"女作家在思想意识和文学表现上对时代主潮做出了自觉的呼应。

与时代话语的合谋是历史的必然，然而这种合谋不无可疑之处。如前所述，"五四"启蒙话语潜在的男性中心意识有可能在时代思潮的掩映下使女性重陷传统性别观。例如，冰心对女性形象的重塑带有较强的理想主义色彩，她刻画的知识女性既有着良好的文化修养，又有高尚的道德情操；她们大都在西方文明的沐浴中汲取了民主、博爱的思想养料，而又不失东方女性的贤淑、典雅。相对于礼教束缚下愚昧、无知、狭隘的女性，这样的女性赞歌自有其积极意义，但是当作者将这样的女性作为"幸福家庭"实现的条件加以强调时，女性的独立价值立刻就消失在其从属者的身份中了。在她有名的"问题小说"《两个家庭》中，妻子的学识、修养成为决定"家庭幸福和苦痛与男子建设事业能力"的重要因素，"红袖添香对译书"成为理想的夫妻生活模式。作品里的妻子虽然与男性具有同样的知识和能力，但其发挥的天地仍是家庭的狭小空间，她必须通过对丈夫事业的辅佐获得自己的成功。这位知识女性从本质上讲，不过是一位新型的贤内助。

这样的女性观念受到古典与现代、东方与西方的多方面影响，同时包含继承与更新的复杂因素，存在明显的过渡性。尽管如此，女性主体意识的逐渐苏醒和日益成熟促使"五四"女作家一旦开始文学书写便展开了对传统性别文化的批判，在"五四"的时代交响中显现出独特的音质。这不仅体现在她们有意识地对传统女性的生命模式、情感方式和价值理念进行审视；更体现在她们对现实场景中女性人生的关注和把握。在"人的发现"和"女性的发现"的浪潮中，如果说男性精英们所注意并加以肯定的主要是"女子与男子是一样的人"的话，那么，她们所体悟到的，除此之外还有重要的一层，即"女子是与男子不一样的人"。陈衡哲对女性面对"家庭与事业"时两难处境的揭示；庐隐对徘徊于"情"与"理"之间女性矛盾心理的表现；冯沅君对女性亲情与恋情不能两全的刻画以及白薇对男性中心社会的愤怒声讨等，无不显示着女作家考察性别问题的独特视角。

也正因为如此，面对根深蒂固的封建道德伦理体系和更为强大的男性中心意识，在反叛与抗争的过程中，女作家较男性知识分子面临更多的艰难，而她们的作品也由此表现出强烈的悲剧色彩和孤独意识。无论是爱情的追寻还是自我命运的创建，她们的作品中很少出现如意的结局。女主人公常常是一路坎坷，抱恨终天。人物命运的这种共同趋向，从一个侧面映现出特定历史阶段女性所面临的严峻现实。可以说，女性困境的真实展示是"五四"女性写作的独特贡献。

在"五四"女作家那里，男／女两性是作为一组对应关系存在的。她们以强烈的性别主体意识自信而坦然地面对自己的女性身份，所关注的不仅仅是个人的命运，而是同时力求通过对女性个体存在的剖析，思索女性群体的境遇与出路。

所以，她们在创作中不但表现出对女性美好特质的由衷赞美和表现，也显示了初露端倪的女性自审意识——庐隐和白薇对于女性在社会参与过程中重新沦为"花瓶"和傀儡的高度警觉；凌叔华对那些自私、狭隘、庸俗、可笑甚至可鄙的"太太"形象的逼真刻画，都从一定程度上表明，"五四"女作家继张扬自我个性之后，已开始走向更深的层次：探究社会公众意识对女性生存发生的作用及强制效果，思考女性解放与历史和时代之间的联系，显示出她们在主体意识和女性意识方面的双重自觉。

"五四"女作家女性观的核心内容是"为人"与"为女"的并重和统一。正因为如此，她们才能在纷繁复杂的"五四"浪潮里建构起一个体现女性独特感受的文本世界，使之构成"人的文学"发端期的重要组成部分。返回特定的历史语境或许可以说，"五四"女性写作的文化意义大于其作品表层的文学价值。这是因为，"五四"女儿们不但通过写作将自己"嵌入"了历史，而且在话语层面实践了具有现代意义的性别体认，尽管她们只是迈出了最初的步伐。

第四节 现代文学家庭冲突书写的性别意味

家庭书写是中国现代文学的重要内容，但是在相当程度上被研究者忽视或是轻视。"国"—"家"—"人"，可以说是现代文学内容的三极，而研究者取宏大视阈时，见到的往往是"国"；如果取微观视阈，则较多见到的是"人"。如萧红的《生死场》，过去多从抗日救亡角度肯定其价值，晚近则转到人的命运、价值方面。这诚然有其充分的合理性，但作为故事发生的主要平台——"家庭"，不能成为鼎足的视角，毕竟反映了视阈的盲区。由于"家庭"的文学书写本身的被忽视，其中因性别导致的差异就更加处于被遮蔽状态了。

事实上，"家庭"是社会结构中与性别关系最为密切的一部分，因而其文学表现也最能显示"因性而别"的特色。这既表现为"写什么"，也表现为"怎样写"。例如中国现代文学作品中的父亲形象。男作家或是刻意回避而不正面出现，或是写成落伍的、压迫的权威性人物，他们的笔下很少见到代表正面价值的具有精神力量的父亲形象。而女作家的笔下，父亲的偶像化与恋父怨思往往是并存在作品中，从古代的《天雨花》到现代的《古韵》《茉莉香片》《心经》等作品中都可以看到这种复杂心态。再如母亲形象，男作家写得不多，但写到的常有一种依恋的情感，如《在酒楼上》《寒夜》之类。而女作家则走向两个极端，有的写母女之情十分亲密，冯沅君的《母亲》、苏青的《结婚十年》都是典型；也有的却是具有明显的解构神圣的倾向,特别是张爱玲,她的《金锁记》《心经》《创世纪》《倾城之恋》《第二炉香》等作品,母亲的形象都不再是慈祥可敬的,有的甚至是令人畏惧的。当然,夫妻的形象,在不同的性别视角下就更有"公说公有理,婆说婆有理"的倾向了。而这种情况,在写到家庭中的矛盾冲突时,表现的也就更加集中、突出了。所以,下面就从三种较为常见的家庭冲突入手,进一步作性别视角的比较研究。

一、"神圣"与"世俗"的书写

在现代文学对于家庭生活的描写中,"神圣"与"世俗"的冲突是经常出现的内容。最早一批女性创作的小说中,冰心的《两个家庭》主题就是"如何使神圣的爱情在日常的生活中延续",而鲁迅的名作《伤逝》则是"世俗"侵蚀"神圣"的挽歌。这一对矛盾在文学作品中频频出现,反映了中国社会走出封建的阴影后,人们的个性意识逐渐得到伸张,精神自由的要求逐渐强烈。但是,作为家庭生活中的现象,此类冲突却不是这一时段的专利,甚至可以说,古今中外的专偶制家庭无不受类似的困扰,只是程度与形式有所不同罢了。

苏联学者沃罗比约夫在《爱情的哲学》中谈到:"爱情的熄灭是一个古老的、世界性的问题。在爱情上升到顶点时,它总感到自己是永恒的。这听起来很离奇,但事情只能是这样。难道在倾心相爱的时候,在一个人抛却了私心,感到自己是一个真正的人的时候,会想到这种幸福有朝一日会完结吗?但是,迟早会有清醒的一天,那时往往是双方都感到失望。"他认为两个人爱的激情燃烧只能是一个过程,此时,双方完全沉浸其中,充满了神圣的感觉;但是这一过程必定要有一个终点,然后所进入的家庭生活阶段,伴随着神圣终结必然要产生失落;这是人类社会一个普遍的现象。对于这一现象的深层原因,他又做了进一步的分析:"肉体的幸福和精神的幸福很难达到和谐。压制一方(特别是妇女)的爱好、兴趣和习惯的自由发展,整个生活程序日复一日的强制和种种繁琐的细则……这就造成了一种无法忍受的精神气氛。在这种气氛中最忠实的爱情也会窒息而死。"[①] 这一分析相当深刻,指出了这种冲突的三个层面的原因,首先是家庭生活所具有"物质性"与"精神性"的悖离倾向,然后指出物质性的生活内容所具有的重复性与繁琐性,继而指出这种重复与繁琐必然产生厌倦感,使浪漫的爱情"窒息"而死。也就是说,当二人实现了肉体的结合,爱情向婚姻发展之

---

① [苏联] 沃罗比约夫:《爱情的哲学》(《情爱论》俄译本序),见 [保] 基·瓦西列夫《情爱论》,赵永穆、范国恩、陈行慧译,生活·读书·新知三联书店1984年版。

后,家庭生活不可避免的常态化,柴米油盐替代花前月下,于是"诗"演化为"散文"。

可以说,所有进入家庭"围城"的人都要经过这一过程——"围城"之为围城,原因也大半在此,而其中多数人虽会有所苦恼,但也会很快适应。因为人类本质上是物质的和实用优先的。不过,对于精神生活要求很高、精神极度敏感的人,对于身处特别关注精神自由之时代的人,他们的适应就会很困难,甚至根本无法适应,其结果就是陷于苦闷、破灭,以至于冲出"围城"、爱巢毁弃。把这样的精神—心理状态表现于文学,就有了《伤逝》一类作品。

在古代的家庭文学作品中,之所以几乎看不到这种冲突,是因为几乎没有哪一部作品从爱情写到家庭(罕见的例外是《浮生六记》),而成家后的女性严格遵守"女主内"的分工准则,其处境是别无选择的。没有了选择的可能,"围城"也就成了"铁屋",大家尽管苦闷却只有听从命运安排。不过,《红楼梦》中贾宝玉崇拜未婚少女、鄙视婚后的妇女,其隐含的心理也是对家庭生活的世俗属性的反感。

现代文学中的叙事文学,比起古代的同类作品来爱情描写增加了很多,且多都与追求思想解放,追求自由生活的题旨发生联系,这样就进一步把爱情神圣化了。在这种情况下,家庭生活与爱情感受之间的落差也便随之增加。当神圣的爱情被世俗的家务侵蚀,家庭里弥漫起"窒息"的毒雾,当日的爱侣忽然反目生怨时,一个问题自然产生:这是谁的责任?

我们且看在不同的性别视角下见到的情景各自如何?

《伤逝》,虽然是涓生在忏悔,但说到家庭破裂的责任却似乎不是悔而是责。子君不仅完全陷入了"重复而繁琐"的物质生活里——"管了家务便连谈天的工夫也没有,何况读书和散步";而且精神上也随之急剧降落——"子君的功业,仿佛就完全建立在这吃饭中","她似乎将先前所知道的全都忘掉了","她总是不改变,仍然毫无感触似的大嚼起来"。透过涓生的眼睛,那个美丽的恋人的形体也急剧改变得粗俗难看,手变得粗糙,人变胖了,整天汗流满面,而目光变得冰冷。精神世界则空虚得除了鸡和狗之外,只剩下和房东太太生闲气。那么,涓生如何呢?他勉力同恶劣的环境斗争,拼命写作、翻译,可是不但要受到子君的干扰,而且连饭都吃不饱,因为子君要剩下粮食喂鸡和狗。显然,男人在极力维持这个家庭,在留恋当日的圣洁而浪漫的爱情,而女人则变成了世俗的俘虏,进而变为世俗的同谋,来联手毁弃掉男人珍爱的一切。

鲁迅另一篇家庭题材小说《幸福的家庭》,情况和《伤逝》相近,或者说是《伤逝》的节选——淡化了正剧的开头与悲剧的结尾,只把中间一节变为了一幕喜剧。而这一幕喜剧恰恰就是家庭世俗化的样本。在这一幕喜剧中,充分世俗化的太太证明了"幸福的家庭"这一命题本身的虚妄,而男人的苦恼也便成为对破坏家庭"幸福"责任的无言的追究。

老舍的《离婚》立意更近于《幸福的家庭》,而由于篇幅的加大,对男人陷身"世俗"家庭的苦恼描写更细,渲染更充分。小说所写的两个家庭中,老张的家庭已经最充分地世俗化了,口腹之欲成了全家人最高的生存目标,而由于这个家庭成员精神世界同样"俗"透了,所以他们内部没有"俗"与"圣"的冲突。不过,这个家庭是作者调侃的对象,也可以说是老李家庭观念的冲突对象。老李的家庭内部则冲突不断,老李也总是陷入苦恼的泥沼。老李有一段表白,自述苦恼之源:

> 我要追求的是点——诗意。家庭,社会,国家,世界,都是脚踏实地的,都没有诗意。大多数的妇女——已婚的未婚的都算在内——是平凡的,或者比男人们更平凡一些;我要——哪怕是看看呢,一个还未被实际给教坏了的女子,情热象一首诗,愉快像一些乐音,贞纯像个天使。

他的苦恼是家庭中没有"诗意",而没有"诗意"的原因是妇女"被实际教坏了"。家庭不能给男人带来精神上的满足,是因为女人"比男人更平凡",因为女人的"被实际教坏"。也就是说,当女人辛辛苦苦忙着家务,忙着那些单调、重复、劳碌的事务的时候,她们的劳动不但没有产生价值,反而是破坏性的——这就是老李的家庭观念,而老李在一定程度上是作者声音的代表。

我们再来看看女作家们如何处理类似的冲突。

萧红的《生死场》写的都是农村下层民众的家庭,但这种感情的跌落过程却是完全相同的。作者借成业婶娘之口诉说了女人对于这个跌落过程的痛苦感受,她讲说了自己少女时对爱的渴求,也诉说了男人无情的改变:"你总是唱什么落著毛毛雨,披蓑衣去打鱼……我再也不愿听这曲子,年青人什么也不可靠,你叔叔也唱这曲子哩!这时他再也不想从前了!那和死过的树一样不能再活。"萧红又用两段传神的描写来渲染这一小小的家庭悲剧,她写女人主动地"去妩媚他",而得到的却是冰冷的回应;然后就描写道:

> 女人悄悄地蹑著脚走出了,停在门边,她听著纸窗在耳边鸣,她完全无力,完全灰色下去。场院前,蜻蜓们闹著向日葵的花。但这与年青的妇人绝对隔碍著。

家庭的温暖、情趣完全死灭了,女人的精神世界也完全枯涸了。而这不是她本身的原因,她不甘心,她要挽回,但是那个完全浸泡到种田、喝酒里的男人,是她根本无力改变的。在这个问题上,萧红的深刻与巧妙在于描写了成业和他叔父两代人的爱情、婚姻与家庭的对照图,而两代人重复着同样的轨迹,就使得悲剧的制造者不再是某个个别的丈夫,而成为了带有普遍性的"男人们",从而有力地实现了女性的无言的控诉。

苏青的《结婚十年》是一部完整的"家庭破裂史",从二人相爱到建立家庭,再到情感冷却,最终分道扬镳。比起前面举出的男作家的几部作品来,苏青既写了在"柴米油盐"的考验面前,两个人的不同表现,还写了当女性挺身而出为家庭建设新的精神空间时,男人的拙劣表现。面对家务的考验,女主人公苏怀青一方面感到厌烦,但同时又毫不犹豫地挑起了这副重担,而她的丈夫却是毫不领情,甚至不肯稍尽自己的一点经济责任——连买米的钱都不肯出,家庭的气氛就这样开始被恶化了。而当女主人公要把自己的"爱好、兴趣""自由发展"一下时,她的丈夫莫名其妙地充满敌意,为了不让她读书,就把书橱锁起来。当她的处女作发表出来时,高兴地用稿费买了酒菜和丈夫一起庆祝,而丈夫却是"吃了我的叉烧与酒,脸上冷冰冰地,把那本杂志往别处一丢看也不高兴看"。总之,男人不但自己不去努力恢复家庭的生机与情趣,而且破坏女人含辛茹苦的建设物质基础与精神家园的工作,其偏狭、蛮横到了不可理喻的程度。自然,家庭最终破裂的责任就是这个不能负起责任的丈夫。

潘柳黛《退职夫人自传》里家庭的破裂过程比较曲折,丈夫既负心又变态,不过在对待结婚后的家庭生活负担的态度上,与苏怀青的丈夫毫无二致。由于经济的拮据,妻子担负了更多的家务劳动,对此,丈夫先是质问妻子:"你为什么没有钱呢?""你为什么这样懒呢?"再后来就极端恶毒地把家庭气氛变坏的责任推到妻子身上,处心积虑地暗示妻子的精神出了毛病。于是,家庭对于女人变成了地狱——"他从天堂把我推到了地狱,我在地狱里幻想着天堂的生活。"显然,这种"天堂地狱"之论,在《伤逝》《幸福的家庭》《离婚》中都有相近似的表达,所不同的只是推者与被推者的性别倒换了过来。

不过并不是所有的女作家的笔下都是这样处理此类冲突的。冰心的《两个家庭》就是把家庭"世俗化"的责任完全推到了那个妻子的身上。因了她的"俗",丈夫精神"窒息"而死,家庭也自然瓦解。作者的同情心完全在丈夫身上,所以把那个妻子的形象刻画得俗不可耐:"挽着一把头发,拖着鞋子,睡眼惺忪,容貌倒还美丽,只是带着十分娇情的神气。"有趣的是,作者同时描写了一个不"俗"的家庭,夫妻二人"红袖添香对译书",居所则在绿荫花径之中,孩子则是只知道童话与积木的模范儿童。这个家庭足以打破"俗化"的定律,不过它只能存在于小姑娘的粉红色想象中,因为冰心作此篇时还是一个单纯的女学生。

同样的家庭问题,在不同性别视角下所见竟有这么大的差异,这既有各自经历不同的原因,又有立场的因素。只要把自家的立场作为唯一的立场,就难免视角的偏颇。正如波伏娃所讲:

只要男女不承认对方是对等的人……这种不和就会继续下去。

"谴责一个性别比原谅一个性别要容易",蒙田说。赞美和谴责都是徒劳的,实际上,如果说这种恶性循环十分难以打破,那是因为两性的每一方都是对方的牺牲品,同时又都是自身的牺牲品。①

她讲的是在现实家庭生活之中的情况,其实同样适用于文学创作之中。由爱情的"诗"到家庭的"散文",这几乎可以说人类永恒的主题,减轻其消极冲击的唯一妙药就是超越自己性别的自然态,求取夫妻双方的理解与体谅。同样,作品中克服偏颇以臻更高境界的妙药也是超越,是作家超越人物的立场,站到足以俯视双方,俯视爱情与家庭的高度。

二、"淑女"与"荡妇"的书写

《礼记·昏义》:"男女有别而后夫妇有义,夫妇有义而后父子有亲,父子有亲而后君臣有正。"② 显然,夫妻关系是家庭得以建立的最基础关系。而夫妻关系建立的基础,则是"男女有别"——即性别关系。"性别"之"别",在家庭生活中,既是异性相吸引的关键,也反映了家庭性生活中男女所持态度的差别。

文学作品表现家庭生活,涉及"性"的内容,往往比较敏感,所以作家们有的明写,有的暗写,有的回避。但无论怎么写,其立场与态度都会自觉不自觉地流露到笔下。特别是写到男女主人公在"性"生活上出现分歧的时候,或是在性生活与道德评判相纠缠的时候,尤其是如此。

例如对于女人在家庭生活中的性要求,萧红在《生死场》中数次写到,虽然都是含蓄的,或是间接的,却也旨趣相当显豁。一次是前面提到的福发媳妇和丈夫之间的一冷一热:媳妇由于回忆起当年的恩爱而一时情动,"过去拉着福发的臂,去抚媚他",结果遭到冷遇,丈夫先是无动于衷,继而要发脾气,最后自己酣然入睡;可怜的女人只能孤独地看着春天里花开虫飞,寂寞地"听着纸窗在耳边鸣"。这里的笔调显然是对女人充满了同情,而不满于那个麻木的丈夫。另一处是写村妇们在王婆家的聚会,女人们放肆地谈论着家庭中的性生活:

菱芝嫂在她肚皮上摸了一下,她邪昵地浅浅地笑了:"真没出息,整夜尽搂着男人睡吧?""谁说?你们新媳妇,才那样。""新媳妇……?哼!倒不见得!""像我们都老了!那不算一回事啦,你们年青,那才了不得哪!小丈夫才会新鲜哩!"每个人为了言词的引诱,都在幻想着自己,每个人都有

---

① [法]西蒙娜·德·波伏娃,陶铁柱译:《第二性》,中国书籍出版社1998年版,第81页。
② 《礼记集说·昏义第四十四》,中华书局1994年版,第499页。

些心跳；或是每个人的脸都发烧。

对此，萧红是以兴味盎然的态度来描写的，甚至可以说这一段是"生死场"中唯一充满了欢乐的描写段落。女人们诉说着自己的欲望，在快谈中得到某种满足，甚至在虚拟状态下实现自己的心理要求。在萧红的笔下，这一切都是完全自然地发生着，毫无羞赧之感，更无贬斥之意。

同是写下层社会的家庭性生活，老舍笔下的虎妞与祥子也是一冷一热。虎妞从一开始就是主动的，而且是从性诱惑开始二人关系的，祥子则从一开始就试图逃避。两个人结婚后，身强力壮的祥子最怕的就是虎妞的性要求，他认为虎妞对自己"好象养肥了牛好往外挤牛奶"，而这样的老婆"象什么凶恶的走兽"，"是个吸人血的妖精"，"能紧紧的抱住他，把他所有的力量吸尽"。所以每次的性生活之后，老舍描写祥子的心理是："觉得浑身都粘着些不洁净的，使人恶心的什么东西"。对于夫妻床上的不协调，老舍的态度是很明确的：女人的主动、强烈是男人的灾难。他不仅在以上这些具体描写中流露自己的感情态度，而且在整部作品的大框架上也有所体现。祥子一生的悲剧起源于虎妞的纠缠，虎妞的"虎"既有形象的特征，也有吞噬了骆驼的隐义，与上述"凶恶的走兽"描写相互发明。不仅老舍如此，在这一时期男作家的笔下，女性在性方面主动、强烈的人物形象，似乎没有一个是正面的、有好结果的①。

与此相映衬的，那些对此持"无所谓"态度的女性，在"性"的问题上较为"淑女"的人物，男作者的笔触会流露较多欣赏的态度。如《京华烟云》中的曼娘、木兰，《财主的儿女们》中的蒋淑华等。

相关的另一个家庭问题，是作品里对男人性无能的描写。不同的立场也有不同态度，着眼点也因之有所不同。女作家笔下的典型是《金锁记》，贫家女嫁给了残疾的丈夫，作者着眼的是她的生理方面的感觉，写她接触那没有活力的肉体时的苦闷："你碰过他的肉没有？是软的、重的，就像人的脚有时发了麻，摸上去那感觉……""天哪，你没挨着他的肉，你不知道没病的身子是多好的……多好的……"；更深一层则着眼她内心欲望与利益的冲突，揭示其本性、本能的扭曲。而同样的故事也发生在《京华烟云》的曼娘身上，作者林语堂的着眼点却是这个守寡一生的女人道义上的表现，写她守活寡时如何恪尽妇责。而终其一生作者尽管写到一些生活的单调，却从未写到她的生理的苦闷和怨悔，甚至暗示性的笔墨也没有，仿佛她就是生活在纯粹理念的世界里。

对于家庭生活中的男性性无能，茅盾有过更为正面的描写，如短篇小说《水

---

① 甚至在恋爱方面过于主动的女性形象，也难得男作家的青睐。如《围城》中的苏文纨、孙柔嘉、《财主的儿女们》中的王桂英等。

藻行》，面对有生理缺欠的男性，女性的生命欲望最终服从于人伦与家庭的利益。《霜叶红于二月花》中女主人公张婉卿也是忍受着个体生命的苦楚，屈就于无生命的伦理规范。而作者写她以理性战胜欲念，心安理得地追求家庭的利益时，作家的态度是欣赏的、赞许的，女性在家庭生活中的正当生理要求则被他看得很淡很淡。

在家庭与性的话题中，"红杏出墙"之类的越轨现象是引人注目的，也是文学表现的热点。在这方面的情节处理上，一般而言，男作家兴趣似乎更浓一些，往往有浓墨重彩之笔，相对来说，女作家的态度要淡然一些。

男作家笔下的淑女，游走于"出墙"边缘的时候，总是能"发乎情止乎礼义"，最终保持住"淑女"的身份——而这样的形象往往都是作家自己情之所钟的对象。如老舍《离婚》中的马少奶，遇人不淑，实际上长期守活寡，但她对老李总是若即若离，以其善解人意而让老李神魂颠倒，同时又以"在水一方"的姿态保持着自己的"名节"及对老李的神秘感。林语堂的《京华烟云》中，姚木兰对孔立夫也是一直游走于边缘，作者几次让她走到越轨的边缘，甚至出现身体接触、身体诱惑的苗头，然后迅速"急转弯"让她从危险地带走开。而女人一旦"出墙"，或是"将身轻许人"，其结果大多十分不妙。最典型的是曹禺的《雷雨》《原野》，繁漪、金子不但自己身败名裂，也毁灭了身边的一切。

女作家对此态度明显有所不同。苏青笔下的女主角，新婚后初尝禁果即孤身外出，在寂寞难耐的情况下对应其民产生了好感。作者对此不仅毫无谴责之意，而且把这一节径直命名为"爱的饥渴"。这显然是从女性自身体验的角度来观察的。潘柳黛的《退职夫人自传》写女主角被丈夫阿乘抛弃后，先后与"画家""阿康"交好，作家是这样来描写这种关系的："我像戏院里的幕间休息一样，没有一个男朋友在我身边，于是阿康便又乘隙而入，与我接近。"一切显得很自然、很随意。沉樱的《欲》写女性的越轨，毫不掩饰地把其根源与"欲"联结到一起，一切毛病都是因为"平凡不堪的婚后生活"，而越轨的诱惑给女人带来了新的生命，"那因结婚而冷静了的青春之血，似乎又在绮君的身内沸腾起来。"作者的同情、惋惜之情溢于笔端。

周作人曾经指出："（在男权社会里）假如男女有了关系，这都是女的不好，男的是分所当然的"①，舒芜也讲过类似的意见："既云性的犯罪，本来总要有男女两方，有罪也该均摊，但是性道德的残酷，却在于偏责乃至专责女子。"② 可以说，很多男作家对待此类情节，常常不能摆脱这种偏见，有意无意间流露到自

---

① 周作人：《谈虎集》，河北教育出版社 2002 年版，第 213 页。
② 舒芜：《女性的发现》，见《周作人的是非功过》，人民文学出版社 1993 年版。

己的笔下。而在女作家的笔下，则开始改变这种双重标准带来的不公。为女性的生理欲望站出来讲话的女作家首推丁玲。在丁玲的《莎菲女士日记》里，作者大胆而直露地表现了一个女人对于男人的渴望："去取得我所要的来满足我的冲动，我的欲望。"作者把她刻画成真实、热烈、富有生命活力的女人，基调是赞扬的。到了张爱玲的时代，她在《倾城之恋》中，揭露男权社会的偏见道："一个女人上了男人的当，就该死；女人给当给男人上，那更是淫妇；如果一个女人想给当给男人上而失败了，反而上了人家的当，那是双料的淫恶，杀了她也还污了刀。"她又借人物对话直接对男性的自私与偏见进行批判：

> 柳原道："一般的男人，喜欢把好女人教坏了，又喜欢感化坏的女人，使她变为好女人。我可不像那么没事找事做。我认为好女人还是老实些的好。"流苏瞟了他一眼道："你以为你跟别人不同么？我看你也是一样的自私。"柳原笑道："怎样自私？"流苏心里想：你最高的理想是一个冰清玉洁而又富于挑逗性的女人。冰清玉洁，是对于他人。挑逗，是对于你自己。如果我是一个彻底的好女人，你根本就不会注意到我。她向他偏着头笑道："你要我在旁人面前做一个好女人，在你面前做一个坏女人。"柳原想了一想道："不懂。"流苏又解释道："你要我对别人坏，独独对你好。"

张爱玲笔下的白流苏对待爱情与婚姻是非常"世俗"的，行为也是不"严谨"的，但作者对她并无贬抑，而是七分理解三分同情。她的这一番话很大程度上传达了作者的声音，核心就是揭露男权世界的虚伪与偏见，同时也是在为白流苏这样为生计所迫有所"越轨"的女性作一自我辩护。

三、"支配"与"平等"的书写

家庭成员之间的关系可以分为三个类别：一类是由血缘纽带联结的，如父母与子女之间、兄弟姐妹之间等；一类是由姻缘纽带联结的，如夫妻之间、婆媳之间等；一类是附属关系，包括主仆之间及收养关系。而无论哪种关系，使彼此愿意维系并留在家庭这一特殊社会组织之内的，无非下列的因素，即感情关联、利益关联与权力关联。前两种关联是显而易见的，而后一种则有时十分隐蔽。家庭内部的权力关联在家庭内部往往被前两种关联所遮蔽，表现为含蓄的形式，但对于社会来说，却最容易成为公共话题，并与社会的权力结构问题产生共振。美国学者古德在其《家庭》一书中指出：

> 在某种程度上，即使最幸福的家庭也可以被看作是一种权力制度……几乎在一切社会中，传统的规范和压力都给予丈夫以更多的权威和特权来管教

孩子①。

他的意见包含四层意思：一是家庭的基本属性之一是某种权力制度；二是父子间父亲是权力结构的强势方；三是男女间男性是强势方；四是这样的结构是社会所认可、所维护的。

权力关系无论在或大或小的范围、或公或私的领域，都意味着支配与被支配。其强化就意味着地位悬殊、利益差别的进一步拉开，其弱化则意味着双方在走向平等。就大趋势而言，家庭中的权力关系的强弱，是与社会的文明程度、家庭成员的受教育程度成反比的；同时也与社会思潮、社会变革有着密切的关系。在中国现代文学的30年间（1919～1949年），恰恰是中国社会激烈动荡，各种社会思潮此起彼伏，而民众受教育的程度——特别是女性受教育的程度空前提高的阶段。因此，现实中传统的家庭权力关系被质疑、被撼动，而文学作品中也就有了相应的、甚至是先导的表现。

比较家庭文学中，不同性别的作家在表现家庭权力问题时，更关心家庭权力的哪些方面，例如哪些权力关系——族权、父权抑或夫权？哪些权力因素——经济支配、人身支配或是权力的运作方式？还有他们/她们如何表现自己的这种关心，即在描写家庭中支配与反支配时作家的立场、态度，还有各自的手法与方式，都是很有趣味的课题。

男性在家庭中的权力有纵向与横向两个不同向度的体现，纵向的体现为父权，横向的体现为夫权。所造成的反作用力，前者是子女的平等、自由的要求；后者是妻子的平等、自由的要求。我们下面的考察便分别循着两个不同的向度来进行。

德国学者温德尔在《女性主义神学景观》中分析"父权制"的属性时讲："这个概念最初源于社会学，'父权制'意味着'一种社会结构。在这种社会结构中，父亲就是家长。'（《杜登词典》）这个意义迄今在我们的科学理解中占居统治地位。"② 他所强调的是家庭中父亲权力的社会属性。而中国古代的典籍则有不同的着眼点。《仪礼·丧服传》："父者，子之天也。"③《说文解字》："（父的字义、字形）家长率教者，从又举杖。"④ 更多的是着眼其道德依据和功能表现。这在很大程度上反映了文化传统的差异。因而中国的文学家描写父权，无论古今，无论肯定否定，也都是从天伦道德、人生训诫、强力意志的角度来观察与描写的。

---

① [美]古德，魏章玲译：《家庭》，社会科学文献出版社1986年版，第117页。
② [德]温德尔，刁承俊译：《女性主义神学景观》，生活·读书·新知三联书店1995年版，第30页。
③ 《仪礼》，见《四部丛刊初编经部》，上海书店（影音本）1989年版。
④ 许慎撰，段玉裁注：《说文解字注》，上海古籍出版社1981年版，第115页。

由于"经历巨大社会变革的大型社会的一大特征"就是存在"一二十岁的年轻人"普遍地"反抗父母"的行为①。所以，现代文学 30 年中，描写家庭中子女反抗父权的作品空前增多。而这一点又突出表现在男作家身上。如果具体分析可以发现以下几种不同的情况：早期的家庭描写如鲁迅作品《狂人日记》《长明灯》《伤逝》等，稍后的巴金的《家》，其批判的锋芒很大程度落在了"族权"上，父权的功能由秉持着族权的祖父、叔父，乃至长兄来实现。这样的写法，一方面批判封建家族制度的意义得到凸显，另一方面也有不忍"弑父"的潜在心理。正面批判家庭中的"父亲"的作品，当以《雷雨》为典型。周朴园对儿子们声色俱厉的训诫，在很大程度上是故意"耍威风"，是在有意强化父权。而周萍的乱伦行为，其潜在的意义之一正是对这种绝对父权的另类反抗。另一种情况出现在稍晚一些的作品中。《京华烟云》《财主的儿女们》立意都是要写家族与时代历史变迁的大著作。由于作者的阅历、价值观念和读者设定都有很大不同，所以二者之间的思想差别是很明显的。可是，与前述两种情况比，这两部著作又有其相近之处。由于到了三四十年代之交，批判封建文化、封建制度已经不再是社会关注的热点，所以这两部以家族为描写对象的百万言大作，对族权的批判几乎了无痕迹了。与此相关的是，两部书中父亲的家长形象也不是可恶的悲剧制造者，他们尽管也享有对子女的很大的支配权力，但权力的使用经常给读者以"合理"的感觉，有时他们本身反而带有可悲、可悯的色彩。

简言之，这 30 年间的很多男作家对父权题材有较浓的兴趣，而其表现则趋于两极：一极或是"为尊者讳"，回避直接描写父亲形象，或是笔下留情，表现出对父权的一定程度的理解与同情；另一极却是无恶不归之于父权，并让其受到最严厉的惩罚。

比较起来，女作家的态度与视角大多都有所不同。正面描写父子之间意志冲突的，以冰心的《斯人独憔悴》和张爱玲的《茉莉香片》为例。前者中的父亲化卿形象，冰心塑造的就不是一个"敌对"的人物，他的一切行为尽管专横、迂腐，但都是由他的身份——旧官僚、家长所决定的。他不仅没有其他劣迹，专横也是有限度的，所以尽管发了脾气，姨太劝一劝，女儿打一个圆场，也就比较快的烟消云散。这样写，较为合乎一个"父亲"的真实，但也使作品的思想张力与艺术张力被弱化了。《茉莉香片》的特点是写了聂传庆的两个"父亲"，一个是现实的真实的父亲聂介臣，一个是想象的精神的父亲言子夜。二者都对聂传庆持有威压的权利。聂介臣的威压是直接的物质层面的，包括打骂、经济管制等。言子夜则是精神层面的，包括知识能力的轻蔑和人格形象的鄙视。这篇小说有双重

---

① ［美］古德，魏章玲译：《家庭》，社会科学文献出版社 1986 年版，第 130 页。

视角，一重是聂传庆的，两种父权的威压感都是通过这一特定视角传达给读者的；另一重视角是叙述者的，在这里与作者的基本重合。在这重视角下，既有对聂传庆感受的观察，也有对这两位"父亲"、两种"父权"的审视。而审视之下，这两种"父权"都不再具有威压的力量。聂介臣威严与力量的失落源于他自己的腐朽——这种意味只在叙述者的视角下呈露。言子夜威严与力量的失落源于历史的追溯。这两重视角的重叠造成了复杂的叙事效果，也表现出对于父权的复杂态度。这种态度的基本点是审视的，是"执其两端而扣之的"，也就是说既揭示其强力支配的负面，又揭示其虚弱无力的本质。

就小说的意味复杂程度和叙事技巧来说，《茉莉香片》高出《斯人独憔悴》多多。但就两篇作品对父亲形象与父权的态度来说，却又有相似之点，就是都有"审父"的倾向而无"弑父"的动机。

家庭中的横向权力关系主要是夫权，这是男权的更直接的体现。由于和性别冲突的关系密切，在不同性别作家笔下的表现也就有更大的差异。

温德尔在《女性主义神学景观》中指出："尼采的定理是：'男人的幸福意味着：我愿意。女人的幸福意味着：他愿意。'这个定理说中了迄今占据统治地位的性别关系。"① 在他看来，男性主导家庭是普遍的现象，女性的从属地位主要表现为主体性的丧失。这应该是和男权社会的大多数家庭的情况相合的。可是，在我们所观照的中国现代文学的作品中，描写到的家庭情况却有很多不是这样的。比如鲁迅的《离婚》与老舍的《离婚》写到夫权都是随写随抹，那边刚刚写了老张的有限的夫权，这边马上写老李在家中面对泼辣太太的无奈，这边刚刚写了爱姑的控诉，那边却又写爱姑的泼悍。真正的控诉夫权，描写女性在夫权下痛苦挣扎的，似乎只有《雷雨》一部。

两相比较，女作家作品中正面写夫权的比例远高于男性，如《那个怯弱的女人》《生死场》《金锁记》《茉莉香片》《心经》《结婚十年》《退职夫人自传》等等，无疑都是持揭露、控诉态度的。而其揭露的戏剧性、控诉的激烈或许不及《雷雨》，但描写的矛盾冲突的细致，真实又多有过之。

更有意思的是，在不少男作家的作品中，不仅没有描写女性在夫权支配下的痛苦，而且写了家庭内权力旁移，男人们在"妇权"笼罩下的苦闷。如老舍《牛天赐传》中牛奶奶对牛老者的支配权，《骆驼祥子》中虎妞对祥子的支配权，曹禺《原野》中金子对焦大星的支配权，巴金《寒夜》中曾树生对汪文宣的支配权，路翎的《财主的儿女们》中金素痕对蒋蔚祖的支配权，以及相应的这些丈夫们内心的苦恼与无奈。这些女性的共同特点是精力旺盛，而其中的金素痕、曾

---

① ［德］温德尔，刁承俊译：《女性主义神学景观》，生活·读书·新知三联书店1995年版，第29页。

树生和花金子还都貌美如花，主体性很强，不安于室。在对这些形象的刻画中，隐隐流露出作者本人对此类女性的疑虑甚至恐惧。

　　作为对比的是，女作家也写了一系列主体性强、有活力、争取家庭权利的女性形象。如萧红《生死场》中的王婆，张爱玲《倾城之恋》中的白流苏，《创世纪》中的紫薇，苏青《结婚十年》中的苏怀青，潘柳黛《退职夫人自传》中的柳思琼。她们在一定程度上主宰着自己的命运，在各自的家庭中有着起码的发言权，或是争取着这份权力。为此，她们不可避免地与丈夫之间出现冲突，而作者的同情无一例外地放在这些"不安分"的女人身上。这一点，适足可以同前面的《寒夜》等作品进行比较，其立场与态度的迥然相异是一目了然的。

　　阅读这一时期几位著名女作家的小说，有时还会为她们流露在作品中的一种共同的倾向感到诧异，这种倾向就是对女性"母爱"的弱化乃至颠覆。萧红的《生死场》描写王婆讲述她没有照看好自己的第一个孩子，以致孩子摔死的情况："一个孩子三岁了，我把她摔死了，要小孩子我会成了个废物。……孩子死，不算一回事，你们以为我会暴跳着哭吧？我会嚎叫吧？起先我心也觉得发颤，可是我一看见麦田在我眼前时，我一点都不后悔，我一滴眼泪都没淌下。"在生存与母爱之间，萧红笔下的女性选择的是生存优先。而作者唯恐我们没有注意王婆的感情态度，特意让王婆讲出"绝情"的不后悔、不流泪的话来。这显然和我们通常持有的母亲爱孩子胜过一切、乃至自己的生命的印象大不相同。不只是王婆一个母亲如此，《生死场》中的母亲形象大半如此，如金枝的母亲："因为无数青色的柿子惹怒她了！金枝在沉想的深渊中被母亲踢打……金枝没有挣扎，倒了下来。母亲和老虎一般捕住自己的女儿。金枝的鼻子立刻流血。……母亲一向是这样，很爱护女儿，可是当女儿败坏了菜棵，母亲便去爱护菜棵了。农家无论是菜棵，或是一株茅草，也要超过人的价值。""老虎一般""踢打""立刻流血"，这都是在描写亲生母亲对待自己女儿的用语。不知道在萧红之前有没有哪一位男性作家这样塑造过母亲的形象。

　　张爱玲对母爱的质疑更是众所周知的。她说："自我牺牲的母爱是美德，可是这种美德是我们的兽祖先遗传下来的，我们的家畜也同样具有的——我们似乎不能引以自傲。"①"母爱这大题目，像一切大题目一样，上面作了太多的滥调文章。普通一般提倡母爱的，都是做儿子而不作母亲的男人。而女人，如果也标榜母爱的话，那是她自己明白她本身是不足重的，男人只尊敬她这一点所以不得不加以夸张，浑身是母亲了。"②她的这种观念是和她个人的生活、感情经历分不

---

　　① 张爱玲：《造人》，见《张看》，经济日报出版社2002年版，第67页。
　　② 张爱玲：《谈跳舞》，见《张看》，经济日报出版社2002年版，第258页。

开的,"张爱玲……写角色的母女关系,其实也在象征性地再现她身上的母女关系。"① 在这种观念以致个人情感的影响下,她笔下的母亲几乎没有"慈母"的形象。从"沉香屑"两炉香的不称职的母亲、《倾城之恋》的不可依靠的母亲到《金锁记》中变态的母亲,《心经》中与女儿成为情敌的母亲,非常突出地显示了"身为女性作家,张爱玲的确是不标榜母爱的。"②

苏青倒是正面描写了苏怀青的失女之痛,但同时用更多的篇幅以及更强烈的笔触描写了女人生育的痛苦。她还把母亲和父亲对孩子的态度作比较,父亲反而是溺爱的反面形象。到了《续结婚十年》中,女主角尽管不断陷入孤独寂寞的境况,但始终不再组成新的家庭,原因就是对于生育的痛苦记忆和离别子女的折磨——这些负面的代价超过了做母亲带来的正面的享受。

拿这些母亲的形象和男性作家的作品来比较,差异是巨大的。这一时期男作家着意描写母亲形象的作品并不多,有的尽管落墨不少,人物却也不一定是正面的,如《原野》中的焦母、《寒夜》中的汪母。男作家之间对待"母亲"这一感情符号的态度也并不相同,如鲁迅在作品中流露出的依恋感就是老舍、巴金所没有的。但是,这些男性作家在写到母亲和子女关系的时候,换言之在写到"母爱"的时候,其观念却是基本一致的。无论这"母爱"结出的果实是甜是涩、是善是恶,"母爱"本身都是真诚的、强烈的。

也就是说,男性作家看待与表现"母爱"的态度与女性作家相比,明显有所不同。男作家的评价更积极些,表现更正面些。那么如何认识这种差异呢?

罗素在《婚姻革命》中的一段论述可能对我们会有些启发:

> 母性的情感长期以来一直为男人所控制,因为男人下意识地感到对母性情感的控制是他们统治女人的手段③。

在他看来,男性实现自己性别统治的手段有两种,"父权的发现导致了女人的隶属地位……这种隶属起初是生理上的,后来则是精神上的。"④ 而"精神上的"软手段就是塑造利于自己的女性社会性别形象,而"好的女人都是对性没有兴趣",却"对孩子天然热爱"。"母爱"与"无性"就是这种塑型的两个密切关联方面。

有趣的是,前面引述的张爱玲谈母爱的言论,就其着眼于两性牴牾而言,与罗素的见解颇有相通之处。虽不能断言张爱玲受到罗素的影响,但二人对此问题

---

① 平路:《伤逝的周期》,见杨泽编:《阅读张爱玲》,广西师范大学出版社 2003 年版,第 137 页。
② 胡锦媛:《母亲,你在何方》,见杨泽编:《阅读张爱玲》,广西师范大学出版社 2003 年版,第 154 页。
③ [英]罗素:《婚姻革命》,东方出版社 1988 年版,第 141 页。
④ 同上,第 17 页。

犀利的观点确是异曲而同工。从这个角度来看，这一时期女作家对传统母亲形象与"母爱"观念的解构，可以说是包含着主体性的觉醒和对家庭中男权及其话语挑战的因素。当然，无论是男作家对母爱的肯定性描写，还是女作家的颠覆性描写，背后所具有的与家庭中权力关系的联系，在大多数的情况下，都不见得是十分自觉的。

家庭生活中，和夫权相关的还有一些重要的方面，例如女性的受教育权力问题、职业女性与家庭关系的问题、女性的社会交际问题等，在不同的性别视角下，也呈露着程度不同的差异。这里就不一一缕述了。

英人密尔曾尖锐地指出："家庭关系问题，就其对于人类幸福的直接影响来说，却正是比所有其他问题加在一起还要更为重要的一个问题。"他又指出，家庭关系中恶性的夫权与父权因当事者立场的偏隘——"公然以权力拥有者的立场来说话"①——而难于真正解决。从上述的比较分析看来，要彻底解决这方面的问题，还有很远的路要走，因为性别之"别"就意味着男人与女人立场的差别，于是就有了视角的差别，而不能相互理解与了解，真正意义上的平等就不能实现。

通过上述比较、分析，我们既能感觉到一般意义上不同性别之间的隔膜，也能看出，即使在文化精英里，在力主男女平等的作家中，性别视角仍然是会遮蔽一些东西，扭曲一些东西的。其实，这也是很自然的事情。女性被男性"他者化"，其实正如同男性被女性"他者化"一样，其本源乃在于两方面生理上的差异以及由此差异造成的需求、吸引与隔膜。因此，这种情况的存在是不可彻底根除的。所能做的事情，只是在精英的范围内较为充分地认识此种现状的缺失，并通过先觉者的工作，最大限度地降低彼此"他者化"的程度，进而对社会、对民众有一积极性的导引——文学及文学的解读都应发挥这方面的作用。

第五节　个案阐释与分析

一、冰心创作中的母性之爱

冰心创作从女儿的角度颂扬了母爱的伟大，又从女性人格自我建构的角度确

---

①　[英]密尔：《论自由》，商务印书馆1982年版，第114页。

认了母性之爱的价值,并把母性之爱实践为一种济世的力量,试图以之催生不同国族之间和谐友爱的世界图景。冰心这一独特的文化选择,难以简单地归之为保守的或是现代的,从而带来了它到底是屈从于男权的还是张扬女性主体意识的这一争论。孟悦、戴锦华和王侃侧重于认为冰心创作在女性主体性建构方面是不足的。孟悦、戴锦华虽然认可冰心的母爱歌颂反叛了女性"未嫁从父"的父权禁令,但又认为"冰心以及冰心笔下的女人则缺少一个重大的性别视点,即对于男性以及对于两性关系的认识和体验,继而自然也就缺少对自己作为一个性别存在的体验。"① 王侃说:"……当她的'母爱'与传统'妇德'达成同构和一致时,实际上是在新的历史条件下女性意识的一种退步。"② 盛英显然不同意他们的看法,针锋相对地写了商榷文章,认为"冰心母爱文学所呈现的女性意识,既触及伦理亲情,更追逐生命本源和理想;既是母爱天性的颂歌,更为大母精神的激扬,它们绝非为男权话语的翻版,同男权文化制造的母亲神话完全是两码事。"③ 此外,刘思谦、姚玳玫、李玲、林丹娅、任佑卿等都先后在自己的论文中对冰心的性别意识做出了各自的分析。④ 已有研究成果的多元评价状况,正启示我们应该充分关注文化现象自身所蕴含的复杂性和丰富性。本书拟在对冰心创作母性之爱进行详细分析的过程中回应相关的论争。

(一) 从女儿的角度歌颂母性之爱

"造物者——/倘若在永久的生命中/只容有一次极乐的应许。/我要至诚地求着:/'我在母亲的怀里,/母亲在小舟里,/小舟在月明的大海里。'"(冰心《春水·一零五》)"她爱我,不是因为我是'冰心',或是其他人世间的一切的虚伪的称呼和名字!她的爱是不附带任何条件的,惟一的理由,就是我是她的女儿。"(冰心《寄小读者·通讯十》) 这是冰心歌颂母爱最为脍炙人口的诗句之一。其文化价值首先应该放在中国文化传统的发展脉络中看。

中国古代文化是一种尊母的文化。孝道,不仅要孝敬父亲,还要孝敬母亲。

---

① 孟悦、戴锦华:《浮出历史地表》,河南人民出版社1989年版,第16页、第73~74页。
② 王侃:《历史:合谋与批判——略论中国现代女性文学》,载于《中国现代文学研究丛刊》1998年第4期,第207页。
③ 盛英:《冰心性别意识辨析》,见王炳根主编《冰心论集·三》,海峡文艺出版社2004年版,第35页。
④ 刘思谦:《"娜拉"言说——中国现代女作家心路纪程》,上海文艺出版社1993年版;姚玳玫:《冰心·丁玲·张爱玲——"五四"女性神话的终结》,载于《学术研究》1997年第9期;李玲:《中国现代文学的性别意识》,人民文学出版社2002年版,第146~165页;林丹娅:《冰心早期女性观之辨析》,见王炳根主编《冰心论集·三》,海峡文艺出版社2004年版,第52~67页;任佑卿:《现代家庭的设计与女性/民族的发现:从冰心〈两个家庭〉的悖论谈起》,见"第八届中国女性文学学术研讨会暨高校女性文学教材建设研讨会"会议论文,2007年10月。

然而，在话语层面上被置于孝亲圣坛的母亲，一般地说只是儿子的母亲，而不是女儿的母亲。儿子的母亲由于对男性家族承传、子息培养做出了贡献，所以得以分享父权。孟母三迁、岳母刺字、"慈母手中线，游子身上衣"，都是对儿子之母的歌颂。母子关系、婆媳关系一直是传统文化要努力强固的，而母女亲情则很难在文化表达层面上得到普遍彰显。这是因为，母子关系、婆媳关系是父子关系得以相承的必要补充条件，而母女亲情则可能威胁女性从夫的原则。"嫁出去的女儿，泼出去的水"，从礼教的角度看，母亲在女儿嫁出去后只有克制乃至于斩断与女儿的自然亲情，才能帮助女儿心无旁骛地忠诚于婆家，才能帮助女儿进入夫权文化秩序中谋得生存空间；未嫁的女儿，其生命也不过被视为是媳妇、母亲的预备，在男权文化系统中未曾获得本体性的价值。这样，自然的母女亲情理所当然地就很难进入主流的社会伦理表达系统中得到充分的彰显。

文学创作往往兼具遵循、反映主流社会思想和超越、反思主流社会思想的双重性质，因而，一方面，中国古代文学中未与女儿割断情感纽带的母亲常常被塑造成反面形象，小说《水浒传》《三言二拍》中便时现这种不明智的母亲；但另一方面，母女亲情又在明清的闺秀创作中得到一定的正面抒写，[①] 从而体现中国文学实践与男权戒律之间的复杂关系。但就总体而言，女儿心态在中国古代文学中并未得到充分舒展，母女亲情在中国古代文学中是一个未曾充分展开的主题。

冰心"五四"时期的散文、诗歌较多从女儿的角度大量歌唱母女亲情，这时她往往以对父/夫这些曾被视为"天"的男性角色的忽视、省略，凸显女性之间的血脉亲缘，从而在有意无意之间颠覆了只强调父子相承的男权家族中心文化，肯定了女性生命的本体性价值，发扬光大了明清女性文学眷注女性情谊这一未曾得到广泛彰显的文学主题，开启了中国现当代女性文学书写母女亲情的基本主题。这样看来，由于男权文化也倡导母慈的妇德，就笼统地判断冰心在诗与散文中从"个人""自我"的角度歌唱母爱也是"不具有现代性内涵"的，也"是另一种正在遭受抨击的——封建的、古典的——话语的翻版"的看法，显然失之于偏颇；而盛英认为这种母爱颂歌"同男权文化制造的母亲神话完全是两码事"的观点，是有道理的。

冰心的作品能够"以一种奇迹的模样出现，生着翅膀，飞到各个青年男女的心上去"[②]，得到广泛的传播，显然得益于五四时代人道主义思想、妇女解放思

[①] 参看 Dorothy Ko, *Teachers of the Inner Chambers: Women and Culture in Seventeenth - Century China*, Stanford University Press, 1994；王萌的博士论文《禁锢的灵魂与挣扎的慧心——晚明至民初女性创作主体意识的萌发》，河南大学2003年博士学位论文。

[②] 沈从文：《论中国创作小说》，原载于《文艺月刊》第2卷第4期，转引自王炳根主编《冰心论集·上》，海峡文艺出版社2000年版，第6页。

想的荫福；冰心也正是以自己的创作从一个角度承担了把尊重妇女的时代理念转化为时代的一种集体心理体验这一文化使命。①

（二）从女性人格建构的角度确认母性之爱

冰心"五四"时期的小说则改变了其同时期散文、诗歌中那种主要从女儿立场仰视慈母、抒写女儿心迹的写作视角，而把母性情怀认同为女性人格的必要内涵，塑造了一批富有母性情怀的年轻女性形象，如《两个家庭》中的亚茜、《斯人独憔悴》中的颖贞、《秋雨秋风愁煞人》中的英云、《超人》中的梦中的母亲、《六一姊》中的六一姊、《别后》中的宜姑。20 世纪 20 年代末小说《第一次宴会》中的瑛，40 年代小说《我的学生》中的 S、《空屋》中的虹，以及 40 年代散文中所阐释的宋美龄形象，也是这一类女性形象的延续。冰心彰显的母性情怀，首先体现为女性建设现代家庭、抚慰亲人的能力，其次还体现为以母爱济世的理想。总而言之，冰心小说所认可的母性情怀主要是女性对家庭、对社会的一种责任意识。着重强调女性的责任意识而不是强调女性自身的权益，冰心作品面临着这样的质疑：其性别立场到底是传统的还是现代的？是男权的还是女权的？回答这个问题，必须把女性主体性建构作为衡量女性问题的价值尺度，同时还必须回到中国现代性别文化的历史语境中。本节集中讨论冰心母性之爱抒写中的女性家庭责任意识问题。

冰心小说中的美好女性，无论未嫁还是已嫁，总是"宜其室家"②的，都是已然或预备的新式贤妻良母。冰心主要把这种"宜其室家"的品质向三个方面展开：一是处理好家政的责任心与能力；二是善解人意的心怀；三是美好雅致的气质外貌。《两个家庭》中的亚茜、《别后》中的宜姑、《我的学生》中的 S，均是这三方面品格皆超群卓越的完美女性；《斯人独憔悴》中的颖贞、《六一姊》中的六一姊、《超人》中的母亲，则以三方面美好品质中的某一两点见长。冰心主要从外视点写这些美好女性。亚茜的美好，通过女学生"我"的眼睛和男邻居陈华民的评价来表现；宜姑的美好，主要通过弟弟同学"他"的眼睛和心理感受来表现；S 的美好，主要通过叙述者"男士"的眼睛和 S 的丈夫 F 的转述来表现。《超人》则从儿子的角度感受母爱，《六一姊》从小女伴的视角抒写六一姊庇护他人的心怀。从外视点表彰这些女性的美好品质，展示她们给别人所带来的温暖，展示她们对于男性家庭成员诸如丈夫、儿子、兄弟的重要性，而不是从内视点展示女性的内心世界、体验女性的人生苦恼，这说明冰心主要是换位以假定的

---

① 本部分论述参看李玲著《中国现代文学的性别意识》第 146～165 页。
② 《诗经·国风·周南》中有《桃夭》篇，以"之子于归，宜其室家"赞美女性有利于家庭。

男性视角思考女性问题；说明冰心所关注的主要不是探索女性人性的奥秘，不是张扬女性的个性需求，而是设想各种男性对家庭中的女性有怎样的期待，从而总结出培养女性道德人格的准则。这说明冰心在思考男女相互对待的关系上主要不是批判男性世界的，但不批判男性世界的未必就是维护男权的。简单化的二元对立思维是一种粗暴的思维方式。判断冰心作品是否具有维护男权的特质，还要进一步看她是否在创作中认可了以男权不合理需求压制女性生命的价值取向；判断冰心创作是否具有女性本体的立场，要看她是否是建构女性主体性的，而不能以是否不满足男性立场为尺度。男性立场和男权立场是两个外延、内涵并不相等的概念。在男女对待性关系上，男性立场包括男权立场，也包括男性对女性合理的性别期待。建构女性主体性，应该批判男权文化，也应该以男女主体间共在的态度接受男性对女性的合理的性别期待。

　　在《超人》《别后》《我的学生》这些作品中，冰心身为女性作者，尽管十分认可男性人物对女性的期待，但并没有设置男性权威对女性的压制关系。《超人》中男青年何彬因母爱而得到救赎，但作品并没有让这种母爱对女性的其他生命需求造成压抑。《别后》中的小男孩"他"到同学家享受到那个穿着"紫衣"的"美丽温柔的姊姊"宜姑所创造的家庭温馨后，觉得自己那个"漠然"的、"难得牵着手说一两句噢问寒暖的话"的姊姊是不够美好的。从叙述态度上看，隐含作者理解"他"的情感需求，但并没有反过来审视这个"他"，没有问"他"自身在家庭气氛建设方面扮演的到底是什么角色，到底是温馨气氛的创造者还是冷漠气氛的制造者。这说明《别后》在男女对待性关系上未曾考虑应如何要求男性这个问题，也就是说《别后》在女性应该得到什么关爱的问题上是没有贡献的；但同时，冰心也没有在这部作品中认可任何对女性的压抑、伤害。她强调女性在家庭中的责任和使命，但这并未走向对男权法则的屈从。《我的学生》中的 S，是亚茜、宜姑的形象延续。她"要强好胜的脾气"只体现在对自我责任——既包括家庭责任也包括社会责任的高要求上。让这个只有奉献没有索取的美丽女性盛年夭亡，冰心此时显然对这类女性的生命艰辛有更多的体会，但作品中只有"心比天高，命比纸薄"这一句话触及 S 力不从心的生命感受，而主要是从外视点表彰她的责任意识、自我牺牲精神。但"我"和 F 的男性叙述视角，对这个美丽好强的女性并无压制的力量或企图，S 的奉献出于女性对自身生命境界的追求。生命的完整性包括肯定生命应享的权益，也包括肯定生命应承担的责任、义务。前者关乎生命的福祉，后者关乎生命的境界。建构现代女性主体性，女性权益固然是重要的一维，但女性的责任意识同样也是不可或缺的——前提是女性的权益不应是对男性霸权的倒置性承袭，女性的责任不应造成对女性合理生命需求的压抑。冰心这里对女性责任的强调恰恰满足了这一前提。所以说，《超人》《别后》《我的学生》虽然在张扬女性权益方面、审视男性世界方面无多少贡献，但对建构现代女性主体性仍然是有意义的。冰心《超人》《别后》《我的学生》这些小说，在剥落男性压制性力量的前提下表彰女性"宜其室家"、关怀众生的母性情怀，是对中国传统男权文化的扬弃，是对中国传统尊重母职文化合理因子的继承，其价值取向固然是非激进非反叛的，是保守的，但仍然是积极的。固然，由于中国古代文化侧重强调女性的责任而较为忽视女性的权益，因而现当代性别文化建构中张扬女性权益特别重要，直接对抗男权的"批判性写作"非常重要，但是，文化的建设也不应该是从一种偏颇走向另一种偏颇，而应该是在不断的纠偏、反思中继承已有文明的合理因子，从而愈来愈趋向全面、健康。从这一点看，冰心这一类强调女性责任的作品与丁玲的《梦珂》《莎菲女士的日记》等张扬女性性爱权利的作品应该是互补的，而不是说有了横空出世的丁玲就可以舍弃传承传统文化合理纽带的冰心，有了反思母性的张爱玲就可以判定歌颂母性情怀的冰心没有价值。实际上，张爱玲尽管以"金发的圣母不过是个俏奶妈"①来解构男权文化中的母亲神话，但同时也在王娇蕊的成长中肯定女性的母性情怀，在曹七巧、郑夫人这些不合格母亲的批判中呼唤女性的母性情怀②。有的研究者武断地判定冰心的"全部文化积蓄中又没有任何一种发自女性自我或促生自我的既成观念"③，恐怕还是由于在特定历史时期中，研究界对女性自我的界定、对女性主体性的理解尚不够全面。

冰心小说中"白衣"的"母亲"、宜姑、六一姊、S这些富有母性情怀的美丽女性，与男性创作中的家庭天使，在担当女性责任、自我牺牲方面时有相近之处，但由于作家的创作心态不同，其对女性主体性的态度也截然相反。男性创作中的家庭天使，除了承担各种人生责任外，一般还必须具备温驯、盲从于男性的特点。男性隐含作者在赞美她们的时候，满足的往往是男性对女性不合理的需求。隐含作者塑造这类家庭天使时所维护的男权意识，才是女性主义批评所必须清算的对象。而冰心《别后》《我的学生》等对女性奉献、牺牲精神的赞美，由于摒弃了屈从男权的特质，因而导向的是以女性责任意识的建构来充实女性主体性的价值向度，应该予以肯定。盛英肯定冰心"将母性爱嵌入女性本体，不仅把爱作为生命的本源，更将爱作为自己生命意义和价值所在"④的评价，用于冰心从女儿角度歌颂母爱、从女性人格建构角度褒扬美好女性这两类作品，显然是合适的。

---

① 张爱玲：《谈女人》，见《张爱玲文集·第四卷》，安徽文艺出版社1992年版，第73页。
② 王娇蕊、曹七巧、郑夫人分别是张爱玲小说《红玫瑰与白玫瑰》《金锁记》《花凋》中的人物。
③ 孟悦、戴锦华：《浮出历史地表》，河南人民出版社1989年版，第75页。
④ 盛英：《冰心性别意识辨析》，见王炳根主编《冰心论集·三》第30页。

冰心这些通过写富有母性情怀的美好女性来思考女性责任问题的作品，还面临一个质疑：她回避写性——不仅回避写性行为，而且回避写性心理、性意识，其创作是否与封建的贞节观合谋而对女性生命形成压抑？事实上，冰心回避写性，但也从来没有在文本中建构任何性压抑话语，因而可以说她的创作对张扬女性性爱权利、表现女性性爱心理这一维没有贡献，但并不能说她对现代女性的性爱权利、性爱心理表现上有反面作用。冰心这些优秀创作，在建构女性主体性方面，虽然并非面面俱到，但可以说是以女性的责任意识、自我牺牲精神以及美好的形象气质，从一个侧面有力地建构了现代女性的生命境界，极大地充实了现代女性的主体性内涵；此种主体意识尊重了另一种性别的合理生命需求，本质上是一种主体间性意识。

冰心始终强调女性责任，而除了《关于女人》集和谈日本妇女问题的少数文章外，她在其他许多作品中都不甚在意在男女对待性关系上如何维护女性权益的问题。① 这方面自觉意识的匮乏，使得冰心创作在是否能够维护女性主体意识的问题上显出不平衡的局面。在《超人》《六一姊》《别后》《我的学生》这些作品中，冰心既能够赞美女性情怀又能够同时守住不压抑女性合理生命需求这一底线；而在1919年创作的《两个家庭》、1980年创作的《空巢》这两篇小说中，她就没有去防守这一底线，从而在有意无意间滑向了对男权话语的屈从。这两篇小说均从男性需求的角度赞美富有母性情怀、能承担家庭责任的女性，批评不能对家庭负责任或家庭决策不当的女性。《两个家庭》不仅在家庭结构的理解上表现出以男性为主体、女性为辅佐性角色的倾向，而且在思考男性人生悲剧的时候表现出不审视男性世界、单方面苛责女性的特点。小说中留学生三哥与陈华民均怀才不遇，但三哥有新式贤妻亚茜相伴便仍然"有快乐"；陈华民由于妻子不理

---

① 议论文《"破坏与建设时代"的女学生》和小说《庄鸿的姊姊》《最后的安息》《谁断送了你》都表明，"五四"时期冰心在女性权益方面一直侧重于维护女性的生存权、女性的受教育权，而对女性争取参政权、张扬个性的行为是反感的，对在男女对待性关系上如何维护女性权益的问题则缺少自觉思考的意识。《"破坏与建设时代"的女学生》一文，把"图谋'参政选举'、'男女开放'，推翻中国妇女的旧道德，抉破中国礼法的藩篱"的女权运动，视为"喧嚣的言论行为"加以鄙视，唯恐"真心求学"的一类女学生受到这类女权运动分子的拖累而失去社会的欢心。《是谁断送了你》中，冰心虽然以怡尝求学若渴的态度暗暗颠覆了"父亲"关于女孩儿"学问倒不算一件事"的说法、维护了女性的受教育权，但作品中"父亲"反对女权的话语——"最要紧的千万不要学那些浮嚣的女学生们，高谈'自由'、'解放'，以致道德堕落，名誉扫地，我眼里实在看不惯这种轻狂样儿！"——并没有受到隐含作者明确的批评。1920年之后，冰心就没有在作品中表露对女权运动反感的态度。1933年，她在《我们太太的客厅》中，批评女性的虚荣、以自我为中心，也没有让她像《两个家庭》中的陈太太那样扯上"女权"话语为自己辩护。1948年冰心在《写在"妇女节"之际》中谈起唐群英、沈佩贞等女权运动家，则肯定"她们是中国妇女运动的启蒙者，并在当时不利的社会环境中坚持着斗争。这一点是非常值得敬佩的。"这时她转而基本上肯定女权运动了，并且在多篇文章中批评日本妇女在社会在家庭中与男子地位不平等的现象。刘思谦、林丹娅、任佑卿的论文对《"破坏与建设时代"的女学生》均有敏锐的批评。

家政，便"没有快乐"，只能借酒浇愁，终染上肺病而亡。"两个家庭的对比，其实乃是两个妻子的对比。"① 这样，循着作者讨论"家庭的幸福和苦痛，与男子建设事业能力的影响"的引导性思路，便只能说，决定男子是否能够发挥出"建设事业能力"的决定性因素，除了社会是否清明外，就是妻子是否称职了。过分看重妻子的作用，实际上就在男性悲剧责任问题上放弃了对男性自我人格这一内因的追问，而让女性既承担了自己不能担当家庭责任的这一确实的缺点外，还要代男性承担其生命意志匮乏、自暴自弃的责任。"作者在免除男性的责任的同时将那些责任转嫁给女性，率先将女性固定在他者的地位。"② 小说《空巢》，在彰显知识分子爱国情怀的同时，又流露出把男性负面人生选择均归罪于妻子的思路，从而再次体现了冰心对男性中心思维的无意识接受。文中生活在美国的华裔知识分子老梁晚年陷入"空巢"的人生孤寂中，原因被简单化地阐述为两个：一是新中国成立前夕去国赴美，失去祖国的依托；二是没有儿孙环绕，失去家庭的幸福。隐含作者和叙述者把这两件事都简单化地归罪于女人，前一件出于妻子美博的"怂恿"；后一件事是由于外籍儿媳妇既不会"炒菜做饭"，又"嫌麻烦"不生孩子。至于老梁自己接受妻子"怂恿"而做出决策的责任，儿子是否愿意"炒菜做饭"、养孩子的责任，都不被追问。这种男性免责、女性单方面接受批评的写作思路，与《两个家庭》一脉相承，对女性是不公平的。《两个家庭》《空巢》显然在有意无意间继承了男权文化在面对人类的过错时把责任尽量转嫁给女性，从而掩护男性主体地位的一贯思路。

另外，冰心关于女性母性之爱的书写也并非是始终只强调女性人生责任、不关注女性权益、不审视男性世界的，冰心40年代创作的《关于女人》中的《我的房东》和《我的邻居》两篇小说便开启了体谅女性奉献之苦、审视男性缺点的一维。《我的房东》中女性人物R小姐尽管"喜欢有个完美的家庭"，却决定终生不婚，因为她母亲的生活便是前车之鉴。她母亲把一生奉献给家庭，结果是"她的绘画，她的健康，她一点没有想到顾到。……至今我拿起她的画稿来，我就难过。"这里，作者显然并不仅仅把女性生命价值界定在奉献母性之爱这一维上，而是审视了女性奉献母性之爱与女性关爱自我、发挥才华之间的矛盾。同时这个文本还批评了男性时常不能对女性奉献出同等关爱的问题。小说中，作者借R小姐的陈述设想了女性可能陷入的婚姻困境："在她最悲哀，最柔弱，最需要同情与温存的一刹那顷，假如她所得到的只是漠然的言语，心不在焉的眼光，甚

---

① 刘思谦：《"娜拉"言说——中国现代女作家心路纪程》，上海文艺出版社1993年版，第102页。
② 任佑卿：《现代家庭的设计与女性/民族的发现：从冰心〈两个家庭〉的悖论谈起》，载于《中国现代文学研究丛刊》2008年第3期。

至于尖刻的讥讽和责备,你想,一个女人要如何想法?"①《我的邻居》则通过直接描述了才女 M 太太的困境,再次表达了相同的主题。M 太太的母职义务与文学才华之间形成剧烈冲突,结果是两方面皆不完美。这里,作者体会了女性实现自我的两重基本矛盾,同时也批评了急躁、挑剔的丈夫和婆婆,从而再次表达了女性也应该受到温存关爱的题旨。两篇小说中,共同的叙述者兼倾听者、旁观者这双重身份的"男士",完全理解女性的态度,也进一步实践了作者在男女对待性层面上关爱女性生命、审视女性生存环境的价值追求。叙述者"男士"的形象塑造则寄予了作家期待男性关爱女性的美好愿望。有关研究中"她选择一个男士替身或许是为了更好地赞美描写女性,而所能赞美摹写的却只是男性标准规定的女性"②的评价,显然并不符合《我的房东》和《我的邻居》的文本实际。

总之,冰心创作中的性别意识状况是复杂多层的,既有对男权思想的盲从,也有对女性生命的深切关爱,但无疑,冰心在女性问题上思考最多的是,在摒弃男权威压的条件下女性如何通过承担家庭责任和社会责任来实现自我价值。冰心创作以对女性责任的思考在其创作成就的最高点上有力地参与了现代女性主体性的建构工作。

(三) 以母性之爱济世

冰心把家庭定为女性的立身之本,强调女性以母性之爱荫蔽家庭的责任,但她并没有把女性实现自我的舞台限于家庭,母爱济世的理想以各种不同形式体现在冰心创作的前后期。正如冰心不是在抵触妇女就业的立场上确认贤妻良母的意义一样,冰心的母爱济世理想也从未与女性的家庭角色构成冲突,而是把女性特定的家庭角色意识推广为一种普遍的救世精神。这样,冰心就在未放弃女性家庭角色认同的同时,突破了女性不能涉外的传统的"男主外,女主内"的性别分离制度。冰心的母性之爱,既支撑家庭,也泽被众生,温暖时代青年之心,影响国际事务。

冰心"五四"时期的小说《秋雨秋风愁煞人》中,英云、淑平、冰心三个女学生便以"牺牲自己,服务社会"的理想自勉。"服务社会"的理想一直不时出现在冰心创作中,同时《超人》《悟》等小说让青年的烦闷消融于母爱中,也正体现了冰心以母爱济世的理想。不仅《超人》《悟》让青年在母爱中得救,就是《世界上有的是快乐……光明》《爱的实现》让青年在儿童之爱、自然之爱中得救,创作主体的心态中都有一副庇护众生、拯救青年的母爱心怀。《世界上有

---

① 冰心:《我的房东》,见《冰心全集·第三卷》,海峡文艺出版社 1994 年版,第 281~282 页。
② 孟悦、戴锦华:《浮出历史地表》,河南人民出版社 1989 年版,第 75 页。

的是快乐……光明》《超人》《爱的实现》《悟》这几篇中陷于烦闷而终于得到救赎的都是男性青年,作者多以男性青年的内视点写作。这说明冰心创作有"变性或佩戴他性面具"① 的一面。通过"变性或佩戴他性面具",冰心小说实现了理解同时代男性青年的人生烦闷的主体间性思维,也说明在冰心的认知中关于世界的本质到底是"爱"还是"不爱"的问题是男女青年所共有的,② 说明冰心确实时常是"以'子'的身份投入这个弑父的时代",但并不能由此得出结论说冰心只有"以'子'的身份"才能"投入这个弑父的时代",并不能由此说明冰心作品披露了"女儿们必须装扮为男性或非女性"③ 才能成长的事实。首先,这一系列作品中,作者的自我认同是双性的,一重是与男性青年主人公认同,从而与子辈结成精神同盟;另一重是作者在创作心态上展示了救治青年的母性情怀。这后一种心态完全是女性的,而不是"变性的或佩戴他性面具"的。这种把自我认同为子之母的心怀,正是女性成长的心怀。其次,冰心在《秋雨秋风愁煞人》中通过抒写英云在旧家庭的苦闷,实际上已经完成了单独从女性的角度批判传统的"弑父"或"弑母"行为——当然,冰心作品对权威的态度是复杂的,英云是不能抗公婆之命的媳妇,隐含作者理解她在伦理上不能犯上;但同时英云和隐含作者都在话语层面上批判了旧式的公婆,因而作品就有了伦理上犯上的时代特征。总之,以女性的母性之爱济世,是冰心"五四"时期文学创作内容与创作动机两方面共有的重要特征。

  此后一段时间里,以女性的母性之爱济世,在冰心的作品里主要体现为在《张嫂》中把辛勤劳作的女性赞为民族抗战的后方支柱。冰心再一次大量在文学中实践以母性之爱济世的追求,主要集中在40年代后半期。1946年到1951年的四年多的时间里,冰心作为中国驻日代表团的眷属居住在东京,参加了许多文化交流活动,发表了许多散文、公开信、演讲稿以及访谈录。这些文章着重关注中日关系问题和日本的妇女权益问题,其中一个显著的特点就是以母性情怀反对战争、构建中日民族友爱关系。

  "全人类的母亲,全世界的女性,应当起来了!我们不能推诿我们的过失,不能逃避我们的责任,在信仰我们的儿女,抬头请示我们的时候,我们是否以大无畏的精神,凛然告诉他们说,战争是不道德的,仇恨是无终止的,暴力和侵

---

  ① 孟悦、戴锦华:《浮出历史地表》,河南人民出版社1989年版,第71页。
  ② 冰心在1920年创作的散文《"无限之生"的界线》中让女性人物宛因和冰心也探讨了类似的问题,最终得出了"万全的爱,无限的结合,是不分生—死—人—物的"的结论。这说明冰心并非只是"变性或佩戴他性面具"时才能思考世界秩序的问题。《"无限之生"的界线》,见《冰心全集·第一卷》,海峡文艺出版社1994年版,第92页。
  ③ 孟悦、戴锦华:《浮出历史地表》,河南人民出版社1989年版,第71页。

略,终久是失败的?"① 以母性爱承担反对战争、反对侵略的使命,冰心自有通过教化、启蒙日本女性以改造日本民众思想的写作意图。这种教化意图还体现在她向日本介绍中国文学时着重介绍反战的诗歌、介绍中国"爱好和平"的国民性,但同时又不忘说明"中国人民遇到国家的危险,逼而不得已的时候,决不是不抵抗主义的!"② 在《给日本学生的公开信》中,她批评日本文化忽略了"自由民主的思想",强调"我们要承认世界上一切人类,是生来平等的,没有任何民族,可自称为'神明之胄'。"③

但在直接谈中日战争问题的时候,她一般并不着意强调中国是正义方、日本是非正义方。"……我在歌乐山最后的两年中,听到东京遭受轰炸的时候,感到有种说不出来的痛苦之情。我想象得出无数东京的年轻女性担心着丈夫和亲人,背着软弱的孩子在警报声中挤进防空壕那悲惨的样子。"④ 她时常撇下侵略国与非侵略国问题的辨析,同情日本女性在战争中所受的苦难。这种同情态度与她的爱国情怀并不矛盾。因为她在认知上是把日本人分为军国主义集团和普通民众这两大绝对对立的阵营,认为日本民众和中国人一样也是战争的受害者,强调"我们所憎恨的是一个暴力的集团,一个强权的主义,我们所喜爱的是一般驯良和善心的人民。"⑤ 当一个年轻的日本作家对她说"作为日本人,这次战争使我们对中国惭愧不已"时,冰心回答说:"这种想法是不可取的。参战的不是所有的日本人,而是一部分,也就是说不是'我们',而是'他们'。"⑥ 因而当她把自己文章预设的读者界定为日本普通民众的时候,她虽然十分强调反战的立场,但很少直截了当地督促他们去反思参与侵略战争的罪行,而更多的是同情他们参与侵略战争时所遭受的苦难,并且无碍地向他们传达中国人民的友善。1947 年元旦前夕,冰心给日本妇女的新年祝辞是"恭贺新禧。祝大家继续整治战争的创伤,振作精神,战胜苦难!"⑦ 这里,只有同情体谅,没有谴责批判。显然,冰心更多的是以普遍反战而不是辨析战争的正义与否的态度来构建东亚和平的前景,以

---

① 冰心:《给日本的女性》,见《冰心全集·第三卷》,海峡文艺出版社 1994 年版,第 390~391 页。
② 冰心:《怎样欣赏中国文学》,见《冰心全集·第三卷》,海峡文艺出版社 1994 年版,第 452、457 页。
③ 冰心:《给日本学生的一封公开信》,见《冰心全集·第三卷》,海峡文艺出版社 1994 年版,第 405 页。
④ 冰心:《从重庆到箱根》,见《冰心全集·第三卷》,海峡文艺出版社 1994 年版,第 387 页。
⑤ 冰心:《从去年到今年的圣诞》,见《冰心全集·第三卷》,海峡文艺出版社 1994 年版,第 397 页。
⑥ 冰心:《对日本民众没有怨恨》,虞萍译注,冰心:《我自己走过的路》,人民文学出版社 2007 年版,第 130 页。
⑦ 冰心:《给日本妇女的新年祝辞》,见《冰心全集·第三卷》,海峡文艺出版社 1994 年版,第 401 页。

女性共同的家庭亲情来与日本妇女相知的。这种"只有祝福，没有咒诅"① 的心态，具有一种母性情怀的宽恕与教化相结合的特质。这种直面种族侵略灾难时宽恕与教化相结合的态度，与冰心在对待性关系上对对方一贯侧重于关爱的思维方式一脉相承，也与冰心所受的基督教文化影响有关。"我们要以基督之心为心，效仿他伟大的人格，在争到自由，辨明真理之后，我们要'以德报怨'用仁爱柔和的心，携带着全世界的弟兄，走上和平建设的道路。"② 这种宽恕仁爱的母性情怀自有其感人之处，但也存在一厢情愿的缺憾。它显然对日本底层民众"驯良"、服从品格中与军国主义同谋的一面批判不足。事实上，在实际的交往经验中，冰心已经感受到了"在废除了军阀铁幕统治的今天，日本普通民众依然对中日两国过去的所有一切缺乏认识。也就是说，他们对'九一八事变'、'卢沟桥事变'以及其他无数'事变'丝毫没有感到有什么不合理。"③ 所以，她感到忧心，着重推荐《四世同堂》《万世师表》这类抗日书籍，希望日本人阅读后理解中国人抗日的合理性、必要性。但侧重于教化而少直接批评、批判的立场，在面对一个全民族普遍卷入侵略战争的日本国民来说，是否仍然太过温情了呢？无论如何，母性情怀多少已经铸就了冰心处理对待性关系上宽恕的思维定式。所以，到了20世纪五六十年代，她以访日为主题的大量散文，只是同情广岛上的受害者尤其是受害的妇女，较少提及日本在第二次世界大战中的侵略行为。这显然是一种偏颇。这一方面是冰心自身宽恕的母性心怀使然，另一方面，也是当时中美冷战对立、注重亚非团结的国家意识形态使然。当然，侧重于宽恕，只是在心中明辨是非的前提下如何引导中日民族关系的一种处理问题的方式，并不是说冰心在日本侵华的是非问题上有糊涂的认知。1980年当她听说日本文部省在审定历史教科书时，把日本军国主义侵略中国的行动篡改为"进入"这一消息，她的心"便一直在怒涛翻滚之中"，④ 立即写下《不要污染日本子孙万代的心灵》一文进行义正词严的谴责。

  总之，侧重于抒写母性之爱是冰心创作的特色。从女儿的角度歌颂母性之爱，冰心颠覆了封建男权传统对女性血脉亲缘关系的隐匿。从女性自我人格建构的角度，冰心把母性之爱确认为应有的美德，并把这种母性之爱展开为关爱家庭与感化社会两个维度。赞美关爱家庭的女性，冰心从女性责任意识的角度为中国现代女性主体性的建构做出了贡献；以母性之爱慰藉青年、以母性的宽恕之爱教

---

① 冰心：《寄小读者·通讯十三》，见《冰心全集·第二卷》，海峡文艺出版社1994年版，第115页。
② 冰心：《从去年到今年的圣诞》，见《冰心全集·第三卷》，海峡文艺出版社1994年版，第398页。
③ 冰心：《日本人应该阅读的中国书》，虞萍译注，冰心：《我自己走过的路》，人民文学出版社2007年版，第177页。
④ 冰心：《不要污染日本子孙万代的心灵》，见《冰心全集·第七卷》，海峡文艺出版社1994年，第308页。

化侵略中国的日本民族，冰心实践了以母爱济世的理想。同时，冰心的母爱书写也还存在着偶向男权屈从、偶又能关注女性权益的复杂状况。

二、"私奔"套中的鲁迅：《伤逝》辨疑

包括研究者在内的众多读者，对鲁迅创作的小说《伤逝》①，一般持有一个基本的看法与共识：即《伤逝》是一篇很有影响的作品，是鲁迅以其少见的抒情笔调写的唯一一部有关爱情婚姻家庭悲剧的小说，它不仅体现鲁迅对中国妇女命运由来已久的同情与关注，同时还是鲁迅对妇女解放问题所做的思考、探索与努力有了新的收获与起步的标志，它"不但是那个时代斗争生活的一面镜子，同时也是鲁迅思想发展历程中的一面镜子。"② 正因为如此，《伤逝》一直以来也成为人们探讨与研究鲁迅女性观的一个重要范本。不过，虽然对此范本的解读者与研究者层出不穷，然其析释思路、观照角度与论证方法乃至结论，大多大同小异，甚至互为引证袭用。如果对这些成果概而述之，可见最具典型性与代表性的旧论新见不外有二：一是直接引用小说《伤逝》中男主人公涓生所表述的思想言论，如经济基础论、爱情更新论等，加以作者鲁迅的现实观点"社会解放论"③ 以铁证鲁迅之思想意图；一是把作者鲁迅的婚姻家庭关系，拿来实证作品中的人物形象与关系，如指子君形象同居前的原型为许广平，同居后的原型为朱安，甚而还有指说是与另一和鲁迅有情感关系的女学生许羡苏的，以此坐实鲁迅对在自己生命中出现的这三个有特殊关系的女人，或出于不安，或出于内疚，或出于婚姻恐惧等复杂微妙之心理，乃作此文以洗白自己对原配夫人的冷漠，即哀其不幸怒其不争；以警示新人（指许、苏）切勿重蹈旧辙，暗示自己对婚姻的忧患及要对旧人（指朱）负责到底等④。前者引经数典，论之有据；后者出于鲁迅自述小说构成之"杂取种种人"法，言出有理，但如此把作者或人物言论直接奉为结论，把小说人物等同生活原型的阐释方法，显然没有超越语言内之物，从而无法统观并

---

① 鲁迅小说《伤逝——涓生的手记》，完成于 1925 年 10 月 21 日，收入《彷徨》集，1926 年由北新书局出版。
② 孙俊：《浅谈〈伤逝〉——从子君的悲剧看鲁迅思想发展的一个侧面》，载于《宁夏大学学报》（人文社会科学版）1982 年第 3 期。
③ 鲁迅此观点在其杂文《关于妇女解放》（《南腔北调集》，同文书店 1934 年版）、《娜拉走后怎样》（北京女子高等师范学校《文艺会刊》1924 年第 6 期）等文章中皆有涉及。
④ 可参见陈留生：《〈伤逝〉创作动因新探》，载于《南京师范大学学报》2003 年第 2 期；李允经：《婚恋生活的投影和折光——〈伤逝〉新论》，载于《鲁迅研究动态》1989 年第 1、2 期合刊；宗先鸿：《〈伤逝〉人物原型的变形艺术》，载于《北华大学学报》（社会科学版）2005 年第 6 期；张江艳：《从〈伤逝〉看鲁迅的妇女观》，载于《新疆教育学院学报》1992 年第 1 期等。

释读出文本所蕴含的语言外之物——话语类型、意识形态乃至更为深广的历史文化结构与背景,既无法真正理解作品的意义问题,更无法反观意义的产生方式。而这正是一个真正有价值的文本需要人们解读与挖掘的地方。

如果我们能够不从研究"小说者意"入手,摆脱"小说者说"对文本研究的强大影响,而是从文本内在结构分析出发,就会发现《伤逝》在整体叙事上,在人物的塑造与情节的铺陈中,存在着明显的叙事破绽、意图悖谬与逻辑缝隙:如女主角子君的性格、性情、思想与做派,前后截然不同,反差巨大,判若两人;如子君"我是我自己的"的理念,可谓来有踪而去无影。如果说我们确实看到听到的只有男主角涓生单方面的喋喋不休——它一方面将子君罩严在他话语下成为一个沉默的影子一直到死;一方面把作者哀她不幸怒她不争的心态、情态与意态,表现得路人皆知——只是出于"手记"这种形式的特有效果的话,那么涓生在求宽恕的语义下,却充满贬损对方的语气;在自我忏悔的语表下,却充塞训导对方的语意,则是任何情节性变因与文本形式都无法掩盖的了。由此语言行为的悖反而产生的言不由衷的阅读效果,甚至使得一些敏感的读者从涓生形象中读出"虚伪"来。应该说,这样的言不由衷感,对叙事者极力要在文本中营造的真诚性语境,无疑造成极大的破坏与割裂;反之,由"语境的割裂与矛盾造成叙事无法克服的悖谬感;而叙事的悖谬感造成《伤逝》文本内涵的复杂性与解读的迷惑度。因而,这也是笔者要在此特别强调的:对《伤逝》叙事问题的指出,并不是怀疑其作为鲁迅最具代表性、最具社会影响力、同时也是最具研究价值的作品之一的重要性,而是恰恰相反,正是由于这些问题的存在,才使《伤逝》隐含丰厚的、多层面多层次的、远不止于与故事表层元素关联的那些信息。换言之,如果我们能够去除为尊者讳的庸俗心态,承认并正视《伤逝》叙事中明显存在的意图悖谬与逻辑破绽,那么,一个饶有意味的问题必会出现:作为一个具有思想家、"五四"新文化旗手、中国现代第一篇白话小说《狂人日记》作者等多重精英身份的鲁迅,为何会在这样一个短篇小制中,留下诸多显而易见的叙事缺陷?这个事实本身蕴含了什么,说明了什么,意味着什么?

小说艺术大师米兰·昆德拉曾说过:"每一时代的小说都和自我之谜有关。"[①] 这无疑开启了从小说文本出发研究作者之谜的角度与思路。但这里我们更感兴趣的是,如果是一个时代的小说之谜,它又会与什么有关呢?它显然蕴藏着超乎研究作者与其"语言内之物"的层面。正是在这个意义上,《伤逝》的叙事之谜,才真正使它成为现代文学史上不多见的研究范本。

---

① [法] 米兰·昆德拉:《小说的艺术》,作家出版社 1993 年版,第 22 页。

（一）"私奔"模式的古典叙事传统

通过对《伤逝》叙事背景、人物关系、情节结构的分析与比较，可以概而言之：《伤逝》的故事基本面是建立在现代妇女解放背景下所产生的"私奔"行为上。私奔，按《现代汉语词典》解，为"旧时指女子私自投奔所爱的人，或跟他一起逃走。"① 在此基础上，根据"旧时"与此行为一直延绵至今的现实情况，对此概念可以做出更客观、更准确、更详细的解释：私奔一般指一对男女两情相悦，却为某种权势或环境所不容，私下从原有生活环境与秩序中逃离的行为。综合上述两种解释与历史经验，我们可以归纳出"私奔"的三点要义：第一，私奔在古典情境中特指女性所发生的行为；第二，私奔在现代情境中还包括男女双方的共同行为；第三，私奔成为婚恋自主的代名词，在不同的历史与社会情境下具有叛逆性与革命性。

"私奔"作为一个在日常生活中出现的反常事件，在满足人们反规心理与破禁欲望的同时，还具有某种程度上的戏剧性。因此，"私奔"会作为故事或情节频繁地出现在中国古典文学中，成为一个叙事模式，广受创作者与受众的青睐与欣赏。饶有意味的是，"私奔"以明显构成对封建宗法制与道德礼教反叛与对抗的行为，却在传统社会中以文学叙事的形态大行其道，个中奥秘有待另作分析，在此需要指出的：一是这个现象反映的正是当时社会对"私奔"行为貌似壁垒森严内里却稀松平常的心态，这才使得"私奔"一方面因其有违礼教女德而被视为大逆不道，另一方面则又很少阻碍地在深宫外阙的男宾女眷前长期公演；二是这种看似十分矛盾的现象，细究之却自有其逻辑成因。如果说"私奔"反叛的是封建礼教的清规戒律，追求的是婚恋自主，那么这种叛逆与反抗行为也仅仅是起于情欲而止于情欲。被誉为女性同情者的清代作家曹雪芹可谓深谙其中之秘，他在中国文学的不朽之作《红楼梦》中，让荣国府的太上老君贾母上演了一出专门针对"私奔"模式的故事《凤求鸾》的"掰谎记"："编这样书的人，有一等妒人家富贵的，或者有求不遂心，所以编出来遭塌人家。再有一等人，他自己……想着得一个佳人才好，所以编出来取乐儿。"② 贾母的"掰谎"一是挑明了"私奔"模式的出处：它既然出自如此一干男人的移情所致，那么它也就被决定了起于情欲而止于情欲的命运；二是挑明了女性叛逆行为的始作俑者实为男性的事实。男性充当了女性情欲的勾引者，按今天的话来说，即启蒙者，而女性再勇敢再叛逆也只不过是充当了一回被勾引者、被启蒙者而已。这个性别关系形成了"私奔"

---

① 中国社会科学院语言研究所词典编辑室：《现代汉语词典》，商务印书馆1983年版，第1085页。
② 曹雪芹：《红楼梦》，山东人民出版社1980年版，第684页。

模式中最重要的也是最基本的特质。贾母的"掰谎",按今天的话来说,可谓直指"私奔"模式的男性立场与男性视角之要害。

由此可见,"私奔"所含有的叛逆性、革命性元素,充其量只是表达出男性潜意识里最希望得到贞洁女人,往自己性开放的欲求奔进了一步而已。假设女子个个都那么墨守礼教女德,向来以"风流"为褒意的男性形象又何从诞生?究其实质,女性私奔行为在现实中只是在更大程度上为男人的性欲望提供的另类满足;在文学叙事中只是在更大程度上成为男性欲望化的虚构对象。因此,古典叙事通常在男女主角完成"私奔"之出轨行为后,便就照常入了轨,不再"鬼不成鬼,贼不成贼"①,而是都做回了"正常"的贤夫良妇去,这是"私奔"修成正果的喜剧版。而在另一种悲剧版中,则是以女子痴情献身,男子忘恩负义,构成一个始乱终弃的叙事。悲剧版表面看上去似在颂扬或同情女子,批判或贬斥男子,但其主观意图与客观效果其实都不免含有对女性的训诫:淫奔女子的下场有多么可悲,没有父母之命媒妁之言的男女关系有多么不可靠。可见,"私奔"模式的确并非如我们以往所认知的那样,它具有多大的叛逆性与革命性。也许,在客观上它的确具有反父权宗法制之效应,但在主观上可以说是毫无反男权之意识。也就是说,作为女性在封建社会里最具叛逆性革命性的表征,"私奔"模式其实并不构成对男权社会秩序的任何侵犯与挑战,并不具有反性别歧视或压迫的内涵。这是有关"私奔"这一有悖封建伦理,伤风败俗大逆不道行为的叙事,却能在封建社会中得到广泛的欣赏、得以流传的潜在原因。否则,有关"私奔"的故事与情节,也不会新瓶不换旧酒,层出不穷地、不绝如缕地在《墙头马上》《柳毅传书》《张生煮海》《倩女离魂》《牡丹亭》《西厢记》《陈三五娘》《唐伯虎点秋香》《追鱼》等等诸如此类的文本中再现、演绎与繁衍,成为古典文学中喜闻乐见、脍炙人口的情景。

五四运动中,个性解放、男女平权、婚恋自主等一系列表征现代文明观念的思想,促使中国社会关系发生了重要变化,性别关系即是其中一个方面。对这一时期或以这一时期题材或背景而创作的小说文本进行系统考察,可以看到其中存在一个相当明显的解放模式,这个模式通常与我们耳熟能详的性别模式联结在一起,即代表"五四"新文化的先进人物,把深受旧文化荼毒的、向往新生活的人物从禁锢她的环境中解救出来,前者(先进人物)清一色为男性,后者(被解救者)清一色为女性。也正是因此,二者之间本因人生拯救之命题而生成的社会关系,被揉进了因婚恋解放命题而构成的性别关系之中,由此形成了中国现代版的私奔模式。

---

① 此语为《红楼梦》中贾母做"掰谎记"时对"私奔"女子的评价。

这个模式之所以还被命名为"私奔",是因为它含有与古典私奔相类似的、并不因现代变革而改变的既定性别关系与情爱内容,男性在其中成为身兼女性人生与婚恋双重解放的启蒙者、解救者。其原因大致有二:其一是出于性别角色差异的历史定式,女性对男性从精神到物质、政治到经济、心理到体能的全方位依附,使得现代解放模式中的性别关系也概莫能外;其二是出于社会心理的传统定势,即只有婚恋关系才会使这种解救行为多少吻合了在伦理层面上的合法性与合理性。因此,这个定式注定了他们二者构成婚恋关系的同时又构成解救与被解救的关系。反之,这个关系必然也蕴含着这样一种定式:是否具有古典式的婚恋关系也决定了现代解救行为的能否实施与实现。

总之,"私奔"模式中脍炙人口的反叛情结与深入人心的戏剧化元素,加上"五四"时代社会条件对女性的局限,使得以之为背景的女性解放——男性启蒙女性,女性寻找男性,先进男性解救苦难女性的过程,在现代小说叙事中沿袭成几同自古以来情哥哥与情妹妹私奔的模式,不管是先救后爱式还是先爱后救式。

(二)《伤逝》:含有古典元素的"私奔"现代版

把鲁迅小说《伤逝》置放在上述所论中进行参照比对,可见它所具有的内含古典元素的中国现代版"私奔"之思想特质与叙事特征。

其一,它完全吻合"私奔"模式中的"情节"元素:一个女子因与一个男子私下相好而不见容于家长与世俗,女子相从男子离家出走。

其二,它完全吻合"私奔"模式中的"起于情欲而止于情欲的"婚恋元素:女主角子君之所以能够做出"私奔"行为,是因为她与男主角的婚恋关系,因此她才能那么大无畏地目不旁视地从家中昂然出走。当这种关系一旦消失,她轻者胆怯懦弱苟且偷生,重者缩回旧巢不走活路,只走死路。这也即是子君于同居前强烈标榜的自我性、革命性、先锋性的精神气质,为什么会在同居后倏然无存,整个性格、性情、修养、言行出现判若二人的叙事原因所在。与之相佐证的还有巴金完成于1931年的经典之作《家》。《家》中的三少爷觉慧与丫环鸣凤就是因为有恋情关系,所以鸣凤才寄希望于三少爷对自己的解救。但因三少爷忙中疏忽,而使原可以"私奔"来完成的解救未能实施,从而导致鸣凤一筹莫展走向绝路。

当然,这个模式还蕴含着另一种形态的必然:即由解救关系发展成为婚恋关系,它也从另一个角度体现了男女婚恋之于现代"私奔"模式乃绝不可少的情形。最典型的莫过于柔石小说《二月》中的男主角萧涧秋与女主角文嫂的关系。萧涧秋起初完全是出于同情而解救陷于困境中的文嫂,但这种帮助后来却不得不发展成以"婚恋"为依托才能持续。这场解救,虽说最终还是因为当事人没能选择"私奔",而以文嫂的放弃自绝宣告失败,但这种形态却因为非常适合日后中国革命与性别关系的国情而发展成为革命叙事中最常见的也是最为流行的性别模式。这是后话,可别论。但男性性别身份与解救女性的社会身份的重合,解救者与被救者性别身份与婚恋关系的重合,至少可以反映出当时的相关情况:"五四"时期反封建父权制/家长制,倡导妇女解放之最为见效的社会性成果,似乎莫过于青年们所争取到的婚恋自由。换而言之,情人哥哥对妹妹的解救,是"五四"时期反封建父权制与女性解放双重运动的产物。如果从小说叙事层面来分析的话,我们会发现"婚恋自由"这个活跃于"五四"时期最富有时代表征与新文化话语的新鲜事物,其实并非如我们想象的那样全然具有现代性,准确地说,它应该是古典式私奔传统与现代个性解放理念相结合产物。《伤逝》女主角子君说着"我是我自己的",走在向古典"私奔"去的道路上,就是这个结合选择者特质的经典写照。

其三,它完全吻合"私奔"模式中悲剧版的"始乱终弃"之元素。与涓生相好而义无反顾离家私奔的子君,后来却为涓生以种种冠冕堂皇的理由所弃,不得已悄然潜回娘家后自绝身亡。正如古典私奔叙事中的李甲之于杜十娘[①]:杜十娘私下与痴恋她的书生李甲相好,不惜自赎下嫁,后来却为出于种种思虑的李甲所弃,怀抱百宝箱自沉于江。只是现代版书生的涓生良心未泯,故鲁迅一可以不用自己讨厌的因果报应说来避免涓生如李甲般遭天报应的情节,二正可以用涓生对自己"始乱终弃"的愧疚感,诞生出通常被人们解读为忏悔与自省、辩白三兼功效的"手记"式文本。

其四,基于上述三者的吻合,它必然吻合"私奔"模式中最为核心的特质——反父权但决不反男权。对此最明显的鉴别是:无论是修成正果的喜剧版,还是始乱终弃的悲剧版,传统的性别权力与性别秩序没有改变,女性身份与角色地位没有改善,女性始终都是被动、无能、无主体性。在此情形下,女性追求婚恋自主的勇敢私奔,的确很容易演变为男性情史中一段浪漫与刺激的插曲。这个问题实际上在当时的现实中就已成为反对抑或怀疑女性解放者的口实:把大批青年女子解放到社会上来,难道不是在为男性更方便地玩弄女性提供猎物吗?在废弃了父母之命媒妁之言后,她们只会更无设防地被男性所勾引,更轻易地做下淫奔苟且之事。而当时跑出家门,脱离家庭支持后的新女性,或出于志同道合,或出于生活所逼,与男性同居成风的事实,也为此类观点提供了有力证据。革命女作家冯铿的作品《一团肉》,驳斥与辩争的正是当时社会上流行的,把新女性看作是异性玩具与享用物的"一团像嫩鸡的香艳可口的肉","丝毫没有一个'人'

---

① 杜十娘的故事见于明代作家冯梦龙《警世通言》第三十二卷《杜十娘怒沉百宝箱》。

这动物所需要的灵魂的"的男性论点①。

　　在此现实背景下产生的《伤逝》，男主角涓生所具有的性别与话语强势地位，便显得天经地义：忏悔式修辞结构本身就意味着他在这个"始乱终弃"的私奔故事中曾占有的主动权与决定权。私奔同居后的子君，扮演的就是不思进取、不懂爱情与人生要义，只知煮饭吃饭饲油鸡叭儿狗，是一个没有思想、声音和灵魂的庸常主妇形象。在这样一个于主流价值观中毫无价值的角色面前，忏悔者涓生反而顺理成章拥有大大优等于子君的思想境界与话语语境。而正是这关键的一点，使得叙事无可避免地陷入最大的悖谬之中——男主人公虽以忏悔者请宽恕的语调起笔，但满纸关不住他居高临下的视角与以启蒙者自居的语气。他是她的精神导师和人生指南，生活方式与存在价值的局外评判者；也是她实际生命与生活质量的掌控者，生死命运的主宰者。自从"破屋里便渐渐充满了我的语声，谈家庭专制，谈打破旧习惯，谈男女平等，谈伊孛生，谈泰戈尔，谈雪莱……她总是微笑点头，两眼里弥漫着稚气的好奇的光泽"那个时候开始，他对她连贬带损的说教，事不关己的评头论足，就充斥在她的日常生活与故事情节的发展中，成为《伤逝》文本中最脍炙人口的有关人生与爱情要义的经典格言，如"爱情必须时时更新，生长，创造"；如"她近来实在变得很怯弱了，加以每日的'川流不息'的吃饭；子君的功业，仿佛就完全建立在这吃饭中"；如"我一个人，是容易生活的……只要能远走高飞，生路还宽广得很。现在忍受着这生活压迫的苦痛，大半倒是为她，但子君的识见却似乎只是浅薄起来，竟至于连这一点也想不到了"；如"盲目的爱，——而将别的人生的要义全盘疏忽了。第一，便是生活。人必生活着，爱才有所附丽"；如"她的勇气都失掉了，只为着阿随悲愤，为着做饭出神；然而奇怪的是倒也并不怎样瘦损……"；如"我那时冷冷地气愤和暗笑了；她所磨炼的思想和豁达无畏的言论，到底也还是一个空虚，而对于这空虚却并未自觉。她早已什么书也不看，已不知道人的生活的第一着是求生，向着这求生的道路，是必须携手同行，或奋身孤往的了，倘使只知道捶着一个人的衣角，那便是虽战士也难以战斗，只得一同灭亡"；等等。既然如此，那么"我觉得新的希望就只在我们的分离"当然就是顺理成章的了。这个理由与场景，人们不仅耳熟而且眼熟：它似乎是在重现古代书生李甲的说法，是数千年此类说法的现代汉语版，它再次以经典形式重现了"私奔"始乱终弃版中男性惯常的思维与做法。对男性来说，甩甩手不带走一片云彩是他们潇洒风流的形象；对私奔女性来说，无论是传统版的杜十娘还是现代版的子君，则无一例外都是死路一条。

---

　　① 冯铿：《一团肉》，作于1930年4月5日，生前未发表。可见于《中国新文学大系 1927—1937·散文集一》，上海文艺出版社1985年版。

（三）比较："私奔"叙事中的女性书写

一场轰轰烈烈的现代女性解放，难道真的就是以这样的"私奔"形态作为标志与结果吗？如果如此，人们当然有理由怀疑中国妇女解放的真正程度与质量。这种怀疑，实际上已被置身当时的一些女作家直接反映在她们的文学叙事中。她们曾经也把"私奔"当作奔向解放的一条路（如沉樱的《某少女》），因此也在写"私奔"之后的故事。也因此，才有今天可与《伤逝》叙事构成比照的不同性别的文本的存在。人们由此可以发现，鲁迅笔下那位在男主角稠密话语笼罩下真的如一团鲜嫩而没有灵魂的肉的女性，却大肆活跃在她们自己的叙事中，从剧烈的内心感受到不停的思索。她们似乎很不满意私奔后的生活："神秘的热烈的爱，感到平淡了……如轮般思想的轮子，早又开始转动……人生的大问题结婚算是解决了，但人决不是如此单纯，除了这个大问题，更有其他的大问题呢……眼前之局，味同嚼蜡，这胜利以后的情形何堪深说。"① 她们并不沉溺于私情生活，尤其注意到小家庭之外的"一切，都是在继续地变迁着"②。正是在她们的叙事里，人们终于看到女性版的私奔与古典叙事一脉相承的现代男性版在本质上和目的上的迥异：她们所追求的个性解放，不只是为了满足对自我婚恋的支配，更多的是为追求对自我生命与人生的支配。因此，尽管她们也为婚恋自由而私奔，但私奔后依旧存在于中的并没有得到任何改变的性别关系再也无法令她们安之若素，甘之若饴。受"我是我自己的"思想洗礼后的新女性，根本不能死心塌地做回男人的附属品。因此，在私奔胜利之后的她们，并非如他们所想象与期许的那样立刻回到旧女性形象中去，如子君那样在同居前后截然出现判若二人的情形并不曾在她们身上重现。婚前独立的思想，自由的个性，解放的追求，现代教育的素养，并不是在婚后的她们的内心深处荡然无存。也许只有女作家们才会真实地知道从前那位叛逆的大无畏的少女，在成为少妇后的她身上该留有怎样的痕迹：她们是如此不安分于旧式的生活，她们失望、焦虑、困惑、思索，她们私奔是为了感应时代对她们彻底的改变而不是重新成为男性的附庸。因此，她们的私奔虽然起于婚恋但绝不会止于婚恋；因此，私奔胜利以后的问题小说，才会被现代女作家们自己一再书写。

现在，如果我们把"私奔"模式的古典版，鲁迅为代表的含有古典元素的现代版，以庐隐为代表的女性版放在一起比较，就很容易看出其中本质性的差异，

---

① 这里借庐隐小说《胜利以后》中女主角沁芝的话，小说载于1925年6月10日《小说月报》第16卷第6号。

② 这里借女作家沉樱自序小说《喜筵之后》（北新书局1929年版）中的话。

以及这种差异与时代尤其是性别视角的关系。古典版中的女主角，通常在私奔胜利即回到传统既定角色与秩序中做贤妻良母，他们"从此幸福地生活在一起"；鲁迅的现代版看到他们私奔后"从此生活得并不幸福"，但在无法摆脱"始乱终弃"的叙事套路的同时，也延续着强大的男性视角与男性声音；庐隐等人的女性版凸显的是女性自己的视角与声音，她们让沉默的子君发言：她们其实已不再是他们想当然中的木偶女子。受社会角色诱惑远胜于受婚恋诱惑的新女性，一旦发现私奔胜利后事与愿违的情状（其性别困境并未因此而得到任何改善，自己又难以回到从前没有自我的生活中去，"幸福生活并未从此开始"）时，她们新一轮的求索也是势在必然。这种独有的内心感受与生命体验，是一直处于引领私奔位置上的男性精英无法体验与代言的，甚至也是无法理解与沟通的，正如鲁迅《伤逝》叙事中涓生之于子君的隔膜与形同路人。这种情状甚至促成了她们在叙事中自话自说的倾诉式文风，如庐隐《海滨故人》《胜利以后》《或人的悲哀》《丽石的日记》；如冯沅君的《春痕》；如绿漪的《鸽儿的通信》；如沉樱的《某少女》《生涯》；如丁玲的《莎菲女士的日记》；等等。有意思的是，鲁迅虽然也用了当时男作家相对较少使用的"手记"式自诉文体，但二者之间却有着微妙而显明的不同：《伤逝》充满着男主角对女主角的主观性评判与训导，而与之相比照的如沉樱《爱情的开始》和《喜筵之后》等，表现的问题相类似，但更多的是对双方争议的言语、观点、场景的客观性再现，绝不会让男主角成为她们叙事中沉默的影子。这让我们想起叙事研究者华莱士·马丁的发现："现实主义小说中的人物依靠他们所读之书中的成规来解释世界。"① 把这条定律放在性别分析的层面中来看，它的确很符合男性作家的创作，而一些女作家的创作则可以借用这条定律如此表述：她们更依靠自己的感受与体验解释世界，包括两性关系。

  总之，现代私奔模式的叙事，在体现当时女性解放形态的同时，也潜伏着自古以来性别权力与秩序派生此中的负面效应，女作家们在此叙事中呈现出的主动式的反思与反诘，意味着她们对此这个模式破解的开始：她们一旦意识到"私奔"并非可以实现她们为之叛逆与革命的目的，不能实现她们对自古以来性别困境的突破，那么私奔的神话将不会再在现实与虚构中被她们继续复写。这也许才是现代女性意识在私奔叙事模式中体现出来的一大突破，是现代私奔模式真正具有现代性与革命性的地方。

  其实，这也是一种特别值得一提的可供参照的史实：一种从近现代起，被冰心、陈衡哲、白薇、袁昌英、苏雪林、凌叔华……直至张爱玲、苏青等现代女作家的亲身经历所佐证的事实（这还不包括那些进入自然科学领域里学习与研究的

---

① ［美］华莱士·马丁，伍晓明译：《当代叙事学》，北京大学出版社1990年版，第75页。

新女性的名单);她们是通过接受现代教育的途径,绝大多数还得益于女性长辈的鼎力相助与悉心指引,进而完成个人解放,成功地进入社会并担当起社会角色的。但饶有意味并发人深省的也正在这里:哪怕这些事实曾不断地出现在纪实性的散文传记与其他实录性文本中,却从来也没能成为虚构类作品中的叙事模式。这个现象只能有一种解释:性政治观决定了人们对叙事模式的好恶与取舍,影响了包括鲁迅在内的作家们对现实进行了有选择性的想象与塑造。或者干脆印证了结构主义批评家们的判断:"所有故事都由成规和想象形成",小说并非是"生活的如实表现",①鲁迅的小说也不例外。

  综合上述的参照比对与分析后,我们多少可以接近本命题的核心所在并做出相应判断:《伤逝》为何会出现言不由衷的叙事效果,如果鲁迅意不在构成对涓生的反讽,那么它只有一种可能:鲁迅虽已意识到私奔胜利后存在的问题,也极力要找出这一有关女性解放的问题所在,但男性的立场、视角、思维成规与想象方式,使之未曾觉察到自古以来性政治权力在私奔模式中的存在与作用,因而在文本中留下了这样的叙事破绽、逻辑悖谬与语境割裂。也正由此,《伤逝》真实地体现了处于"私奔"套中与现代女性解放话语夹缝中的、以鲁迅为代表的中国男性新文化精英所具有的性政治观的成色及所到达的限度;表露出由于这一限度使得当时的男作家们所创作的此类小说并未到达同时代一些女作家叙事深度的事实。也由此,《伤逝》文本才具有了特殊的意义:它的意义不在于它表达了什么,而在于它是这样表现了。它以文学的形式,保存并提供了为我们解读此文本语言外之物的可能——为我们认识特定历史时期中国男性精英阶层的性政治观、话语类型,现代两性关系史、中国女性解放史,提供了难能可贵的范本。

三、郁达夫新文学创作的现代男性主体建构

  郁达夫的诗歌绝大多数是旧体诗,属于现代的传统文学,不属于狭义的新文学②。郁达夫的小说、散文不仅是语体文的,思想意识也明显区别于其古体诗,属于狭义的新文学。郁达夫小说、散文这些新文学创作的意义,就其根本点上来说,并不在于建构家国意识。郁达夫曾说,《沉沦》和《南迁》,"这两篇东西里,也有几处说及日本的国家主义对于我们中国留学生的压迫的地方,但是怕

---

  ① [美]华莱士·马丁,伍晓明译:《当代叙事学》,北京大学出版社1990年版,第15页。
  ② 狭义的新文学指"'文学革命'以来的白话文学",广义的新文学指"民国以来以白话为主干但绝不完全排斥其他语言形式(如文言、方言)的具有现代意义的汉语文学创作。"见丁帆主编《中国新文学史·绪论》,高等教育出版社2013年版,第1页。

被人看作了宣传的小说，所以描写的时候，不敢用力，不过烘云托月的点缀了几笔。"① 可见，郁达夫在其小说中是有意抑制可能被视为宣传的爱国主题的。这倒不是说郁达夫缺少沉痛的家国意识，而是说他认为小说应远离宣传、应该偏重于表达个人化的生命经验。郁达夫小说、散文的意义，就其根本点上来说，也不在于建构真率、不虚伪的道德。尽管确如郭沫若所言："他那大胆的自我暴露，对于深藏在千年万年的背甲里面的士大夫的虚伪，完全是一种暴风雨式的闪击，把一些假道学、假才子震惊得至于狂怒了。"② 但问题是，中国文学自古以来就存在着大胆暴露与真道学、假道学的对立。冲击假道学、坦率地暴露自我，不过是一类文学的共同特征。以冲击假道学定位郁达夫创作，并不能把郁达夫创作与自古以来的欲望写作如《金瓶梅》等区别开来。

卡林内斯库《现代性的五副面孔》一书把"颓废"界定为现代性的面孔之一。这给郁达夫新文学创作评价带来了新的理论视野。李欧梵受其启发，把"郁达夫早期作品对于'死的意义'和情绪的表述（如《沉沦》《银灰色的死》）"归为美学上的颓废，并确认之为"现代性的另一面"③。吴晓东则进一步以多种西方审美现代性理论为参照，引证伊藤虎丸、福柯、柄谷行人、苏珊·桑塔格、阿尔都塞等人的论述，深入思辨了郁达夫创作"创生"一类"中国现代审美主体"的重要意义④。这就启发我们由此再进一步去做如下探索：把李欧梵、吴晓东借助西方现代审美理论所做出的重要发现置于中国文化历史语境中进行定位，返回中国文学审美主体演变的历史脉络中重评郁达夫重塑中国现代文学审美主体的意义。从这一视角出发，我们认为郁达夫所书写的男性青年之抑郁症之所以如李欧梵、吴晓东所确认的，是颓废的又是现代的，正是由于它疏离了男性文学传统中惯有的宏大理想或权力优势。郁达夫新文学创作的独一无二之处在于敏锐地感应并坦诚抒写了现代男性脱离封建等级制度、脱离男权文化优势之后所呈现出的凡人的生命状态。这既有男性走下男权性别神坛后所流露出的柔弱、内在分裂，也有男性面对异性情爱、同性情爱时矛盾纠结的态度，还有青春期男性向社会撒娇的心态，以及现代人在风景审美时兼收东西方文化资源的开放态度。总之，郁达夫"所描写的是青年的现代的苦闷"⑤，"他的小说里的主人翁可以说是

---

① 郁达夫：《〈沉沦〉自序》，见王自立、陈子善：《郁达夫研究资料》（上），天津人民出版社1982年版。
② 郭沫若：《论郁达夫》，见王自立、陈子善：《郁达夫研究资料》（上），天津人民出版社1982年版。
③ 李欧梵：《现代性的追求》，人民文学出版社2010年版，第145页。
④ 吴晓东：《中国现代审美主体的创生——郁达夫小说再解读》，载于《中国现代文学研究丛刊》2007年第3期。
⑤ 仲密（即周作人）：《沉沦》，载于《晨报副刊》1922年3月26日"文艺批评"栏，见王自立、陈子善：《郁达夫研究资料》（下），天津人民出版社1982年版。

现代的青年的一个代表"①。这里的青年是单指男青年的。郁达夫所创生的男性现代审美主体,其柔弱的个性气质后面,蕴含着男性通过放弃文化特权而踏上现代之旅的自觉意识。郁达夫小说、散文的独特性在于,从现代男性主体祛魅化、开放化的角度建构了中国现代文学的现代性。

(一) 无所依傍的柔弱

郁达夫新文学创作的现代性首先体现在,其男性心理书写中充分呈现了现代男性主体无所依傍的生命柔弱,从而完成了男性主体的祛魅化。这类代表作品是其20年代初期抒写男性青春期"忧郁症"的小说《银灰色的死》《沉沦》《南迁》和散文《还乡记》《还乡后记》《零余者》等。

与西方古典文学偏重于推崇男性的英雄气质不同,中国古典文学充分书写并认可男性的柔弱。然而,除《红楼梦》这部超越性极强的经典作品之外,中国古典文学中性格柔弱、气质阴柔的书生、公子,往往与儒家文化所推崇的"自强不息""厚德载物"(《周易》)的君子一样,一般都另有治国平天下的男性人生理想或金榜题名的男性世俗志向或男主女从的男权伦理规范相支撑,其柔弱往往与男性性别群体独享的强大精神力量相关联。男性文人即便是在疏离"浮名"(柳永《鹤冲天》)的边缘状态中,也会在"贱妾茕茕守空房,忧来思君不敢忘"(曹丕《燕歌行》)、"娉娉袅袅十三余,豆蔻梢头二月初"(杜牧《赠别·其一》)的浅斟低唱中建立起品鉴女性情味的男性审美优势。除《红楼梦》外,古典意义上的男性文学主体,无论怎么柔弱,本质上都有其区别于女性的内在的精神强势。

郁达夫早期小说、散文中的现代男性书生,不再荫庇于古典文化中男性建功立业的人生理想、男主女从的男权伦理规范,而像风中的芦苇那样无所依傍。无所依傍,正是东方王权和男权意识形态解体、西方"上帝死了"(尼采《查拉图斯特拉如是说》)之后,人必须独自承担的生存之重。充分抒写生命在无所依傍中的种种伤痛而又不指向对有所依傍状态的向往,正是文学现代性的重要表征。郁达夫1921年发表的小说《银灰色的死》《沉沦》都侧重于抒写一位男性留学生孤独忧郁的心怀。作品完全不在意这位无名的男生有何志向追求,也不建构其在女性面前的权力优势。这个男生的孤寂心态源于一种青春期的忧郁症,与古典文学中传统男性惯有的壮志难酬、功名不遂的人生挫折感毫不相同。这个男生在低徊自怜中深陷于性爱苦闷,也没有了传统才子品鉴女色、把玩异性情味的性别

---

① 西滢:《闲话》,载于《现代评论》1926年4月17日第3卷第71期,见王自立、陈子善:《郁达夫研究资料》(下),天津人民出版社1982年版。

优越感。这柔弱的男性在告别古典男性精神优越感的时候，也没有走向现代男性启蒙者的神坛。"他所自居的弱童形象，对男性英雄的神话，对男性启蒙、解放女性的济世角色是无情的嘲讽和彻底的逃避"①。男性在郁达夫早期的小说、散文中因其生命无所依傍的柔弱而走下性别神坛，成为不再是优越于女性，而与女性同等平凡的性别群体。

《沉沦》虽在表层涉及民族国家话语，但实际上并没有真正把民族国家意识设置为男性主体所仰仗、所向往的精神力量。文中叙述者曾抽象地交待说："原来日本人轻视中国人，同我们轻视猪狗一样"，但小说并没有去摹写日本人歧视中国人的事例。男主人公在日本女学生、日本侍女面前的屈辱感，在《沉沦》中完全被表述为自我的心理过敏，因而文中那些贴标签式的国族话语，如"中国呀中国，你怎么不强大起来"、"祖国呀祖国！我的死是你害我的"，与人物对长兄"同室操戈"的指责一样②，由于缺少切身性的经验作为支撑，因而只是一种夸张的自怜自惜，并不能真正产生对所涉对象的批判能量。这样，郁达夫笔下忧郁感伤的男性，便以其疏离传统男性群体独有、传统女性群体无法分享的家国理想、功名追求及男权优势而呈现出祛魅化的颓废特点、现代特质。正因此，"在审美视野里，郁达夫酷爱'优美'，也不回避'滑稽'、'丑怪'，却只是特别忽略'崇高'"③。

当然，这并不意味着郁达夫早期的新文学创作就完全割裂了与古典男性文学传统的联系。这体现在两个方面。首先体现在其古体诗词对新文学创作的渗透上。郁达夫是现代最优秀的古体诗作者之一。天涯寥落、青春失意的孤寂感是郁达夫早期小说、散文与古体诗创作的共同主题，而国家兴亡、个人壮志、出世情怀这些传统男性文学的惯常主题，则是其早期小说、散文中较少出现而古体诗中普遍存在的内容。七律代表作《无题·醉拍栏杆酒意寒》，抒写男性"未拜长沙太傅官""五噫几辈出关难"的壮志未酬的寥落心态，和"也为神州泪暗弹"的忧国情怀。这首诗以男主人公醉后吟唱的方式镶嵌在小说《沉沦》中。这样，传统的男性人生理想，虽然被郁达夫挡在自己的小说、散文的核心主题之外，却又被郁达夫接纳到其古体诗中，渗透于新文学文本中，而且还在文学接受层面上受到新旧文学领域乃至日本汉学界的共同赞赏。这一方面说明以个人志向和家国理想为主要内涵的传统男性情怀，虽然不同于无所依傍的那一类现代男性心态，却并不与之决然对立。这一类传统男性情怀也完全可以在现代性转换过程中经过甄

---

① 孟悦朴：《感伤的行旅——郁达夫的女性观》，载于《中国现代文学研究丛刊》1994年第4期。
② 郁达夫：《沉沦》，见《郁达夫选集》（上），人民文学出版社2001年版。以下该小说引文均出自此版本。
③ 许子东：《郁达夫风格与现代文学中的浪漫主义》，载于《文学评论》1983年第1期。

别、扬弃而使其合理部分融入现代男性意识中，获得现代社会的广泛认同。也就是说，男性现代意识这个范畴，实际上既包含古典男性没有、现代男性独有的无所依傍的生存体验，也包含由古典男性情怀延续而来的家国情愁。另一方面，两种不同的男性心态分存于不同的文体中，也说明郁达夫这一时期小说、散文中所认取的现代男性的无所依傍的柔弱心绪，并非仅仅是创作主体自我心境的自然流露。正如米切尔·伊根曾指出的那样，在自叙传问题上人们对郁达夫小说长期存在误解。他说："郁达夫作为一个真正的作家，个人往往被人同作品中的隐含的作家，或叙述人物混淆起来。"① 在小说、散文这类新文学创作中着意认取凡人的柔弱、着意降低民族国家意识的调子，是郁达夫在读了一千多本西方小说后在小说内容和文体两方面自觉追求现代性的结果②。确实，《银灰色的死》《沉沦》等小说以情绪抒写为核心，在艺术追求上也明显区别于以情节营构见长的古典小说，代表了郁达夫小说艺术的最高成就。

其次，郁达夫早期新文学创作与古典男性文学传统的复杂关系还体现在《银灰色的死》《沉沦》中那些贴标签式的国族话语中。"祖国呀祖国！我的死是你害我的"③ 这类国族话语，虽然没有内化为文本中男主人公的深层心理情愫，但作为表层情绪标签，仍然使得这一男性主体在表层上与国族这一宏大主体建立起了某种关联；而且，这种国族话语把中国和日本视为平等的民族国家，而不是视为天下与夷狄这种中心与边缘的关系，具有明确的现代民族国家意识，显然又是古典男性家国情怀经现代性扬弃的成果，体现了郁达夫文学男性主体祛魅化之外的另一面，即在浅层话语场面上仍然与现代民族国家意识存在关联。

正因为郁达夫小说、散文中表层的民族国家话语与作品人物深层心理上的无所依傍状态之间存在断裂，所以"《沉沦》结尾的主人公的喊叫一直是日本人难以了解的问题。"④ 而几十年来海内外研究者常用《沉沦》的表层民族国家话语来遮蔽作品人物深层的无所依傍状态、盛赞其爱国情愫，则是接受者自身思维中"救亡压倒启蒙"（李泽厚语）的固有框架使然。

（二）无法统一的内在分裂

郁达夫早期新文学创作实现男性主体祛魅化、追求文学现代性的另一途径是

---

① ［加］米切尔·伊根，穆桑译：《郁达夫：传统文学与现代文学的过渡》，见贾植芳编：《中国现代文学的主潮》，复旦大学出版社1990年版。
② 郁达夫：《五六年来创作生活的回顾——〈过去集〉代序》，见王自立、陈子善：《郁达夫研究资料》（上），天津人民出版社1982年版。
③ 郁达夫：《沉沦》，见《郁达夫选集》（上），人民文学出版社2001年版，第52页。
④ ［日］大久保洋子：《郁达夫小说研究在日本》，载于《中国现代文学研究丛刊》2005年第5期。

书写男性性爱意识的无法统一的内在分裂。其笔下自叙传男主人公往往深陷于欲望与理性的冲突，难以自拔。而主体的分裂恰好是现代人的重要特征。

《银灰色的死》《沉沦》中那个无名的留学生困于青春期的忧郁症，既在自我与世人相对立的体验中自怜自恋，又在男性自我的本能欲望与理性原则相冲突中承担主体分裂的精神痛苦。后者在文中被郁达夫表述为"灵肉的冲突"①。灵在这里就是理性原则，而非明清以来文学中流行的情感因素。《沉沦》中男主人公青春期的本能欲望无法抑制，忍不住沉溺于手淫、窥淫、上娼家买醉，过后又悔恨不已、痛责自己。《银灰色的死》《沉沦》所着意表现的男性性爱苦闷，不是源于男性与性爱对象的关系问题，如对方是否接纳自己、两人是否感情契合等；更不是源于男性与外部世界的压力问题，如"五四"青年普遍面对的自由恋爱与包办婚姻的冲突问题；而是源于男性自我的内部冲突问题。在郁达夫理性与欲望二元对立的价值框架内，与男性本能欲望相冲突的理性原则主要由道德原则和科学原则两方面构成。道德原则有两条，一条是人必须节制欲望、必须追求高尚情操的道德自律原则。这一道德原则既为古典文化所推崇，也为现代文化所接纳。另一条是"身体发肤""不敢毁伤"的传统孝亲原则。科学原则则是手淫对身体有害的卫生学原理。这一卫生学原理虽然目前已为当代文化所颠覆，但中国传统医学和西方现代医学在长时间内都视之为当然。夏志清认为"郁达夫的罪恶和忏悔……只能用他所受的儒家教化来了解"②，道出了部分真相，而未曾注意到儒家教化原则与现代道德原则、科学原则的相通之处。在郁达夫小说中，追求道德的自我完善、追求身体健康，都被肯定为积极向上的人生态度，但同时又被表述为难以坚守的理性原则；而与之相对立的欲望沉溺，则被评判为下流堕落，但同时又被界定为难以克服的本能。

把理性和欲望设置为二元对立项，表现理性与欲望的冲突，既肯定理性又理解自然人性，这在中国文学创作中可谓古已有之且源远流长。所不同的是，古典文学中这种理性与欲望的冲突问题最终都能得以解决，其主人公和隐含作者最终都能从主体的分裂状态中解脱出来，作品的价值取向一般是理性要么战胜了欲望要么收编了欲望，理性总能取得最终的胜利。人物克服欲望、回归理性的古典代表作是元稹的《会真记》；人物沉溺于欲望而不能回归于理性，最终咎由自取、走向毁灭的古典代表作是《金瓶梅》；人物沉溺于欲望但欲望最终被纳入理性轨道、理性与欲望的冲突由此得到化解的古典代表作则有《西厢记》《墙头马上》。

---

① 郁达夫：《〈沉沦〉自序》，见王自立、陈子善：《郁达夫研究资料》（上），天津人民出版社1982年版。

② ［美］夏志清：《现代中国文学感时忧国的精神》，见《中国现代小说史》，复旦大学出版社2005年版。

郁达夫的早期新文学创作不同于这些古典创作之处在于,《银灰色的死》《沉沦》中的自叙传男主人公始终深陷于理性与欲望的冲突中不能自拔。充分书写男性主体内在分裂的精神痛苦,并不走向矛盾的化解,郁达夫的早期创作从男性性爱意识的角度确认并承担了现代人的主体分裂,从而获得了不同于古典和谐美学形态的现代特质。郭沫若用李初梨的话"达夫是模拟的颓唐派,本质的清教徒"①为郁达夫做道德辩护,这种现象与本质二分的思维又屡屡被后来的研究者用于《沉沦》的评价,实际上就不免遮蔽了郁达夫早期新文学创作中理性与欲望内在分裂并没有统一于一维的现代特质。

当然,性爱意识分裂的紧张特质在郁达夫创作中并没有持续多久。1922年开始,郁达夫创作中的男主人公及隐含作者就从理智与欲望的分裂中解脱出来,或归从于欲望,或归从于理智了,郁达夫的性爱意识书写由此也就迅速失去了其先锋性。人物在理性与欲望二元对立中归从于欲望的代表作,是1922年发表的小说《茫茫夜》《秋柳》;人物在理性与欲望的对立中归从于理性的代表作,是1923年发表的小说《春风沉醉的晚上》、1927年发表的小说《过去》和1932年发表的小说《迟桂花》。

(三) 纠结的异性恋与美好的男同性恋

郁达夫在思考情爱问题时,尽管对女性世界不乏善意,但却未曾悉心去探究女性内心,而仅仅侧重于抒写男性自我,因而其异性恋情描述便不免陷入纠结状态,存在两重价值缺失:一是未能建构出灵肉合一的情爱境界,二是缺乏对女性生命世界的深切领会。郁达夫异性恋书写的独特之处在于发掘出了在女性魅力面前窘迫、紧张的一类男性心理。与其异性恋书写的价值缺失相对照,郁达夫的男性同性恋书写则达到了灵肉合一、主体间共在的美好境界。

作为欲望对象的女性形象在郁达夫的早期小说中是碎片化的,并不能呈现为具有丰富人性内涵的、与男性并立的另一性别主体。《沉沦》中的房东女儿仅仅因"那一双雪样的乳峰!那一双肥白的大腿!这全身的曲线"而作为强烈的性刺激物存在于男主人公的意识中。《银灰色的死》中男主人公在酒馆娼家消受的也仅仅是女性"温软的肉体"而已,并不涉及女性的心灵世界。男主人公及隐含作者并没有由情欲向心灵世界迸发而全面探问女性作为完整的人的全面性、丰富性,没有去建构两性主体间相互共鸣的情爱境界。郁达夫创作中最著名的情爱宣言是"知识我也不要,名誉我也不要,我只要一个能安慰我体谅我的'心'。一副白热的心肠!从这一副心肠里生出来的同情!从同情而来的爱情……我所要求

---

① 郭沫若:《论郁达夫》,见王自立、陈子善:《郁达夫研究资料》(上),天津人民出版社1982年版。

的就是异性的爱情！"这句话还原到《沉沦》语境中，可以发现它所表达的其实仅仅是男性渴望单方面得到女性"安慰""体谅"的意愿。大胆地把渴望女性抚慰的男性意愿置于"知识""名誉"之上，其肯定自然人性、冲击伪道学的解放意义固然不可轻视，然而这一异性恋意愿中主体间性思维匮乏的局限也不容忽视。也就是说，操持现代爱情话语的郁达夫，对两性情爱境界的领会并没有超出渴望"红巾翠袖"（辛弃疾《水龙吟·登建康水心亭》）来抚慰自己的古典书生。即便到20世纪20年代后期，郁达夫创作中的两性情爱书写，仍常常止于男性对女性性魅力的反应、止于男性欲望书写层面。《过去》中男主人公李白时与美貌女子老三再相遇时缠绵无比，其实只不过是男性本能欲望使然，其中并无灵魂共鸣的维度。爱情这个新颖而时尚的现代词汇，在郁达夫的话语中是个缺少精神维度的空洞能指。

与此相对照，倒是一些主要不作为男主人公情欲对象而出现的女性形象，在郁达夫创作中在一定程度上能与男主人公建立起相互理解的主体间性关系，在形象塑造上也较为立体化。《银灰色的死》中的酒吧侍女静儿与男主人公"就是一对能互相劝慰的朋友了"。《南迁》中的中华男留学生伊人与日本女学生O虽萍水相逢，却能领会对方的人生感受。这两组男女关系，介于友情与恋情之间，存有一点异性间相互牵挂、不容他人插足的微妙的情爱萌芽，但始终没有走到激发异性情欲的状态中。《春风沉醉的晚上》中热忱正直的女工陈二妹和《迟桂花》中天真无邪的年轻寡妇翁莲儿，是郁达夫创作中最富有感染力的女性形象。有意思的是，这两篇小说中与隐含作者、叙述者合一的男主人公都受到无邪女性的感召而克服了情欲、升华了情欲。这一方面体现了郁达夫视情欲为卑污的一贯立场，另一方面也说明，也许郁达夫只有脱离或压抑住了情欲方能更好地理解女性世界、想象女性世界，才能与女性建立起主体间共在的关系；对异性的情欲，在郁达夫的心理结构中不仅不是激发两性相互理解的媒介，反而可能是阻碍他全面领会女性生命的魔障。

确实，男性在作为情爱对象的女性面前倍感窘迫以至于无法舒展精神、失去思维能力，是郁达夫书写异性恋时经常表现的情状。小说《逃走》甚至写到十二三岁的男孩澄儿遇到心爱的小姑娘莲英竟窘迫到自己无法承受的地步，以至于"就同患热病的人似的一直一直的往后山一条小道上飞跑走了，头也不敢回一回，脚也不敢息一息地飞跑走了。"《清冷的午后》和《迷羊》两篇小说更是充分抒写了男性沉溺于女伶"丰肥鲜艳"的肉体中无法自拔的心理无能情状。稍后的茅盾小说创作继承了郁达夫书写男性在女性性魅力面前倍感压抑的倾向。

郁达夫20世纪20年代的新文学创作中，男主人公常常惑于女性的性魅力，甚至由此滋生出一些恐惧，隐含作者和叙述者深切同情男主人公的这种窘境，但男主人公并没有把自己由窥淫、买淫所引发的道德焦虑转嫁到女性对象身上，叙述者和隐含作者也没有用尤物、祸水这样的道德贬义词或红粉骷髅这样的虚无意识来污化欲望对象，由此隐含作者和男性人物都对自己并不了解的女性世界表现出极大的善意。正如孟悦林所言："……郁达夫很少在他的小说中贬斥女性，更没有像诅咒妖女的封建文人那样视女性为祸水"①。可是，30年代郁达夫从这种男性既沉醉又无力的胶着心理状态中摆脱出来后，并没有走向对异性生命的深切领会，并没有在创作中建立起男女两性主体间共在的价值立场，而是在试图把握异性世界时走向不合理地诅咒女性欲望。1932年创作的小说《她是一个弱女子》便是这种污化女性欲望之作。小说把女主人公郑秀岳界定为弱女子，隐含作者表达的主要不是传统男作家惯有的怜香惜玉情怀或启蒙男作家救赎受难女性的悲悯心态。郑秀岳之弱乃是意志之薄弱。她一步步背弃高尚的精神生活，屈服于肉欲，终不得好死，也带累了丈夫。郁达夫在这女性欲望审视中，延续了其男性欲望书写时视本能欲望为卑污的价值立场，却明显减弱了其男性欲望书写中既贬斥欲望又充分理解本能欲望难以压抑的人性化态度。在现代文化语境中，这篇小说审判、贬斥不贞女的价值立场和艺术想象都显得过于陈腐、单调。审判恶女人是郁达夫30年代小说常见的主题。其创作中女性恶之集大成者是《她是一个弱女子》中的李文卿、《出奔》中的董婉珍。以夸张的方式堆砌女性之恶，这两个恶女人形象在艺术价值上乏善可陈。

　　郁达夫的异性恋抒写虽然在情爱的精神境界建构上、在两性主体间性价值立场的建设上颇为贫瘠，但对男性欲望的书写却丰富多样。除前面已经分析过的理智与欲望的冲突、男性的心理无能外，还有对虐恋快感、恋物欲望的认同。小说《茫茫夜》《过去》均涉及虐恋主题，散文《还乡记》则涉及恋物情结。作品均把这些视为合理的心理现象。

　　郁达夫的异性情欲书写虽然丰富多样，却在价值立场上纠结难解；而其男性同性恋书写则建立起了灵与肉统一、情爱双方相知共鸣的主体间和谐共在的美好境界。小说《茫茫夜》和《秋柳》中，二十五六岁男青年于质夫与十九岁男青年吴迟生的同性恋情一直交叉穿插在于质夫的异性恋故事中。于质夫初见瘦弱的吴迟生，就被吴迟生"同音乐似的话声""迷住了"。此后二人相互体贴，彼此间既有知己之情的深切领会，也有感性欲望的满足。其情爱境界和谐美好，并没有郁达夫异性情欲书写所承载的道德焦虑、心理压力。这显然继承了中国文化普遍接纳同性情欲的传统，并没有吸收西方文化往往视同性恋为异端的立场。与中

---

　　① 孟悦林：《男权大厦的结构者与解构者——郁达夫小说中的女性和男性解读》，载于《文艺争鸣》1993年第6期。

国古代传统不同的是，郁达夫笔下的男性同性恋情并无古代男色文化中惯有的一主一从的权力等级关系，于质夫与吴迟生这两个男人之间平等互爱的关系已然具备了主体间共在的现代情爱特质。

与男性同性恋情的美好书写相对照，郁达夫笔下的女性同性恋情则粗鄙不堪，这体现了隐含作者只认同男性同性恋、不接纳女性同性恋的文化态度。小说《她是一个弱女子》中的女学生郑秀岳与李文卿的同性情欲，被阐释成是其多种淫乱行为的一种。

郁达夫的异性恋书写和同性恋书写广博丰赡，其中既有从现象世界中提取出来的真挚情愫，如男性在异性恋中的局促心理、男性在同性恋中的美好体验都真切动人；但有时也存在"从心理学的书里偷些东西，补他才力的不足"① 的情况，如其虐恋描写和恋物癖描写便因缺乏心理深度而未免流于炫奇。

（四）青春期男性向社会撒娇的心态

郁达夫早期的新文学创作，往往在怜惜男性的处境中控诉社会，但这种充满着自怜自恋情绪的控诉，在多数情况下并不是一种认真的社会批判，表达的主要是青春期男性向社会撒娇的心态。这一主题遍及郁达夫 20 世纪 20 年代初期的创作，尤以《还乡记》《给一个文学青年的公开状》这两篇人物、叙述者、隐含作者三者高度统一的散文为集大成。

《还乡记》中，隐含作者自我认同为"有妻不能爱，有子不能抚的无能力者，在人生战斗场上的惨败者，现在是逃亡的途中的行路病者"。② 这并不是基于社会结构客观分析之后叙述者对自己生存处境的现实描述，而是其弱者认同心态的主观投射。在把自己指认为弱者的时候，作品并没有固定的控诉对象，叙述者基本上是遇到谁便把谁作为对照者，借之哀怜自己的处境。他不仅在与人生得意的"厅长""参谋"的对举中把自己指认为"孤独的异乡人"；哪怕见到农夫，他也要哀感自己的腕力不如他们；遇到载着女学生的人力车夫，他也不免"心里起了一种悲愤"，对他们既"憎恶"又"原谅"，感叹道："啊啊，我若有气力，也愿跟了你们去典一乘车来，专拉这样的如花少女。"这种完全不顾人力车夫真实境况的无理慨叹，投射的其实只是隐含作者任性地向社会撒娇的青春心态及渴慕异性的青春欲望。由于抒情的落脚点是哀怜自我，因而厅长、参谋、农夫、人力车夫，乃至于自己的妻子、儿子，在《还乡记》中只是隐含作者借以触发自怜

---

① ［美］夏志清：《现代中国文学感时忧国的精神》，见《中国现代小说史》，复旦大学出版社 2005 年版。

② 郁达夫：《还乡记》，见《郁达夫选集》（下），人民文学出版社 2001 年版。以下该小说引文均出自此版本。

自恋情结的道具，并未牵系作者的探索热情，并不是正儿八经的批判对象或关怀对象。同时，隐含作者及叙述者的自我身份认同也不追求客观真实，常常落脚于想象世界，仅凭自己的心境选择最边缘人、最悲惨者来投注怜惜自我的悲情。旅馆要求登记籍贯、职业，他就写上"朝鲜""浮浪"，然后就"倒在床上尽情的暗泣起来"。他还想象自己是被绝世佳人抛弃的落魄者、是扶灵柩而归的旅人，从而自怜自惜。

尽管隐含作者及人物偶尔也在小说、散文中标榜自我在世人面前的某种优越性，如《南迁》中的伊人在学问上优越于其他学生，如《还乡记》中祖母在梦里对"我"说："达！你太难了，你何以要这样的孤洁呢！"但就总体倾向而言，郁达夫在创作中自怜自恋时一般是以纯粹的弱者自诩的。其自叙传主人公不仅仅处境上处于劣势，而且也不建构自我的道德优越感、并不着意论证自我存在的历史合法性。在这点上郁达夫既区别于以道德人格傲世的一类传统士人，也不同于以追寻理性为己任的一类现代知识分子，而显出颓废的精神走向。《茑萝行》中，郁达夫说自己是"生则于世无补，死亦于人无损的零余者"①。这种自我认同，说明郁达夫确认自我生命价值并不依赖于社会贡献这一维度，也提示研究者在评价郁达夫创作时应该更加关注个体生命存在的意义自足性。《给一个文学青年的公开状》中，郁达夫以夸张的方式哭诉大学毕业生生存之艰辛、渲染文人处境之悲惨，最后建议可怜的文学青年去做贼。他说："无论什么人的无论什么东西，只教你偷得着，尽管偷吧！"②这当然并不是真正的海盗，因为该文预设的隐含读者并不是标题中所提示的文学青年，而是社会；隐含作者的写作意图不过是撒娇似地向社会哭诉说我们这些大学毕业生、我们这些文人都已经落魄到只有偷盗一条生路了，希望引起社会的怜惜抚慰。然而，做贼尽管是一种不必当真的建议，但以做贼的建议向社会撒娇，至少也表明郁达夫的身份认同中没有多少道德建构意图或历史理性追求。这表明，郁达夫创作的现代性理路延续的主要是个体的解放、人性的解放而非其他宏大历史追求。

中国文学在文人心态抒写方面，既有认取自我之高洁以傲视世俗的强大传统，也有以哭穷、哭病、哭老、哭弱向社会撒娇的小传统。孟浩然的"不才明主弃，多病故人疏"（《岁暮归南山》），即是以"不才""多病"的边缘窘境向君王、向社会撒娇。相比较而言，郁达夫的撒娇多了青春少年的热情与真诚，少了老才子的酸腐气，因而更具审美感染力。这种真诚热情的撒娇，从"五四"时代起即获得一代代脆弱敏感的青年的广泛共鸣。

---

① 郁达夫：《茑萝行》，见《郁达夫选集》（下），人民文学出版社 2001 年版。
② 郁达夫：《给一个文学青年的公开状》，见《郁达夫选集》（下），人民文学出版社 2001 年版。

(五) 风景审美时的开放心态

在情爱关系上，郁达夫的新文学创作率真地袒露了现代男性主体的内在矛盾；而在与大自然的关系上，郁达夫的新文学创作则展示了中国现代男性主体兼收东西方审美资源的宽广襟怀。与同时代作家相比，郁达夫20世纪20年代风景描写的特色在于率先汲取西方审美精神，郁达夫30年代风景描写的特色在于出色地继承了中国传统审美文化。无论侧重于哪一种审美资源，他在小说、散文中都体现出一种现代主体自信、开放而非封闭、狭隘的文化态度。

日本的自然景色常常出现在郁达夫20世纪20年代初的小说、散文中。自叙传男主人公及隐含作者并没有用猎奇的眼光去看异域风光，而是以平常心态去品鉴日本的自然之美，从而表现出一种主体的从容、淡定。进入郁达夫审美视野的日本风光主要是日光、晴空、稻田、树木、花草、沙滩这些具有普遍性的对象，而非日本独有的奇特风物。面对这些自然景物，作为审美主体的自叙传主人公及隐含作者也并不强调自我的异族身份，作品把日本风景与自我的关系处理成是纯粹的自然与人的关系，隐含作者由此流露出审美问题上超越狭隘国族意识的"国际视野"。①

饶有趣味的是，这一时期郁达夫对自然美的鉴赏趣味明显受到欧洲油画的影响。《沉沦》中，男主人公"他"看远方地平线上的高山，只见"山的周围酝酿成一层朦朦胧胧的岚气，反射出一种紫不紫红不红的颜色来"；把审美眼光拉回近处，"他忽然觉得背上有一阵紫色的气息吹来，息索的一响，道旁的一枝小草竟把他的梦境打破了。"这种风景描写着意捕捉光线、色彩、香味的微妙之处，造就温馨明媚的景象，营构令人沉醉的氤氲氛围，显然吸收了西洋画注重"光影的透视法"和"空气的透视法"的特点②，而区别于注重写意、讲究空灵的中国山水诗和山水画。郁达夫是最早在风景描写中吸纳西方审美资源的中国作家之一。

更有意思的是，郁达夫小说、散文中隐含作者及主人公在风景审美中所产生的家园认同意识，不仅指向中国传统的世外桃源，也指向他并未曾涉足的欧洲景象。"在这清和的早秋的世界里，在这澄清透明的以太（Ether）中，他的身体觉得同陶醉似的酥软起来。他好像是睡在慈母怀里的样子。他好像是梦到了桃花源里的样子。他好像是在南欧的海岸，躺在情人膝上，在那里贪午睡的样子。"

---

① ［美］李欧梵：《引来的浪漫主义》，载于《江苏大学学报》2006年第1期。
② 宗白华认为西洋透视法不同于中国画法的三个特点是："几何学的透视法""光影的透视法""空气的透视法"，宗白华：《中西画法所表现的空间意识》，见宗白华：《艺境》，北京大学出版社1987年版，第102页。

(《沉沦》) 慈母怀抱与情人膝上并列、桃花源世界与南欧海岸对举，虽然未免生硬，却正典型地体现了郁达夫这一时期文化认同上东西方资源兼收并蓄的开放状况。桃花源世界和南欧海岸，都不是个人对现实景象的追忆，而是作者由文学阅读而建构起来的精神家园，是想象中的诗意栖居之地。由于郁达夫的欧洲文学阅读是在日本完成的，而其创作又是在中国被广泛接受的，那么，可以说郁达夫这一时期的风景描写正典型地表现了彼时欧洲文化对东亚文化的巨大影响力，也展示了郁达夫对中外审美资源均不排斥的拿来主义态度。郁达夫正是借助中国古代的乌托邦理想与西方的浪漫幻境打破了东亚现代风景的"自足性"，赋之以"文化和美学的附加值"。① 郁达夫的文化立场明显区别于狭隘的民族主义者或单一的进步论者。

郁达夫 20 世纪 30 年代的风景描写，欧洲文化的印迹仍然存在，最典型的例子便是散文《钓台的春昼》中，"我"在严子陵钓台上，"立时就想起了曾在照片上看见过的威廉退儿的祠堂"。② 但这一时期郁达夫风景描写的最大成就却是继承并发扬了中国文学日常生活审美化的美学传统。代表性散文有《故都的秋》《钓台的春昼》《江南的冬景》和《北平的四季》。这些散文中，品鉴风景、感悟季节是抒情主体日常生活的一部分，其中透露着作者从中国名士文学传统中继承而来的闲适心态与落寞情怀。"在北平即使不出门去吧，就是在皇城人海之中，租人家一椽破屋来住着，早晨起来，泡一碗浓茶，向院子一坐，你也能看得到很高很高的碧绿的天色，听得见青天下驯鸽的飞声。从槐树叶底，朝东细数着一丝一丝漏下来的日光，或在破壁腰中，静对着像喇叭似的牵牛花（朝荣）的蓝朵，自然而然地也能够感觉到十分的秋意。"③ 隐于人海、安于破屋，一边品茗，一边从居所周围的景物中体会秋意。这样，一个富有中国情调的士人形象便呼之欲出。丰厚的中国传统文化积淀使得这篇《故都的秋》成为中国现代散文创造性地吸收传统资源的经典之作。

总之，无论是 20 世纪 20 年代在温馨明朗的大自然中舒展渴望得到抚慰的青春心理，还是 30 年代在审美化的日常生活中展示自己安恬与落寞并存的中年情怀，郁达夫新文学创作在面对自然风景时呈现出的都是现代审美主体对中外古今文化资源兼收并蓄的开放心态。

综上所述，"'五四'文学在极短的时间里，完成了过渡，迅速地把描写对象从神、半神、上层人，转到一般普通人，转到有现代意识的现代普通人。"④

---

① 吴晓东：《郁达夫与中国现代"风景的发现"》，载于《中国现代文学研究丛刊》，2012 年第 10 期。吴晓东更侧重于讨论郁达夫风景描写与旅游产业的关系、风景描写中的东西方权力关系。
②③ 郁达夫：《钓台的春昼》，见《郁达夫选集》（下），人民文学出版社 2001 年版。
④ 许志英、邹恬主编：《中国现代文学主潮》（上），福建教育出版社 2001 年版，第 78 页。

每个"五四"作家所发现的普通人并不一样。除《薄奠》《春风沉醉的晚上》等少数小说外,郁达夫一般并不像鲁迅那样关注社会底层人,更未像鲁迅那样同情并批判阿Q等农民的精神创伤;郁达夫也不像周作人那样关注家庭中的边缘人,为妇女与儿童的解放呐喊。郁达夫在小说、散文这类新文学创作中,关注的是现代男性主体祛魅化以后的种种复杂心态。郁达夫也不像鲁迅那样追问"坟之后是什么"这类形而上的难题,而是聚焦于当下人生,侧重抒写青春期男性面对自我、面对情爱对象、面对社会和面对自然风景时的心理状况。郁达夫小说、散文所表现的男性青年内心的柔弱、纠结、颓废,都典型地展示了现代男性主体作为普通凡人的生命热度,这些"非意识的不端方的文学"[①] 也只有从中国文学主体精神的现代演变这一维度来看才能显出其重要意义;郁达夫小说、散文在风景审美时所表现出的兼收东西方审美资源的广阔胸襟,也当放在中国现代审美主体生成的维度上看方能更加凸显其文化价值。郁达夫小说、散文,虽然深受西方审美现代性的影响,却并非是西方审美现代性的简单注脚或东方翻版,而是在西方审美现代性的刺激之下,中国文学男性主体在现代演变进程中所生成的崭新景象。郁达夫的新文学创作是中国文学现代性不可或缺的表征之一。

四、《生死场》:女性对"家庭"的恐惧与颠覆

萧红的《生死场》是一部很独特的作品,鲁迅称其为"越轨的笔致",这个论断成为后人评论这部作品的基调。《生死场》的"越轨"与独特表现在方方面面,而其中透露出的女性对"家庭"的恐惧性想象,以及强烈的颠覆现行"家庭"的意愿,则是在中国古今文学中都十分罕见的。

《生死场》贯穿始终的主题就是题目明确标示着的"生死场"——死的命运与生的挣扎。但是,这个"生死场"的具体内涵有一个由家到国的意义递进、变迁过程。而从文本的实际构成来看,事件的发生与演进,则大半是在家庭的"平台"上——全书共分17节,去掉极短的过渡性的两节,15节中有11节描写的是家庭中的故事[②]。这部作品的总体结构看似散漫,实则别有匠心在。贯穿全书的是三个家庭的变迁。开篇与收尾写二里半与麻面婆的家庭,"套"在结构第二层的是王婆与赵三的家庭,"套"在里面的一层,则是金枝家庭的故事。全篇首

---

① 仲密(即周作人):《沉沦》,见王自立、陈子善:《郁达夫研究资料》(下),天津人民出版社1982年版。

② 只有14、15、16、17四节是例外,而这与主题的发展有关。

尾呼应，一层套着一层，在三个家庭的空间里演进着生与死的故事①。从这个意义上讲，"生死场"的"场"，既可以说就是那块灾难深重的黑土地，也不妨说是那块土地上的一个个痛苦的家庭。因此，这部作品中的家庭描写，无论是对于小说创作来说，还是对于"家庭"书写的研究来说，都是不容忽视的。

（一）夫妻关系异化的书写

家庭中夫妻关系的异化是萧红特别着力刻画的，其中最惊心动魄的当属月英、王婆与金枝的遭际。这些遭际的描述折射出女性对于"家庭"的恐惧性想象。

月英原是村子里最漂亮的女人，作者只用一句话就写出了她当年的可爱："生就的一对多情的眼睛，每个人接触她的眼光，好比落到绵绒中那样愉快和温暖。"可是在她久病之后，被丈夫憎厌、虐待，陷入生不如死的绝境。这里作者的描述是令人倍感恐惧的：

> 晚间他从城里卖完青菜回来，烧饭自己吃，吃完便睡下，一夜睡到天明。坐在一边那个受罪的女人一夜呼唤到天明。宛如一个人和一个鬼安放在一起，彼此不相关联。
>
> "你们看看，这是那死鬼给我弄来的砖，他说我快死了！用不着被子了！用砖依住我，我全身一点肉都瘦空。那个没有天良的，他想法折磨我呀！"

在这个时候，夫妻的感情分毫也不存在，家庭对于这个女人成了真正的地狱。

更能正面表现作者对此看法的是围绕金枝婚前婚后的描写。全书唯一的柔情描写是金枝开始恋爱的时候。那时像所有初堕情网的少女一样，世界忽然变得一片光明，到处荡漾着春光。"静静悄悄地他唱着寂寞的歌；她为歌声感动了！""口笛婉转地从背后的方向透过来；她又将与他接近着了！""仿佛她是一块被引的铁跟住了磁石。""静静的河湾有水湿的气味，男人等在那里。"可是作者明确地表示，这一切都是少女自己的感觉，是少女眼中所见、耳中所闻。她笔锋一转，把叙事角度由金枝转到一个冷漠的旁观的"全知"，整个事情的意味忽然发生了质变：

> 五分钟过后，姑娘仍和小鸡一般，被野兽压在那里。男人着了疯了！他的大手敌意一般地捉紧另一块肉体，想要吞食那块肉体，想要破坏那块热的肉。尽量的充涨了血管，仿佛他是在一条白的死尸上面跳动，女人赤白的圆形的腿子，不能盘结住他。于是一切音响从两个贪婪着的怪物身上创造

---

① 从结构角度看，小说开头部分，先后出场的家庭是二里半→王婆→金枝，结尾收场的顺序是金枝→赵三→二里半。

出来。

一切美感不复存在，只有野兽一样的本能。作者此时采取了"天地不仁，以万物为刍狗"的叙事态度，似乎漠然俯视着旋生旋灭的生物界，把人类为自己披上的文化外衣剥了个干净，使其赤裸裸地现出本相。但是，读到下文，就会明白作者不但不是漠然，而且是以极其强烈的主观的态度来观察、来叙述。她在这里所要表达的是为天真的女孩子的惋惜，以及对男人的憎厌与警觉，更为明显的是通过小鸡与野兽的意象对比，白的死尸、贪婪的怪物等一系列联想，强化、渲染了某种女性潜意识中对性行为的不洁之感与恐惧心理。

金枝的婚后生活将女性对于家庭的恐惧想象演绎到极点。结婚没有几天，金枝就感受到"男人是炎凉的人类"。她的丈夫成业不顾她怀孕后身体的虚弱，不断地责骂"懒老婆"，而且只顾自己的欲望强行房事，导致了她的早产。更不可思议的是，当他不断地把生计的压力转移到金枝头上，不断的争吵骂詈之后，脾气越来越暴躁，竟然演出了杀子的人间惨剧：

> 成业带着怒气回家，看一看还没有烧菜。他厉声嚷叫："啊！像我……该饿死啦连饭也没得吃……我进城……我进城。"
>
> 孩子在金枝怀中吃奶。他又说："我还有好的日子吗？你们累得我，是我做强盗都没有机会。"
>
> ……
>
> "我卖：我摔死她吧！……我卖什么！"就这样小生命被截止了。

不能想象这个蛮横狂野的男人，半年前还是唱着"昨晨落着毛毛雨，……小姑娘，披蓑衣……小姑娘，……去打鱼"的那个温情脉脉的情郎；不能想象这个痛苦的母亲就是半年前那个沉浸在自己甜蜜梦想中的小姑娘；不能想象这两人的结合，就是为了互相拖累，"连做强盗都没有机会"。而这就是萧红要表达的，就是萧红要告诉读者的。当然，这样的情境是特定的，是在那个闭塞、愚昧的"生死场"中发生着的。但是，萧红显然不是想把对家庭、对夫妻关系的质疑限于这个闭塞的空间，因为联系前面对热恋中男女感受的不同描写，联系其他几对夫妻的感情状况，这个成业就不是被萧红设定为特殊的变态者，而是作为男性之负心、之不可靠的典型来刻画的。如同《白居易》的《新乐府·井底引银瓶》在讲述了一个具体的少女悲惨遭遇故事后，唯恐读者把故事的含义局限了，特意加上了"寄言痴小人家女，慎勿将身轻许人"①，从而把意蕴扩大开来使其具有某种普适性。萧红也在这段故事前后加了若干感叹性的文字，如"年青的妈妈过了三天她到乱岗子去看孩子……乱岗子不知晒干多少悲惨的眼泪？""小金枝来到人

---

① 《白居易集》卷4，中华书局1979年版。

家才够一个月,就被爹爹摔死了:婴儿为什么来到这样的人间?"这样就给个别的事件,赋予了意义辐射的功能。

"婚姻是恋爱的坟墓"道出人类普遍对于婚姻家庭的困扰与疑惧心理,而女性在这方面的感悟往往与对配偶变心的忧虑相关。薄情郎、负心汉一类文本的反复演绎更多体现了女性角度的认同与诉说。《生死场》中多处情节从叙说男性薄情的角度,透露女性对"家庭"的疑惧,尤其典型的是成业婶、叔与成业之间的一段对话:

> 婶婶远远的望见他,走近一点,婶婶说:"你和那个姑娘又遇见吗?她真是个好姑娘。……唉……唉!"
>
> 婶婶像是烦躁一般紧紧靠住篱墙。侄儿向她说:"婶娘你唉唉什么呢?我要娶她哩!"
>
> "唉……唉……"婶婶完全悲伤下去,她说:"等你娶过来,她会变样,她不和原来一样,她的脸是青白色;你也再不把她放在心上,你会打骂她呀!男人们心上放着女人,也就是你这样的年纪吧!"
>
> ……
>
> 成业的一些话,叔叔觉得他是喝醉了,往下叔叔没有说什么,坐在那里沉思过一会,他笑着望着他的女人。
>
> "啊呀……我们从前也是这样哩!你忘记吗?那些事情,你忘记了吧!……哈……哈,有趣的呢,回想年青真有趣的哩。"
>
> 女人过去拉着福发的臂,去抚媚他。但是没有动,她感到男人的笑脸不是从前的笑脸,她心中被他无数生气的面孔充塞住,她没有动,她笑一下赶忙又把笑脸收了回去。她怕笑得时间长,会要挨骂。男人叫把酒杯拿过去,女人听了这话,听了命令一般把杯子拿给他。于是丈夫也昏沉的睡在炕上。

萧红精心结撰的这一段文字,把成业叔父与婶娘恋爱、婚姻与家庭的经历与成业即将开始的这种经历联系起来,以一段情歌做纽结,强化了婶娘预言的说服力,使得女性在这一过程中的悲剧命运涂上强烈的宿命色彩。这样,站在人生这条道路起点的侄子与将要到达终点的叔父,彼此之间的语言和态度交相发明,展示着婚姻与家庭的过去与现在、现在与未来。两代人的"同台"出现,就把时间维度引入了婚姻家庭问题中,明确告诉读者:一切都是注定的,一切都是无奈的。热情终要变得冷淡,亲密终要变得疏远,追求终要变为压制,审美终要让位于实用——这就是当时农民们家庭的实况,也在一定程度上展示了人类两性之间"战争与和平"的部分真相。作者通过这种类似实况描写的文字,来集中表达自己的认识与态度——站在女性立场上的态度。这一大段描写可以说是对"家庭"做文学性诠释的经典文字,如同《诗经·氓》的"士之耽兮,犹可说也;女之耽也，不可说也。""桑之落矣，其黄而陨。""言既遂矣，至于暴矣。"同样，"等你娶过来，她会变样，她不和原来一样，她的脸是青白色；你也再不把她放在心上，你会打骂她呀！男人们心上放着女人，也就是你这样的年纪吧！"也是可以跨越时空的文字。

从遇人不淑、丑陋的性事到家庭暴力，文本中弥漫着女性对"家庭"的疑惧之情，而对生育的骇人描写更是将对"家庭"的恐惧性想象发挥到触目惊心的地步。萧红用了整整一节来集中描写村子里女人们生孩子的场面，包括五姑姑的姐姐、金枝、麻面婆和李二婶。这样处理，生育就不再是其他故事中的一个环节，而是本身成为直接表现的对象。其实，生育几乎可以说是家庭生活的题中必有之义，但在大多数的家庭题材作品中没有正面的描写。比如即使以生育为重要情节的《家》，瑞珏的难产也只是虚写，让觉新隔着一扇门，听着里面女人"微弱的呻吟"或是"痛苦的叫喊"。同时，巴金写瑞珏生育的真实意图（或说实际效果）是控诉大家族中的愚昧与残忍，并非把生育当作表现的目的。而萧红则不然，生育的描写是她要表现的题旨的重要支撑。这一点，胡风、葛浩文等先后有所揭示[①]。萧红与男性作家们之间出现这样明显的差别，表面上是性别不同造成在场与否的视角问题，但那只是表层的原因。真实的深层的原因是对生育本身的感情态度根本不同。

在男权主导的家庭观念中，生育是妇女在家庭中的第一天职，母性、母爱也总是被罩上神圣的光环。而在萧红的笔下，生育被赋予了完全不同的意义。她赋予生育的第一重意义就是完全着眼于生理性、动物性。第六节是这样写的：

> 房后草堆上，狗在那里生产。大狗四肢在颤动，全身抖擞着。经过一个长时间，小狗生出来。
>
> 暖和的季节，全村忙着生产。大猪带着成群的小猪喳喳的跑过，也有的母猪肚子那样大，走路时快要接触着地面，它多数的乳房有什么在充实起来。

这当然是扣紧着"生死场"的"生"而安排的，既是把笔下农民们的生存状态之恶劣再做强化——和牲口一样地活着，又是在"万物刍狗"的意义上观照人类的生育。萧红唯恐这一意图被读者忽略，在此节结尾又赘上一笔：

> 麻面婆的孩子已在土炕上哭着。产婆洗着刚会哭的小孩……窗外墙根下，不知谁家的猪也正在生小猪。

她的这种笔法和前面引述的金枝偷情的动物式性爱描写一样，都是对人类生存、人类家庭的文化装饰的颠覆。

[①] 胡风：《〈生死场〉读后记》，见萧红：《生死场》，上海文艺出版社1953年版。

通过对性交的"兽性化"描绘,以及把生育和牲畜繁殖平行对照("人和动物一起忙着生忙着死"),萧红实现了这一意图。另一重意义则是从女性的感受角度,把生育看作加在女人身上的刑罚。她把第六节径直标作"刑罚的日子",并一再突出这一看法:"刑罚,眼看降临到金枝的身上"、"很快做妈妈了,妇人们的刑罚快擒着她"。萧红并以在场者的视角,正面描写了一个分娩的场面:

> 日间苦痛减轻了些,使她清明了!她流着大汗坐在幔帐中,忽然那个红脸鬼,又撞进来,什么也不讲,只见他怕人的手中举起大水盆向着帐子抛来。最后人们拖他出去。
> 大肚子的女人,仍涨着肚皮,带着满身冷水无言的坐在那里。她几乎一动不敢动,她仿佛是在父权下的孩子一般怕着她的男人。
> 她又不能再坐住,她受着折磨,产婆给换下她着水的上衣。门响了她又慌张了,要有神经病似的。一点声音不许她哼叫,受罪的女人,身边若有洞,她将跳进去!身边若有毒药,她将吞下去。她仇视着一切,窗台要被她踢翻。她愿意把自己的腿弄断,宛如进了蒸笼,全身将被热力所撕碎一般呀!
> ……
> 这边孩子落产了,孩子当时就死去!用人拖着产妇站起来,立刻孩子掉在炕上,像投一块什么东西在炕上响着。女人横在血光中,用肉体来浸着血。

至少在萧红之前的中国文学史上,从未有人这样写过。在生育的过程中,母体与新生命一起在生死边缘挣扎。"女人横在血光中,用肉体来浸着血"、"孩子掉在炕上,像投一块什么东西",这种血淋淋的场景是和她的"刑罚"生育观紧密联系着的。这里,萧红的"越轨"不仅仅是在"笔致"上,更重要的是在观念上。由于她完全站到了女性的立场上,对生育者的痛苦就不仅是旁观者,而是有感同身受的体验,于是就有了追问与不平:这种痛苦究竟是为了什么?为什么在家庭中,这样的刑罚要单单落到女人的头上?萧红通过对比来强化她的诘问,男人的冷漠、无情与女人巨大的痛苦形成了十分强烈的反差。当那个酒醉的男人迹近变态地折磨分娩的老婆时,家庭对于她就成了名副其实的地狱,"受罪的女人,身边若有洞,她将跳进去!身边若有毒药,她将吞下去。她仇视着一切,窗台要被她踢翻,她愿意把自己的腿弄断。"这是何等强烈的嘶喊,又是何等强烈的控诉!一切被遮蔽的、掩饰的真相在这样震耳的声浪中凸显,一切被天经地义化的价值面临着重新的审视。当然,萧红的态度不无偏颇,但是没有这样振聋发聩的声音,也不可能使人们从习焉不察的麻木中惊醒。

(二) 对传统家庭观念的颠覆

《生死场》不仅弥漫着从女性立场生发的对家庭的恐惧性想象,还隐含有颠覆现行"家庭"观念的强烈意愿,后一方面主要表现在作者对王婆形象的塑造上。小说的独特叙事方式,使文本显得仿佛没有一个中心人物。但深入寻绎,作者笔触的轻重还是有很大差别的。王婆就是小说落笔最重的一个形象;而作者描写的最为深入的家庭就是王婆的家庭;作者的家庭观念,也是在王婆的刻画中得到淋漓尽致的表现。

王婆形象的特点有四个突出的方面:一是多次的婚姻,二是旺盛的生命力与坚强的意志,三是在家庭中的主心骨作用,四是村子里妇女们的"无冕"领袖地位。

王婆结过三次婚,有过三个家庭。第一个家庭是她自己主动离开的。对于她的第一个男人,作品着墨甚少,只是写他打老婆,不负责任,把老婆、孩子打跑了,自己也就光棍一个回老家了。可注意的是王婆的态度,面对家庭暴力,到了忍无可忍的时候,自己断然带着孩子离开,去开始新的生活,使得村子里的妇女对此又好奇又"感动"。第二个家庭十分不幸,先是这个姓冯的丈夫病死,继而王婆带去的儿子又被官府捉去枪毙。王婆是在丈夫死后不久便离开已经成人的儿女,孤身一人再次改嫁到了赵三的家中。把这样一个多次主动改嫁的女人作为女主角来写,并塑造成令人敬佩的形象,这本身就表现出作者对封建传统观念的大胆叛逆。而通过王婆三次不同的家庭生活经历,还流露出萧红对于家庭一种深刻的解构态度——这一点,我们留待后面分说。

王婆的第二个特点是她旺盛的生命力与坚强的意志。作品里对这个多次逸出生活常轨的女人情有独钟,非常生动地描写着她的动作、言语和心灵:

王婆束紧头上的蓝布巾,加快了速度,雪在脚下也相伴而狂速地呼叫。

王婆宛如一阵风落到平儿的身上;那样好像山间的野兽要猎食小兽一般凶暴。

王婆永久欢迎夏天。因为夏天有肥绿的叶子,肥的园林,更有夏夜会唤起王婆诗意的心田,她该开始向着夏夜述说故事。

这实在不像一个乡村老太婆,或者说不像寻常的老太婆。而更令人难忘的是其死而复生的经历。当她为儿子死讯而痛不欲生服毒自尽时,所有的人都以为她已经死了,甚至怕她还魂而施以毒手,她却奇迹般地复活了。这一情节是萧红非常在意的,所以特地探询鲁迅的读后感觉,得到鲁迅的首肯后才放下心来。

萧红也许有意也许无意,在描写王婆的生命力、意志力的时候,多与其丈夫赵三对比来写。赵三在作品的诸多男人形象中是一个强悍的角色,但是与王婆的意志较量中却总是占不到上风,甚至处于劣势地位。最令人惊心动魄的一段是王婆的复活:

许多条视线围着她的时候,她活动着想要起来了!人们惊慌了!女人跑在窗外去了！男人跑去拿挑水的扁担。说她是死尸还魂。

喝过酒的赵三勇猛着：

"若让她起来，她会抱住小孩死去，或是抱住树，就是大人她也有力量抱住。"

赵三用他的大红手贪婪着把扁担压过去。扎实的刀一般的切在王婆的腰间。她的肚子和胸膛突然增涨，像是鱼泡似的。她立刻眼睛圆起来，像发着电光。她的黑嘴角也动了起来，好像说话，可是没有说话，血从口腔直喷，射了赵三的满单衫。

这一段描写潜在的意味非常复杂：王婆不肯轻易死去，作为丈夫的赵三却唯恐她不干脆利落地死；赵三"勇猛地""贪婪地"要置自己的女人于死地，而女人不仅没有被整死，反而顽强地活过来；复活的表现是喷出一口黑血，这血"射了赵三的满单衫"。王婆生之意志在与男人的搏斗中显现，并最终获得了胜利，其中蕴含的象征意味是萧红自己对于人生与家庭深隐的恐惧、执著与诉求的不自觉流露。

小说多次写到王婆与赵三之间在日常生活小事上的意志较量。如赵三从一开始就有经商的愿望，因进城而误了打麦场，被王婆狠狠数落了一通；又如后来抗租失败只得编鸡笼卖，一度也赚了一点钱，于是他就让王婆也来加入这桩营生，王婆不仅不肯加入，而且对他挣来的那一点钱也做出很淡漠的姿态。而最后的结果是王婆胜利：

赵三自己进城，减价出卖。后来折本卖。最后他也不去了。厨房里鸡笼靠墙高摆起来。这些东西从前会使赵三欢喜，现在会使他生气。……赵三是受了挫伤！

在家庭里，不管赵三什么态度，王婆就是自行其是，旁若无人。当她高兴的时候，尽管赵三父子都不在家里，她也是兴致勃勃地炸鱼、烹调，热气腾腾地自己享用；当她对赵三失望、对生活失望的时候，她就把一切家务都抛到脑后，自顾自地"烧鱼，吃酒"，然后一个人在院子里露宿。

但是，王婆绝不是懒婆娘或是悍妇。她无论是在全村的妇女之中，还是在赵三甚至其他男人们面前，都表现出超众的见识与能力。她的第三个特点就是在家庭中的主心骨作用。在暴风雨袭来的时候，她指挥赵三抢救场上的粮食；在处置家庭重要一笔资产——老马的时候，也是她来出面。特别是面临生死攸关的抗租危机时，她的果决、大胆、机智，都不是寻常农妇所能望其项背的。

王婆形象的第四个特点是她在女性中俨然的"领袖"地位。她的家是妇人们农闲时聚会的"根据地"。这当然是因为她在自己家里有地位，但也反映出她在女友中的威信。小说着意写了她的口才："王婆领着两个邻妇，坐在一条喂猪的槽子上，她们的故事便流水一般地在夜空里延展开"。"她的讲话总是有起有落；关于一条牛，她能有无量的言词。"所以作者戏称她做"能言的幽灵"。她丰富的人生经历也是"领袖群雌"的资本。村子里有女人难产，她总是到场并果断地动手来保住母亲的生命；当少妇不懂妊娠卫生伤及身体的时候，她就来传授自我保护的道理。而最为浓墨重彩的一笔是她对月英的帮助。月英因病被丈夫虐待，状况惨不忍睹。王婆不避脏臭为她擦洗，让这个可怜的女人在生命的终点感受到人间的一丝温暖。正是因为她的这些表现，村里的女人没事的时候愿意聚到她的周围，有事的时候则到她这里来讨主意。

这样一个个性鲜明、极具特色的女性形象，除了表现出黑土地上底层民众"生的坚强和死的挣扎"之外，还传达出作者颠覆传统家庭观念的渴求与努力。

西蒙娜·德·波伏娃指出，婚姻使得女人成为男人的附庸：

> 在（家庭）这个"联合企业"中，男人是经济首脑……女人改用他的姓氏，属于他的宗教、他的阶级、他的圈子；她结合于他的家庭，成为他的"一半"……依附于她丈夫的世界。

> 女人在家里的工作并没有给她带来自主性……无法赢得做一个完整的人的资格……她终归是附属的、次要的、寄生的。

她还认为，女人从未形成过一个可以和男人对等的群体，而只能通过男人所主导的家庭来体现自己的价值，实现自己的生存[①]。

这当然都是对于当时家庭状况的准确的描述。家庭对于女性的意义，很大程度就是如此。

《生死场》中的王婆形象却对此提出了尖锐的挑战。在女人和家庭关系的问题上，王婆最突出的意义就在于对"依附性"的彻底颠覆。首先，她的三次婚姻经历就使得家庭不再具有对她画地为牢的束缚作用；更何况，在脱离、选择家庭的过程中，王婆是遵照自己的自由意志行事的。这样，就把家庭对于女性那些曾被认为是天经地义的约束力解构掉了。其次，如前面分析的那样，她在家庭中不仅不甘于被支配的地位，而且实实在在地与丈夫分庭抗礼，甚至在重大事项上发挥着主导的作用。更为引人注目的是，作者对她的自作主张、任意行事的自由意志，给予了充分的同情，笔墨之间流露出欣赏的、倾慕的态度，这样就把王婆对家庭的态度和王婆其他优良的品性——刚强、机警、明达等一起，放到了道德制高点上。

这样一个挑战传统家庭观念的女性，却是全书感情世界最为丰富的形象。她

---

① ［法］西蒙娜·德·波伏娃著，陶铁柱译：《第二性》，中国书籍出版社1998年版，第488～492页、第521页。

自述第一个孩子夭折前后自己的心理变化，看似无情实则令人心酸。她对儿子死讯的强烈反应，对女儿的复仇教育，都是带有震撼力的情节。这样一个情感丰富的角色，她对传统家庭观念的蔑视与叛离，自然会赢得读者的同情。

对于女性对家庭的依附性，作品的第四节还通过另外的方式进行了颠覆。这一节主要写的是女人们之间的友情，中心则是王婆。

> 冬天，女人们像松树子那样容易结聚，在王婆家里满炕坐着女人。——王婆永久是一阵忧默，一阵欢喜，与乡村中别的老妇们不同。她的声音又从厨房打来："五姑姑编成几双麻鞋了？给小丈夫要多多编几双呀！"
>
> 五姑姑坐在那里做出表情来，她说："哪里有你这样的老太婆，快五十岁了，还说这样话！"
>
> 王婆又庄严点说：你们都年青，哪里懂什么，多多编几双吧！小丈夫才会希罕哩。"
>
> 大家哗笑着了！但五姑姑不敢笑，心里笑，垂下头去，假装在席上找针。等菱芝嫂把针还给五姑姑的时候，屋子安然下来，厨房里王婆用刀刮着鱼鳞的声响，和窗外雪擦着窗纸的声响，混杂在一起了。

这是整部作品中唯一的欢乐场面。如果和女人们在自己家庭中的屈辱、苦闷情景相比较的话，真有天堂与地狱的差别。"像松树子那样容易结聚"，"满炕坐着女人"，表现出女人同性之间的聚合力，也就从反面显示出家庭中情感的缺乏与彼此的隔膜。正是由于家庭功能的残缺，才使得女人们暂时地逃离家庭那狭小空间的束缚，在同性的友情中寻找另外的精神家园。"哗笑""可笑""灵活的小鸽子"之类欢乐与轻松的字眼，有力地表达出"此地乐，不思蜀"式的心态，与王婆的特立独行形象呼应着，共谋解构着女人对于家庭的依附性。

萧红在这一节对女人们的谈话做了一个概括，或者说是评价：

> 在乡村永久不晓得，永久体验不到灵魂，只有物质来充实她们。

这句话向来被看作是一种悲悯式的批评[①]，但如果顾及整个语境的话，其中还有不尽然的地方。这句话的上下文是女人们开始放肆地谈论"性"，不仅"邪昵"地说笑，还要彼此动一动手脚，然后从中感到极大的快乐：

> 每个人为了言词的引诱，都在幻想着自己，每个人都有些心跳；或是每个人的脸都发烧。就连没出嫁的五姑姑都感着神秘而不安了！她羞羞迷迷地经过厨房回家去了！只留下妇人们在一起，她们言调更无边际了！王婆也加入这一群妇人的队伍，她却不说什么，只是帮助着笑。

---

① 如陈琳《对人类生存意义的文化观照》："《生死场》中的妇女'永久不晓得，永远体验不到灵魂，只有物质来充实她们。'这就是她们可悲的生存状态。她们的情感世界得不到满足，只有用'物质'来麻痹自己的灵魂。"载于《安徽师范大学学报》（哲学社会科学版）1997年第4期。

可见"灵魂""物质"云云,在这里是特指男女之间的关系,"灵魂"指的是城里人、文化人挂在嘴边的"爱情""恋爱","物质"则专指性交。联系到小说里其他地方描写的性爱场面无不粗野乃至恐怖,这里的"心跳""发烧""羞羞迷迷"反而带有几分美感了。同性的情谊几乎要替代组成异性家庭的根基——性爱,家庭对于女性的向心引力在此又一次受到严峻挑战。以王婆为核心的女人圈子的快乐场景反衬了女人们各自不如意的家庭生活,这样的笔致有意无意间颠覆着"家庭"的神话。

在中国现代文学(1919～1949年)30年中,涉笔家庭的女性作家不在少数,她们对于家庭的书写都程度不同地融注着女性角度的经验和想象,同时又呈现出各具特色、异彩纷呈的面貌。比如冰心早期的《两个家庭》等作品,从可口的菜肴到宜人的花草,儒雅的丈夫与贤惠的妻子,处处是理想家庭生活琐屑而又实在的内容,仿如一个涉世未深的女孩子做的粉红色的梦;而张爱玲的《金锁记》《倾城之恋》等,展示了婚姻家庭中常态与变态的交相为用,质疑传统伦常,暴露家庭中赤裸裸的金钱利害;又如苏青的《结婚十年》,以半自传的笔法将平淡的家庭生活写得别具滋味,揭示了现代女性在当时家庭生活中的种种困境。与这些作品相比,《生死场》表面看似与女作家个体的情感、生活最为疏远,呈现的是家与国变奏的宏大话语,但细读之下,就会发现熔铸在宏大话语之中的,是萧红顽强、独立的女性视角与经验,而其中突出体现的女性对"家庭"的恐惧性想象与颠覆意味,可视为现代女性创作最具深度的表述之一;同时,我们也由此联想到萧红本人的坎坷经历,这一点在考量作家与文本间微妙关系的研究中或许具有特别的意义。

第三章

当代文学文化现象的性别分析

当代文学文化现象十分丰富,性别因素掺杂其间,呈现出复杂的面貌。本章结合性别视角,对若干问题进行探讨。

第一节 "人"的主体性启蒙与女性的自我追求

20世纪80年代,新启蒙主义在精神科学领域里提出的思想命题,与"把人作为人本身"这一启蒙思想的基本原则有着密切的内在联系。对致力于妇女解放的女性知识分子来说,在自觉借助这一思想命题展开讨论时,关于"人"的主体性的思考,既是她们努力开拓的领域、深信不疑的真理,而与之相伴随的种种思想困境,又充分体现了在启蒙主义"人"的视野中确立女性自我的难度。

卡西尔指出,近代的启蒙主义精神在有关人的认识上与其说是发现了新的事实,不如说是发现了一种新的思想方式。从这时起,现代意义的科学精神第一次进入了争辩的场所。在对于人的探究方面,逐渐抛弃了中世纪宗教哲学关于人的本质认识的先验性与神秘性,而侧重于以经验的观察和普通的逻辑原理为依据。这种新的人类学科学精神的第一个先决条件,是拆除那些人为地将人类世界与自然分离开来的栅栏,将对人类事物的研究,建立在自然宇宙的秩序上①。启蒙主

---

① [德]卡西尔,甘阳译:《人论》,上海译文出版社1985年版,第18页。

义精神由此奠定了"人"的科学基础：主客二分的自然观与认识观。换句话说，启蒙主义有关人的知识前提是建立在将自然客体化的基础上的。

然而，这种关于"人"的知识前提20世纪以来遭到了女性批评家的抨击。她们认为，虽然在17世纪的文化中，将自然女性化、智慧男性化并非新生事物，但是这些常见的指代却被赋予了一种新的关系，一种从属于男性利益的新的认知政治，并且这种新关系适应了男性创造现代科学理论的需要。如果说女性批评的理论尚不足以在关于人的近代传统之外建立一套属于女性的知识体系的话，这种批评行为本身却是具有发现并提出问题意义的。这也正构成了我们进一步追问20世纪80年代启蒙思想对"女性"问题认识的起点：在中国20世纪80年代的启蒙语境中，女性文学始终不渝遵循的人道启蒙以及重建个人自主性的努力，是不是与女性自身发展的内在要求完全一致？80年代新启蒙主义关于"人"的主体性的知识表达，究竟在何种程度上能够与建立女性主体的目标相契合？以下分别从女性文学创作中人道主义的"自我表现"以及所塑造的"社会主义新人"的性别指向入手，对此加以探讨。

一、"自我表现"与"真实"的标准

同西方人道主义启蒙的逻辑相一致，20世纪80年代女性文学创作关于"人"之主体性的叙述，一开始也是以肯定人的自然本性为前提的。像宗璞小说《我是谁》中对人的尊严的直白的呼唤，张抗抗小说《爱的权利》中对人的情感要求合法性的述说，都可以看成是为人的自然本性正名的先导。戴厚英在《人啊，人》小说"后记"里谈到，"实践是检验真理的唯一标准"的讨论把她的灵魂从黑暗引向了光明，使她从20年前批判老师所宣传的人道主义，转变为自己要在创作中宣扬从前所批判过的"人性、人情、人道主义"。与此同时，作者阐述了自己对"自我表现"的重新理解，反思了以往对现实主义和现代主义认识中的误区，突出强调在艺术创作中作家主观世界的重要意义以及调动一切艺术手段表现作家主观世界的重要性，并且对形成一个"中国的、现代的文学新流派"充满期待[①]。

然而，在女作家的创作中，现代主义的自我表现并不是在马赫主义的"感觉复合论"或柏格森的"主观意识内容"基础上谈论的。西方非理性主义的感觉论往往包含着对启蒙主义知识"人"的否定力量。这种内在的分裂在中国20世纪80年代的历史情形里却达成了某种一致：非理性主义对外在世界的批判与对

---

① 戴厚英：《人啊，人》，花城出版社1980年版，第358页。

内心感觉的强调，与启蒙思想要恢复人的自然本性的前提是一致的。"人"的命题的情感先行性质，使它首先在伦理领域获得了突出的发展，但是这种自上而下的批判运动，由于忽略了思想命题背后的物质经济形态，因此在 20 世纪 80 年代文学内部引发了一系列有关"自我表现"在历史时间上是否"真实"的争论。

比如对青年作家张辛欣在作品中表现的"社会达尔文主义"思想的争论，就可以看成是这种"真实"论的一个开端。张辛欣在一系列小说中表现出来的情感类型与心理状况，不仅是青年生活的一种"超前性"的表达，而且以一种无法化解的矛盾状态，为分析 20 世纪 80 年代人道主义命题的深层背景提供了一个入口。当时，批评界对张辛欣小说中人物的看法基本上是一致的，即认为这是一类"与整个世界对立的唯我主义者""赤裸裸地宣扬主人公的利己主义的人生哲学"。它的根源大概"植根于十年浩劫时期人与人之间"的"真实关系的土壤里面"，也可能来源于"新时期我国经济生活、文化生活中所出现的一些从表面看来好像类似于'生存竞争'的社会现象的错误思考"①。而联系后来张辛欣在《疯狂的君子兰》中表现的"社会主义的异化"思想，有评论认为张所犯的可能是对两种社会阶段认识不清的错误。"资产阶级作家反映的是现代资本主义社会确实存在的人的'异化'现象，而张辛欣同志所表现的是社会主义时代的人'异化'成为君子兰。这样的描绘"同思想理论界某些同志宣扬的'社会主义异化'论颇为合拍，而同现实生活相去甚远"②。

在此无意探究这种理论本身的正误，我们感兴趣的是评论者在评判是否"真实"时所持的标准。反"真实"论者主要基于这样的历史判断：将张辛欣所描绘的那些带有自我表现特征的人物进行横向比较，认为这些强者无非是自由资本主义时期"个人奋斗形象"的翻版。巴尔扎克《高老头》中的拉斯蒂涅、《红与黑》中的于连……这些富有生气的资产阶级力量是张辛欣笔下那些所谓强者的精神兄弟。这里涉及如何理解恩格斯的一段话。恩格斯称赞巴尔扎克"用编年史的方式，几乎逐年地把上升的资产阶级在 1816～1848 年这一时期，对贵族社会的日甚一日的冲击描写出来，……这些人在那时（1830～1836 年）的确是代表人民群众的"，而巴尔扎克"在当时唯一能找到未来的真正的人的地方看到了这样的人"③。这段话隐含的真实标准在于它的历史性质。反"异化"的真实论者据此认为，既然那些富于生气的早期的自由经济者在今天早已荡然无存，取而代之的也只是一些没落分子，那么即使把张辛欣那些自我表现的个人主义者放到当代的资本主义社会中去考察，也是过时的英雄，更何况在我们这个正在以整个人民

---

① 曾镇南：《评〈在同一地平线上〉》，见《光明日报》1982 年 7 月 15 日。
② 士林：《失误在哪里——评张辛欣同志一些小说的创作倾向》，见《文汇报》1983 年 12 月 6 日。
③ 《马克思恩格斯选集》（第 4 卷），人民出版社 1972 年版，第 462～463 页。

的力量开创社会主义现代化建设新局面的社会中呢?

怎样确定一个"真实"的标准——这个被20世纪80年代评论家用来质疑那些"自我表现者"产生的历史条件的问题,很容易让人想起20世纪50年代有关"文艺真实"的争论。确实,强调真实反映生活并不为错,"但是,要的是什么样的'真实'?怎样才能达到'真实'?问题的前半涉及衡量标准以及有关现象与本质、细节与规律的区分;问题的后半,则又回到'真实论'者竭力想加以'掩埋'的世界观与创作方法上的关系这一陈旧的话题上来"①。

在当代文学的演进中,真实论的有关表述往往突出体现着意识形态对中国知识分子话语生产所具有的制约作用,从而使那些颇为严肃的话题流于无法确证的语词分析。比如《我们这个年纪的梦》(张辛欣)中所表现的那种内化了的青年的心理状态,就面临着这样的批评:"把'现实'(即'存在')当作某种由个人在精神上构成的东西,当作由个人自由假定的东西——这种观点,实际上就是贝克莱的'存在就是被感知'这一主观唯心主义原则在艺术论上的反映"②。在20世纪80年代,以张辛欣为开端,后经徐星、刘索拉、残雪等人发展了的"自我表现"小说,以及一些女性诗人着意抒写女性内在感觉的"女性诗歌",都不断面临这种诘问。而判定"主观唯心主义"的理论尺度不在于作品是否写了直觉、潜意识和梦幻,关键是现实是否仅仅是非理性的、神秘的"自我感知",现实的"价值"是否仅仅以自我的形式来评断③。从这种尺度出发,就必须明确张辛欣"自由竞争"的"个人奋斗思想",刘索拉非理性的荒诞观念等究竟是"国产"的还是"舶来"的。如果是前者,那就大体意味着符合真实的判断;如果是后者,则将直接涉及人道主义命题关于人的"主体性"是否"真"的问题。对这个问题,1986年一篇关于刘索拉的访谈笔记做出了这样的判断:"我敢说流泻在刘索拉、徐星笔下的青年的灵魂、心迹、言行,并非舶来,而是国产。不是只因为受了西方现代派文学的影响,他们才写出了中国现代派味儿的新体小说,而是因为在中国的大都市中,现在已经出现了比较敏锐地感受到现代生活气息、矛盾、苦闷的青年,出现了上述的那种青年的身姿、心态,出现了现代人的特有情绪……"④

其实对于这个问题,张辛欣在1983年的时候已经用当时通行的反映论模式做了回答。她说,"作品试图追踪一个在我们这一代人中极常见的、普普通通的年轻劳动妇女心理变化的轨迹",试图"艺术地表现一代青年人对人生、对未来、

---

① 洪子诚:《关于五十至七十年代的中国文学》,载于《文学评论》1996年第2期。
② 王春元语,转引自《1983年短篇小说争鸣综述》,载于《飞天》1984年第1期。
③ 朱晶:《请从心造的灰色雾中走出来——读张辛欣小说随想》,载于《文艺报》1984年第2期。
④ 解玺璋:《刘索拉说:我别无选择》,载于《中国青年》1985年第10期。

对爱情……怀抱不那么切合实际的幻想和愿望,在经历了十年动乱期间知识青年那种普遍的命运变迁之后……重新适应、重新寻找到自己在生活中所应当占据的位置的过程"①。不过在争论中无所不在的意识形态力量的主导下,当时几乎没有人理会张辛欣这种"为妇女讲几句话"的苦心。

20世纪80年代"社会主义"意识形态的生产过程就体现在这种"本土化"情绪的具体参与上。这种心理状态无可避免地将日常生活中个人的生存困境视作一个与己无关的经典资本主义的"他者"问题,以此来维护对"社会主义"理念的纯粹信仰。然而历史的讽刺性也许就在这里。其实当时就有论者指出,中国现代派作家绝没有像詹姆斯那样刻意表现人的"黑暗感觉"的经典现代派问题,制约他们的问题意识往往是那些最具中国特色的社会问题,例如干部作风、干群关系、知识分子遭遇和中国革命的性质等。因此,像张辛欣、刘索拉这样的青年女性知识分子虽然"也曾茫然回顾,忧郁迷茫,……然而事实上,他们从未动摇过人的力量和人的尊严的信心"。这就"一下子"划清了他们与卡夫卡、加缪的界限,也"一下子"沟通了他们的人道主义追求与新时期文学主流的关系②。

这种主题的传统性也便成为解读这些女作家作品的有效途径。比如残雪的小说。虽然她的小说在形式上具有鲜明的先锋色彩,然而其内在意义仍构筑在现实中国的情境当中。小说《突围表演》主要情节围绕五香街展开。在这里,众人将性行为称作"业余文化活动"讳莫如深。不过当外来户X女士将性行为大胆地宣称为"个人的事业"的时候,五香街虚浮的道德表象就被打破了。人们在"可爱的寡妇"的带领下,展开了一场捉拿X女士和Q男士"奸情"的活动,并就这两人"奸情"的诸般细节进行了史无前例的争论。小说中所叙述的人们参与事件的热情与事件本身的意义极不相称,从而构成了一种荒诞氛围。然而小说整体的意义指向又很明确,它尖锐揭示了"文化大革命"时代政治革命教育走向反面之后的荒谬。

作者非常善于在她的一系列小说本文中营造"看客"式的精神环境,比如《黄泥街》中的"黄泥街"、《山上的小屋》中"我"所面对的家庭、《苍老的浮云》中的更善无家与老况家等。西方现代小说家让·热内在小说《偷儿日记》中曾叙述主人公斯提里坦诺身入"万镜之宫"的经历。在万镜之宫中,斯提里的形象被众多的镜子反射得支离破碎。这一细节常常被读作现代人之人格分裂的隐喻。然而在残雪的小说里,看不到这种人格的内在分裂,她刻意拷问人类灵魂的

---

① 张辛欣:《必要的回答》,载于《文艺报》1983年第6期。
② 许子东:《近年小说探索与西方文学影响》,见《文汇报》1986年3月31日。

凄厉与冷酷都是鲁迅式的。事实上她的作品所完成的也仍然是一种启蒙叙述，不过其中不再有鲁迅作品正面喻指人性价值的"启蒙者"，而是被一种女性特有的受伤与恐惧情绪所代替。与此同时，女性先锋作品主题的传统性也构成了问题的传统性质，有关张辛欣、残雪等人创作内容的"真实"与"假定""现象"与"本质""国产"与"舶来"的问题，实际上就存在于关于"人"的启蒙命题的生息环境当中。

在20世纪80年代，最难以取得社会认可的是张辛欣、刘索拉、残雪等女青年以现代主义的艺术形式所传达的自由主义思想，因为它忽视社会主义制度由于公有制的生产关系所决定了的集体主义的巨大作用，在道义上放纵了个人主义的生存法则[1]。平心而论，反对者的这些说法是有充分理论根据的。现代主义强调返回内心世界的话语方式，在道德上必然联系着个人主义的自我表现伦理观。而这种伦理观在一定时期内能否得到大众的认可，则取决于现实中是否存在自由主义的经济方式。自由主义的个人主义观点并不排除对社会目标的认可，但是将社会目标建立在与"个人目标"内在结构一致性的基础上。中国20世纪80年代的经济思想中没有这种自由主义传统，个人主义的观念作为一种外来的思想方法主要是在社会批判精神上体现出存在价值，而在作为一种思想原则具体落实到个人的人生信念时，自然就引发了与本土思想观念中惯有的集体主义经济、道德模式之间的激烈冲突。

"路呢？先前认定有一根必然的链条，被什么东西打散了，再来看，似乎原本也只是一些偶然的碎片……设身在纷乱的退潮中，茫然地被冲来冲去，把握不住别人，也把握不住自己"。这样的迷惘情绪传达出了女性个人主义者所掌握的历史力量的单薄：虽然确信有一种崭新的价值在，可是"通向它的道路为什么这样长？"（张辛欣《我们这个年纪的梦》）。韦伯曾经指出，早期的资本主义经济主要是从新教中的清教精神转换为自由资本主义所需要的意识形态，但是在中国20世纪80年代的历史情形里，要实现这种转换并不容易。它以一种精神先行者的姿态首先在部分经济较发达的都市里培养了自己的人格代表。例如张辛欣、刘索拉、残雪等人都以文化冒险的方式体现了历史自身的追求。"我愿意，这就是价值"——后来有评论者以比较理解的态度指出了她们同"上一代人"生活观念上的差异[2]。然而其间"创痛的酷烈"和无法说清的"本味"却体现了旧有意识形态力量的密集，以及在这种力量中寻找叙述缝隙的难度。

---

[1] 朱晶：《请从心造的灰色雾中走出来——读张辛欣小说随想》，载于《文艺报》1984年第2期。
[2] 许子东：《近年小说探索与西方文学影响》，见《文汇报》1986年3月31日。

二、"社会主义新人"的性别指向

在 20 世纪 80 年代与人道主义的"自我表现"具有截然不同命运的是"社会主义新人"的提法。同前者面临的情况相反,"社会主义新人"理论及其实践在新时期得到了众多人士的认同。实际上 20 世纪 80 年代的"社会主义新人"所喻指的并不仅仅是一种理想女性的标准,而是超越性别思考的一种总体设计,它同"自我表现"的提法一样,通过一正一反的形式提示了时代精神的某些深层特征。邓小平 1979 年 10 月《在中国文学艺术工作者第四次代表大会上的祝辞》中指出:"我们的文艺,应当在描写和培养社会主义新人方面付出更大的努力,取得更丰硕的成果"。① 究竟什么是社会主义新人?新人应该具备哪些素质?于此并没有进一步解释。不过依照中国革命文艺组织者传统的资料来源,也并非无迹可寻。比如恩格斯曾经在《诗歌和散文中的德国社会主义》一文中提到"倔强的、叱咤风云的和革命的无产者"②。苏联 20 世纪 30 年代文学界曾经有过塑造"社会主义英雄人物"的要求,新中国成立后也有"工农兵英雄人物"的提法。可以看出,"新人"的"新",是相对于资产阶级的经济社会观而言的。作为特定年代的中心话语之一,它从属于一种"新社会意识"的生成,即致力于旧有文化秩序的破坏,通过预约未来而表现出"新"的特征。这实际上仍然是用文学实践来体现意识形态领域要求不断革命的主张。因此某种意义上可以说,它是与人道主义的"自我表现"具有对立性质的一种理论语言。当时的批评也证明了这一点。那些主张个人表现的女作家如张辛欣、刘索拉等,就未被认可为"社会主义新人"形象的塑造者。不管怎样,"新人"在 20 世纪 80 年代的提出,寄予着知识分子对政治自由、文艺开放的精神追求与经济正义、物质丰富的现代理想,它很快转化为塑造"新女性"的新标准。

作为"新人形象"被广泛谈论的乔光朴(蒋子龙《乔厂长上任记》)、陈抱帖(张贤亮《男人的风格》)、郑子云(张洁《沉重的翅膀》)、李向南(柯云路《新星》)等男性英雄自不待言,就说《赤橙黄绿青蓝紫》(蒋子龙)中的解净,由于"思想的解放""信念的执著""生活的充实""处世态度的严肃","无疑是一位新人典型"③。而对于正面描写女性价值的短篇《玛丽娜一世》(楚良),

---

① 邓小平《在全国文学艺术工作者第四次代表大会上的祝辞》,见《人民日报》1979 年 10 月 31 日,收入《邓小平文选》,人民出版社 1983 年版。
② 恩格斯:《诗歌和散文中的德国社会主义》,见《马克思恩格斯全集》第 4 卷,人民出版社 1958 年版。
③ 张学敏、朱兵:《反映现实生活,推进社会改革——蒋子龙中篇小说集读后》,载于《芙蓉》1984 年第 1 期。

批评家用略带铺陈的句子概括了主人公的总体特征:"她是旧传统的毁坏者,新生活的建设者,农业现代化的开拓者,党在农村的新经济政策的实践者,当代科学文明的实验者,争取妇女彻底解放的身体力行者"。因为它具备这样多的崭新素质,因此"她是搏击风雨的海燕,遨游太空的彩凤——我们时代呼唤的新女性"①。这类充满了"光荣与希望"的话语模式与刘索拉等人着意书写人的"黑暗感觉"形成了鲜明的对比。这种批评家与作家之间渐趋一致的精神表达方式,逐渐将女性解放的思考引向这样一个判断:社会主义新时期妇女的"独立精神"当然应该是与"物质文明、精神文明建设的不断发展分不开的",而关键是女性在现实发展中形成了这样的精神觉悟,即"总是从与妇女解放的需要相联系,走向与社会需要相联系"②。

不过这种时候并不是很多。实际上在具体作家的实践中,由于复杂经验的参与和个人主观意志的作用,往往在具体文本中形成对这个"中心话语"的微妙改写。从众多的"不是新人"或"不够新人标准"的判断中,我们或许可以窥见时代精神的一些隐秘特征。比如对陆岑岑"不是新人"这一点,张抗抗解释说:"新人是不应该有什么固定的概念和模式的,而主要应该看她(他)的思想主流所反映和代表的是否属于社会的进步潮流",其次是"他们的所作所为应当带有新的时代的鲜明特征……"③ 张抗抗所理解的"新"也许是从"政治自由,精神进步"的启蒙主义的思想原则出发的,但是它与新人所"应该"有的语义内容或许存在着某些偏差。

这样,"新人"虽然负载了时代精神的共同期待,而且也部分地满足了"人"的解放要求,但是由于生成语境的非自我性质,使它的命运如同"自我表现"的理论预想一样,逐渐暴露出内部的分裂性。比如张贤亮《男人的风格》这篇小说中的"新人"陈抱帖。小说中作家石一士对陈抱帖的评价是:"中国需要他这样的人"。然而这些人"对情感极为淡漠","对人的关怀也仿佛是达到一定政治目的的手段"。可以看到,所谓"社会主义新人"作为一种意识形态的东方形象设计,回避了现代化过程中对个人利益、生活空间的必要的协调,因此它提供的主体是一个虚幻的、分裂的主体,由于这种对"新人"的叙述是出于一种保卫东方价值与道德的意识形态战略,因此它在妇女观念上天然地具有返回传统的可能性——陈抱帖"骨子里还是一个农民"。

在经历了四五年的时间以后,文学批评开始从对"社会主义新人"的轻意指认,转化为"她们真是新人形象吗"的疑虑。这一微妙的变化体现了历史选择超

---

① 吴宗蕙:《时代呼唤的新女性——评〈玛丽娜一世〉》,见《光明日报》1984 年 3 月 15 日。
② 程文超:《新时期女作家创作上的情感历程与时代意识》,载于《批评家》1987 年第 4 期。
③ 张抗抗:《我写〈北极光〉》,载于《文汇月刊》1982 年第 4 期。

越主观判断的意志作用,而且正是基于这种无法意识到的选择,批评家从为"新人"理论提供的不分性别的"新人"典型中,酝酿出"女性雄化"的话题。

对于"女性雄化"的具体所指,创作上的例证并不太多。大体上"雄化"不仅是指像张辛欣笔下的一些要与男性争地位、争事业、争尊严的女性精英,而且更多是指像小说《燕儿窝之夜》(楚良)、《玛丽娜一世》(魏继新)中那些社会主义现代化建设事业中的女英雄们。《燕儿窝之夜》中的姑娘们在大洪水中抢救油桶的行为本来无可非议,问题是此类小说在着力突出女性的英雄气质时,刻意渲染了英雄行为与自身家庭生活之间不可调和的矛盾。针对所谓"女性雄化"的文学现象,持反对意见的人认为,"'女人雄化'不是妇女解放的方向","雄化"的历史根源是"长期的左倾宣传灌输了可悲的盲目性"①——这基本上是一种政治立场;持理解观点的则认为,这种现象是"妇女压迫的矫枉过正,是在恢复女性本来面目的必经阶段""一方面是女性对真正男子汉的心理呼唤……另一方面则是社会对女子及女子自身形象的扭曲所产生的疑惑"②——这是从社会文化的角度而言;还有一种代表性的观点是从女性的自然生命价值出发,认为"女性雄化"是一种"历史的必然""是女性身上原本存在的异性气质终于得到了合理发展的机会",是"男子气质与女子气质同时在一个个体身上得到均衡的发展",因此不应看作"女性文学发展的歧路"③。

这三方面的看法从一个侧面体现了 20 世纪 80 年代人们对女性意识的评价标准。那些坚持政治立场的论者主张批判"极左",以此来达到女性自身价值的实现;而坚持社会文化立场的论者其实也有一个隐含的批判目标,即社会主义文化中以"民族文化"名义保存下来的封建男权观念。因为它们以各种"社会主义"化的人情观和伦理观制约着女性的全面发展。比较难以定位的是坚持"女性雄化"不是"女性发展歧路"的自然生命派。她们于此提供的似乎是一个超越性的话题,然而倘若细究其阐释语言及问题意向,却又并非如此。她们实际上倾向于建立一个区别于"社会主义新人"沉重的社会义务的妇女自然生命角色的尝试,这种尝试的出发点是将女性还原,即将女性还原到家庭、爱与身体体验之中,并且在伦理上认为这种自然还原在道德上并不低于那些承担着沉重社会义务的女性。

比较能说明这一倾向的是伊蕾、唐亚平、翟永明等人的"女性诗歌"。女性诗歌作为一种创造现象,包含着女性诗人十分丰富的生命体验。仅就这三位女诗

---

① 王福湘:《"女性文学"论质疑——与吴黛英同志商榷兼谈几部有争议小说的评价问题》,载于《当代文艺思潮》1984 年第 2 期。
② 吴黛英:《女性世界和女性文学》,载于《文艺评论》1988 年第 2 期。
③ 吴黛英:《女性文学"雄化"之我见》,载于《文艺评论》1988 年第 2 期。

人来看，伊蕾对独身女人生命过程的悲剧性抒写（《独身女人的卧室》），翟永明所表现的女性对自我存在价值的反思（《女人》组诗），以及唐亚平对女人与性的哲学思考（《黑色沙漠》），也可以证明女性叙述自我感受的丰富性。不过这里强调的是在将女性由"社会自我"向"生命自我"还原这一点上，这一类"女性诗歌"的特定文学史意义：同是女性，谌容笔下陆文婷积极筹划人生的责任感，在这里成为"走投无路多么幸福，我放弃了一切苟且的计划，生命放任自流"（伊蕾：《独身女人的卧室》）。张辛欣笔下的女性对家庭责任分配不公的哀怨，在这里则转变为这样的女性姿态："我是最温柔最懂事的女人，看穿一切却愿分担一切。"（翟永明：《独白》）此类"女性诗歌"以敏锐的心理感觉传达出部分女性知识分子的自我探索。不过这种通过无限还原营造的"只属于女性的世界"就像无性化的"新人世界"一样，都是社会伦理与女性自我伦理无法平衡的极端形式。

"女性"在启蒙语境中的问题性质，或者说启蒙主义的妇女解放观点在建立人的主体性的时候，从理论逻辑上肯定了人的主体性思想对摧毁外部旧世界的批判作用，而回避了由"人"的主体性叙述到对女性"自我觉醒"的理论思考。由于理论上缺少对"女性"作为"人"的必要设计，在现实观念上就有可能导致与男性世界的绝对对立。王安忆的小说《弟兄们》中三个女性所建立的小世界似乎是完整的，但是仔细分辨她们之间的称谓——"老大""老二""弟兄们"，仍然近乎一种对男性身份的假想。换句话说，这个似乎是纯女性的世界根本没有能恰如其分地表达自己的语言。离开了男性世界的存在，三个女性的关系也就失去了存在意义。这种与生俱来的"表达困境"最终导致了这个女性世界的解体。另外如"改革文学"创作浪潮中"改革加爱情"模式的流行，大男人与小女子的搭配，以及贯穿20世纪80年代大部分时间的男女两性作家对女性审美"传统"与"现代"两种价值的截然不同的选择，乃至"女性雄化"问题，从一种抽象的哲学意义上讲，都属于启蒙主义内部男性（主体）与女性（客体）二元对立哲学思维方式的具体体现。这种主体性叙述的性别盲点，使女性问题在20世纪80年代经常处在一个被期待的位置，以至酿成不断重临起点的话题。

实际上在20世纪80年代中期以后，经过启蒙阶段的讨论，妇女问题不仅没有趋于消失，反而呈现出更为激进的姿态。"激进"的重要特征首先表现在一批比较具有"代表性"的女性文本的出现。例如王安忆的《神圣祭坛》《小城之恋》《荒山之恋》《锦绣谷之恋》《岗上的世纪》，以及铁凝的《麦秸垛》《棉花垛》《玫瑰门》等，都是被女性批评家所经常引证的。当然更直截了当的还是"作为女性的阅读"的女性批评的推波助澜。比如1987年《上海文论》第2期首次在中国以"女权主义"名义推出的文学批评专辑，就可以看成是一个具有历史意味的事件。如果说女性批评家对"女性雄化"问题的讨论体现了她们对那种肤浅的男女同一论的警觉,那么此时此刻,当进一步提出以"女权主义"为名义的批评战略时,则可能表现出她们对一种更具冲击力的女性批评的向往。

就像这个专辑的编者解释的,之所以给"女权主义"四个字加上引号,是因为在中国尚不存在真正意义的女权主义批评。然而尽管如此,《上海文论》的这个专栏在新时期女性文学研究发展进程中无疑留下了颇有意义的一笔。专辑中的文章包括朱虹《对采访者的"采访"》、孟悦《两千年:女性作为历史的盲点》、陆星儿《女人与危机》、吕红《一个罕见的女性世界》、钱荫愉《女性文学新空间》、施国英《颠倒的世界》、王友琴《一个小说原型:"女人先来引诱他"》等。女性批评在此不同于20世纪80年代初的地方是,不再只是以攻击"传统性"来维护妇女的现代价值,而是转化到探讨对女性价值与男性价值关系的立场上来。作者思想敏锐,情绪激烈,力主从既有框架内掀起一场对"男权社会"及其"话语"的全面反动。或许,相对于理论分析的偏于薄弱,这里更为重要的是一种"态度",一种要从男性的话语世界中分离出来的女性姿态。

综上所述,20世纪80年代的女性文学始终处在一种紧张的冲突之中。这种"紧张"不仅来自女性文学外部思想环境的复杂多变,而且也来自女性知识分子自身在走向"现代"的过程中,由于思想观念和伦理道德观念的变迁所带来的心理上的焦虑与迷惘。因此,如果试图用一种简单的话语来概括80年代女性文学的基本特征,势必面临如何表述的困境。某种意义上甚至可以说,这种表述上的悖论正是80年代女性文学一个鲜明的特征。因为生活于一个发展中国家的女性知识分子,其文化身份的含混与多重几乎与生俱来。在西方女性主义者可以相对便捷地做出判断与选择的命题面前,中国女性知识分子却不能不考虑到所选择的思想资源的外来性,不能不考虑到传统与现代之间的复杂关系,并为之付出加倍的热情与痛苦。80年代女性文学所蕴含的思考主要不是对现实问题的总结和提升,它所表现出来的观念上的凌乱以及时或显得偏于"激进"的理论姿态,也许恰因为其自身正处于一个外来思想在古老而又正在焕发青春的国度里寻找实践的过程中。

总的来看,20世纪80年代女性创作更重要的是在于其处于一个新时期起点的位置。进入90年代之后,启蒙主义有关"女性/人"的混同叙述的矛盾渐趋突出。这一方面提示了妇女解放任务的延续性,另一方面,女性知识分子那种试图摆脱政治意识形态话语和男性中心话语的影响,渴望固守内部经验独特性的强烈要求,又预示了90年代女性创作的某些特征。也就是说,80年代文学视野中对女性问题的关注,既体现了启蒙主义思想模式的渗透,同时也昭示出,正是启蒙主义的思想目标对女性自我意识的塑造以及它所带来的新问题,为后来的女性解放之旅提供了反思的契机。

第二节　20世纪80年代的女性文学书写与现代国家意识

在20世纪80年代女性创作中，现代国家意识是一个不容忽视的存在。实际上，当代学界对"文学新时期"的命名本身，首先依据的就是国家的历史经验而并非文学自身发展的阶段性。不仅如此，"现代性"作为一个国家形态的政治、经济目标，被指定为文学的叙事核心。这样的叙述语言所体现出来的历史连贯性，向我们提示着历史戏剧的"秘密"：新时代否定的是旧的历史时期的具体政治目标与手段，而继承的却是百年来知识分子建立现代性民族国家的信仰本身。它作为男女知识分子共同享有的思想文化背景和资源，以文学的形式展示了国家政治的转型过程。

正因为如此，当研究者试图在20世纪的中国女性文学创作中寻找所谓比较纯粹的"女性写作"时，总不免陷于迷茫。于是，有关"女性"和"女性意识"的阐发，往往不得不进入对女性与其所处的民族国家文化状况关系的分析。而这种状况的形成，既是基于现代女性对国家、民族责任感的内在觉悟，同时也反映着近现代民族国家状况对包括女作家在内的文化人提出的外在规约。

一、女性经验的叙写与国家民族苦难

20世纪80年代女性文学的现代国家意识首先体现于女性自我经验的倾吐。"终于，我冲下楼梯，推开门，奔走在春天的阳光里……"（王小妮《我感到了阳光》），这虽是年轻女性的青春抒怀，却也可看作新时期女作家精神状貌的描述——这是一个骤然洞开的精神空间，景象朦胧却又富于魅力。类似这样的表达比起"文化大革命"时代的诗歌来，显然更重视作者主体经验的原生性。80年代初的女作家提供给文坛的许多作品，如小说《三生石》（宗璞）、《爱，是不能忘记的》（张洁）、《爱的权利》（张抗抗）、《老处女》（李惠薪）、《一个冬天的童话》（遇罗锦）；诗歌《致橡树》（舒婷）、《给他》（林子）等文本中，都明显隐含着一个经验主体"我"。作品讲述的是"我"的故事，抒发的是"我"的情感。其中所书写的创伤性体验来自人之身心的不同层面，既涉及肉体，更触碰灵魂。

近代人文主义者曾经借助于日常经验的合理性对经院哲学进行抨击，义无返

顾地进行世俗生活启蒙。20世纪的实用主义思潮也再次肯定了经验对真理的认识作用。总的来看，"经验"的被重视，趋向于对人的感受合理性的拯救，意味着力求消除各种知识话语的蒙蔽，返回到事物未被异化的原初状态。正是在这个意义上，女性主义批评家埃莱娜·西苏等人主张女作家应该实践一种自传性的纯粹经验写作，认为循此途径可以消除那些男性话语对女性身体的统治，实践将女性从潜在的历史场景恢复到前台的可能性。而在中国新时期以人道主义名义进行的女作家的创作中，对"日常经验"的叙述无论是从作家自身还是从社会效果来看，都具有明确的追求现代性的启蒙功能。

有学者指出，20世纪80年代中国人道主义的主要任务是分析和批判反现代性的现代化的意识形态及其历史实践，"在中国向资本主义开放的社会主义改革中，它的抽象的人的自由和解放的理念最终转化为一系列现代性的价值观"，并且由此"催生了中国社会的'世俗化'运动"[①]。实际上，最初的人道主义的世俗生命关怀，就表现在那些曾被"革命理念"压抑的自我经验重新成为文学的叙述对象之时。研究者发现，那些被命名为"伤痕文学"的作品一个重要的叙事指向就是"对日常生活的正面书写"[②]。新时期文学的世俗化运动催生的正是现代社会中个体日常生活经验的复杂性与原生性。林子《给他》中有这样的诗句："我送过你一缕黝黑的长发／在我们订婚的那天晚上，它上面滴落／纯真少女幸福的眼泪，像一串最珍贵的珍珠。"作品以纯情的回忆语调，通过叙述者"我"诉说昔日经验的方式娓娓道来，倾诉了一个初恋少女的记忆（也许它曾是真实的感情事件），富于感染力。

与此相联系，这种文学化的生活感受能够得以复原，很大程度上是伴随着第一人称"我"的叙事功能重新获得合法性而实现的。叙事视角的转化本身就意味着主体放弃了先验性地对世界本质的占有与构造，转而在日常生活领域重新寻求经验个体存在的合理性。如果按照埃莱娜·西苏的观点，呈现自我经验的自传性叙事对女性意识的生成是有利的，因为借助于这种写作方式，女性可以驱除意识形态话语的遮蔽，实现对自己身体的把握。比如宗璞的《三生石》中有关主人公梅菩提在医院中透过显微镜观察自己身体的一段描写："……她很容易地看到了镜头下的几个细胞，颜色很深，显得很硬。最奇怪的是它们竟给人一种很凶恶的感觉。菩提猛然觉得像触到蛇蝎一样，浑身战栗起来。要知道，这些毒物，就在她身体里呵。……正常细胞颜色柔和，看上去温润善良。菩提默默地看着，那种毛骨悚然的感觉消失了。"这里，作者采用隐喻的方式来表达女主角梅菩提细腻

---

① 汪晖：《当代中国的思想状况与现代性问题》，载于《文艺争鸣》1998年第5期。
② 孟繁华：《1978：激情岁月》第二章"人道主义的话语实践"，山东教育出版社1998年版。

的身体感受，其中传达出来的仿佛可以触摸到的历史动乱所施加于个体的创伤和疼痛，在"十七年文学"中是读不到的。这样的叙述必须借助于一种人道启蒙的整体语境才能产生，因此，这种梅菩提式的女性对身体的复原描写就有了明确无误的时代意味，不仅在文学启蒙意义上突破了"寓言式"的革命意义模式对女性的惯有叙述，而且在性别意义上也是对性别本质主义的一种反动：女性经验叙事致力于超越作为男性想象的女性温柔本质，写出了女性日常存在的本真。

在20世纪80年代女性文学正面叙述女性生活经验的作品中还可以看到，《恬静的白色》（谷应）中，年轻的邵雪晴斜倚在病床上，双腿像两根麻杆，只剩下一双手还残留着女性的美丽；《方舟》（张洁）中的梁倩在已分居的丈夫眼里，"又干又硬，像块放久了的点心，还带着一种变了质的油味儿"。后者将男女两性直接置于被审视的地位的描述，在当代文学传统中是具有启示意义的，它包含着作家本人那些被灼疼了女性生命体验，因此这一"对视"的讽喻性质也就不言自明：它消除的是相互想象的性别浪漫主义传统，女作家在此"谋杀了家庭中的天使"①，这一"冒险"带来的则是新时期文学男女两性描写趋于自然。

依靠知识分子新启蒙主义的思想力量，新时期女性文学开始了意欲重塑个人经验空间的努力。实际上，以"日常经验"叙述所展开的文学主题，从一开始其内在的精神向度就不是单一的。新时期初年的"伤痕"作品都有一个明确的批判对象，这一对象的具体所指与国家制度有关。如果对1978年至1982年发表的表现女性命运的作品进行抽样分析就会发现，这些小说的叙事结构往往非常相似，内容则往往具有双重意味。对女性主人公生活经验的叙述仅仅是作品的表层，而作品的意义深层支点则主要集中在"国家""民族"之类语义的介入。于是有关内容可以毫不费力地转化为明确的社会批判意识。例如竹林在长篇小说《生活的路》中对主人公娟娟的描述。作者在深入描写女性的经验世界以及心理波澜时，始终没有忘记叙述的目的：揭露虎山党支部书记为代表的极"左"势力的罪恶。

不过有些时候，文本或经验的二重性质是在一种不自觉的矛盾状态中结合着，比如舒婷的诗作《祖国啊，我亲爱的祖国》。从叙述者的心理经验来看，诗句应属一个历经沧桑的历史参与者的自我感触，但在书写过程中语言主体不知不觉转换为国家。也就是说，这并不是一首单纯的祖国颂，而是承载着女性个体经验的"小我"与国家"大我"合而为一的产物。舒婷曾表示："我从来认为我是普通劳动人民中间的一员，我的忧伤和欢乐都是来自这块被河水和眼泪浸透的土地……纵然我是一支芦苇，我也是属于你，祖国啊！"② 新时期女作家出之自然

---

① 朱虹：《中国当代小说中的病妇形象》，见李小江等主编：《性别与中国》，生活·读书·新知三联书店1994年版。
② 舒婷：《生活、书籍和诗》，载于《福建文艺》1981年第2期。

地参与了时代语言的交替，呈现出"过渡"特征。而其中程度不同地包含着的叙述个人经验的指向，并非埃莱娜·西苏所倡导的性别自觉，而是基于对建立特定的国家目标的渴求。只不过她们有时会近乎本能地从个人经验出发，批判现存社会结构。

我们如果进一步追问20世纪80年代女性文学中这种现代化理念的性别标准，就不难意识到问题所在，即新启蒙主义思维本身所具有的片面性。正因为如此，此期女性创作中有关女性经验的叙写，主要体现的并不是女性性别的苦难，而是对国家、民族苦难的承担，其实质仍是一种国家话语的美学形式。与此同时，那些似乎不带有意识形态色彩的个人感情空间的存在意义也不能不受到制约。

二、爱情叙事与启蒙语境

新启蒙主义的现代国家意识在20世纪80年代女性文学创作中是"具体"的，其具体性的一个重要表现就在于，即使像"爱情"这样的文学话题，都因为时代赋予的批判功能而承担了启蒙精神。比如张抗抗《爱的权利》、李惠薪《老处女》、乔雪竹《荨麻崖》、叶文玲《心香》、航鹰《金鹿儿》、铁凝《没有钮扣的红衬衫》、遇罗锦《一个冬天的童话》和《春天的童话》等作品中有关男女情爱的表达。

在这些作品里，张洁的《爱，是不能忘记的》是出现较早的一篇。尽管批评家围绕女主人公钟雨与老干部的心理活动进行了许多有关道德的争论，但是这部作品其实未必如同一般所认为的那么超前。就其内在的叙事结构来看，仍然是一个知识分子挑战革命婚姻的老故事。钟雨与理想中的爱人"老干部"所有的麻烦都是因为老干部有一个合法的妻子，而且由于这个妻子具备革命道德理念等最基本的价值"代码"（出身工人阶级，父亲为革命而牺牲）因而具有道德权威性。虽然这个妻子在小说本文中并没有正面出场，但是围绕她的那些道德裁决构成了本文的叙述基础，也使钟雨的内心表白带上了原罪性质。其实，这样的爱情故事在20世纪50年代的"百花时代"就曾有过短暂的上演，比如邓友梅的《在悬崖上》、丰村的《美丽》等。作为当代文学史上带有连贯性的一种"精神原型"，它表达的是以"没有爱情的婚姻是不道德的婚姻"为宗旨的，知识分子之间相互寻找共同经验的努力，是以一种"纯"精神的姿态来试图维护那些被排斥在秩序外的东西的价值。

比较富于时代新意的是，在这些爱情故事里，自五四以来的女性创作中关于"理想爱人"的焦虑被强化。《爱，是不能忘记的》故事中潜在地包含了"寻找男子汉"的主题，这一主题后来演化为具有一定代表性的性别审美意向。而张洁

《方舟》中一位女主人公的愤激之言将这种焦虑做了更为突出的表现："难道中国的男人都死光了？"当然，20世纪80年代女性文学对"理想男性"的焦虑与"五四"时期是有所区别的。五四时代女作家对"父亲"家庭的否定，旨在否定压制子一辈的父亲权威，表现的是个性解放与民主思想对封建传统的反抗，而非女性主义精神，故而有人认为，那时的女性文学"只反父亲，不反男性权威，女性只不过从父亲的家庭逃到另一个男性的家中"；随着文学革命事业的开展，文学观念中"社会革命这一性质的突出和极端化，给中国女性解放运动带来了两个结果。首先它淡化了男性批判，其次它淡化了女性的自我反思"①。而前一结果不管是从思想观念上还是从实践效果上来看，显然更为突出。因此，20世纪80年代女性文学爱情叙事中所具有的将性别批判对象由"父亲"角色向"丈夫/男性"角色转移的内涵，就具有了继20世纪前期部分女作家（例如白薇、庐隐、萧红、袁昌英等）之后，重新将启蒙主义精神从社会领域引申到性别内部的意义。

这一转移的实现是以道德的现代性重塑为突破口的。20世纪80年代女作家引起争议的爱情题材作品，往往都是由女性主体的反传统而引起的。有时这种道德挑战达到相当激烈的程度。例如，1981年11月《光明日报》在讨论张抗抗的小说《北极光》时加了一段按语，指出："近几年的创作实践说明，如何对待文艺创作中的爱情描写，已经成为关系到我国社会主义文艺健康发展的一个很值得注意的问题。"按语强调广大读者和观众对一些作品在"爱情与革命""爱情与社会主义事业"及"爱情与道德"方面的"不正确观点"表示了"强烈的不满"，同时指出，也有不少人认为这样的爱情题材作品是"冲破禁区，解放思想"的表现②。从这篇按语的措辞中，不难看到主流媒体对类似作品的微妙表态。既然爱情描写"是一个很值得注意的问题"，因此像《北极光》这样的借爱情描写要探索"青年们所苦恼和寻觅的""丰富深广"的努力引起争议就是不可避免的了。争论的焦点集中在女主人公陆岑岑一而再地更换恋爱对象是一种"资产阶级的人生观"，还是一种新型的社会主义道德③？争论双方都引用马克思、恩格斯、列宁诸人的有关言论为依据。然而，马克思本人虽然赞赏自由的爱情，但同时也批评过那种仅仅是"夫妻个人意志"的"幸福主义"④；列宁既明确批

---

① 禹燕：《女性人类学》，东方出版社1988年版，第154页。
② 《光明日报》1981年11月26日第3版。
③ 陈文锦：《创作意图与作品实际倾向的矛盾——评〈北极光〉》，见《光明日报》1981年11月26日；怡琴：《从〈北极光〉〈方舟〉谈婚姻道德》，见《解放日报》1982年6月27日；曾镇南：《恩格斯与某些小说中的爱情理想主义》，见《光明日报》1982年4月22日第3版。
④ ［德］马克思：《论离婚法草案》，见中央编译局：《马克思恩格斯全集》（第1卷），人民出版社2002年版，第347页。

评婚姻生活中"杯水主义"的做法,指出"那个著名的杯水主义是完全非马克思主义的,并且还是反社会的。在性生活中,不仅表现着自然所赋予的东西,而且也表现着文化所带来的东西,尽管程度上或有高下之分";同时也阐明了"克己自律并不是奴役"的思想①。革命导师似乎前后不无"矛盾"的观点常常使争论变成一种策略性的事件,同时爱情选择本身的私人化性质,也往往让道德评判者流于琐碎的动机分析。

实际上,在20世纪80年代整体化的启蒙语境中,关于爱情的道德与非道德的争论往往隐含着在现代化实践中传统价值观与现代价值观的对立。那些主张对爱情选择采取更自由姿态的论者主要是出于一种营造现代道德范型的启蒙信念。因此,如果仔细探究陆岑岑那些"超前的观念"的内在本质的话,主要还是体现为一种由现代性信念所激起的前倾式的价值准则,这使她对未婚夫傅云祥悉心构造的大众型日常生活有一种本能的厌倦。当傅云祥问她"你希望的生活是什么样子"时,陆岑岑回答"反正不是现在这个样子""一定不是像现在这个样子"!这里看不到两性之间作为日常生活形式的交流,而只是超越物质主义的对"未来"的崇拜与想象。其实在陆岑岑的生活空间中,已经呈现出中国80年代特有的现代化表征。

小说中有一段关于"新房"的叙述:

> 确实什么都齐了,连岑岑一再提议而屡次遭到傅云祥反对的书橱,如今也矗立在屋角,里面居然还一格格放满了书。岑岑好奇地探头去看,一大排厚厚的《马列选集》,旁边是一本《中西菜谱》,再下面就是什么《东方列车谋杀案》《希腊棺材之谜》《实用医学手册》和《时装裁剪》……她抿了抿嘴,心里不觉有几分好笑。这个书橱似乎很像傅云祥朋友们的头脑,无论内容多么丰富,总有点不伦不类。

从这段描写中可以看出,现代型社会特有的大众文化消费已经开始与精英文化抢占市场,虽然尚处在萌芽阶段,但是那种戏谑深度、消解意义的存在方式已经对精英文化形成了包围之势,不过由于它在当时的新生性质,因此显得有点"不伦不类"。应该说,消费主义文化是现代化进程中必然伴随的现象,它通过多种信息资源的共享,生活目标的实用化,拆碎了人们曾经赖以生存的古典意义模式,使人们的生活经验趋于无序化、平面化。但是在20世纪80年代,类似的现代化征候常常被理解为是一种失去了生活目标的混世哲学,因为启蒙主义的理想精神有自己的生活信条:"不管生活是什么样子,反正不是现在这个样子"。

鉴于20世纪80年代女性知识分子自身文化冲突与文化选择的普遍性,一篇

---

① [德]克拉拉·蔡特金:《回忆列宁》,人民出版社1957年版,第59页、第62页。

分析文章指出，"回顾20世纪20年代的'莎菲'，70年代的'钟雨'到80年代的'岑岑'，再后来同一地平线中的'我'，皆以女主人公的西方现代意识与传统文化积淀的冲突构成作品的内质核心。"① 这种看法颇有代表性，即通过强调女性知识分子对"西方现代意识"的价值选择，明确了这些带有先行色彩的女性人物在情感冲突中的"启蒙者"地位。不过，我们或许有必要分析这些评论在启蒙语境中所运用的独特的修辞方式，即以"现代西方"与"传统积淀"这两个主词构成一种对立关系。它恰好反映了中国20世纪80年代启蒙思想本身的逻辑构成：传统/现代、西方/东方、现在/未来……显然，这样的二元判断不免失之于简单，因为它抛弃了事物存在的丰富性及其发展的多元性。事实上，在80年代由现代性启蒙话语所叙述的爱情故事中，矛盾的构成主要并不是出于女性价值与男权传统的对立，而更多的是性别模糊的现代人群与传统人群的冲突。但与此同时，作品对女性文化身份的认定，又往往透露出女性参与现代化事业的困境。

比如竹林写于20世纪80年代的小说《蜕》。虽然作者牢记自己作为一个女性知识分子要时刻保持社会批判的锋芒，但是如果仔细辨析小说的叙事结构，就可以看到在强大的现代启蒙话语的生产过程中女作家自身视界的有限性。这篇小说的基本情节是：乡村女性阿薇不甘心作丈夫的附庸，想发展自己的事业。尽管丈夫一再阻挠，阿薇仍然去听回乡好友克明讲课，并帮助克明努力改变村办工厂的落后面貌。当村中传出他们两人的流言，丈夫金元以自杀相威胁时，阿薇反而提出离婚诉讼。在克明事业遇挫遭到排挤不得不离去的前夜，阿薇勇敢地踏进他的小屋，奉献自身，为之壮行。在这篇小说的叙事结构中，有着现代性启蒙叙述最为常见的结构模式：作为"启蒙"的一方，克明有着开放的思想、科学的信仰和不拘于传统的新型性别交往方式；而作为反启蒙的一方，金元具有的则是保守的观念、乡土意识以及对男主外、女主内的传统模式的认同。在这两个男性之间展开的现代与传统的争夺中，女性阿薇归属的选择很自然地突出了女性的精神地位问题。

作品中我们看到的是，虽然阿薇自主地选择了"现代"，但是在她倾慕于克明那一套具有积极拯救意义的行为模式时，两者之间的精神地位并不对等。这不只表现在女主人公所向往的现代化事业在没有男性参与时就无法独立开展，更关键的是阿薇的女性"身体"在这场现代与反现代的较量中所充当的角色。无论"现代"还是"反现代"，都只是男性精英的事业，阿薇并没有在这场轰轰烈烈

---

① 吕红：《从情感到欲望：女性文学的流向》，见高琳主编：《论女性文学——中外女性文学国际研讨会文选》，中国妇女出版社1995年版。

的现代化进军中获得自我人生意义的完整性，而只是在向克明奉献了自己的身体以后才部分地具有了意义。在这个有关现代性启蒙的悲剧故事中，女性的身体显然并不属于自己：当阿薇选择了"传统"的金元时，她是"物"；而在选择了"现代"的克明时，她依然是"物"。

可以看到，在20世纪80年代女性创作中，即使像"爱情"这样的文学话题，也因时代赋予的批判功能而承担了启蒙精神；与此同时，女性于其间也有着自己的突破和创造。

综上，在中国20世纪80年代的历史情形中，知识分子植根于落后的社会现实，建立现代"国家"与树立现代性的"人"的努力几乎是同步进行的。此期的女性文学创作大体上同样遵循着这一思路。女性文学实践者和倡导者所强调的女性意识和女性解放的目标也正于此具体化了。也就是说，既然是依照启蒙的思想逻辑来思考女性问题，那么启蒙的思想目标也就在很大程度上制约着女性解放的目标，从而使女性解放问题转化为女性与"国家"、与"人"的启蒙的关系问题。在此过程中，中国的女性文学创作呈现出不同于西方的发展特点。它是20世纪80年代女性文学对"五四"传统轨迹的延伸，也理所当然地成为我们考察20世纪80年代女性文学与启蒙思想"关系"的一个重点。

第三节 性别视域中的"新生代"小说

20世纪90年代是当代中国文学在叙事立场、叙事方法、主题话语等各方面发生重大变化的转型期。"新生代"小说的崛起作为这一时期最为引人注目的文学事件之一，其标新立异的出场方式和偏激的文学态度引发了文学界的各种争论。有关争论不仅围绕"新生代"小说的文本策略、"新生代"作家发起的"断裂"事件，还针对"新生代"这一命名本身。

这种不得已而为之的从代际关系角度进行的命名，遭到了多方质疑并在某种程度上被视为批评界失语和贫弱的表现。毕竟，所谓"新生代"作家只是一个非常松散的群体，被划入其中的各个成员之间也存在诸多不同，在某些问题上其差异性甚至比共同性更为显著。尽管如此，批评界对此类命名的依赖仍是难以避免的，否则，批评的展开及其有效性就可能面临更大困境。因此，我们倾向于将命名视为一种宽泛的指称性概念。就"新生代"而言，其所指就是20世纪90年代登上中国文坛的一批青年作家。尽管这批作家中不少人出生于20世纪60年代，但并不完全等同于"60年代出生作家"，因为后者显然无法涵盖这一群体。例如，何顿出生于 20 世纪 50 年代，卫慧、棉棉出生于 20 世纪 70 年代，但也往往被划入"新生代"范畴。在此主要以评论界通常纳入"新生代"的作家为研究对象，包括韩东、朱文、何顿、邱华栋、张旻、鲁羊、刁斗、述平、陈染、林白、海男等人。

一、个人、话语与性别

20 世纪 90 年代，作为一个具有"文化编年意义"的学术文化词汇，早已与"个人""个人化写作"等概念紧密联系在一起。而"新生代"小说则被看作是"个人化写作"最为有力的体现者。个人化、个人化写作、自我表现等语词，也在越来越泛化的使用过程中被逐步发展，以至被建构成了某种"分析性的范畴"。

但是，究竟何谓"个人化写作"？它与"个人"这一范畴之间存在着怎样的关联？究竟是先有了一种明确的"个人"概念继而催生了"个人化写作"潮流，还是所谓的"个人化写作"重新界定了"个人"的意义？这似乎又是一个类似于"先有鸡还是先有蛋"的纠结难题。基于此，我们倾向于将"个人""个人化"这些概念纳入一个话语的、历史的范畴，着力探讨"五四"以来一直笼罩在启蒙话语之下的"个人话语"本身及其内涵，在 20 世纪 90 年代新的社会文化语境下所发生的深刻变化，这种变化在"新生代"小说中有着怎样的具体表现，其新的意义是如何给定、又是如何得以言说的。

伴随着后现代主义思潮的影响，"话语"（discourse）业已成为中国学术界常用的概念之一。在传统语言学中，"话语"通常被视为一种规则明确、意义清晰的言说。经过"语言学转向"之后，它逐渐开始超出传统语言学的界限，成为人文社会科学领域的一个重要的理论范畴。以法国结构主义叙事学家罗兰·巴特（R. Barthes）、热奈特（G. Genette）和英国语言学家诺曼·费尔克拉夫（Norman Fairclough）等人为代表的叙事学家、语言学家倾向于从文本或形式层面对"话语"这一概念进行界定，将其视为叙事作品语言层面的重要载体，认为它不仅有"自己的单位、规则和'语法'"①，还具有某种修辞性的意义。他们不仅将文本分析和语言分析视作"话语分析"的重要内容，还强调文本与文本之间、文本与话语实践之间所存在的"互文性"关系②。

不同于叙事学家和语言学家以文本为方向的话语分析方法，巴赫金（M. Ba-

---

① ［法］罗兰·巴特，张寅德译：《叙事作品结构分析导论》，见张寅德编选：《叙述学研究》，中国社会科学出版社 1989 年版，第 5 页。

② ［英］诺曼·费尔克拉夫，殷晓蓉译：《话语与社会变迁·导言》，华夏出版社 2003 年版，第 4 页。

khtin)、福柯（Michel Foucault）等人则倾向于将话语视为一种"超文本的文化现象"，更强调其社会人文意义。福柯的话语理论尤为复杂多变，从"考古学"到"谱系学"的视点转移更是直接影响了其话语分析的向度。尤其是后期的"谱系学"著作，更关注话语的权力本性以及"权力的话语本性"，认为社会历史发展中的权力关系与权力运作在相当程度上都是话语性的。各种非语言的社会机构、政治事件和经济实践不仅共同构建了一个复杂的社会权力关系网络，同时也形成了一个与此相关的话语体系。福柯的话语理论颠覆了结构主义叙事学家的文本中心主义，将话语纳入一个更为广阔、复杂的系统之中，着重探讨其中的权力运作与权力关系①。

中国当代文学批评在引入话语概念和话语分析方法的同时，也在认识方面基本达成了某种共识，"即产生在特殊的历史背景的文学作品，并不可能像结构主义者那样将之视为一个内在的实体，一个不受任何外部规律制约的独立自足的封闭体系，而中国当代叙事作品这一既定意识形态下的产物，更是如此。"② 因此，就"个人"这一概念而言，我们也倾向于将其纳入"话语"的范畴之中，以形成一个"陈述整体"或"个人话语"体系。它既是围绕"个人""自我"等概念所展开的一种话语性实践，也是各种意义与范畴进行对话与交锋的场所。而文学对"个人"的言说与阐释，也可视为对"个人"这一主题或目标的一种文本表述方式或文本实践形式。其中不仅有着错综复杂的社会、经济、思想、文化渊源，还涉及个人如何面对并解释社会的变迁，如何设想世界的意义与自我存在的意义，如何在变化了的世界里重建自我与个人存在的基础，并选择个体存在的方式等重要问题。

"个人"与"个人话语"所描绘的话语疆界，一直是现代中国文学的"主导性关怀"之一，在近百年的使用与阐释过程中被不断合法化与非法化，由此形成了一个有着自身历史的话语空间，为人们展开了一部有关现代中国文学史的"丰富收藏"。但是，由于社会背景与文化语境的影响，不同时代的文学"对它的阐释与表述从来就没有固定不变的意义"，而是在"不同文化场合中游走，并在历史的发展起落中得到重新创造。"③ "五四"新文化运动时期，一种以个人的自由与发展来衡量国家和群体之发展的修辞方式展现出巨大的"政治能量"，真正具有现代性意义的个人观念从此产生。"有个性的人"或者说"个人"也成为五四新文学的主题话语之一。这一话语实践在将"个人"从传统宗族关系的束缚中解

---

① ［法］福柯，谢强、马月译：《知识考古学》，生活·读书·新知三联书店1998年版；［英］诺曼·费尔克拉夫，殷晓蓉译：《话语与社会变迁》，华夏出版社2003年版，第52页。
② 陈顺馨：《中国当代文学的叙事与性别》（增订版），北京大学出版社2007年版，第4页。
③ 刘禾，宋伟杰等译：《跨语际实践》，生活·读书·新知三联书店2002年版，第110页。

放出来的同时，也导生了一个为创建现代民族国家而发展"个人"的宏大工程。不过，五四时期新文学所宣扬的自由主义、人道主义等观念，在较短的时间内就被左翼文学、延安文学中政治化、意识形态化的话语方式所取代。到了新中国成立之后的"十七年"以至"文化大革命"时期，一种集体主义的修辞方式更是全面占据了文学创作的主流，"个人""自我"等范畴被整合到社会主义意识形态的话语体系中，失去了独立的地位与自由发言的权利。

其实，问题的关键并不在于个人话语遭到了贬抑，而在于它的具体涵义在不同的社会文化语境下不断发生转移与重构。进入新时期之后，随着政治上的拨乱反正，个人、自我、人道主义等范畴在所谓"新启蒙主义"思潮的影响下，再次成为人们构筑新的文学想象的关键词汇。到了20世纪90年代，中国社会开始由高度集中的计划经济体制向市场经济体制转型，这场社会变革"方方面面都涉及人的利益、人的积极性、人的价值取向和整个社会的价值导向等问题，各种新与旧的观念冲突，各种利益调整引发的矛盾，都交织在一起并最终体现在人身上。"① 反映在文学创作方面就是：个人话语的内涵再次发生了深刻变化，经过一系列现象学似的还原性活动，笼罩其上的启蒙、精英、民族国家、历史等宏大话语开始被消解，"个人"的意义变得更加纯粹与物质化，逐渐开始游离超越的形而上学规定。这一点在"新生代"小说中表现得尤为突出。

在这一过程中，我们关注的重点是"新生代"小说在对个人话语内涵与外延进行重构的过程中究竟有哪些因素或力量在起作用；在这些因素中，"性别"又扮演了一种什么样的角色？

不妨做这样一个假设：将个人话语视为轴心，围绕这一轴心分布着各种"差异轴"，每种"差异轴"都存在一个"力量的向度"。不同时期的文学创作者通过选择不同的"差异轴"来对轴心施以不同的建构性力量，以此来完成对"个人话语"的阐释。于是，我们有理由认为：选择什么样的"差异轴"基本上能够反映出作者在叙述内容与叙述策略两方面的不同侧重；而对批评者而言，从什么样的"差异轴"着手进行研究，同样体现出其关注的重点与盲点所在。从这一点来看，性别因素在个人话语体系中所扮演的角色是颇为奇特的。从创作层面看，在话语建构与话语实践的过程中，它总是被视作一个重要的"差异轴"发挥着某种策略作用，以达到作者的某种陈述目的；但是在批评层面，它又总是受到持不同批评理念的批评者有意无意的误读，或压抑漠视或偏执一端。受女性主义理论的影响，很多研究者都本着颠覆男性中心主义立场的目的，将对性别问题的关注集中在为女性正名的意义层面，而在批评实践方面，则致力于归纳所谓"女

---

① 袁洪亮：《中国近代人学思想史》，人民出版社2006年版，第3页。

性写作"的某些"独特表现形式",并赋予其颠覆与突围的重大意义。

但是,性别问题并不仅仅是女性问题,性别研究也不仅仅等同于女性主义批评。从根本上说,性别问题归根结底还是人的问题。对性别的界定,划分着人与人之间最基本的差异,关乎个人身份自我表达与自我认同之确认的基础。性别因素同社会、政治、文化、民族国家等因素一样,也是个人话语体系中最为重要的建构性力量之一。因此,在研究性别问题时,理当秉持一种"人"的立场,而非只是固守女性立场。但这并不意味着否定性别文化的历史和现实。我们不得不正视的是,从总体上讲,女性性别曾长期遭受压抑和漠视,文学活动以男性话语为中心的状况迄今依然存在。这一点,即使在标榜颠覆与变革的"新生代"作家那里也不例外。

二、社会转型时期的个人想象及其性别表述

20世纪90年代,经济体制改革带来的社会转型以及文化方面解构主义、后现代主义等思潮的涌入,引发了人们对自身主体性的深刻质疑。新旧价值观念的激烈碰撞打乱了人们原本相对稳定的自我认知和价值观念,其自我认同也相应地发生了危机,个体的心理分裂感与破碎感逐渐加剧。在这种情况下,只有转而寻求新的精神支点,才能重新确立自我的存在。在本时期的文学作品尤其是"新生代"小说中,这一问题得到了具体体现。所谓"欲望化写作"与"身体写作"现象的出现就是明证。

(一)"个人"与"女人"

我们关注的重点是性别因素在上述转型过程中所扮演的角色,以及"个人"与"女人"这两个范畴之间或错位、或重叠、或弥合的关系及其相关表述。在此,不妨首先回顾一下新时期以来某些具有代表性的文学现象。

进入新时期之后,"大写的人""人的主体性"等成为当时文学批评中反复出现的词汇。值得深思的是,所谓"大写的人",其性别往往是男性。不妨以当时被纳入"知青文学"范畴的文本《高地》(陆天明)为例。文本围绕男主人公谢平在恢复党籍与牺牲自我之间复杂的心理斗争,对"为理想而献身"这一英雄主义话语进行了历史性的反思与质询,并试图以此确立自我的主体地位,完成作为历史牺牲者的一代人的主体化过程。正是在这一过程中,作者的性别倾向得以体现。例如,在女性角色的设置方面,文本强调的仅仅是女性为男性所作的执著而盲目的奉献,男主人公那种反抗性的心理矛盾与纠结在她们身上则是不存在的,或者说已经被抹平。在这一问题上,作者无意间重蹈了自己所反思与质询的

那种盲目献身的"无条件律令"。

正是在此过程中,作者的性别倾向得以体现。例如,在女性角色的设置方面,文本强调的是故事中的女性为男性所做的无私奉献,却忽略了她们自身独立的思想意识。从这一点来看,这部小说里的女性形象实际上是处在一种客体的位置。她们为男性的献身与小说中男性人物为党献身有着本质的不同。在男性人物为党献身的关系中,往往存在着某种矛盾冲突,构成了内在的张力。正是凭借这种张力,男性人物终有可能找回自我的主体性。而女性人物为男性而献身的行为,则显得执著而盲目。那种反抗性的张力与矛盾是不存在的,或者说已经被抹平。在这一问题上,作者无意间重蹈了他曾提出异议的那种盲目献身的"无条件律令"。

20世纪80年代末90年代初,"改革的挫折以及随之而来的政治风波同时也挫败了关于人的现代理念,那个大写的人在不知不觉中悄悄萎缩成一个小小的我"①。"新写实小说"的出现,真实记录了这一自我萎缩与主体失落的过程,其中女性所处的地位尤其尴尬而微妙。在"新写实小说"中,日常生活的凡庸往往被归因为女性,具体来说就是"老婆孩子",正是她们对物质利益的极端在意以及对男人的予取予求,映现着个人的主体意识与精神追求在生活重压之下的沦落。《单位》(刘震云)里的经典名言是:"钱、房子、吃饭、睡觉、撒尿拉屎,一切的一切,都指望小林在单位混得如何。"《一地鸡毛》(刘震云)里的小林则慨叹:"老婆变了样,孩子不懂事,工作量经常持久,谁能保证炕头天天是热的?过去总说单位如何复杂不好弄,老婆孩子炕头就是好弄的?"从《单位》到《一地鸡毛》,小林经历了主体性失落的全过程,其核心因素就是"单位"和"老婆孩子",二者的合力摧毁了他的自我意识和奋斗精神。人们为此感慨不已,却完全忽略了对"老婆"自我意识与主体精神的关注。不难看出,在新时期文学的个人话语体系中,女性的声音仍然是微弱的,"个人"与"女人"这两个范畴之间还存在着难以弥合的罅隙与落差。

这一问题到了20世纪90年代的"新生代"小说有所改观。在其文本中,个人同样经历了主体性的离散与丧失,并试图通过彰显身体与欲望的本体地位来重新确立自我认同与主体性。与此前相比,个人的解放确是达到了空前的程度。正如《让你尝到一点乐趣》(朱文)中小丁所宣称的那样,他们深信欲望可以超越一切、改变一切,就算是垂垂老矣也同样可以充满欲望,只有欲望能够让人"谢顶的额头重新放射出青春的光芒"。

客观地说,新生代小说中的这种个人解放,无疑也涵盖了女性在某些方面外

---

① 许志英、丁帆主编:《中国新时期小说主潮》(上卷),人民文学出版社2002年版,第524页。

在处境的改变——不仅不用再像传统女性那样温良恭俭、端庄贤淑，甚至还程度不同地摆脱了传统的伦理道德束缚，挣脱了家庭重负。她们无拘无束地畅游在商品经济的浪潮中，凭借美貌和心机换取自己想要的一切。《生活无罪》（何顿）里的兰妹，《少量的快乐》（朱文）里的陈青，《作为一种艺术的谋杀》（刁斗）里的丰丰，《生活之恶》（邱华栋）里的眉宁、吴雪雯，以及《越来越红的耳根》（鲁羊）中的余佩佩等人，基本都属于这样的新女性。可以说，在对精英文化的颠覆中，女性也在某种程度上获得了"欲望主体"的地位。在面对男性时，她们只维持着需要与被需要的关系，而不涉及任何道德的承诺。她们自由地支配与发泄着自己的欲望，再不像丁玲早年笔下的莎菲们那样为情所累以致无法付诸行动。

（二）女性的物化与符码化

对于这种所谓的"欲望主体"，如若我们追问其主体地位确立的前提是什么，答案无疑离不开欲望客体的确立。在"新生代"小说中，欲望的客体首先表现为物。

"新生代"作家非常注意以当时城市社会中具有代表性的细节与物来填充作品，其目的就在于展现本时期城市文化的一些标志性符码。以邱华栋的作品《城市战车》为例，城市就被描绘成了一所物的集中营：

> 北京由什么构成？北京有1个动物园、2个游乐场、4个风景区、108个公园、23座垃圾台、86辆扫尘车、92辆洒水车、417辆粪车、1 360辆垃圾车、6 954座公共厕所、6 747个果皮箱、30 122个垃圾桶；北京有7 053盏白炽灯、34 480盏纳路灯、58 071盏汞路灯、253个灯岗、417座自动信号灯、425座手动信号灯、544个巡逻岗、801个交通警岗、6 117公里安全示意线、25 205套隔离墩、35 859面交通标志、129 127米护栏；同时北京还有2家游泳馆、5个高尔夫球场、7家电影制片厂、8个电视台、9座棒垒球场、14家体育馆、23家体育场、30家剧场、42个艺术剧团、50个射击场、19家电影院、83个网球场、185家舞场、187座游泳池、233家报社、295个字画销售点、471家台球厅、530家电子游艺厅、641家歌厅、1 854家杂志。

除此之外，还有各种各样、五光十色的女人，她们是这座城市里一道更为醒目、靓丽的"标志性符码"。作者经常带着赏玩的眼光描绘她们的容貌、服装、发型以及方方面面的身体特征，可谓巨细无遗。

而在其他新生代男作家那里，也很容易见到女性作为"物"存在的景象：

> 劣质的烟卷、劣质的饮食、劣质的工作环境、劣质的尼龙袜、劣质的眼

镜架、劣质的女人……（朱文《如果你注定潦倒至死》）

  电影开场五分钟以后，我终于逮到了两只。看起来不太理想，她们两个在大厅里结伴而行，穿着短短的黑裙子。那四条腿瘦得连一点肉星儿都没有，就像两个过冬的树杈杈。但是我们不应该忘记就在那两个不起眼的树杈杈里，不出意外的话，还有两个构造合理的小鸟窝，鸟每个月都会有一只温暖的小鸟蛋。（朱文《我爱美元》）

  性作为欲望的另一客体，在新生代小说中也被进行了前所未有的还原式书写。其所具有的突破和颠覆性在于，构成了对以往加诸其上的历史、文化等方面的象征性意义的剥离，并将其还原为一种纯粹的自然属性与生理需要，不再与任何超验的文化意义或价值准则相关。对新生代小说中的男性主人公来说，性是与物无异的存在。它不仅具有物的一切属性，还有自己特定的"形象载体"，即女性[①]。

  以朱文的创作为例。其文本以特有的道德亵渎、欲望宣泄的狂欢化书写，对传统伦理道德与精英式知识分子温文尔雅的行文风格进行了彻底颠覆，其间蕴含的反叛精神自有深刻的文化意义。而从性别视角来看，此类文本对女性的物化与符码化程度也是空前的。正是有赖于这样一种性别策略，《我爱美元》中的男性主人公们种种反叛与挑战的言行才得以进行："这种话谁都会说，像一句空洞的名言。问题是人们没法按照名言去生活。我们知道性不是坏东西，也不是好东西，我们需要它，这是事实。如果我们的生活中没有，正好商场里有卖，我们就去买，为什么不呢？"在这样一种观念的指引下，"我"总是"双眼通红，碰见一个女人就立刻动手把她往床上搬，如果一时搬不成，我调头就走，绝不拖泥带水，因为我时间有限，我必须充分利用做一些实在的事情。"

  此外，在作者拿男性主人公"开涮"的文字中，也可以看出其性别观念。"我就是这样一个廉价的人，在火热的大甩卖的年代里，属于那种清仓处理的货色，被胡乱搁在货架的一角，谁向我扔两个硬币，我就写一本书给你看看。我已经准备好了，连灵魂都卖给你，七折或者八折。"从这段不无自嘲色彩的独白中不难体会，对商品社会中个人主体性沦落的现状，"我"有着清醒的认知。从这一点来看，欲望的物化与符码化并不仅仅针对女性，同时也指向着男性自身。但是，这种物化与符码化仍然是有"底线"的，即"我"所出卖的仅仅是自己的精神产品而已。

  问题的关键在于这一逻辑背后隐藏的潜台词：男人作践的是精神，而女人出卖的则是肉体。这就是他们眼里两性处境最重要的差异。在男性主人公们看来，

[①] 许志英、丁帆主编：《中国新时期小说主潮》（下卷），人民文学出版社2002年版，第675～677页。

只有他才是"那串词汇表上的一串紧挨着的词语";而她只不过是"词汇表的一个小空格"而已。所谓"空格",意味着在男性所建构的话语体系中,女性仅仅被视为无意识、无知觉的"生物性存在者",依然处于"失语"状态。

这样一种性别表述令人深思。仅从事理上说,显而易见,如果颠覆与反叛的目的确是为了个人的进一步自由和解放的话,那么就应当警惕颠覆与反叛过程中某种新的权威、新的压抑的形成;就应当真正地"以人为本",而不仅仅是以"男人"为本。

(三) 情爱的幻灭

两性之爱也是"新生代"小说个人话语体系中的重要命题。但在"新生代"作家看来,爱情就像其他超越性的精神追求一样,因为过于冠冕堂皇、庄严神圣反而成为虚假的存在。它总是停留在不远的地方引诱着个人前去"朝圣",却永远不给其梦想成真的机会。因此,所谓爱情实际上不过是"假的宗教"(韩东语)而已。对个人来说,它的破坏性远多于它的建设性。相比爱情而言,个人的身体感受及其基本的生理需求才是更为真实可信的存在。

从性别视角来看,在"新生代"小说中,个人的成长蜕变与两性情爱的幻灭常常被奇妙地扭结在一起,成为一个很有意味的主题。但是作者真正关注的并非"爱的圣洁之体验",而是个人在转向"性的荒淫之感受"之前的蜕变过程。

体现之一:对等、平衡、游戏。在"新生代"小说中,所谓情爱往往只是短暂的幻象,其本质不过是两性之间的一种"情感博弈",它的现实存在往往取决于这一博弈过程中得失比例的相对均衡。一旦比例失调、平衡被打破,原有的情爱幻象就会随之破灭,演变成为居心叵测的欲望游戏。述平的《此人与彼人》、《凸凹》,刁斗的《作为一种艺术的谋杀》等作品,基本上都围绕这一主题展开。《凸凹》中,一则与妻子有关的绯闻迅速引发了一场婚姻危机。为洗刷污名,愤怒的妻子带着报复心理去寻找谣言的来源,却莫名其妙地受到了报复对象的引诱,使得本是谣言的背叛演变成了可怕的事实。与此同时,丈夫在婚姻危机爆发之后,为了找回心理的平衡,选择了自我亵渎、自我堕落,并以一场与陌生女人的短暂恋情,完成了一次真正意义上的背叛,成功卸下了心理的重负。

在这场两性之战中,对等与平衡关系的破裂是个人行为最重要的驱动性力量,并在心理与叙事两个层面发挥作用:一方面为男女主人公提供了精神与肉体出轨的合理借口;另一方面,也起着某种"叙事转化"的功能,以此为节点,男女之间的情感游戏在寻求平衡的名义下逐渐陷入欲望的渊薮。

体现之二:女人是一所好的"学校"。邱华栋在其个人随笔《心是为爱而勃起的器官》中曾说:"爱的挫折与遗憾比爱的平和与美满会更长久地占据着一个人的心,从这种意义上讲,男人是靠爱情的挫折而成熟起来的。女人的确是一所好的'学校',男人在这所'学校'中经历越曲折,他实际上就越丰富。"① 在"新生代"男作家的作品中,这是一种较为通用且常见的性别表述。

当然,不同作家在情节的具体处理方面也存在差异。例如,在何顿那里,女人的背叛往往被视为男人堕落的原因。在其文本中,女性往往爱慕虚荣、贪图富贵,对男人的要求就是必须有钱、成功,这给那些不成功的、没有钱的男人造成前所未有的压力。为了挽救男性的自尊,他们将自己驱赶到追名逐利的"快车道"上一步步走向了迷失和沉沦。例如《生活无罪》(何顿)里的何夫,在社会的泥淖中从一名人民教师逐渐沦落为一个拙劣的票贩子,最初的缘起就是妻子朱丽爱慕虚荣、贪图他人富贵所带给他的心理压力,包括对他男性自尊的伤害。除此之外,女人的背叛在这篇小说中也被视为男人堕落的原因。以狗子的经历为例,"就像是太阳从背上升起来的一般,妻子注定是个不守洁的雌猫"。在女人身上吃了一次大亏后,狗子发誓绝不会再有第二次,什么女人都不会在他身上看到爱了。他的思想仿佛"山峪中的大道"直奔"个人主义"和享乐主义而去。

而在邱华栋笔下,两性间的碰撞与交锋常会成为男性个体成长的摇篮。其文本中男性对女性的态度复杂而矛盾:一方面渴望爱情,将异性之爱视为心灵的慰藉;另一方面又偏执极端,对女性充满歧视和敌意:"女人是些什么?她们是水吗?她们或者都是由空气构成的?或者,她们全都是物质的化身、欲望的容器以及简单快乐的催发器"。在邱华栋的许多文本中,女性都是作为摧毁男性情爱幻想的异己者面目出现的。《手上的星光》里,林薇最终弃"我"而去,成为阔商包养的情妇,廖静如撕毁和杨哭签订的婚约,嫁给了有钱的老外;《环境戏剧人》中,龙天米的莫名失踪粉碎了"我"寻找"爱达荷"的梦想;《生活之恶》里,眉宁背叛了自己的未婚夫,用处子之身换取了一套新房;《城市战车》里,黑人女性本·莫莉将可怕的性病传染给了"我"。

男人在女人这所"学校"里经历着各种各样的挫折,逐渐成熟、蜕变。他们坦言:"我不知道一个人的成长,一个男人的成长是否与多个女人有关。人一生爱一个人是可能的吗?在今天,已没有多少人相信了。"② 而女人的结局在文本中往往被处理得非常悲惨,越是遭遇感情挫折,"就越接近苍老与凋谢,灰心与失望,在无望的期待中选择最现实之路"——或破罐破摔、自暴自弃;或心灰意冷、远走他乡;或精神崩溃、绝望自戕。

不同种族与文化背景的男女主人公们演绎着基本雷同的感情故事,让人无法

---

① 邱华栋:《心是为爱而勃起的器官》,见邱华栋《城市漫步》,中国广播电视出版社1999年版,第224页。

② 邱华栋:《女人与河流》,见邱华栋:《城市漫步》,中国广播电视出版社1999年版。

简单地将其归为巧合。这种雷同一方面渗透着作者的性别观念和创作理念，另一方面也直接影响到小说情节与主题的表述，以致部分新生代的创作出现了模式化倾向。

三、说"我"是女人

在20世纪90年代的文坛，基于创作中对个人经验、个人记忆的关注与书写，陈染、林白、海男等女作家也被划入"新生代"作家阵营。出于某种观念或生存策略的原因，这些女作家最初并不情愿以"女"字相标榜，而是试图将自我纳入"个人"这一中性化的范畴之中。例如，陈染就认为自己的写作首先涉及的是"个人与群体、个人与人类的关系"这一具有哲理化色彩的命题；林白亦有与此相似的表白。然而，她们所理解和诠释的个人，与"新生代"男作家相比终究有着明显的"性别距离"。

体现在创作中，这些女作家的文本往往强调并张扬着鲜明的性别立场与女性角色意识。她们真正追求的是在"男人的性别停止的地方，继续思考"，并且"在主流文化的框架结构中，发出我们特别的声音"，"在多重的或者说多声部的'合唱'中，成为一声强有力的女人的'独唱'"（陈染《私人生活》）。由于性别立场的介入，她们所书写的女性形象不再是前述男作家笔下无主体、无意识的"物"的化身或"性"的符码，而是具备自觉、清醒的性别意识与主体精神的女性个体。在商品经济大潮一浪高过一浪的时代，她们固执地选择"用头脑和思想"来观察世界、辨析自我、选择道路，并因此而体验和承担着因不合潮流而导致的孤寂之感。

（一）"手迹"——女性个人历史的记录

对新生代女作家来说，写作行为与个人生命之间是一种互文性、同构性的关系，二者相互沟通、水乳交融。她们认为，每个女人其实都有一个隐秘的愿望，那就是写一本书，将自己一生的经历都放在其中。对女人来说，"最美的、最彻底的埋葬之地"莫过于一部关于自己的书了。这种"自传的思维"和女性生活手迹，正是女性个人历史文本化的核心因素与重要体现。

一些新生代女作家有意识地将语言、文字、书写和女性个人主体地位的确立与自我意识的生成联系在一起。在她们看来，生命就像一场梦境，无数的影像与事件经过了，然后就彻底消失了，永远不会再回来，人们只能通过记忆或回忆来重温过往。但是，记忆与回忆的恍惚性与不可靠性又往往令人疑窦重重、难以确信，唯有用语言将回忆抓住，形成文字放在"安全的白纸上"才能够证明其存在，而女性的自我也将借助语言与文字的力量得以生成。因此，她们断言每个女人其实都有一个隐秘的愿望，那就是写一本书，将自己一生的经历都放在其中。对女人来说，"最美的、最彻底的埋葬之地"莫过于一部关于自己的书了。这种"自传的思维"和女性生活手迹，正是女性个人历史文本化的核心因素以及实践之一。

《一个人的战争》（林白）中，女主人公林多米因为十九岁时一次幼稚的"剽窃"事件，以及三十岁时一场愚蠢的"傻瓜爱情"，不得不背负着由自身重量所构成的沉重阴影步履蹒跚、形影相吊。在幽闭的房间里摆弄文字是她的所长，也使她能够在那些绝望的日子里以写作来支撑自己的生存。"我对着镜子抄稿，我看见我的眼睛大而飘忽，像一瓣花瓣在夜晚的风中抽搐，眼泪滚落，像透明的羽毛一样轻盈，连颜色的重量都没有，这种轻盈给人一种快感，全身都轻，像一股气流把人托向高空，徐徐上升，全身的重量变成水滴，从两个幽黑的穴口飘洒而下，这就是哭泣，凡是在半夜里因为孤独而哭泣的女人都知道就是这样。"这一对镜抄稿的女性形象可谓别有深意。"镜子"与"写作"两个意象对女性来说都具有象征性意义，同时也是女性确证自我生命存在的重要形式。文本与现实、镜子与"我"，女性个体从两者之间看到了两个自我——虚构的自我和真实的自我，二者相互发现又相互印证。

《私人生活》（陈染）里的"我"认为，"凡是不以每天翻翻报纸为满足，并且习惯于静坐沉思、不断自省的人，都会经常退回到她（他）早年的故事中，拾起她（他）成长的各个阶段中那些奇妙的浮光片影，进行哲学性的反思。"因此，"我"习惯于枕靠在床榻上静静思索或写写划划，"无论纸页上那些断片残简是日记，是永无投递之日、也无处可投的信函，还是自言自语般的叙述，无疑都是我的内心对于外部世界发生强烈冲突的产物，是我在这个世界上呼吸。"而时间与记忆的强大力量所导致的生命的缓慢凋零，更是促成了"我"以自我为个案研究个人与人类精神史的愿望。为此，"我"将大部分的时间都用来沉思默想或"回忆和记载个人的历史"，并以此来研究时间流动的痕迹。

新生代女作家所钟情的正是这种专属于女性的个人历史和女性孤独成长的历程。在她们看来，女性个体正是从自己的成长经历（包括身体的成长与精神的成长），从自己的个人记忆中"汲取汁液"，并在一切的文字和话语之中留下印迹。虽然它只是女性印证其个人生命历程的文本，无法上升到国家、民族、集体的层次，但无论是那些残酷的生命细节、可怕的创伤性经历，还是那些原本不可告人的心理感受与生理隐秘都一一地被它接纳与展现，从而填充了历史的"空白之页"，并形成了一部完整、真实的女性个人史。

值得注意的是，与此前的文学创作相比，新生代女作家对个人与个人历史的理解有着本质不同。其核心思想就是：被任何一种"光芒"所覆盖的生活与个人，都将充满伪饰和谎言。因此，其写作目的就在于剥除笼罩在个人尤其是女性个体身上的虚假光芒，还其本来面目。陈染在作品中坦言："我不喜欢被阳光照耀的感觉，因为它使我失去隐蔽和安全感，它使我觉得身上所有的器官都正在毕露于世，我会内心慌乱，必须立刻在每一个毛细孔处安置一个哨兵，来抵制那光芒的窥视。然而，世界上的太阳太多了，每一双眼睛的光芒都比阳光更烫人、更险恶，更富于侵略性。如果，任凭它侵入到羸弱的天性中来，那么，我会感到自己正在丧失，正在被剥夺，我会掉身离去。"（《私人生活》）这样的观点，与很多新生代男作家有着异曲同工之处。他们同样反感被"光芒"所笼罩的"得意"之人，而对那些"不得意的人"感到异乎寻常的亲切。因此，他们笔下的人物总是显得那么的卑微与失意。但是，两者仍有不同。对女性来说，"世界上的太阳"的确太多了，除了新生代男作家所认为的那些之外，还包括他们所属的男性角色及其代表的男权文化秩序。每一种"光芒"的"直射"，都有可能灼伤女性脆弱、敏感的心灵，即便是在趋于多元化的20世纪90年代，女性仍然难以"翻越、避开那一缕刺目的光线"。

因此，在很多新生代女作家看来，女性记录与书写的个人历史往往是由一系列的创伤性经验构成的，这种创伤性经验在历史与记忆的复杂关联中占据重要地位。她们试图通过文字书写这一文化行为进行自我修复、缓解焦虑，并在此基础上重新确立女性主体。从这个意义上说，这一过程是可能具有磨砺女性自我的含义的，因为它有助于女性"逃避过去的束缚"并"敞开未来的机遇"（芭芭拉·约翰逊）。

（二）时间流逝了，"我"依然在这里

进一步辨析也许会发现，逃避过去时间的禁锢并得以向"未来的机遇"敞开，本质上是一种多么简单、乐观的看法，因为它仅仅是一种可能而非真正的现实。这其中的关键因素就是时间。对个人来说，时间并非总是呈线性进化发展，而是还具有某些非线性（循环性、回溯性等）特征，并体现为历史、时间、记忆三者之间的复杂纠葛与交流互动。

当代中国文学对这一问题的书写呈现出两种相互冲突的倾向：一方面是大力呼唤"现代化"的来临，积极迎合时代的进步与社会的变革；另一方面市场化、全球化的神话又遭到了"记忆一端的抗拒"，历史的"前瞻加速"与记忆的"迟缓拖延"相互对立、相互置换，形成了颇为戏剧化的情景。早在20世纪80年代中期就已经出现了一系列"记忆书写"，大体包括"政治残暴控诉，文化寻根反思，怀旧热，缅怀毛泽东时代，上山下乡怀旧热潮，对社会主义'温暖'时光的

呼唤，对阳光灿烂的日子的眷恋"等①。

到了新生代女作家这里，写作对记忆尤其是女性个人记忆的推崇与依附愈加成为一种潮流。那些"囚禁在时间深处的影像"让她们久久凝望、流连忘返，以致有研究者认为，记忆不仅是女性写作的永久资源与叙述形态，还决定了女性写作把握世界的方式。这种看法不无根据，但是还需要继续追问：为什么女性写作总是以记忆为叙述形态，而其把握世界的方式也往往以记忆为依托呢？更重要的是，这种女性化的记忆与其他类型的记忆有何不同？我们认为，如果说女性写作中真的存在某种与男性写作不同的"历史观念"的话，也许，对历史、时间、记忆三者关系的不同理解正是其核心所在。

现代中国文学史上居于主导地位的文化理解大都源自"五四"新文学确立的模式。科学、理性思想与进化、发展观念的引入，使线性的、进化的时间观念在"五四"新文学中一度成为主流；过去、现在、未来，在同一的时间链条上被注入了特定的价值意义："过去"往往是"旧"与"黑暗"的代表，而"未来"则是"新"与"光明"的所在。另一种理解则倾向于把历史看作是"危机四伏、创伤累累的身体经验，而不是什么高歌猛进、跌宕起伏的"（王斑语）历史叙述。很多作家将思维的触角伸向宏大历史与集体记忆的幽微之处，开掘从未得到过言说的个体经验，展现其中曾被遮蔽的个人记忆。这一点，在20世纪80年代中后期的先锋小说中就已有所体现。在这些文本中，现代性的历史时间秩序基本已被打破，线性的叙事时间也为个别事件的无意义连缀或语言的自我复制、自我缠绕所取代。进入20世纪90年代以后，在后现代文化思潮的冲击下，旧有的时间观、历史观更是遭到彻底的解构。在对等级、秩序颠覆、反叛的过程中，时间与历史的纵深感一并被取消。新生代作家正是较为典型的代表。

然而，由于性别立场的介入，"新生代"女作家和男作家的具体处理方式存在重要区别。在"新生代"男作家那里，当有关时间与历史的现代性叙事遭到颠覆之后，过去、现在、未来三者之间清晰的界线已不复存在；对个人来讲，也不再具有任何等级与价值的意义。因此，其文本很少去讲述一个有关过去、现在、未来的时间性故事，而是更重视文本的"空间性"。他们往往围绕自己在不同情境和心境中的关注焦点，选取个人现实生存中的某一个场景、片段乃至某一种情绪来展开叙事。

相对来说，新生代女作家更重视文本的"时间性"，并试图以此为契机，构建女性的个人历史。在其文本中，比较典型的一种叙事模式是：以"现在"为起点，以"过去"为依托，循着回忆或记忆的线索进行时间性的回溯，讲述一个有

---

① 王斑：《全球化阴影下的历史与记忆》，南京大学出版社2006年版，第4页。

关女性身体与精神的成长故事。虽然行文中不时会有某些"插入"与"闪回"的出现,但这些通常是暂时性的,叙述的时间性与连续性并未因此而被扰乱。

以陈染的文本为例。《私人生活》中的"我"曾经是一个天使,但"天使也会成长为一个丧失理性的魔鬼。正如同有人说,通向地狱的道路,很可能是用关于天堂的理想铺成的。这需要一个多么疯狂的时间背景啊,所有的活的细胞都在它的强大光线笼罩下,发育成一块死去的石头。"这一时间背景,正是由一系列的创伤性记忆所构成:老师的排斥、同学的孤立、密友的死亡、恋人的离去、母亲的病逝……面对创伤,无力对抗的"我"更加关紧了房门,以一种拒绝的姿态来与时间相对,最终导致了时间在心理感应中的断裂与凝滞。正是在时间的断裂、凝滞之处,"我"深切地感受到自我心理时空中生命的逐渐消逝。多年以后,当"我"回首过往之时方才领悟到:"这一切不是一种偶然的'突发',而是渐渐形成的,就像夜晚的降临,不是一下子就放下漆黑的帐幕,天是一点点黑暗下来的。"正因为所有的创痛与记忆都是在时间的渐变中一点一滴地累积起来的,所以也就更加深入骨髓、痛彻心扉,以致失去了超越与修复的可能。当其累积到一个临界点并抵达自我承载的极限之时,女性自我的成长就会因此戛然而止。此后,成长、变化的只是"我"的身体,而"我"的心灵则永远驻留在曾受伤害的地方。在这个意义上,时间流逝了,而"我"依然在这里。

(三) 分裂的女性自我

"自我",是心理学、人类学等不同学派建构其理论体系的核心概念之一。虽然各学派对其看法不尽相同,但大致都包含着个体对自身各种身心状况总和的意识这一基本点,以及对个体与社会、与他人的关系等问题的认知。

完整的自我概念最早由弗洛伊德提出。但在西方,自我的概念还有着更为深远的文化哲学渊源。早在18世纪末,康德就将经验自我(empirical self)作为对象或客体(object),与纯粹自我(pure ego)作为施事(agent)加以区分。而弗洛伊德是将作为施事的"ego"引入心理学研究的第一人。因此,在心理学的理论体系中,"自我"其实有"ego"和"self"两个对应词。"ego"即为精神分析心理学意义上的"自我",指的是作为施事并在一定程度上涉及潜意识活动的"自我"。而"self"则与他人相对,指的是作为意识对象或客体的、具有反身意识性质的自我,主要与人的意识活动相联系[①]。两种不同意义的"自我"概念既相互联系又相互对应,既有分歧又有融通。在此我们对这一概念的运用同样本着

---

① 王益明、金瑜:《两种自我(ego 和 self)的概念关系辨析》,载于《心理科学》2001 年第 24 卷第 3 期。

上述原则，主要以"self"意义上的自我概念为主；但在某些具体问题上，不排除适当借鉴"ego"的意义上对自我的理解。

对于作为"人学"的文学来说，"自我"十分自然地成为关注和表达的焦点之一。部分女作家直接阐述过有关女性自我书写的思考。例如王安忆指出，女性"天生地从自我出发，去观望人生与世界。自我于她们是第一重要的，是创作的第一人物。这人物总是改头换面地登场，万变不离其宗"①。不过，在女性文学实践中，对女性自我的表现经历了曲折演变的历史过程。从"五四"前后"女性的发现"，到"五四"退潮时期丁玲所塑造的灵肉冲突的女性自我；从左翼思潮中女作家对革命性与集体性的认同以及女性自我的被遮蔽，到"十七年"至"文革"时期的"无性别"状态；从新时期之初张洁等人对女性困境的书写，到20世纪80年代后期王安忆、铁凝等人对女性身体与感官欲望的初步呈现，女性写作的历程映射着不同时期女作家对女性自我的不同理解。

到了新生代女作家这里，情况发生了新的变化。她们的创作重心开始转向揭示女性内在的生命体验。此时的女性视野有了新的焦点和繁杂的分支，女性自我的表现也相应呈现出更为多重、复杂乃至分裂的状态。从某种意义上说，这一点正是她们探讨女性自我的特征所在，也是与新生代男作家的重要差异所在。

对一些新生代女作家而言，女性自我的分裂与其双重身份、双重角色有很大关联。这里所谓双重身份和双重角色，是指其社会身份与个人身份、社会角色与个人角色。女性个体从国家、社会、家庭等外在的制约性力量中"突围"而出，追求一种独立的自我身份与自主地位，正是其个人话语的独特之处。不过，她们并没有将女性自我完全封闭在个人世界之中而忽略了其社会性存在；相反，正是由于意识到女性的个人身份与社会身份、内在自我与社会自我有着矛盾对立、难以调和之处，她们才选择退守个人空间以保存自我的完整性。而女性自我的分裂正是由此而生。

《无处告别》（陈染）中的黛二小姐为了工作而烦恼、奔波，甚至不得不运用某些人际关系与人际手段。尽管这一切令她深感厌恶，但是她需要挣钱以获得独立生活的能力，还"想向别人证明她并不是无法适应这个世界而处处都逃跑；证明她也具有一个被社会认同的女子的社会价值"。为此，她不得不做着与本性相悖的一次次努力。她深知只要自己活着，就得面对这一切，"无处可逃，也无处告别"。黛二小姐的遭遇与感受，深刻体现了女性个人身份与社会身份、内在自我与外在社会之间的冲突，正是这种矛盾的不可调和性将女性自我推向了分裂境地。她只能在充满自怜的想象中，期待着那最后的充满尊严的逃亡之地。

---

① 王安忆：《王安忆自选集之四：漂泊的语言》，作家出版社1996年版，第416页。

《一个人的战争》里的林多米,从少年时代起就开始期待着"生命中的那双眼睛"的真正到来。"那双眼睛"能够引发她全部的光彩,在任何时候、任何角度看她,都富于才华、充满活力。对"那双眼睛"的期待集中反映了林多米对获得社会与他人认可的渴望。实际上,在林多米的生命中有两样东西最为重要:一是她的英雄主义情结,一是她的软弱无依;前者代表着她对自我社会性存在的自觉认知和努力寻求,后者则是其个体的自我本性。她的生活就是在两者之间左右奔突,以致伤痕累累。前者让她自以为是"奇女子",勇于拼搏、敢于冒险;后者又使她害怕困难挫折,脆弱无比。这种脆弱是深入骨髓的,一切训练都无济于事。正因为如此,十九岁时一次简单的"抄袭"事件才会对她造成巨大的打击,其自我也由此受到严重损伤,"永远失却了十九岁以前那种完整、坚定以及一往无前"。

除了双重身份、双重角色带来的困境之外,女性自我的人际维度也受到一些新生代女作家的关注。她们意识到,女性自我的形成和确立,离不开由家庭成员和社会成员所共同编织而成的人际关系网。所谓的"人际自我",就包含着自我与他人(亲人、朋友、恋人等)之间的关系,以及自我在这一关系网中所处的位置、所充当的角色等人际经验方面的心理因素。对个体来说,能否处理好这种"人际自我"与其内在自我的关系,并有效维持二者之间的相对平衡,是维持其自我完整性的关键性因素。

这一问题在部分新生代女作家的文本中得到了较为充分的体现。首先,从女性个体与亲人之间的关系来看,"父亲"的角色往往是非常敏感的,它所象征的男性本位权威秩序和压抑性力量,首当其冲成为她们解构与反叛的对象。在这些女性文本的形象设置中,父亲要么缺席、不在场,要么脾气暴虐、喜怒无常。而这两种情况都会对女性自我造成伤害,从而使其失去与父亲正常交流的机会。例如,在海男的《人间消息》和陈染的《无处告别》中,父亲的形象虽然高大俊美、温柔慈爱,但却过早辞世。于是女儿渴望"父亲般的拥有足够的思想和能力的'覆盖'我的男人,这几乎是到目前为止我生命中的一个最为致命的残缺"。而《私人生活》中的父亲则傲慢专横、自私自利,从不关心妻子与女儿的感受。在父亲的"吼叫"与威慑中长大的倪拗拗最终领悟到:"我们对父亲们说'是',我们对生活说'是',再也没有比这个回答更为深刻的否定"。

另一方面,一些新生代女作家对母亲形象的刻画也不再取赞美和膜拜母爱/母性的模式,而出现了反思和质疑。在这部分文本中,母女之间往往呈现出某种或紧张对峙或变态依存的微妙状态。童年时代的林多米就已经穿越了"害怕的隧道","在没有母亲陪伴的情况下,"她在无数个五点半就上床的、黑暗而漫长、做尽了噩梦的夜晚经受了害怕的千锤百炼",变得麻木而坚强,对家庭、母亲、故乡这样的字眼全都无动于衷。她不知道自己为什么会如此冷漠。直到多年以后，当她抚摸怀中婴儿的脸和身体的时候才终于意识到，孩子是多么地需要母亲的爱抚，如果不能得到，则必然陷于"饥饿"。《无处告别》中，黛二和母亲则生存在爱与痛的纠结中。两人都有着异常敏感、脆弱的神经，任何一个小问题到了她们这里，都有可能演变成为情感公平与否的大问题。在黛二心中，母亲已经成了以爱心来折磨和囚禁自己的人。她甚至觉得，总有一天母亲将把自己视为"世界头号敌人"。

与此同时，在新生代女作家的文本中，女性个体与朋友、恋人之间的"交往"关系也呈现出一种非正常状态。这种非正常状态同样有可能导致女性自我的分裂。所谓"同性之爱"，其实往往是这种内在分裂的表现；而两性间的异性之爱也总是磨难重重、难以圆满。究其原因，是因为对她们来说，无论是同性之恋还是异性之爱往往都是源于女性自我的某种需要，从而在某种程度上取消了对方的独立存在。这样的爱，本质上只是女性个体确证其自我存在的一种方式而已。正如小说中的多米所意识到的："我想我根本没有爱他，我爱的其实是自己的爱情。在长期平淡单调的生活中，我的爱情是一些来自自身的虚拟的火焰，我爱的正是这些火焰。"

的确，如果一个人的心中原本就存在着深渊，那么即使扔下巨石也不可能将其填满。对女性个体来说，在面对爱情的时候，以及处理个人自我与人际自我的关系方面，最重要的是确立一种真正的对话意识。如果无法摆脱"来自自身的虚拟的火焰"的纠缠，那么爱得越深就会痛得越苦，最终不可能得到爱的满足而只能是陷于爱的匮乏。

综上，"新生代"女作家的写作不仅"树立了一个女性文学企盼的类型：激情、批判、和对苦痛的敏感"①，同时也填充了女性个人历史书写的空白，为20世纪90年代中国文学的个人话语增添了新的质素。但是，她们所关注的重点是自身所处时间段的某种"内循环"，这也使其在书写女性个人历史的同时，某种程度上切断了女性群体历史的时间链条。此外，她们对女性创伤性经验的关注与执著书写尽管突破了将创伤仅仅解释为"历史暴力对个体心理的重创"的陈旧模式，但却也回避了创伤与社会历史的正面联系，以致女性个体与社会群体相连的历史纽带被人为割断。在这个意义上，"新生代"女作家对女性创伤性经验和"病症"的书写，一定程度上也折射出女性历史叙述面临的困境和问题。

---

① 许志英、丁帆主编：《中国新时期小说主潮》（上卷），人民文学出版社2002年版，第461页。

第四节 "80后"女作家的个性发声

自韩寒在"新概念作文大赛"中一举成名之后，一批出生于20世纪80年代的青年写作者进入人们的视野，并迅速引起了国内文学界、文化界的关注。2003年7月，《萌芽》杂志社在新书中以"文坛80后"为其命名。2004年2月，春树登上了美国《时代》周刊亚洲版的封面；5月，马原主编的《重金属——"80后"实力派五虎将精品集》出版，收录了李傻傻、张佳玮、胡坚、小饭、蒋峰五位"实力派"的作品；7月，具有里程碑意义的《我们，我们——80后的盛宴》由中国文联出版社出版发行；11月，《十少年作家批判书》由中国戏剧出版社出版，20世纪80年代出生的批判者直击李傻傻、春树等10位"80后"写手。之后，一些研究性杂志也开始发表文章关注这一文化现象，如《南方文坛》在2004年第六期"批评论坛"栏目推出了白烨、张柠和"80后"写手张尧臣对于"80后"文学写作的相关评论；2005年2月，人大报刊复印资料以专题热点形式转载系列论文，集中呈现了有关"80后"的研究成果。在这些研究中，一些"80后"女作者受到关注。

如果说在20世纪90年代产生较大影响的部分女性写作中，相当一部分作品借助身体来反映作者旗帜鲜明的性别姿态的话，部分年轻的"80后"女作家在创作中则显示出有所不同的面貌。春树、张悦然、周嘉宁、蒋离子、苏德等人是其中比较引人注目的作者。

一、难以承受的成熟之重

有人将"80后"的写作称之为"身体写作的毒生子"。这种说法很尖锐，也很容易引人注意，然而细读"80后"的作品便会发现这样的论断并不合理。20世纪90年代产生的所谓"身体写作"文本大都带有浓郁的性别意识。无论卫慧、棉棉，还是木子美等人，尽管各自持有不同的生活态度，表达着对女性人生不同的认识，但是她们都共同关注着女性身份，也从性别的角度关心着身体。然而，被视为她们的"毒生子"的春树并非如此。她更注重的是在小说中表现青年男女面对成熟人生的无措和仓皇。

不妨以《北京娃娃》[①]为例。小说中，作者以一颗表面上玩世不恭实际上却

[①] 春树：《北京娃娃》，远方出版社2002年版。

敏感至极的心描绘自己在理想、情感、欲望和成人世界之间奔突呼号甚至绝望的历程。为此，这部作品被人冠以"残酷青春"的名号。然而，无论是纠缠不清的感情还是让成年人不可接受的性的尝试，实际上都蕴含着青春期少年懵懂的渴望甚至是理想。小说描写的是一批年轻人在理想、情感、欲望和成人世界之间奔突呼号甚至绝望的历程。它令人震撼，但是读者无法从中找到一个清晰饱满的男人或是女人。《北京娃娃》里的"我"只是一个"小女孩"，作者也在有意无意地强调着这一点。因为"我只是一个小女孩"，所以喜欢一个人又说不出口，打了一天没有人接的电话，只能不停地哭泣；因为"我只是一个小女孩"，所以只能以一个新生婴儿而不是一个成熟女人的姿态出现在与男人的性交往中；因为"我只是一个小女孩"，所以被人觉得可爱和好玩便能兴奋地满脸通红，喜欢一些人便一心一意做出喜欢他们的样子。这里的"我"不是一个成熟的女子，也便不会有她们那样的心事。"我"在约会前拼命地试衣服，总是到华联的 CK 香水柜台试喷香水并暗暗发誓以后也用这个牌子；尽管极端讨厌学校，但是清华附中还是让"我"留恋，因为它"符合我所有关于理想中学校的一切想象"……这一切都表明尽管主人公向往长大，拼命装成大人的样子，但她还没有真正长大。另外，作者在小说中留下的极端厌恶天真、纯洁的话语（例如："我讨厌那个天真的自己。我讨厌那个不懂世事的自己。我讨厌那些纯洁的年代。纯洁是狗屎！"）也恰恰暴露了某种未成年心态。

小说中，在与赵平的感情出现问题之后，林嘉芙有这样的感慨："作为一个人，作为一个女人，我的悲剧色彩已经很明确了……"这样的话如果出现在一些比较年长的女作家笔下，读者大概不致产生异样的感觉，然而它镶嵌在《北京娃娃》里，却不免令人感到有些可笑。因为这是在整部小说所提供的比较混沌的性别生存状态中，冷不丁地冒出一个"女人"，而且是一个带有"悲剧色彩"的女人。事实上，如此带有性别标榜意味的叹息，反而更为清晰地映衬出性别意识的模糊和幼稚。这一点在其他一些地方也有体现。例如小说中人物对待性的态度："其实我认为理想中的性爱关系应该像美国一些俱乐部，比如'沙石'一样，大家本着共有的精神，每个人都是自由的，包括基本层次的真实、身体上的裸露及开放的关系，只要不攻击他人，不把自己的意志强加给他人。毫不保留，毫不遮掩。"这种想法所要表明的不过是一种态度，一种在作者看起来标新立异的个性。但是对于真正的性，特别是成熟女人的性，无论是小说中的"我"还是作者本人，都缺乏真切的了解，所以尽管"我说的振振有词，仿佛多老道。其实连自己都心虚"。

事实上，无论是年轻的作者还是小说里的主人公，都还只是尚未成熟的女子，她们还没有充足的人生阅历和相对成熟的性别观念，甚至还不懂得真正关心女性的身体——既不知如何享受它,也不曾自觉地把它当作"武器",更不清楚男女之间的复杂关系。她们失落、愤怒、玩世不恭,与周围的人纠缠不清,奋力表现出抵抗的姿态。然而,无论怎样在性与感情的问题上出言不逊甚至付诸行动,其所寻求的首先是青春生命的特立独行,与真正的性和性别并没有太大的关系。这样的过程或许有可能帮助她们逐渐建立起自觉的性别观念和意识,但就特定的文本表现来看,这种意识还比较模糊。

张悦然的《水仙已乘鲤鱼去》① 也有同样的倾向。小说讲述一个女作家坎坷的成长历程。女主人公璟生在一个不幸的家庭,疼爱她的奶奶很早过世,不久之后生父也因为心脏病突然离去。本应和璟相依为命的母亲立刻找到了新的家庭:一座位于桃李街3号的豪宅,一个具有艺术气质的收藏家陆逸寒,以及他和前妻的儿子——先天孱弱多病的小卓。父爱缺损的璟受此影响,将爱情简单地理解为寻求保护和关照,从而导致了女性的成长包括对于身体和性的感受能力滞留于少女时期。璟在桃李街3号度过的第一个晚上就因透过锁孔看到继父与母亲做爱的场面而大受刺激:"白晃晃的胴体在暗淡的柠黄色灯光下奕奕生辉……她努力让自己丢开那个锁孔里面的世界,它是一道闪电,把生命里尚被遮蔽的阴暗角落劈开了。白亮的光刺痛了她的眼睛。她一直相信,这伤疤已经融化在她的眼神里。"随后,璟感到前所未有的饥饿,吃掉了冰箱里所有的东西,从此患上了暴食症。在璟对爱的理解中,身体感受与精神感受是分开的。如果说女性的精神成年的重要方面在于懂得追寻灵肉合一的性爱,懂得追求和驾驭身体感受的话,那么璟却是一直无法确立一个清楚的性别身份。当青梅竹马的小卓与璟收留的小颜做爱也被她看到时,"便是另一道闪电,在她如今的天空上划过。这难道是一种不能消止的折磨吗?"这样的经历使璟对性持有一种恐惧和拒斥的态度,而每一次精神刺激都使她的暴食症更加严重。她所能接受的只是亲吻、拥抱和抚爱,正如一个慈爱的父亲对幼年的女儿所做的那样,而难以进入性的领域。在与沉和同居的很长时间里,"她不与他做爱",一旦沉和来到床边她就恐慌,唯因往日经历造成的伤口"像是沟壑一样无法填平"。成熟之路对于女主人公来说显得分外艰难。

二、独特的青春体验

相对于中学教育的呆板、教条,大学的环境比较宽松。于是,走出高考炼狱、初入大学校园的学生很自然地渴望着轻松和宣泄。他们有的急着恋爱,有的投身参加各种社团活动,也有的抽烟酗酒……这一切常常进入"80后"的小说

---

① 张悦然:《水仙已乘鲤鱼去》,作家出版社2005年版。

创作，于是产生了《草样年华》（孙睿）、《理工大风流往事》（张韬）、《谁的荷尔蒙在飞》（三蛮）等一系列作品。

有人以"残酷青春"形容春树的小说，但比起残酷，特别是对小说中女性的残酷，同代作家蒋离子有过之而无不及。她的《走开，我有情流感》①《俯仰之间》② 等几部作品，都以近乎残忍的笔调书写了女性的悲惨命运。

《走开，我有情流感》是蒋离子的一部长篇。小说描述了离家出走的少女橙子的曲折经历。橙子是一个私生女，亲生父亲就是她的老师。这种不正常的身世时时刻刻折磨着橙子的心，在家庭中也感觉不到丝毫温暖。橙子认识了年轻的编辑方子牙，两人通过书信往来并渐渐相爱。16岁的橙子决定离家去投奔子牙。在火车上，她把自己叫作"子夜"，同时夸大了自己的年龄。子夜和子牙过着贫穷的生活，即使生病也无钱医治。但是这并不能泯灭他们对文字的追求。子牙带着子夜来到北京，希望在那里找到他们文学的出路，但他们所获的收入只能维持基本的生存需要。后来，在子牙的引导下，子夜开始所谓"下半身"写作并由此成名。子夜的成名让子牙感到失落甚至心存妒忌，二人的矛盾由此滋长。19岁的写手少年狼来北京投靠子牙，之后子夜不可挽回地爱上了少年狼。子夜和少年狼趁子牙不备登上火车，准备私奔到新疆。半路上少年狼突发重病，这让他们不得不中途下车。在陌生城市的医院，二人几乎身无分文，只好打电话向子牙求救。子牙用极其隐蔽的方式杀死了少年狼并且霸占了他的遗作，让自己一夜之间成了红透的诗人。心碎的子夜无法继续忍受被伤害与被欺骗的痛苦，再一次选择了出走。

这是一个被不少作家反复诉说的主题。女人为了寻找自由与爱情一路走去，到头来却是伤痕累累。蒋离子残酷地让子夜被一次次地抛弃，从父母到子牙，再到少年狼。除却心灵上的重创，在身体上也受尽伤害。堕胎和子牙的殴打彻底毁掉了她的子宫，当火车上带孩子的妈妈对子夜说她也将会有一个可爱的孩子时，她"下意识地摸了摸自己的腹部，那里空空如也"。除了残酷，仿佛难以再找一个词来形容这部小说。我们从中无从找寻某种预设的手法，但是蒋离子确实又一次把女性的悲剧命运血淋淋地放在读者面前，让我们一次又一次地心痛不已。

相比《走开，我有情流感》，蒋离子的另一部小说《俯仰之间》虽然出版时间在前，却蕴含了更为丰富的内容。

> 她在车站门口等他乘坐的夜班车，有个男人过来问她价钱，她让男人估价，男人说她不够专业。

---

① 芷辛：《走开，我有情流感》，朝华出版社2006年版。
② 蒋离子：《俯仰之间》，朝华出版社2005年版。

她问:"免费怎么样?"男人逃得有些仓皇。

她打算把这当笑话讲给他听,后来没能等到他。

嫖客不要免费的妓女,他不要谦卑的她。

遇到他之前她一心求死,遇到他之后她一心求他。他是她的救世主。

这是小说《俯仰之间》的自序,寥寥几句话就为整篇定下了一个灰黑色的基调。小说在叙事者的不断变换中描写了一个高干子女柳斋和出身贫贱的少男郑小卒之间的爱情悲剧,其中还穿插了人妖——一个处于性别边缘的少女的遭际。

小说的女主人公柳斋出生在干部家庭,有着显赫的背景。她在家里与母亲作对,在学校恣意妄为,却爱上了生在民生巷的郑小卒。郑小卒的父亲是个修自行车的残疾人,母亲擦皮鞋兼职修鞋子,还有哥嫂和三姐。整个家庭用郑小卒自己的话说就是"婊子和混混,倒也和谐"。郑小卒为了拒绝柳斋,把她带到自己生活的民生巷,本以为会以此吓退柳斋,结果却适得其反。柳斋以为自己的出身妨碍了他们的交往,拼命地作贱自己。"我应该谢谢他。小卒,现在我们一样肮脏了,我难道不该高兴吗?"自此之后,柳斋更是无所顾忌地乱来,包括跟自己的小姨夫以及各式各样的男人,甚至女同性恋妖姐……柳斋试图以这种方式来打破她跟小卒之间那层难以跨越的距离,结果毫无成效。六年里,小卒不断和女人发生关系,柳斋不断和男人发生关系,但两者却没有一点关系。他们不是朋友,不是恋人,相距很近却又无法拥彼此入怀。柳斋押上了全副身家,输到一无所有,最后只有选择自杀。

小说以残酷的方式描写了一个少女为了"爱情"进行的苦苦挣扎。为了配合小卒的玩世不恭,柳斋拼命把自己扮作太妹;为了保护小卒,柳斋一次次地忍受人妖的骚扰。一方面柳斋为了自己的爱情不惜任何代价,试图在身世上与小卒获得某种平等,但另一方面,由于那些根深蒂固的观念,小卒对柳斋既爱护又疏离。尽管小卒深爱柳斋,柳斋最终还是成了某种无形文化传统的牺牲品。在看上去玩世不恭的语言里,小说体现了作者对女性命运的深切同情。一些既有的观念甚至是一些荒诞的理由都会迫使女性失去追求自身幸福的权利,而女性的顽抗只会给她们带来更多的伤害。小说中的人妖也便因此而不能简单理解为一个无足轻重的配角。

人妖是个发育不良、细瘦、平胸,还有喉结的女孩。她15岁时被村里几个小青年轮奸,只因他们想剥光她的衣服看看她到底是男是女。她家里人也常常取笑她的喉结和平胸,对于她的受侮更是置若罔闻。她越来越难过,于是进了城。几年之后她在城里混成了气候,开了一家网吧,据说黑白两道都有她的朋友。她跟《古惑仔》里的十三妹学习,白天在网吧照看店面,晚上进行军火和毒品交易,还插手拐卖人口,逼良为娼,在柳城也算是个赫赫有名的风云人物。但是多年之后，人妖也嫁了人，不喝酒，怕老公骂；不喝饮料，怕发胖，成了一个平常的主妇。小说中，人妖的一段话耐人寻味："谁容易啊，女人都不容易。好看也好，难看也好，女人就这贱命……连我自己都不相信世界上会出现个要娶我的男人，一心只想去做变性手术。呵呵，得了，最后还是本分做女人。我老公说了，等我生了孩子，我就能长开了，有女人味了。"这里且不管人妖之前具体做些什么，可以肯定的是她不满于做处于弱势地位的女性中的更弱者。她通过从事毒品买卖起家，不择手段地成为柳城的一霸，被一伙男性的喽啰前呼后拥，貌似成为这一领域的强者。但当她获得了嫁人机会时候，自愿地放弃了已经拥有的一切，甚至在与小卒无意间的身体碰撞之后露出了羞涩的神情。人妖的变化显然不是特例，有多少被迫走上抗争与奋斗之路的女性一有机会便回到了某种所谓合乎常理的位置。"俯仰之间，一场风流云散。"这句话几乎囊括了作者对生活的全部理解。那些不得不被改变的生活，那些难以逃离的爱情悲剧，以及那些随时可能被瓦解的抗争，到头来不过是风流云散。据说蒋离子已是佛家弟子，也许这里的风流云散与佛家的"空"有些许关联。

  同为"80后"女作家，周嘉宁在几部长篇小说中完好地保持了体验生活的姿态。其中，《往南方岁月去》①的表达尤为淋漓尽致。这部小说以"我"看似没有目标的游荡为线索，有意无意中显示出一批年轻女性甚至是一代人面对生活的态度。故事中的"我"是生在东部城市的女孩，向往着与众不同的生活，追求着自己也说不清的理想。一切都是从"我"与好朋友忡忡一起考到南方山坡上面的一个学校开始的。我们从青春期的禁忌中挣脱出来，拼命地消耗生命，染头发，交男友，逃课，似乎是要把中学时代错过的事情都重新经历。但无论是"我"、忡忡还是小夕等人，对于性和身体，都采取与之前人们截然不同的态度。作品中的异性或同性之间更多的是某种基于尝试的体验。高中时代"我"决定跟忡忡接吻，在没有人的教室里，常常是嘴唇靠近的时候就开始发笑，一直闹到日落时分。这在"我"看来，是在禁锢的青春期中，如同女孩亲吻镜子里的影像，只是"迫不及待地想知道另一个嘴唇的滋味"。

  "80后"一代暂失了沉重的社会历史责任，于是，丰富的生活或者说找寻多样的生命姿态成了他们拼搏、奋斗、消沉甚至堕落的主要目的。"我和忡忡到了山坡上以后做的第一件事情就是去染头发，这是因为刚刚走出长年的禁锢，所有的人都会忍耐不住自己的狂欢情绪。而头发是多么重要的事情，我们的少年时代曾经被头发的事情折磨得死去活来。……虽然没有钱，但是已经没有人可以管束我们，没有人可以用水龙头冲我们的头发，忡忡大声地说：'非得去大城市里找

---

① 周嘉宁：《往南方岁月去》，春风文艺出版社2006年版。

可以染绿头发的地方,非得去。'"头发在她们眼中似乎全然摆脱了生物学上意义,成为"我们"走出禁锢的中学时代,从小女孩逐渐走向女人的标志。对于"我"和忡忡来说,成为一个独立的女人和获得摆脱青春期禁锢的自由是两个相互重合而且模糊不清的概念,但是小说中"绿色的""葵花色的"头发表明了她们为之努力的姿态。

由"我"和忡忡到达南方之后所表达出的生活状态我们可以看到,女性对于挣脱束缚的最初的理解,就是逃脱外物的制约。无论是小说中的青春期禁锢还是其他的男性,还是身体或是感情,绿色的头发、忡忡与J先生的爱情,以及"我"与马肯之间的肉体接触都表达了女性对某些既有限制的突破。说到底,头发的颜色无关紧要,但是由于这种扎眼的颜色是"我们"第一次自主的选择,就具有了超出头发本身的意义。

体验全新的生活是小说自始至终的主题。主人公由东部城市来到南方,之后又到北方去,再到后来的离开。其中的漂泊、游荡乃至受到的重重伤害丰富了她们的生命。她们肆无忌惮地体验着新到一处的细微感受,在古典文学课上从教室后面跳窗而出,沿着长满绿色植被的小路往山下飞奔,让"身体处于惯性滑翔……总得咬紧嘴唇才能够忍住尖叫"。在和马肯的纠缠中,其实"我"并没有沉迷于马肯的声音,让我更加着迷的是在水房弥漫出的蒸汽中,穿着薄睡衣靠在果绿色的走廊墙壁上,来回踢着墙壁,看走廊里面的女孩子们端着脸盆走来走去,还要故意压低了声音来说话。正是在这样的体验中,马肯始终不能真正进入"我"的生活,虽然他们经常在一起,但马肯只是一个某种体验的提供者,所以,"我"与马肯的分手也就成了必然。

对于性、对于身体,她们采取与之前的人们截然不同的态度。异性之间,同性之间,更多地是为了体验某种滋味。高中时代,"我"决定跟忡忡接吻。在没有人的教室里,常常是嘴唇靠近的时候就开始发笑,一直闹到日落时分。这在"我"看来,是在禁锢的青春期中,如同女孩亲吻镜子里的影像,只是"迫不及待地想知道另一个嘴唇的滋味"。在"我"、忡忡、马肯还有安迪的郊游中,忡忡与安迪在夜里接吻、互相抚摸,只是因为"接吻令我平静",而"抚摸总是令我高兴,也不感到陌生,好像回到在河堤上的日子,那是过去最值得记忆的时间"。

"我"的第一次也给了马肯,虽然疼痛难忍,但是不想有更多被推迟、被错过。"我"哭了,但是"内心充满了骄傲",好像"那个由母亲陪着去内衣店里买胸罩的小女孩,充满期待地看着那些花边,那些蕾丝,在试衣间里羞涩而又雀跃地脱去衣服,再穿上那紧绷绷的小衣裳"。其实不论是面对马肯还是其他人,"我只是想尽早地变成女人"。在这种看似残酷的体验中,情感与身体是彻底分离的,甚至与欲望都很少关联。上一代作家创作了大量有关"灵"与"肉"的作品,试图在"灵"与"肉"之间分出个你高我低,或是找到一个平衡点。但是,从周嘉宁的这篇小说中可以看到,"80后"已然跳出了这样的纠葛,为"灵"与"肉"找到了新的出口——体验——无论是出于什么样的目的。

在大学里,忡忡爱上了曾经大红大紫的作家J先生,但是J先生却有着自己心爱的女人。大学三年级的时候,失望透顶的忡忡为了寻找不辞而别的J先生离开山坡,去了北方。"我"暗恋着男孩小五,却又与马肯不停地纠缠。毕业之后,"我"也去了北方,希望能够重新找到忡忡。后来,在出版社工作的"我"意外地遇见了J先生。在与他的通信中,发现他正是"我"中学时代最喜爱的作家,但是一次次地被心爱的女人抛弃,失去了才华和激情。于是"我"开始鼓励他写作,并发现自己渐渐爱上了他。J先生在得知"我"与忡忡的关系后重新开始写作。他在小说里写到忡忡但又让她很快死去。"我"意识到J先生是一个软弱、胆怯的男人,没有爱的勇气,他只是躲避在小说里面建设自己的精神家园。于是"我"离开了北方。

周嘉宁以"我"和忡忡游走于南方、北方的体验建构了她们的成长。小说结尾映射出一个成熟女性的姿态,从北方走出的已不是那个懵懂地走南闯北体验生活的女孩子,她已经成了一个坚强的女人。"我"的毅然离去反映出一个成长起来的女性对自身价值的尊重与肯定。周嘉宁笔下的"我"已不再是一个迷恋于体验生活不同面目的女孩子,而是在种种体验和挫伤中蜕变成了一个独立的人。女性的生命力不再执著于细小的感受,不再受控于追逐与众不同或特立独行的姿态,而是开始渐渐领悟到生命和友谊的重量,并且毫不妥协地抗拒虚假的情爱,追求心中的真实。

可以说,这样的小说重申了体验对于女性自主与独立的重要意义。一方面,体验为女性在多重禁锢之下的自主判断打下了基础;另一方面,体验又是促进女性成长的重要资源。周嘉宁的女主人公歪歪斜斜地踏出了人生最初的几步,开始朝着女性独立的自我走去。这其中所包含的意义,不仅仅是放弃一个"不配再得到爱"的男人这么简单,对虚假的情爱的拒绝同时也是对真实自我的确认。拒绝男性的权威不仅仅是反对一个生活中的虚伪个体,同时也是认同于内心世界不妥协于外部规则的勇气,选择一种自我主导的生活方式。

三、恋父(兄)者的归宿

恋兄情结在心理学上与恋父有着相同的原理,因而人们常把恋兄归入恋父的范畴。恋父情结在文学作品中不断出现,这是一场伦理与爱情之间的冲突,它仿佛是一场没有尽头的战争，不可回避又无从解决。伦理的形成始于人类社会规范的初建，是一种具有强力的理性存在，而爱情更多地来自于原始的生命冲动，更易被划入感性范畴。因此，长久以来，伦理作为一种社会意旨与爱情存在着与生俱来的冲突。与之前那些作家一样，苏德在她的小说《钢轨上的爱情》[①] 中涉及伦理与爱情交锋——恋父（兄）。

小说的男主人公郁是个孤儿，自小被寄养在眉家，二人以兄妹相称。郁学画画是为了残留母亲的印象，而眉学画画却是因为郁要学画画。眉对郁分外地依恋，"我喜欢跟在郁的身后，拉他的衣角，背着画板走安福路那条狭长的马路折去静安寺看佛，再沿着华山路去美校学画。"在《恐龙特级克赛号》的游戏中，郁扮演克塞，眉是尔他夏公主。每当尔他夏公主身陷困境，克塞都会及时出现，救她于危难之中。"所以从小，郁就是我的克塞，尔他夏公主最最信赖依恋的英雄"。在拉着郁的衣角去学画的路上，她有被无限宠爱的幸福感觉；在童年的游戏里，她获得了其他人所不能代替的安全感。郁作为她的哥哥，这一伦理的角色在眉的心中建立起一个不可动摇的形象，成为她日后爱情的源泉。眉的生活中充满了郁的痕迹，这些点滴、细碎的事情伴随了她的一生，她始终也没能从自己的恋父情结中走出来。

许或的出现使得郁和眉之间的感情明朗起来。如果说之前郁与眉之间是还是那种模糊的、暧昧的兄妹之情，那么，许或的介入使他们确认了相互之间是一种男女之情。眉因为许或与郁的亲密感到无比难过，独自一人来到花鸟市场林深处。郁在林深处找到眉，二人紧紧拥抱在一起，郁向眉承诺永远不会离开她。那是在成年后的第一次亲密接触，眉小心地感觉着郁的身体，而郁也感受到了自己心里的不同。从那时起，他们已经不再是小时候的模样，"郁发出'妹'这个音的时候，我确定地知道那个字不再是妹，而是眉"。这是苏德在小说中设置的第一次伦理与爱情的转变，虽然这时他们不是亲兄妹，但是在作者创作的思路上需要他们是生活在一个家庭中有着兄妹关联的两个人。

之后，作者试图进一步强化二人之间有异于兄妹的人伦关系，于是，性在这里成为最有力的工具。眉的母亲忽然失明，原来那个严肃的女法官变得暴躁不已，眉的父亲日夜守护着她。眉和郁互相陪伴，彼此需要，眉把自己最宝贵的第一次给了郁。在郁梦境中画完成的那天，他们再次结合，回来取日记本的父亲看见这一场景心脏病发作，不久便离开了人世。眉的母亲在得知丈夫的死讯之后，也割脉自杀。几天之后，眉和郁一样变成了孤儿。父母如此剧烈的反应出人意料，其中必有让父亲无法接受的事实。苏德在此设置了第二次伦理与爱情的冲

[①] 苏德：《钢轨上的爱情》，春风文艺出版社 2004 年版。

突：从父亲的日记中，郁和眉得知二人竟是亲兄妹……如果说之前二人超越兄妹之谊的情分还在伦理约束之外的话，那么现在，伦理的强制力真正介入到郁与眉的感情之中。郁和许或结婚了，开了一家名叫"Golden rod"的酒吧。郁一直假装平静，假装漠然，然而，郁是无法忘记眉的。在这种压抑的巨大黑暗编织的网里，郁自杀了。而眉，在把他们的故事画出来并且在麒麟岛上找到了秋麒麟草之后，也选择了死亡。

苏德试图通过伦理的力量来制造一个爱情悲剧。也许小说在这里就应该停止，但最后苏德还是在小说中让许或发现他们并非真正的兄妹。一切都来源于一场误会，这让眉至死还深深地爱着亲哥哥，痛苦地爱着，永不悔弃，而郁也是如此。很显然，苏德没有足够的勇气去制造一场真正的悲剧，在爱情与伦理面前，苏德最终选择了后者。她通过郁与眉身份在最后的明晰为他们的爱情在伦理中寻找一个合理的位置，试图以伦理上的合法为眉的恋父找到一个出口。

这种恋父的悲剧在艺术上固然有它的感人之处，但是从女性的角度看又蕴含着更多的内容。有研究认为，女性的恋父情结是男性权威和男性秩序得以维持的重要原因之一，它是"阳具中心"的异化体。女性对父亲、兄长包括对所有代表着威严、强力与安全的男性的依恋甚至是依赖，严重阻碍着女性在心理上的成人。或许，大多数女性在童年都或多或少地存在着恋父、恋兄的情绪。在成长中，有的人将这种情绪慢慢消解，在心理与生理上都走向成熟，但有的人始终不曾改变，乃至严重影响之后的生活。小说中的眉就属于后者。她习惯于郁像长辈一样按按她的头然后跟她说话，她依赖郁带给她的安全感。当郁死去、无法再给眉带来这一切的时候，眉如同失去了生命的动力。眉有一个只有郁知道号码的手机，无论去哪儿她都会将它贴着皮肤携带，即使在郁已经长时间地离开人世之后也是如此。有时候它会突然震动起来，但打开之后不过是系统消息。于是绝望一次次地摧残着眉，而这一切都来自于眉对郁不可救药的依恋，来自于眉自小就有的优越感——我是郁的眉。这种情绪已然远离了爱情的执著，成为一种病态的恋父情绪。

除却心理上的依赖，在身体上眉也无法摆脱郁的印迹。十岁那年，眉还是像往常那样偷偷溜进郁的屋子。郁把自己学到的第一个英语单词念给眉听——Cat——"尾音的t发得很轻促，轻轻爆破在耳边"，声音"撞在耳膜上，回应给心脏……我抱着郁，闭起眼睛，那是我的第一次心动"。而多年之后，在南方的海岛上，情人罗慢与眉做爱时反复地轻喃着perfect，excellent，他发出性感的t的尾音在眉的耳边轻缓地掠过，这时，眉总会在黑暗中认为郁再次到来。眉清楚地记得郁第一次进入她身体时的感受："我感到前所未有的疼痛，我摒住呼吸，伸出光溜溜的两只胳膊圈绕在他的脖子上，紧紧地扒住后背缓解疼痛。他的头发梢抵触在我的皮肤上，渐渐地也有了温度，从窗口偷溜进来的冷风依旧旋转着身体绕在四周，包裹住我们。"而多年之后，坐在亚龙湾细沙滩上的眉依然记得当时的疼痛和彼此取暖的依靠。"那是刻在记忆神经线上的依赖和痛觉，从小就有的依赖，长大成人后的痛觉。"心灵上的依恋与肉体上的记忆不断地摧残着眉，因为郁的死，更因为郁是自己的亲哥哥。没有郁的爱她便无法存在，于是，眉的自杀也就成了必然发生的悲剧——一个恋父者最极端的归宿。

从女性的角度说小说是令人失望的。一方面，眉和郁的身世在小说结尾得以真相大白，虽然这是作者试图以一种不可挽回的遗憾来打动读者，但它却解构了小说在伦理上的悲剧，显示出小说的作者无力或是无意去对抗现有的伦理秩序。另一方面，正如前面所提到的，恋父的悲剧固然有其感人之处，但是过于强烈的恋父情绪阻止了女性在心理和生理上的全面成人。

"恋父"的反向极端就是对男性角色的失望。《北京娃娃》即通过描述一个北京女孩儿林嘉芙从14岁到17岁之间坎坷的情感经历和看上去令人心痛的生活状况，展示了女性眼中的男性世界，透露了少女敏感之心对两性关系的失望。在春树笔下，B5、A26、李旗、石钧、赵平、池磊、Janne、G、T甚至更多男性的脸都是模糊不清的。李旗是在一个音乐杂志的征友活动认识林嘉芙的，他在鲁迅美术学院进修，他们第一次见面就上了床，但即使他们在床上拥抱、接吻，也会让林嘉芙觉得"一切都有点不真实"。他混在北京的艺术圈里，花家里的钱租房子，从哥们儿那儿蹭饭吃，"无聊、懒惰、自以为艺术家者，还有脸活着？"后来的赵平固执吝啬，"保守、实际、纵欲、世故、矛盾、虚荣。有着强烈的功名心，所有的人际关系支离破碎"。他会像个无赖一样逃票，到处赊账吃饭、打电话。他自私又怯懦，甚至在警察例行盘查时要求林嘉芙来保护他。在林嘉芙提出分手后又不停地电话骚扰，直到被痛骂之后才有所收敛。还有G，他为林嘉芙从饭费里省钱买胭脂，也因为与她的关系被父母逼得焦头烂额。T是林嘉芙见过的"最现实（不是理智）最奸诈的一个人"，在小旅馆过夜之后，把她一个人丢下，准时去了杂志社。他曾经问林嘉芙说等她以后有了钱他可不可以花。

在小说创作中，作者在男性形象身上赋予了人类共有的或美或丑的各类属性。他们有时像孩子那样任性、蛮不讲理，有时又像孩子一般脆弱而易受伤害，有时还有孩子样的纯真，所以他们更应该被称作男孩儿，因为他们还算不上是男人。他们的年龄不大，在心理上存在许多相同之处，而且都处在青春期的躁动过程中。他们愤世嫉俗，刻意地张扬个性，极端地强调自己与他人的不同。他们不停地标榜一些东西，甚至让自己带上一些他们自己都理解不了的文化符号。他们喜欢摇滚乐，对一切被称作"非主流"的东西有着莫名的好感，他们对稳定的生活不屑一顾，刻意制造与主流文化的对立。然而事实上，他们又不是这个社会真正的愤怒者。他们不停地高呼着摇滚精神却没有一颗能够承受激流金属与哥特的心脏；他们一窝蜂地套上印有格瓦拉头像的T恤却对这个长着胡子的男人一无所知；他们对周围的一切充满了藐视却从来没有能够做得更好；他们学着昆德拉、米勒或是凯鲁亚克小说里的人物那样谈论感情与性却不知自己的语言已是变得那么空洞；他们盲目地反抗，既没有实力也不知目标何在，到头来往往是把自己弄得狼狈不堪。事实上春树所写的正是这样的一些男孩子，即使他们已经成年，在她的笔下，还是更多地呈现出孩子气。从他们身上，我们无从找到那些能够使一个性别区别于其他性别的特质，他们仿佛只是一些符号，散布于小说主人公林嘉芙的周围。他们并不是一些独立的性别个体，而仅仅是为了协助林嘉芙完成某种特定的生活姿态而存在。这些男人在林嘉芙眼里那么微不足道，她走的是与恋父完全相反的精神轨道。

张悦然的小说《水仙已乘鲤鱼去》对"父亲"的描写也是消极失望的。璟的生父是一个怯懦而卑微的小人物。他失业后只是每天聚集一批人在家里打麻将，甚至在璟的奶奶骤然去世之后仍然旧习不改以致心脏病突发死在麻将桌上。"她的爸爸只给她留下太过稀薄的影像，这将是女孩终生无法逆转的事"。这份"猥琐的弱小的父爱"毫无疑问承担不起父亲的角色。桃李街那所豪华的房子，房子里富有、优雅、又对她极其体贴关爱的男主人，使璟心中的童话演变为现实，同时也成为璟痛苦的来源。在璟的童年，男性形象、父爱的缺失给她留下了浓重的阴影，这不仅导致她对于爱与保护的强烈渴望，也意味着当一个保护者、一个成熟、稳重、有责任感、艺术气质、体贴入微的男人进入璟的视野时，所具有的强大冲击力给璟的爱情观念带来的模糊与不健全。事实上，无论璟对陆逸寒的迷恋，还是陆逸寒去世后她对和父亲越来越像的小卓的爱，以及成年后与沉和的爱情关系，都没有超出她对一个对理想中完美的父亲形象的印证。因此，这个女主人公从未真正在精神上成年。

璟的爱情扭曲地建立在"寻父"的阶段，并停留在少女时期一直没有成长。陆逸寒之所以成为璟理想中的情人，是因为他使其免受外界的伤害，他阻止璟的生母对她的苛责和打骂；他给了她很多从来没有享受过的细腻的被爱的感觉，甚至在她初潮的时候给她买卫生巾。而璟成年之后与沉和的爱情，几乎就是少女时期这种感情关系的延续，是璟对继父的不可能实现的爱情幻想的发展。沉和从一上场就充当了一个保护者。他同情璟的遭遇，帮她摆脱与书商的纠纷，鼓励她写作、帮她出书；他在璟需要人关心并且无家可归的时候出现，初次谋面即无微不至地照顾她，给她提供舒适的住处。和璟住在一起后，他坚持不懈地帮她克服暴食症和抑郁症，带她出去旅行，将她从身体和精神濒临双重崩溃的状态中解救出来。

如果说陈染的《与往事干杯》等作品具有一种"精神上寻父"和寻求灵肉和谐的艺术表征，那么张悦然的作品则更多地幻化为一种青春期少女的懵懂心事。小说中人物对于关爱保护和自我表达的寻求，既不同于"五四"女作家挣脱枷锁、个性解放的追求，也不同于林白、陈染们寻求女性的独立自足和两性关系中的平等、理解的愿望，而是更倾向于一种自我的迷恋和肯定，是具有自赏意味的表达。所以，作品中三个关键的男性都以保护者和关爱者的形象出现，充当了性别概念尚不明确的女主人公的护佑者；而所有其他女性形象，在女主人公面前无不黯然失色。

四、稚嫩的身体书写

女性主义的身体论认为，身体的意义和价值不仅在于其物质存在，更重要的是它与女性主体性的建构有密切关系。而日常现实是，身体被普遍的权力关系所制约，成为权力关系中无法解脱的一环。在这一前提下，女性主义者力图通过揭示各种强加于身体的使之不能自由的权力关系和运作，以积极的反抗姿态和行动来争取达到平衡与和谐意义上的身体的自由。基于这样的认识，在20世纪90年代一些带有女性主义色彩的创作中，身体被当作反抗男性中心话语的"武器"，作者试图通过强调和运用身体的主体性来实现对男性中心话语的质疑与反抗使身体获得权力，获得对话语的操控，从而实现身体内在的意义和价值。

对于"80后"的年轻女作家来说，她们还未及深入体验两性之间的相互依赖与复杂纷争；面对男性，即使不无怨悱，也并非在真正的意义上从内心里将其视为"敌人"。因此，在"80后"女作家的书写中，身体意象的运用大致属于表意工具的范畴。

张悦然是80后女作家中最受关注的作者之一。她的作品不仅受到一些作家同行（例如莫言等）的好评，更是拥有为数众多的青少年读者。曲折煽情的故事赚足了读者的眼泪，并一版再版，几乎每部书累计印刷都在10万册以上，且数字还在攀升。抛开作品的发行宣传等外界因素，张悦然的作品也的确具备了不少值得探讨的特征。比如《水仙已乘鲤鱼去》[①] 所涉及的一个女作家的成长故事就具有一定的象征性和性别研究意义。

在这部小说中璟的身体变化值得注意。之前，璟是一个肥胖而丑陋的女孩子，皮肤很黑，鼻子上长着螨虫，但是经过漫长而痛苦的努力，她成了一个"美得眩目的姑娘"。这种变化的动力一方面来自继父陆逸寒，另一方面则是针

---

① 张悦然：《水仙已乘鲤鱼去》，作家出版社2005年版。

对她的母亲。作品中的成年女性没有一个不是充满严重缺陷的人物。璟的母亲曼漂亮但冷酷，对女儿充满仇恨，只因怀孕和女儿的出生毁坏了她身体和容颜的美丽。女作家丛微曾经被璟作为自己的目标、榜样，作为自己的希望和精神上的母亲，后来却被发现是一个精神完全崩溃、生活在疗养院里的病人。作者没有为璟安排任何一个可以与之在精神和外表上并立的女性形象，曼美丽但是愚蠢自私，丛微迅速毁掉了自己的美丽和才华，缺少璟的顽强。在同龄女子中，优弥、小颜等也只是璟的陪衬，她们存在的全部意义似乎只是衬托璟在外貌、才华以及精神上的优越。在这些平面人物中间，作者对主人公的描写因为篇幅过长以及心理描写的过度而显得有些夸张，并且不自觉地流露出一种自伤自怜的情绪。

　　璟在进入走读学校后一直拒绝直面陆逸寒。每当他到来的时候，璟总是在楼上看着，满含热泪，而后又站在窗户前面默默地望着他离开。璟决心"让自己好起来"，再光艳夺目地出现在他面前。这里引人注意的是，璟在身体上的改观并非出于某种性别价值观上的变化。对璟来说，陆逸寒娶了她漂亮的母亲是一个不可改变的事实，在潜意识里她有替代母亲的意愿，所以，璟在身体上的改观首先是对陆逸寒的一种迎合，而不是女性价值的体现。对璟的母亲曼来说，璟变化的意义更是复杂。璟和曼之间是用仇恨连接的，曼"常常看着璟就心生怨气……她觉得璟丑陋，觉得璟累赘"；而在璟的成长中，"也生出一份相当的恨"来回馈曼。璟长大之后，深深地爱上了继父陆逸寒，而陆逸寒直到离开人世都是爱着曼的。于是，当那个曾经被厌弃和鄙夷的女儿让母亲的脸上露出"因妒忌而诱发的苦楚"时，身体便成了母女之间复仇的工具。在争夺过程中，小说又赋予璟强大的自恋情绪，这种情绪一直延续到璟以后的生活中。璟则在怀孕时对自己腹中的孩子说："我要叫你 Narcissus，我的宝贝，因你应该像希腊神话中美少年纳瑟斯一样好看……并且我希望你懂得爱自己，赞美自己，在独处中找到乐趣。……你该学习自恋的纳瑟斯，他迷恋自己的影子，终日与影子纠缠玩耍，不知疲倦。"甚至作品中璟的写作动力也只不过是一种疗伤，一种修补，一种幻化出完满自我的愿望，满足被爱和自我陶醉的渴望："这本书其实暗藏着璟的一个梦：她曾以为会和小卓交换能够疗救的爱，亲密无间地一起长大。"

　　此期的张悦然和她笔下的璟都痴迷于自我表达，但又不同于以往女作家们的精神历险，不同于时代重压和繁复的灵肉探索中产生的作品。作者和璟的女性意识都显得模糊不清，对于性、身体、思想、自由、权利、两性关系、社会角色等几乎没有任何涉及。这种特定的、不成熟的女性表达是一柄双刃剑，有其优越的地方，也很容易受到拘囿和限制。张悦然式的文本叙述方式和语言运用方式很难有超越于"发自肺腑"的更深的探索。一些女性所具有的需要自我表达和认同,需要理解和关爱的特质如果仅仅停留和依赖于单一性别的申诉,势必由于简单的处理和定式思维而失于粗糙、粗暴,或是因为过度拘囿于自我的叙述圈套。这不仅导致除却女主人公外所有其他人物一律平面化,不再拥有人性的复杂、微妙而简单地被注解为女主人公人生历程和精神探索中的一个个符号,同时也可能导致过度膨胀的女性声音在淹没他人声音的同时,淹没了原本丰富的女性诉求并阻碍了思索的发展,使本可复杂多元的文本内容以及更深入探讨、更尖锐地质疑和批判的力量,退化为一种顾影自怜、形影相吊的自伤和自赏。

在蒋离子的小说《俯仰之间》[①]里,身体最终走向了悲剧。小说在叙事者的不断变换中,描绘了高干之女柳斋和出身贫贱的少男郑小卒之间的爱情悲剧。身体于此非但不再是抗争的"武器",而且负载着女性精神的下滑。在蒋离子的眼中,女性的"负隅顽抗"只会给她们带来更多的伤害。基于对女性命运的悲观,蒋离子对身体的书写也是带有悲剧性的。

通过以上分析,我们对部分"80后"女作家在写作中有意无意间呈现出来的身体观有这样的印象:她们有关身体的书写不像女性主义写作那样具有鲜明的性别政治意味或意识形态色彩,她们借助身体所表达出来的性别姿态常是比较含混而稚嫩的。其中的原因之一是,在她们成长的大环境中,两性相处的社会文化氛围发生了重要改观,在身体书写方面已经很少束缚,她们切实拥有了多样处理身体与文学关系的可能;而另一方面,年轻的她们还有待于在更多的社会实践和个人阅历中去体验、认识和思考包括两性关系在内的人与人之间各种关系的复杂和隐秘。"80后"在自己的小说创作中虽然触及了对性和身体的书写,但是他们显然并没有清晰地意识到真正意义上的女性主义身体书写所具有的性别文化意义上的深刻含义。于是,身体意象在一些年轻女作家的作品中,被简单地型构为一种情感或诱惑的出发点,被当成了一种丛林式竞争的有力工具。而在这一过程中,女性身体所承载的性别文化内涵很大程度上被忽略和屏蔽。

对新事物、新观念的拥护与接受远远多于质疑与思考的"80后"女作家们正处于一个善变的年龄,她们的思想状态、性别观念还处在不断变化、发展的阶段。与其轻率地对她们做出笼统的判断,不如给予她们更多期待、关注和爱护。

---

① 蒋离子:《俯仰之间》,朝华出版社2005年版。

第五节　个案阐释与分析

一、《茫茫的草原》：民族·性别·历史叙事

《茫茫的草原》是当代蒙古族作家玛拉沁夫的代表作，也是其创作生涯中最具生命力的作品。长期以来，这部小说作为书写少数民族革命斗争历史的优秀之作，产生了比较大的影响，具备了一定的经典性。《茫茫的草原》是中国当代文学史上出现的最早的反映蒙古族生活的长篇小说[①]，被认为是一部"在思想上和艺术上都取得了相当成就的好书"[②]，曾获茅盾文学奖提名。在一定意义上，可以说这一文本的出现为中国当代长篇小说创作提供了与汉族文学不同的文学范型，也为其他少数民族作家提供了宝贵的艺术经验。

这部长篇分为上、下两卷。上部于 1957 年初版，原名为《在茫茫的草原上》，由于所谓"民族主义情绪"以及一些"自然主义"的描写受到批评；1963 年，经作者修改，更名为《茫茫的草原》再版。下部则由于"文革"等原因，直至 1988 年才得以出版。本书的考察对象是 1963 年修改版《茫茫的草原》（上）。

从作品表层结构看，这是一部相当标准的"革命回忆录"。它与同一时期产生了广泛社会影响的革命历史题材小说创作有着类似的主题和叙事模式。小说对蒙古族解放斗争历史的描述，为中国共产党领导的革命以及经由这一革命所建立的新政权、新社会，做出了合法性证明。然而，当我们在性别和民族的视野中重读作品、考察其历史叙事时发现，这一文本围绕具有少数民族身份的人物形象的性别表述呈现出作家主体意识的复杂结构，也敞开了缠绕于叙事肌理深处的丰富的文化内涵和精神诉求。

（一）英雄形象书写与传统的性别定位

一如其他"十七年"革命历史题材小说，《茫茫的草原》也是一部以英雄成长为叙事主线的作品。作者在民族革命的大背景下，描写了察哈尔草原上特古日

[①] 特·赛音巴雅尔：《中国蒙古族当代文学史》，内蒙古教育出版社 1999 年版，第 127 页。
[②] 王志斌：《〈在茫茫的草原上〉值得一读》，见《内蒙古日报》1959 年 6 月 8 日。

克村发生的故事,从中揭示了特定年代内蒙古人民的历史命运。小说着重叙写蒙古族青年铁木尔接受革命的询唤,由一个粗犷、率性、散漫的草莽英雄,逐渐成为一名"有组织、有纪律"的革命英雄的人生历程。在此过程中,作者的性别想象有着比较清晰的呈现。

首先,铁木尔这一英雄形象的塑造,借助了"革命+爱情"的叙事模式。在小说所提供的叙事语境中,男女之间最基本的性别关系具有"男性:解救、引导/女性:被救赎、追随"的内涵。它意味着故事中的男性人物因其所依靠的"革命"及"党"的意识形态权威的支撑,理所当然地成为女性人物的引导者。传统文化中男女两性之间的支配/从属关系,被整合于"革命者/群众"的领导/服从关系中[1]。置身这一叙述框架的女性形象,客观上成为高大的男性英雄的衬托以及革命神圣的佐证。

小说中的女性人物斯琴正是如此。虽然这个女子的成长过程表现得有些仓促,但在"十七年"革命文本书写中颇具典型意义。她从最初作为被侮辱与被损害的下层妇女,到成为一个让共产党员官布都表示"真不敢相信"的孤身杀敌的女英雄,发挥了衬托铁木尔英雄形象、使之得以凸显的功能。故事进程中,是铁木尔及其所依靠的革命力量的壮大,使斯琴在经历了血的洗礼(流产)后获得了自由;是铁木尔的一番革命启蒙话语,让斯琴意识到只顾"两个人安安乐乐地过日子""就把受苦受难的牧民兄弟们忘掉"是落后的;是铁木尔的鼓励,让她在"夜黑路生"的情况下"两腿如风"奔走传信;也是"想着铁木尔教给她的射击方法",她才开出了第一枪。最终,斯琴确如铁木尔所期待和要求的,在关键时刻变得"跟男人一样""学会杀敌人"。虽说斯琴的革命动机不那么"纯洁"(她之所以走向革命,与其说源自"有意义的生活的大门"的吸引,不如说更多的是因为受到铁木尔"只要我们一起闹革命,我们就会永远在一起"的诺言感召),但铁木尔所代表的政治属性在此起到了弥补和修正的作用。

从叙事效果来说,斯琴的人生转变自然让铁木尔的英雄人生更为圆满,因为它从侧面写出铁木尔不仅自己"闹革命",而且还有效地"发动了群众",也获得了爱情。当然,铁木尔的强大感召力主要并非取决于个体的男性身份,而是来自支撑其形象内核的"党"和"革命"的政治权威。也正因为如此,小说中描写道,铁木尔在最初脱离"队伍"孤身回村寻找斯琴时,并未能如其所愿夺回恋人;而当他回归党的怀抱、投身火热的斗争,察哈尔草原再掀革命浪潮时,斯琴才终于在反动阶级慑服于革命力量的情况下获得了自由。这样的情节设置不仅帮助斯琴实现了由女奴到女英雄的转变,同时也体现了革命的必要性与合法性。

---

[1] 参见陈顺馨:《中国当代文学的叙事与性别》,北京大学出版社1995年版,第102~103页。

除斯琴外，小说对另一个女性人物托娅的塑造也是耐人寻味的。初版叙事中，托娅身上表现出一些不乏负面意义的"性别特质"，比如喜欢唠叨、狭隘、任性。她不合时宜地向外人诉说生活的苦楚，还因为丈夫官布整天不在家"产生许多疑心"，时不时"给他点眼色看"（"卷一"第四节）。或许，如此"落后"的精神气质以及她那"一个瘸腿的虚胖的中年女人"的外在特征有丑化革命群众之嫌，不利于神圣的革命叙事，于是，在修改版中，有关托娅的外貌描写被作者删去，这个人物在故事中所具有的政治功能则被强化了。

说到底，托娅（蒙古语意为月华）可谓"人如其名"，她存在的意义只是停留在如同月亮般反射"革命"太阳似的光芒这一点上。小说描写"健谈的女人"托娅接受了丈夫的教育，又经受了革命的考验。她不再"信口开河"，意识到"自己已经成为与一个伟大的整体有联系的人"，"从它那里得到了鼓舞和力量"。然而，这份欢欣鼓舞在读者看来很容易显得有几分空疏，因为叙事者并没有给托娅以相对充分的自我展现的叙事空间，而只是依赖外部讲述的方式。这样一来，托娅的内心世界被抽空，读者很难触摸到人物自身的感受和思维，托娅很大程度上也便成为一种符号化的存在。于是，她的缺乏内在逻辑性的思想提升与斯琴的"被解放"一样，只是观念化地体现着官布的启蒙成果以及革命的强大召唤力，却不曾昭示女性生命的内在律动及其对妇女解放的意义。

不过，如若将这一缺憾归咎于作家艺术功力不足，未免失之于简单。实际上，对"英雄"之外陪衬性人物的符号化处理，完全符合特定时期有关革命题材书写和英雄形象的书写理路；而作品中所流露的男性中心意识也需要放在特定的历史环境中加以辨析。应该说，20世纪上半叶的中国妇女解放实践，确是从民族独立、阶级革命、国家建设等时代主题中获得价值定位和政治支撑的，而妇女解放对于女性自身的意义以及女性自我意识等问题，彼时尚处于被忽略、被遮蔽的状态。在这样的大背景下，与其判定作家有意识地在这部小说中采取了男性中心的叙述方式，毋宁说，他的创作首先是自觉遵从主流政治话语的引导，追随当时革命历史题材的书写模式的。小说艺术表现之得失背后，是复杂的因素在起作用。

（二）人物身份置换中的民族认同意识

值得一提的是，玛拉沁夫的创作一方面受到特定的政治/性别意识形态语境的制约，另一方面也并没有放弃作家的主观能动性和艺术创造力。《茫茫的草原》有关共产党工作队政委、女"蒙古八路"苏荣的性别表述，已然构成了一种个性话语与民族话语、国家政治话语并存乃至微妙博弈的场域。"尽管性别、族裔和阶级是具有不同本体论基础的话语，但在具体的社会关系中，他们是纠结在一起的，彼此成为对方的表达形式"①。故事中的主要人物苏荣，其民族身份和性别身份在这部小说先后出版的不同版本中，发生了重要的改变，其间隐约传达出作者的民族认同意识。

这要从 1957 年初版本《在茫茫的草原上》中曾经出现的一个人物——汉族共产党员洪涛说起。初版作品发表后，引发争议甚至导致相当严厉的批评的原因之一，即是小说中洪涛这个人物的塑造。在初版文本中，洪涛作为共产党派到草原领导革命的干部，由于不了解当地的复杂局势及蒙古族风俗文化，在工作中犯下许多错误，甚至影响到革命的发展。面对这样的情势，幸有英雄铁木尔力挽狂澜。于是，故事中的这两个分属于汉族和蒙古族的男性人物，某种意义上形成了一种比照。其间通过具体情节从正面得到突出的，显然是小说主人公、蒙古族英雄铁木尔的形象。作品问世后，虽也有评论者从人物典型性的角度入手，以创作艺术方面的不足质疑洪涛这一形象②，但更多的批评者还是更为尖锐地着眼于他身上存在的根本性"问题"，即洪涛"作为党的领导形象出现，是失败的"；进而判定作者"流露了狭隘的民族主义情绪"③。

在"文学一体化"的时代背景下，玛拉沁夫对这部作品进行了修改。一方面，他接受了政治意识形态的询唤；另一方面，又没有完全放弃艺术家的能动性，而是在小说修改过程中采取了一定的叙事策略。关于这一点，可以从小说初版与修改版对洪涛/苏荣这两个人物形象的不同处理中得出。修改版中，当叙述者开始说到苏荣时，先是简单交代了其"雄化"的外部特征（如："两条男人的粗眉""迈着男人一样的步子"），继之便将更多的目光投注于苏荣身上的"女性特质"。例如作品几次提到，她像个"牧妇似的"熟练地从事给小羊羔喂奶、烧牛粪之类带有一定"技术性"的草原女性生产生活劳动，表现了"牧民妇女的勤劳传统"。而这个人物的性情也很符合传统性别文化中对女性的想象：她常常满怀柔情地思念丈夫、女儿，对同志亲和多于威严；在革命工作遇到困难时，她曾流露软弱；在有的同志对她不够尊重时，她深感委屈。然而，如若将这类叙述归之为"女英雄形象被男性叙述主体的修辞塑造成为一种在性别和英雄特征上都难于辨认或自相矛盾的人物"④，恐怕并不恰当。因为从整个文本的生产过程来看，这一女性形象的塑造恰恰有着创作主体面对政治意识形态话语的规约，在文本中做出某种策略性回应的意味。

---

① [美] 伊娃-戴维斯：《性别和民族的理论》，见陈顺馨、戴锦华选编，秦立言译：《妇女、民族与女性主义》，中央编译出版社 2004 年版。
② 孟和博彦：《动荡的草原，光辉的道路——评〈在茫茫的草原上〉》，载于《文艺报》1959 年第 24 期。
③ 丁尔纲：《关于〈在茫茫的草原上〉的座谈》，见《草原》1959 年 8 月号。
④ 陈顺馨：《中国当代文学的叙事与性别》，北京大学出版社 1995 年版，第 97 页。

修改后的小说叙事中，洪涛这个人物被彻底删去，曾在初版"卷二"中出现过的骑兵师政委苏荣成为用以替代他的重要人物。这一改动关系甚大：草原上党和革命的领导人从汉族变为蒙古族；从男性变为女性。正是通过这样的变化，作者得以有效地回避了先前为一些文学批评所指摘的"问题"：一方面，苏荣作为在草原上生活过的蒙古族女性，与当地民众有着天然的联系，因而也便少了犯洪涛式错误的可能；另一方面，由于她是作为一名能够体现党的正确领导的少数民族干部出场的，自然也就不再存在"不利于蒙汉民族之间的团结的迹象"①。与此同时，小说叙事对苏荣性别特质的强化和渲染，很容易让读者注意到其女性身份。于是，这一人物所具有的融合了民族、性别、政治因素的复合身份，显然使之更容易在草原蒙古族民众中获得亲和感和影响力；对于作者来说，也有利于避免因人物涉及不同的民族给文学叙事带来的风险，有可能出现的文学叙事上的"失当"或"狭隘"。

不过，小说中的女干部苏荣虽然在草原上拥有革命领导者的身份，但在革命进程中的关键时刻还是离不开官布、铁木尔等男性的帮助和支持。她对他们的钦佩和欣赏总是显得十分自然。比如在苏荣受到被敌对分子挑唆的战士们持枪围攻的危急时刻，是铁木尔果断地鸣枪示警，据理争辩，化解了一场风波（"卷一"第九节）。当革命局势恶化，队伍中出现重大分歧时，是官布三言两语就平息了纷争。苏荣不由得"钦佩地看了官布一眼"，深深折服于官布身上"那种神秘的力量"。而基于苏荣的政治身份，这种赞赏也便多少带有"党"的认可的意味（"卷二"第二节）。经由这样的叙事，官布、铁木尔的形象再次得到合情合理的映衬和彰显。

从洪涛到苏荣，由男性到女性，这一角色变动所具有的多方面功能在小说叙事中得到了发挥。作者不仅规避了先前受到批评者指责的"问题"，而且借助于对小说人物民族身份和性别身份的置换，在叙事的缝隙间，一定程度上保留了蒙古族身份自我认同的主体意识。不过这一变换并没有影响到传统两性认知的内核。

（三）对蒙古族妇女性别境遇的关注

《茫茫的草原》从民族生活经验出发，以人道情怀和女性关怀意识观照处于历史边缘的蒙古族女性的境遇和命运。在作家笔下，除了苏荣那样的革命女性外，也不乏普通蒙古族女性的身影，例如贡郭尔家"最冷酷的人""黑心肠的

---

① 孟和博彦：《动荡的草原，光辉的道路——评〈在茫茫的草原上〉》，载于《文艺报》1959年第24期。

人"女厨师笃日玛、刚盖老太太以及其他牧民妇女。这些女子在喧嚣的民族历史舞台上或掩面行走于帷幕的背后,或只是一闪而过,甚至不过是无名的存在。她们处于传统政治结构的底层,映现着蒙古民族历史的沉重叠影以及传统社会中女子生命的卑微。

作者在描写刚盖老太太贫病无依的处境以及笃日玛被霸占的苦命时,无疑是充满同情的,但作为一名接受了革命启蒙的知识分子,他同时也清醒地认识到她们的蒙昧。于是,"两眼全瞎"还绕蒙古包祈祷以还"心誓"的刚盖老太太,在铁木尔无声的质询下显得那样荒诞愚钝,而笃日玛的宿命论也被另一个苦命人斯琴的人生变幻击破。但小说并没有从叙述者的角度对这些迷信言行做出批判。这样的处理方式与其说源自作者对这种带有一定宗教文化意味的民间信仰的认同,不如说最主要的是源于对蒙古族民间生活以及蒙古族女性历史命运的深刻理解。

蒙古族独特的生存环境及其曲折的民族历史使人们对生命苦难的感受尤为敏锐、尤为痛切。而蒙古族女性作为性别权力格局中的弱者,所承受的苦难往往比男子更多、更重。在漫长的历史进程中,她们对命运的呼告常因微不足道而被淹没,于是,她们很多时候转而求助于承诺来世的宗教,祈望从中寻求慰藉和指导。玛拉沁夫笔下为刚盖和笃日玛这两位普通女性所做的生命速描,正是基于对蒙古族女性传统命运的深刻了解。其中既有着深沉的民族忧患意识,也反映出作者的人道情怀和朴素的女性关怀意识。

《茫茫的草原》在故事讲述中,还隐约透露出作者对妇女解放与革命之间的关系问题的困惑和思考。"卷二"第七节,描写了那达慕大会上苏荣作为妇女"求解放、求进步的榜样",被一群牧民妇女围住,回答各式各样的"妇女问题"。当其中一位中年妇女问起这位"能管男人们的女英雄"是否可以"打男人"时,人们哄然大笑,苏荣也忍不住大笑。而就在她想对那位妇女再说几句的时候,对方却已失望地离去。文本中,苏荣貌似没来得及回答这个问题,而事实上,正因为作者没有安排她来回答,才留给读者更多的思考空间。阶级革命创造了性别解放的神话,承诺给予妇女种种权利,但却未能触及男权文化的核心,无法解决"丈夫打了我几十年"这样的关系到妇女基本生存状况的问题。而蒙受家庭暴力,几乎可以说是传统社会草原深处的牧民妇女最为普遍的性别境遇,所以,她们迫切期待改变这样的关乎日常生活的命运。

如同有论者所指出的,在特定的意义上,叙事本身即是一种支配、甄别和操纵①。从整体叙事效果来看,小说中这一情境的书写,对故事的推进以及人物性格的塑造并无明显功能。换句话说,如果设计如此这般的提问细节只是为了突出

---

① 南帆:《文学的维度》,上海三联书店1998年版,第142页。

革命事业感召力的话,作者尽可以让人物提出另外的、更便于阐发主题的问题,然而他却让笔下的人物选择了性别话语。由此可以说,文本中无名妇女的发问以及苏荣的不曾回答,并不仅仅是作家人道主义情怀和女性关怀意识的自然流露,而是蕴含着作者对人物的性别身份及其性别境遇的关注。

(四) 性爱描写与民族深层审美心理

《茫茫的草原》中还有一个比较独特的女性形象——寡妇莱波尔玛。这个人物在作品初版发行后,曾引起颇多争议。小说发表伊始,就有评论者从道德批判的角度称:"这个形象比较追求的主要是肉欲的满足"①,更有论者对作家在书写莱波尔玛这样有"乱糟糟的男女关系"人物时,"总是以客观的欣赏态度写的"表示强烈质疑②。然而,在1963年版的《茫茫的草原》中,玛拉沁夫虽然删去了对她的一些性爱描写以及抒情性的赞扬语句,但依然将莱波尔玛作为一个独立的审美对象去表现,以至于一些细心的评论者在肯定修改本比初版"更上一层楼"的基础上,仍含蓄地指出,相关"描写还嫌过多";也有直率者明言其"过多地描写了她在性生活上的放任"。尽管文本中所谓的自然主义描写不过是对人的生命欲望的合理表现,但在那一时期文学政治化的语境中,玛拉沁夫的固执坚持显得相当特别。时过境迁,而今,当我们把莱波尔玛这个人物形象放置在蒙古族文化谱系以及蒙古族文学史的链条中加以观照时,不禁若有所悟。

翻开蒙古族文学的图卷,很容易发现对生命爱欲的热情渲染。事实上,在古老的蒙古族英雄史诗中,英雄婚姻是最重要的母题之一。蒙古族的文艺创作在叙述英雄求婚情节时,总是会重叠复沓地歌咏女方矫健丰美的身姿形态;《蒙古秘史》中,亦有大量以欣赏口吻描述男女结合的语句;民间传唱的婚礼颂词中,更有许多对婚姻之于生命、人生以及族裔的重要意义的夸张表达。在一定意义上可以说,这种对女性体态美的欣赏以及对男女之间两相情愿的性行为的肯定,已经融入了蒙古民族深层的审美心理。

产生这种独特的审美心理,有生态环境的因素,有文化传统的影响,同时也是一种民族历史的生命记忆和心理积淀使然。世代游走于高寒地带,历经部族战乱,由兴盛到衰微的民族命运,清代喇嘛教对族群的变相削弱等等因素,使蒙古族民众形成了以种族繁衍为立足点的带有忧患色彩的集体无意识。这种集体无意识内驱力的推动,促使当代许多蒙古族作家的文学作品呈现出具有一定独特性的

---

① 丁尔纲:《关于〈在茫茫的草原上〉的座谈》,见《草原》1959年8月号。
② 魏泽民:《漫谈〈在茫茫的草原上〉的爱情描写》,见《草原》1959年9月号。

审美风貌。某些时候,这种风貌可能与主流审美意识有所悖离①。

《茫茫的草原》中玛拉沁夫关于莱波尔玛这个人物的"不合时宜"的艺术表现,一定程度上正可视为这种深层审美心理外化的表现。在这一审美想象图景中,人的身体本能属性获得了合法性。玛拉沁夫关于莱波尔玛的性爱描写,主要传达的是其对健康自然的生命存在形态的欣赏和生命机体活力的赞叹。性爱在一定意义上是生命激情的涌动以及族群繁衍的重要前提,在这一审美维度下,文本中性爱描写的文化意蕴与"十七年"主流叙事文本中意识形态化的身体叙事呈现出明显差异。后者往往将身体叙事整合在政治叙事中,通过两性关系的"非道德化"以及对女性躯体的"物化"修辞方式,描述女性的生命欲望,从而使性欲求与政治落后、道德败坏构成一定的对应关系,进而指认其负面价值。而玛拉沁夫为了保持其性爱描写的独特内涵,尽可能回避了类似的叙事模式。这一点从修改本对卡洛的性爱描写的变动中也可见出。与初版本相比,修改本关于卡洛的性爱描写篇幅少而抽象,与主流文学中处理"反面"女性形象时身体叙事的意识形态化保持了距离。

此外,值得称许的是,玛拉沁夫对莱波尔玛的描写并没有男性"窥视"的意味。自始至终,莱波尔玛的爱欲抉择都符合她自身的生命逻辑,具有一定的主体性。或许,与其他人物相比,身为女性的莱波尔玛不需要承载太多的政治意识形态功能,因而作家有可能更多地赋予其理想的人性。莱波尔玛那因思念而流露的柔情,因爱而不得的纵情痛哭以及与情人相会时的率真表达,无不生动地展现着人性的丰富。在"十七年"文学中,这一形象具有特殊价值。

综上,《茫茫的草原》对主要人物的塑造体现了传统社会的性别定位;与此同时,作品对蒙古族女性形象的描写,有着多重话语的复杂缠绕,体现了丰富的文化内涵与精神诉求。也正因为如此,它的历史叙事别具蕴含,散发出独特的魅力。

二、"十七年"电影的"半边天"叙事

1949~1966年(简称"十七年"),是新中国成立后一段重要的历史时期。政治建制、经济改型、饱受战争蹂躏的国人在盼望已久的和平世界里展现出前所未有的精神风貌,以激昂饱满的热情去建构一个理想中的社会主义中国。中国式社会主义在这个过程中发育成型(当然也开始显露出它的问题)。十七年间,中

---

① 例如,扎拉嘎胡1960年在小说《柳燕去过的地方》(载于《草原》1960年第2期)中,对牧民因性病被祛除而流露的欣喜情态展开描述,就与当时追求纯洁道德的时代审美导向格格不入。

国社会经历了一连串的历史事件——婚姻法的宣传普及、公私合营、"三反""五反"、农村合作化、"大跃进"、三年饥饿、"四清"运动等。这些事件和运动都不同程度地进入了"十七年"的电影创作。

从性别文化的角度看，十七年间，中国的"半边天"话语也逐渐建构成型。作为一种文化意识形态，这种话语与整个社会的政治、经济、文化艺术互生互动、此消彼长。本书的研究目标在于：通过梳理这一时期电影中的"半边天"叙事，分析当时社会现状、政治理想、政策导向、性别观念与这些电影叙事之间各种关联，并阐释这些叙事对于新中国性别文化建构所起的作用。

"十七年"的电影目录目前很难找全，"百度文库"的《中国电影目录》列出的"十七年"故事片是348部[①]，笔者通过其他信息渠道补充144部，共统计出其间中国大陆故事片492部。其中不包括古装戏曲片、动画片和歌舞专题片，但包括了所有反映现代生活题材的歌剧、话剧片（如《洪湖赤卫队》《红珊瑚》《女飞行员》等）和现代戏曲片（如《刘巧儿》《朝阳沟》《红花曲》等），原因是这些故事所蕴含的时代气息直接来自社会现实，并切实影响了当时人们的思想意识、性别观念和两性关系，有相当一部分影片还以其卓越的艺术成就对当时社会产生了巨大冲击力。

492部影片中，与女性、性别相关联的计112部。可分成五大类：反映革命和战争题材并以女性为主人公的，如《赵一曼》《党的女儿》《青春之歌》《洪湖赤卫队》等16部；反映妇女从苦难中被共产党解放出来从而追随共产党的影片，如《白毛女》《摩雅泰》《枯木逢春》《苦菜花》等18部；以两性关系为主线，反映在婚姻法的保护和新婚姻观念的影响下男女自由恋爱自主婚姻的，如《儿女亲事》《妈妈要我出嫁》《花好月圆》《小二黑结婚》等9部；以女性为主人公，反映妇女参加各行各业社会主义建设的如《女司机》《母女教师》《护士日记》《冰上姐妹》《女理发师》《女飞行员》等52部。此外，笔者还注意到了部分虽以男性为主角，但女性占较大戏份的战争片，如《南征北战》《渡江侦察记》《地雷战》《野火春风斗古城》等17部影片。

不难看出，反映妇女参加社会主义建设的电影作品数量，大大超过了"妇女革命""妇女解放"和"婚姻自由"这三部分的总和。可见这一主题在当时电影工作者和观众心目中的地位。将这部分电影作品命名为"半边天"，应当说是实至名归。虽然毛泽东"妇女能顶半边天"的语录发表于1968年的"最高指示"（这一最高指示通过官方媒体发布，而领袖具体在何种情形下说了这句话尚无法查证），但据有关资料，毛泽东在非正式场合下曾多次将妇女比做

---

① 百度文库：中国电影目录，见 http://wenku.baidu.com/view/d6502ed7c1c708a1284a4433.html.

"半边天"①。在当代中国,当人们使用"半边天"一词时,不仅指称妇女,而且包含着对妇女能力的高度评价。

(一) 时代主潮下的个体遮蔽

新中国一诞生,中国妇女就以"半边天"的姿态登上了社会舞台。她们的故事在电影中以各种不同的语汇被讲述。《女司机》(1951)率先亮出了新中国第一代女火车司机的风采;《草原上的人们》(1953)中的女共青团员在与坏分子的斗争中带领互助组成长;《结婚》(1953)中的农村姑娘主动承担了普及新接生法工作;《三年》(1954)中纺织工赵秀妹在女工会主席支持下将生产搞得红红火火;《马兰花开》(1956)中的农村家庭妇女要学开拖拉机;《母女教师》(1957)通过基层学校中两代教师的冲突讴歌教育新人;《乘风破浪》(1957)的三个女学生成长为威风的女船员;《女理发师》(1957)的镜头推向了一个很少为人注意的角落:一个曾经的旧企业主太太,从养尊处优的家庭走了出来,学做一名理发师……"半边天"话语改写了数千年中国女性叙事的讲述内容和讲述方式,但却不能说是完全意义上的女性叙事。因为所有的"半边天"故事都以国家的社会主义建设的需要(而不是女性自身需要)作为女性登上社会舞台的原动力,或者说,这种女性叙事是被附着在一个更宏大的、更主流的叙事之上的。

20世纪50年代,中国妇女走着与西方发达国家女性不同的道路。第二次世界大战后,西方主要国家大多面临着就业的性别抉择:男人们纷纷从战场上归来,等待就业,因此,战时从家庭走上后方各个工作岗位的女人们需要腾出岗位给面临失业的男人。在20世纪50年代初的美国,政府和社会舆论都号召妇女"走回厨房去!"而当时的中国却是社会主义建设全面展开的年代,在战争的废墟上,一个人们盼望已久的、想象中的、完全不同于以往的崭新家园将要在亿万劳动者手中诞生——农村需要大量劳动力发展生产,以保障战后因人口急增而产生的粮食需求。百废待兴的工业生产急需合格的技术人员和产业工人,城市的建设和运行需要充足的社会服务人员……在低工资、高就业率的社会产生模式下,妇女作为一支重要的人力资源得到各级政府的高度重视。这是20世纪50年代中国妇女大踏步地从厨房走向社会的背景。

---

① 据女摄影家侯波回忆,1949年侯波夫妇与毛主席合影时,两人一左一右地站在毛主席身边。毛泽东说:"不行,不能这样站,女同志是半边天,要站在中间。"不由分说就换到了侯波的左边。(《为毛泽东拍照12年的女摄影家侯波》,见《现代快报》2008年1月21日,A16版;1953年,毛泽东接见第一届全国劳动模范时与西山代表申纪兰握手,说:"很好,你是农村妇女的带头人,妇女是半边天,你这个头带得好。"(《农村妇女"带头人"申纪兰成"劳动"精神不懈传承者》,人民网—中国妇联新闻,2010年3月8日)。

毛泽东发表于1956年的《论十大关系》试图梳理国家、生产者单位和生产者个人三者之间的平衡关系："国家和工厂、合作社的关系，工厂、合作社和生产者个人的关系，这两种关系都要处理好。为此，就不能只顾一头，必须兼顾国家、集体和个人三个方面……"① 然而这三者之间的轻重关系在从新中国诞生之日起就已然排好了顺序——先国家，后集体，再个人（这一大原则在整个"十七年"和"文化大革命"期间，甚至改革开放后一直到20世纪90年代从未发生改变）。在舆论的放大下，所有女性参与公共事务的需求都源于一个更重要的需求——祖国建设。祖国需要年轻的医务工作者提前毕业从安逸舒适的大上海奔赴冰天雪地的大东北建设工地（《护士日记》）；祖国需要男人们、女人们——无论家庭妇女还是知识分子——告别内地以高原为家（《昆仑山上一棵草》）；祖国需要在农村大面积普及新接生法（《结婚》）；祖国建设需要每一颗螺丝钉焕发出光彩，哪怕是一名普普通通的保育员（《平凡的事业》）……

1958年毛泽东主张的"革命的现实主义和革命的浪漫主义相结合"的创作方法，被高调渲染。"两结合"创作方法即"革命的现实主义和革命的浪漫主义相结合"的创作方法。是毛泽东根据当时的民歌提出的创作方法。1958年3月，在成都召开的中共中央工作会议上，他认为形式是民歌，内容应是现实主义和浪漫主义对立的统一，太现实了就不能写诗了。4月《文艺报》第7期郭沫若文称毛泽东《蝶恋花》词是"革命的浪漫主义和革命的现实主义的典型的结合。"5月8日在中国共产党"八大"二次会议上，毛泽东再次提出无产阶级的文学艺术应采用革命的现实主义与革命的浪漫主义相结合的创作方法。6月1日，《红旗》杂志创刊号上周扬的《新民歌开拓了诗歌的新道路》一文，首次传达了毛泽东的"两结合"创作方法。《文艺报》第9期以"革命的现实主义与革命的浪漫主义相结合"为栏目发表了一组诗人的笔谈。

与"隔岸观火"的战争题材影片不同，作为时代产物的"半边天"影片是"十七年"历史的组成部分，它将艺术、现实生活与国家话语间的界限完全消平——银幕追随女劳模的身影，劳模呼应国家的需求，国家扶持电影创作。另一方面，成千上万的新女性追随着银幕上的"半边天"，摄影机为祖国勾画着兰图，祖国让一代女杰尽享荣光。一种政府、民众、艺术三位一体的性别建构已然固化成型。

拍摄于1951年的电影《女司机》，直接取材于一位名叫田桂英的火车司机的真人真事——1949年，20岁的田桂英冲破传统观念的束缚，成为新中国第一位女火车司机。1950年3月8日，大连铁路分局隆重举行"三八"包车组出车仪

---

① 毛泽东：《论十大关系》，见《人民日报》1956年12月26日。

式,为田桂英等三人颁发司机证。1950年她驾驶"三八"号机车,6个月安全行车3万公里,同年获全国劳动模范称号。20世纪50年代初,她的行动带动了成千上万的女青年。《雪海银山》则以20世纪50年代红遍关中的植棉"五朵金花"为创作原型,片中张秀香就是当时闻名全国的劳动模范张秋香。

《三八河边》直接将劳动模范搬上银幕,片中由著名演员张瑞芳出演的陈淑贞就是全国劳模、安徽农村一名普通妇女陈淑贞的银幕化身。1951年,陈淑贞在全县率先带领几名妇女办起互助组,后成为县级、省级、全国劳模。1953年安徽省主席将她的互助组命名为"三八互助组"。此后又有了"三八初级社""三八高级社""三八人民公社""三八乡人民政府"和"三八塘""三八河""三八井"。再后来,电影《三八河边》更是让陈淑贞名扬天下。"三八"这个只属于妇女的数字,被频繁地重复和放大,在政府扶持下获得社会舆论的支持。这背后的动力来自国家发展农业生产的需求。

总之,当"半边天"叙事成为更宏大的叙事的组成部分的时候,"半边天"话语也完全汇入了主流意识形态。这种话语作为一种符号,其产生首先是国家建设的需要,在此基础上发展成为社会新风尚。如果说20世纪50年代西方发达国家妇女从社会回归家庭一定意义上反映出妇女对主流话语的屈从,那么20世纪50年代中国妇女从家庭走向社会很大程度上同样源于对主流意识形态的追随。这就是为什么从这一时期与"半边天"相关的影片中,我们很少甚或是根本看不到属于女性自身的参与社会工作的原动力——比如,提高自己在家庭中的经济地位,增强自己社会身份的归属感的需求;比如通过参与公共事务而将千年无语的女性生命写入历史的愿望等。

(二)"屋檐"下的"家事"缺位

1957年,毛泽东发表长文《关于正确处理人民内部矛盾的问题》,强调现阶段中国社会存在的两种矛盾:"敌我之间的矛盾和人民内部的矛盾……一切赞成、拥护和参加社会主义建设事业的阶级、阶层和社会集团,都属于人民的范围;一切反抗社会主义革命和敌视、破坏社会主义建设的社会势力和社会集团,都是人民的敌人。"[①] 如果说,那些反映革命、抗日、解放、土改、剿匪、反特题材的影片主要是演绎"敌我矛盾",那么"半边天"叙事在人物冲突的设计上最大的特点就在于很少正面涉及"阶级斗争",而是主要在家庭和亲朋好友之间组织冲突。用最简单易懂、也是这类叙事中最常用的词汇说,就是"积极(进步)分子"和"落后分子"之间的"斗争"。

---

① 毛泽东:《关于正确处理人民内部矛盾的问题》,见《人民日报》1957年6月19日。

《护士日记》里，漂亮的上海姑娘简素华冲破未婚夫的阻挠投身到东北建筑工地。她克服自然条件和人际关系方面的种种困难，最终留了下来。片中，这个姑娘与思想落后的未婚夫渐行渐远，与志同道合的建设者日久生情，成为两条并行发展的情感线索。《耕云播雨》中的农村女青年肖淑英一心学做气象员，她工作最大的阻力来自哥哥。循着观众熟悉的情节套路，年轻的女主人公在经历了一系列失败的教训、成长的烦恼、流言的伤害和亲情的困扰后，终于迎来事业的成功，哥哥也随之转变。《女理发师》中的华家芳和丈夫，围绕着她学做理发员的事件展开了一连串的冲突。夫妻双方经历了新旧观念的对峙、尴尬窘迫的躲避，将错就错的误解，最后在无可奈何的遭遇中化解了矛盾。《山村姐妹》以对比手法写了一对同胞姐妹。姐姐金雁思想进步，自愿放弃县城里教师的工作，甘当一名建设山乡的新农民；妹妹金玲落后，逃避集体劳动，贪图享受，一门心思跳出穷山沟。最后结局自然是妹妹由"落后"变为"进步"，俩姐妹携手并进。

一般来说，"半边天"故事中，必定有一个代表"进步"的女主人公，她们的身份分别属于各行各业；同样也会有作为对立面的"落后"角色，大部分为男性，或丈夫，或恋人，或兄弟（偶尔也设计为姐妹或闺中密友）。而处于落后阵营的人们必定是"可以教育好的人"。随着一系列冲突的展开，他们中的大多数将发生改变（如果落后的男性是未婚夫，就直接解除婚约了事）。在进步阵营中，女主人公背后通常会有一位领导（农村题材影片中，常常是一位老支书），在关键的时候发挥重要作用；而在落后阵营，有时会设计一个阶级敌人，也就是坏分子（见表3-1）。

表3-1 问卷有效性检验结果

进步		←	落后	
党组织支持	女工、女社员、女知识分子、家庭主妇	教训、教育、帮助、感化	丈夫、恋人、兄弟姐妹、闺中密友	坏分子干扰

不难看出，在"十七年"中"半边天"影片的叙事结构与今天的家庭伦理电影有着重大差异：在小小屋檐下，在浓重的血缘关系中，现如今的影片创造的是私人空间，直接表达的是真正意义上的家庭矛盾：诸如经济冲突（家庭财产的掌控和分配）、情感冲突（婚外恋情）、文化冲突（不同家庭背景培养的不同生活理念）、亲情冲突（双方家庭关系不同程度的介入）等。而"十七年"的"半边天"电影则是一种以家庭为载体却并不去描绘"家务事"的电影。它们以表现重大社会矛盾为使命，几乎从不涉及真正意义上家庭矛盾；即使有，也是由另一类冲突——国家、集体、社会的大是大非而引起。在此，社会主流话语已经将

家庭这个私人空间完全占领。没有什么是"个人的",也没有什么是"私人的",一切的一切,都是"政治的"。

1962 年拍摄的电影《李双双》,是"半边天"影片的代表作品。它通过精致的结构、写实的风格、生活化的对白、一流明星的完美表演,将"小屋檐"下的"大是非"演绎为经典(见图 3-1)。

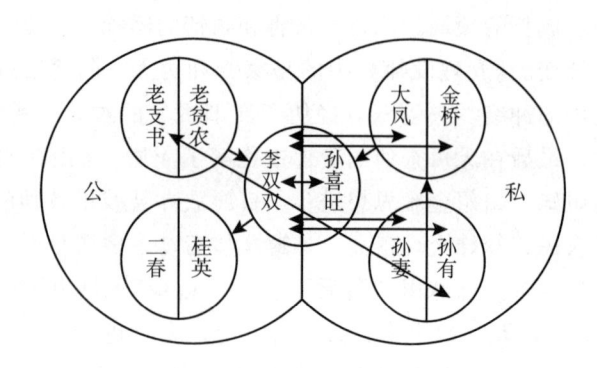

图 3-1 人物关系分析图

夫妻双方各自代表着"公"与"私"两大阵营。人物冲突被设计为"公"营中的"斗士"李双双与"私"营中的几个"落后分子"——"单挑",从中凸显女主人公的强力与个性。由此引发的夫妻纠纷暴露出丈夫的性格弱点。在公与私两大阵营的内部,又存在着层级关系。"公"的一方,老支书是双双的支柱,双双是桂英和二春的支柱;"私"的一方,孙有拉金桥下水,金桥拉喜旺下水。丈夫是其中过失最轻的"落后分子"。在后来的转化中,被双双改变的喜旺又转而改变了金桥。这期间有一条重要的线索不能忽略,即党的化身老支书与片中唯一未转化的人物——富农孙有。他们作为"公"与"私"的两极,暗示着一条隐形存在的"敌我矛盾"线索。影片中李双双有一句台词实际上明确指向了这一点:"高级社时,他(孙有)们家还有大骡子大马呢"。而其余的人物冲突,则属于"人民内部矛盾"。

(三)"半边天"下的女性迷失

"时代不同了,男女都一样。男同志能办到的事情,女同志也能办得到。"[①]毛泽东这段发表于"文革"前夕的语录,应该说是对"半边天"话语的经典阐释。在中国,只要一提起"半边天",人们的想象力必然与"男女平等""妇女

---

① 毛泽东在十三陵水库游泳时同青年交谈时的语录,见《毛主席刘主席畅游十三陵水库》,《人民日报》1965 年 5 月 27 日。

解放"相关联。然而细究起来，这里的"男女都一样"实际上是女同志"像"男同志一样，即女人以男人为榜样，以男性的标准来评价女人价值。女性被置于一个等同于男性生存的社会环境中。全社会皆以男性为尺度要求女性，无论是衣着、体力还是社会劳动。

首先是抹去女性外表的"性征"。《女司机》的影像资料已经难以找到，但影片的海报仍具有相当的代表性。画面中，着一穿工装的女司机身材健硕，浓眉大眼，刚健威武，表情坚毅。看得出，这是一种追随男性形象的新女性仪表。从消解两性刻板外形的意义说，这是对传统性别文化的颠覆，但从文化意识形态看，仍是强势性别对弱视性别的霸权，因为当女性被要求和男性"一样"具有强健的肌体的时候，意味着女性永无超越男性的可能，她们永远只能是"第二性"。

需要指出的是，"半边天"那种"男性化"造型与当今流行的"中性化"女性造型不可同日而语。前者的内涵要单纯得多。从某种意义上说，"半边天"对性别边界的消解是一种男性话语的放大，是将女性特征消解在男性特征之中；而"中性女"的内涵却相当复杂，它是一种女中有男、男中见女的性别边界消解。李宇春等人那种帅气中带点妩媚，英姿中透着婉约的肢体和表情语言将这种"中性"演绎得淋漓尽致。以审美的个性化本质来看，这是凸显特性；从文化多元理念来看，更是个体生命的张扬；而从各种选秀的商业属性来看，不能说它没有迎合传统性别文化心理的动机。这就是为什么那些曾经英姿飒爽的"半边天"形象，在许多今人看来，不仅"老土"，而且是女人味儿丧失殆尽的、变态的"男人婆"，而另类的"超女"不管对不对人们的口味，谁都不否认她们代表着时尚，因为她们不像是一味地追求"男人化"，而是在追求一种更"丰富"的女性气质——即以"男性化"气质为佐料，坚守着女人"柔情似水"的本分——这一点至关重要，讨厌李宇春的男人们不能容忍女人身上哪怕是一点点"坚硬"的东西；而李宇春令她许多女粉丝着迷的地方，恰恰是她身上那种无时不在的、无论怎样"扮硬"都必定要寻机绽放出来的"女性魅力"。

因此，从女性主义角度看，我们无法说"半边天"与"中性女"这两种文化符号哪一种对于男权文化更具颠覆性，因为对于所处的时代，它们都在一定程度上起到了消解社会文化刻意塑造成型的两性"气质"，都大幅度地刷新了人们的视野、重塑了人们的性别观念。同样，你也无法下结论说哪一种形象更成"问题"，因为不难发现，当代都市淑女在反叛"半边天"下独断的男权话语的同时，将这一话语下的"平等""解放"内涵当作"变态"一同摒弃，在她们"个性""多元"种种努力背后，女性不仅未能完全摆脱男权文化的操控，甚至表现出某种程度的倒行逆施。

其次，被忽略、或者说被同化的不仅是女人的外表，也包括她们的情感世界。《水库上的歌声》的情节在今天的观众看来完全不近人情：老父亲带着未过门的儿媳妇去水库工地，主要目的是学习修建水库的经验，次要目的才是探望当兵的儿子。爷俩一到工地不是先看亲人，而是投入了热火朝天的劳动，还参与了劳动竞赛。姑娘经过了一整天的苦干才见到未婚夫。两人见面时观众看不到一丁点儿被甜蜜热恋所充盈的年轻女子的感情欲望（当然，未婚夫的情感也同样看不到）。影片以水库工地上的婚礼做结，新娘子当众大表决心：要为家乡的水库建设奉献青春。影片中夫妻之间没有一句温存的情话，有的只是无所不在的大红标语、嘹亮的劳动歌声和火爆的社会主义建设场面。

除了年轻男女的情欲，被压抑的还有母性。《雪海银山》中有一个细节，红星社植棉模范张秀香应李春兰之邀赴东风社帮助解决棉田病害问题，途中得知自己的孩子突然发病，短暂的犹豫之后，这位劳动模范母亲毅然决然地放弃了回家照顾孩子的念头，选择了大公无私高风亮节——毫无保留地帮助自己劳动竞赛中对手战胜困难，并最终打败自己。

由于这一时期电影作品中人物情感的扭曲，而"文革"时又将这种扭曲推向极致，因此，从20世纪80年代末开始，以《红高粱》为首，《天出血》《炮打双灯》《五魁》等一大批偷情、乱伦、私奔、野合的情戏竞相登场。这类影片一个共同特点是：以女人为欲望主体。表面上传达了被压抑的女人情感，而在（男性）编导们的潜意识中，是通过大写女性欲望而使男性自身获得替代性补偿。如果说，"半边天"受到的情感压抑是特殊时代的男女被全面压抑的人性的组成部分，那么80年代以后的人性释放则更多地选择了男性角度——性与革命。"十七年"电影叙事是以"革命"压抑"性"，而新时期是"性"与"革命"相得益彰——在这两极跳跃的叙事中，女性实际上都是被讲述的"他者"。

最后，当女人被要求与男性"一样"的时候，女人的身体同样受到文化意识形态的宰制，成为男性中心的宏大叙事的一部分。"半边天"叙事给予观众的是像男人一样强壮的、愉快地劳动着的女人，而这些女人身体的真实存在却被忽略、被遗忘。观众很难看到棉田里女人们经期的身体、孕期的身体、生育期的身体以及哺乳期的身体。在那部直接取材于陕西关中女植棉能手事迹的《雪海银山》中，观众目睹了身手不凡的"女能人"在棉田里所创造的辉煌业绩，却不可能从这轰轰烈烈的大故事背后听到女人不曾道出的另类心声。据近年的口述史料披露：在陕西关中产棉区20世纪五六十年代如火如荼的劳动竞赛中，许多妇女生下孩子三天就下田务棉，产后虚弱的身体、繁重的体力劳动，加之于营养缺乏，大批妇女患上了严重的子宫脱垂病。当时陕西省卫生厅的一位负责妇幼卫生的干部这样回忆：

(19) 58年"大跃进"，人人要到地里劳动，妇女刚生了孩子也要去。

所以子宫脱垂比较多。很多妇女子宫脱垂非常痛苦，走路吧，一个大肉疙瘩。子宫就脱出来她还得下地劳动。有这个病还不能对别人说，拉个带子吊起来，挂在背上、脖子上，或腰带上。最严重的，我们发现，因为子宫脱出来，经常是臭乎乎的，有的被猫咬了，在被子里，被老鼠咬了。当时省卫生厅也组织医疗队到农村去治子宫脱垂，主要是用子宫托，那时我记得我在上海订了一万多个子宫托，发下去。子宫脱垂是营养跟不上，营养不良，产后又不能很好地休息，比如务棉花，是蹲到那里，这就不能得到很好的恢复。我们查到全省有子宫脱垂的妇女 5 万多①。

这是一组令人震慑的数字。穿越半个世纪的时空，读之仍令人触目惊心。是什么力量使得这些女人忍受着如此巨大的身体痛苦，微笑着面对红旗、奖状、记者的镜头和领导的接见？又是什么力量令她们的精神（伟大祖国建设者的荣誉感）轻而易举地击败了身体？或许，在"时代不同了，男女都一样"的风尚下，并不存在什么被精神"击败"的身体，有的只是"无语"的身体——"半边天"未能真正改变"男主外"的历史，却让"主内"的双手多了一份"涉外"的担当；"半边天"也不曾改变男性主宰"物"的再生产的历史，而仅仅让女性一面承担"物"的再生产，一面继续着"人"的再生产，并以"强人"的意志将后者作为"私性生活"永远深藏在轰轰烈烈的历史讲述之下。今天，虽然这一页已经翻过，但女性的身体并未摆脱被塑造的命运。如今银幕上充斥着被各种现代化医学打造完美女性：高挑、精瘦、深眼、高鼻、窄脸、阔唇——中国的女性不仅继续被男性塑造着身体，还被西方文化塑造着……

综上，"十七年"间，中国的"半边天"话语逐渐建构成型。作为一种文化意识形态，这种话语与整个社会的政治、经济、文化艺术互生互动。"半边天"话语改变了几千年来中国文学艺术中女性故事的内容和叙述方式，但它还不能被称作是完全意义上的女性叙事。因为所有的"半边天"故事都以国家建设的需要（而不是女性自身需要）作为女性登上社会历史舞台的原动力，因此这种女性叙事被附着在一个宏大的主流的叙事之上。"半边天"叙事在设计人物之间矛盾冲突方面很少直接涉及敌我矛盾即"阶级斗争"，而是主要表现家庭成员和亲朋好友之间的冲突。简单地说，就是人民内部"进步者"和"落后者"之间的矛盾冲突。在"半边天"话语中，所谓"男女都一样"是女性"像"男性一样。以男性的体力要求女性体力，以男性的贡献评价女性的贡献。在这种叙事中，女性的外在性征被抹去；女性的情感世界被忽略；女人的身体为文化意识形态所塑造。

那么，而今重提一段为人遗忘的历史，重拾一堆过时的胶片，其意义究竟

---

① 高小贤、银花赛：《20 世纪 50 年代农村妇女的性别分工》，载于《社会学研究》2005 年第 4 期。

何在？

第一，当"半边天"被当作落伍者淡出当代人视野的时候，应当看到，她们所呈现出一代建设者、创造者的精神风貌是留给新中国妇女史的一笔财富，它应当成为消费主义风尚下作为商品的消费者、身体的被塑形者、欲望的他者的女性的永久对照物：它是一种独特的女性存在样态，是现代化进程中女性生命价值诸多诠释方式的一种。

第二，当"半边天"被当作一把现代性标尺，用以诠释"妇女解放""男女平等"等社会文明进程时，应当看到，这种"平等"和"解放"是需要限定的。正如它为中国社会推进两性平等起到了不可小觑、无可替代的历史作用一样，它也不可能完全涵盖作为人类普世价值的真正意义上的两性"平等"。

第三，性别的政治建构与文化建构、性别的历史的讲述与艺术讲述，贯穿着人类社会的整个进程，只是不同的时代赋予它以不同的内涵、句法和语汇。在一种历史和艺术叙事结束的地方，另一种叙事已然开始。同时开始的，还应该有接续下去的反思。

三、张洁前期创作中的女性观

20世纪80年代中期到90年代，中国经历着急剧的社会转型，"现代性"及其各种方案成为知识界热烈讨论的话题，社会意识形态的转变开辟了一个新的话语生产与实践空间。

就1949年新中国成立到1976年"文化大革命"结束这一历史阶段而言，"妇女"的状况是国家及其现代性追求的可能性的重要标志。通过将妇女解放诠释为一个中国历史已经实现的阶段，国家实际上提供了一个关于社会主义制度如何摆脱半殖民地和传统"封建主义"而获得成功的叙事[①]。因此，当新的社会主义实践为实现现代性而重组经济、政治和社会关系时，关于"妇女"的话语和叙事也十分自然地悄悄发生着改变。

这一改变鲜明地反映在文学领域中。新时期文坛上，一个令人瞩目的现象是女性文学的兴盛：部分女性知识分子通过文学想象的方式，展开了关于女性主体和性别政治的讨论。其间，张洁是当时女作家中表现女性自我较有代表性、女性观体现得较为明晰的一位。本文拟从张洁新时期作品中的女性主体性、两性关系及代际关系三个方面，对其女性观加以探讨。

---

① ［美］罗丽莎，黄新译：《另类的现代性：改革开放时代中国性别化的渴望》，江苏人民出版社2006年版，第50页。

（一）爱情叙事中的主体性矛盾

张洁在新时期的创作中，以《爱，是不能忘记的》中的钟雨和《祖母绿》中的曾令儿为代表，塑造了一系列婚恋中的女性形象。她们都有较高的知识修养，对事业忠诚尽责，同时对爱情具有非同寻常的执著。但是这类可爱的女人却有着根本性的缺陷——当她们沉浸于爱情时，很大程度上丧失了自我的主体性。

《爱，是不能忘记的》采用的是双层结构叙事。叙述层中的"我"是一个30岁的未婚女青年，"我"的求婚者乔林是个"美男子"。但是，"我"在爱情中所要寻求的，并不是对男性外在美感的陶醉与欣赏，也不是彼此沉重的责任与义务。因此"我"毫不含糊地拒绝了乔林，而明确地向往"比法律和道义更牢固、更坚实"、能够把男女两性紧紧地联系在一起的东西。这东西到底是什么？故事层中，母亲钟雨的爱情似乎提供着解答。

钟雨爱上的是一个拥有"强大精神力量"的革命老干部。这里，"精神力量"和"革命"是两个重量级的关键词，它很容易让读者联想到"十七年"文学中一系列引导主人公成长为革命主体的"精神之父"①。精神之父通常是党的力量的化身，是充满个人魅力的具有领袖气质的革命者。张洁正是这样来描述作为钟雨爱情对象的老干部的：

> 那强大的精神力量来自他成熟而坚定的政治头脑，他在动荡的革命时代出生入死的经历，他活跃的思维，他工作上的魄力，他方方面面的修养……

显而易见，这样的画像近于对党的领袖个人形象概念化的描摹，而党的领袖与新中国政权的关系，也正可以用"精神之父"式的缔造者与被缔造的民族国家主体来界定。钟雨的爱情故事，以女性对"领袖魅力权威型男性"的倾慕，同构性地重复着"十七年"文学中有关革命政权合法性的叙事；但另一方面，她也对这一叙事有着微妙的改写：从泛性别的革命之子对"精神之父"的崇拜拥戴，赋形为女性对男性的爱慕。这样，在隐含了权力关系的情感论域中，女性作为恋爱的主体出场，从而有可能展开与性别相关的意义空间。然而，通过小说的叙述我们感受到，在"恋爱"外衣的包裹下，男性人物的内核依然具有"精神之父"的特征。于是，女主人公不得不陷入某种难以化解的矛盾困惑。

首先，用来形容"他"的词语——"成熟""坚定""出生入死""思维活跃""有魄力"等，属于典型的常用于表现"男性气质"的概念。它们在词义上

---

① 如《红旗谱》中的贾湘农之于朱老忠，《青春之歌》中的江华之于林道静，《红色娘子军》中的洪常青之于吴琼花等。参见樊国宾《主体的生成——50年成长小说研究》，中国戏剧出版社2003年版，第27~48页。

都是具有肯定性和积极意义的，而其指涉对象可以涵盖两性。也就是说，这些"男性的"优点可以等同于人类（man）的优点，因为"男人"可以代表"人类"。而女人则是附加在"人"的共性之上的另一种身份。女人之所以成为女人，就因为她们"缺乏"某些素质，女人由于天然的缺陷而遭受痛苦（亚里士多德），女人由此被定义为"匮乏"（弗洛伊德）。于是女人注定渴望、羡慕和崇拜男人，对男人无条件的崇拜也就构成了传统女性"爱情"的基础。

西蒙娜·德·波伏娃认为，弗洛伊德所说的"恋父情结"（Electra complex）并非是指性欲，而是指彻底地放弃主体，情愿在臣服与崇拜的心情下，变自己为客体①。这个观点是值得注意的。具体到张洁的作品中，男性正是被抽象为"精神"——主体性的象征，而女性的主体性则呈现"空白"。小说中描写道，钟雨一看见"他"就"失魂落魄，失去听觉、视觉和思维的能力，世界会立刻变成一片空白"。显然，面对内心所倾慕的人，女主人公是一味倒伏（崇拜）和依恋的精神姿态。

其次，钟雨的爱情在日常交往中是以"恋物"的形式来表现的。她对作为爱情信物的《契诃夫小说选》爱得简直像得了魔症一般。富有意味的是，这种爱情的核心竟然是"写作"——钟雨凭借的是在一个笔记本上用文字和"他"倾心交谈。在罗兰·巴特看来，恋爱中的写作本身就是恋人在某种"创造"中表达恋情的需要所致的一种行为，但这种写作（通常是情书之类的通信）像欲望一样期待着回音。它暗含请求，希望对方回应。但如果一个人情愿不停地喃喃自语而不管有没有应答，那他（她）无形中就赋予了自己一定的自主权，一种母亲般的自主权，即可以凭想象"生育"出对方的形象②。

对于一对连手都没有拉过、只有过一次似是而非的"散步"约会的恋人，读者不禁产生怀疑：他们何以产生一种"简直不是爱，而是一种疾痛，或是比死亡更强大的一种力量"的爱情？此间的奥秘就在于，作者将女性的主体性、创造性全部投入到爱情中延展开来。钟雨做了她自己制造出来的"爱情"的母亲。她用想象和文字，把一个并不那么真切现实地存在着的男人对象化、极端理想化了。爱情的对象实质上是作为她的主体性的投射而存在，这种投射是对"不在场"的主体性的呼唤，是对"匮乏"（lacking）的强烈不满与渴求。这也正是小说中一再强调的"灵魂的呼唤"的潜在之义。

不仅如此，小说中的钟雨用絮絮叨叨的语调记载生活琐事，她不停地咀嚼和吮吸这些琐事，吞下没有回信的酸楚，然后不停地反刍。从某种意义上说，"絮

---

① [法]西蒙娜·德·波伏娃，王友琴等译：《女人是什么》，中国文联出版公司1988年版，第51页。
② [法]罗兰·巴特，汪耀进、武佩荣译：《恋人絮语——一个解构主义文本》，上海人民出版社1988年版，第72页、第172页。

叨"的文字在此便有了"手指"的意味和功能,这便是"抚弄"。患了絮叨症的女人不断抚弄自己心灵的创伤。这种类似精神自慰的行为,使"呼唤"的急迫性得以缓解,等待变得可以忍受和更加漫长。于是,钟雨的女儿"我",一等就等到了30岁,并且坚定重复着母亲那样的等待。

在这里,故事层和叙述层之间微妙的文本间性耐人寻味。"我"表面上显示出超越母亲爱情命运的决心与勇气,而实际上在女性主体性缺失的叙事中,母亲的故事就是有关"我"的未来的预言,"我"的命运则将是母亲故事的"翻版"。

张洁在此期间另一篇作品《祖母绿》中塑造了曾令儿的形象。这位女主人公对爱情的看法更加绝对。她认为爱情就是"一种倾心的、不计回报的奉献"。她用殉道教徒般的献身和自我牺牲来诠释爱情。在特定的意义上,与其说她爱的是男主人公左葳,不如说她爱的是自己的奉献。她知道自己得不到合法的婚姻,于是选择悲壮地"献身",然后带着所爱男人的"种子"隐身,在社会给予一个单身母亲的歧视、侮辱和苦难中体验自虐般的快感。儿子陶陶的存在让她"甚至比从前更漂亮了。前额更加饱满,双眸更加含醉,脸色更加红润"。她的状态俨然如同陷入了另一次恋爱——对象是儿子及其所代表的一切苦难。张洁用自恋般凄凉感伤的笔调,不厌其烦地叙述母子生活的种种苦难和动人的细节,以陶陶的天真、无辜与曾令儿对陶陶愈演愈烈的愧欠感不断加重叙述强度,让读者充分体会到曾令儿的精神痛苦与痛苦中的道德满足。

在这个故事里,张洁表现出对"十七年"时期潜在的性别政治的挑战:具有合法的社会劳动身份与婚姻家庭身份,是新中国社会性别文化对女性的普遍认同标准,成年女性中的单身者特别是单身母亲则属于"非常态"的存在。在此背景下,曾令儿的形象无疑是大胆、勇敢的。但与此同时,张洁笔下有关曾令儿的"苦难叙事",则在一定程度上挽回了这个女性形象的合法性。

有研究者指出,"苦难叙事"在当代文学史上的不断实践,与新中国的政治史息息相关。诉苦,最初是共产党领导农民进行土地革命的过程中产生出来的一种政治实践。党的干部鼓励农民讲述自己所受的压迫、剥削,从而制造出一种新型的集体身份,即新中国的社会主义新主体——无产阶级①。"文革"结束后,一些知识分子以"伤痕文学"的形式把"诉苦"改变为一种文学领域里的话语实践。这些叙事将知识分子塑造成为受压迫的受害者,把苦难引向救赎与进步:

---

① 有关革命史的研究,参见 Hinton, William. 1966. *Fanshen: A Documentary of Revolution in a Chinese Village.* New York: Vintage. pp. 157.

知识分子在寻找出路、纠正"文化大革命"错误的基础上重建社会主义国家[①]。因此，诉苦的叙事表演一直具有塑造社会主义国家主体的功能，它确定了哪个社会群体成为特定政治瞬间的国家英雄。同时只有某种类型的知识能够被用来制造诉苦的真实性，这种知识就是阶级压迫和斗争，但却不是婚姻或者父权制[②]。

不难发现，在曾令儿的苦难爱情故事里，回荡着"伤痕文学"的余响。张洁巧妙地利用了"诉苦"长期以来在人们道德判断与情感逻辑上所形成的某种优越性，通过曾令儿的"苦难叙事"控诉了社会对女性身份的规约给女性造成的压迫，从而使得曾令儿这一形象具有了质疑社会性别规范的可能。然而另一方面，在两性关系内部，曾令儿对左葳的爱，仍然是盲目的。张洁把女性在荒唐盲目的爱情面前的毫无抵抗力解释为"人大概总有他不能自已的例外"，"对某个具体的人来说，人生里的某些高度，是他注定不会越过的"——一旦上升到人类有限性的哲学高度，女性非理性的情感和行为似乎就合法化了，"此事古难全"的宿命论无形中消解了特定的人生悲剧和价值悲剧。小说结尾用"无穷思爱"这样美丽的语言，赋予曾令儿一个"望夫石"般深情企望的美学形象，更加掩盖了伦理层面的悖论与窘迫。

可以说，张洁对爱情中的女性主体性存在着矛盾的看法：一方面，她用"无穷思爱"（包括女性对爱情的强烈渴望、大胆追求和女性自身取之不尽、用之不竭的爱情能量）来建构女性自我；另一方面，却又通过对女性自我物化、自我贬抑、自虐自恋的叙述，消解了女性主体性。将女性物化是男性中心社会奴役女性的手段，也是千百年来男性中心社会对女性的规定。女作家张洁不自觉地把这种规范内化，并在其爱情叙事中以一种充满矛盾的女性形象表现出来。

（二）两性关系中的女性失语

张洁新时期小说中的女性大致可以分为两类，一类是如天使般纯洁恬美，在年长丈夫的呵护照顾和指导下幸福生活的女儿般的"小妻子"，一类是已婚或独身（离异），但都缺乏男性的爱与欣赏，封闭在自我的世界里，精神上逐渐异化的"疯女人"。

前者的典型代表是《沉重的翅膀》里的郁丽文。郁丽文在婚姻里只是抱着"女学生式的单纯见解"听凭丈夫指挥一切。她认为如果女人太过聪明，就会"在丈夫的精神上增加压力和忧虑，干涉丈夫的决策"，女人只有在丈夫面前保持

---

① 有关伤痕文学的讨论，参见 Barme, Geremie, and Bennett Lee, eds. 1979. *The Wounded: New Stories of the Cultural Revolution*. Hong Kong: Joint Publishing. pp. 77 – 78.
② ［美］罗丽莎，黄新译：《另类的现代性：改革开放时代中国性别化的渴望》，江苏人民出版社2006年版，第141页。

天真乖巧的沉默才能获得幸福。张洁在叙事中一厢情愿地把丈夫的专制阐释为："并没有对妻子的不尊重或大男人的浑不讲理。有的，只是对他们的相爱、对两个人的意愿便是一个人的意愿的自信"。在对郁丽文幸福生活的描写中，作品无意间透露出一种让人感到十分熟悉的传统信息：女性相对于男性而言，是（在精神上）寻求力量和保护的弱者一方；一旦在婚姻中得到男性的羽翼护卫，女性精神的弱化就获得了合法性。这种合法性所带来的心理上的安全感使女性甘愿处于失语状态，并以受到男性"温情脉脉"的呵护为最高的人生幸福。可以看到，传统以其巨大的力量穿透历史的重重厚帐浸染了作者的性别观念。

从某种意义上说，传统文化本身就是一个难以突破的"围城"，置身于其中的作家时刻有可能陷于"无物之阵"。但张洁毕竟是一个受过高等教育的现代女性。"五四"以来主张妇女解放者无不强调女性自身精神独立的重要性，这一点张洁曾通过人物之口道出：女人必须注重保持自己的进取精神，永远把一个崭新的、可爱的、美好的、因而也是富有魅力的精神世界展现在丈夫的眼前。但这里所映现出来的女性观的悖论在于：女性进取的目的不过是为了让自己保持"新鲜"，从而"留住"丈夫的爱。这一认识的立脚点显然并非女性本体，而是出自对男性中心文化的认同，显示着男性社会对女性要求的内化。它意味着，女性在精神上追求完善就如同她们修饰美化身体一样，只是为了满足男性不同层次的需求。

在这部小说中，张洁还塑造了夏竹筠的形象与郁丽文进行对比。夏竹筠同样拥有一个物质丰厚、精神强大的"理想丈夫"，但她与郁丽文的不同在于：郁丽文为丈夫强大的精神力量与意志品质所深深折服，她却是贪图物质享受与虚荣，希望能"靠着老头子享清福"。她上过大学、受过高等教育，却仍然以丈夫的地位作为衡量自己价值的尺度，以嫁一个有地位的丈夫为自身价值的最好体现。张洁以夏竹筠这个追求物质又最终被自己的欲望所物化的女人来对比烘托郁丽文式的"精神追求者"，但问题的关键是，当郁丽文拜倒在丈夫的精神之下时，实际上已经取消了自己的精神，这是另一种更为隐蔽的"物化"。

与郁丽文相比，《方舟》里的三个职业女性似乎进步了许多。她们都有着事业的追求，坚信"女性对自身存在价值的实现"，却都过着独身生活，在爱情（包括性爱）缺失导致的失衡心态中一任自己青春的生命凋萎，那窄小的胯，瘦的胸和暗黄的、没有一点光泽的脸，意味着她们对自己（尤其是自己的性魅力）毫不在意。她们不仅外在形象上缺乏女性特征，行为举止更是没有"女人样"。三人都抽烟，嗓音"全像是京戏里唱老生或是黑头的角色"，还动不动就骂人。她们一反"水做的女人"形象，肆意破坏传统文化对女性的规范，宁可让自己变得"又干又硬，像块放久了的点心，还带着一种变了质的油味"。

张洁在此一方面刻画着三个女人的要强,另方面却又似乎在以一副患有"厌女症"的男人的目光来审视她们,自觉不自觉地暗示着女人在与男人的婚姻关系中才成为"女"人;若失去了男人的导引和支撑,女人就会变成了迷途的羔羊,同时在自我认同的天平上失去重量。尽管三个女人坚信"妇女并不是性而是人",然而她们做"人"的努力又达到了什么效果呢?在日常生活中,她们被周围的男性侵犯、蔑视、否定甚至戏弄,不仅得不到性别上的尊重和认同,而且失去了作为一个"正常人"的尊严。因为在她们当时的生存环境中,失去婚姻的女人是很容易受到有形无形的排斥、打击的,她们不得不面临着生理(情欲满足)和心理(情感满足与身份认同)的双重危机。她们三人同住的单元房里的物品秩序就是她们生存境况的象征。混乱的房间变成了一个阁楼,困厄其间的是三个焦虑烦躁而又混乱迷茫的女性灵魂。她们之间虽然互相认同,彼此怜悯,但是真正的悲哀却又不愿彼此诉说,因为那是"可以散布的,消磨人的意志的东西"。危害性的情绪可以互相传染,却不能彼此医治。作品于此表现出对同性情谊难以言说的失望与悲悯。

显然,张洁深刻意识到传统婚姻把女性物化、"性工具"化的倾向。一方面,她对此有着强烈的不满;而另一方面,她的叙事立场又表现出传统性别观念笼罩下的焦虑和危机感,似乎女性如果失去了婚姻的庇护,势必面临不再是"女人"甚至不再是正常的"人"的危险,其生存合法性难免会在一定程度上遭受质疑。正因为认识上有着这样的内在矛盾,在对具有"疯女人"意味的三个女性形象及其心理上的双重异化进行描写刻画时,张洁笔下出现了不自觉的夸张。

(三) 代际关系中的女性困境

张洁除了关注婚姻中的权力纠葛,还在作品中表现了女性多样的代际关系,流露出女性在亲情中的矛盾心态。她所塑造的女导演梁倩的形象是一个典型。

梁倩视自己的电影作品为"儿子",但她对于自己真正的儿子缺乏关心和爱的能力,因为对她来说,只有在一个包括了父亲在内的平衡的框架内,孩子们才可能成为欢乐的源泉;而作为一个被丈夫冷淡、记恨的妻子,孩子成为她沉重的负担。事实上,当女性成为母亲,"她并没有真正的创造胎儿,是胎儿在她腹中自我创造,她的肉体只能繁殖肉体,无法创造一个必须自我创造的存在。它只是她肉体的产品,但并不是她个人存在的产品"[①]。而梁倩在事业中所追求的正是她"个人存在"的产品,儿子作为一个偶然性的、肉体的自然产物,是完全独立

---

① [法]西蒙娜·德·波伏娃,王友琴等译:《女人是什么》,中国文联出版公司1988年版,第287~288页。

于她的存在，是她的"陌生人"。当梁倩苦恼于事业追求与母亲角色的尖锐冲突时，张洁却借此提供了一种全新的母亲形象，那就是背叛了儿子的利益，投奔了"自我"的"坏母亲"。这当然并不符合传统社会文化关于母性的训诫。于是，梁倩这样一个顽强执著于现代自我主体的女性形象，让读者惊奇，也引读者思虑：执著于自我的母亲是否必然会面临紧张的代际关系？如若不是，那么这一对跷跷板式的矛盾又该如何解决？

梁倩对自我的执著根源于自己对人类、对社会有用的信念，但是社会对于男女两性的"有用"进行了不同的塑造：男性的"有用"倾向于引导他充分肯定自身创造性的存在，而女性的"有用"则更多的是一种关系意义上的"被需要"，即通过向别人提供某些东西（通常是性或者母性）来证明她存在的意义，而她的创造性劳动却难以得到男性社会的承认。梁倩的电影被男性领导否定，原因一是"丑化工人阶级"，二是"女主角的乳房太高，有引诱青少年犯罪的嫌疑"。这里，主流话语权的政治权威和性别权威合二为一，全面而深刻地反映了现实社会中女性的性别处境。更进一步说，公众社会劳动是社会性成人身份的物质基础，传统社会正是通过把妇女排斥在社会劳动之外或千方百计贬低妇女所做出的社会劳动的价值使之备受压抑，进而被视为"永远的儿童"①。小说中，梁倩想做电影的"母亲"，社会却不承认她。"跷跷板"式的矛盾使之进退两难。这样，在张洁无意识间的自问自答和自我否定中，"新"的母亲形象只能成为女性关于代际关系的"乌托邦"想象。

与梁倩相比，作品中的柳泉是个更为传统的母亲。她疼爱儿子蒙蒙，望子成龙，有时又还拿蒙蒙撒气。蒙蒙原本已经是个懂得宽容母亲、安慰母亲的小"男子汉"。然而在他的眼里，妈妈和班上那些挨了男孩子的欺侮就会号啕大哭的小女孩没什么区别。而他也已会用主动的姿态、行之有效的恶作剧来报复父亲的打骂。柳泉的眼泪让蒙蒙感到了男性的优越感，尽管他还没有长成为一个男人，却已开始体验到对女人的同情和怜悯。

梁倩的自我追求与在婚姻中"保鲜"的那种渴望不同，是真正的自我力量的确证，但是张洁让这种自我追求受到了代际关系和社会认可的双重否定，警示着女性在反抗传统性别规定时将会遭遇西绪弗斯般的命运②。柳泉的代际关系表面上是和谐的，事实上张洁已经偷换了人物属性，蒙蒙形象的实质是另一个"男人"而不是儿子。或者说儿子终将成长为"男人"，和丈夫一样，对女人怀有掺

---

① ［美］凯林·萨克斯：《重新解读恩格斯——妇女、生产组织和私有制》，见王政、杜芳琴主编：《社会性别研究选译》，生活·读书·新知三联书店1998年版。
② 西绪弗斯（Sisyphus）是古希腊神话中的人物。他用计谋反抗命运藐视天神，因此被罚把一块巨石推上山顶。但每次当他用尽全力快要推到山顶时，巨石却又滚下山去。于是他如此往复，永无止境。

杂着轻蔑与不解的同情。张洁在此呈现出女性被丈夫和儿子同时"放逐"的情景。这既包含着女性的自我审视与检省，也意味着女性对自我的否定。

另外值得一提的是张洁在"老夫少妻"的婚姻模式中塑造的"父亲"般的丈夫形象。他们多是意志强大、品质高洁的男子汉，而其小说中女性真正的父亲形象则不免苍白无力。柳泉形容自己的父亲是"漆皮烫金的百科全书"却没有用处，因为父亲不能引领和指导他怎样去生活。郑子云被女儿圆圆揭穿了心灵深处的虚伪却没有勇气承认，更没有勇气打破自己的虚幻镜像。

也许正是由于对生活中真实父亲的失望不满，张洁才不得不转向在婚姻关系中寄托对父亲的渴望、想象和期待。这一转向几乎构成了张洁创作的"中心意象"。她作品中的女性大都不能摆脱对男性的依赖（尤其是精神依赖），也不能大胆表现自身的身体欲望。这固然是那个时代有所局限，同时却也与作者的恋父情结有关。在对父亲的想象中，女性的主体欲求遭受压抑，"女儿"迟迟不能发育成真正的女人。从一定意义上讲，这也正透露出张洁女性观的"残疾"。

在新时期文坛上，张洁率先发出了"爱，是不能忘记的"这样具有强烈情感力度和丰富内涵的呼唤，引起了不小的轰动和争议。这呼唤在人们刚刚从思维的保守僵化中解放出来之时无疑具有革命性意义。但如果以中国文学的传统为参照就会发现，张洁对"理想男人"的呼唤以及"天地合，乃敢与君绝"式的痴情，实质上并没有真正超越古代"闺怨诗"的书写经验，其女性观念仍然有着浓重的传统印痕。她的爱情书写一方面体现出女性在爱情中寻找生命意义、积极建构自我的顽强努力；另一方面又昭示着女性主体意识之建构、女性观念之更新的格外艰难。与贤妻良母式的传统女性截然不同，张洁把梁倩、荆华和柳泉塑造成没有"女人样"、不符合男性欲望想象的形象。这固然是对男性本位的传统女性观的强烈反抗，却又在矫枉过正中一不小心替男性社会对这些"新女性"施以了"雄化""异化"的惩罚。既然女性的反抗换来的结果是女性的自我消解，那么，其向传统挑战的力度及其意义也便不能不受到削弱。

综上，张洁的女性观徘徊在传统与现实之间，她笔下带有"新时代"特色的女性在传统性别观念的重重围困下无不体现出西绪福斯式的自我悖谬。同时，她较多地强调了两性之间的对抗与隔膜，而忽视了两性的和谐与理解；过分强调了现实中男性的丑陋和爱情生活的理想色彩，而忽略了对现实两性关系可能性的探讨，于是她的女性观在现实面前不能不显得困窘、焦灼和被动。

我们从张洁新时期的作品中看到一个严肃而执著的女作家在对自己所属的性别群体不断思考并加以重命名的努力过程：在她回答着"女人是什么"的时候，声音里夹带着传统性别观念的嘶哑，却并不妨碍她那具有挑战性的质问和感叹在时代歌咏中留下痕迹；在她塑造着新时代女性形象的时候，传统留给她的浓墨重彩已经让这些形象变得斑驳复杂,却并不损害这些形象的魅力,甚至于增添了它们的历史质感和时代气息。尽管"新时期"已经成为过去,我们却不得不承认,那个时代的女性在传统性别规范和现代自我认识矛盾交织下的生存困境并没有得到彻底的改善,张洁女性观的悖谬依然在新世纪的女作家创作中隐约地以不同的面目回旋。它吸引人们不断思索,同时也构成了女性文学研究不断前进的动力。

四、城乡交叉地带叙事的"新才子佳人模式"

20世纪70年代末开始的改革开放,促使中国的城乡之间逐渐出现融合态势,这一态势随着20世纪90年代的市场化以及2001年中国加入WTO变得更为显著。当代文学对这一态势的把握几乎是同时的。路遥在20世纪80年代初就提出了"城乡交叉地带"概念,意指新旧时代交叉带来的城市和乡村在生活方式及思想意识等方面的交叉(交往、渗透与矛盾)①。这一对社会转型与城乡变迁的敏锐把握,得到不少作家的回应。如果说20世纪90年代有关"现实的情况,城与乡的界限开始了混淆,再不一刀分明"②的感慨往往还是由作家道出的话,进入21世纪后,类似的感喟已经出现在一些小说中人物的口中,例如:"在历史上的某一个时期,城市和乡村是如此的对峙又如此的交融"③。从创作情况看,城乡交叉地带叙事以描写乡下人进城、还乡为主。20世纪80年代此类叙事虽不多见,但在主人公的性别与进城方式上已经表现出明显差别。

通常而言,乡村青年男性大多通过参军或高考进入城市,如贾平凹的《鸡窝洼人家》中的禾禾、李锐的《五人坪纪事》中的刘满金(小名狗蛋)都通过参军进城,张承志的《黑骏马》中的白音宝力格、莫言的《白狗秋千架》中的"我"都通过读大学离开乡村;而乡村青年女性的进入城市,则多与婚恋有关,路遥的《黄叶在秋风中飘落》中的丽英、《风雪腊梅》中的冯玉琴、李锐的《指望》中的小玉都是因为长得漂亮被城里人看中,在确立婚恋关系前后得到了进城工作的机会。到了20世纪90年代以后,有关城乡交叉地带的叙事已然成为潮流。在人物的进城方式上也发生了很大变化:首先,乡村青年大多通过高考或者打工进城,以参军方式进城的几近于无;其次,在性别与进城方式的情节处理上,通过打工方式进入城市的已不再有男女之别,譬如孙惠芬的《民工》《吉宽

---

① 晓蓉、李星:《深入农村、写变革中农民的面貌和心理——在西安召开的农村题材小说座谈会纪要》,载于《文艺报》1981年第22期;路遥:《关于〈人生〉和阎纲的通信》,载于《作品与争鸣》1982年第2期。
② 贾平凹:《〈商州:说不尽的故事〉序》,见《商州:说不尽的故事》,华夏出版社1995年版。
③ 罗伟章:《我们的路》,载于《长城》2005年第3期。

的马车》、尤凤伟的《泥鳅》、贾平凹的《高兴》、刘庆邦的《家园何处》、盛可以的《北妹》等小说中，不论乡村青年男性还是女性都是因打工进城的；但是，通过高考进城的还是以青年男性为主，如贾平凹的《高老庄》中的高子路、阎连科的《风雅颂》的杨科、方方的《涂自强的个人悲伤》的涂自强、毕飞宇的《家里乱了》中的苟泉都是如此，而乡村青年女性通过高考进入城市的就少得多，只有毕飞宇的《玉秧》中的玉秧、方方《奔跑的火光》中的春慧等。可见，将男性与知识、才华联系起来是此类小说的一个叙事惯例。

需要说明的是，本书在使用"城乡交叉地带"这一概念时，既把它当作一种物质时空的现实（即指转型时代的交叉和城乡的交叉），也将其作为一种心理现实，即指处于城乡交叉地带的人所产生的既非城亦非乡的异乡人的漂浮体验。而在文本方面，主要选取路遥的《人生》（1982）、贾平凹的《高老庄》（1998）以及阎连科的《风雅颂》（2008）作为考察对象。

这三部小说，在各自的时代都产生了相当的影响，可谓近三十年"城乡交叉地带叙事"中的著名文本。它们共同呈现出这样一种叙事模式：乡村出身的知识男性先是与当地最美丽的女性确定婚恋关系，而当他有机会进入城市后，就转而选择与一位美丽的城市女性建立起新的关系并同时抛弃乡村女性；但在另一方，被抛弃的乡村女性却对其痴情不改。本书借用以往学者对传统文学创作中"才子佳人模式"[①]的概括，将此类小说叙事命名为"新才子佳人模式"。同时，权且以"乡村才子"指称乡村出身的知识男性，而相应地以"城市佳人"与"乡村佳人"分别指称小说叙事中的城市与乡村女性。之所以如此借用，是因为无论新旧，此类文学叙事都是以"才子"的人生进退及其与"佳人"的关系为中心的，体现着相近的性别文化观念。而此一模式的书写与传统模式在故事表层的一个明显区别在于，传统故事中的爱情波折多是出于坏人作梗，而"新才子佳人模式"中的爱情波澜却是与乡村才子的"进城"或"还乡"密切相关。也正是在这一现象背后，有着城市/乡村、现代/传统的复杂纠葛以及主流价值观的悄然演变。

（一）从"乡村才子"到城市精英

《人生》中的高加林、《高老庄》中的高子路、《风雅颂》中的杨科，这三位男主人公都是农民的儿子，乡下人是他们的原初身份。然而，现代化自身的发展逻辑，新中国成立后几十年间的政策调控以及其他种种因素，导致城市和乡村存

[①] 何满子认为，唐代元稹的《莺莺传》开创了才子佳人型小说模式，属男子负心型，是文人得意后的自我炫耀；明清时期才子佳人小说大量出现，属大团圆型，是不得意的中下层文人对佳人与荣华的幻想式满足。何满子：《中国爱情小说中的两性关系》，上海书店出版社1999年版，第69～71页、第145～150页。

在巨大差异。在很长的历史阶段中,城市无论在政治、经济还是文化上,都毫无疑问地具有乡村无法比拟的优越性,并由此生产出城里人/乡下人的等级关系:城里人生下来就得以享受城市提供的基本生活、教育、就业等各种优惠条件,乡下人却只能依靠土地生存,在土地上艰辛劳动、忍受贫穷。因此,摆脱乡下人身份、做个城里人,理所当然地成为乡村青年的梦想。这一点,在农村出身的作家那里得到了充分表述。这一点,在农村出身的作家那里得到了充分表述。莫言在做客新浪访谈时曾回忆自己 20 世纪 70 年代当兵离开农村时的情形:参军对乡村青年来说是一件了不起的事情,是许多乡村青年梦寐以求的事情。当了兵就可以离开农村,起码在部队可以发军装,吃的很好,穿的很暖。如果在部队表现好,还有可能被推荐上大学,如果表现的更好,可以当军官,可以彻底和农村摆脱关系,即便转业以后,也要安排你的工作。可见,离开农村既关乎物质条件(吃饱穿暖)的改善,更关乎个人的美好前途(上大学、提干、转业)。同样,贾平凹在离开农村时,也以"我把农民皮剥了"表达自己的欣喜之情①。女作家孙惠芬则表示当年在农村时"太不愿意干农活了,太想到外面的世界走一遭了"。这里,"外面的世界"显然不会是农村,而是城市,它否定了农村与干农活之于乡村青年的价值。更重要的是,这样一种想法不仅仅是孙惠芬一个人的,而是全体村民的,它表现为整个农村社会对城市生活的艳羡,"我的祖辈、父辈以及乡亲们,很早就信奉外面,凡是外面的,就是好的,凡是外面的,就是正确的,从不固守什么,似乎只有外面,才是他们心中的宗教。"②

不过,尽管乡村青年普遍具有进城的愿望,他们进城后的处境与身份却并不相同。普通乡村青年在进城时,除了体力很少拥有其他生存资本或技能,因而只能靠出卖体力维持生计并因此获得农民工的身份。问题是,这一身份使他们在城里人面前普遍有一种自我卑微感。《平凡的世界》中的孙少平、刘庆邦《家园何处》中的何香停、贾平凹《高兴》中的刘高兴分别是 20 世纪 80 年代末、90 年代中期、2000 年后的农民工,虽然时代不同,但他们都体验到城里人对自己的轻视或排斥,并因此自卑。

与农民工不同的是,乡村才子拥有跨越城乡壁垒、实现身份转换的资本——通过接受现代教育掌握一定的知识,进而为获得相对较好的在城里工作的机会打

---

① 参见贾平凹《棣花街的记忆——〈秦腔〉后记》,载于《中国作家》2005 年第 4 期。实际上,贾平凹的成功逃离并非是因为偶尔的机遇,而是一位女性(他当时的未婚妻)把机遇让给了他,因为按照当地习俗,他们订了婚,将来就是一家人了,所以当时他们所在的公社上大学的名额从原来的 2 个减为 1 个时,公社干部因为他是男性就把名额给了他,他的未婚妻大哭了一场之后接受了这一安排,可见当时的习俗在对男女外出及地位安排上是有利于男性的。详见贾平凹的回忆性散文《我是农民——乡下五年的记忆》,载于《大家》1998 年第 6 期。

② 孙惠芬:《城乡之间》,昆仑出版社 2004 年版,第 34、28 页。

下基础。三部小说中，高加林在县城读了高中，高子路在省城读了大学，杨科则在京城一直读到博士。布尔迪尔指出，"文化修养和教育经历能在特定场域里，成为行动者们获取社会地位的凭借。"① 对于他们来说，知识就是其文化资本，而城市就是其建构主流身份的场域。

资本的关键问题是积累和转换，文化资本亦然，"资本是积累的劳动（以物化的形式或'具体化的'、'肉身化'的形式），当这种劳动在私人性，即排他的基础上被行动者或行动者小团体占有时，这种劳动就使得他们能够以具体化的或活的劳动的形式占有社会资源。"② 三位乡村才子在文化资本的积累方面都非常勤奋。高加林在县高中时是学习尖子，在县委做通讯干事时写出许多出色的通讯报道；高子路考上了省城的大学，并在工作后写出古代汉语研究的专著；杨科在京城的全国最高学府清燕大学一直读到完成博士学业，留校任教后写出不少重量级的《诗经》研究论文和一部砖头厚的《诗经》研究专著。从积累的角度看，他们的文化资本呈上升趋势，越来越多且越来越高级。但文化资本能否帮助他们建构主流身份，还有赖于不同历史时期场域的结构，即各种资本所处的位置。

在20世纪80年代，高加林虽然只是个高中生，却近乎文理兼修的全才。重要的是，当时百废初兴的城市，为他有限的知识提供了施为的理想空间。在这里，他写作的通讯报道这一文化产品能够迅速转化为经济资本；更重要的是，县广播站、地区报、省报、县委重要会议、灯光球场等各种公共空间全部向他敞开，让他有可能大显身手。在成为县委的出色通讯干事和灯光球场上的篮球健将之后，高加林终于被捧上县城"明星"的宝座。"明星"身份的获得是他的文化资本转化为社会资本的标志。在依靠知识建构主流身份这一点上，生逢其时的高加林无疑是一个成功者。现代场域的"明星"，某种意义上恰与20世纪80年代知识分子想象中的理想身份——时代的文化英雄是一致的。

《高老庄》中的高子路虽是大学毕业生，他的知识却只涉及人文领域。他的专业古代汉语属于中国传统文化范畴。高子路的活动场域，也已经从高加林的整个县城（在高加林看来县城就是大城市）缩小到省城大学校园这一象牙塔的狭小空间。而他的文化资本——古代汉语研究专著，为他换取的不过是文化体制内的教授岗位。20世纪90年代大学校园里的教授与80年代公共空间中的知识分子的不同在于，他已经不是可以"指点江山、激扬文字"的启蒙式知识分子，而只是专业知识的"阐释者"，他"在越加制度化的学术与学院机制中求得的自由表

---

① 张意：《文化与符号权力——布尔迪厄的文化社会学导论》，中国社会科学出版社2005年版，第127页。
② [法]布尔迪厄，包亚明译：《文化资本与社会炼金术——布尔迪厄访谈录》，上海人民出版社1997年版，第189页。

达，已经与社会现实及其实践之间产生了距离"①。这就是说，人文知识分子虽然依旧拥有较高的社会地位，却已经"去政治化"，已经不再具有塑造现实的雄心与能力了。

《风雅颂》中，杨科的知识被设定为《诗经》研究，同样属于中国传统文化。杨科的文化资本经历了一个从成功转化到难以转化的过程：先是他的论文能够顺利发表并获得不菲的稿费；之后是他要发表论文就必须交版面费；最后是他历时五年写出的专著必须交五万元才能出版。对小说中的杨科而言，这一问题的严重性在于，由于不能顺利发表论文、出版专著，他的文化资本已经不能帮助他在文化体制内从副教授晋升为教授，他的《诗经》研究课也备受学生冷落。总之，杨科作为一位人文知识分子经历着全面失败，这一失败内含三个层面的社会现实：一是"大学"以及相应的精英文化本身在整个商品社会的边缘化；二是其安身立命所倚赖的专业"古典文学"，受西方话语霸权以及科层化的现代知识体系内部结构变动的影响，位置边缘化②；三是新世纪之后学术论文版面费与专著出版费问题的凸显，应该说，这既是杂志社与出版社市场化的结果，也是学术泡沫泛滥的重要原因之一。最终，杨科无法在大学这一文化场域内顺利地建构起自己的主流身份，只能落荒而逃。

从高加林的占领整个现代场域（成为"明星"），到高子路的安身于大学（担任教授），再到杨科立业的艰难（评不上教授），可以看到，虽然三位男主人公的文化资本呈上升趋势，但城市这一现代场域分配给他们的发展空间却越来越少。这一文化资本与发展空间之间的不对等关系，无疑揭示出一个严重的问题，那就是知识分子的边缘化。布尔迪厄的论述有助于我们理解这一问题产生的原因，"在特定的时刻，资本的不同类型和亚型的分布结构，在时间上体现了社会世界的内在结构。"③ 在这个意义上，三部小说中乡村才子的文化资本的位置迁移以及由此产生的身份转换的艰难，恰是近三十年中国社会结构变迁的表征：20世纪80年代前期，文化资本一枝独秀占据优势；随着20世纪90年代中国社会的市场化转型，经济资本取代了文化资本的优势地位；21世纪以来，中国社会转型进一步深入，经济资本已经从社会场域侵入到文化场域，并形成强势。

对乡村才子来说，主流身份建构的成功与否直接影响着他们的自我认同感。高加林的成功使他在县城里自信而骄傲，高子路虽然只是大学校园里的一个教

---

① 周宪：《审美现代性批判》，商务印书馆2005年版，第446页。
② 这里值得反思的一点是，杨科之类的男性传统文化人形象，在社会现实面前毫无反抗的意识和能力；作家在塑造他们时，也未能为社会提供相关的思想资源。
③ ［法］布尔迪厄，包亚明译：《文化资本与社会炼金术——布尔迪厄访谈录》，上海人民出版社1997年版，第190页。

授,但他也把自己看成一个了不起的"人物",杨科身份建构的失败则引发了他的严重焦虑。在被迫逃回家乡后,他总是在别人面前说自己是教授(而非副教授)、知识分子,动不动就让人看自己清燕大学的工作证,还假冒校长给村长打电话把自己说成最有学问、最有威望的名教授。可见,杨科的行为已经成为无法停止的重复扮演。其悲剧性在于:一方面,他在扮演中对"知识分子""最有学问、最有威望的名教授"等主流身份符码的占有,暴露出他的实际身份和言说出的主流身份的分裂;另一方面,他又必须不断地把这种言不副实的扮演重复下去,才能在幻想中确认自我的主流身份。这样,他的扮演就显示出强迫性、重复性及仪式化特征①,从而成为精神疾病的某种"症状";并且,按照拉康"无意识是大写他者的话语"②的著名论断,他的"症状"——那脱缰的无意识欲望虽然真实,但他的欲望对象却不过是主流话语这个"大写他者"提供的幻象。

(二)"城市佳人"与男性主体身份的建构

如果说,乡村才子进城后对主流身份的建构要面对的是自我、知识与现代场域的关系,是在公共空间中追求"是其所是",那么,他们在城市里的恋爱或联姻则指向私人空间。在这个领域里,他们需要"城市佳人"的爱情对其身份的再度确认。而两者之间在出身和知识上的差异,必将参与构建甚至左右他们相处过程中的两性关系。

《人生》中的黄亚萍是高加林的高中同学,她生长在干部家庭,依靠这一背景,她能把高加林从小县城带到更大的城市南京。就家庭出身而言,她显然是优越的。但小说对二人恋情萌生的书写,却是黄亚萍朗读高加林那文采斐然的文章时,"感情顿时燃烧起来",轻而易举便折服于高加林的才华之下,主动展开对高加林的追求。这里所呈现的是,高加林的才华构成了压倒黄亚萍城市与干部家庭出身优势的砝码;但是,高加林也并非不需要城里人尤其是黄亚萍对他的肯定:"你实际上根本就不像个乡下人了"③。

事实上,"不像个乡下人了"不仅是高加林,而且是当代文学中很多乡村青年进城后追求的重要目标之一。《废都》中,柳月进城时还是一个彻头彻尾的乡下人,"穿着一身粗布衣裳,见人就低了眉眼,不肯说话。"在拿到第一个月工资后,她全部用来买衣服装扮自己,并因此迅速得到城里人的认可,"满院子的人都说是像陈冲,自此一日比一日活泛,整个儿性格都变了。"④ 可见,"不像个乡

---

① [奥]弗洛伊德,罗生译:《精神分析学引论·新论》,百花洲文艺出版社1997年版,第224页。
② 张一兵:《不可能的存在之真——拉康哲学映像》,商务印书馆2006年版,第10页。
③ 路遥:《人生》,人民文学出版社2006年版,第113页。
④ 贾平凹:《废都》,北京出版社1993年版,第50~51页。

下人"的第一步,就是外表的"去乡村化",乡村青年正是以此为基础,逐渐改变面对城里人时的卑微感,变得大方而自信。无独有偶,蒋韵的《麦穗金黄》中打工男孩的愿望,就是像城里的时尚青年一样,把头发染得如同麦穗般金黄灿烂。事实上,从外表到生活方式的一系列"去乡村化",正是进城后的乡村青年建构新身份——城里人的重要一环。潘毅的田野调查显示,进城后的打工妹们最喜欢去价廉物美的市场购物。因为,这里作为具有西式风格的消费空间,既可以让她们体验到时尚的生活方式,更可以"满足她们作为现代女性进行自我肯定的需要"。具体而言,就是买到价廉物美的化妆品与时髦衣物。而其中最受欢迎的,是美白护肤品,因为,较黑的肤色被认为是农村人在田里长时间劳作的标志,较为白皙的皮肤则看起来更像城里人①。可见,"不像个乡下人",是文学与现实中的进城乡村青年的普遍诉求,它意味着一系列自我改造工程,且与消费主义文化有着千丝万缕的联系。

也正是因为上述原因,小说中的黄亚萍事实上被塑造成了一个前后不无矛盾的人物形象②,这种矛盾又与她是否表现出女性特征密切相关。在没有和高加林确立恋爱关系之前,她被放置在文化馆这一公共文化空间中,与高加林就国际局势和世界能源等重大问题展开热烈交流。这时的黄亚萍聪敏而博观,是一个性别特征并不明显、形象颇为"正面"的知识女性。而当二人确立恋爱关系后,黄亚萍就呈现出让高加林陶醉又头疼的矛盾性。一方面,高加林陶醉于黄亚萍所代表的当时最现代的生活方式。从时尚的服装到在河边穿着泳装、戴着墨镜晒太阳等,无不是黄亚萍的主动选择和策划,而高加林只是一个抱着"实习"态度的被动参与者。此时,高加林对现代生活方式的陌生和迷恋,与他对黄亚萍的迷恋非常相似。在高加林看来,黄亚萍身上弥漫着一种"非常神秘的魅力"。"神秘",暗示着黄亚萍魅力的陌生性即魔性,也就是"他者"性。恰如高加林的老父亲所说,黄亚萍是个"洋女人"。"洋"正透露着某种现代品格与消费主义特征。

作者很可能意识到对这个"洋女人"的迷恋会危及高加林的男性主体性,使他面临被同化的危险③,于是,后期的黄亚萍性格中加入了"任性"的负面成分,以致高加林头疼于黄亚萍总想支配自己。小说中有这样一个饶有意味的情节:高加林正在参加县委重要会议时,黄亚萍执意要他冒雨去郊外寻找她的进口水果刀。等到高加林空手而归,黄亚萍却说水果刀根本就没丢,她是想知道高加

---

① 潘毅:《中国女工——新兴打工者主体的形成》,九州出版社2011年版,第159~160页。
② 在小说发表后一个时期的研究中,只有雷达指出黄亚萍的性格前后不一致。参见雷达:《简论高加林的悲剧》,载于《青年文学》1983年第2期。
③ 路遥对黄亚萍代表的现代生活方式并不认同,他不仅在小说中描写了县城人讽刺高、黄是"业余华侨",在"创作谈"中,更是把现代生活方式和资产阶级意识直接挂钩。见路遥:《面对新的生活》,选自《中篇小说选刊》1982年第5期。

林对她的话听到什么程度。高加林当即大发雷霆,黄亚萍被吓哭,向他道歉并保证再不惹他生气。这一情节蕴含的潜在逻辑是:黄亚萍(女性)竟然让高加林(男性)不顾国家大事(重要会议)去做私人小事(找水果刀),这是一种感性至上的弱智者的荒唐和任性。在这里,黄亚萍的所思所为显然是反面的,而高加林的大发雷霆则是正面的,代表着具有理性的男性的威严。黄亚萍的最终臣服,既是在她与高的两性关系中争夺主导者位置的失败,也是高加林对具有某种现代品格的女性之魔性的成功驯服。

《高老庄》中,高子路和城市女性西夏之间的关系,与他们之间随种族差异而来的体貌、性格和习性之别密切相联。在体貌上,高子路的丑陋、矮体短腿、黄面稀胡、大板牙等,是高老庄人特有的纯种汉人的标志。西夏则相反。她容颜美丽、身高腿长,脸庞不是平面的,头发是淡黄色的,这些都突出了她的非汉人的"他者"特征①。并且,这些差异已经暗示了各自的优劣:子路是"衰朽的汉人后裔",西夏则是年轻、强壮、充满活力的混血美人。西夏不仅在性格上比子路优越(如西夏慷慨大方,子路斤斤计较;西夏果断热情,子路优柔寡断),在生活习性上,也是西夏卫生、子路肮脏,西夏勤快、子路贪吃贪睡等。值得注意的是,相对于子路明确的汉人出身,西夏的父母和家庭从未被提及。她第一次出现在子路面前是从博物馆中出来,子路发现她脚小腿长,很像自己刚才在博物馆里看到的大宛马("大宛马"正是子路给西夏的绰号)。因此,或许有理由认为,西夏这个形象并非完全写实,而是在作者心目中多少具有表征某些现代特质的虚化意味。当然,另一方面的事实是,西夏所承载的观念几乎可以等同于近现代时期所流行的种族优劣论,子路对"西方美人"的身体意淫也早在晚清小说中屡见不鲜。

西夏的优势,决定了子路和她之间交往的开端不再是《人生》中的"女追男"型,而是子路对西夏纠缠不舍才终于把她娶回家。而他们的相处,也多是西夏以现代生活方式影响、改造子路,回乡后更是以现代目光审视他从教授到农民的蜕变:"你现在是教授,教授!你一回来地地道道成了个农民了嘛!"在高老庄,是西夏而非子路发现并研究了高家族谱,并最后做出权威性结论:"纯粹的汉人太老了,人种退化了!"② 她还有权出入于这里的任何空间。这使西夏在高老庄的行动近乎成为现代人类学家对某个非现代区域的全面考察。她挖掘高老庄人窝里斗、贪婪、爱说是非、好色贪淫等种种劣根性,并充当高老庄人的指导者

---

① 西夏的"他者"性在小说中曾得到高老庄人和法国女人的指认。高老庄人怀疑她是外国人,法国人则问她是否有欧洲人血统。

② 贾平凹:《高老庄》,太白文艺出版社1998年版,第105、125页。

和拯救者①。

在子路和西夏的关系式中,如果说西夏对子路的审视是蕴含着现代知识权力的凝视,那么,子路也可以相应地进行反凝视。事实上,他男性欲望的目光已经把西夏的身体分割为长腿、细腰、大臀等性感部件,进行恋物癖式的观赏;更何况,西夏还是子路换种的工具。因此,两人在不同层面上可谓互为主体又互为客体。

《风雅颂》的叙述者是杨科。在他的第一人称主观性叙述中,他与城市女性赵茹萍的婚姻是他的导师——赵茹萍父亲的预谋。也就是说,他一开始就充当了这场婚姻中"被俘获者"的角色。妻子赵茹萍与他在知识的拥有方面差距悬殊:相对于杨科的正牌本科、硕士、博士学历,赵茹萍高中没毕业就当了图书馆管理员,后来读的是函授本科、硕士,但她却就此当上了清燕大学影视艺术系的教师;相对于杨科有分量的学术论文,赵茹萍的所谓论文不过是拼凑而成;相对于杨科深奥古雅的《诗经》研究课,赵茹萍的公开示范课不过是靠搬演影星名导的轶事吸引学生;相对于杨科靠自己实力写出的专著,赵茹萍的出版物不过是对杨科专著的剽窃。简言之,二者的知识构成明显呈现出高/低、真/伪之别。赵茹萍学历的速成、论文的拼凑、专著的剽窃,与卡林内斯库对媚俗艺术特征的总结类似:"媚俗艺术的整个概念显然围绕着模仿、伪造、假冒以及我们所说的欺骗与自我欺骗美学一类的问题。"②当赵茹萍以媚俗为手段轻易获取了杨科梦寐以求的教授职称以及住专家楼的待遇时,她的成功强烈地映衬着杨科的失败。更有甚者,赵茹萍还背叛丈夫投靠权势人物。这样,在杨科的叙述中,赵茹萍被彻底妖魔化了。然而,这一叙事虽然揭露了赵茹萍的种种劣迹,却也暴露出杨科无力应对时代变迁的恐慌,或许还有对女性超越男性的恐惧以及文人的自怨自艾。

吊诡的是,尽管杨科知道导师预谋把女儿赵茹萍嫁给自己,却从未反对;赵茹萍背叛他与人通奸,他却在他们面前下跪;他认为赵茹萍的讲课是哗众取宠,自己却又不由自主地模仿。也就是说,杨科从未试图与媚俗的赵茹萍划清界限,反而曲意逢迎。这就更深刻地显示出,杨科对建构主流身份的渴望和他的全面失败,已经蛀空了他作为一个男性的"人"的尊严。在赵茹萍对他所施加的压抑和扭曲中,始终有他自身的合谋。为了在城市中立足和发展,他实在太需要得到赵茹萍的"爱情"以便完成对自己身份的确认,以至即使赵茹萍已经提出离婚,他

---

① 西夏的形象类似于晚清时期王韬的《媚梨小传》《海外壮游》等小说中出现的爱上中国才子的西方美人,但贾平凹看到的乡村现实使他不可能再把西夏塑造成王韬想象中的中华文明爱慕者,而主要是一个批判者。

② [美]马泰·卡林内斯库,顾爱斌、李瑞华译:《现代性的五副面孔》,商务印书馆2002年版,第246页。

还在臆想"赵茹萍往死里爱我"。

从《人生》中前后矛盾的黄亚萍，到《高老庄》中带有一定的理想、虚幻色彩的西夏，以及《风雅颂》中被叙事者妖魔化的赵茹萍，几位女性的形象变化极大且意味深长。从现实的层面说，这与20世纪80年代以来"乡村才子"进城后的生存体验和现代性焦虑是密切相关的。他们通过与"城市佳人"的交往，从一个侧面体验着现代性的魅力和魔性。从《人生》中的高加林轻易俘获并驯服黄亚萍从而在两性关系中获得主导位置，到《高老庄》中高子路与西夏在不同层面上互为主体又互为客体，再到杨科完全失去优势，几乎成为赵茹萍的奴隶，可以发现男主人公们在私人空间中的主导性力量逐渐弱化衰颓的轨迹。或许可以说，这样一条由几部小说中所表现的男性人物命运折映的轨迹，与近三十年来从乡村到城市的知识分子在公共空间中所经历的从相对中心到基本边缘的主流身份建构处境，在相当高的程度上呈现出一致性。

（三）被动而痴情的"乡村佳人"

在乡村才子身边的城市佳人形象系列变幻不定的同时，乡村佳人形象系列则很少变化：《人生》中的刘巧珍、《高老庄》中的菊娃、《风雅颂》中的付玲珍，都具有美貌、善良、温柔、痴情等基本特点。不过，此时男女双方关系的建立、维系与破裂，是与他们之间知识资本有无的差异密切相关的，这使他们的关系有可能重蹈"郎才女貌"的传统模式①。曾有学者把"郎才女貌"的实质概括为："男子以自己的才力以及由此得到的社会地位，自上而下地向女子体现自己的占有权"②。这里，两性之间的不平等以及男性对女性的占有是其要点。不难看到，在本书主要考察的三部文本中，情形也是如此。

乡村才子与乡村佳人关系建立的契机，往往是前者的失意。高加林被人顶替了民办教师的工作，杨科接连考了三次大学都没考上。也就是说，他们是在不得不做乡下人时俯就乡村姑娘的。此间，美貌作为女性的价值砝码，并不具有与知识资本同等的分量。因此，在他们的关系中，一方面是女性因美貌而沦为被观赏的客体，一方面是男性所拥有的知识资本成为支持性别压迫的力量。《人生》中，刘巧珍对高加林的爱情，很大程度上是基于她对知识的仰慕以及由此产生的自卑感。她总是不假思索地听从高加林的一切指令。而高加林所得意的，恰是她无时

---

① 何满子认为"郎才女貌"是古代下层社会的爱情标准（何满子：《中国爱情小说中的两性关系》，第100页）；刘慧英认为"郎才女貌"就是"才子佳人"（刘慧英：《走出男权传统的藩篱——文学中的男权意识批判》，生活·读书·新知三联书店1996年版，第17页）。本书倾向于对二者加以区分，因为不少"才子佳人模式"中的佳人是才貌双全的。

② 李劼：《高加林论》，载于《当代作家评论》1985年第1期。

无刻的温柔与顺从。譬如小说中完全由高加林策划的二人的第一次公开亮相：

  巧珍是骄傲的：她，一个不识字的农村姑娘，正和一个多才多艺、强壮标致的"先生"，相跟着去县城啰！

  加林是骄傲的：让一村满川的庄稼人看看吧！大马河川里最俊的姑娘，著名的"财神爷"刘立本的女儿，正像一只可爱的小羊羔一般，温顺地跟在他的身边①！

  尽管二人骄傲的姿态是相似的，但是那骄傲的理由，却完全符合才子佳人的设定。《高老庄》中，高子路致力于把菊娃改造成理想的观赏客体，他指责她不注意打扮，"恨不得一下子把她改造地尽善尽美"。一旦菊娃表示反抗，高子路就以发火来弹压。可以说，才子从来就无意以知识对乡村女性进行启蒙，而是非常乐于让她们如同传统女性一样，充当丧失自我意愿和决定意向的被动客体。因此，他们之间关系的维系，其实质只能是男性凭借知识资本占有女性身心的过程。

  乡村才子与乡村佳人关系破裂的关节点是男方的进城。此时，城里人与乡下人的区隔使女方成为男方进军城市的累赘。因此，抛弃的发生几乎是必然的。如果说高加林在抛弃刘巧珍时还感到难过和内疚的话，杨科在抛弃付玲珍时则根本就不曾考虑对方是否会受到伤害。高子路和菊娃关系的破裂是因为他与一个城市女性有染，菊娃执意要离婚，高子路却认定这是菊娃在认死理。支撑这一判断的，是他有权犯错、菊娃则理当容忍的陈腐意识。所有的断裂都类似于传统的"始乱终弃"（不论是精神的还是身体的），即以牺牲女性的方式为进城的男子进一步建构主流身份扫清障碍。期间一个引人深思的现象是，男主人公在抛弃乡村女性后，却对她们的贞洁有着极为苛刻的要求。高子路与菊娃离婚多年，也不能容忍菊娃和别人发生恋爱关系；杨科抛弃付玲珍20年，一旦听说她可能与吴胖子有过关系，就声言自己要去找小姐伤害她。对女性贞洁的苛求既暴露了他们的占有欲，也昭示了男权传统观念是何等的根深蒂固。

  耐人寻味的是，三个文本不约而同描写了乡村佳人被抛弃后不改的痴情。《人生》中的刘巧珍，面对提出分手的高加林，殷殷诉说"你不知道，我是怎样爱你……"《高老庄》中的菊娃，和高子路离婚多年却未再嫁，只因为"这心还在你身上"。堪称极端的是《风雅颂》中的付玲珍。在杨科向她提出退婚之时，她竟然要献身于他；她后来嫁给杨科的一位本家亲戚，只因为这样可以便于听到杨科的消息；在丈夫死后，她用杨科当年用过的家具把自己的卧室布置成杨科卧室的复制品；她的死亡，是因为听说杨科去找小姐而自杀；她临死前的愿望，是

---

① 路遥：《人生》，人民文学出版社2006年版，第75页。

杨科能把贴身衣服和自己葬在一起，以实现生不能同室，死可以同穴的痴梦。显然，付玲珍的生与死全都围绕着杨科这个男人。但是，既然断裂的基点是城里人与乡下人的区隔，乡村女性也无意以痴情修复两性关系，她们何以要进行如此的精神自虐呢？为了深入解读作品中的相关描写，这里尝试对男主人公们的生存现实、心理处境以及作者写作动机略加探讨。

首先，从男主人公们的处境看，进城后的他们在现实和心理上都处于"城乡交叉地带"。就现实处境而言，高加林春风得意之时被人告发，只好回乡当农民；高子路努力向现代文化看齐，却无法完全剔除自己身上的农民性，从而只能成为城里人和乡下人的混合体；杨科既无力成为城市精英，也无意当个农民。再看心理处境。走在回乡之路上的高加林"感觉到自己孤零零的，前不着村，后不靠店。他不知道自己从什么路上走来，又向什么路上走去……"① 高子路无论对菊娃还是故乡，都抱着情感眷恋和理性批判的矛盾态度；杨科感到："我在这个世界闲余而无趣……原来我在哪儿待着都是一个闲余人。"② 无论是高加林的彷徨，高子路的矛盾，还是杨科的"闲余人"之感，都是处于"交叉地带"的异乡人的无根性体验，属于非常典型而真实的存在性焦虑。当作者立足于乡村才子（男性）本位、希望在创作中探求消解而不是加深他们的焦虑时，小说中与之对应的女性人物取何姿态，自是很容易根据需要被设定的。

其次，不妨联系作者的写作动机进行思考。20世纪80年代初的路遥，感受到城乡交叉地带"资产阶级意识和传统美德的冲突"③，当他笔下的高加林和黄亚萍所代表的个人主义这一"资产阶级意识"，竟然一度战胜了刘巧珍代表的"我们这个国家、这个民族的一种传统的美德，一种生活中的牺牲精神"④ 时，作者的道德焦虑促使主人公选择了回归乡村和传统美德。而巧珍正是这一传统美德的化身。高加林一回村，德顺爷爷就告诉他，巧珍为他劝走了试图羞辱他的姐姐，还去向支书求情让他当民办教师。不过，当高加林的回归被叙述成痴情的刘巧珍继续为高加林奉献爱心时，就不能不暴露出作者的局限性。一方面，作品再次以带有褒扬倾向的书写，强化了二人分手前女性奉献、男性享用的两性关系格局；另一方面，巧珍传统美德的功能，不过是给高加林提供了暂时的精神小憩，并不能真正解决他的精神危机，高加林回归之路的前景终不免可疑。但无论如何，巧珍在作者的安排下，始终是应高加林之需履行着人生使命。

1998年，贾平凹创作了《高老庄》。当时他自陈写作意图时，曾表示"意在

---

① 路遥：《人生》，人民文学出版社2006年版，第178页。
② 阎连科：《风雅颂》，江苏人民出版社2008年版，第170页。
③ 路遥：《面对新的生活》，载于《中篇小说选刊》1982年第5期。
④ 路遥：《关于〈人生〉的对话》，见《路遥文集》第5卷，人民文学出版社2005年版，第409页。

哀高老庄的不幸",批判其"文化僵死,人种退化"①。如果说"文化僵死"是借还乡者子路和新妻西夏之口批判的高老庄人的劣根性,"人种退化"则首先体现为子路和原妻菊娃生下了残疾孩子。此时,传统在子路这里已非美德,而是他和高老庄走向现代的重负;菊娃亦不意味着精神的抚慰,而是一份无法摆脱的情感眷恋和责任(这与子路对待自己的传统之根的态度近似)。因此,既然子路在眷恋,菊娃自需以痴情做出回应;但既然批判以及斩断与传统(也包括菊娃)的关系是小说的鹄的,菊娃的痴情姿态就不免显得暧昧。于是,尽管小说中有许多二人之间藕断丝连的描写,结局却是高子路决然离去再不回来。《高老庄》对《人生》回归路向的反转,固然显示出不同时代不同作家在处理现代和传统这一对矛盾时的复杂性,但小说中女性人物菊娃的痴情,显然充当了无谓牺牲的角色。

2008年,《风雅颂》的作者阎连科坦言,写杨科就是"写我"。他说:"我只是描写了我自己漂浮的内心""这部小说的土壤,就是多少年来'回家的意愿'。"② 在小说中,阎连科"漂浮的内心"置换为杨科的"闲余人"之感,阎连科"回家的意愿"置换为杨科的回乡之举。那么,当阎连科重复了路遥式的回归,他是否会重复路遥存在的问题呢?从小说情节看,作者确是继续让付玲珍的痴情为杨科提供物质和精神的休憩的;并且,由于杨科不能在城市和赵茹萍那里得到认同,他对付玲珍的痴情要求的程度更高。可是,尽管付玲珍的痴情已经达到极端,却非但没有解决杨科的精神危机,反而使杨科滋生出更加疯狂的男性占有欲。付玲珍死后,杨科竟然因为其女儿小敏长得和母亲相像,就想当然地认为小敏应该嫁给自己;一旦小敏要嫁给别人,他就认为自己的权力受到了侵犯,于是杀死了小敏的新郎,并为小敏一结婚就成了寡妇而感到报复的快意。这里,阎连科在重复路遥的回归路向时,通过故事的叙述不期然间暴露出这一路向可能导出的更为严重的问题:当失意的男主人公回归时,可以从乡村女性那里获得抚慰;但他未必会真诚感激女性的痴情付出,反而有可能要求更多,甚至实施更无理的占有,从而迫使女性付出更大、更惨烈的代价。

毫无疑问,这三部小说所触及的,远不是乡村现实生活中两性关系真实图景的全部,但它确可从一个侧面反映出传统性别文化的本质。我们看到,渗透在作家文化心理中的男性中心意识,给文学创作中的性别想象及两性人物塑造带来了十分深刻的影响。在乡村才子与乡村佳人婚恋关系的建立、维系、断裂及至断裂之后的整个过程中,女性始终处于被获取(美貌)、被改造(温顺)、被苛求(贞洁)、被期望(痴情)的位置,在屈从的角落里做出奉献和牺牲;而男性却

---

① 贾平凹:《写作是我的宿命》,见《文学报》1998年8月6日。
② 阎连科:《风雅颂·后记三篇》,见《风雅颂》,江苏人民出版社2008年版,第328页。

凭借其知识资本占据优势，进而可以从女性那里获取尽可能多的现实的和心理的利益。正因为如此，新时代"乡村才子"与"乡村佳人"之间的关系，终未超出"郎才女貌"的实质。它既昭示了传统性别秩序的历史性延续，也自有其当代意涵：近三十年间，随着人文知识这一文化资本从中心被挤到边缘并逐渐被经济资本所掌控，乡村才子们越来越难以建构自己的主流身份，也越来越难以在与城市佳人的关系中占据主导位置；对他们来说，也许只有借助于对乡村女性的身体、情感甚至生命的宰制，才能有效地重建其自我中心意识。在这个意义上，小说中的乡村佳人或可说是一些男性作家有意无意间努力为其男主人公保留的一个美妙梦幻。

综上所述，本书对近三十年"城乡交叉地带"叙事中"新才子佳人模式"的考察，既指向"城乡交叉地带叙事"中的关键问题之一：身份（即进城后的乡村才子能否成功建构起城市精英这一主流身份）；也指向这一模式的性别文化内涵（即在乡村才子与城乡佳人的关系中，是哪些因素在起作用，男女双方遵循着怎样的性别秩序）。其间，涉及乡村才子的身份建构与两性关系之间的互动。通过考察我们看到，三个文本中的"新才子佳人模式"并未表现为传统才子佳人小说"千部共出一套"的重复，而是在人物主体位置的交互迁移中，映现着近三十年社会结构的变迁。"乡村才子"凭借知识建构城市精英这一主流身份相对而言从易到难的历程，是近三十年人文知识分子处境的缩影。他们与"城市佳人"之间从主导位置的争夺到全面让渡，与其身份建构所面临的基本状况相一致；而他们与"乡村佳人"之间基于知识资本之有无的关系历程，在强化男性中心的性别文化格局时，也塑造着女性的被动性。然而，对女性的占有和压抑无法真正消除他们处于"城乡交叉地带"的心灵漂浮体验，并不能使其获得精神拯救。

当前，现代化进程和全球化浪潮正在生产出更多的"城乡交叉地带"以及在物理和心理上处于其中的人。置身这个时代，如何处理身份认同的困惑、新身份的建构以及两性之间的关系，越来越成为无法回避的问题。在这个意义上，"新才子佳人模式"的写作实践或可从一个特定的角度促人思考。

第四章

文学领域性别研究学术史及其反思

本章将性别视角引入百余年来中国文学性别研究的实践，以丰富的资料为基础对相关学术史进行全面清理，分析中国现代女性文学史观及性别理论建设和批评实践中的收获和缺憾。

第一节 中国古代文学的性别研究

传统中国文学史书写，从性别的角度看，贯穿的是以男性为中心的文学史叙事。有关古代妇女创作的研究长期以来处于相当薄弱的状态。20世纪80年代以后，在社会思想文化和观念意识发生巨大变革的背景下，女性主义学术思想逐渐渗入人文社会科学领域，古代文学的性别研究也受到人们的关注。

这里所说的古代文学的性别研究，是指学术界以中国古代文学为研究对象，从性别角度进行多层面审视的研究实践。其中既包括对古代妇女文学的考察，也包括在性别视野中就男性创作活动所展开的探析；既涉及男女作者在文学活动中的交互影响和作用，也包含对两性创作所呈现出来的不尽相同的审美景观的探讨。

本节拟简要回顾20世纪初至90年代前期古代妇女文学研究基本状况，主要就90年代中期以来中国古代文学领域的性别研究进行探讨①。

---

① 本节涉及的主要是中国本土的相关研究状况，包括部分国外学者在中国境内发表的研究成果。

一、古代妇女文学创作研究史概观

有关古代妇女文学创作的考察,在现代中国已有近百年的历史。19世纪末20世纪初,思想文化界的启蒙思潮以及对传统文化的反思,直接影响到研究者对中国古代文学的重新认识;"五四"女性文学的勃兴,也促使中国古代妇女的文学创作进入研究者的视野。20世纪前半叶,中国古代文学领域的性别研究开始起步,主要体现在对古代妇女创作的搜集整理和初步探讨方面。

20世纪二三十年代,在"整理国故"和反思传统两种思潮的涌动中,中国古代女作家及其创作成就的整理取得了明显进展,产生了一批较有影响的女子艺文志。与此同时,刊有古代女性作品的总集、别集和各类选本陆续印行,一些受到新思想影响的知识女性直接参与了这些文集的编辑出版,体现出文学观念和性别观念上的进步。例如,施淑仪的《清代闺阁诗人徵略》著录了清代自顺治至光绪300年间1 262名女诗人的生平和创作,并对之加以述评,它几近于一部清代妇女诗歌史。编者在"例言"中申明收录的标准是"偏重文艺",若非于此专长者,"虽有嘉言懿行,概不著录",从而摒弃了以妇德为先的传统女教尺度。20世纪20年代末,出现了单士釐的《清闺秀艺文略》(五卷),载录3 000余种女子"艺文"作品。其中不仅有文学创作,也还包括了文论、史学、经学、音韵、训诂甚至医学、算学方面的学术性著作。此期,在围绕个体女作家进行研究的过程中,也有新的趋向。如潘光旦的《冯小青之分析》一书,运用弗洛伊德的精神分析法对女诗人的身世和创作心理进行考察,提出了独到的见解;胡适等关于清代女诗人贺双卿真实性的考察①,拓展出关于如何看待男性目光注视下的女性写作这一具有性别文化内涵的话题,对此后的研究具有启发意义。

1916年,上海中华书局印行了谢无量的《中国妇女文学史》。该书"起自上古,暨于近世",时代断限止于明末。这一将中国妇女文学活动系统化、历史化的努力,在20世纪20年代后期至30年代前期问世的一些著作中得到呼应。梁乙真补谢著之阙,撰写了《清代妇女文学史》(中华书局,1927);其后又著有《中国妇女文学史纲》(开明书店,1932)一书。谭正璧出版了《中国女性的文学生活》(上海光明书局,1930)。此外,谢无量的《中国大文学史》、郑振铎的《插图本中国文学史》,分别收入了有关唐代武则天、上官婉儿以及薛涛和鱼玄机的内容。上述著作在古代妇女文学史料的搜集整理方面做了基础性工作,初步理

---

① 胡适:《贺双卿考》,原载于《胡适文存三集》,《民国丛书》本;张宏生、张雁编:《古代女诗人研究》,湖北教育出版社2002年版。

出中国古代妇女文学创作活动的历史线索，并开始注意到古代妇女文学创作与其生活经历、思想文化背景之间的联系，对妇女文学活动及其作品的特点也进行了初步的探讨。特别值得肯定的是，著者旗帜鲜明地批判了封建时代压抑妇女才华、否定妇女文学成就的社会制度和传统文化，一定程度上包含着对男性本位文学史观的反思。

此时，一些知识女性已具备了比较自觉的女性文化建设意识。1931年，陆晶清出版了现代学术史上第一部古代女诗人的研究专著《唐代女诗人》（上海神州国光社）；1933年，陶秋英的《中国妇女与文学》（北新书局）问世；其后曾乃敦著有《中国女词人》（上海女子书店，1935）。在带有一定研究性的著述中如此标榜文学创作者的性别，对这些女作者来说实乃有意为之。例如，陶秋英就"妇女与文学"这一命题的提出发表了一针见血的看法："'妇女'，这是一个侮辱我们的名称；不！'妇女'而成为种种特殊问题，特殊名称：这才是真正侮辱我们的现象，这明明在说，'妇女是人类的另一部分。'"① 在"五四"新思潮影响下女性主体性的确立，使之能够一语道破传统文化的男性本位实质，以及妇女在文学和文化史上的不平等地位。

这些有关中国古代妇女文学创作的研究性著作是在启蒙主义和人道主义思潮影响下，在进步思想界不断发出妇女解放、男女平等呼吁的背景下诞生的。它的出现对现代性别文化的建设具有积极意义。只是在当时的写作中，作者往往不自觉地囿于男性中心的传统思维，体现出明显的局限性。例如，一些男性作者在认识和评价古代妇女创作时，一方面热情肯定文学女性的才华，另一方面又无形中受制于传统性别意识和文学观念，时或流露出"表彰才女""怜香惜玉"的文人士大夫趣味。此外，在研究的起始阶段，人们对女性创作现象的认识不免粗浅，视野也比较狭隘。

相比之下，女作者对文学创作中的性别因素显然更为敏感。比如，陆晶清撰写的《唐代女诗人》第一次以断代方式对女性诗歌创作进行研究，探讨唐代女诗人对诗歌艺术的贡献；陶秋英的《中国妇女与文学》将古代妇女的创作状况与她们所生活的时代相联系，指出在传统文化制约下，古代妇女文学（主要是诗词创作）呈现出在内容上以消遣和性情为主、在感情色调上以颓废为美的表现形态。又如，冯沅君在一系列有关中国古代戏曲的考证文章中，涉及古代妇女创作时，也流露出一定的性别意识②。

此期人们关注较多的，主要是唐代女诗人的研究和词人研究。前者以薛涛、

---

① 陶秋英：《中国妇女与文学》，北新书局1933年版，第306页。
② 见《古剧说汇》，商务印书馆1947年初版，作家出版社1956年修订再版。该书收入冯沅君1936~1945年间所写有关中国古代戏曲的15篇考证文章，其中部分涉及妇女创作。

鱼玄机、李冶等若干女作家的研究最为集中；后者以谭正璧的《女性词话》（上海中央书店，1934）为代表。该书注意结合作者的身世（如家庭、爱情、婚姻、社会经历）分析其创作风格，介绍了包括徐灿、贺双卿、吴藻、顾太清、顾贞立、沈善宝等在内的自宋至清59位女词人。其学术价值主要体现在：首先，它是20世纪第一部全面介绍女性词的专著；其次，它知人论世，言之有理，持之有据，"把学术研究的学理性和知识传授的普及性有机地结合起来了"①。

20世纪50年代到80年代前期，有关中国古代妇女创作的研究有所收获，但总体处于低迷状态。据统计，自1950年初到1984年底的34年间，有关女作家的研究论文最多不超过130篇，且多数集中在50年代末60年代初；出版的女作家作品集不到10部，其中李清照占了4部。在此期间，没有出版一部妇女文学史，研究对象的涉及面也比较狭窄，仅集中在几位女作家的创作上；缺乏史的眼光，多是一般的研究评论，零散而不成系统②。并且，在特定的政治环境和抹平男女两性差异的文化氛围中，评论文章往往程度不同地染上了一定的政治意识形态色彩。

这一时期值得一提的是，在基本的文献整理方面取得的成绩。1957年，商务印书馆出版了胡文楷辑录的《历代妇女著作考》。该书汇集整理了编者以20多年时力精心搜求的，自汉魏至近代共4 000余位女作家著作的流传情况和出处。"凡见于正史艺文志者，各省通志府州县志者，藏书目录题跋者，诗文词总集及诗话笔记者，一一采录。"其资料搜集之宏富，堪称20世纪在中国古代女作家文献整理方面取得的标志性成就。此外，围绕蔡琰和《胡笳十八拍》的作者问题、李清照是否曾经改嫁以及其词作的评价问题，学术界都曾进行了专题讨论。

陈寅恪关于女性创作研究的重要论文《论〈再生缘〉》和专著《柳如是别传》均写成于20世纪60年代。前者当时曾引发讨论，后者迟至1980年才得以问世。在关于弹词小说《再生缘》的研究中，陈寅恪不仅称赏《再生缘》具有"自由活泼思想""实弹词体中空前之作"，而且赞扬作者为"当日女性中思想最超越之人"③。在《柳如是别传》中，陈寅恪满怀对明清时期奇女子柳如是的同情与欣赏，对这一有追求、有谋略，又富于传统文化底蕴的奇女子的生活和情感经历做了博瞻翔实的考述。其间通过柳如是与明清之际士大夫名流陈子龙、钱谦益、宋徵舆等人的相互交往和特殊关系，"在最自然的男女两性关系中，挖掘一代知识分子面对前所未有的政治文化危机时的复杂心态与行为"，从而使这部著作一定意义上成为明清之季的"文人心史和文化痛史"。而若以女性主义的眼光

---

① 陈水云：《20世纪的清代女性词研究》，载于《妇女研究论丛》2004年第1期。
② 王之江：《要关心古代妇女作家的研究工作》，见《光明日报》1985年3月12日。
③ 陈寅恪：《寒柳堂集·论〈再生缘〉》，上海古籍出版社1980年版，第57页、第66页。

观之，作者选取一个女子作为这部情史乃至明清痛史的主角，"正是对男性中心史的一种颠覆"①。

20世纪80年代中期以后，当代女性文学创作和相关研究进入新的阶段。西方女性主义思潮在研究界产生了比较广泛的影响，性别与文学的关系作为一个具有浓郁文化意味的问题引起关注，有关古代妇女创作的研究在广度和深度上也得以拓展。如有关唐代女诗人的研究，1984年便有陈文华编订的《唐女诗人集三种》问世，而李清照研究更是成为宋代文学研究的一个热点。先后有多部论文集以及评传、资料汇编、版本考等出版。据统计，20世纪以来词学研究中有关李清照研究的论文、论著达959种，其中这一阶段的研究成果占有一定比重②。一些学者在相关研究中自觉不自觉地融入了一定的性别意识，例如陈祖美的《读李清照作品心解》《对易安内心隐秘的破译——兼释其青州时期的两首词》《再译李清照的内心隐秘——从一种方法谈起兼及其赴莱、居莱之诗词》③ 等文及所著《李清照评传》一书，即可作如是观。她提出，李清照在文学史上的地位是靠她的作品特别是抒情词的创作水平来确立的；而她真正压倒须眉、独步词史的，是代表其婉约派本色的词作，尤其是那些描写思念丈夫的所谓思妇之作。作者结合分析李清照一系列作品，尝试破译这位女词人担心丈夫蓄妾和悲戚自己无嗣的内心世界，认为这才是词人最大的隐衷，也是她悲剧命运的症结所在；而那些表现词人内心隐秘的作品，具有特殊的美感和魅力④。

20世纪80年代到90年代前半期，比较集中地出版了一批中国历代妇女创作的选本⑤。编选者从两性平等的观念和愿望出发，对旧时代文学女性的命运及其创作怀有深厚的同情和真挚的情感，出发点大都在于搜集、整理古代妇女创作，褒扬她们的艺术才华，批判旧时代对女性的压抑和迫害。这样的情感倾向和立足点，在此阶段的部分研究性著作中也得到了鲜明的体现，其中，苏者聪的《闺帏

---

① 张宏生、张雁编：《中国女诗人研究·导言》，湖北教育出版社2002年版，第15页。
② 见刘尊明、王兆鹏：《本世纪唐宋词的定量分析》，载于《湖北大学学报》（哲学社会科学版）1999年第5期。
③ 陈祖美：《读李清照作品心解》，载于《文学评论》1982年第4期；《对易安内心隐秘的破译——兼释其青州时期的两首词》，载于《江海学刊》1989年第6期；《再译李清照的内心隐秘——从一种方法谈起兼及其赴莱、居莱之诗词》，载于《中华女子学院学报》1992年第3期。
④ 有关李清照与赵明诚之间是否伉俪情深、赵明诚是否纳妾等问题的讨论情况，参见王兆鹏、郭明玉：《李清照"内心隐秘"争鸣述评》，载于《文学遗产》2003年第1期。
⑤ 例如，周道荣、许之翔编：《中国历代妇女诗词选》，新华出版社1983年版；曹兆兰编：《历代妇女诗词选》，湖北人民出版社1983年；陈新等编：《历代妇女诗词选注》，中国妇女出版社1985年版；刘凯编：《历代巾帼诗词选》，安徽文艺出版社1986年版；苏者聪编：《中国历代妇女作品选》，上海古籍出版社1987年版。

的探视——唐代女诗人》和《宋代女性文学》有一定的代表性①。这两部著作将宏观审视与微观探索相结合,融合了文化史、文学史、作家论、作品论,考证与论述融为一炉,对唐、宋女性创作进行了系统考察。作者在学理性的探讨中,融入了充沛的情感。《宋代女性文学》"前言"中说:"宋代女性文学是充满血泪的文学。它像一面镜子,反映了宋代女性生活不幸和身心遭残的命运。"作者甚至情绪激烈地写道:"我怀着极大的仇恨读宋代历史。仇恨宋王朝君主贪生怕死,投降卖国,不顾人民死活;仇恨达官贵人对下层妇女的残酷压迫;仇恨男人压迫女人。"与此同时,对传统妇女创作给予肯定,认为宋代女性尽管承受着身心的巨大痛苦,但在品德上、精神上却显示出崇高不凡:"她们是用血泪在吟诗,用生命在铸词,可歌可泣,感人至深"。作者将自己对传统女性不幸命运的深切同情和一腔悲愤融入研究,与研究对象产生了很深的情感共鸣。她于此主要是从社会制度和阶级分层的角度加以认知的,但也一定程度上包含了对传统性别文化格局下文学女性深受压抑的命运的沉痛反思。

张明叶《中国古代妇女文学简史》② 是20世纪下半叶正式出版的唯一一部古代妇女文学通史。作者经过多年努力,对在各种史料中留下线索的古代妇女的文学活动做了简要梳理,依时间顺序述及从上古先秦到清朝末年的妇女创作流变。其中包括诗、词、歌、赋、曲、杂剧、散文著述以及弹词小说等各种文学样式。其结构则采用了20世纪五六十年代文学史书写的惯用方式:时代特征(社会和文学环境)——作家概况——创作内容和艺术特色——代表性作家作品的重点分析。总的来说研究性偏弱。尽管作者在"后记"中明确认为,"以往的文学史主要是男性的文学史,实质上是站在男性的角度来阐述文学的源流、发展与演变,只反映了人类隶属于男性的那部分情感与艺术",但对如何在文学史书写的内在理路上实现对传统书写方式的突破,还缺乏切实的思考。

这一阶段对古代著名女作家进行的个案研究仍在研究成果的数量方面明显占优。研究对象主要集中在若干位比较著名的女作家身上。黄嫣梨《汉代妇女文学五家研究》③ 以历史考察和文学阐释并重的研究格局,对高帝唐山夫人、成帝班婕妤、班昭、徐淑和蔡琰等五位汉代女作家的生平及创作进行了专门探讨。其他较受关注的有薛涛、鱼玄机、李冶、李清照、朱淑真、徐灿、贺双卿、顾春、秋瑾等。此外,还有若干女作家进入研究者的视野,如许穆夫人、左棻、徐淑、谢

---

① 苏者聪:《闺帏的探视——唐代女诗人》,湖南文艺出版社1991年版;《宋代女性文学》,武汉大学出版社1997年版。
② 张明叶:《中国古代妇女文学简史》,辽宁教育出版社1993年版。
③ 黄嫣梨:《汉代妇女文学五家研究》,河南大学出版社1993年版。

道韫、黄崇嘏、严蕊、叶小鸾、吴藻、王清惠、张玉娘、郑允端、黄娥、邢慈静、倪瑞璇、刘清韵、侯芝、邱心如等。一批研究论文围绕这些女作家的生平事迹、创作活动、艺术旨趣和文学地位，进行了探讨。

总体来看，20世纪80年代到90年代前期有关中国古代妇女创作的研究开始渗透自觉的性别意识，一定程度上显示了对"文学与性别"这一命题的关注。不过，大多数情况下仍受制于传统思路和方法。1994年，北京大学中外妇女问题研究中心曾主办了"妇女问题第三届国际研讨会"。会议论文集第三部分"妇女与文学"收录了六篇关于中国古代妇女创作的研究论文，其中仅有一篇对女性主义批评有所借鉴[①]。

二、20世纪90年代中期以来的研究进展

1995年联合国第四次世界妇女大会在北京召开，扩大了女性主义思潮在文学研究界的影响。改革开放时代国内学者与国外汉学界日渐频繁的交流，也为中国古代文学的性别研究注入新的活力。部分学者在研究实践中有意识地引入性别视角，反思传统文学史建构中的性别缺失，调整和修正文学史观，对中国古代两性创作在生活环境、文化背景、心理倾向、艺术倾向等方面的差异给予关注，从不同角度对中国古代妇女的文学创作展开研究。

（一）古代妇女创作文献的清理和考辨

女性文学创作的文献史料是学术研究的基础，但在男性中心的文化千年延续的过程中，中国古代女作家作品的保存和流传受到了严重影响。绝大多数女作者一无生平事迹可查，二无作品背景资料可考；少量得以传世的作品，其真伪、创作背景以及作者的相关情况等，也存在很多疑问。有关著名词人李清照生平事迹和创作的考察尚面临诸多困难，更遑论其他。为此，若欲寻觅古代妇女创作的踪迹，首先就需要对散见于各种史料的历代女性创作文献加以清理、订正。

此期有关中国古代妇女文学创作的研究，继续在资料考辨和古籍整理的基础层面上展开。各种版本的古代女作家评传、作品校注及相关资料汇编陆续出版。一些著名女作家（如蔡琰、薛涛、鱼玄机、李清照、朱淑真、贺双卿、顾春等）资料的发掘和作品的整理受到相对较多的关注。其中，由董乃斌、刘扬

[①] 即周乐诗文：《回归和超越——传统女性文学中的女性意识》。

忠、陶文鹏等学者校点的大型女性丛书《中国香艳全书》① 以女性题材为主，收入隋代至晚清一千多年间有关女性与艳情方面的文言小说及诗词曲赋多种体裁的文学作品335种。除诗词乐府外，还包括以女性为主角的传记、杂文和传奇小说等，为研究古代妇女生活和文人妇女观提供了丰富的文献资料。大型工具书《中华妇女文献纵览》② 时间跨度约两千年，覆盖面及于妇女研究的各主要领域。在"妇女与文学"类目中，不仅包括古代、近代的各种妇女文献目录，并且涵盖了先秦至清代"描写妇女的文学作品"，从而为研究古代妇女生活和创作提供了丰富的文献资料或线索。此外，清代妇女文学资料的搜集颇有收获。史梅依据南京大学馆藏的江苏各地府、州、县、镇志250余部，辑得前述《历代妇女著作考》未曾收入的清代女作家118人，著作144种③；并发表有《清代江苏方志中之妇女著作——胡文楷〈历代妇女著作考〉拾遗》④ 等文，对有清一代的江苏女性著作情况进行了统计分析。这些工作为研究的进一步展开奠定了基础。

性别视角的自觉运用，也为史料考辨思路的开拓提供了新的可能，其有效性在一些研究者的实践中得到印证。例如，陈洪的《〈天雨花〉性别意识论析》⑤ 一文，令人信服地显示了性别分析在史料考辨方面可能发挥的作用。

（二）古代妇女创作性别文化内涵的探析

中国古代妇女的文学创作包含着十分丰富的性别文化信息。近些年来，研究者从不同角度切入，对其间的性别文化因素进行探询。具体涉及传统性别观念对女作家创作的影响，地域文化、家族文化与女性创作的关系，才女文化的时代特征，女学的兴盛及其在文学中的反映，女性创作的文化史意义、各体文学中的女性形象及其性别文化的内涵，等等。

在特定的历史文化和家族文化的背景下，明清时期女性创作出现繁荣景象。并且，相对其他时期而言，这一阶段得以留存下来的女性文本为数也最多⑥；加之近年学界对"前现代文学史"研究的重视，有关明清时代女性创作的探讨很自

---

① 《中国香艳丛书》董乃斌等点校本，团结出版社2005年版。该书原名《香艳丛书》，近人虫天子（王文濡）辑，共28集80卷，1909~1911年由上海国学扶轮社出版，后多次重印。
② 齐文颖主编：《中华妇女文献纵览》，北京大学出版社1995年版。
③ 史梅：《清代江苏妇女文献的价值和意义·附表》，见张宏生编《明清文学与性别研究》，江苏古籍出版社2002年版。
④ 史梅：《清代江苏方志中之妇女著作——胡文楷〈历代妇女著作考〉拾遗》，载于《古籍研究》1996年第2期；《清代江苏妇女文献的价值和意义》，载于《文学评论丛刊》2001年第1期。
⑤ 陈洪：《〈天雨花〉性别意识论析》，载于《南开学报》2000年第6期。
⑥ 胡文楷：《历代妇女著作考》和史梅：《清代江苏方志中之妇女著作——胡文楷〈历代妇女著作考〉拾遗》著录清代女作家近4 000人。

然地成为研究热点,并且在宏观研究和微观研究方面取得收获。在此即以这方面的探讨为例。

张宏生在《清代妇女词的繁荣及其成就》① 一文中,较早对清代女性词作进行了宏观探讨和综合分析。该文从题材、风格、表现手法三个方面归纳清代女性词的主要特征:一是反映生活的层面大大拓展;二是女词人的创作意识更加鲜明,风格上开始多样;三是清代富有才华的女词人敢于积极地表现自己的创新意识和创造精神。其后,郭延礼《明清女性文学的繁荣及其主要特征》② 一文,也对明清时期的妇女文学遗产进行了系统梳理。还有一些学者对明清之际江南地区出现的女作家群及其地域性创作特征进行了专题探讨,如陈书录的《"德、才、色"主体意识的复苏与女性群体文学的兴盛——明代吴江叶氏家族女性文学研究》、李真瑜的《略论明清吴江沈氏世家之女作家》、王英志的《随园女弟子考评》、许结的《明末桐城方氏与名媛诗社》、钟慧玲的《陈文述与碧城仙馆女弟子的文学活动》③ 等论文,以及宋致新的《长江流域的女性文学》、陈玉兰的《清代嘉道时期江南寒士诗群与闺阁诗侣研究》等著作,均将考察对象置于特定的历史文化和地域文化环境中,展开细致深入的探讨。

弹词创作是清代妇女文学一个颇具特色的组成部分。鲍震培《清代女作家弹词小说论稿》④ 就此进行了系统探讨。作者运用大量原始资料,结合明清时代性别意识渐变与才女文化繁荣的大背景,考察弹词小说的形式、源流、发展及其在文学史上的地位和影响。通过明清女性叙事传统及其所蕴含的女性精神的阐发,提供了关于中国女性文学发展过程中一个重要环节的思考。胡晓真《才女彻夜未眠:近代中国女性叙事文学的兴起》⑤ 同样以女性弹词小说为研究对象,重点则在探讨女性的阅读、书写、出版与自我心灵世界中的私密欲望之间的关系,分析现实中面临时代、变局的弹词女作家在文字世界中所表达的焦虑、困惑,以及她们由此而构筑的自己的诠释系统与对应方式。赵咏冰《带着脚镣的生命之舞——从〈再生缘〉看传统中国女性写作的困境》⑥ 具体剖析了陈端生的弹词小说《再

---

① 张宏生:《清代妇女词的繁荣及其成就》,载于《江苏社会科学》1995年第1期。
② 郭延礼:《明清女性文学的繁荣及其主要特征》,载于《文学遗产》2002年第6期。
③ 陈书录:《"德、才、色"主体意识的复苏与女性群体文学的兴盛——明代吴江叶氏家族女性文学研究》,载于《南京师大学报》(社会科学版)2001年第5期;李真瑜:《略论明清吴江沈氏世家之女作家》,载于《中华女子学院学报》2001年第4期;王英志:《随园女弟子考评》、许结《明末桐城方氏与名媛诗社》、钟慧玲:《陈文述与碧城仙馆女弟子的文学活动》,见张宏生编:《明清文学与性别研究》,江苏古籍出版社2002年版。
④ 鲍震培:《清代女作家弹词小说论稿》,天津社会科学出版社2002年版。
⑤ 胡晓真:《才女彻夜未眠:近代中国女性叙事文学的兴起》,北京大学出版社2008年版。
⑥ 赵咏冰:《带着脚镣的生命之舞——从〈再生缘〉看传统中国女性写作的困境》,载于《明清小说研究》2005年第2期。

生缘》文本中所流露的女性意识以及女作家借其笔下人物所寄寓的身世之感乃至权力欲望，揭示了传统女作家书写困境之所在及其背后的文化意涵。作者指出，清代妇女文学中这些反传统意识貌似激进，却仍然反衬了女性书写无奈的局限和困境。这一文本中分裂的女性主体反倒成为妇女文学中女性形象的真实。她们对传统的突破其实并非那么不传统，个中缘由耐人寻味。

在明清女作家的个案分析方面，以徐灿、顾春和贺双卿等人的研究最为集中，戏曲家吴藻等人的创作也较多受到注意。一些女作家在文学创作中自觉不自觉流露出来的女性意识成为考察作品性别文化内涵的重要方面。部分研究者试图深入女性写作者的精神世界，揭示性别意识、内心状态对创作的影响。例如，张宏生在《吴藻〈乔影〉及其创作的内外成因》[①] 一文中，对吴藻杂剧《乔影》中所体现出来的"错位"的性别意识及其丰富的内外成因进行了分析；在《才名焦虑与性别意识——从沈善宝看明清女诗人的文学活动》一文[②]中，又以清代后期重要女诗人沈善宝及其创作为切入点，在对其价值观念和性别意识进行具体探讨的基础上，分析女诗人内心对文名的追求期盼与抱负难申时的不平，探求其产生的根源。论文通过个案分析，具有普遍意义地揭示了有才华、有抱负的传统女性在特定历史时期面临的文化境遇及其创作心理。[③] 类似这样的探讨，既能以性别视角观照古代妇女的创作活动，又注意将考察对象"还原"到特定历史文化境遇中，结合女性创作者的心态进行具体分析，有助于对古代妇女创作面貌认识的深化。

（三）古代妇女创作审美特质的阐发

从性别角度切入研究对象，很自然地会关注女性创作与男性创作究竟有哪些不同，这种差异背后又有着怎样的性别文化意味。对此，研究者分别从宏观和微观的角度进行了阐发。

在宏观研究方面，胡明的《关于中国古代的妇女文学》[④] 依时间顺序，结合历代社会生活，描述和分析古代妇女文学创作队伍的历史形态，进而探讨作品的人文内涵。作者结合大量文学史实，梳理出与妇女文学相关的两大线索。一条是

---

① 张宏生：《吴藻〈乔影〉及其创作的内外成因》，载于《南京大学学报》（哲学人文社科版）2000年第4期。
② 张宏生：《才名焦虑与性别意识——从沈善宝看明清女诗人的文学活动》，张宏生、张雁编：《明清文学与性别研究》，江苏古籍出版社2002年版。
③ 张忠纲、綦维：《李清照的女性意识》，载于《文史哲》2001年第5期；赵莉：《评鱼玄机作品的女性意识》，载于《陕西师范大学学报》（哲学社会科学版）2001年第1期；杨萍：《清代女性词中女性意识的觉醒》，载于《东北师大学报》（哲学社会科学版）2005年第6期，等等。
④ 胡明：《关于中国古代的妇女文学》，载于《文学评论》1995年第3期。

以《诗经·国风》为源头，经汉乐府、古诗直接晋以后吴声、西曲为代表的民间歌曲。它在时间形态上一直规范到明清的歌谣俚曲。这条线索的最大特征是"男人学女人"，即女子爽性而吟，尽情而唱，自然风色，一片天籁；男子惊羡佩服之余进行模仿润饰、加工整理并注册（呈献或保存典籍），进而动手采用女子创作的形式体裁来创作他们自己的文学作品。另一条线索的精神实质是"妇女学男人"，即历代宫廷妇女、贵族眷属、闺阁淑媛、风流才子的情人等以正统诗文辞赋的领域的男人作品为范本，不仅学内容结构、词气体式、铺写技术，而且还学思想感情、审美旨趣、观念意识。浸染久之，自觉或不自觉间便沉醉于男性文化的判断标准与价值形态之中。这样的研究，视野开阔，以史料的扎实、思考的深入给人启迪。乔以钢的《中国古代妇女文学创作的文化反思》《中国古代妇女文学的感伤传统》和《中国女性传统命运及其文学选择》①等文，亦从宏观角度入手，探讨古代社会占主导地位的思想文化与女性创作审美特质之间的关系，分析中国历史给女性创作者所提供的思想文化背景有异于男性之处，指出特定的生存境遇和文化背景对她们的创作产生了深刻影响。

20世纪以来，词学研究占有比较重要的位置，不过主要是以男性词和男性词人为对象。在相当长的时期里，历史上曾大量出现的女性词人及其作品，除李清照等个别作者外，基本上被忽略在词学研究的视野之外。20世纪90年代中期以来，叶嘉莹从性别角度切入词学研究，发表了系列成果②。特别是在关于女性词的美感特质、词体特征与性别之间的关系方面，提出了值得注意的观点。

其见解包括：（1）关于女性诗与女性词的系统性。女性诗与女性词是一个系统，女性词对女性诗是继承；而男性则把修、齐、治、平的理想写在诗中，特别是在词体发展的早期，男性词对男性诗是一种背离。（2）关于女性形象。在中国文学史中，虽然早自《诗经》开始，就已经有了关于美女与爱情的叙写，但事实上各种不同时代、不同体式的文学作品中，其所叙写之女性形象之身份性质，以及其所用以叙写之口吻方式，却又有着极大的差别。《诗经》以写实之口吻叙写大都具有明确伦理身份的现实生活中的女性；《楚辞》以喻托之口吻叙写大多为非现实之女性；南朝乐府中的吴歌西曲以朴素的民间女子自言之口吻叙写大多为恋爱中之女性；宫体诗中以刻画形貌的咏物口吻叙写男子眼中的女性；唐人宫怨和闺怨诗中以男性诗人为女子代言之口吻写现实中具有明确伦理身份的女性；词

---

① 乔以钢:《中国古代妇女文学创作的文化反思》，载于《天津社会科学》1988年第1期；《中国古代妇女文学的感伤传统》，载于《文学遗产》1991年第4期；《中国女性传统命运及其文学选择》，载于《天津师大学报》（社会科学版）1996年第4期。

② 叶嘉莹:《从李清照到沈祖棻——谈女性词作之美感特质的演进》，载于《文学遗产》2004年第5期；《从性别与文化谈女性词作美感特质之演进》，载于《天津大学学报》（社会科学版）2006年第2~5期。

中所写的女性是一种介乎写实与非写实之间的美色与爱情的化身。《花间集》中所写的女性形象，以现实之女性而具含了使人可以产生非现实之想的一种潜藏的象喻性。(3) 关于词的语言形式与性别。诗的语言较为整齐，而词的语言参差错落，更为女性化。诗的语言是一种有秩序的、明晰的、属于男性的语言，而词则是比较混乱和破碎的一种属于女性的语言。(4) 关于双重性别和双性特质。男性词作的美感特质强调词之佳者需要具有双性化。男性词人之双重性别的美感特质是男性词人创作中纯用女性口吻来写女性情思的作品，而女性在作品中表现了属于男性的情思与风格，其口吻也仍是属于女性自我叙写的口吻。女性词人发展出来的双性特质与《花间集》中男性词人所表现的双性特质并不完全相同。(5) 关于女性词的阅读和接受。历来对女性词作的评赏受到了以男性作品为衡量标准的局限（其实女性词的美感特质完全不在言外之意趣的联想，而在其所写的个人一己之生活感受的真切和深刻），中国古代社会和传统文化使阅读者对古代女性作品的期待和欣赏也不同于男性（男子之词即使是以女子口吻写的，往往也会被联想生发出屈原离骚之意；而对女子之词则从不会抱有这样的阅读期待）。综上，作者认为，中国女词人通过自己的文学创作所完成的，不是对男性语言系统的破坏和颠覆，而是一种融汇，并且要在融汇中完善和完成一种女性的自我表述。

邓红梅《女性词史》的写作有着明确的性别文化诉求。全书系统梳理了女性词作的历史脉络，并对代表性作品进行了细致的审美分析。作者采取以"一流女词人"为纲领起或收结一个发展时期多样化展开的词作实践，而以在某方面确有独造性的"二流词人"具体呈现一个时期丰富鲜活的创作原态的结构方式。此外又以板块模式集中介绍了那些对描述某一时代词艺水平和词作状态有益的词手们。舒红霞《女性审美文化：宋代女性文学研究》①一书，考察了宋代妇女文学的审美精神和审美特征，呈现了宋代女作家独有的审美心理和内心痛苦的审美体验，分析了她们的审美倾向。段继红《清代闺阁文学研究》②在对清代女性创作的繁荣局面做了比较全面的爬梳整理的基础上，从传统妇女文学伤怨主题的继承和突破入手，整体把握清代闺阁女性的生存方式和女性意识逐渐觉醒的心路历程，分析当时闺阁妇女创作的主要类型和审美特征；同时选取有代表性的女性创作群体和若干位著名女作家进行深入细致的研究。

在千百年的社会历史进程中，女性无形中深受男性中心文化的规约，特定的生活处境使之通常缺乏自觉的历史意识和政治关怀，从而影响到她们的文学的审

---

① 舒红霞：《女性审美文化：宋代女性文学研究》，人民出版社2004年版。
② 段继红：《清代闺阁文学研究》，南开大学出版社2007年版。

美格局。然而，遭逢乱世之时，这种状况有可能发生局部改变。孙康宜的《末代才女的"乱离"诗》①探讨了以见证现实、记述乱离为基本内容的女性写作传统。作者将中国古代妇女创作的审美特征、艺术风貌置于当时文人文化与妇女现实处境的上下文中，透视了社会历史对性别与文学关系的塑造。

（四）女性与传统文学批评之间关系的探讨

在以往的研究中，很少见到对女性在传统文学研究及学术性活动中角色和地位的探讨。近年来，部分学者对这方面给予了一定的关注。

中国文学批评史著述谈到古代文学妇女的批评实践时，常以宋代李清照所作《词论》为"妇女做的文学批评第一篇专文"②。对此，虞蓉《中国古代妇女早期的一篇文学批评专论——班婕妤〈报诸侄书〉考论》提出不同看法。作者认为，尽管目前所见班婕妤《报诸侄书》在《太平御览》卷一百四十四《皇亲部》十所引《妇人集》中只是残篇，但从内容来看，其文字显然不是一封絮叨家常的普通书信，而是一篇比较西汉元、成二帝写作风格并分析其原因的文章。文章通过史料文献的具体传承情况、班婕妤的创作能力、书信内容及相关史实，考证文献的历史真实性，概括出班婕妤推重"平实真挚"、以"情深至淡"的美学思想，认为"这大概是中国古代妇女见诸载籍最早的一篇文学批评专论"。作者还在《"成文"之思：汉代妇女文学思想三家论略》一文中提出，汉代唐山夫人、班昭和熹邓后三位女性，以"成文"之思为中心命题，开始对"文"发表见解。唐山夫人的"孝道随世"说、班昭的"君子之思"说以及和熹邓后的"圣人之情"说，分别回答了为何"成文"和"成文"何为的问题，可视为中国古代妇女文学批评的滥觞③。

连文萍《诗史可有女性的位置——方维仪与〈宫闺诗评〉的撰著》④，考察明代女学者方维仪的诗歌批评活动，具体探讨了方维仪选编女性诗史的评品策略和标准。方维仪著有《宫闺诗史》《宫闺诗评》等，均不传世。但许多诗话成书时，多辑取两书评语。该文即由相关文献资料的考察分析入手，讨论方氏姐妹在《宫闺诗史》中如何从女诗人的身份着眼，区分了"正"与"邪"的体例；指

---

① 孙康宜：《末代才女的"乱离"诗》，台北"中央研究院"第三届国际汉学会议论文，张宏生、张雁编：《古代女诗人研究》，湖北教育出版社2002年版。
② 郭绍虞：《中国文学批评史》，百花文艺出版社1999年版，第354页。
③ 虞蓉：《中国古代妇女早期的一篇文学批评专论——班婕妤〈报诸侄书〉考论》，载于《苏州大学学报》（哲学社会科学版）2006年第3期；"成文"之思：汉代妇女文学思想三家论略，载于《西南师范大学学报》（人文社会科学版）2004年第3期。
④ 连文萍：《诗史可有女性的位置——方维仪与〈宫闺诗评〉的撰著》，原载台北《汉学研究》第17卷第1期，1999年版；张宏生、张雁编：《古代女诗人研究》，湖北教育出版社2002年版。

出方维仪解读女性诗歌的标的与自身所受到的文化制约。蒋寅《开辟班曹新艺苑扫除何李旧诗坛——汪端的诗歌创作与批评初论》一文,在高度评价清代女诗人汪端的创作的同时,对其文学批评进行探讨。他指出,汪端出于相濡以沫之情,写了很多品题女诗人及其创作的论诗之诗,其中选用历代女诗人的典故,使得女性文创作传统成为一种背景性存在。典故在此已不仅是才华的暗示、风格的联想或评价的参照,"它们在纯知识的意义上也提供了对女性文学史的初步认识"①。

与此形成内在呼应的是,徐兴无通过《清代王照圆〈列女传补注〉与梁端〈列女传校注本〉》②,论述了女性在传统学术活动中的成就。这两个出自女性之手的注本,曾被梁启超写入《中国近三百年学术史》,李慈铭《越缦堂读书记》也曾叙录并比较两家之注,写有赞词。不过,进入20世纪以后,在新思想的启蒙和冲击下,《列女传》之类宣扬传统伦理思想的女性史传被扬弃。该文则以历史的眼光进行客观分析,将对古代妇女文学活动的考察拓展到学术史研究领域,就中国女性学者研究女性史和女性传记文学的传统、清代学术活动中的性别角色以及中国最早的女性史在清代的两次学术整理情况等方面情况,进行了综合考察,并讨论了两个注本的学术特色。此外,闵定庆的《女性写作姿态与男性批评标准之间——试论〈名媛诗纬初编〉选辑策略与诗歌批评》③阐述了王端淑的《名媛诗纬初编》编撰的特点,肯定其能够从传统诗学理论的高度批评明清之际的诗坛风气,提出振衰起弊的意见,从一个侧面展现了明清才媛文化的特殊风貌。

汤显祖的《牡丹亭》自问世以来一直受到学术界关注,针对这部作品展开的批评形成了多种角度和格局。然而,戏曲史和戏曲批评史向以男性为主角。有鉴于此,谭帆《论〈牡丹亭〉的女性批评》一文结合16位女性关于汤显祖《牡丹亭》的评论,考察古代女性在文学批评中的声音。该文有关《牡丹亭》接受史上的女性批评者及其批评文字特色的深入探析,为戏曲批评史研究提供了新的视角。作者提出,在《牡丹亭》的女性批评中,最富女性批评独特内涵的两个方面,一是对剧作情感内核的把握,二是对男主人公柳梦梅的分析。可以看到,女性批评者对剧作中表现的"情"的分析很少从理论上加以阐释,更多的是融合了自身的感悟和体验。她们对作品中的至情和为此而做出的生生死死的追

---

① 蒋寅:《开辟班曹新艺苑 扫除何李旧诗坛——汪端的诗歌创作与批评初论》,见张宏生、张雁编:《明清文学与性别研究》,江苏古籍出版社2002年版。
② 徐兴无:《清代王照圆〈列女传补注〉与梁端〈列女传校注本〉》,见张宏生、张雁编:《明清文学与性别研究》,江苏古籍出版社2002年版。
③ 闵定庆:《女性写作姿态与男性批评标准之间——试论〈名媛诗纬初编〉选辑策略与诗歌批评》,载于《苏州大学学报》(哲学社会科学版)2006年第6期。

求,并不像男性批评者那样较多地纠缠于"情理"或"性理"之间,而是以自身的情感体验为基础,以对至情的期盼为目的,着重于在批评中与人物的情感交流和情感融合。其中对柳梦梅这个人物进行的分析,"还不如看成女性批评者对男子在情爱关系中的定位,更可视为她们对男子忠于情感、迷于情爱的一种期盼"①。

郭梅《中国古代女曲家批评实践述评》② 结合明清时期女性曲评家的实践,揭示了其所具有的鲜明特点及其文学批评史意义。文章提出,此时女性曲评家所选择批评的所有文本,都是演绎女性遭际、为女性鸣不平的散曲或剧曲,而对男性曲家的创作不约而同地集中在《牡丹亭》上。这些批评文字基本上是自然而然地根据自己的人生经验,凭借直觉,通过形象性的语言来表述自己对于某曲家、某曲作的看法,并未超越中国传统的评点式的批评范畴而升华到建立完整、严密的理论体系的高度,在外观上与内涵上不免显现出琐碎、单薄和底气不足的弱点。但重要的是,她们没有保持缄默,毕竟发出了声音。这是古代文学批评史和妇女文学批评史、女性曲史不可或缺的组成部分。

在中国传统文学理论和批评中,女性的声音一直十分微弱乃至几近于无。目前,围绕这方面尽管还只是做了一些初步的工作,但对认识中国古代女性的文学鉴赏、文学批评活动及其文化价值,是具有建设性意义的。

三、性别视阈中的男性创作及两性文学互动

上述围绕中国古代妇女文学活动进行的探讨,在正确认识妇女文学的历史、丰富和深化对中华民族文学风貌的整体认知方面,无疑具有重要意义。但若仅止于此,学理意义上的"性别研究"未免名不副实,并限于单向度的思维。而所谓"性别与文学"这一命题的学术诉求,理应以两性平等的性别观念为导引,在对男性本位的文学史观进行文化批判、给妇女创作以应有的历史地位时,体现两性关怀的文化精神。它意味着,在对轻视中国古代妇女文学的传统观念进行必要的清理和反拨时,亦当自觉地将男性创作活动的性别内涵以及两性之间的文学互动和双向影响纳入研究视野。多年来,一些学者在实践中为此做出了努力。

---

① 谭帆:《论〈牡丹亭〉的女性批评》,张宏生、张雁编:《明清文学与性别研究》,江苏古籍出版社2002年版。

② 郭梅:《中国古代女曲家批评实践述评》,载于《中国人民大学学报》2004年第1期。

（一）古代文学性别文化内涵的综合性探讨

当下一些文章在谈到有关性别与文学研究方面的发展脉络时，往往将其整体趋向描述为：近些年来，西方女性主义发展出现了新的态势；与此相关，本土学术界也发生了从"女性研究"向"性别研究"的拓展和演进。而事实上，就国内中国古代文学研究界的实际情况来说，性别研究的思路和格局早在1988年出版的康正果的《风骚与艳情》一书中，已有了明晰而充分的体现。该书有明确的性别视点，但没有依据作者性别做两分法的把握，而是循着"女性的文学"和"文学的女性"并重的思路，在"整体论"的意义上重新认识古代诗歌的题材和主题。这样的研究思路统摄了古典诗词的两大类型，同时也是两种精神和两种趣味。该书对渗透在政治与爱情、文人与女性、诗歌与音乐等诸多方面复杂关系中的性别因素进行了探讨，古典诗词中所蕴含的性别意味和两性关系由是得以彰显。作者认为，在男人的生活中，好德与好色是两个平行共存的愿望。社会赞许好德，故诗篇的解释者公开宣扬女人的美德。好色一贯受到指责，故成为潜伏在心中的欲念。古代诗歌也因此而形成了两种对峙的诗歌类型，而被投射了两种愿望的妇女形象也分裂为二：一个传达了社会对良家妇女的要求，表现为理想的女性；另一个以那些用自己的色艺供人娱乐的女子为模特儿，为诗人描写美色的爱好提供了最佳的对象。两者同样处于一种男性中心的视角之下，殊途同归地表现出男权文化对女人的要求。作者在男性中心的社会期望与妇女的现实处境所构成的"上下文"中，对文学中的女性形象进行了剖析。

陶慕宁《青楼文学与中国文化》在对研究对象的把握方面与此相近。作者将青楼女子的文学创作以及古代文人描写烟花女子或反映男子与她们流连奉酬时的心理感受的文学作品，共同作为考察对象，将在此意义上的"青楼文学"置于社会文化的大背景下，开掘其性别内涵，探讨其与当时社会文化之间的互动关系。其间涉及在妓女与士人浪漫纠葛背景下产生的大量文学作品，从一个侧面揭露了其中绮思丽情的心理脉络、内涵复杂的文化积淀以及中国古代性别文化的真相。

在各体文学研究中，这样的研究意识和研究方式也有体现。例如，马珏玶的《宋元话本叙事视角的社会性别研究》① 从叙事学角度考察宋元话本的性别倾向；李舜华的《"女性"与"小说"与"近代化"》② 对明至晚清民初的小说书写中的性别现象进行了思考；李祥林在《性别文化学视野中的东方戏曲》《戏曲文

---

① 马珏玶：《宋元话本叙事视角的社会性别研究》，载于《文学评论》2001 年第 2 期。
② 李舜华：《"女性"与"小说"与"近代化"》，载于《明清小说研究》2001 年第 3 期。

中的性别研究与原型分析》等著作中，将性别视角引入戏曲研究，就性别文化对东方戏曲的深刻影响、东方戏曲对性别文化的丰富表现以及二者的历史生成、互动关系、话语特征等进行了深入探讨。

（二）典型文学现象和经典文本的性别审视

在对典型文学现象和经典文本进行相关研究的实践中，部分学者融合性别视角，重新审视传统文学中具有性别文化意味的典型现象和经典文本，提出了新的见解。例如，孙绍先的《英雄之死与美人迟暮》从自觉的性别视角出发，通过对中国古代文本中男性角色和女性角色的分析，阐释其深层内涵，进行了尖锐犀利的文本分析和文化批判。该书作者曾于1987年出版了大陆第一部以"女性主义文学"命名的研究著作。

在对《红楼梦》的解读中，曹雪芹笔下的大观园时或被看成"女儿的乐园"，从两性平等和民主主义的意义上受到肯定。对此，李之鼎在《〈红楼梦〉：男性想象力支配的女性世界》[①]中提出商榷。另如《从女性主义观点看红楼梦》《女性主义视角下的〈红楼梦〉人物》《论〈红楼梦〉的女性立场和儿童本位》[②]等文，也就这部经典之作中的性别问题发表了看法。在此过程中，研究者在借鉴女性主义批评对经典文本展开具体分析时，因吸收和理解的方面有所不同而各有取舍，具体观点形成了互补或反差。

这种情况在对《聊斋志异》情爱故事的研究中同样存在。马瑞芳的《〈聊斋志异〉的男权话语和情爱乌托邦》[③]分析了作品的性别倾向，在肯定某些聊斋故事具有反封建色彩的同时，指出其中相当多的故事是男权话语创造出的"情爱乌托邦"。何天杰的《〈聊斋志异〉情爱故事与女权意识》[④]就此提出质疑，认为《聊斋志异》情爱故事的性别基调是男性的雌化和女性的雄化。性别倒错的描写，实质上隐含着蒲松龄对女性的正视，在文学史上是破天荒的。又如，女性形象在关汉卿经典剧作中占有十分重要的地位。以往的文学史叙述通常认为剧作者在创作中对妇女不幸遭遇怀有深切的同情，赞扬了她们的反抗精神。潘莉的《关汉卿杂剧的女性主义阐释》[⑤]则对此提出异议，认为作者笔下的女性人物无论外在形象还是内在品德，实质上都是被古代封建男权文化所规范了的性

---

① 李之鼎：《〈红楼梦〉：男性想象力支配的女性世界》，载于《社会科学战线》1995年第6期。
② 韩惠京：《从女性主义观点看红楼梦》，载于《红楼梦学刊》2000年第4期；傅守祥：《女性主义视角下的〈红楼梦〉人物》，载于《红楼梦学刊》2005年第1期；詹丹：《论〈红楼梦〉的女性立场和儿童本位》，载于《红楼梦学刊》2002年第2期。
③ 马瑞芳：《〈聊斋志异〉的男权话语和情爱乌托邦》，载于《文史哲》2000年第4期。
④ 何天杰：《〈聊斋志异〉情爱故事与女权意识》，载于《文学评论》2004年第5期。
⑤ 潘莉：《关汉卿杂剧的女性主义阐释》，载于《江西社会科学》2001年第8期。

别角色。

又如，女性形象在关汉卿经典剧作中占有十分重要的地位。以往的文学史叙述通常认为剧作者在创作中对妇女不幸遭遇怀有深切的同情，赞扬了她们的反抗精神。潘莉的《关汉卿杂剧的女性主义阐释》① 则对此提出异议，认为作者笔下的女性人物无论外在形象还是内在品德，实质上都是被古代封建男权文化所规范了的性别角色，她们对男权社会黑暗现实的抗争摆脱不了男性的干预和控制。

从性别视角出发分析中国古代文学现象，往往可能有新的发现。例如，魏崇新的《一阴一阳之谓道——明清小说中两性角色的演变》②，揭示了明清小说发展史上一个深具性别文化意味的创作现象：小说对男女两性人物的描写，经历了从以描写男性为主到以描写女性为主，从赞美男性到肯定女性，从男性阳刚的衰退到女性阴柔的增长的过程，进而对出现这一变化的深层原因从历史文化的角度进行了分析。李明军的《禁忌与放纵——明清艳情小说文化研究》讨论了艳情文学在对欲望和情感的理解中所渗透的性别因素。陶慕宁的《青楼文学与中国文化》通过对各时代青楼文学特点的探析，开掘其性别文化内涵及其与社会生活的关系。张淑贤的《才子佳人小说女性意识的文学史意义》③ 从性别角度建立起才子佳人小说研究的新视点。文章认为，如果将才子佳人小说放到中国古代长篇小说发展的历史长河中，就不能轻易将之视为"观念陈腐"的小说，进而肯定了此类小说所体现的性别意识在文学史上的意义。

再如，在中国古代文学创作中，思妇怀人、美人迟暮、怜花幽独一类文学题材和审美情绪，构成了传统闺怨诗模式。马睿的《无我之"我"——对中国古典抒情诗中代言体现象的女性主义思考》④ 就此现象从女性观点进行了分析。再如，"女扮男装"或"异性扮演"有着深远的文学叙事和文艺表现传统，同时又与具体时空范围内的社会文化、文艺思潮、审美风尚等密切相关。近些年也出现了一批就此进行性别文化分析的研究成果⑤。

对文学现象及经典之作进行性别研究的论文数量很多。仅从一些论文的选题

---

① 潘莉：《关汉卿杂剧的女性主义阐释》，载于《江西社会科学》2001 年第 8 期。
② 魏崇新：《一阴一阳之谓道——明清小说中两性角色的演变》，见张宏生编：《明清文学与性别研究》，江苏古籍出版社 2002 年版。
③ 张淑贤：《才子佳人小说女性意识的文学史意义》，载于《天津社会科学》2007 年第 2 期。
④ 马睿：《无我之"我"——对中国古典抒情诗中代言体现象的女性主义思考》，载于《西南民族学院学报》（哲学社会科学版）1999 年第 6 期。
⑤ 例如，邓晓芒：《女扮男装与男权意识》，载于《东方艺术》1997 年第 1 期；幺书仪：《明清剧坛上的男旦》，载于《文学遗产》1999 年第 2 期；张禹：《异性扮演的文化透视》，载于《民族艺术》2003 年第 3 期；唐昱：《明清女性剧作家的"木兰"情结》，载于《戏曲艺术》2004 年第 2 期；盛志梅：《清代女性弹词中女扮男装现象论析》，载于《南开学报》2004 年第 3 期。

即可看出①，尽管具体探讨的对象有所不同，但对性别角色和性别关系的关注以及对封建男权和父权制文化的解剖与批判，已成为比较常见的着眼点。部分作者尝试借鉴女性主义批评的视角，具有鲜明的文化批判倾向。

（三）社会思想文化与创作中性别因素之关系的考察

在古代社会思想文化体系中，女性总体上处于弱势。这种状况反映在文学创作中，呈现出复杂的面貌。正因为如此，在对文学中的性别因素进行考察时，势必需要将其置于特定历史时期的社会文化语境中；而古代文学作者的性别观念和创作心态，可以说是联系当时社会文化与创作文本的关节点。为此，一些研究者分别从创作语境、阅读接受以及批评传播等环节入手，深入辨析文学中的性别因素，探讨融入了作家个体性别意识的思想文化观念与文学文本之间的关系。在这方面，舒芜多年来发表的一系列探讨思想文化领域性别问题的文章，涉及古代文学中的种种性别现象，同时充溢着对当下现实的人文关怀，颇富启发性②。

又如，俞士玲的《论明代中后期女性文学的兴起和发展》、曹亦冰的《从"二拍"的女性形象看明代后期女性文化的演变》③等文，从明代女学、社会思潮、男性的参与、女性的自省等方面，探讨了明代中后期妇女文学兴起的原因和发展状态，分析了作品中所反映出来的社会性别文化的演变。黄仕忠的《婚变、道德与文学：明清俗文学之负心婚变母题研究》一书，追踪自《诗经》以来这一母题在历代文学作品中的表现，分析其存在与演变的文化背景和社会根源。顾歆艺在《明清俗文学中的女性与科举》④中，深入考察了不同性别的作者在小说、戏曲、弹词等俗文学中有关女性与科举的描述方面所存在的耐人寻味的差异。姚品文的《清代妇女诗歌的繁荣与理学的关系》⑤从社会文化、思想意识形

---

① 例如，王玫：《宫体诗现象的女性主义诠释》，载于《学术月刊》1999年第5期；赵杏根：《佛经文学中女性形象概观》，载于《中国文化研究》2000年第4期；张兵、李桂奎：《论话本小说中的"女助男"母题》，载于《复旦学报》2003年第5期；王立：《古代通俗文学中侠女盗妹择夫的性别文化阐释》，见《中国文化研究》2000年夏之卷；张红霞：《女性"缺席"的判决——论〈西游记〉中的女性形象塑造》，载于《明清小说研究》2004年第2期；黄伟：《论〈聊斋志异〉悍妇形象及其女性文化》，载于《中山大学学报》（社会科学版）2003年第1期；楚爱华：《男性弱质与父权秩序的倾覆——〈醒世姻缘传〉的女权主义批评》，载于《齐鲁学刊》2001年第6期，等等。

② 参见舒芜：《哀妇人》，安徽教育出版社2004年版。

③ 俞士玲：《论明代中后期女性文学的兴起和发展》，张宏生编：《明清文学与性别研究》，江苏古籍出版社2002年版；曹亦冰：《从"二拍"的女性形象看明代后期女性文化的演变》，载于《明清小说研究》2000年第3期。

④ 顾歆艺：《明清俗文学中的女性与科举》，见张宏生编：《明清文学与性别研究》，江苏古籍出版社2002年版。

⑤ 姚品文：《清代妇女诗歌的繁荣与理学的关系》，载于《江西师范大学学报》（哲学社会科学版）1985年第1期。

态、题材主题以及艺术追求等方面具体阐述了清代妇女诗歌的基本面貌。冯文楼的《身体的敞开与性别的改造——〈金瓶梅〉身体叙事的释读》①讨论了《金瓶梅》中的身体叙事与性别文化的关系。

注重作家妇女观与创作文本关系的探讨，是许多研究者的共同思路。黄霖的《笑笑生笔下的女性》②将《金瓶梅》中的女性描写分别从"作为道德家"的笑笑生与"作为小说家"的笑笑生的角度加以分析，进而论述了作品所表现出来的女性观以及所涉及的女性问题。另如黄瑞珍的《从〈三言〉中的女性看冯梦龙的女性观》、沈金浩的《论袁枚的男女关系观及妇女观》、薛海燕的《〈红楼梦〉女性观与明清女性文化》以及毛志勇的《女儿国的两个系统——兼论吴承恩与李汝珍的女性审美观》等等，③也是如此。

近年来，开拓文学研究的视野，打通中国古代文学与现当代文学之间的关联，已成为文学界的关注点之一。陈千里的《〈金锁记〉脱胎于〈红楼梦〉说》，就曹雪芹与张爱玲笔下相似的故事情节中不同的叙事态度进行剖析，便有新的发现④。而晚清这一中国社会文化转型的重要历史时期之思想文化和文学面貌，特别引起了研究者的注意。杨联芬的《清末女权：从语言到文学》⑤一文，勾勒出中国文学中关于女性和女权问题现代性思考的基本轮廓，并对这一过程中所体现出来的本土特点做了分析。王绯的《空前之迹——1851~1930：中国妇女思想与文学发展史论》一书，对晚清妇女文学的书写特征及文化身份进行了阐述，揭示了维新时期的妇女文学书写与社会政治的关联。黄嫣梨在《清代四大女词人——转型中的清代知识女性》等论著中，结合特定时期的社会思想文化背景，讨论了清代女词人徐灿、吴藻、顾太清和吕碧城等人的思想与创作。

将社会思想文化与性别因素结合起来进行综合性考察，对认识中国文学的丰富内涵显然是必要而有益的。它不仅有助于认识文学创作与外部世界的关系，也有助于在复杂而变动的思想文化环境中，对文学创作者的主体活动做出立体的、比较切合本土实际的把握。

---

① 冯文楼：《身体的敞开与性别的改造——〈金瓶梅〉身体叙事的释读》，载于《陕西师范大学学报》（哲学社会科学版）2003年第1期。

② 黄霖：《笑笑生笔下的女性》，张宏生编：《明清文学与性别研究》，江苏古籍出版社2002年版。

③ 黄瑞珍：《从〈三言〉中的女性看冯梦龙的女性观》、沈金浩：《论袁枚的男女关系观及妇女观》，张宏生、编：《明清文学与性别研究》，江苏古籍出版社2002年版；薛海燕：《〈红楼梦〉女性观与明清女性文化》，载于《红楼梦学刊》2000年第2期；毛志勇：《女儿国的两个系统——兼论吴承恩与李汝珍的女性审美观》，载于《明清小说研究》2000年第1期。

④ 陈千里：《〈金锁记〉脱胎于〈红楼梦〉说》，载于《红楼梦学刊》2007年第1期。

⑤ 杨联芬：《清末女权：从语言到文学》，载于《文艺争鸣》2004年第2期。

（四）古代文学性别研究基本状况的检视

在从学术史角度对中国古代妇女文学创作研究的基本状况进行全面梳理和检视方面，《古代女诗人研究》（张宏生、张雁编）一书成绩突出。该书作为"20世纪中国学术文存"（陈平原主编）之一种，相当清晰地勾勒出20世纪学术史关于古代女诗人研究的基本面貌。其体例遵循丛书的整体设计，分为导言、文选和目录索引三大部分。而文选部分又是由"千年鸟瞰""时代风貌""论辩聚焦"和"经典评说"四辑组成，所收论文分别涉及文学史宏观考察、各时代具有代表性的女性创作的探讨、对存有争议的学术问题的讨论以及对文学经典作家作品的解读和阐释等。其中文选和目录索引为读者提供了相当丰富的信息量，而编者三万余字的"导言"，给有意了解或进入这一领域的研究者切实的帮助。作者开篇即指出长期以来"古代女诗人的创作身份与写作价值在男性社会文化阈值中的模糊与低下"这一历史境遇，进而对古代女诗人研究状况进行了比较全面的历史描述，在此基础上做出学术性阐发，体现了性别文化意识的自觉和研究观念的更新。

从女性主义批评的角度看，在男性中心意识占主导地位的历史阶段，不可避免地出现了对文学作品，尤其是与女性相关的文学作品的误读。而通过对相关研究的"重读"，可以批判和纠正文化中的男性话语霸权。以有关清代著名农家女词人贺双卿的研究为例。历史上贺氏之有无、其籍贯及作品的真实性问题，自20世纪20年代末胡适提出疑义以来，一直存在争议。20世纪90年代以来，有学者在关于贺双卿其人其作的研究中，运用"内证"与文本细读的方法确认其真。在此基础上，从女性主义视角对往昔男性文人"再表现"的文本书写进行了重读。此以杜芳琴的《贺双卿传》《才子"凝视"下的才女写作——重新解读〈西青散记〉中的才子才女关系》①为代表。而邓红梅则在《双卿真伪考论》②中，通过对史震林的《西青散记》中有关贺双卿记述的考察，提出这个人物其实是"天上绝世之佳人"之人间幻影的看法。这样的分析与杜文观点形成了鲜明对照，但两者同样涉及如何对待历史上保存（或塑造）了女作家创作的男性文人的性别文化心理问题，具有破除沿袭已久的有关"才子—佳人（才女）"的浪漫想象和神话的意义。

---

① 杜芳琴：《贺双卿传》，中州古籍出版社1993年版；《才子"凝视"下的才女写作——重新解读〈西青散记〉中的才子才女关系》，《痛菊奈何霜：双卿传（代序）》，花山文艺出版社2001年版。
② 邓红梅：《双卿真伪考论》，载于《文学评论》2006年第6期。

四、台湾古代文学性别研究管窥

这里对台湾古代文学研究领域在女性主义批评和性别研究方面的具体情况不拟详述。这方面目前可资参考的论文主要有陈友冰的《台湾古典文学中的女性文学研究》、张雁的《二十世纪台湾地区中国古代妇女作家研究述评》以及林树明的《论中国台湾女性主义文学批评》等[①]。

与中国大陆的情况有所不同，在台湾的中国古代文学研究者中，一些学者明确地以女性主义理论为指导，投入相当多的精力进行专门研究。有关成果大多散见于台湾高校和学术机构发行的若干学刊中，如《中国文哲研究集刊》《中国古典文学研究》《台湾大学文史哲学报》《东吴中文学报》《中国文化月刊》等，也有一部分比较集中地收录在《女性主义与中国文学》《中国女性书写》等相关学术会议的论文集中[②]。其间，《中外文学》这一学术刊物产生了较大影响。该刊由台湾大学外文系主办，夏志清、李欧梵、余光中、叶维廉等人担任顾问。1986年，它推出了《女性主义文学专号》。此后又陆续推出《女性主义/女性意识专号》（1989）、《文学的女性/女性的文学》（1989）、《女性主义重阅古典文学专辑》（1993）等。

由女性主义或性别诗学的视角出发，台湾学者往往倾向于把性别研究与文本研究密切结合起来，形成以文本研究为基础、西方理论为导向的研究观念和研究手段，并逐渐向题材研究、主体研究和影响研究等方面演化。对此，陈友冰在《台湾古典文学中的女性文学研究》中做了比较全面系统的梳理。他认为，一般来说，台湾古典文学研究领域的女性文学研究具有以下特色：第一，研究面较宽，研究队伍较大，并形成了较为广泛的社会影响。从研究对象来看，女性研究占较大的比重。第二，一些从事女性文学研究的古典文学学者注意对西方后现代主义理论加以改造吸收。有着某种理论上的自觉和明确的女性研究意识。第三，在研究方式上，研究者的位置发生置换，形成独特的研究视角和价值判断标准。第四，女性研究和相关活动受到学术界和社会的关注与支持。1997年，《台湾文学年鉴》曾把"性别研究"作为当年台湾古典文学研究三项"研究成果重点"

---

① 陈友冰：《台湾古典文学中的女性文学研究》，载于《安徽大学学报》（哲学社会科学版）2002年第6期；张雁：《二十世纪台湾地区中国古代妇女作家研究述评》，载于《中国文学研究》2002年第2期；林树明：《论中国台湾女性主义文学批评》，载于《南开学报》2005年第2期。

② 钟慧玲主编：《女性主义与中国文学》（1995年12月东海大学"妇女文学学术会议"论文集），台北：里仁书局1997年版；《中国女性书写——国际学术研讨会论文集》（1999年4月淡江大学"中国女性书写国际研讨会"论文集），台北：学生书局2001年版。

之一，认为这一年中"最令人注目的著作是，由6位女性学者合著的《古典文学与性别研究》"。

华玮有关明清女戏曲家的研究，从一个侧面反映了台湾学者的研究特色。华玮在文献史料发掘、女性戏曲家研究以及剧作文本的理论分析方面均有突出成绩。她编辑点校的《明清妇女戏曲集》为海内外第一部明清妇女戏曲作家的戏曲选集，收录晚明至清5位女戏曲家叶小纨、王筠、吴藻、何佩珠和刘清韵的完整剧作10种，其中包括20世纪90年代作者新发现的刘清韵所作《拈花悟》《望洋叹》二剧，在古代戏曲史研究方面颇具文献价值。《明清妇女之戏曲创作与批评》是一部戏曲研究专著。"上编"探讨明清女戏曲家的创作，从情欲书写、拟男表现、性别反思、男女平权、家国关怀等角度，阐述明清女戏曲家剧作的思想内容与艺术特色；"下编"探讨明清女戏曲作家的戏曲批评。其中对戏曲文体特点与女性自我表现的关系，明清女戏曲作家表现情与欲的独特形式，以及她们的"拟男"（易装）书写等问题，均有独到而深入的论述。她还将"心理的、政治的诠释"引入对女性剧作的文本分析，认为刘清韵的《小蓬莱仙馆传奇》"表面看来，抒写的是中国传统的情感道德，上演的是中国戏曲里习见的人物（诸如忠臣孝子、英雄豪杰、义妇节夫和才子佳人）；细心看去，却在传统的旧调之中，掺揉着现代的新声。女作家自觉或不自觉地在其作品中反复质疑中国传统的性别意识与等级观念，召唤着新的、平等的人际（包括男女）关系。然而或因她身处弱势，在直面强势时，难免自行压低了声音，用了曲笔（'文本的伪装'），以致在其剧作中，对传统尊卑等级观念的破除与性别角色定位的颠覆显得有始无终，只出现了短暂的背离，结尾又复归到与传统妥协的基调之中。"①

在对明清妇女戏曲批评的研究方面，华玮也颇有建树。她对明清两代传奇、杂剧刊本中女作家的序、跋、题词进行考察，重点探讨了吴吴山三妇评点的《牡丹亭》和程琼注评的《才子牡丹亭》，从中概括出明清女戏曲批评的基本特点：对古代戏曲作品批评的角度常见"女性观（关）照"（表现在重视妇女戏曲形象、关怀女性人物命运、思索女性创作等方面），批评的深意在于借题发挥以自抒胸臆，批评的重心往往重"人情"甚于重"辞章"，批评的风格则是对批评对象多为同情的理解。总的来说，她的论述"既切合这些妇女戏曲家的实际，又显示出中西结合的理论色彩，给人以耳目一新的感觉"②。

台湾古代文学领域与西方汉学界的学术交流相当活跃。20世纪80年代尤其是90年代以后，较多具有西方学术背景的学者进入台湾古代文学研究领域。他

---

① 华玮：《明清妇女之戏曲创作与批评》，台北："中央研究院中国文哲研究所"2003年版，第170~171页。
② 王永宽：《台湾女学者华玮的中国古代女戏曲家研究》，载于《殷都学刊》2004年第2期。

们对国外各种理论的引进以及与西方汉学界相互间的学术交流，促进了研究的深入。

五、古代文学性别研究的基本特点

综前所述，近20多年来，中国大陆和台湾古代文学领域的性别研究成绩可观，并体现出一定的专业特点。

众所周知，中国文学和文化有着几千年的传统，中国古代文学研究也拥有深厚的学术积淀，有关领域的研究实践很自然地立足于特有的学术传统。研究者的学术背景、认知框架、思维习惯以及久已熟悉的批评模式，无疑会对相关成果的面貌产生重要影响。概言之，中国古代文学的性别研究具有以下几个特点：

其一，在中国文学界，向以古代文学也包括古代文学文献学方面的学术根基最为坚实、深厚。这一领域的学者在开展研究的过程中，有着注重文献资料、强调言必有据的传统。在涉及理论方法的更新时，态度较为持重，实践较为谨慎。虽然部分研究在借鉴西方女性主义理论时还不够圆融，但总体来看，相比其他一些文学研究领域，较少盲目追新。一位年轻学人的话或可反映出中国古代文学领域相当一部分研究者的共识："显然，女权主义在世界妇女的解放'道路'上是浓墨重彩的一笔，具有里程碑性。然而必须注意到，它毕竟是西方新经济的产物。它所关注的时间和空间问题、权力的再分配、两性的分工等，并不太适合用以观照中国的女性问题，特别是以之观照中国古代的女性。""研究中国的女性问题，中国的传统文化、民族心理等因素，是最基本，也是最重要的出发点"[①]。

与这一学科严谨守成的学术传统相关，在中国古代文学创作与性别的相关研究成果中，大体采用传统思路和研究方法的情况至今仍占主要位置。研究者在探讨文学活动涉及妇女、性别的具体文学现象时，对女性主义批评和性别理论时或不无借鉴，但很少简单照搬；大都能够保持必要的清醒，自觉意识到借用西方理论阐释中国古代文学现象的局限性。正因为如此，迄今许多成果实际上主要采用的仍是性别视点与传统研究方法相结合的方式，而非"纯正"意义上的女性主义批评。研究者通常不是从抽象的父权制概念出发，而是紧密联系创作实际和中国的历史文化语境，对文学活动中所渗透的性别因素进行具体分析。应该说，这样的姿态是稳健、务实的，有助于避免很容易与一拥而上的态势相伴生的牵强、生

---

① 吴秀华：《明末清初小说戏曲中的女性形象研究·前言》，江苏古籍出版社2002年版，第5页。

硬，特别是虚华、浮躁。

其二，出于对民族文化和文学创作实际的深入了解，对那种过于强调男女之间生物属性差异甚而将其本质化的机械思维，一些学者保持着自觉的警醒。例如，莫砺锋在《论〈红楼梦〉诗词的女性意识》①一文中明确指出，那种断言男性作家不能为女性写作的观点是偏颇的，至少是不符合中国文学史的实际的，因为"男女两性之间并没有不可逾越的鸿沟，他们完全可能互相理解、互相关怀，并达到心灵上的真正沟通"，男性作家未必不可以很好地"写妇女"。文章具体分析了曹雪芹在《红楼梦》中为笔下众多女性所代拟的诗词，认为这之中有作者对女性"深刻的理解和同情"；作品中林黛玉等人的诗词恰是当时"最富有女性意识的文本"。由此提出了任何理论都有其局限性的命题。论者认为，女性固然可以争取摆脱被压迫的地位，男性也完全可以向女性伸出援手。其他一些学者也表达了类似的意见。这种看法恰从深层触及女性主义批评所面临的文化悖论，实际上是对性别问题上男/女两分、二元对立思维的严肃质疑。既然人类可以有超越性别的共同情感和审美趣味，那么，女性主义批评面对文学文本的适用性和局限性，也就理当成为一个需要不断追问和反思的问题。

其三，在中国古代文学领域的性别研究中，尽管部分成果有意识地借鉴了其他学科的研究方法，但总体上看，研究者还是更为注重社会思想文化、性别文化以及作者心态与作品之间关系的考察，而较少将文本视为封闭性的系统进行纯形式的分析。即使有时面对的是作者难以确考的文本，研究者也十分注意其间透露的社会性信息。这样的研究方式固然显得偏于"传统"，但对认识性别与文学的关系来说又是不可或缺的。因为性别研究之所谓"性别"，恰是来自社会文化的建构。各种复杂的社会性因素通过作者对文学作品面貌产生的影响，自有必要在其孕育和生成的复杂背景中去加以认识和分析。

以往中国古代文学专业的女性学者人数较少。在此情况下，男性学者在将性别视角引入本专业研究领域的过程中发挥了重要作用。事实上，前述成果大多出自中国古代文学学科的男性学者之手。而研究队伍的性别构成与这里所谈到的古代文学性别研究的某些特点或有一定关系。

六、研究中值得注意的问题

近年来，有学者对中国古代文学领域性别研究现状进行思考，指出了存在的

---

① 莫砺锋：《论〈红楼梦〉诗词的女性意识》，载于《明清小说研究》2001年第2期。

不足。例如,郭延礼在《新世纪中国古典文学研究路向的思考》[①]一文中,论及21世纪中国古代女性文学创作研究有许多重要的工作要做,并具体指出近代三个女作家群(南社女性作家群、女性小说家群和女翻译家群)的研究迄今几近空白。张宏生、张雁在《中国女诗人·导言》中,将有待开展的工作概括为:文献的整理,研究层面的进一步扩展,历时性/共时性群体研究的加强以及多元研究方法的提倡等。上述意见是颇具针对性的。

总体来看,目前的基本情况是:基础性研究比较扎实,但研究所涉范围和层面还不够丰富,进行有关方面整体性研究的"基座"尚欠宏阔坚实;理论创生力偏弱,有重大影响的成果较少;在进行跨学科研究的探索和实践,以及思维的拓展和方法的丰富方面,还有很大空间。具体说来,在今后的研究中,以下一些方面的问题或许值得注意:

第一,相关文献的搜集整理和充分利用。在一般人的印象中,中国古代妇女创作方面的资料十分匮乏。从总体上说,情况自是如此。然而,各个不同历史时段资料保存的具体情况实际上又有相当大的差异。并且,即使仅就目前可以见到的保存下来的资料而言,研究上也还远未能够充分利用。例如,明清妇女文学所留存下来的史料可谓宏富,而实际上其中绝大部分并未进入研究者视野。另一方面,如果不是只限于女性创作本身,而是从性别文化的角度进行更为广泛深入的探询,大量中国古代文学文献典籍中的相关文献资料就越发有待于进一步开掘整理。目前,出现少数研究存在着"主题先行"的现象。有时,尽管论者不乏历史文献的征引,但并未真正做到在具体史料的基础上进行切实的分析阐述,而是简单套用西方文化语境中诞生的性别政治观点作为判断的依据,无形中架空了文献史料,虚化了其功能。这样的研究近乎某种性别理念的图解,显然无益于认识的深化和研究的深入。

第二,基本概念的辨析。在近些年中国古代文学研究的论著中,将妇女文学创作称之为"妇女文学"和"女性文学"的情况并存,一定程度上造成了混乱。尽管在这些论著的具体语境中不难理解作者所指,但当我们注目于中国古代文学与现当代文学之间的内在联系,希望在更为开阔的视野中从整体上认识中国文学和文化时,这一问题就显得比较突出了。

关于"女性文学"这个概念,在实际应用中人们一直有着不同的理解。较常见的有广义、狭义之分。广义的理解是将历史和现实出自女性之手的全部文学创作纳入其中,即等同于"女性的文学书写"。狭义的理解则具体考虑到"女性"这一词汇在汉语中并非自古有之,而是出现于"五四"新文化运动时期,有着启

[①] 郭延礼:《新世纪中国古典文学研究路向的思考》,载于《文学评论》2002年第4期。

蒙主义的思想资源及特定内涵。因而，在由此生成"女性文学"这个词组时，学理上当有文化内涵上的规定性。故以之专指"五四"以来以现代人文精神为价值内核、体现了女性独立人格和主体性的创作。在中国现当代文学领域，尽管始终未能就这一概念的内涵达成完全的共识，但多数情况下，大体是在接近前述狭义的理解上加以运用；并且，很多学人始终将其作为一个需要思考的"问题"，进行着持续的讨论。而中国古代文学领域的部分研究者对有关方面的情况可能未加留意，在从广义上使用这一概念时未能作出必要的辨析。现在看来，这一问题有待于文学学科内部更为充分的研讨。

第三，研究范围和研究层面的进一步拓展。就研究范围而言，以往目光大多集中于汉民族书面文学，而对有着丰富性别内涵的少数民族文学以及民间文学很少涉及。这一情况近年虽略有改观，但仍需要给予更多的关注和支持。与此同时，在材料发掘整理的基础上，研究层面的拓展无疑十分必要。例如关于妇女文学的研究，在涉及女性创作主体的生态研究、心态研究；涉及作品的文本形态研究、审美价值研究；涉及妇女群体创作活动的研究；涉及两性间在文学活动中相互影响的研究及其两性创作的比较研究等方面，都蕴含着一系列值得深入探察的课题。而有关古代以男性为主体的文学创作和丰富多样的文学文化现象的性别审视，在其理论、方法和具体研究内容上，更是具有融合中外、贯通古今，多学科、开放性的特点，可望成为意义独具的学术生长点。

仅就进一步打通与中国现当代文学研究的学科壁垒，加深对中国文学的整体认识而言，就有很多工作可做。例如，从女性创作活动的角度来说，所谓"新女性"和"五四女作家群"绝非横空出世，尽管她们当时的代表性创作多以白话文书写，在语言和形式上与"古代文学"分属不同的范畴，但其内在的、包括性别意识在内的审美传承或文学扬弃，不应该成为研究的盲点。传统文化中有关两性关系的理性认知，明清以降社会思想文化在性别观念方面发生的重要变化、部分本土男性思想家对妇女解放的倡导和推进，与引自西方的新思潮一道，对"浮出历史地表"之前的中国女作家产生了深刻影响。其间，很多问题的深入认识有赖于中国古代文学、近代和现当代文学相关研究的进展。为此，文学领域不同专业之间的相互关注和积极交流还需大大加强。

第四，对性别与文学关系之复杂性的认识和把握。研究性别与文学的关系，是出于对"人"的性别观念、性别意识、性别身份在文学活动中作用和影响的关注。所谓性别，实际上是人之生物性与社会性的统一。一方面，生物属性承载着人类个体的生命活动，男女之间在解剖学上的差异势必带来某些方面生命体验的隔膜，这种状况会对两性文学活动产生一定的影响；另一方面，每一个体的存在无疑受到来自特定历史时期社会文化的塑造，其间的具体情况千差万别，并且除性别之外还有诸多因素同时发生作用。正因为如此，从性别角度考察中国古代文学创作，既不能完全否认两性之间生命体验存在差异，也不可脱离复杂的历史语境，过度强调妇女文学创作的特殊性。应尽可能避免画地为牢、自说自话的封闭式研究以及对两性差异的本质化理解。关于这一点，尚须在研究过程中结合具体问题的探讨进行积极的尝试。

第五，"重写"中国古代妇女文学史。近20多年来，随着文学史观的更新和相关研究取得进展，中国文学史的"重写"已成为学术界一个引人关注的现象。但是，与中国古代妇女文学研究相对处于"边缘"位置的情况直接相关，迄今还没有出现一部在学理意义上能够比较充分体现性别观念更新，在书写方式上能够比较恰当地融入性别批评的中国古代妇女文学史著作。这项具有文学史和文化史意义的工作，有待于在适当的时候，在文献搜集和基础研究能够提供相对充分支撑的情况下提上日程。

第六，中国古代文论和文学批评的性别研究。这方面的工作具有重要意义，但目前还十分欠缺。古代文论和文学批评反映了当时文人对文学的基本理解、理论认知和文本阅读感受。毫无疑问，它在历史上主要是由男性文人建立的。如何将性别分析合理而富于建设性地引入这一领域，在中国古代文学理论批评研究方面辟出新路，是具有学术难度和创新意义的课题。一般而言，对于文学批评中显而易见的性别轩轾予以重新评判较为容易，而对背后的价值体系及其呈现方式的分析就需要做更多的工作。至于在性别视角下，对古代文论的主要范畴之形成过程及其内涵的重新审视，对分体文论之特色形成的具体探讨，就更需要以大量细致扎实的工作为基础，也需要"双眼曾经秋水洗"的一番思路更新。

第七，对两性在文学活动中交互影响的探讨。自古以来，男女两性在文学活动中就有着多方面的联系，但以往的研究很少就此进行专门、深入的探讨。偶有触及，也多是关注女性作者对男性创作经验的吸收。而有关女性文学活动对男性创作产生的影响，则很少为人注意。而实际上，无论是文人词作抑或其他领域，女性对男性的创作都有可能产生这样那样的影响。其中既有情感的注入，也涉及艺术的表达。这种相互作用对文学的发展或会正面促进或会负面牵扯，有关考察可以说是文学领域性别研究的题中应有之义。它不仅关系到对文学文本的具体生成及其审美风貌的理解，而且关系到如何比较客观地看待两性在人类精神活动中的互补共存关系，校正那种认为两性在社会文化中处于截然分立状态，女性所扮演的仅仅是绝对被动的角色的误解。

第八，性别视角下的文本解读和审美批评。长期以来，中国古代文学研究在文本解读和审美批评方面取得了丰厚的成果，但就本领域的性别研究而言，确有进一步加强的必要。一方面，中国古代文学的性别研究起步相对较晚，这方面的成果尚待逐步积累；另一方面，性别研究在学术领域的提出，与社会思想文化特别是女性主义思潮有着极为密切的关联，其间所蕴含的浓郁的文化批判意味，很容易影响到研究者在观念和思路上形成偏重文化批判、轻视审美分析的倾向。事实上，这种情况在文学学科各专业有关性别问题的研究中均不难看到。应该说，由性别研究的特殊性所决定，当性别视角与文学研究相结合时，出现这种情况原本是自然的，但就文学研究本身的使命而言，却不免有所欠缺。尽管文化批评在展开的过程中不乏文学文本的解读，时或也从审美的角度加以分析，但其研究旨趣并不在于揭示创作文本的审美特质，而是更注重对"性别政治"的发现和探讨。于是，文学批评在这里某种程度上被赋予了"文本的性别政治学"色彩。然而，文化批判的敏锐、犀利在给文学批评带来活力的同时，终不能取代以审美为内核的文学批评。面对文学文本，如何将"文学性"的审美判断与性别视角下的文化分析有机结合起来，是文学领域性别研究所面临的无可回避的挑战。

第九，吸收妇女文学研究的成果，推动对整个中国古代文学的系统研究。也就是说，要在长期积累的基础上，站在中华文明史发展的高度，真正将妇女文学活动视为中国文学的有机组成部分，将其融入对中国古代文学的整体观照。如此，无疑有助于校正和丰富有关中国文学史的认知，更为全面深入地把握传统文学精神以及中华历史的人文脉络。

贯穿于上述各方面努力之中的，当是理论创生力的加强。迄今为止，有关探讨大体上是本领域研究者结合各自的术业专攻进行的。毋庸置疑，这种结合个人所长、突出重点的研究方式合理而必要，它有利于保证各局部的研究建立在坚实、可靠的基础上。不过，若从长远的观点看，要想取得更具突破性的进展，除了前边提到的基础研究还有待进一步加强之外，强化理论意识也是一个重要的方面。

中华文化的内蕴极为丰富，古代文学涵盖面甚广，其间如何展开既融入性别视角又符合文学创作规律的审美批评，需要认真探讨。旧时中国妇女主要生活于家庭，其个体身份、生活处境、性格心理、教育背景及感情表达方式等有着千差万别，但从宏观的社会结构来说，在男性中心文化主导的历史进程中，妇女的存在从总体上说确是处于"次等"的、"第二性"的状态，其创作也确实呈现出与男性不尽相同的面貌。这就需要在研究中结合古代妇女生活和创作的实际，改造传统审美批评的尺度，对相关文学现象加以审慎的辨析和理性的分析。既探讨不同性别作者在创作中的差异，也注意中国古代文化在阴阳互补方面的特点，避免对两性创作的美学特征做截然分立的理解。另一方面，在对传统文学男性创作的考察中，若能进一步吸收性别研究的视角和方法，对开阔中国古代文学的研究视野、丰富和深化对传统文学/和文化的认识和理解，无疑具有积极意义。

多年来，在本土的中国现当代女性文学研究实践中，有一个值得反思的倾向，即比较多地倚重于具有完整体系的西方女性主义理论，而相对轻视对本土思想文化传统中有关性别问题的理论资源的开掘整理和重新认识。其实，虽然中国确实不具有像西方女性主义那样有关性别问题的系统理论，但并不等于说在我们悠久的历史文化传统中就不存在对性别问题富于深度的思考和带有一定理论色彩的阐述。例如，早在《周易》以及其他文化典籍中，就不乏有关两性关系的论述。仅就《周易》关于家庭中男女关系的基本看法来说，它的思想尽管是以男性为主导的，但在经与传中，又都有不把这个问题绝对化的表述，甚至还做出了一些相当明确的补充、修正，体现了值得注意的合理成分。又如明清以后，在关于妇女解放问题的讨论中，一些思想家、文学家的有关思想和言论也是值得重视的。近年来，不少学者已经认识到这方面的缺憾，明确提出在借鉴西方理论的同时要注意回到中国历史文化的特定土壤和情境中，探求对性别文学研究来说不容忽视的本土思想文化传统。而在这个问题上，古代文学领域的相关研究大有可为。

与此同时，研究思维的拓展和方法的丰富也还需要更为自觉、有效的实践。在这方面，女性主义理论和批评方法值得研究者给予更多的关注。西方女性主义批评在演进的过程中，吸收了现代人文社会科学各学科的研究成果，在追求两性平等、反对男权文化的共同目标下，其内部的不同流派呈现出大异其趣、各具特色的面貌，而文学的性别研究需要多学科的相互渗透、交叉互补，方可共同进取。女性主义所蕴含的丰富理论资源可供有选择地加以利用和借鉴。此外，在立足文献史料和文学研究本体的前提下，或可适当吸收其他学科领域（例如人类学、社会学、语言学、心理学等）的研究成果，进行带有跨学科性质的研究的尝试。

性别研究在中国古代文学领域的实践，是立足传统、融合现代意识和新的理论视阈进行的积极探索。未来这一领域的研究，若能守正创新，扎实推进，当可取得更为沉实的收获。

第二节 中国现代女性文学史观的初建

文学史观的核心是如何看待文学的历史，其实质是在一定的历史意识和文化精神导引下，对以往的文学现象加以筛选，构建形态，并给予阐释和评价。20世纪80年代中期，研究者在探讨文学史研究多元化的可能性时，明确提出打破文学史研究的既成格局，重新评估中国新文学的重要作家作品和文学现象，以期"把文学史研究从那种仅仅以政治思想理论为出发点的狭隘的研究思路中解脱出来"①。从那时起，学界围绕"重写文学史"进行了热烈的讨论和认真的反思，其间直接涉及文学史的观念问题②。然而，在此过程中，对20世纪80年代以来的中国现代女性文学史书写体现了怎样的文学史观，却一直缺乏系统、深入的讨论，甚至少有将其作为一个重要课题予以关注者。就文学史的讨论而言，这不能不说是个缺憾。

女性文学活动较系统地进入文学史书写始自五四时期前后。20世纪上半叶，曾一度出现妇女文学史的写作热，若干种相关著述相继问世③。这些著作肯定妇女在文学产生及发展中的重要作用，揭示了妇女创作的艰难，探讨了女性文学的特点，"将五四以来的反思、批判的时代精神注入其间，批判男性中心主义，呈现了由传统到现代的演变轨迹"④。但它们所涉及的主要是古代妇女文学创作的历史，彼时兴起不久的现代女性创作尚未进入史家视野。不过，新文化运动毕竟为女性创作成为"主流"文学批评的观照对象提供了契机。冰心、庐隐、淦女士（冯沅君）、丁玲、萧红、凌叔华、张爱玲等女作家的文学活动，在不同时期引起批评界关注。黄英（钱谦吾）、鲁迅、茅盾、冯雪峰、迅雨（傅雷）等人分别就女性创作进行了评论，成为20世纪女性文学批评的先声。20世纪80年代中期后，在社会生活、时代思潮和文学本身发生重大变化的背景下，现代女性文学史研究成为思想文化领域的新景观。

此时，部分研究者开始比较自觉地从性别角度对女作家的创作进行考察，发表了一系列相关评论，而文学史写作则较少留意于此。为此，当时有人指出，"无论是现代文学史或当代文学史，就我所看到的来说，都还没有单独把女性文学作为一个篇章来写的"，这一现象"值得思索"⑤。不过，此期有学者在对女性创作发表看法时，实际上已程度不同地触及这一命题。如李小江的《妇女研究与

---

① 陈思和、王晓明：《关于"重写文学史"专栏的对话》，载于《上海文论》1989年第6期。
② 陈平原在《小说史：理论与实践》（北京大学出版社1993年版）中，讨论了20世纪20年代文学史料研究中比较盛行的"进化的文学史观"；黄修己在《中国新文学史编纂史》（北京大学出版社1995年版）一书中，对新文学史观的诸种形态进行了梳理；朱晓进在《二十世纪中国文学史观的反思》（《中国社会科学》2006年第1期）中，就百年间文学史观的主要倾向和问题进行了综合研究，等等。
③ 较有影响者有谢无量的《中国妇女文学史》（中华书局1916年版）、谭正璧的《中国女性的文学生活》（光明书局1930年版；后易名《中国女性文学史》）、梁乙真的《中国妇女文学史纲》（开明书店1932年版）。
④ 林树明：《现代学者的三位女性文学史考察》，载于《中国现代文学研究丛刊》2003年第1期。
⑤ 荒煤：《关于女性文学的思考》，载于《批评家》1989年第4期。

妇女文学》、李子云的《女作家在当代文学史所起的先锋作用》、严平的《略谈近七十年来中国女性小说的发展》、季红真的《女性主义——近十年中国女作家创作的基本倾向》等文章，都包含了对现代女性文学史的探询；杨义的《中国现代小说史》（第1卷）在述及现代文学初创期的小说创作时，紧继"中国现代小说之父——鲁迅"（第三章）之后，设专章讨论"在妇女解放思潮中出现的女作家群"（第四章），阐述了"女作家群出现的历史意义及其特点"（第一节），肯定其文学史意义[①]。可见，研究者已意识到现代女作家有着不同于古代妇女、也有别于现代男作家的创作质素。

  正是在这样的背景下，一些学人开始就现代女性文学史进行全面梳理和学理上的探讨。概略而言，近20多年来的有关书写主要包括如下几种形态：一是对现代女性文学的历史加以全景式观照，如盛英主编的《二十世纪中国女性文学史》（1995）；二是依循史的脉络，围绕若干富有代表性的女作家或论题展开阐述，如孟悦、戴锦华的《浮出历史地表》（1989，以下简称《浮出历史地表》），刘思谦的《娜拉言说：中国现代女作家心路纪程》（1993），林丹娅的《当代中国女性文学史论》（1995）；三是将女性文学某方面议题与历史时空线索相交织，进行专题性探讨，如乔以钢的《多彩的旋律——中国女性文学主题研究》（2003），王绯的《空前之迹——1851～1930：中国妇女思想与文学发展史论》（2004），樊洛平的《当代台湾女性小说史论》（2005）等。尽管相关研究在展开的思路、提出的观点以及借鉴的理论方法等诸方面存在差异，但同样贯穿其间的是研究者追寻女性创作轨迹、从性别角度构建现代女性文学历史脉络的积极努力。较之20世纪上半叶的妇女文学史写作，此期研究者的视野显然更为开阔，理论资源也更加丰富。其间，本土思想文化传统、中外文学观念的变迁以及妇女解放思潮的涌动，对女性文学史观的形成产生了重要影响。

  在相关的著述中，撰写于20世纪80年代中后期的《浮出历史地表》和《二十世纪中国女性文学史》[②]所体现的现代女性文学史观具有代表性。尽管前者并非严格意义上的文学史著作，但它对现代女性文学创作有着十分自觉的整体观

---

  ① 李小江：《妇女研究与妇女文学》，载于《文艺评论》1986年第4期；李子云：《女作家在当代文学史所起的先锋作用》，载于《当代作家评论》1987年第6期；严平《略谈近七十年来中国女性小说的发展》，载于《批评家》1989年第4期；季红真《女性主义——近十年中国女作家创作的基本倾向》，载于《萌芽》1989年第10期；杨义：《中国现代小说史》（第1卷），人民文学出版社1986年版。

  ② 孟悦、戴锦华：《浮出历史地表》，河南人民出版社1989年版。盛英主编的《二十世纪中国女性文学史》（上、下卷）为天津市"七五"哲学社会科学规划重点项目，1986年开始写作，20世纪80年代末成稿；因经费困难，延至1995年联合国第四次世界妇女代表大会在北京召开前夕，由天津人民出版社出版。

照，并系统地表达了自己的观点①。这两部著作对后来的相关研究产生了深远影响。为此，我们以之为中心，探讨中国现代女性文学史观的基本内涵，并就有关问题进行思考。

一、彰显现代女性创作的文学意义和文化价值

"现代女性文学史"这一命题，是在文学史叙事的反思中被提出的。它首先需要面对的是一个根本性问题：在区分创作者性别的基础上进行文学史书写是否确有必要？对此，如若仅从文学的角度做出解释显然是不够的，因为它不仅关联着文学活动，而且关系到对男女两性构成的人类社会历史的根本看法。

最早将女性主义批评引入文学史考察的《浮出历史地表》一书，着眼点即并非仅限于该书副标题所示的"现代妇女文学"，而是力图从特定角度对两千年的历史重新进行阐释。该书"绪论"运用精神分析、叙事学理论和结构－后结构主义理论，剖析中国传统社会的权力关系结构，指出整个传统社会秩序都建立在对女性的统治和压抑这一基点上。作者断言：

> 女性问题不是单纯的性别关系问题或男女权力平等问题，它关系到我们对历史的整体看法和所有解释。女性的群体经验也不单纯是对人类经验的补充或完善，相反，它倒是一种颠覆和重构，它将重新说明整个人类曾以什么方式生存并正在如何生存。

该书进而认为，中国妇女的命运尽管近代以来发生了重大变化，新中国成立后，在法律保护下享有发达国家妇女迄今还在争取的某些经济权利和社会地位，但女性是否是妇女解放的"主体"，仍是值得怀疑和思考的。20世纪的中国女性浮出了历史地表并从奴隶走向公民，再没有人能像抹杀旧中国女性那样将女性的生存从历史记载中一笔勾销，但女性的处境却并不曾就此而变得明了："她或许进入了历史，或许冲出了漫长的两千年来的历史无意识，但她并未完全冲出某些人或某些群体的政治无意识。"于是，在这个意义上，了解新女性的处境，"即使不意味着一场近现代史的反思，也意味着一场近现代政治文化的反思"。

从这一立场出发，作者联系现代的女性创作提出，对那些不隐讳自己的女性身份的作家而言，写作与其说是"创造"，毋宁说是"拯救"，是对淹没在他人话语下的"女性之真"的拯救。于是，有关现代女性文学史的发现和解读，在新文学"貌似完满"的整体架构中，也便实际上发挥着"改写与颠覆"男性中心

---

① 两书对现代女性文学史观所做的集中表述，分别见于《浮出历史地表·绪论》（第1～45页）和《二十世纪中国女性文学史·导言》上卷（第1～24页）。以下引文凡未加具体出处者，均出于此。

传统文学史叙事的功能。在作者看来，现代女作家的作品潜藏着破坏"新文学意识形态完满性"的力量；了解并认识这种力量所蕴含的"前一代的想象力、他们想象中的现实、他们的想象与现实的关系"，既是为了认识女作家作品的魅力，也是进行研究的目的和意义之所在。

《二十世纪中国女性文学史》同样指认，自人类进入文明史后，"女性一直被掩没在历史的黑洞里"。由此出发，它强调以往的现代文学史书写很大程度上忽略了女性创作所造成的"失落"和"遗憾"；文学生态因失落了女性作家的审美创造系统而出现倾斜，以往的文学史书写对女作家的存在置若罔闻或视女作家为寥落晨星，客观上强化了这种失衡。它指出：

> 二十世纪对于中国文化而言，是所有价值观念由传统迈向现代的重大转变时代，重新研究女性在文化上的作用，研究女作家在文学史上的贡献与影响，本来是时代提出的要求。然而，时间已经进入世纪末，仍然未见一部现代文学史能按历史原有面目，公正地把女作家创作实绩载入史册。就是有幸列入文学史的冰心、丁玲、萧红等，也常简略叙述，或有失公允。

为此，"导言"强调现代女性文学的创造性，肯定其文学史意义，申明"二十世纪中国女性文学史"之命名和书写的宗旨是"为了女性""为了文学"。在作者看来，发掘现代女作家的创作轨迹，不仅可以从特定的角度丰富现代文学史的内涵，而且有利于建构女性主体，繁荣女性创作。20世纪女性文学史著述的目标即在于探索女性文学传统，以挣脱主导文化性偏见的束缚，增强对女性审美特征、功能及其价值的自觉性，克服局限与不足，从而最大限度地展开女性广阔的现实和心理天地。

两书在肯定现代女性文学创作的意义时，采取了不同的角度。《浮出历史地表》站在鲜明的文化批判立场，从特定的理论视角出发，突出强调部分女性创作所内含的"颠覆"和"解构"父权制和传统文学史书写的功能和价值。这里，与其说作者是立足于文学领域对女性创作的历史给予重新评说，毋宁说其根本指归并不限于、甚或主要未必在于文学。通过深入剖析若干现代女作家创作的个案，《浮出历史地表》力图撼动的，不只是以往的现代文学史叙事，而且是由传统性别文化与近现代政治文化共同构成、长期居于主导地位的社会意识形态。正因为如此，它所蕴含的文化批判精神颇具冲击力。相形之下，《二十世纪中国女性文学史》的姿态比较平和，它致力于发现女性文学传统，"纠正"而非"颠覆"以往的现代文学史书写。不过，"尽管它没有直接质询革命政权的父权制结构，但把'女性'作为一个特殊问题的提出，本身就是一种反抗以阶级话语压抑性别话语的方式"。它所标榜的"女性文学史"范畴，就其主导方面而言，"不是在反抗性别压迫、父权制的文化脉络内产生，而是在马克思主义妇女解放思想的脉络上产生。……而其关于理想社会以及理想的两性生存状态的构想,又与80年代的新主流话语——新启蒙话语联系在一起"①。总体而言,前者尖锐、犀利,具有从文化根基上颠覆传统文学史叙事的激进色彩;后者在持重中亦蕴含文化批判锋芒。两书均富于成效地将性别维度引入中国文学/文化史的反思,以此为基点确认了现代女性文学史的文化价值。

可见,两书所反映的现代女性文学史观,突出强调的是女性(一如男性)作为现代文学史创造者的主体身份,这就构成了与传统文学史观的根本性差异。在两书作者看来,现代女性文学史并非完全独立于主流文学史之外,但它又是对传统文学史格局的明确质疑和严肃批判。当传统文学史书写一向大量记录男性作者的文学成就而女性作者只是偶尔作为陪衬出现时,人类在文学领域的精神活动实际上已陷入了偏枯。"现代女性文学史"这一命题,从一个特定角度和方面强调了长期被压抑、忽略的女性性别的文学创作,努力赋予历史叙事以合理的面貌。它烛照了作为文学史实践主体之一部分的现代女性创作,大力彰显了其文学意义和文化价值,这对于传统的文学史观来说,既是一种挑战也是一次突破。

当然,早在20世纪二三十年代,几部出自男性学者之手的妇女文学史著作就对古代女性的文学成绩有所褒扬,但本节谈到的两部著作在新的历史文化语境中有着某种关乎文学史权力的重要推进。这主要体现在,书写者拥有高度自觉的女性主体精神,并将其贯穿于文学史叙事的始终。于是,文学女性不再是客体或点缀,而是切实进入文学史的内核,成为参与其构建的主人;女性的现代文学史地位不再仅仅是被动地得到承认和肯定,而是在文学史书写中赢得了富于主体性的呈现。写作者的性别自尊以及清醒的自我审视、文化反思精神,赋予文学史著述以前所未有的质素和品格。女性作为与男性平等的文学创造主体,出现在为之专著的文学史叙述中,这不仅映现了文学研究学术视野的拓展,更还关乎文学史观念的更新。

二、现代女性文学史观的内涵

以《浮出历史地表》和《二十世纪中国女性文学史》为代表的中国现代女性文学史观,主要包括以下几个重要方面,从中可见其价值意义。

(一)女性文学创作的历史文化语境

文学史写作离不开对考察对象所处的历史文化语境的整体观照。对此,两书

---

① 贺桂梅:《当代女性文学批评的一个历史轮廓》,载于《解放军艺术学院学报》2009年第2期。

的作者都有着自觉而清醒的认识。女子创作自古有之，但注入现代女性主体意识的女性创作作为一个群体出现，大体始于"五四"新文化运动前后。但是"浮出"并不意味着"实现"。因此，《浮出历史地表》的"绪论"先是在"两千年：女性作为历史的盲点"的小标题下，阐述了传统文化中的女性命运；继之以"一百年：走到了哪里"发问，对女性与民族主体间的复杂关系及其在新文学中的处境进行了思考。作者认为，封建文学符号系统中女性形象的性别意味，已被女性在男性中心社会中的从属意味所取代（至少部分取代），正是在这一意义上，女性形象变成男性中心文化中的"空洞能指"；除了形象和外壳外，女性自身沉默并淹没于前符号、无符号的混沌之海。新文化运动虽然允诺了女性说话的权利，但女性并未因此获得自己的话语，"在她学会笨拙地改装他人的话语以讲述自己之前，已插入了别的东西。"

文学的性别文化属性在有关现代女性创作的历史叙事中，被放到空前突出的位置，而其赖以生成的语境则从性别文化角度被指认为具有男性中心性质。不仅如此，"男性中心社会"和"男性中心文化"同时还关联着现实。因为无论近现代以来的社会进程发生了多大变化，几千年文化传统所铸就的男性本位的性别意识形态根基都未从根本上动摇。它无所不在地渗透于社会生活的方方面面，包括语言文字及文学创作。这意味着，男性中心文化以及特定时期的社会政治等诸因素混杂一处，无形中已成为女性试图在创作中发出己声时不可回避的外部环境和内在规范。于是，在关于历史文化语境对女性创作的根本性制约的揭示上，作者触及了父权文化用以支配和压抑女性的"性政治"，女性立场的批判锋芒由此得以凸显。

《二十世纪中国女性文学史》的"导言"也从性别文化角度审视了女性生存及其文学创作的历史和现实，其立论方式是在20世纪80年代新启蒙主义的框架中引入性别维度。它指出，在长期的封建社会中，作为男性主导的文学的附庸，女性创作并无女性意识可言；新中国妇女的社会地位发生了翻天覆地的变化，然而，"世界性的超稳定男子中心社会的机制，并没有彻底变更；我国超稳定的封建主义思想体系的影响，并没有彻底消除，加上来自'左'的和右的各种思潮的流毒依然存在，中国妇女要摆脱历史因袭乃至自身束缚，从量的平等迈向质的平等，仍然需要作出艰苦的努力"。

可以看到，该书有关中国妇女历史文化处境的论阈是在历史唯物主义的指导下展开的；其中对女性主体性的强调以及对"超稳定"的男性中心社会机制和封建主义思想体系的判断，借鉴了20世纪80年代学界有关"主体论"的讨论以及运用科学理性反思中国历史文化所取得的成果。

（二）女性文学与中国现代文学的关系

新中国成立后数十年间，"中国现代文学"已在思想文化界形成了特定的话语体系。女性创作与其关系如何，直接影响到它在现代文学史上的定位。对此，两部著作分别从不同的立足点出发，提出了自己的看法。

《浮出历史地表》主要是从女性与民族主体的关系角度，考察了现代女作家创作的基本性质。由于作者是在对传统历史文化的总体把握中，以"解构"的眼光探析现代女作家的创作，因此全书论述的对象实际上并非只限于现代女性的文学实践，也并非仅涉及女性创作与现代文学的关系，而是还谈到"整个现代史上新文化的结构性缺损"。书中对女作家创作所作的分析，所给予的肯定或批评，也相应出自这一角度。作者认为：

> 女作家们的眼睛是被割裂的，她尚然不是独立于男性主体之外的另一种观察主体，或许，只能算是半主体，她的视阈大部分重叠在男性主流意识形态的阴影后，而那不曾重叠的一部分是那么微不足道，不足语人亦不足人语，至尽未得到充分注意。不过，从另一角度看，恰恰是这种割裂，以及随之而来的焦虑和她的解决焦虑的方式，使人感受到某种独特的超越或游离于主流意识形态的离心力。

在作者看来，"女性写作与其说是运用话语，不如说是改装或改写话语，是将现成语言、现成观念、现成叙事模式改装得不那么规范，以便适于女性使用"。全书对女性创作的阐释也由此展开。例如该书第三章有关冯沅君创作的评述。在谈到这位"五四"著名女作家时，作者赞许她比别人更大胆直露地描写、歌咏了反常规的、为社会法令不容的爱情，表现出勇敢的气概；同时，认为其间包含着某些显而易见的"规避和省略"。这一点具体表现在，冯沅君小说中主人公的所爱之人始终不曾真正的对象化，而只是"虚幻性的影子"。因此，小说未能涉及女性通过恋爱所可能获得的性别感受或性别视点。也即是说，女主人公的女性自我是匮乏的。对此，作者的分析是，在当时的情况下，这一规避或可"维护爱情旗帜的纯洁性和崇高性"，从而有利于"赢得或保留女性进入时代历史的权利"。因为叛逆的爱情是"五四"时代留给女性进入历史的一种主要途径，女性只有作为封建势力的叛道者、战斗者，才能获得屹立于"逆子"身旁的机会与身份。但这样的选择也决定了，冯沅君和她的女主人公尽管已"从地下空间走出，但在历史之地表之上，却难以寻觅一片属于自己的、足以立脚的地域。她们缺少自己的角度，自己的思维方式，自己对传统的批判，自己独自标榜的价值标准及语言概念系统"。女作家的"改写"或"改装"，就是如此不可避免地在历史语境中受到局限。在这样的思维推衍中，女性创作与现代文学之间的关系虽不是截然对立的，却也有着十分的无奈和很深的裂隙。

《二十世纪中国女性文学史》则是将女性文学与现代文学关系的论述置于阔大的时空坐标系中①。它清晰地表明了这样的观点：

> 二十世纪中国女性文学，并非形成于中国古代女性文学基础之上；其发展的社会文化背景又迥异于西方女性文学和女权主义文学。它同在社会变革中兴起的新文学共体，是在反对乃至扬弃旧文学的过程中发生和发展起来的。

继之，从"以独立品格与新文学共体"以及"在淡化性征与优化性征的冲突中生存和发展"两个方面，阐述了20世纪中国女性文学的总体特征。这里所谓独立品格，主要是指女作家的主体意识、她们对女性彻底解放的追求以及为文学的艺术发展进行的创造和探索。这样的总体认知反映在文学史叙述中，便是将现代女作家的文学实践放置在现代中国所经历的民主主义和社会主义潮流以及唯物史观的影响这一大的背景下，把握其与现代文学的关系。

作为"与新文学共体"的重要表征之一，《二十世纪中国女性文学史》就男女两性作家之间的关系做出了这样的归纳："中国女作家一直把妇女解放寄托于社会革命，面对反动统治和压迫阶级，她们总是同男作家结成联盟；而男作家对她们也常视为手足，保持良好关系。""中国女作家不同于西方女作家，她们对男性先驱作家非但没有疏离感，相反，尊重和亲近他们。男作家从女作家那儿吸取养分、有所借鉴者也不在少数。""男女作家同在一个营垒里，新文学的共同目标使他们携手前进；而新文学的传统里，同样蕴含着女作家的存在和影响。"该书做出的基本判断是：女性文学的生成及流变与男性主导的现代文学具有同构关系；女性文学是在中国现代性进程中发生发展的，是现代文学的有机组成部分。这一基本认识在各章开端的"概说"中，结合不同历史时期女性创作的实际情况得到进一步阐述和强化。简言之，此书的立足点为现代女性创作与20世纪文学主潮的融合而非分离。作者的基本出发点是强调女作家作为历史和文学的积极参与者、演绎者所发挥的作用，而不是揭示文学现象背后隐含的深层文化结构，或彰显女性作为男权社会受害者的文化存在。

（三）现代女性文学的本体构成

在现代女性文学整体观的导引下，对女性创作"离心力"或"主体性"的

---

① 它认为，20世纪中国女性文学并非形成于中国古代女性文学基础上，其发展的社会文化背景又迥异于西方女性文学和女权主义文学。它同在社会变革中兴起的新文学共体，是在反对乃至扬弃旧文学的过程中发生和发展起来的。这样的认知反映在文学史叙述中，便是在现代中国风云跌宕的社会背景下，把握女性创作与现代文学的关系。

叙述，分别构成了《浮出历史地表》和《二十世纪中国女性文学史》的本体要素。

《浮出历史地表》从其所采取的理论框架出发，赋予"女性"特定的内涵。它认为"女性"在特定的符号体系中具有双重含义：一方面，她将一个现实存在的社会群体从性别角色背后剥离出来；另一方面，她又历史地包含了一种对封建父系秩序的反阐释力，她自身就是反阐释的产物，"她既是一个实有的群体，又是一种精神立场，既是一种社会力量，又是一种文化力量"。按此理解，现代女性文学实践显然并非全都具有这样的功能。作者指出：

> 真正自觉的女作家将女性性别视为一种精神立场，一种永不承诺秩序强加给个体或群体强制角色的立场，一种反秩序的、反异化的、反神秘的立场。……当然，这也便是西方女性主义对整个文化批判解构的立场，它迟早会将女性那一份关于自身乃至关于人类的真理公诸于世。

这部著作所论及的女作家的部分创作，被认为"可以隐隐地看到这样的立场"，也即具有"反秩序的、反异化的、反神秘的"文化质素。例如，丁玲的《莎菲女士的日记》《三八节有感》《在医院中》，萧红的《呼兰河传》，以及苏青的《结婚十年》等。

关于"女性文学"本体的具体内涵，《浮出历史地表》在不同的历史时期分别结合创作实例进行了阐述。它所注重的是女性主体如何在"改写"或"重写"男性主导的文学传统的过程中坦然面对自我，创造出"对男性意识形态更有解析力的意识形态"。从中可见它对女性文学内核的认识和把握有着鲜明的性别政治色彩。

《二十世纪中国女性文学史》直接采用了当时学界提出的"二十世纪中国文学"概念，在其与女性创作相关联的交汇点上展开述论。作者认为，女性文学史不宜仅仅局限于对几位杰出女作家的研讨，而是还要主动发现和开掘被历史淹没、封存的女作家，为她们正名、扬名，揭示她们文学的价值和意义。为此，全书以近84万字的篇幅，对现当代女性文学的发生和流变进行了史的述评。贯穿其间的是对女性创作主体性的确认。作者认为，在20世纪女性文学创作中，女性意识基本上表现为两种形态，二者彼此交叉，起伏波动。一是淡化乃至忽略女子的性别特征，以社会乃至革命意识取代女性意识；二是注重女子的性别性格和特性，着意于女性意识的发展和成熟。这两种女性观虽不相同，但彼此并不排斥。女作家共同聚集在"女人首先是人"这面反封建压迫的大旗下，其性别意识与文学创作也是在此意义上得以建立，并呈现多彩多姿的风貌："五四"时期，她们以觉醒的女性意识反抗传统禁锢，张扬现代精神，同时结合社会生活的体验，思考时代变化带来的对女性自身的新的冲击，探询女性的出路；20世纪三四十年代，在国家民族面临危亡的关头，相当一部分文学女性融入争取民族独立、阶级解放的斗争以及新民主主义、社会主义革命运动，文学创作中女性的社会关怀意识凸显，"自我"意识被主动放弃或悄然遮蔽；这种态势在新中国成立后得以延续，直到20世纪八九十年代发生新变。

这一叙述以"二十世纪中国文学"为框架，以女性主体性的现代发生和女性意识的流变为主线，在不同时段的女性创作之间建起逻辑联系，搭建了女性文学的大厦。其间对女性文学本体构成做出的判断是：20世纪女作家的女性意识具有统一性和连贯性；女作家文本中的女性意识建立在女性社会生活实践的基础上，它真实反映了女性的生命体验；20世纪女性文学创作的现代性品格不仅熔铸在女性文学的思想内涵中，同时也体现于审美实践；她们在文体方面的创造性尤为突出，这在各时期的女性文学实践中都得到了体现。

（四）性别差异与女性文学特质

对性别差异与女性文学审美特质关系的认知，是现代女性文学史观的重要组成部分，它直接影响到文学史叙事对作家作品的批评倾向。《浮出历史地表》和《二十世纪中国女性文学》都认为，在现代文学史上男作家笔下有关女性形象的书写，存在着性别隔膜和歧视。在此背景下，前者以"女性自身的非主流乃至反主流的世界观、感受方式"的流露为中心，展开对女作家创作的论述；后者则以女性主体意识的起伏兴衰为线索，构建现代女性文学史体系。在这一过程中，不同性别因素影响下的文学想象在创作文本中的呈现，成为女性文学史的重要视点。

《浮出历史地表》重点剖析了新文学史上颇为醒目的"祥林嫂系列"和"新女性群"两类女性形象，因为她们与其说是那个时代的女性典型，不如说是当时男性作家女性观的结晶。"她在过去封建文化中的特定语义固然被抛弃，但她以往在话语结构中的位置却仍在延续，她仍然是那个因为没有所指或所指物，因此可以根据社会观念、时代思潮、文化密码及流行口味时尚来抽出或填入意义的纯粹载体"。作者强调，在从男性意义投射出来、绕开女性内在本质和精神立场的女性观支配下，所构成的关于女性解放和女性价值的"完满的意识形态神话"，给坚持自我的女性所带来的只能是自我分裂。而女性文本中这种心理和话语上的分裂，标志了现代女作家与男作家的最大不同："她无法像男性大师那样根据一个统一的创作自我，一种完整统一的世界观和纯粹单一的话语动机来写作。她甚至不具备一套纯粹的话语，一切现有的文学惯例、叙事模式乃至描述性套语，都潜含着男性内容。"

《二十世纪中国女性文学史》认同李大钊所遵循的马克思主义的世界观，同时也从西方女性主义理论中汲取营养。爱伦·凯关于突出性别差异、肯定母性、母职的观点以及纪尔曼夫人关于消解性别差异、填平性沟的主张，都给作者以启迪。书中对性别差异在文学创作中的影响的基本看法是，女作家和男作家基于不尽相同的生命构成和生存方式，彼此对生活的观察和选择、对人物形象的塑造与理解以及审美形式，都不完全一样。肯定两性差异的存在，在这种差异中探询女性创作的独特价值，是该书的自觉追求。

（五）现代女性文学的总体成就及演进趋势

如前所述，对现代女作家创作成就及其在文学和文化史上的价值，两书均持肯定态度，但在内涵的理解上并不完全相同。《浮出历史地表》将女性问题提到涉及对历史的整体看法和所有解释的高度，追求"不仅纵贯历史今昔，而且横穿历史表里"。它主要是从昭示整个现代史上新文化"结构性缺损"的角度，理解"女性"的自我命名以及女作家创作的意义；《二十世纪中国女性文学史》则将现代女性的文学活动视为中国文学史的有机组成部分，突出其所具有的建设性和启发性。前者强调女性群体经验不单纯是对人类经验的补充或完善，相反还是一种颠覆和重构，因而在文学史叙述中力图彰显女性创作"反神话"、"颠覆已有意识形态大厦"的文化批判功能；后者则立足于倡导"为人"和"为女"的双重自觉的基本立场，一面注意剖析女性主体意识支配下作家创作对女性生活和生命体验的反映，另一面也认同她们表现广阔社会生活的作品，肯定女作家富于社会意识和时代精神的创作取向，试图在二者的交汇点上描绘和构建现代女性的文学传统。

两书所涵盖的时间范围不同，但对现代女性文学的总体演进趋势都给予了宏观把握。《浮出历史地表》着眼于女性和现代民族国家之间的对立关系，认为解放区时期乃至新中国成立后，女性的历史"在与民族群体历史进程的歧异、摩擦乃至冲突中，走完了一个颇有反讽意味的循环，那就是以反抗男性社会性别角色始，而以认同中性社会角色终"。书的"结语"进而对20世纪中叶"现代史"与"当代史"交迭更替之际，女性文学的总体走向以及女性精神性别成长的历程，做了既有肯定又有保留的判断："一方面，妇女们在社会生活中翻身做主的程度已于世界上领先一步；另一方面，在文化上，从女性们难以计数的文字中已隐然可见一个成熟起来的性别自我形象，一批堪称'女性文学'的创作已悄然临世，至少，女性的视点、女性的立场、女性对人生和两性关系的透视连同女性的审美观物方式等等因素，正从男性或中性文化的污染中剥离而出，并将烛照这男性文化的隐秘结构。然而，正是在这同一伟大瞬间，随着社会生活的改观，妇女解放的命题连同这一坐标本身实际上已经被悄悄掷向时间的忘怀洞。"作者主张女性在现阶段还无法说清"女人是什么"的历史语境中,需要努力揭示男性主宰历史的文化传统,使之成为"妇女解放坐标系上的新读数"。

《二十世纪中国女性文学史》认为,在20世纪各个历史时期的女性创作中,女性主体性有着情况大不相同的存在形态,新中国成立后"女性主体意识的发育跟不上时代的变化",但"建国后17年女性文学是'五四'以来,尤其是左翼女性文学的继续,它们的联系不宜切断";而改革开放后,"女性文学空前繁荣,女性意识日趋成熟。这种繁荣与成熟,正是'五四'女性文学在更高阶段的继承与发展"。这样,它从总体上对女性文学历程做了比较乐观的把握:"二十世纪中国女性文学历史,尽管经历了旧民主主义革命、新民主主义和社会主义不同历史阶段,但它却是个有着自己独特内涵和内在联系,至今尚在向前发展的历史过程,这是个完整而统一的过程。"

应该说,决定文学史价值的主要因素在于:是否能给文学带来新的经验阐述和价值认识。两书就上述若干问题提出的看法,比较清晰地显示了现代女性文学史观的基本内涵,在对现代女性文学进行"史"的观照方面,体现出一定的原创性。

三、初建期的收获与不足

现代女性文学史观的内涵应当并且可以具有丰富性和多样性,这在上述两部著作中得到了初步体现。

以往的文学史书写不曾给女性的文学活动以应有的位置,这一现象透露出社会文化结构以及意识形态方面的重大欠缺。性别因素的渗透作为值得关注的文学/文化现象,其独特内涵有待确认和深入解读。对此,两部著作的认识是高度一致的。而另一方面,在对现代女性文学史进行描述、分析和概括时,二者又有明显的差异。面对"现代文学史"这一文学系统,有关现代女作家创作基本性质的表述,是立意于凸显其与主流文化和意识形态的"分离""独立",还是判定它在特色独具的同时与男性主导的现代文学传统具有内在的同一性?研究者依托不同的知识背景、理论资源以及对女性解放问题的理解,在文学史书写中分别选取了不同的立场和方法。其中蕴含着探讨性别与文学关系问题的不同理路。它的形成与研究者所秉持的性别观念、理论方法及其叙事立场的选择密切相关。《浮出历史地表》寓建设于批判之中,在进行锋芒毕露的思想文化批判的同时,细致入微地辨析和发现了女性创作的内质,力求揭示真正意义上"女性文学"的生长。《二十世纪中国女性文学史》在建构近百年女性文学大厦时,注意对女性创作中新旧观念的交织及其文学表现进行深入辨析。二者的基本内容各具特色、相互补益。尽管具体研究展开的路径有所不同，但女性文学主体性的追寻与建构是其共同的人文学术追求。

应该说，在中国现代女性文学史观的初建期，能出现如此各具鲜明特色、相通而又相异的研究成果，这是相当难得也是弥足珍贵的。它们对此后的拓展思路与活跃研究，促使女性文学史的"问题化"，进而在开放的语境中不断丰富对文学与性别关系问题的认识，颇为有益。不过，与此同时应该看到，两书也有其不足，需要在新的世纪进行认真的反思。

第一，在处理性别、文学、历史三者之间的关系时，高度注重女性创作的性别意识形态内涵，而对文学生产及其内部构成之复杂机制的认识注意不够。

多年来，在已出版和发表的相关研究成果中，对于女性在历史文化中长期处于受贬抑、被压迫的境地，而今有必要对之重新认识，还其公正，人们已达成共识。但在围绕这一基本判断展开的探讨中，又出现了刻意强调女性性别与社会文化的对立，高度注重和突出文学创作的性别意识形态性质，对历史和文学进行单向度诠释，忽略文学生产及其内部构成复杂机制的倾向。这不仅可能在现代文学的总体把握上出现偏颇，也很容易伤害女性文学本身所蕴含的丰富性。实际上，性别视角的引入绝不意味着可以替代或取消文学史研究对文学创作审美性和历史性的观照。只有将女性的历史境遇、性别体验和审美诉求有机融合起来，女性文学史研究才有望获得真正的生命力。

毋庸讳言，20世纪80年代以来的中国现代女性文学史书写，从一开始就程度不同地受到女性主义思潮的影响。写作者女性意识的自觉促使性别因素在文学史书写中得到彰显，这原本也是女性文学史书写的命意和特色；然而，它并不意味着和必然导向对文学审美性的疏离。总体而言，《浮出历史地表》和《二十世纪中国女性文学史》对文学的审美性给予了一定的重视，但严格意义上说做得还很不够。具体言之，性别因素究竟怎样与女作家创作活动中的艺术想象力融在一起，如何通过作家的文学表达，将之熔铸为具有性别文化意味的审美艺术形态？它对女性创作的文学品质带来了怎样的影响？这些方面的阐述是两书比较薄弱的地方。

文学史本质上从属于人类的精神生活史，它区别于观念史、思想史的独特处主要体现在审美层面的内在构成。人类审美所具有的超现实性使之既受制于社会历史进程及文化思潮的变迁，又有可能超越历史的一般性特征。因此，"以社会文化史为参照，文学史的发展似乎合乎某种规律，而从个体作家自由创造的角度着眼，文学史进程又无一定规律可循，更多地带有偶然性特征"[①]。

---

① 许总：《文学史观的反思与重构》，载于《文学评论》1995年第2期。

这就需要在宏观、历史地把握文学演进轨迹时,选择富于代表性的作家和作品进行细致剖析;在充分注意性别因素对创作的影响时,深入体味其美学意蕴,在此基础上认识女性文学的个性和共性,进而对其做出更为恰切合理的评价。

迄今为止,在中国女性文学史的研究中,注重性别意识形态方面的文化批评而忽略艺术审美的情况仍然时常可见。但女性文学史若仅以丰富的史料证实文学领域性别文化现象的存在,显然是非常不够的。毕竟,"非文学的因素并不是文学史研究的旨归,而只是为了更好地有助于理解文学。文学史的研究,不管采用什么方法,都要有正确的'史观',都要落实到对文学的理解、对文学现象的解释、对文学问题的真正解答上"[1]。在此意义上说,女性文学史所要发现、提出和回答的问题,不应当脱离文学范畴或文学本体。对当前的研究而言,特别重要的是自觉避免淡化乃至丧失文学史研究必备的品格,从而使自身成为"性别观念史"的注脚。

第二,在文献材料的运用方面,时或存在理念为先的倾向。

毫无疑问,女性文学史的建构势必需要对女性文学的各种历史材料加以选择和梳理。在此过程中,尺度的选择绝非无关紧要。韦勒克指出:"在文学史中,简直就没有完全属于中性'事实'的材料。材料的取舍,更显示对价值的判断;初步简单地从一般著作中选出文学作品,分配不同的篇幅去讨论这个或那个作家,都是一种取舍与判断。"[2] 当女性文学史叙事有意追求在话语层面为女性创作描绘出相对独立的发展线索时,如果先入为主地以某种逻辑(例如女性意识的觉醒和发展)为出发点,就难免出现削足适履的情况,即着意将文学现象纳入预设的框架,阐释为特定逻辑的推衍。这样一来,历史的真实性就会较多地受到来自主观的损害。

就《二十世纪中国女性文学史》的写作而言,出于特定的文学史观念,它在将启蒙主义、人道主义立场与性别视角相结合,显示女性创作独特性的过程中,对女作家及其创作文本进行筛选时往往"更乐于张扬'女性'解放、凸起和扩张的状态,而对'女性'平常、萎缩和沉沦的状态则兴趣不大"[3]。另一方面,作为"20世纪"的女性文学史,其更为明显的缺憾还在于对19世纪末到20世纪初女性创作的状况缺乏必要的观照。此一阶段直到"五四"前夕出现的大量女作家,除秋瑾得到了浓墨重彩的描述和评论外,其余几乎均不曾进入文学史的视

---

[1] 朱晓进:《二十世纪中国文学史观的反思》,载于《中国社会科学》2006年第1期。
[2] [美] 韦勒克、沃伦,刘象愚等译:《文学理论》,生活·读书·新知三联书店1984年版,第32页。
[3] 陈飞:《二十世纪妇女文学史著述论》,载于《文学评论》2002年第4期。

野①。究其原因，当时该书有关章节的撰写者对近代文学了解甚少，知识结构存在缺陷，此其一；近代文学与现当代文学之间的密切关联彼时尚未引起学界足够的注意，近代女性文学研究的积累十分匮乏，此其二；而更为关键的一点，还是女性文学史观念的偏颇：在考察历史上的文学现象时，著者最看重的是那些能够比较充分地体现现代女性主体意识觉醒的文学女性，而对表面与女性文学史叙事距离较远、不便于体现文学史意图的创作则注意不够，甚至出现了某种程度的盲视。

事实上，同为女性，由于年龄、辈分、阶级、阶层、家庭环境、所处时代以及受教育程度等因素的不同，其所面临的个人境遇有可能大相径庭；女性创作者的性格禀赋、人生阅历以及从事文学活动的内驱力也有很大差异。在此情况下，当"女性意识"作为文学史书写最为关注的视点得到凸显和强化时，如若不能全面、综合地把握研究对象，而是理念先行、单向度地选择材料，就有可能不期然间抹杀女性创作生态的多样性，过滤掉在符合写作意图的"创作主潮"之外的文学现象及其复杂风貌。而"女性文学史"本身，也便在高扬女性主体精神、挑战传统文学史格局的同时，陷入另一种片面和褊狭。

第三，以进化论思维构建中国女性文学史框架有简单化之弊。

有学者指出："文学史，从大的方面来看也像'历史'一样，既不是依靠客观的陈述来不动声色地呈现发生、发展和变化的历史，也不能仅凭支离破碎和残缺不全的材料支撑起一座历史的大厦，而是通过'文学叙事'确立自身'发展'的合法性。它的核心问题，即是'叙述'和'如何叙述'自己的'历史'。"②对女性文学史而言，如何进入历史的叙述、选择怎样的叙述方式，关键在于确立恰当的叙事支点。

早期学人编撰文学史的资源，既包括引自国外的文学观念，也有本土的学术传统。经过胡适、郑振铎等为代表的"五四"学人卓有成效的实践，文学史写作的范型得以建立。从进化观念和历史时序出发，对文学史加以总体观照和具体评述，成为后来绝大多数著史者认同的书写模式。反映在对文学现象的认识上，大体是"新比旧好，新的总是胜过旧的；历史是沿着某种既定的观念、目标（我们称之为'本质'、'必然规律'）一路凯歌行进，即使有一时之曲折，也是阻挡不住历史发展的'必然趋势'的，等等"③。从《二十世纪中国女性文学史》对女

---

① 参见郭延礼：《二十世纪女性文学研究中的一个盲点》，载于《文艺研究》2007年第12期。
② 程光炜：《知识·权力·文学史——关于中国现代文学史观的再思考》，载于《南京大学学报》（哲学人文社科版）2005年第1期。
③ 钱理群：《矛盾与困惑中的写作》，王晓明主编：《二十世纪中国文学史论》（上卷），东方出版中心2003年版，第20~21页。

性文学五个阶段基本状况的概括描述中,可清晰地看到这样的印记。[①] 在此过程中,它所吸纳的"20世纪中国文学"概念的现代性视阈以及写作者肯定、召唤和张扬女性主体性的主观意图,共同促成了女性文学史整体观的进化论色彩。

该书的历史叙述以中国女性文学不断前行(尽管有时不无回旋)的态势,形成了20世纪相互衔接的链条。经由这样的叙述,女性创作在总体上与中国社会和文学的现代性进程同一步调,在相互碰撞和融汇中形成了一个比较完整的体系。对于这一脉络中有别于主流形态的女性创作,则借助"女性意识"的演进加以整合。比如,该书认为张爱玲的文学创作从女性意识不断走向成熟的角度显露出积极意义,即她"把女人身上的母性、妻性、女儿性层层片片地刮落下来,呈现她们失去本真变成异物后的景象",自觉进行着"对人和女人本性的本体性思考"[②]。于是,现代女性文学的历史在逻辑的演绎中得以自足。不过,从作家创作与文学史运行之间的关系来看,"由于作为其核心要素的个体的人及其自由的精神活动乃是一种最为活跃的、无法测定的'变量',因而造成文学史运行的独特规律"[③]。作为无法根据作者的生物属性予以简单测定的"变量"之一种,性别因素对创作者精神活动的影响势必具有纷繁多样的个体色彩。在此种情况下,以进化的观点统摄复杂的文学现象,尽管有利于将其纳入严密的逻辑结构进行文学史的推衍,但如何充分顾及女性文学历史本身的丰富性,避免简单化地将历史的延伸与某种理念的演进生硬地联系起来,还有待于进一步的探索。进化论的思维方式在有效地支撑起女性文学史叙事总体框架的同时,也给其带来简单化之弊。

第四,对女性创作文化异质性的突出强调,影响了文学史的观照视野及其客观性。

《浮出历史地表》的全书结构借用了中国现代文学"三个十年"的划分方法,但其对女性文学进行整体观照的出发点和落脚点,在于强调女性创作相对于男性中心的现代文学传统所具有的异质性。在作者看来:"真正自觉的女作家将女性性别视为一种精神立场,一种永不承诺秩序强加给个体或群体强制角色的立场,一种反秩序的、反异化的、反神秘的立场。"这样的认识渗透在对各时期的女性文学实践的具体剖析中。比如,在第一个十年(1917~1927年)里,凌叔

[①] 书中基于对近百年间女性文学的整体把握,做了这样的阶段划分:(1)20世纪初到"五四",女性意识觉醒,女性文学勃然崛起;(2)20世纪20年代后期到30年代后期,女性文学由面向自我到面向广阔社会;(3)20世纪30年代后期到40年代末,战争使地域割裂,女性文学呈多样性发展;(4)20世纪50年代到60年代,大陆与台湾政治对峙,女性文学分流各呈单调模式;(5)20世纪70年代末至今,女性意识迅速发展趋向成熟,女性文学繁荣。

[②] 盛英主编:《二十世纪中国女性文学史》(上卷),第379页。

[③] 许总:《文学史观的反思与重构》,载于《文学评论》1995年第2期。

华在"女性性灵的叙事艺术"方面取得成绩,即"把女性的经验从一种小问题、一种呐喊变为一种艺术,这正是一代浮出地表的女儿们所能做的最大建设"。在第二个十年(1927～1937年)间,女性创作提供了由青春时代向性别成人转变过程中的女性经验,丁玲、沉樱更是以敏锐冷静的女人视点以及对男性世界与女性自我的准确感觉,给女性传统带来了新的内容;但另一方面,女性这一群体的独特经验,特别是生理——心理经验,始终未能进入表现领域。而"一旦她们汇入时代主潮,便既不复保留女性自我,又不复有反神话的揭示力"。到了第三个阶段(1937～1949年),民族灾难与抗争背景下分割而成的不同空间,赋予女性及妇女的地位和意义有相当的差异。张爱玲、苏青此期的文学实践构成"中国现代女作家对男性文学惯例的第一次成熟的反叛,也是对女性自身文学传统的一份贡献"①。

显然,女性创作是否蕴含反秩序、反异化、反神话的异质性,成为该书关注的重点和评判的尺度。这一尺度与作者犀利独到的洞察力和新见迭出的阐述相结合,铸就了文学史叙事"片面的深刻性",给读者带来全新的视角和启发。但与此同时,该书副标题所标明的"现代妇女文学",却未能得到相对客观、全面的观照。关于这一点,不妨与《二十世纪中国女性文学史》(上卷)叙述同一时段(20世纪上半叶)时的覆盖面做一对比。

《浮出历史地表》全书设专章重点讨论了9位女作家(庐隐、冯沅君、冰心、凌叔华、丁玲、白薇、萧红、张爱玲和苏青);与此同时,在若干章节穿插了对其他一些女作家(陈衡哲、苏雪林、林徽因、沉樱等)创作的简要评述,总体上构成了"点""面"交织的叙事框架。由于它的研究重点在于揭示现代女作家在文学创作中对女性自我的开掘及其在此过程中所遭受的文化压抑,其所选择的阐释对象也便集中于在这些方面表现较为突出的作家作品,其他类型的女性创作则被忽略。《二十世纪中国女性文学史》(上卷)选取了包括《浮出历史地表》所涉及的全部女作家在内的48位女作家②,并为其设置专门章节一一加以评述;在具体内容的展开中又旁涉若干女作者,从而比较全面地勾勒了现代女性文学创作的整体风貌,显示了其丰富内涵。尽管所收作家的数量并不一定能构成文学史质量的决定性因素,不同的文学史写作完全可以在作家作品的入选方面做出不同的衡量,其学术特色的体现也可能正与慧眼独具的选择相关,但是,作为一部借

---

① 孟悦、戴锦华:《浮出历史地表》,河南人民出版社1989年版,第95～96页、第117页、第225页。

② 即指秋瑾、陈衡哲、冰心、庐隐、冯沅君、石评梅、陆晶清、陈学昭、白薇、濮舜卿、苏雪林、凌叔华、丁玲、谢冰莹、冯铿、萧红、关露、葛琴、胡兰畦、白朗、草明、袁昌英、沉樱、林徽因、方令孺、沈祖棻、罗淑、罗洪、安娥、赵清阁、郁茹、胡子婴、杨刚、子冈、王莹、凤子、许广平、杨绛、李伯钊、颜一烟、莫耶、曾克、袁静、张爱玲、苏青、梅娘、陈敬容、郑敏。

助现代女性文学创作,从性别角度展开整体性的民族文化反思的专著,《浮出历史地表》在观照女性创作方面视野不够开阔,这不能不说是个遗憾。

这个遗憾的形成,与该书在其女性文学史观的导引下,追求女性文学创作包含的文化异质性密切相关。作者认为:"女作家的创作除去受主流意识形态控制外,还包含着来自女性自身的非主流乃至反主流的世界观、感受方式和符号化过程。借用巴赫金所言,在她们作品中包含着某种对话体系。这后一方面往往可能,甚至已经导致了对主流观念体系的怀疑,至少,它提供着一个移心的角度,成为我们在今天解构现代文学作品和现代想象方式及意识形态的一个起点。""对话"的体系,"移心"的角度,质疑主流观念的功能,部分女性创作在这些方面所可能拥有的独到之处,正是《浮出历史地表》所极力推重的现代女性文学精华之所在。然而,文学史观念对女性创作之文化异质性的追求,在赋予该书洞见和个性的同时,也给女性文学史的观照视野及其客观性带来了局限。

第五,有关"女性真相"的追寻一定程度上落入了本质化想象。

鉴于两性生物差异的客观存在,特别是千百年来女性在社会生活中相对于男性受到历史文化更多的压抑、更大的限制,女性的生命体验、审美感受和文学表达形成了一定的独特性。在女性深受传统文化压抑的背景下,其生命和文学存在真相的追寻,也便成为女性文学史的写作诉求之一。

不过,"女性的真相"作为一个问题,在《浮出历史地表》中是从批判男性中心的文学传统中"女子没有真相"这一角度提出的。这一尖锐质询不仅触及社会文化,而且关联个体生命。该书指出,一些现代文学经典对"新女性"形体形象的描述往往发自一个男性人物或男性的视觉、听觉、感觉系统。这样的意识形态神话给坚持自我的女性所带来的只能是自我分裂。《二十世纪中国女性文学史》也认为:"男作家写女性,总是把他们的'自我'投影到笔下女性形象中去,以他们男性感觉系统去突出女性的性别效果。或把女人精神世界写得过于复杂和错乱,或把女人的温柔情性写成对男人的服务与依附;或热衷于烘染女人的肉气而使其成为男人肉欲或观赏的对象。"

那么,女性如何借助创作获得自身的"真相"呢?两书通过女性创作与男性创作的比较表明了看法。《浮出历史地表》认为,在男权文化背景下,坚持自我的女性在文本中势必出现的心理和话语上的分裂,标志了现代女作家与男作家的最大不同。作者赞扬女作家在性别反思中还女性以真实。比如,在谈到凌叔华小说创作对女性的描写时,称许她"审视性别角色的那种既冷静、又温情、既批判、又宽容的目光中,包含着一个男性大师们不齿占取或不屑占据的角度,即从内经验视角去揭示那些连庸俗都够不上的女人们的庸俗,描写那些可笑甚至可鄙的女人的悲哀,从而在一种性别反思的高度上表明,女性狭窄的天空究竟狭窄到什么程度"。《二十世纪中国女性文学史》指出,女作家最能贴近女性世界的实情。她们对女人生存境遇、生命创造和心灵世界的观察和体味具有直接性,因而拥有揭示女性本质真实的优势:"她们对外在世界的驾驭,确不如男性作家开阔与全景式,但对女人社会人生体验的揭示真切而深入;她们对自然生命和性爱的描绘,持有母性的博大和高洁,既富生命痛苦又富理想的光辉。至于她们的审美形式则更具情感性、想象性、体验性,独特而多样"。

可见,两部著作都选择了从性别差异入手,将女性创作特质从主流话语中分离出来,以肯定其在创作中对"女性真相"的追寻。前者主要借助女性主义理论,在父权制社会文化结构的大背景下展开论析,"一定程度上使女性文学批评从新启蒙主义话语中分离出来,明确地将批判对象指认为父权制,从而形成了独特的表述体系和话语方式"。然而,由于它简单地设立了男性/女性这样一个二元对立项,并将之解释为社会结构性因素的全部;与此同时,又设立了一种有关"女性真相"的本质化想象,因而导致忽略了"女性和现代民族国家的关系远不止是'二元对立'式关系,而有着更复杂的关联"[①]。后者在新启蒙主义的框架中展开思考,将女作家创作中有关女性独特经验的文学表述视为对20世纪文学艺术的丰富,对人类认识的补充和完善以及对"人"的理解的深化。但它在就女性创作特征进行具体分析时,有关女性特质的理解也流露出一定的本质主义色彩。

事实上,在近代以来中国文学所面对的现代性转型这一重大历史命题面前,男女两性在社会生活中的体验很多时候一定程度上具有相通性和互补性,而非截然两分、各成一统,更未必处于相互对立的状态。如若依据作者生物性别笼统地划分文学营垒,概括其创作特色,是很难在纷纭复杂的文学事实面前立住脚的。比如《二十世纪中国女性文学史》中这样表述:"不管她们自觉与否,不管它们持有何种女性观,她们总是因为相同的女性立场和视角,相似的性别经验和体验而不谋而合、不约而同,并同男作家创作鲜明地区别开来。"这样的判断在文学事实面前,显见是过于简单化了。

总之,从观念上对女性文学史加以总体把握,是一种具有性别内涵的文化行为。这一行为既是对以往文学史格局的质疑和挑战,也是从特定方面出发的文学建设。女性文学史观的生成,不仅来自女性生存历史和现状的孕育以及女性文学所蕴含的独特质素的启迪,同时也来自书写主体力求改变延续千年的不合理的性别文化生态的强烈愿望。它很难说得上成熟,但其所蕴含的对传统文学史观念的批判性反思和两性平等的文化取向以及有关现代文学史性别建构的思考,具有积

[①] 贺桂梅:《当代女性文学批评的一个历史轮廓》,载于《解放军艺术学院学报》2009年第2期。

极意义。

有论者称,"一部现代文学史的形成,正因为建立在权力叙事的基础上,它才显示出单调而划一的叙事秩序,一切仿佛都是安排好似的,就是一部'五四'新文学——左翼文学运动——延安解放区文学的严密逻辑的发展史"[1]。近年来,学界对"现代文学史的多元共生"提出期待。它意味着打破过去一元独断的文学史话语体系,采用多元的价值标准来衡量作家作品。而破除人云亦云的文学史陈旧模式以及男性本位的文学史叙事,尝试引入性别维度,进行富于个性的文学史写作,可说是此间具有合理性和可能性的选择之一。当然,研究者在秉持特有的女性文学史观念,以性别视角的介入与以往的文学史拉开距离的同时,还须尊重文学史写作的基本规律。这就意味着,有关现代女性文学史的书写当是作为多元化的文学史叙述方式之一,与其他类型的文学史叙述保持"对话"关系,努力沟通,实现互补。

20年多前,《浮出历史地表》和《二十世纪中国女性文学史》的书写实践为我们留下了有益的启示,其间存在的不足也给后来者以有益的提示。随着当代女作家创作旺沛生命力的持续展现以及女性文学研究实践的丰富,有关性别与现代文学史关系问题的探讨,可望在21世纪的实践中得到进一步深化。

第三节 20世纪80年代女性批评主体的实践

20世纪80年代,女性文学创作的兴盛成为引人瞩目的文坛现象。对此,多年来很多学者进行了比较深入的研究;但与此同时出现的另一涉及性别与文学关系的现象则较少为人注意,这就是女性作为批评主体在80年代文学界的竞相涌现以及她们所做出的可贵努力。尽管后来一些影响较大的文学批评史著作和教材对女性批评家所做的工作有所提及,但批评主体的性别身份在文学实践活动中的影响很少为人关注;在有关80年代文学批评的论述中,性别意识作为女性/女性主义文学批评的逻辑起点和核心概念也往往被遮蔽。为此,有学者指出,"文学研究中的性别意识淡化,抑或无意识中的男性中心主义作祟"是造成"80年代的女性/女性主义文学批评处于暧昧和尴尬的状态"的主要原因[2]。

---

[1] 陈思和:《评"中国现代文学史多元共生新体系"——范伯群教授的新追求和新贡献》,载于《文艺争鸣》2009年第7期。

[2] 林树明:《论20世纪80年代我国文学评论中的性别意识》,载于《南开学报》(哲学社会科学版)2015年第2期。

既有的与20世纪80年代以来女性批评主体有一定关联的研究主要是两种情况：一是侧重于考察明显接受了国外女性主义思潮影响的文学批评活动，例如80年代以来女性主义理论在中国大陆的译介、运用以及本土化探求的轨迹；二是从理论建设、思想文化以及学术史等角度，对包括文学批评在内的女性文学研究加以审视。前者基于特定的研究目的，在对历史资料做出取舍时，淡化了不便纳入女性主义批评的实践；后者着眼点侧重于从整体上和理论上探讨女性文学研究的得失。两者的立意均不是将80年代女性批评主体的实践作为考察重点。鉴于此，我们在80年代原始资料的基础上，大略呈现当时女性批评主体参与女性文学研究活动的概貌，探讨其特色及价值。

需要说明的是，20世纪80年代关注女性创作并积极参与文学研究实践的，当然不只限于女性，女性研究者也并非仅仅关注女作家的创作，而是往往同时在其他方面也有成果，不过限于篇幅，本节的考察对象主要是80年代女学人围绕女作家创作展开的批评和研究。

一、20世纪80年代女性批评活动概貌

在提及20世纪80年代以女性为主体的女性创作研究时，学界相对比较熟悉的，首先是朱虹发表于1981年第4期《世界文学》的《美国当前的"妇女文学"——〈美国女作家作品选〉序》。这篇文章在国内第一次较为系统地介绍了西方妇女运动以及文学创作、研究发展情况，虽然主要是谈美国女作家的创作，但明确表达了有关"妇女意识"、"妇女文学"的看法。其次为李小江主编的"妇女研究丛书"（河南人民出版社，1988~1989）。该丛书的8部著作，半数出自女性之手，其中孟悦、戴锦华所著《浮出历史地表——现代妇女文学研究》一书在文学文化领域影响最为广泛。再者，白舒荣的《白薇评传》（与何由合著）和《十位女作家》也有一定影响。前者真实细腻地展现了"五四"女作家白薇的悲剧人生、创作生涯和她的文学个性；后者评述现代文学史上十位女作家的生平和创作，为后来的研究提供了可贵的资料和启发[①]。

当然，20世纪80年代参与女性文学批评和研究的女学人远不止前面提到的几位，而是达数十人之多。她们大都就职于高校、作协、杂志社及科研机构。其中既有多年从事文学研究的资深批评家和学者，也有刚开始踏上研究道路的年轻人。例如，李子云、王淑秧、苏者聪、吴宗蕙、陈素琰、盛英、马瑞芳、金燕

[①] 孟悦、戴锦华：《浮出历史地表》，河南人民出版社1989年版；白舒荣、何由：《白薇评传》，湖南人民出版社1983年版；白舒荣：《十位女作家》，群众出版社1986年版。

玉、牛玉秋、赵园、任一鸣、马婀如、钱荫愉、黄梅、张抗抗、吴黛英、钱虹、王友琴、乔以钢、赵玫、陈惠芬、季红真、翟永明、王绯、于青、艾云、林丹娅、姚玳玫、刘慧英、禹燕、吕红、施国英等。此外，还有部分女学人当时未曾以女性创作为主要关注对象，但在其他方向的研究中取得了成绩，如应锦襄、乐黛云、吴小美、刘思谦、饶芃子、陶洁、陈美兰、艾晓明等。20世纪80年代女性创作与批评的共同发展，几代女学人的积极参与，构成了前所未有的景观。

20世纪80年代前期，有关研究经常以评论文章的形式出现。一些女学人对当时女性文学创作蓬勃兴起的现象做出了敏锐思考和即时回应。1982年，刘慧英在《谈女作家作品的主题倾向》一文中指出，女作家崛起之因不仅在于社会时代的转型，更源于女性自身的诉求。她们的创作"标志着女性自我意识逐渐觉醒的过程，是女性要求有人的尊严、平等的表现"[1]。次年吴黛英发表《新时期"女性文学"漫谈》，认为"我国新时期'女性文学'的崛起，是一个复杂的历史现象和文学现象，它是多重因素作用的结果"，既离不开社会历史的转型，也有文学创作自身发展的因素[2]。对于当时产生了较大影响的王安忆的小说创作，陈惠芬以"从单纯到丰厚"加以概括。她捕捉王安忆创作的内在变化，指出"作为一个近年来在文坛上脱颖而出的青年作家，王安忆在艺术上的成长显然是和她审美理想、追求目标的不断提高和延伸联系在一起的"[3]。陈素琰《论宗璞》以知人论事的方式展开分析，认为宗璞的创作与中国悠久的历史、文化传统，知识阶层的气质、情操以及生活方式有着千丝万缕的联系，呈现出特有的幽雅、淡泊、洒脱、内省的精神风貌[4]。这些研究程度不同地融入了女性主体的生命感知。

除了跟踪新时期的女性创作之外，也有不少学者专注于考察现代文学史上的女作家及其创作。王淑秧《〈太阳照在桑干河上〉的历史地位》联系新文学史和丁玲的创作道路，对这部长篇小说的文学史地位作出评价[5]。赵园《开向沪、港"洋场社会"的窗口——读张爱玲小说集〈传奇〉》将张爱玲的小说创作视作洞察"近现代中国的重要历史侧面"的窗口，认为对人性、洋场生活特殊本质的艺术性追问体现出张爱玲小说独有的深度与魅力，她在中国现代小说史上的位置不可替代[6]。林丹娅《庐隐创作个性中的"自我"》将"五四"的时代背景与女作家的创作人生彼此观照，认为庐隐小说最大的特色是"自我"情绪的抒发与表

---

[1] 刘慧英：《谈女作家作品的主题倾向》，载于《当代文艺思潮》1982年第3期。
[2] 吴黛英：《新时期"女性文学"漫谈》，载于《当代文艺思潮》1983年第4期。
[3] 陈惠芬：《从单纯到丰厚——王安忆创作试评》，载于《文学评论》1984年第3期。
[4] 陈素琰：《论宗璞》，载于《文学评论》1984年第3期。
[5] 王淑秧：《〈太阳照在桑干河上〉的历史地位》，载于《中国社会科学》1982年第6期。
[6] 赵园：《开向沪、港"洋场社会"的窗口——读张爱玲小说集〈传奇〉》，载于《中国现代文学研究丛刊》1983年第3期。

达。这种"自我"的张扬表达出特定时代下人性诉求的文化背景，而过于偏激的"自我"也给她的创作带来局限①。

20世纪80年代，文学期刊对社会文化生活颇具影响力。在此背景下，女性批评主体与文学评论期刊之间有着比较密切的合作。《新文学史料》《当代文艺思潮》《文艺评论》《文学评论》《读书》《上海文论》《文学自由谈》《批评家》《当代文艺探索》《当代作家评论》《女作家》《当代文坛》《小说评论》《诗刊》等刊物，均曾提供发表相关资料及研究成果的园地，体现了对女作家创作的关注。这种合作促进了女性批评实践的持续发展，同时也使一些读者通过期刊了解到女性批评群体的出现。

评论者的文字以专栏的形式集中发表，常会更具影响力。1986年，《当代文艺探索》第5期设置"女批评家专辑"，并在文后附有作者小传，介绍了若干女作家。1987年，《当代文艺思潮》于第2期、第5期开设"当前女性文学探索与争鸣"专栏，刊载了包括钱荫愉《她们是全部世界史的产物——文学创作中妇女地位问题的再反思》、王绯《女性文学批评：一种新的理论态度》在内的多篇文章。内容涉及女性在文学中的历史境遇以及关于女性文学批评的探讨。特别值得一提的是，在陈惠芬的努力和主持下，《上海文论》1989年第2期以接近整刊的篇幅，刊发了"女权主义文学批评专辑"。其中包括孟悦《两千年：女性作为历史的盲点》、吕红《一个罕见的女性世界——兼及〈金瓶梅〉的道德与美学思考》、施国英《颠倒的世界——试论张贤亮创作中的两性关系》、王友琴《一个小说"原型"："女人先来引诱他"》等文。正如栏目标题所示，这些文章具有犀利而鲜明的"女权主义"锋芒，从宏观和微观的不同角度，结合文学中的性别文化现象做出阐述和分析。此期还同时设有"妇女书架"，介绍了《女性的奥秘》《女性人类学》《女性的危机》《金色笔记》等相关成果。在20世纪80年代国内初兴的女性主义批评中，这期刊物颇具代表性，产生了较大影响。

在女性批评群体成长的过程中，学术争鸣的开展起了重要作用。它为女性批评活动的参与者提供了学术讨论的场域，也促使她们在文学界为人关注。我们知道，性别作为人类的基本属性之一，与每一生命个体相关；与此同时，作为复合型的文化符号，它又与社会、历史、民族、国家、阶级等诸多因素彼此勾连。这种状况一方面赋予性别研究丰富性和独特价值，另一方面也增加了研究的复杂性。20世纪80年代围绕"女性文学"展开的争鸣即是这种复杂性的一个反映。例如，对于"女性文学"是否具备女性特有的艺术属性，吴黛英认为，女性文学迥异于男性话语下的传统文学，具有"美"的特质，即"美的内容、美的意境、

---

① 林丹娅：《庐隐创作个性中的"自我"》，载于《福建论坛》1983年第3期。

美的语言",且女作家更擅长于内心描摹和细腻的情感表达①。王福湘提出质疑,认为艺术美、心理描写、意识流等并非女性所特有;新时期女性文学丰富多样,错综复杂,"对它的评价不能简单化、概念化,也不能感情用事,以偏概全"②。此后李小江《为妇女文学正名》,禹燕《女性文学的历史与现状——兼论什么是"女性文学"》,顾亚维《时代的女性文学》,陈惠芬《性别——新时期文学的一种"内结构"》,朱虹《妇女文学——广阔的天地》等文章③,可看作是关于这一讨论的延续和深化。这一争鸣关系到如何认识"女性文学"的基本内涵和特质,问题的提出促进了学理性探索。

又如关于"文学创作中妇女地位问题"的讨论。1986 年,男性学者孙绍先对女性文学创作中出现的"寻找男人"这一文本现象提出批评,主张"妇女题材文学应该大力探讨妇女自身的独立价值,彻底冲破精神心理上的依附感"④。钱荫愉在《她们是全部世界史的产物——文学创作中妇女地位问题的再反思》中提出商榷。她将妇女的历史文化背景和现实处境作为考察的重点,认为"两性的平等摆脱不了种种生理的、心理的、经济的、政治的甚至科学发展等方面的限制,社会还没有为妇女单方面实现强者意识提供普遍性的可能"⑤。孙绍先再次发文,指出单纯强调女性性别的特殊性,实际上就是默认了传统性别文化的男性霸权,从而使女性沦为"第二性别"、"特殊性别"。女性文学的目标之一便应是打破这种传统性别观念⑥。这一讨论所聚焦的问题牵涉女性文学研究的历史观和方法论,在 20 世纪 90 年代以后的研究界仍然一再被提出。

关于"两个世界"的讨论同样如此。1986 年,女作家张抗抗提出女性文学创作要同时面对"两个世界",即外部宏大的社会历史世界和妇女独特的内心世界。不论是男性还是女性,首先是人,面临着共同的生存和精神的危机,而妇女的解放也不是一个简单、孤立的"妇女问题"⑦。吴黛英则认为,男女两性在心

---

① 吴黛英:《新时期"女性文学"漫谈》,载于《当代文艺思潮》1983 年第 4 期。
② 王福湘:《"女性文学"论质疑——与吴黛英同志商榷兼谈几部有争议小说的评价问题》,载于《当代文艺思潮》1984 年第 2 期。
③ 李小江:《为妇女文学正名》,载于《文艺新世纪》1985 年第 3 期;禹燕:《女性文学的历史与现状——兼论什么是"女性文学"》,载于《当代文艺思潮》1985 年第 5 期;顾亚维:《时代的女性文学》,载于《文艺评论》1986 年第 2 期;陈惠芬:《性别——新时期文学的一种"内结构"》,载于《上海文论》1987 年第 1 期;朱虹:《妇女文学——广阔的天地》,载于《外国文学评论》1989 年第 1 期。
④ 孙绍先:《文学创作中妇女地位问题的反思》,载于《当代文艺思潮》1986 年第 4 期。
⑤ 钱荫愉:《她们是全部世界史的产物——文学创作中妇女地位问题的再反思》,载于《当代文艺思潮》1987 年第 2 期。
⑥ 孙绍先:《从女性文学到女性主义文学——兼与钱荫愉等人商榷》,载于《当代文艺思潮》1987 年第 5 期。
⑦ 张抗抗:《我们需要两个世界——在西柏林妇女文学讨论会上的发言》,载于《文艺评论》1986 年第 1 期。

理、生理以及由此而导致的对于认识世界、改造世界等方面的看法是存在差异的。承认性别意识、性别特征的存在是定义女性文学的基本前提①。这一讨论提出的问题关联着如何理解"女性"与"人"的关系，如何看待两性之间的差异，以及女性解放是否应当纳入人类解放的框架之内，具有重要的理论内涵。

值得一提的是，这些不同观点之间的交锋，是在参与者相互尊重、诚恳而理性的氛围中展开的。尽管讨论所涉及的话题当时并无定论，但它不仅激发、活跃研究者的思维，而且有助于引起读者对性别与文学之间关系予以更多的关注。直到 21 世纪的今天，相关思考仍在延续，这也从一个侧面映现出，性别问题来自社会历史深处，颇具理论和现实意义。

二、批评活动中女性主体意识的体现

1981 年，夏衍在为李子云的评论集《涓流集》作序时，特别提及女性批评家的稀少，他遗憾地写道："有了这么多的女作家，却很少听说有几位女评论家"②。这的确是不争的事实。古代文学批评史上极少有女性的身影，类似李清照《词论》那样的著述实属凤毛麟角。明清之际江南才女参与文学批评活动稍多，但总体而言女性的声音微乎其微，在批评史上是无足轻重的存在。晚清以降，现代中国的女权思想以及女性主体认同"在'人权'与'国家'的张力中被建构"③，女性的社会性别身份与民族国家的现代性诉求形成了某种同构关系。在这种同构中，女性主体性很大程度上仍处于缺失状态，文学领域的研究主体也以男性知识分子为主。20 世纪 80 年代女性批评群体的出现改变了这一局面。特别重要的是，现代意义上的女性主体意识在文学批评中得到体现。

一些女学人尖锐指出女性创作长期以来被遮蔽的历史文化境遇。苏者聪《略论中国古代女作家》指出，古代特定的社会文化是导致颇具才华的女作家们悲惨命运的主要原因，同时也造成了妇女在文学史上几乎是空白的现象④。王友琴《中国现代女作家的小说和妇女问题》聚焦女作家的小说创作与妇女问题的关系，认为如果忽略了女作家的创作，就"失掉了现代小说中一个很有光彩的部分，遗落了一份来之不易的历史财富，并且也难以为当代文学的有关问题找到一个恰当

---

① 吴黛英：《女性世界与女性文学——致张抗抗信》，载于《文艺评论》1986 年第 1 期。
② 李子云：《涓流集》，四川文艺出版社 1985 年版，第 1 页。
③ [日] 须藤瑞代，姚毅译：《中国"女权"概念的变迁——清末民初的人权和社会性别》，社会科学文献出版社 2010 年版，第 207 页。
④ 苏者聪：《略论中国古代女作家》，载于《武汉大学学报》（社会科学版）1987 年第 6 期。

的起步点"①。钱虹《关于中国现代女性文学的考察》写道:"迄今为止,《中国现代文学史》勾勒的中国现代女作家的概貌,是极不完整又粗陋不堪的"。该文在重审文学史的思路下,以较为翔实的史料阐述了陈衡哲、绿漪、白薇、方令孺、苏青等长期为文学史所忽略的现代女作家的文学贡献和影响②。

女性批评活动的主体意识还体现在立足于具体的文学作品及其所建构的艺术世界,关注妇女解放以及现实语境中的妇女问题。季红真在分析新时期小说主题时概括说:"许多作家,主要是女作家特别敏感地意识到,妇女解放的程度是衡量一个社会文明化程度的标志。她们对现存社会伦理关系及由此而产生的道德观念的思考,就自然地集中在对妇女命运的关注上"③。刘慧英《社会解放程式:对女性"自我"确立的回避——重读〈白毛女〉及此类型的作品》对妇女解放文学表述的内在话语逻辑进行考察,指出《白毛女》等作品中的"妇女解放"是置于政治话语之下的,而女性自身的诉求,即"个体的存在价值、自觉的行动选择以及自我意识等",则被社会、政治的强势话语所掩盖④。李小江《夏娃的探索——妇女研究论稿》一书认为,现代意义上的妇女文学由于中国特殊的历史境遇,承载着文学的双重使命:"一重是解放妇女的社会责任,另一重是坚定女性主体的艺术使命"。作者十分关注现实生活中的妇女问题,她的《当代妇女文学中职业妇女问题——一个比较研究的视角》一文,讨论了"有知识的职业妇女"在"女性雄化"、"多元角色冲突"等现实处境中的性别体验及其文学表述⑤。

处于相对敏感的社会文化转型期,对历史的反思和新的时代精神的建构成为20世纪80年代文化活动的重要维度。一些女学者在处理历史与现实的关系时立足于女性主体,剖析所谓"雄性化"和"女性气质"。金燕玉《论女作家群——新时期作家群考察之三》指出,1949年以后,文学作品中的女性形象通常偏于"刚气",而"文化大革命"更是将这种"男女都一样"的"女性雄性化"推向极致。新时期女作家创作的突出价值就是逐渐恢复了女性自我意识。论者认为,"中国新时期女作家的女性自我意识具有独特的内涵与深度。它来自对长期以来

---

① 王友琴:《中国现代女作家的小说和妇女问题》,载于《北京大学学报》(哲学社会科学版)1985年第3期。
② 钱虹:《关于中国现代女性文学的考察》,载于《上海文论》1989年第2期。
③ 季红真:《文明与愚昧的冲突》,浙江文艺出版社1986年版,第173页。
④ 刘慧英:《社会解放程式:对女性"自我"确立的回避——重读〈白毛女〉及此类型的作品》,载于《中国现代文学研究丛刊》1989年第3期。
⑤ 李小江:《夏娃的探索——妇女研究论稿》,河南人民出版社1988年版,第280页;李小江:《当代妇女文学中职业妇女问题——一个比较研究的视角》,载于《文艺评论》1987年第1期。

社会女性意识淡薄的反抗，又在对人、对个性的思考中获得深化"①。盛英《爱的权力·理想·困惑——试论新时期女作家的爱情文学》从"强权政治对于爱情的扼杀"这一视角来认识新时期女作家爱情文学的特点及创新，认为爱情在女性生命体验中的复位是女性主体摆脱了"雄性化"、"无性化"的历史束缚，重获爱的权力和自我价值的重要表现②。女诗人翟永明在诗论《黑夜的意识》中提出，女性文学从来就内蕴着三个不同趋向的层次。在女子气—女权—女性这样三个高低不同的层次中，真正具有文学价值的是后者。"女性"的文学才是最高层次。"进入人类共同命运之后，真正女性的意识，以及这种意识赖以传达的独有语言和形式，构成了进入诗的真正圣境的永久动力。"她将个人、宇宙的内在意识称之为黑夜意识，认为黑夜意识是女性的思想、信念和情感承担者，女诗人将这种承担注入诗中。几年后，她在《"女性诗歌"与诗歌中的女性意识》一文中，对相关问题又有更为深入的思考③。王绯《女性气质的积极社会实现——读〈女人的力量〉兼谈女性文学的开放》、李小江《寻找自我——当代女性创作的基本母题》等文章，也从不同角度涉及"女性气质"对女性文学的意义和影响④。

　　对传统性别文化的质疑、颠覆和反抗，尤为突出地体现了女性批评的主体意识。孟悦《两千年：女性作为历史的盲点》指出，在父权文化体系中，男女两性之间的关系始终处于统治者/被统治者的对抗性两项关系；"在两千年的历史中，妇女始终是一个受强制的、被统治的性别"，生存在"黑暗、隐秘、暗哑的世界"⑤。吕红《一个罕见的女性世界——兼及〈金瓶梅〉的道德与美学思考》对小说《金瓶梅》做出了颠覆性的解读。文章认为小说中的女性人物"金瓶梅"们作为艺术形象的特定价值，不应被传统道德观判了死刑的"淫"的表象所掩盖和抹杀；而对人物的道德批评也不可代替对文学的"历史"与"美学"的评价。"金瓶梅"们的出现，为中国文学开辟了一个纯粹从自然而非道德角度描写女性世界的新领域⑥。朱虹《〈简·爱〉与妇女意识》一文则是针对男性书写的历史（history）的批判与反驳。在论者看来，历史记载和文学描写中的妇女形象（比如"家庭的天使"）渗透着男性的偏见与臆想；而简·爱不承认传统的妇女美

---

① 金燕玉：《论女作家群—新时期作家群考察之三》，载于《当代作家评论》1986年第3期。
② 盛英：《爱的权力·理想·困惑——试论新时期女作家的爱情文学》，载于《当代文艺探索》1987年第1期。
③ 翟永明：《黑夜的意识》，见《诗歌报》1986年11月15日；《"女性诗歌"与诗歌中的女性意识》，载于《诗刊》1989年第6期。
④ 王绯：《女性气质的积极社会实现——读〈女人的力量〉兼谈女性文学的开放》，载于《批评家》1986年第1期；李小江：《寻找自我——当代女性创作的基本母题》，载于《文学自由谈》1989年第6期。
⑤ 孟悦：《两千年：女性作为历史的盲点》，载于《上海文论》1989年第2期。
⑥ 吕红：《一个罕见的女性世界——兼及〈金瓶梅〉的道德与美学思考》，载于《上海文论》1989年第2期。

德,不肯扮演女人的传统角色的人物塑造构成了某种意义上的"女权主义宣言"①。黄梅在《"阁楼上的疯女人"——"女人与小说"杂谈之三》中,对男性传统阅读经验中女性人物类型的两极——"不是贤媛,便是荡妇;不是天使,就是恶魔",做出了反思②。王绯《缠足文化的迫力——说说〈三寸金莲〉》、于青《两性世界的对立与合作——谈女性文学的社会接受与批评》、刘慧英《淫荡乎,贞洁乎——两种传统女性类型的对立和转化》等文,也从不同侧面表达了对传统男权文化和性别压迫的质疑和批判③。

对妇女研究/女性文学批评本身的自省,同样是女性主体精神的反映。其中隐含了女性批评主体在理论建设方面的自觉。朱虹《美国当前的"妇女文学"——〈美国女作家作品选〉序》可视为自觉地从性别视角出发思考文学理论建设的滥觞。王绯《批评:多轨道的向心运动——兼谈女性批评家的批评意识》讨论了"女性文学批评"存在的合理性及独特性,认为在至今还是以男性为中心的批评界,最应得到这种自我暗示的应当是女性。女性批评应该作为一种特殊的文化现象而存在,应当提出女性批评的自觉意识和自主意识的问题④。王友琴指出,"就妇女问题而言,事关切身利益,然而女性作者未必就持有更正确的看法,她的作品也未必体现出更多的'妇女意识'";"妇女的处境是妇女问题的一个基本方面,在这种处境中形成的妇女的心理状态是高一个层次的问题"⑤。李小江《妇女研究与妇女文学》主要探讨针对具体社会问题展开的妇女研究与伴随女性文学发展而兴起的女性文学批评两者之间的关系。文中指出20世纪80年代以来女性文学批评存在的问题,如缺乏宏观的把握、缺乏历史感、理论素养欠缺、具有深度的研究较少等⑥。这是来自80年代女性批评实践现场的反思,显示出女学人对研究中存在问题的清醒认识以及提升自身研究水平的愿望。

三、女性主体批评实践的特点和价值

女性文学研究的高潮出现在20世纪90年代,特别是1995年联合国第四

---

① 朱虹:《〈简·爱〉与妇女意识》,载于《河南大学学报》(社会科学版)1987年第5期。
② 黄梅:《"阁楼上的疯女人"——"女人与小说"杂谈之三》,载于《读书》1987年第10期。
③ 王绯:《缠足文化的迫力——说说〈三寸金莲〉》,载于《当代作家评论》1986年第6期;于青:《两性世界的对立与合作——谈女性文学的社会接受与批评》,载于《小说评论》1988年第6期;刘慧英:《淫荡乎,贞洁乎——两种传统女性类型的对立和转化》,载于《文学自由谈》1989年第4期。
④ 王绯:《批评:多轨道的向心运动——兼谈女性批评家的批评意识》,载于《批评家》1986年第6期。
⑤ 王友琴:《中国现代女作家的小说和妇女问题》,载于《北京大学学报》(哲学社会科学版)1985年第3期。
⑥ 李小江:《妇女研究与妇女文学》,载于《文艺评论》1986年第4期。

次世界妇女大会在北京召开前后。与之相比，80 年代的文学批评作为其先声，时效性更为明显，与文坛之间的联系也更为紧密。此期一批优秀女学人以"对话"的姿态介入文学批评，与文学创作之间形成了良好的互动。此为特点之一。

其间，两位资深批评家李子云和盛英具有一定的代表性。李子云在 20 世纪 80 年代文坛颇具影响力，一批年轻学人和作者在成长的过程中受到她的热情鼓励和帮助。她的部分文学评论，1984 年辑为《净化人的心灵——当代女作家论》一书出版。作者对张洁、王安忆、茹志鹃、张抗抗、戴晴等在当时文坛引起关注的女作家的作品进行解读，细致分析女作家创作中的优点和不足，以读者身份诚恳地对作家创作提出建设性意见。比如，"希望张洁的创作道路开拓得更广阔些，现实意义更强烈些，作品的容量更大些"；希望文坛新秀王安忆体会和理解现实生活的复杂性，追求精神上的深刻和艺术表达上的"力度"，而戴晴则需要在未来的写作中尽量克服太过"粗糙"、"直白"的缺点[1]。李子云还与同时代许多女作家保持通信交流，例如，《致铁凝——关于创作的通信》、《关于创作的通信——与程乃珊谈创作》、《同一社会圈子里的两代人——与女作家李黎的通信》[2] 等。这些"通信"既有针对作为收信人的作家及其创作的评说，也不乏关于其他作家的创作以及文学文化现象的讨论和交流。借助"通信"，实现了批评家和作家的直接对话，也为读者提供了更多认识和了解当代女作家及其创作的机会。

盛英也是 20 世纪 80 年代较早开始关注女性创作的批评家。作为文学期刊的编辑和创作研究者，她热情扶植当时刚刚崭露头角的年轻女作家，在文学批评中体现了敏锐的观察力和出色的审美判断力。她的《真诚的追求——读部分青年女作家小说随想》一文，论述了王安忆、张抗抗、铁凝等青年女作家在知青题材、爱情题材创作中展现的柔美、细腻、浪漫和温情，认为这些年轻女作家以鲜明的女性气质彰显了自己的性别身份，同时"愿站在女性立场，呼吁妇女的自立、独立精神，赞美妇女的自我牺牲情操"[3]。盛英还就柯岩、韦君宜、陆星儿等一系列女作家的创作发表了评论，体现了对女性文学创作发展的深切关切和期许。她的 25 篇评论收入后来出版的《中国新时期女作家论》一书中。特别具有学术史意义的是，从 1985 年开始，盛英秉持在文学活动中凸显女性意识、倡导性别平

---

[1] 李子云：《净化人的心灵——当代女作家论》，生活·读书·新知三联书店 1984 年版，第 33 页、第 48 页、第 214 页。

[2] 李子云：《致铁凝——关于创作的通信》，载于《当代作家评论》1984 年第 1 期；《关于创作的通信——与程乃珊谈创作》1984 年第 7 期；《同一社会圈子里的两代人——与女作家李黎的通信》，载于《读书》1986 年第 5 期。

[3] 盛英：《真诚的追求——读部分青年女作家小说随想》，载于《朔方》1984 年第 3 期。

等的理念，主持进行《二十世纪中国女性文学史》的编写。这是一部具有填补现代女性文学史空白意义的厚重之作。尽管因出版经费原因，该书迟至1995年世妇会召开前夕才得以问世，但主要的编写工作20世纪80年代末已基本完成①。

特点之二，这一时期的理论资源、批评观念和研究方法具有多元并存、新旧杂糅的特点。首先，马克思主义文艺理论观点特别是美学与历史相统一的批评原则，在部分女性批评主体的实践中仍占有主导位置；其次，在思想解放的时代背景下，人道主义、新启蒙思潮对女性批评群体产生了普遍而深刻的影响；最后，一些女性批评主体尝试吸收和借鉴包括女性主义在内的现代西方理论和批评方法，运用于女性创作研究，呈现了文学批评的新形态。

翻阅当时女作者的文学评论和学术论文可以看到，在20世纪80年代后期的女性主义理论热出现之前，以女性为主体的研究实践尽管在对象的选择、作家作品的分析和解读等方面自觉不自觉地融入了一定的性别意识，但大多并未真正建立起文学研究的性别维度。一些时候，研究者面对女作家的创作，采用的仍是偏于"传统"的思维和评价尺度，"性别"没有能够作为文学批评的有效范畴发挥作用。然而，这并不意味着此类研究就一定是过时、"落伍"的，失去了存在的意义和价值。如果静下心来认真品读或许可以感受到，这些今天看来似乎已经不再应时的研究成果，仍有着值得汲取的优长。一方面，特定历史文化语境中的女性批评活动留下了具有时代现场感的思想文化材料，其中不乏颇具历史价值和现实意义的信息；另一方面，批评个体在实践中结合各自的生活阅历、知识结构、审美眼光、理论兴趣以及研究意图等所做出的阐释和判断，理所应当是丰富的存在。

特点之三，此期女性主体展开的文学批评在关注作品内容的同时，比较普遍地注重文学的审美特质和艺术表现。比如，李子云非常关切女作家的创作个性和表现力。她说，"读宗璞的作品，是一种高度的美感享受"，能够"提高人的情操，净化人的心灵"，这便是文学作品的价值所在；她强调"艺术必须首先是艺术，必须以艺术形象本身的力量感人，仅仅动人以理是不行的，必须先动人以情，在使人动情的过程中引人思考"。她的《女作家在当代文学史所起的先锋作用》一文，将文学创作的思想内涵和艺术品格作为一个整体来论述女作家在当代文坛的独特贡献②。吴宗蕙从"女性形象"塑造的角度考察王安忆短篇小说《流

---

① 盛英：《中国新时期女作家论》，百花文艺出版社1992年版；盛英主编：《二十世纪中国女性文学史》，天津人民出版社1995年版。
② 李子云：《净化人的心灵——读〈宗璞小说散文选〉》，载于《读书》1982年第2期；《有益的探索——张抗抗的小说读后》，载于《文艺理论研究》1982年第2期；《女作家在当代文学史所起的先锋作用》，载于《当代作家评论》1987年第6期。

逝》，对小说主人公欧阳瑞丽进行了深入细致的分析①。其他很多研究者也是如此，如牛玉秋《女作家在中篇小说创作中的新探索》、陈素琰《美丽的忧伤——舒婷的〈惠安女子〉》、王绯《在梦的妊娠中痛苦痉挛——残雪小说启悟》、任一鸣《女性文学一种新的审美流变——"荒诞"》、季红真《精神被放逐者的内心独白——刘索拉小说的语义分析》、艾云《把女人的性别发挥到极致——论〈玫瑰门〉中的司猗纹》等文章，侧重点均在于作品的艺术特色和质地②。

特点之四，部分研究实践具有较强的历史意识和理论反思精神。如乔以钢《中国古代女性文学创作的文化反思》一文，从多方面分析了古代女性创作的历史文化土壤，在传统思想文化的脉络中把握古代女性创作的特征，指出深层文化心理建构对创作产生的影响值得探索③。于青认为，女性文学作品通常是"从社会文化中寻找女性的社会化原由及其生成"，缺少"从女性自身去反射和反馈社会文化"。而张爱玲、施叔青、刘西鸿等人的作品能够以女性独有的视角探讨和审视女性意识的文明进化与变革，体现出对深层历史意识的探寻和思考，是女性文学发展脉络中不应忽视的重要收获④。针对当时研究实践中逐渐兴起的在女性主义等西方理论框架下阐释本土文学的现象，马婀如在《对"两个世界"观照中的新时期女性文学——兼论中国女作家文学视界的历史变化》中提出，"目前，在对女性文学的研究中，有研究者把西方女性文学作为研究参照，这对开阔人们的视野、更新研究的方法，自然是大有裨益的。但西方女性文学是在西方特有的政治、文化、妇女生态土壤上开放的文学之花，它们不是中国女性文学的楷模，更不会是中国女性文学的归宿。中国女性文学完全有条件、有理由具备我们时代和民族的特点"⑤。其他一些女学人也有相关阐述。虽然此时女性主义理论本土化的命题尚未十分明确地提出，但她们对于如何恰当地借鉴西方理论已有自觉的思考。

---

① 吴宗蕙：《一个独特的女性形象——评〈流逝〉中的欧阳瑞丽》，载于《文学评论》1983年第5期。

② 牛玉秋：《女作家在中篇小说创作中的新探索》，载于《文艺报》1985年7月6日；陈素琰：《美丽的忧伤——舒婷的〈惠安女子〉》，载于《名作欣赏》1987年第1期；王绯：《在梦的妊娠中痛苦痉挛——残雪小说启悟》，载于《文学评论》1987年第5期；任一鸣：《女性文学一种新的审美流变——"荒诞"》，载于《艺术广角》1988年第1期；季红真：《精神被放逐者的内心独白——刘索拉小说的语义分析》，载于《上海文学》1988年第3期；艾云：《把女人的性别发挥到极致——论〈玫瑰门〉中的司猗纹》，载于《当代作家评论》1989年第6期。

③ 乔以钢：《中国古代女性文学创作的文化反思》，载于《天津社会科学》1988年第1期。

④ 于青：《来自历史深处的关注——对女性文学女性视角的思考》，载于《东岳论丛》1989年第1期。

⑤ 马婀如：《对"两个世界"观照中的新时期女性文学——兼论中国女作家文学视界的历史变化》，载于《当代文艺思潮》1987年第5期。

总的来说，20世纪80年代女性批评主体并非以对抗性的姿态出现在文学场域，而是基于逐渐建立起来的性别自觉，一定程度上调整和改变着传统的文学批评格局。反映在批评文本上，女性评论者既可能与男性批评家持有相近的批评理念和审美判断，也可能在研究对象的选择、理论方法的运用以及文本的解读乃至表达方式上有所不同，而女性批评群体内部同样存在诸多差异。80年代女性批评主体的文学实践为当代文学研究的发展做出了积极贡献，今天仍具有特定的意义和价值，同时也存在比较明显的不足。首先，对性别与文学之间关系的理解往往倾向于男女两性二元结构，有本质主义倾向。其次，由于批评主体的性别身份与研究对象之间关联密切，在未能自觉拉开必要距离的情况下，有时对理性判断带来影响。最后，批评主体的理论修养不足，影响到研究的深度。而无论是成绩还是不足，都为推进女性文学研究的发展提供了借鉴。

1987年，有文章写道："在我国活跃在批评领域的女性批评家的队伍还是十分弱小的一支，就整体而言，两性批评家在视野的成就上也存在着比较明显的差异，但是批评的世界里毕竟有了越来越多、越来越大的女性的声音，这预示着女性文学批评将作为一种特殊的批评文化，向世人表明新理论态度的可能"[①]。这里所说的"可能"显然并非无足轻重，因为它关系未来。在回顾女性文学批评历程的时候我们当记得，20世纪80年代，一批女性先行者在文学领域为了文学，也为了促进性别平等的文化建设，做出了可贵的贡献。

第四节　21世纪以来性别与文学关系的探索

进入21世纪以来，国内女性文学研究的学术转型日益明显，女性文学研究的关键词由"女性"转向"性别"。正如刘思谦指出，"性别作为关键词，对女性文学研究来说具有牵一发而动全身的作用。这是因为性别这个概念所涵盖的是男女两性，这样女性文学研究就是以女性文学文本为主，同时又将相关的男性文学文本作为互为参照比较的互文本进入我们的论题的研究；在男/女文学文本相互参照比较中，我们将会发现一些我们所习焉不察的被遮蔽的意义，这将大大拓展我们的研究视野，开启我们的思路。"不仅如此，这一转型就像是打开了一扇长期关闭的窗户，"我们从这扇窗户所看到的，将不仅是性别，而是和性别纠缠在一起的种种有性别而又超性别的问题。这样，在被遮蔽的文本意义向我们敞开

[①] 王绯：《女性文学批评：一种新的理论态度》，载于《当代文艺思潮》1987年第5期。

的同时，一些被排除在我们视野之外的新的理论生长点将彰显出来，我们的文学研究的理论思维素质和文本解读能力将得到提升。"①

一、"性别"作为文学研究的有效范畴

在漫长的历史进程中，人类认识自身和外部世界的知识谱系以及社会文化大多时候是以男性为中心、为尺度的。正因为如此，"性别"范畴的确立对当今人文社会科学研究产生了重要影响。就文学研究而言，它的主要特点是：在研究宗旨上，带有鲜明的文化政治色彩；在批评标准上，强调"女性经验"；在研究实践中，具有综合多学科理论资源加以运用的特征。进入21世纪以来，"性别"作为一个有效范畴，在文学研究实践中得到比较广泛的运用。一些学者自觉超越两性关系的二元对立思维，将"性别"视为一种社会文化建构和社会文化关系的多元、动态的综合，提供了值得注意的成果。

例如，这一时期出版的《性别研究：理论背景与文学文化阐释》（刘思谦、屈雅君等）、《中国古代文学文化的性别审视》（陈洪、乔以钢等），《浮出历史地表之前——中国现代女性写作的发生》（张莉）三部著作，作为教育部重大课题"性别视角下的中国文学与文化"的阶段性成果，或致力于廓清西方性别理论关键概念及相关理论脉络在中国的接受语境，探讨本土资源在性别诗学建构中的功能；或从性别视角出发，审视中国文学及文化传统，为全面认识中华民族的传统文化打开新的思路；或进入到中国现代女性文学自身生成与发展的历史性的描述之中，在发生学的意义上对现代女性写作进行考察；集中体现了"性别"范畴在文学学科各专业领域的独特价值。又如，杨联芬《新伦理与旧角色：五四新女性身份认同的困境》一文，敏锐触及"五四"新女性在身份认同过程中面对的复杂情境及其深刻的内在矛盾："五四"新女性是在学校这一现代教育平台由新文化启蒙话语塑造而成，她们的意识形态认同来自新文化，是以个人主义为核心的正义伦理；而她们的性别认同及相应的关怀伦理，却使其对"旧道德"下的女性同类有更多同情。作者认为，新女性身份认同的困境，体现了"五四"正义伦理的道德局限，而"五四"文学表达的某种匮乏亦源自这一局限。王宇的专著《性别表述与现代认同：索解20世纪后半叶中国的叙事文本》涉及20世纪中国文学重要的文化诉求之一，即现代主体（包括民族国家主体与个人主体）身份的建构。作者从这一时期代表性叙事文本的性别表述入手，探询"男性"、"女性"

---

① 刘思谦：《性别视角的综合性与双性主体间性》，载于《河南大学学报》（社会科学版）2006年第2期。

的性别符码如何进入不同时期现代主体意义生产的场域，成为其符号资源，考察性别的文化象征意义如何被纳入现代认同的框架中①。

文学领域的性别研究理所当然离不开中国文学史传统的清理。21世纪以来，"性别"作为研究范畴之一，在传统治学领域继续产生影响。其中，明清女性的文学活动成为研究的一个热点。胡晓真《才女彻夜未眠：近代中国女性叙事文学的兴起》探讨了17～19世纪的女性阅读和写作，揭示她们在当时社会所面临的巨大变迁面前如何以文字的方式表达内心的困惑与焦虑，构筑自己的诠释系统和对应方式；指出弹词小说的作者透过文字因缘而跨越时空界限，用庞大的文本编织成无形的网络，形成了女性小说的传统。赵雪沛《明末清初女词人研究》考察明末清初女词人的文学活动与创作成就，讨论女性词的题材特征及艺术风貌，并就若干明末著名女词人进行了个案研究。李汇群《闺阁与画舫：清代嘉庆道光年间的江南文人和女性研究》从"闺阁"与"画舫"的角度切入文人与女性的关系，揭示了清代嘉庆道光时期江南地区独特的社会文化与文学图景。周巍《技艺与性别：晚清以来江南女弹词研究》在明末以降江南女弹词与江南社会变迁的大背景下，就晚清以来女弹词作者的群体生成以及作品中的形象塑造展开性别论述。涉及古代文学其他专题的性别研究著作还有：刘淑丽《先秦汉魏晋妇女观与文学中的女性》、张晓梅《男子作闺音：中国古典文学中的男扮女装现象研究》、马珏玶《中国古典小说女性形象源流考论》等②。

此外，乔以钢从学术史角度，对近百年中国古代文学领域的性别研究成果进行了全面梳理。文章概括其基本特点为：学术根基坚实，重视文献资料，强调言必有据的学科传统；在吸收和借鉴西方文学理论方面态度持重，实践谨慎；注重社会思想、性别文化及作者心态与作品之间关系的考察。对于研究中存在的问题，该文认为主要涉及基本概念的辨析，研究范围和层面的拓展，古代妇女文学史的"重写"，两性在文学活动中交互影响的探讨，古代文论和文学批评的性别

---

① 刘思谦、屈雅君等：《性别研究：理论背景与文学文化阐释》，南开大学出版社2010年版；陈洪、乔以钢等：《中国古代文学文化的性别审视》，南开大学出版社2009年版；张莉：《浮出历史地表之前——中国现代女性写作的发生》，南开大学出版社2010年版；杨联芬：《新伦理与旧角色：五四新女性身份认同的困境》，载于《中国社会科学》2010年第5期；王宇：《性别表述与现代认同：索解20世纪后半叶中国的叙事文本》，上海三联书店2006年版。

② 胡晓真：《才女彻夜未眠：近代中国女性叙事文学的兴起》，北京大学出版社2008年版。该书在我国台湾地区出版时，名为《才女彻夜未眠：十七到十九世纪的中国女性小说》（麦田出版社2003年版）；赵雪沛：《明末清初女词人研究》，首都师范大学出版社2008年版；李汇群：《闺阁与画舫：清代嘉庆道光年间的江南文人和女性研究》，中国传媒大学出版社2009年版；周巍：《技艺与性别：晚清以来江南女弹词研究》，上海人民出版社2010年版；刘淑丽：《先秦汉魏晋妇女观与文学中的女性》，学苑出版社2008年版；张晓梅：《男子作闺音：中国古典文学中的男扮女装现象研究》，人民出版社2008年版；马珏玶：《中国古典小说女性形象源流考论》，南京师范大学出版社2008年版。

分析,性别视角下的文本解读以及跨学科探索等①。

二、现当代文学思潮及文学现象的性别审视

在中国文学伴随近现代社会转型演变的历程中,各种文学思潮、文学现象纷繁出现,既绘出了文学自身的轨迹,也折射出百余年间社会变迁的面影。正是基于这样的事实,以性别为中介联结文学与社会历史,对其加以重新审视,成为本领域研究为人关注的课题。

中国女权言论是在晚清借助强国保种的民族主义思潮得以呈现的,"兴女学"与"不缠足"的最初诉求,是在"国民之母"、"女国民"等民族主义修辞中被表述的。在这一历史语境中,女性主义与民族主义之间构成了特定的依存关系。杨联芬《晚清女权话语与民族主义》就此问题展开具体论证,探询了晚清女性主义如何被植入民族主义话语中并由此获得其理论合法性。董丽敏《民族国家、本土性与女性解放运动——以晚清中国为中心的考察》指出,中国女性解放运动得以产生的问题意识建立在"民族国家"危机转化而成的"性别"文化危机上,性别文化危机并未构成独立的问题意识;因此,女性解放运动必然要与民族国家建构运动相交叉,并以此作为确立自身合理性的重要依据;中国女性解放运动也因此形成了主体角色追求上的"女国民"、形态设定上的"群体性"两大特点,由此构成了与发达国家女性主义不同的价值追求、资源利用与路径设计。刘慧英《"妇女主义":五四时代的产物——五四时期章锡琛主持的〈妇女杂志〉》对"五四"时期由男性"新青年"主办的《妇女杂志》所提出的"妇女主义"进行了深入考察,指出虽然"妇女主义"已不再局限于民族国家想象,但却依然是一种以男性主体性为根本出发点和立场的对妇女的想象,它与中国现代初期的女权启蒙一样,是一种男性话语对女性乃至女权主义的建构,而不是妇女自己创建和从事的事业。夏晓虹《晚清女性典范的多元景观——从中外女杰传到女报传记栏》以7部中外女杰传和分别发刊于京沪两地的《女子世界》和《北京女报》的传记栏为考察对象,从新教育与新典范的结盟入手,剖析在外国女杰的选择引进与中国古代妇女楷模的重新阐释中所呈现出的晚清女性人格理想构建的多元景观。王绯《20世纪初:中国女界新文体》考察了20世纪初在文界革命的社会背景和梁启超"新文体"主张及其书写实践的示范下孕育、随着妇女解放运动的展开而自成其体的"女界新文体",指出它俨然成为一座通达女子现代新文学书写的"魔力"之桥,不仅作用于辛亥革命时期的民族/国家/妇女解放运动,同时也

---

① 乔以钢:《近百年中国古代文学的性别研究》,载于《中国社会科学》2008年第3期。

为"五四"时期乃至其后的现代女性书写奠定了基础。刘堃《晚清的女性教化与女性想象——以〈孽海花〉为中心》讨论了"女性教化决定论"作为一种从西方输入而盛行于晚清的文明观对女性教育、思想启蒙和文化的影响。马春花《被缚与反抗：中国当代女性文学思潮论》，从思潮的角度切入文化/性别话语的想象和建构，阐释了女性文学创作中的性别话语想象和社会文化建构的关系。这些研究视野开阔，材料丰赡，为更好地认识和理解与性别相关联的文学活动的历史语境和文学思潮提供了深度思考①。

对文学与政治、性别和权力、现代与传统等诸种元素在不同历史时期的相互作用和相互影响的关注，为研究带来新的发现。刘剑梅的专著《革命与情爱：二十世纪中国小说史中的女性身体与主题重述》②重新检视现代小说史上"革命加恋爱"这一叙事模式的谱系，关注文学与政治、性别、欲望、历史之间的互动关系特别是其间的多变性，剖析革命话语的变化如何促成文学对性别角色和权力关系的再现，而女人的身体又是如何凸现了政治表现与性别角色之间复杂的相互作用。王宇《20世纪文学日常生活话语中的性别政治》指出，20世纪文学的日常生活话语预设了日常生活与非日常生活的二元对立及其之间的权力等级，同时将这种等级关系与性别阶序挂钩。在对日常生活的超越与滞守的二元对立中，超越的向度始终被指派给男人，而女人天生就是日常生活的滞守者，甚至本身就是日常生活的一部分。即便20世纪50~70年代文学对女英雄的修辞，也只是从一个相反的方向来贯彻这一话语策略。郭力《女性家族史：生命经验的"历史化"书写》认为，家族史是女性个人与历史之间的对话，借助时间性的隐喻修辞手段，以人类经验另一半的"真实"钩沉历史的本质真实，使貌似"真理"的历史编年史暴露出意识形态权力观念对人类另一半历史经验的遮蔽与压抑。书写苦难，通过女性经验历史化把握到女性生存真实，成为女作家叙述女性家族历史的手段。刘钊《中国现代文学史的性别权力——以茅盾的女作家作品论为例》通过茅盾不同时期的女作家研究，阐释了中国现代文学史性别权力的客观存在以及女

---

① 杨联芬：《晚清女权话语与民族主义》，载于《中国文学研究辑刊》2009年第1期；董丽敏：《民族国家、本土性与女性解放运动——以晚清中国为中心的考察》，载于《南开学报》（哲学社会科学版）2008年第4期；刘慧英：《"妇女主义"：五四时代的产物——五四时期章锡琛主持的〈妇女杂志〉》，载于《南开学报》（哲学社会科学版）2007年第6期；夏晓虹：《晚清女性典范的多元景观——从中外女杰传到女报传记栏》，载于《中国现代文学研究丛刊》2006年第3期；王绯：《20世纪初：中国女界新文体》，载于《南开学报》（哲学社会科学版）2008年第6期；刘堃：《晚清的女性教化与女性想象——以〈孽海花〉为中心》，载于《中国现代文学研究丛刊》2010年第3期；马春花：《被缚与反抗：中国当代女性文学思潮论》，齐鲁社2008年版；周瓒：《翻译与性别视域中的自白诗》，载于《当代文坛》2009年第1期。

② 刘剑梅，郭冰茹译：《革命与情爱：二十世纪中国小说史中的女性身体与主题重述》，上海三联书店2009年版。该书原为英文著作，书名为《Revolution Plus Love》，2003年由美国夏威夷大学出版社出版。

作家在文学史中劣势地位的成因。这些研究启发人们对现代文学史叙事产生新的认知①。

具有性别内涵的文学文化现象从不同角度进入研究者视野。林丹娅《作为性别的符号：从"女人"说起》一文，通过对"女人"或"男人"此类性别符号在文学文本中的经典性表现，探讨一个由"男人/人类"（man/human）所构筑的男性中心为历史的文化，对"男人—女人"（man-woman）此类符号在文学叙事中所进行的"给予意义"的活动，揭示了性别歧视文化结构在文学语言结构中的投射、反映与其互动性。王纯菲《女神与女从——中国文学中女性伦理表现的两极性》在女性主义视阈下，对中国古代文学"女神"般的母亲形象与处于男性附属地位的"女从"形象的两极化表现及其内在缘由进行了剖析。郭冰茹《"新家庭"想象与女性的性别认同——关于现代女性写作的一种考察》着重分析早期女性写作中描摹婚姻家庭问题的文本，认为女性的性别认同是与"新家庭"想象联系在一起的，她们的思考留存了中国社会由传统而现代的复杂性以及女性精神世界的丰富性。李蓉《性别视角下的疾病隐喻》指出，在晚清至"五四"以来的政治文化语境中，女性疾病被赋予了浓厚的民族、国家和阶级特征；现代文学中男性笔下的女性疾病与女性疾病的自我书写具有不同的性别文化内涵。董丽敏《身体、历史与想象的政治——作为文学事件的"50年代妓女改造"》探究了作为新中国重要表征的20世纪50年代的妓女改造运动如何在当代作家的反复书写中演化为一个文化象征。陈惠芬《空间、性别与认同——女性写作的"地理学"转向》认为，近年来随着社会转型的深入，当代中国的女性写作经历了一个"地理学"的转向，空间的敏感和再思成为一些女作家的写作特性。在这一过程中，性别问题并没有消失，而被更多地放到了与社会空间的关系中去探讨。周瓒《网络时代的女性诗歌："击浪"或"畅游"？》对进入互联网空间的女性诗歌予以关注和思考。这些研究视野开阔，论证扎实，问题意识突出②。

---

① 王宇：《20世纪文学日常生活话语中的性别政治》，载于《学术月刊》2007年第1期；郭力：《女性家族史：生命经验的"历史化"书写》，载于《中州学刊》2007年第1期；刘钊：《中国现代文学史的性别权力——以茅盾的女作家作品论为例》，载于《苏州科技学院学报》（社会科学版）2006年第2期。

② 林丹娅：《作为性别的符号：从"女人"说起》，载于《南开学报》（哲学社会科学版）2010年第6期；王纯菲：《女神与女从——中国文学中女性伦理表现的两极性》，载于《南开学报》（哲学社会科学版）2006年第6期；郭冰茹：《"新家庭"想象与女性的性别认同——关于现代女性写作的一种考察》，载于《文学评论》2009年第3期；李蓉：《性别视角下的疾病隐喻》，载于《南开学报》（哲学社会科学版）2007年第6期；董丽敏：《身体、历史与想象的政治——作为文学事件的"50年代妓女改造"》，载于《文学评论》2010年第1期；陈惠芬：《空间、性别与认同——女性写作的"地理学"转向》，载于《社会科学》2007年第10期；周瓒：《网络时代的女性诗歌："击浪"或"畅游"？》，载于《江汉大学学报》（人文科学版）2010年第4期。

三、现当代文学创作的性别研究

女性主义批评自 20 世纪 80 年代以来,在现当代文学研究方面进行了不懈的探索。艾晓明主编的《20 世纪文学与中国妇女》一书,将语言符号意义与文化、社会性别观念、传统对妇女的建构联系起来,结合国家、民族、阶级、性别等概念分析主体与身份的建构,具体考察身处不同(政治、经济、文化)地域的作家如何想象和再现中国妇女,以及他们的特定身份对写作产生的影响。林晨《晚清末期的文学行旅与女性形象》一文发现,晚清末期的小说作者不约而同地在行旅书写中将自己的理想赋予女性形象,以极大的热情为她们添加光彩,演绎神话。这些形象以矛盾的身姿共同冲撞着传统节烈观,诠释着转折时代的风貌与意义,同时也开启了女性形象书写的新范式。荒林《重构男权主体政治的神话——〈狼图腾〉的三重表意系统及其男权意识形态》尖锐批评了小说文本的男权内涵:它借助自然/历史/人的三重表意系统,把女性形象安排在自然层面,成为安全的男权主体建构基础;采用野性男性形象与现代权威男性形象父子相承的建构关系,使男性中心象征秩序获得自然和历史双重支持,并使男性形象具备政治演讲和文本政治操作的强力。小说还通过对于雄性气质的扩张和暴力审美的制造,实现男权中心意识形态功能。樊洛平《台湾新世代女作家的小说创作态势》分析了拥有后现代主义与女性主义相结合的精神资源、崛起于 20 世纪 90 年代的台湾新世代女作家鲜明的代际特征和创作态势[①]。

在代表性作家作品的解读中融入性别分析,是文学领域性别研究的一个重要方面。杨联芬《个人主义与性别权力——胡适、鲁迅与五四女性解放叙述的两个维度》一文,从个人主义与性别权力的角度对胡适、鲁迅的文本加以比照,指出胡适戏仿易卜生《娜拉》而写的《终身大事》,作为"五四"女性解放叙述的始作俑者,极富象征性地体现了"五四"文学个性解放叙述的特征及盲点;鲁迅的《伤逝》则以对"五四"主流论述的质疑,叙述女性"出走之后"的困境,揭示了"五四"个人主义价值论中隐含的性别权力以及新文化启蒙话语中的父权意识,表现出对"五四"新文化"进化"与"二元"思想模式的警惕与自省。林丹娅《"私奔"套中的鲁迅:〈伤逝〉之辨疑》认为,如能正视《伤逝》作品存在的叙事破绽及意图悖谬之谜,将其置放于从古典到现代版的"私奔"模式中,

---

① 艾晓明主编:《20 世纪文学与中国妇女》,天津人民出版社 2008 年版;林晨:《晚清末期的文学行旅与女性形象》,载于《南开学报》2010 年第 4 期;荒林:《重构男权主体政治的神话——〈狼图腾〉的三重表意系统及其男权意识形态》,载于《文艺研究》2009 年第 4 期;樊洛平:《台湾新世代女作家的小说创作态势》,载于《华文文学》2006 年第 2 期。

并与现代新女性奋斗实迹互为参照，便可解读出它所蕴含的中国现代男性文化精英的性政治观、话语类型、两性关系与女性解放进程的真实形态。陈千里《因性而别：中国现代文学中的家庭冲突书写》聚焦现代文学代表性文本中出自不同性别作家之手的关于家庭冲突的书写，揭示了诸多方面的明显不同，分析了其深层意味。张凌江在《拒绝母职——中国现代女作家革命书写主题探微》和《"革命减爱情"——现代女作家革命主题文学书写侧论》两篇论文中，对现代女作家有关革命主题的书写进行了深入分析。林幸谦《濡泪滴血的笔锋——论石评梅的女性病痛身体书写》重读"五四"女作家石评梅及其文本中的女性身体书写，探讨她的女性叙事特质及其时代意义。贺桂梅《"可见的女性"如何可能：以〈青春之歌〉为中心》将杨沫小说《青春之歌》及其主要解读形态作为分析个案，展开关于女性文化研究基本思路的理论探讨；在反省以往解读模式及其理论前提的基础上，探寻在具体的历史关系体制中阐释女性主体形态的可能性[①]。

  从文体角度说，女性创作的小说、散文、诗歌、戏剧均受到一定的关注。例如，在小说叙事研究方面，王侃《历史·语言·欲望：1990年代中国女性小说主题与叙事》将20世纪90年代的女性写作视为具有"性别政治"的批判性、主要围绕历史、语言、欲望三个基本向度展开的意识形态话语实践。作者认为，历史批判构成几乎所有女性写作的起点；语言批判旨在揭露由男权文化机制给定的女性本体境遇；"欲望"表达不仅关涉女性作为欲望主体的文化意义，也使在男权机制中遭遇"扁型化"处理的女性形象变得丰富和饱满。正是基于这样的批判性主题叙事，女性小说在叙事方式和叙事形态上出现了明显的变革，"叙事"与"修辞"的关系得到政治性的链接，从而使女性小说开始具有可供辨识的文体特征。降红燕《内聚焦在女性小说中的运用及其文化意味探析》在性别文化的视野中，对女性小说惯于采用内聚焦尤其是第一人称内聚焦的叙事模式这一创作现象进行了分析。沈红芳《王安忆、铁凝小说叙事话语的差异》进入文本结构内部，通过细致的比较，探讨了两位女作家小说创作叙事话语的不同。李萱《作为救赎功能的梦幻叙事模式——以新时期以来的女性小说为中心》探讨了女性小说中较

---

  ① 杨联芬：《个人主义与性别权力——胡适、鲁迅与五四女性解放叙述的两个维度》，载于《中山大学学报》（社会科学版）2009年第4期。林丹娅：《"私奔"套中的鲁迅：〈伤逝〉之辨疑》，载于《厦门大学学报》（哲学社会科学版）2007年第2期；陈千里：《因性而别：中国现代文学中的家庭冲突书写》，载于《文学评论》2009年第1期；张凌江：《拒绝母职——中国现代女作家革命书写主题探微》，载于《文学评论》2009年第5期、《"革命减爱情"——现代女作家革命主题文学书写侧论》，载于《南开学报》（哲学社会科学版）2010年第6期；林幸谦：《濡泪滴血的笔锋——论石评梅的女性病痛身体书写》，载于《文学评论》2010年第5期；贺桂梅：《"可见的女性"如何可能：以〈青春之歌〉为中心》，载于《中国现代文学研究丛刊》2010年第3期。

为常见的梦幻叙事模式及其性别内涵①。

女性散文研究方面,刘思谦《生命与语言的自觉——20世纪90年代女性散文中的主体性问题》将生命与语言的双重自觉作为散文创作中女性主体性的起点,肯定20世纪90年代女性散文尊重生命价值的自觉。林丹娅《中国女性与中国散文》一书,系统探讨了女性散文与文化传统、社会变革、性别境遇以及女性个体生命体验的关联。杨珺《二十世纪九十年代女性散文的主体建构》着重阐释中国女性的个体生命体验和主体精神成长,进而探寻女性散文之于女性主体建构的理论意义和实践意义。周红莉《论1990年代后新海派女性散文》就新海派女性散文作家的书写形式和精神姿态进行分析,肯定其文学和文化的意义。程国君《论台湾女性散文的诗学建构》在与大陆女性散文的比较中,分析了台湾女性散文在精神价值上的旨趣以及在现代散文诗学建构方面呈现出来的新品质,揭示了其中所包含的现代散文诗学建构的内涵及缺失。②

女性诗歌在当代诗坛上一直为人关注。吴思敬《从黑夜走向白昼——21世纪初的中国女性诗歌》总体把握21世纪初中国女性诗歌的写作特征,认为它呈现出淡化性别对抗的色彩,从漂浮的空中回到地面;诗歌的主体由女神、女巫、女先知还原到普通女人的特征。诗人们以深厚的人文关怀展示了新一代女性的宽阔胸襟,通向精神的灵性书写正在展开。罗振亚、卢桢《性别视野中的现代中国新诗》认为新诗从诞生之初就承担了追寻人性之真、实现个性解放的现代性别意识母题,建立起一系列饱含性别质素的象征体系。此后近百年间,男性诗人和女性诗人对现代性伦理逐步作出一致的价值认同,在书写生命之维以及对话与交锋中走向两性和谐的性别诗学。霍俊明《1989~2009:中国女性诗歌的家族叙写》考察了部分"70后"和"80后"女诗人在后工业时代的背景下,在城市与乡土、批判与赞颂中展开的家族叙写,认为其凸显了女性诗歌的历史轨迹和新的美学征候。张晓红《互文视野中的女性诗歌》一书,围绕身体、镜子、黑夜、死亡、飞翔这五个各自独立但又有着内在关联的主题,阐释了女性诗歌的话语特

---

① 王侃:《历史·语言·欲望:1990年代中国女性小说主题与叙事》,广西师范大学出版社2008年版;降红燕:《内聚焦在女性小说中的运用及其文化意味探析》,载于《中南民族大学学报》(人文社会科学版)2006年第5期;沈红芳:《王安忆、铁凝小说叙事话语的差异》,载于《当代文坛》2006年第4期;李萱:《作为救赎功能的梦幻叙事模式——以新时期以来的女性小说为中心》,载于《郑州大学学报》(哲学社会科学版)2009年第2期。

② 刘思谦:《生命与语言的自觉——20世纪90年代女性散文中的主体性问题》,载于《厦门大学学报》(哲学社会科学版)2007年第4期;林丹娅:《中国女性与中国散文》,云南人民出版社2007年版;杨珺:《二十世纪九十年代女性散文的主体建构》,河南大学出版社2009年版;周红莉:《论1990年代后新海派女性散文》,载于《江苏社会科学》2007年第6期;程国君:《论台湾女性散文的诗学建构》,载于《文学评论》2007年第4期。

质，讨论了中国女性诗歌话语形成的互文性机制及其影响①。

女性戏剧研究也有成果出现。吴玉杰《女性戏剧的审美建构》认为，20世纪的中国女剧作家以女性特有的方式建构文本，在日常生活中设置多重的人物关系网络，对女性内心冲突的透视细腻真实；在充满象征意味和传奇色彩的文本中寄予女作家浪漫与古典的情怀，实现了对女性自身的审美观照和对男权文化的深刻审视。苏琼《性别、历史的戏剧表述》以20世纪中国（包括大陆、台湾、香港）女剧作家创作的历史剧为研究对象，探讨历史剧与性别的关系，挖掘性别因素在历史剧中扮演的角色。潘超青《中国女性剧作主体性与悲剧审美的生成》一文，阐发了中国女性剧作的思想价值和艺术价值对建构完整的戏剧发展史观、扩展中国戏剧的研究空间的意义②。

此期出版的研究专著中，《中国当代女性文学的文化探析》（乔以钢）以性别视角与文化视角相结合，把女性文学从生硬整合的"普遍女性经验"或"全球化性政治"当中解放出来，还原到当代文学动态历史的具体语境中，剖析女性创作与本土历史和文化现实的深刻关联，分析其文化意味和审美风貌，从中揭示中国女性文学的特殊经验。《文学与性别研究》（钱虹）在宏观视野中，对包括台港地区以及海外华人女性创作在内的20世纪女性文学进行了深入的考察。《女性写作与自我认同》（王艳芳）尝试从理论上辨析女性写作与自我认同的关联，结合创作实际讨论了女性写作中自我认同的合法性、有效性和差异性问题。《被建构的女性：中国现代文学社会性别研究》（刘传霞）对中国现代文学的叙述与性别建构的关联进行了专题研究。《消费镜像：20世纪90年代女性都市小说与消费主义文化研究》（程箐）揭示20世纪90年代女性都市小说繁荣发展背后深层次的文化因素和社会因素，对女性都市小说与消费主义文化之间的关系做出剖析。《高原女性的精神咏叹——云南当代女性文学综论》（黄玲）关注云南女性创作中的少数民族生活及性别文化内涵，探讨其为当代文学提供的独到的审美内容③。

---

① 吴思敬：《从黑夜走向白昼——21世纪初的中国女性诗歌》，载于《南开学报》（哲学社会科学版）2006年第2期；罗振亚、卢桢：《性别视野中的现代中国新诗》，载于《南开学报》（哲学社会科学版）2009年第2期；霍俊明：《1989~2009：中国女性诗歌的家族叙写》，载于《南开学报》（哲学社会科学版）2010年第2期；张晓红：《互文视野中的女性诗歌》，广西师范大学出版社2008年版。

② 吴玉杰：《女性戏剧的审美建构》，载于《沈阳师范大学学报》（社会科学版）2006年第2期；苏琼：《性别、历史的戏剧表述》，载于《戏剧艺术》2009年第4期；潘超青：《中国女性剧作主体性与悲剧审美的生成》，载于《厦门大学学报》（哲学社会科学版）2010年第2期。

③ 乔以钢：《中国当代女性文学的文化探析》，北京大学出版社2006年版；钱虹：《文学与性别研究》，同济大学出版社2008年版；王艳芳：《女性写作与自我认同》，中国社会科学出版社2006年版；刘传霞：《被建构的女性：中国现代文学社会性别研究》，齐鲁书社2007年版；程箐：《消费镜像：20世纪90年代女性都市小说与消费主义文化研究》，中国社会科学出版社2008年版；黄玲：《高原女性的精神咏叹——云南当代女性文学综论》，云南出版集团公司、云南人民出版社2007年版。

四、跨文化视野中的性别理论批评

尽管多年来女性主义文学批评从知识生产角度取得了大量成果，但从社会接受与转化的角度看实际作用仍很有限。在"后女性主义思潮"的冲击下，在文学及文学研究日益边缘化的挑战下，立足中国现实，在理论和实践中坚持女性主义批判视角确属必要。有鉴于此，林树明《后女性主义文学批评及其启示》一文阐述了世界范围内的"后女性主义"理论及其对中国的影响，指出"后女性主义"弱化对男性中心主义的批判，强调妇女在既定性别秩序内的享受在文学批评方面缺乏深刻而缜密的理论建树；但它对某些偏激的女性主义批评有警示意义。在《中国大陆对西方女性主义文学批评的回应》一文中，林树明对接受西方女性主义文学批评的影响而产生的国内女性主义文学批评基本态势做出判断，认为在中国语境下，国内女性主义批评与西方形成了一种对话关系，并呈现出"阴阳互补"的跨性别对话特征，在世界学苑独树一帜。他的《论特里·伊格尔顿的"性别视角"》一文系统评述西方较早在文学研究中贯穿性别意识的男性批评家特里·伊格尔顿的理论与批评实践，指出其对我国女性主义批评和性别诗学建构的积极意义。这些研究立足学科理论前沿，以开阔的学术视野倡导重视兼收并蓄的"性别诗学"的建构[1]。

文化背景的多重性，思想资源的丰富性，不同国家与地区文化形态与母体文化的整合，使女性形象内涵有着无穷的可塑性，又为文本的多样解读提供了可能。林丹娅《华文世界的言说：女性身份与形象》认为，以汉语与性别作为特征的世界华文女性文学表现出复杂多样的文化特质与文化图像，置身于文化、国家、性别"三维"空间中，女性形象既充分呈示她兼收并蓄的活力，又可能陷入混沌难解的尴尬身份中。黄晓娟《双重边缘的书写——论马来西亚华文女性文学》分析了发展迅速的马来西亚华文女性创作，指出华裔女性作家的双族性、多地域经历使她们成为双文化或多重文化人。本土性与华族性的交融在发展中逐渐变得广阔而丰厚，在世界多元文化语境中传达出马华女作家的现代生命意识和深层文化体验[2]。此期，有关海外华文女作家创作研究的论文大量涌现，分别涉及

---

[1] 林树明：《后女性主义文学批评及其启示》，载于《贵州师范大学学报》（社会科学版）2009年第1期；《中国大陆对西方女性主义文学批评的回应》，载于《南开学报》（哲学社会科学版）2009年第2期；《论特里·伊格尔顿的"性别视角"》，载于《文学评论》2010年第2期。

[2] 林丹娅：《华文世界的言说：女性身份与形象》，载于《北京大学学报》（哲学社会科学版）2006年第2期；黄晓娟：《双重边缘的书写——论马来西亚华文女性文学》，载于《广西民族学院学报》（哲学社会科学版）2006年第2期；钱虹：《中国现代女性和香港"才女"小说之比较》，载于《中国现代文学研究丛刊》2008年第3期。

美洲、欧洲、大洋洲、亚洲等不同国家和地区的华文女作家。其中相当一部分成果在研究中借鉴了性别视角。仅最近五年间，以"严歌苓"为关键词的研究论文即达 570 篇。

在性别研究成果的译介及译介学研究方面，这一时期也有成果出现。宋素凤翻译出版了女性主义理论家朱迪斯·巴特勒的重要著作《性别麻烦：女性主义与身份的颠覆》，并撰文介绍巴特勒影响深远的"性别操演"理论以及以戏仿/恣仿为形式的颠覆政治。吴新云《双重声音 双重语意——译介学视角下的中国女性主义文学批评》从译介学视角对女性主义文学批评在中国的传播和发展进行研究，分析西方女性主义在中国译介和应用过程中的"原件失真"现象所反映的中西文化差异，审视和阐发东西方交流中信息的传播与变化过程的文化蕴含。周瓒《翻译与性别视域中的自白诗》以 20 世纪 80 年代中叶的"女性诗歌"为考察对象，对批评界有关中国女性诗歌是受美国自白派影响的产物这一批评思路进行了反思和批评。作者从性别研究和翻译研究的角度提出，中国当代女诗人翟永明受到包括希尔维亚·普拉斯在内的若干外国诗人的汉语译本的激发，创造性地写作了《女人》组诗，从而带动了当代女性诗歌热潮的发生。当代中国的自白诗不仅在女诗人那里得到发挥，同时也在部分男诗人的创作中得到呈现，并得到当代英语诗人的继承与拓展[①]。20 世纪 90 年代以来，海外中国现代文学研究取得了值得注意的成果。季进、余夏云《"她者"的眼光：海外中国现代文学研究的女性主义形态》一文，就其中所蕴含的性别立场以及女性主义的理论和话语形态进行了系统的梳理和探讨[②]。

除了上述几方面以外，随着文学领域性别研究的深入，对实践中存在的问题也有学者进行了一系列的严肃思考。

关于女性文学批评的现状。林树明尖锐指出，中国当代女性主义文学批评真正的不足表现在两方面：一是批评观念先行，批评视点及方法较单一，未充分重视作品内部全部的复杂因素，批评的"文学性"学术品位不足；二是信息大量重复，缺乏沟通与学术尊重，表现出学术态度的轻率浮躁、文学批评的坦诚性不足。贺桂梅对 20 世纪 80 年代以来中国大陆女性文学批评的发展脉络和理论资源进行了系统的清理，并且把当前女性文学批评实践中遇到的困境落实为对具体历史问题的分析。作者认为，女性文学批评必须把性别问题纳入具体的文化网络和

---

① [美] 朱迪斯·巴特勒，宋素凤译：《性别麻烦：女性主义与身份的颠覆》，上海三联书店 2009 年版；吴新云：《双重声音 双重语意——译介学视角下的中国女性主义文学批评》，经济科学出版社 2009 年版；周瓒：《翻译与性别视域中的自白诗》，载于《当代文坛》2009 年第 1 期。

② 季进、余夏云：《"她者"的眼光：海外中国现代文学研究的女性主义形态》，载于《中国比较文学》2010 年第 2 期。

主体位置关系中进行批判性分析，才能超越"政治正确"式的立场强调而到达深刻的学理性探讨。王春荣、吴玉杰对女性文学批评的价值取向、批评主体的精神建构、批评对象的审美选择以及学科体系建设所依托的理论资源等加以总结，对女性文学批评在反思、调整中努力克服偏激、对立情绪，试图超越单一、狭隘的性别立场和视角，开始走向理智、宽容的"性别诗学"建构的发展前景做出展望。赵树勤借助"房间"和"他人的酒杯"两个核心意象，探讨当代女性文学创作及批评的误区与出路。宓瑞新考察"身体写作"进入中国后，其概念的浮动、窄化与泛化，对"身体写作"在中国旅行的遭际进行了反思①。

关于女性文学史写作。20世纪80年代中期以来，性别文学史观念的多元化和叙述视角的多样化体现了研究者的相关思考。乔以钢以《浮出历史地表》（孟悦、戴锦华）和《二十世纪中国女性文学史》（盛英主编）为案例，深入分析了现代女性文学史观的主要内涵、基本特点以及存在的局限和不足。董丽敏提出，现有的女性文学史的写作格局需要重新设置：调整写作立场，将"性别"问题与历史/文学史语境相结合，重新确立"女性"这一核心概念的内涵；明确写作规范，将性别立场与文学的叙事特点结合在一起，充分发挥文本批评的作用。由此促成性别研究与文学研究之间的有效交叉与互动，确立女性文学史的合理性与合法性。王春荣结合女性文学史写作实践，探讨了文学史观念的变革及多元叙事的可能性②。

关于相关理论概念及研究方法。李玲提出，作为确立女性文学内涵的女性主体性，应是专指隐含作者的女性主体性，而非作品中女性人物的主体性或叙述者的主体性；此种主体性别剔除了霸权，因而实际上是一种主体间性。女性文学应该在女性隐含作者与作品中男性人物、女性人物之间建立主体间的对话关系，超越现代性反思语境中的怨恨情结。董丽敏认为，中国的女性文学研究尤其需要通过强调与理论资源的边界来实现对性别问题的"在地化"理解，通过以女性主义理论来统领和整合其他理论资源来实现对性别问题的全方位把握，通过"学科化"和"跨学科"的有效贯通，重建一种认识论模型和知识框架，创造新的概

---

① 林树明：《论当前中国女性主义文学批评的问题》，载于《湘潭大学学报》（哲学社会科学版）2006年第3期；贺桂梅：《当代女性文学批评的一个历史轮廓》，载于《解放军艺术学院学报》2009年第2期；王春荣、吴玉杰：《反思、调整与超越：21世纪初的女性文学批评》，载于《文学评论》2008年第6期；赵树勤：《误区与出路：当代女性文学创作及批评的反思》，载于《中国文学研究》2007年第2期；宓瑞新：《"身体写作"在中国的旅行及反思》，载于《妇女研究论丛》2010年第4期。

② 乔以钢：《中国现代女性文学史观的初建及其反思》，载于《中国社会科学》2010年第3期；董丽敏：《历史语境、性别政治与文本研究——对当代"女性文学史"写作格局的反思》，载于《社会科学》2008年第11期；王春荣：《同一个声音，不同的话语形态——"中国妇女文学史"源流考察》，载于《文艺争鸣》2008年第11期。

念、方法和技巧，从而实现女性文学研究在方法论上的突破①。

综上所述，进入21世纪以来，有关文学与性别关系的探讨进一步拓展与深化。"性别"作为文学阐释的有效范畴，广泛运用于女性创作以及更多的文学领域，取得了新的收获。在实践中，尝试将性别批评与其他理论方法加以综合运用渐成趋势；研究者在借鉴西方性别理论和女性主义批评时，更倾向于客观理性，结合中华民族文学的实际进行具体分析；与此同时，显示出较强的理论反思能力。可以说，这一研究活动本身即构成了一种社会文化现象，具有性别文化实践的意味。

第五节　个案阐释与分析

一、社会性别辨义

社会性别，英文词gender的意译，在妇女研究、性别研究中被提及时，常常与sex相对比，这一对概念的译法也有多种：如社会性别（gender）与性别（sex）；性别（gender）与性（sex）；性别（gender）与生理性别（sex），等等。

对于中国当代妇女学学者来说，社会性别这个概念是在20世纪80年代中后期的"西学东渐"中，随"新女性主义"一同进入研究视野的。随着中国妇女活动、妇女研究的深入，越来越多的妇女研究学者、妇女活动家在项目书中，在研究论著中，在学术会议上，以显著的位置和频度使用这个概念，足见它对妇女研究的重要性。在此我们试图以中国本土学者身份对琼·W. 斯科特的社会性别理论进行解读，并在此基础上对社会性别概念作一多角度的辨析。

（一）社会性别作为文化要素

对于社会性别（gender）这一概念，几乎每一位从事妇女研究和性别研究的学者都会熟练地重复一个经典的诠释：它具有与生理性别（sex）相区别的内涵，用以指两性在社会历史中形成的文化差异。因此，就字面而言，它并不复杂。通常，人们会对"女"和"男"总结出许多截然不同的特征。女性通常被认为弱

---

① 李玲：《女性文学主体性论纲》，载于《南开学报》2007年第4期。董丽敏：《性别研究：问题、资源和方法——对中国性别研究现状的反思》，载于《社会科学》2009年第12期。

骨丰肌、曲线柔美、嗓音婉转、性情温顺、心细、胆小、爱清洁、爱哭、情绪化……男性则体魄强健、线条粗犷、声音浑厚、性格刚烈、心粗、胆大、邋遢、有泪不轻掸、理性化……但我们很容易发现，上述特征仍可再做一次区分：一种是两性在自然条件下不可互换的，包括形貌、体征、功能等特征。如男性嗓音粗哑，女人脂肪丰厚，男性身材高大，女人会生孩子等，都是两性不可互换的特征；另一种是可以互换的，包括性情、意识、行为方式等特征。比如男性可以细腻柔弱，女人也可以是刚烈豪放，等等。这后者，便属于"社会性别"研究的范围了。

这样一个看上去十分简单且易于接受的概念，在实践中却常常被忽略、被误读，以至于被拒斥。比如"女人温柔的天性""女性的奉献精神""男子汉气概""大丈夫气节"等说法，通常被人挂在嘴边。虽然人们在对两性作如此描述的时候，并无任何轻视或歧视妇女的动机，相反表现出对两性各自优长的赞美。然而细究起来，它们都属社会的、文化的意识形态对男女角色的定型，而绝非性别的生理属性。

《英汉妇女法律词汇释义》中援引了美国历史学家琼·W. 斯科特的定义："社会性别是基于可见的性别差异之上的社会关系的构成要素，是表示权力关系的一种基本方式"。（该原文为："a constitutive element of social relationships based on perceived differences between the sexes, and a primary way of signifying relationships of power." 出自琼·W. 斯科特 1985 年的论文《社会性别：一种有用的历史分析范畴》，收在琼·斯科特编辑的《社会性别与历史政治》一书中，纽约哥伦比亚大学出版社 1988 年出版。）该辞条进一步解释道："社会性别一词用来指社会文化形成的对男女差异的理解，以及在社会文化中形成的属于女性或男性的群体特征和行为方式。尽管将社会性别和生物性别作真实地截然区分开来是困难的，但是在概念上的区分是很有价值的。社会性别的概念能够清楚地表明，关于性别的成见和对性别差异的社会认识，绝不是'自然'的。……作为一种社会构成，它是可以被改变乃至被消除的"[①]。

"社会性别"一词的关键意义在于它的"社会性"，即由文化所生成、所赋予的属性。同由自然、物种给予性别的生理特征不同，社会、历史、文化意识形态所建构起来的性别特征，理所当然地包含着被社会、历史、文化意识形态解构、改变，或者重构的可能性。这一点，是女性主义理论的出发点，也是其改造社会的合法依据。特别是当文化意识形态赋予社会性别的合理性在历史发展进程

[①] 谭兢嫦、信春鹰：《英汉妇女与法律词汇释义》"社会性别"辞条，中国对外翻译出版社公司 1995 年版，第 1 页。

中遭遇到怀疑、否定的时候，其改造、重构的工作便已然在进行当中了。

（二）社会性别作为关系体系

当然，仅仅从"社会关系的构成要素"的层面来理解社会性别，是远远不够的。"（社会）性别一词的使用强调一个完整的关系体系"①。因为，"社会关系构成要素"必然会涉及深层的社会关系。如果对我们上面谈到的那些性别的文化构成要素做深层追究，便会由表面深入其内部，看到它们之间的相互关联。你会发现，"男强女弱"，"男尊女卑"的意识是由这个社会的劳动分工、生产资料占有形式、生产力发展水平、婚姻制度、教育制度、文化传统等多种因素共同构成，它作为一个系统，自然地组成了一个相对独立、相对稳定的性别关系体系。它涉及到人们对于两性生理性别的理解、涉及到与性别相关的生产方式、法律制度、意识形态、大众文化心理的方方面面，以及由此决定的，男女两性所有的行为方式。这就是说，所有这些要素都处在一个系统之中，构成系统的平衡状态；每一种要素都因其他相关要素的存在而存在，并发挥作用；其间一种要素发生了改变，会影响到其他要素，进而影响到整个系统固有的平衡。比如，两性的劳动分工（一性别以社会劳动为主，另一性别以家庭劳动为主）会影响到生产资料占有形式，从而影响到两性的社会地位，进而影响到对两性教育重视程度的区别、婚姻的形式、一种性别对另一种性别从政治到经济再到心理的依赖关系等等，这种依赖关系还会影响到两性一般的行为方式，如女性的被动性、对自身外表吸引力注重，对于侍奉男性的技能、性情的自觉培养；同样也会影响到男性对自身社会地位的注重，对于独立承担社会角色的技能和主动性、支配性人格的培养等等。所有的文化要素都参与了这种性别建构，但所有文化要素之间都不是单向的、直线性的影响，而是双向的甚至是多向的，交叉的影响，它们共同维系着这个系统的动态平衡。因此，当一种要素发生变化时，不仅会影响到其他要素，同时也会受制于其他要素。比如，由于女性在决策领域中的弱势，退休制度的制定显然更有益于男性，而这一制度更强化了男性在政治上（晋升）和经济上（收入）的支配地位（随着劳动分配制度的改革，这种不平等有可能还会扩大）。再比如，当"男女平等"被写进新中国宪法后，男主外女主内的传统还在发挥着作用，造成大步走向工作岗位的新中国女性的家务劳动——社会工作的"双重紧张"。由此可见，当社会分工有所变化时，文化传统还在发生着潜在的影响力，这种影响力又会反过来影响着社会分工，从而使历史的进程呈现出惰性。

---

① ［美］琼·W. 斯科特：《性别：历史分析中一个有效范畴》，见李银河：《妇女：最漫长的革命》，生活·读书·新知三联书店1997年版，第156页。

（三）社会性别作为分析范畴

无论是"文化要素"，还是由这些文化要素构成的"关系体系"，都只是一种既存的社会现实。它们的存在，为社会性别理论提供了现实基础，同时，对这些社会现实的进一步发现、辨析和阐明，则需要自身的思想工具。琼·W. 斯科特从历史学角度将"社会性别"描述为一种"分析范畴"。她强调，社会性别"提供了一种区分男女两性不同性行为和社会角色的方法"[①]。如果说，当我们从"文化要素"和"关系体系"的层面来探讨"社会性别"时，它给予我们对这个世界的新的认知，那么，作为"分析范畴"的社会性别，则是认知的工具。

社会性别既然作为一种理论分析框架，就必然能够在一定程度和范围内被抽象出来，并具有相对独立的，超越现象之上，甚至超越性别现象之上的方法论意义。它既是我们观察、发现、认知两性角色及其相互关系的工具，也在一定程度上成为我们重新认知世界的工具。比如，社会性别理论的政治性、实践性，及其对身份、经验、立场的依赖向传统社会科学的科学主义、唯理主义提出了大胆质疑和挑战；它对于消解边缘/中心二元对立的思想方法，既适合于分析两性关系，也可用来分析种族、民族、中西方关系、残疾人与健康人，同性恋与异性恋的关系。这些理论方法作为后现代主义文化理论的一部分，正在重新构建我们关于世界的知识。

当然，如果社会性别的理论框架仅仅涉及上述内容，它还不能成为一个相对独立的分析范畴。因为这些同其他研究领域存有共性的思想方法，事实上也可看作是性别研究对于其他研究领域思想方法的借用。社会性别研究只有具备自身独特的，与其他领域相区别的，无法为其他方法（如阶级、种族、民族等）所替代的角度和方法，才真正具有其存在价值。那么，这种独特性究竟何在呢？

第一，从时间上看，性别的社会建构最初与两性的社会分工相关，而这种社会分工无疑早于阶级的产生。因此，阶级理论尚不能触及性别的社会建构的源头，它只能为社会性别理论提供某种参照。从空间上看，两性的问题较之种族问题涉及的范围要广泛得多，上至国家的政策法规，下至社会的最小细胞——家庭，可以说，不是所有的地方都存在着种族问题，但是有人群的地方就存在着两性关系，也就有可能存在着两性之间的权力关系。因此，社会性别研究应该拥有属于自己的理论起点。

第二，由于性别是一种两极性概念（非男即女，虽然除一般意义上的男、女

[①] [美] 琼·W. 斯科特：《性别：历史分析中一个有效范畴》，见李银河：《妇女：最漫长的革命》，生活·读书·新知三联书店1997年版，第153页、第156页。

外，性别还可以有其他的特殊形态，如两性人、中性人、异性癖等，但两性终究是性别的基本形态），与种族的概念相比，性别与人类二元对立的思维模式呈现出完全的、内在的吻合。这种思维模式的产生或许是在自然物诸多对立、对比关系（如白天与黑夜、太阳和月亮、水与火等），包括两性关系中培养起来的，同时也参与了性别意识形态的建构。如汉语中的"阴""阳"二词虽然直接从"日""月"二字中产生，但很早就直接用来指代"男""女"了。长期交互作用的结果是，性别二元对立不仅成为人们思维的内容，而且它在客观上已经成为人们思维的工具。比如，在医学上人们用"阳性"和"阴性"来指代"是"或"否"、"有"或"无"等非此即彼的两极概念；物理学中用"阳"和"阴"来比喻绝对对立的"正""负"电极；日常生活中，我们用"一决雌雄"比喻胜负甚至是你死我生的斗争。这其中，"阳"永远与"是""有""正""胜"、"生"相联系，而不可能是相反。以至于在上述所有成对出现的概念中，只是一种对应关系，而不是对等关系，是主动与被动、支配与被支配的权力关系，而不是平等的关系。当性别的两极性与人类思维的两极性相重合时，人类不仅思考"男""女"问题，也用"男""女"来思考问题。这使得性别的偏见较之阶级、种族的偏见更为深刻、更为稳定。

第三，由于女性的生理特点决定其具有特殊社会功能（人的再生产），而且任何一个种族和阶级之中，都存在着两性的差异。因此人们更容易看到两性社会分工差异的必然性和合理性，而对于两性之间建立在生理差异基础上的主与次、支配与被支配的权力关系容易忽略，或者视为由两性不同的生理特征所决定的合理关系。所以，社会性别的研究既需要将生理差异与社会文化差异相剥离，也需要看到它们之间的关联，并从文化史与文明史的高度，对于增强这种联系和淡化这种联系的社会历史成因做认真的清理和辨析。

第四，两性在生理上不仅有功能上的差异（各自在人类种的延续方面所承担的角色），同时也有外在形态上的差异（如形体、肌肤、嗓音等），这些差异除体现为上述功能的外在表现形态外，也是男女之间建立性吸引的条件。因此，性别的文化建构有着种族、阶级的文化构成所不具备的重要特点——即两性差异的美学建构。它包括外在形态方面、即对两性生理的外在差异的夸张处理（如发型、化妆、首饰、服饰），也包括将体力上的"弱"扩展到心理和性情方面的弱化（如对两性不同的兴趣培养、知识构成、智力开发、性格塑造等）。尤其是后者。当"弱柳扶风"被人们普遍视为一种女性的"特点"的时候，它就成为一个涉及个性魅力的美学研究范畴，而不是涉及权力关系的政治学或伦理学范畴。因此，挖掘两性美学建构中的权力关系，是社会性别研究独特的课题。

上述差异表明：尽管性别研究，特别是社会性别理论在消解中心/边缘二元对立思维模式方面与种族、阶级研究具有共同性，但后两者的理论不能代替社会性别理论。这是社会性别作为一种理论框架和分析范畴而存在的充分理由。

（四）社会性别作为研究领域

如果仅仅是分析范畴，那只是一种理论方法和研究工具，而社会性别能否作为一个学科，还在于它是否具有属于自身的学术研究领域。社会性别研究不同于我们传统意义上"学科"的独特之处在于，它既有其他任何一个学科不可替代的理论内涵，同时又与所有传统的、形态完备的人文学科有着相依为命的联系。这里，且借助"人文学科"为我们提供的学科框架来为社会性别学科和研究领域定位。在《大英百科全书》（第15版）的"人文学科"辞条中，列举了各家各派对"人文学科"含义的理解：

> 人文学科构成了一个特殊的知识领域，即人道主义的知识领域。例如，它研究人的价值和人的精神表现，从而形成了有别于科学的范围。但是，人们发现要给人文学科建立起统一的标准还尚为困难。……
>
> "人文学科"包括（但不限于）下列学科：现代语言和古典语言、语言学、文学、历史学、法学、哲学、考古学、艺术史、艺术理论和艺术实践，以及含有人道主义内容并运用人道主义的方法进行研究的社会科学。
>
> 尽管这种使若干学科包容于人文学科的情况并不罕见，但也常有舆论认为，这种划法是不妥当的。因为如此归类于人文学科的某些学科也可以采用一种完全与人道主义无关的研究方法。比如，语言学中对语言的研究与其归于人文学科，还不如划入数学和科学。另一方面，不属于人文学科的某些学科倒可以采用人道主义的研究方法。比如，科学史和科学原理就属此类。既然如此，那么划分人文学科的标准就应另寻途径，而不可依据所研究学科的性质。因为它们作为分析或评论的艺术和方法超越于所有学科，有人就依此普适性地确定其性质。另一些人却认为划分标准更在于其目的或意图亦即研究者在其学科研究中所抱的目的，无论什么学科都行，但其研究方法或目的必须以某种方式与人的价值相关联。……

同样，作为人文学科的一个重要组成部分，社会性别研究领域的划分不是取决于知识的类型或研究对象自身的属性，而是取决于其研究者的价值立场以及建立在价值立场之上的理论工具或曰分析框架。世界妇女运动是从社会中存在的妇女问题引发的。当人们试图探索这些问题的成因时，便有了妇女研究。随着这种研究的深入，天然地承载着女性经验、身份和价值立场的性别视角开始向各个学科的内部深入。它们包括社会学、人类学、教育学、心理学、法学、哲学、文学、历史学、宗教学、伦理学，等等。在这些大的学科领域中，社会性别的理论框架开辟了属于自己的研究领域，同时又凭借诸多研究领域生长、发育、成熟起来。由此有了性别社会学、性别教育学、性别批评、性别伦理学等与妇女、性别相关的学术分支领域。

社会性别不应该是一个内涵封闭的概念，这不仅仅因为所有关于它的理论都仍在探索当中，更因为女性主义理论与生俱来的反省式的、自我质疑的内在结构。1998年，琼·W.斯科特又发表了一篇专门探讨社会性别的文章：《对社会性别和政治的进一步思考》。如果说十年前她的《性别：历史分析中一个有效范畴》一文侧重于阐述区别于生理的性别（sex）的社会性别（gender）的话，那么，这一次她却特别要厘清十年来这一概念在使用过程中出现的混乱。她指出：女性主义理论在发现gender的同时把它与sex对立了起来，没有认识到"自然"的范畴也是人类知识的一种形式。强调这种"自然的"和"社会的"绝然对立也是一种人为的二元对立①。

当然，斯科特对社会性别的进一步思考并不意味着对上述探讨的否定，而是一种反省式的超越。它加深了我们关于"社会性别"这一概念复杂性的认知。而它可开掘的意义空间还远不止这些。

二、茅盾女作家论的性别因素

茅盾是中国现代文学史上卓有建树的文学家。文学批评几乎贯穿他的整个写作生涯。他的实践对现代文学"社会—历史"批评模式的形成产生了重要影响。在此过程中，"作家论"的写作是其不可忽视的重要组成。

从20世纪20年代后期到30年代中期，茅盾在左翼文坛的批评实践中，先后写下了《鲁迅论》《王鲁彦论》《徐志摩论》《女作家丁玲》《庐隐论》《冰心论》及《落华生论》等文章，形成了"作家论"的批评文体。其间，他引入阶级分析的方法，形成了注重时代、社会的变动以及作家思想倾向和政治立场，以革命的、政治的、时代的要求来评析作家、作品的基本特征。这一文体与相应的批评方法适应了当时的革命潮流，对左翼文学批评乃至中国现代文学批评的建设都产生了重要影响。与此同时，浓郁的政治意识形态色彩和革命功利气息，也给其批评实践带来了一定的局限。这里，我们在把握茅盾"作家论"总体特征的基础上，着重辨析其"女作家论"中性别因素的渗透和影响。

---

① ［美］琼·W.斯科特：《女性主义与历史》，见王政、杜芳琴主编：《社会性别研究选择》，生活·读书·新知三联书店1998年版。

(一) 茅盾"作家论"的基本思路

从茅盾的"作家论"中可以看到，他主要关注的是作家创作的时代意义和社会价值，而这些意义与价值的评判往往以作家作品的政治取向为主要着眼点。例如，在《徐志摩论》中，茅盾将徐志摩看作"中国小布尔乔亚'开山'的同时又是'末代'的诗人"；认为徐志摩的诗情枯窘是因为"他对于眼前的大变动不能了解且不愿意去了解！他只认到自己从前想望中的'婴儿'永远不会出世了，可是他却不能且不愿承认的另一个'婴儿'已经呱呱坠地了。于是他怀疑颓废了！"① 写于左翼文学不同阶段的"作家论"在批评方法上并非没有变化，但其中持有相对稳定的批评方法与角度。有学者就此做出这样的概括："这些作家论总是有一个无形的坐标。坐标轴的一边标明时代社会的变迁，另一边标明作家的思想倾向和政治立场，而作品及其所体现的创作道路则由两轴之间的起伏曲线来标示。""这种分析的基本思路就是：寻找时代要求——作家的立场——作品的倾向这三者之间的联系"②。

阶级分析方法的运用，构成了茅盾"作家论"的具体批评方式。例如在《庐隐论》中，茅盾将庐隐创作道路的转变与"资产阶级性"的"五四"新文化运动的兴衰联系起来；《王鲁彦论》围绕作家对"乡村小资产阶级"的描写展开；而《徐志摩论》更为鲜明地呈现着政治因素作用下的文学批评特质。如此批评思路贯彻在对作家创作活动的考察中，特别强调的是作家对主题的把握。作品的文学主题与时代中心、社会潮流的关系，成为衡量作家倾向性的重要尺度。在茅盾笔下，这一类型的批评通常具有立意鲜明、批评有力的特点。他对作品某一层面的解读时有洞见，给人启发。而另一方面，其缺陷也比较明显，即往往陷入以作品的思想内容等同于作家意旨，进而据此判断作品价值的简单化思维。在这种情况下，批评的重心很自然地会向政治思想、社会意义的挖掘倾斜，而对文学作品复杂蕴含的认识则大受局限。例如，在《庐隐论》中，作者写道：

> 庐隐与五四运动，有"血统"的关系。庐隐，她是被"五四"的怒潮从封建的氛围中掀起来的，觉醒了的一个女性；庐隐，她是"五四"的产儿。正像"五四"是半殖民地的中国社会经济的"产儿"一样；庐隐，她是资产阶级性的文化运动"五四"的产儿。③

---

① 茅盾：《徐志摩论》，见《现代》第二卷第四期，1933年2月。
② 温儒敏：《论茅盾的"作家论"批评文体》，载于《天津社会科学》1993年第3期。
③ 茅盾：《庐隐论》，见《文学》第三卷第一期，1934年7月。

茅盾将庐隐与"五四""五四"与资产阶级、资产阶级与某种特定的状态联系在一起。沿着这样的思维逻辑,"五四"新文化浪潮的趋于低落带来了庐隐创作上的"停滞";而庐隐本人的消沉,也自然反映出资产阶级及其文学文化的衰颓。可以看到,文学批评于此很大程度上形成了对作家思想倾向和政治立场的聚焦。

依据作品主题和题材的特点,判断一个作家对社会思潮的接受或拒绝,是茅盾常取的思路。评论女作家的创作也是如此。在《庐隐论》中,他谈到自己与瞿菊农考察庐隐《曼丽》集和《海滨故人》集的着眼点之不同,直言"瞿先生着眼在这两本集子里感情表现的方式",而"我们则着眼在这两本集子里的题材"。这是因为"一位作家在某一时期的宇宙观和人生观在他所处理的题材中也可以部分地看出来"。基于这样的认识,在评价作家作品时,茅盾对题材给予特别的关注。比如,他指出庐隐的《海滨故人》等带有自叙传性质的小说"题材的范围很仄狭",而对其早期所写《一封信》《两个小学生》《灵魂可以卖么?》等小说予以好评。尽管相比之下,前者显然更为丰满自然,后一类在艺术上则缺乏琢磨,粗糙生涩。茅盾评价说:"虽然这几篇在思想上和技术上都还幼稚,但'五四'时期的女作家能够注目在革命性的社会题材的,不能不推庐隐是第一人"。文章中,"满身带着'社会运动'的热气"这句话不止一次出现,从一个侧面映衬出茅盾所赞许的创作姿态。

《女作家丁玲》一文,同样首先关注作家的思想意识和政治倾向。文章一开始就写道:

> 那时候,正当五四运动把青年们从封建思想的麻醉中唤醒了来,"父与子"的斗争在全中国各处的古老家庭里爆发,一些反抗的青年女子从"大家庭"里跑出来,抛弃了深闺小姐的生活,到"新思想"发源的大都市内找求她们理想的生活来了;上海平民女学的学生大部分就是这样叛逆的青年女性。
>
> 在平民女学的丁玲女士是一个沉默的青年。她有两个很要好的朋友……但当这三位青年女性做好朋友的时候,她们全有很浓厚的无政府主义的倾向①。

这里比较突出地强调了两点:丁玲是一个被"五四"唤醒、从封建氛围中冲出来的"叛逆的青年女性";早期的她有着"很浓厚的无政府主义的倾向"。其间,自然隐含着当时的丁玲还未走进无产阶级文化阵营之意。茅盾显然不是一般地着眼于丁玲的创作历程和作品的社会内涵,而是自觉地关注阶级因素和意识形

---

① 茅盾:《女作家丁玲》,见《文艺月报》第一卷第二期,1933年7月。

态对作家创作的影响。在此基础上他认为:"《莎菲女士的日记》中所显示的作家丁玲是满带着'五四'以来时代的烙印"的,而她笔下所刻画的女主人公则是叛逆的个人主义者以及"'五四'以后解放的青年女子在性爱上的矛盾心理的代表者"。在对丁玲其后的创作进行评论时,茅盾同样特别注意她的作品是否"更有意识地想把握着时代"。

客观地说,作为一位文学创作者和批评大家,茅盾未曾完全抛开对艺术形式的关注和分析。事实上,他的"作家论"中关于作家创作主题、创作风格等方面所做的概括,在现代文学批评史上曾产生很大影响。其间对几位女作家创作倾向的把握和分析也不乏精到见解。总的来看,在"作家论"批评文体的建构中,茅盾对女作家的创作较少从性别的角度体察,而是与评论男作家采用基本相同的思路和方法。尽管如此,其间仍渗透了一定的性别因素。

(二)"女作家论"中的性别因素

需要明确的是,所谓性别因素,并非在茅盾的"女作家论"中单独发挥着作用,而是与多种因素特别是社会政治方面的因素糅合在一起。

"女作家论"均写于20世纪30年代前半期。这段时间里,左翼文学活动中阶级意识凸显,文学主题较之先前发生了明显变化。不少作家、批评家怀着急切的政治诉求,在创作和批评的实践中高度注重政治功利性,以适应无产阶级文艺运动及社会运动的要求。在此背景下,茅盾的"作家论"本着总结"五四"以来新文学运动得失的宗旨,对批评对象做出了选择。

"五四"新文化运动中,"女作家群"的出现可谓引人瞩目。其中有在新文学倡导的早期即开始以白话文从事创作活动的陈衡哲,有被"五四"新文化运动"震"上文坛的冰心、庐隐,有以爱情作为主要创作题材、带有强烈叛逆色彩的冯沅君,以及白薇、苏雪林、陈学昭、石评梅、丁玲等在新文化运动影响下开始创作的文学女性。茅盾从中选择冰心、庐隐和丁玲作为"作家论"的批评对象,与革命文艺运动的需要有着密切关联。

不难看出,这几位女作家的创作活动具有某些共性:首先,她们在时代文坛上颇有影响。冰心、庐隐在"五四"浪潮中成名,丁玲在"五四"落潮期登上文坛。她们的创作,以不同的方式留下了时代的面影。其次,这几位女作家均有反映社会生活之作。冰心、庐隐是"五四"时期"问题小说"的作者,对社会题材表现出很高的热情;丁玲20世纪30年代初成为"左联"成员后,政治色彩尤为浓郁。此外,这三位女作家在自己的创作道路上受时代风潮和个人因素的影响,题材和主题都曾发生过这样那样的变化。而茅盾一系列"作家论"写作的意图,原本就在于"总结与发扬'五四'新文学的现实主义传统","寻找新兴文学更切实的发展之路"①。

然而,在对女作家的创作进行具体分析时,对文学社会功能的片面理解以及两性之间不可避免的内在隔膜使茅盾的认知受到局限。冰心创作于 20 世纪 20 年代的《繁星》《春水》以及《往事》等作品,原本出自一个年轻女性的独特体验。其中有对理想和幻梦的抒写,也有对自身内心的开掘以及对社会的期待。但是茅盾似乎颇难理解这位女作家在文字中呈现出来的情感和梦想。他的《冰心论》以"三部曲"的方式把握冰心的创作道路,对冰心继早期创作"问题小说"反映"'人间的'悲喜剧"之后,转而"从'问题'面前逃走",幻想"人间只有同情和爱恋,互助和匡扶"(《往事集·自序》)表示了相当的不屑,认为这是舍现实而取理想,"遥想天边的彩霞,忘记了身旁的棘刺",对于正在激烈进行中的社会变革采取了一种"躲避"的态度。他批评冰心"以自我为中心的宇宙人生观"以及"爱的哲学",认为她以"爱"去解释社会人生"一无是处"。年轻女性单纯的情感和美好的想象,在这里被看作"一天到晚穿着的防风雨的'橡皮衣'"。因为在茅盾看来,离开了对现实的表现,"所谓'理想',结果将成为空想","所谓'讴歌',将只是欺诬;所谓'慰安',将只是揶揄了!"他还做出了这样的判断:

> 在所有"五四"期的作家中,只有冰心女士最最属于她自己。她的作品中,不反映社会,却反映了她自己,她把自己反映得再清楚也没有②。

从这篇文章的前半部分可以感到,茅盾对冰心这样有影响的女作家无法摆脱天真与单纯、真正加入到社会政治运动中,满怀关切和焦虑。而这种焦虑与传统文化对女性文学创作活动特征的理解有关,即富于才情的女性往往倾于浪漫幻想,脆弱多思,喜欢以狭隘的个人情感生活为中心。这些特征在茅盾的评论活动中,客观上构成了他所推重的文学的社会性、工具性的对照物,其价值自然偏于负面。正因为如此,当他看到冰心 1931 年写下短篇小说《分》,开始"严肃的人生的观察",走上现实主义创作道路时,才会充满欣喜和期待,嘱望她"前途认定了,切莫回头"。

传统社会文化男性本位的总体格局否定了具有差异性的另一性别的平等存在,女性在文化活动中所创造的价值受到压制和贬抑。这一性别意识形态无形中影响着包括文学批评在内的文学活动的各个层面。茅盾也未能脱身其外。"五四"女性在实现"人"的觉醒的同时所自然流露出来的性别意识本身内涵是复杂的,有着传统文化与现代思想杂糅的特点,而力倡妇女解放同时又极富文学感悟力的

---

① 温儒敏:《论茅盾的"作家论"批评文体》,载于《天津社会科学》1993 年第 3 期。
② 茅盾:《冰心论》,见《文学》第三卷第二期,1934 年 8 月。

茅盾，在就女作家的创作做出评价时对此虽有触及，却并未进一步开掘。他无形中受制于根深蒂固的男性本位意识，对刚刚走出封建传统禁锢的女作家的精神境遇缺乏更为深入的体察；文学为社会运动服务的理念，也妨碍了他更多地从其他方面思考。

就茅盾对庐隐的评论来说，这一点也反映得很明显。对这位女作家早期创作的题材选取和主题倾向，茅盾是认同的，因为在那些创作中，作者对社会政治运动给予了积极的关注。然而当庐隐后来的一些创作更多地进入女性生活领域时，他便颇为遗憾：

> 我们读了庐隐的全部著作，总觉得她的题材的范围很仄狭；她给我们看的，只不过是自己，她的爱人，她的朋友，——她的作品带着很浓厚的自叙传的性质。
>
> 跟着五四运动的落潮，庐隐也改变了方向。从《或人的悲哀》（短篇集《海滨故人》的第八篇）起到最近，庐隐所写的长短篇小说，在数量上十倍二十倍于她最初期诸作，然而她告诉我们的，只是一句话：感情与理智冲突下的悲观苦闷。

虽然茅盾认识到庐隐创作中"这一串的'现身说法'也有其社会的意义。因为这也反映着'五四'时代觉悟的女子——从狭的笼里初出来的一部分女子的宇宙观和人生观"，但他的落脚点却在于："我们很替庐隐可惜，因为她的作品就在这一点上停滞。"

本来，文学在反映社会生活主题的同时，也完全可以表现女性个体的生存状态和生命境遇，这种题材的艺术表现在特定的历史时代尤具特殊意义和价值。对此，茅盾并不曾完全忽略和否定，但他对庐隐一段时间里的创作比较多地热衷于女性题材，终未能给予深切的理解。他认为庐隐的"停滞"是因为对时代的漠视，其原因在于她回到了自身。也就是说，那个曾投入战斗的庐隐成了顾影自怜的女人，她满身的"社会运动的热气"演化为个人遭际的苦闷悲观。在这一判断中潜在发生作用的，既有左翼批评的政治尺度，也有男性本位意识。批评者面对一个在现实社会生活中对女性的性别命运已经有了痛切体验的女作家，并没有考虑到是否需要从性别生存的实际出发调整其评价尺度。男性中心意识和政治观念一道，在文学批评中对身处社会转型期、内蕴十分丰富的女性人生体验实施了"覆盖"。

事实上，当时的庐隐在创作上并非处于"停滞"状态。她被"五四"大潮推上文坛之初，曾为社会主题所吸引，在早期作品中热情追求社会理想。但那时的庐隐在试图展现觉醒的女性作为"社会人"所自觉承担的责任时，还未能将"思想"与"感受"融为一体。随着人生阅历的增加和思想的丰富，成长的内在要求促使她将个人体验中最为熟悉的生活加以提炼融入创作。这种选择对当时的女作家来说客观上更多一层含义，即在逐渐清晰起来的女性主体意识的支配下，探询具有新意的文学表现方式。"五四"时期女性创作中自传体、书信体、日记体等文学体裁的兴盛，某种意义上正是女性主体急切渴望得到表达的反映。遗憾的是，茅盾对庐隐创作转变过程中的性别因素未能给予充分的注意和理解。

《女作家丁玲》中有关丁玲创作的评论，同样不曾注意性别状况对作家创作面貌可能产生的内在影响。文中对丁玲在选择取母亲姓氏一事上所表现出来的男女平等思想是肯定的，同时就作家对"心灵上负着时代苦闷的创伤的青年女性的叛逆的绝叫者"的莎菲形象的塑造以及在此过程中进行的有关"五四运动以后解放的青年女子在性爱上的矛盾心理"的书写也给予了较高评价。但茅盾随后指出："那时中国文坛上要求着比《莎菲女士的日记》更深刻更有社会意义的创作"。进而明确认为，《韦护》显示了丁玲思想"前进的第一步"，《一九三零年春上海》"更有意识地想把握着时代"；这两部以"革命与恋爱"为题材的小说，都是"作者努力想表现这时代以及前进的斗争者"的。对20世纪30年代初丁玲《水》中描写遭逢水灾的农民群众的反抗，茅盾尤为赞许，称之为"在各方面都表示了丁玲的表现才能的更进一步的开展"，断定该作"表示了过去的'革命与恋爱'的公式已经被清算"。由此，《莎菲女士的日记》之类着力描写女性生活和精神体验的作品被置于与丁玲思想"前进"之后的创作相对照的位置，其间价值判断的倾向性显而易见。尽管茅盾做出这一判断主要是出于政治的考量，但同时也隐现着对女性生存问题的漠视。政治意识、阶级意识的制约，使他忽略了从性别角度考察女作家创作的独到处。

（三）茅盾性别观念的内在矛盾

值得注意的是，茅盾的性别观念一定程度上存在着内在的矛盾，这对其文学批评的面貌产生了影响。这一点在前边所提到的文学批评中已不无流露。

早在1919年，茅盾就开始了对妇女问题的思考。他曾在文章中指出："欲求妇女的解放。先求有解放的妇女。""现在要解放，就是要恢复这人的权利，使妇女也和男人一样，成个堂堂底人，并肩儿立在社会上，不分个你高我低。"之后又撰文进一步完善这一观点，认为妇女应该与男人享有相同的自由，"有绝对的身体上经济上政治上的独立资格"①。1921年，茅盾在《民国日报·妇女评论》发表的文章中，旗帜鲜明地提出了其早期新女性观的核心理念——"女性的自觉"，即着重强调"解放的妇女"应有"人的权利"，认为女性应当确立"绝对

---

① 茅盾：《解放的妇女与妇女的解放》，见《妇女杂志》5卷11号，1919年11月15日。

的身体上经济上政治上的独立资格",而"社会改造"是女性"实现自己"的根本途径。在茅盾看来,"女性的自觉"是新女性的核心所在,是妇女解放运动的关键。他说:"现代的女性当自觉是一个人,是一个和男性一般的人……现在我说'女性的自觉',只是希望女性从这些'异样的''非人的'外壳里自觉过来,献出伊'真人'的我来。"① 所谓"真人",既是拥有自我判定与决断的意识和权利,拥有独立人格及自由意志的人,也就是"自觉"的人。

茅盾还进一步阐释了妇女解放这一必将到来的潮流。他清楚地意识到平等、自由、民主、宪政等一系列西方现代文明的引入,使中国经历着一场前所未有的社会变革,在宏大的历史背景下,妇女的解放融入了"人"之解放的大潮。在《解放的妇女与妇女的解放》一文中,他指出妇女解放"是根据人类平等的思想来的。因为凡是人类,都是平等的;奴隶要解放,所以那些奴隶(是就中国最旧的男尊女卑观念说)的妇女也应得解放";它是"合乎世界潮流,内合乎社会状况的。决不是少数醉心欧化的人来瞎提倡,也决不是女子想出风头,实在是为改善我们自己的生活,促进我们社会的进步"②。

可以看到,茅盾对妇女解放问题的思考相当深入。他不仅号召男女两性共同致力于妇女解放运动,而且讨论了妇女解放所应有的政治、经济等方面的保障,还从历史发展的角度阐述了妇女解放的必然趋势。这些内容构成了茅盾的新女性观,析出了"女性的自觉"的实质;在新文化运动的大潮中,以"立人"的精神明确了妇女解放的方向。也正是在这样的基础上,茅盾在小说中塑造了"新女性"形象。

不过,正如有学者在分析茅盾《蚀》《虹》等早期创作中对女性人物的塑造时所指出的,他"一再试图构筑'时代女性'与'大一统'的理想之间的和谐幻想,却一再遭到他的记忆及女身'欲望语言'的反叛而失败"③。这样一种内在冲突,确似存在于茅盾的深层文化心理,在其文学批评特别是女作家批评中也有比较明显的流露。比如,茅盾在有关妇女解放的文章中,一再提倡"女性的自觉",号召人们"尊重伊们的意志","还伊们的自由"。那么,所谓"伊们的意志"究竟是怎样的一种意志?它来自女性自我的觉醒还是某种外在力量的赋予?在茅盾有关妇女解放的文章中,他的回答是前者;而在其文学批评中,给人的印象却往往倾向于后者。

《庐隐论》中,当茅盾为一个早年带着"社会运动热气"的女作家的"停滞"而遗憾时,忘却了考察这种转变本身是否与"女性的自觉"有一定关联。

---

① 茅盾:《女性的自觉》,见《民国日报·妇女评论》,1921年8月3日。
② 茅盾:《解放的妇女与妇女的解放》,见《妇女杂志》五卷十一号,1919年11月15日。
③ 陈建华:《"革命"的现代性——中国革命话语考论》,上海古籍出版社2000年版,第337页。

正如前边所提到的，庐隐最初的创作是社会浪潮推动的产物。透过早期的几部短篇如《一封信》、《月下的回忆》、《两个小学生》等，我们看到的是一个在思想和创作上热情而稚嫩的庐隐。面对社会变革的震荡，她从中吸收着创作的养分，却还无法深刻理解这场变革的内涵和意义。而在《或人的悲哀》等作品之后，庐隐逐渐放弃了直接关乎社会运动的题材，开始更多地写自己，写爱人，写朋友，写感情与理智冲突下的悲观苦闷，写女性那颗"禁不住挑拨的心"，用茅盾的话说就是写"自叙传"，做"现身说法"。这些内容原本来自"五四"女青年的切身感受，既昭示着现代知识女性成长的艰难，也反映出她们对女性自我的执著追寻。此类作品对女性命运的思索，其实也正从特定的路径通向茅盾在理论文章中所提倡和鼓励的"女性的自觉"。然而，当茅盾进入文学批评领域时，强大的政治理念和潜在的男性本位思维促使他过度追求文学创作的社会功能，忽略了历史发展特定阶段在性别问题上女性创作所承载的文化批判和文化建设的使命。

《冰心论》同样包含着性别观念的内在冲突。围绕冰心的创作经历，茅盾将其思想、艺术的发展具体划分为三个不同的阶段。然而，在他对作家创作的时代性、社会性加以理解和把握时，并没有以女性为主体思考性别问题。于是，尽管"女性的自觉"、"解放的妇女"构成了茅盾思想的重要内容，他还是对冰心创作的第二个阶段明确表示了不满，因为这一时期的冰心创作"以自我为中心"。这里又一次忽略了特定历史阶段女作家在创作中表现"自我"所具有的性别文化意义。

（四）多种因素对茅盾性别意识的影响

当我们谈论茅盾性别意识对其"女作家论"的潜在影响时，除了意识形态因素掺杂其中外，也不能忽略人的生理、心理、成长环境以及其他多方面的作用。

与同时代的作家相比，茅盾对女性有着更多的关注，这一点从他积极提倡妇女解放的一系列文章以及小说创作中众多鲜活的新女性形象身上可以看得很清楚。原因之一，当是与茅盾的个性特征和经历不无关系。茅盾身上较多地带有传统的所谓"女性气质"。比如，他性格中有着多愁善感、细腻温婉的一面；相对于很多男性的争强好斗，他偏于懦弱，更富同情心，愿意接近并关怀弱者。甚至他的体格与相貌也给人以偏于清秀乃至弱不禁风之感。以至于当年美国记者斯沫特莱在看到他的照片时曾感叹："like a young lady."[①] 这种心理和性格特征促使茅盾在生活中更愿意接近女性，也更容易同情女性在旧时代遭逢的不幸命运。

从自传中可以看到，7岁那年，茅盾幼小的心灵里便有了一个难以抹去的少

---

① 茅盾：《左联前期——回忆录十二》，载于《新文学史料》1981年第3期。

妇形象——新婚的舅母。他记忆中的舅母是一个"长相貌端，身材苗条，言谈举止温柔文雅，看上去身体比长寿丰腴"① 的新娘子。17岁时，舅舅去世，舅母年轻寡居，又一次触动了茅盾善感多思的心灵。他进湖州府中学堂读书后，仍然惦念着舅母，曾在一篇题为《犯梦》的作文中描绘过舅母的形象。在茅盾晚年的书写中，时或以"新娘子"代称舅母，甚至在结尾处直呼"宝珠"之名。而在他的小说《霜叶红于二月花》中，恰恰出现了一个叫作"宝珠"的少妇。此外，舅舅家的表嫂也令茅盾难以忘怀。这个表嫂自进门之日起，便成为他心目中女性的理想形象。晚年的茅盾还清楚地记得表嫂的美貌、性情和仪态。这些令茅盾迷恋的成年女性是善良、妩媚、成熟、端庄的化身，完全符合传统文化对妇女的规范。她们的身影扎根在茅盾心里，影响着他在创作中对女性形象的塑造，也从一个侧面折射出茅盾性别意识中的传统印记。

不过，茅盾笔下的女性形象是复杂的。《动摇》《幻灭》等小说在描写某些"新女性"的外貌时，颇为突出她们的性感：这些女主人公往往有着张扬的气质以及富于诱惑力的美貌，其眼神、嘴唇、腰肢、胸脯、身体的曲线和说话的声音，无不散发出女性的魅力。她们中的一些人在性享受中沉沦，摒弃爱情追随欲望，热衷于"颠倒所有的男人"，保持自己在两性关系中的优势。用《动摇》中孙舞阳的话说就是："没有人被我爱过，只是被我玩过。"但她们对男性又有着成熟女人的母性，比如孙舞阳会以类似哄孩子的口吻劝说方罗兰维持婚姻，章秋柳也关心着张曼青的感情状况（《追求》）。另一方面，茅盾笔下的"新女性"又与狂飙突进的时代和轰轰烈烈的政治运动结合在一起。他认为时代的急剧变革是女性突破家庭、社会以及传统观念束缚的最好时机。小说中的一些人物在这方面也成为一种样板，昭示着女性应当依靠自己的奋斗赢得解放，不能等着别人来解放自己，更不能做男人的附庸。例如，孙舞阳在革命浪潮中表现出很高的热情，积极致力于妇女解放运动。在革命斗争的紧要关头，她的沉着、机警和不屈的精神令一些男人自愧不如。在持久的讨论中，她果断主张革命联盟镇压土豪劣绅和反动店东的阴谋捣乱；在县城近郊农村，她在以"耕者有其田""多者分其妻""打倒夫权会""拥护野男人，打倒封建老公"为口号的妇女斗争浪潮中站出来，号召城市的妇女也要积极响应。在反革命势力面前，她镇定、勇敢，与方罗兰的动摇形成鲜明的对比。

茅盾笔下"新女性"所带有的个性特征，恰从一个侧面反映出其自身性别观念的复杂性。一方面，作为时代要求的积极回应者，茅盾有着妇女解放的明确追求；另一方面，他又无形中受到传统文化熏陶下生成的性别意识和审美趣味的支

---

① 茅盾：《长寿夫妇的悲剧》，《茅盾全集》第34卷，人民文学出版社1997年版，第34页。

配。两者之间的交汇和碰撞无形中渗透在文学创作中，同时也影响着他的文学批评。

与此同时，文坛潮流的影响也起了重要作用。1923年，在倡导"革命文学"的邓中夏、恽代英等人的影响下，茅盾发表了题为《"大转变时期"何时来呢？》的文章，主张文学在社会实际中发挥作用，唤醒民众并给予他们力量和支持。1925年5月，受十月革命之后苏联文学的影响，他又写下《论无产阶级艺术》一文，成为"五四"之后中国文坛比较系统地论述无产阶级文学艺术的第一篇文章。在其后的《告有志研究文学者》和《文学者的新使命》等文中，茅盾进一步阐释了自己的文学观，将文学活动与中国文学运动和创作的实践结合起来。这些文章明显受到来自苏联文艺界"左"倾教条主义思想的影响。20世纪30年代，作为"左联"最有代表性的作家与批评家之一，茅盾思想上受"左"倾教条主义影响愈加严重。他曾发表《五四运动的检讨》《中国苏维埃革命与普罗文学之建设》等文，将文学的功利性进一步夸大，要求文学创作一定要选取与无产阶级革命、政治斗争相关的题材与主题，反映工农生活及其抗争，从而成为"工农大众的教科书"。在此前后茅盾进行的"作家论"写作，正是建立在这样的思想基础上。不过，平心而论，茅盾在高度重视文学创作的时代性和政治性的同时，仍在一定程度上保持了对文学创作规律认识的清醒。

综上所述，从性别角度观之，茅盾对庐隐、冰心、丁玲等女作家的论述在取得一定成绩、给后人以启发的同时，无形中受到时代政治和男性本位意识的影响，未能充分考虑特定历史文化背景下女性的生存状态和生命体验。两性之间的隔膜以及不自觉的男性本位意识与强大的政治理念相结合，使之在对女作家创作进行评价时出现了某种程度上的盲视或偏见。他真诚提倡、热情鼓励"女性的自觉"，却又在"女作家论"中对经由"女性的自觉"生成的现代女性主体意识在创作中的多样展现及其独特价值缺乏理解，造成对部分女性文本的批评不够恰当。这种局限是历史的也是现实的。它从一个侧面折射出传统性别意识在社会文化领域的普遍渗透，提示我们更清楚地看到，两性之间平等的文化空间的建构，将是一个漫长而艰辛的过程。

三、《中国新文学大系·小说一集》的性别策略

由赵家璧主编、上海良友图书公司1935～1936年间初版的《中国新文学大系》（以下简称《大系》），是现代中国文学演进过程中首部有史学意义的大型选本。在这一选本中，留下了现代中国女性文学创作的最初记载：阿英在《大系·史料·索引》中的"作家小传"里，还对新文学第一个十年在文坛和社会上产

生过一定影响的女作家及其创作进行了简要的介绍。今天，当我们以性别的眼光重读这一部曾在现代文学发展过程中发生重要作用的选本时，不禁对这样的问题产生兴趣：在新文化阵营构建现代中国文学史的系统工程中，为了使《大系》这一经典塑造工程在体例和内容上都更为完整，更能体现时代精神和新文学的实绩，给"五四"以来涌现的女作家"立此存照"显然是必要的。然而，对于当时的编选者来说：什么样的女作家能够有资格、有机会在选本中出现呢？一旦入选，又是依据怎样的尺度来确定其具体作品的取舍？尽管《大系》编选者的出发点及指归并非着眼于性别，但作为有性别的个体，他们在选择收录女作家及其作品时所持的内在标准，实际上不可避免地带有一定的性别意味。

那么，从性别的角度看，这样的标准客观上彰显了什么，又遮蔽了什么？在此拟以茅盾先生编选的《大系·小说一集》中有关女作家冰心及其创作的定位为例做一探讨。

（一）公共场域：时代先声与"一无是处"

阿英"作家小传"里记载的 8 位女作家，被《大系》收录作品的只有冰心和庐隐。与庐隐只是一篇小说入选不同，冰心作品的入选数量及文体覆盖面颇为引人瞩目：《小说一集》选收了《斯人独憔悴》《超人》《寂寞》《悟》《别后》共 5 篇小说；《散文二集》收录了包括《往事》《寄小读者》等系列散文在内的 22 篇作品；《诗集》中则选收组诗《繁星》《春水》以及《诗的女神》《假如我是个作家》《纸船》等共计 8 首诗作。冰心是早期创作何以受到如此重视？联系编选者的文学主张及"导言"，以下几方面的因素应当是发挥了重要作用的：

其一，在创作的数量、体裁种类和读者影响面等方面，冰心较之同期的其他女作家显然更占优势。当时，《冰心全集》四卷已出版，她在文坛和读者群中已是相当知名的女作家。相形之下，其他 6 位女作家（陈衡哲、白薇、凌叔华、陈学昭、苏雪林、冯沅君）虽在"作家小传"中被阿英提及，但她们要么创作时间较短，作品数量偏少；要么代表作为长篇小说，与《大系》的编选体例不合；要么已淡出文坛，将主要精力转向学术研究。总之，创作成就和影响力均不如冰心。

其二，冰心可以说是个"有组织"的作家，具有文坛"主流"的创作身份——她是"文学研究会"的最早成员，许多作品在文学研究会主办刊物上发表，结集后又作为文学研究会丛书在商务印书馆出版①。而茅盾编选《小说一集》时对作家的收录标准之一，即是否具有文学研究会会员的身份及是否在文学

---

① 《谢冰心小品序》，见范伯群、曾华鹏：《冰心评传》，人民出版社 1983 年版。

研究会机关刊物《小说月报》上发表过作品。

其三，也许最为重要的，还在于冰心的创作在反映时代心声方面更富于代表性，同时又具有一定的艺术水准。冰心在五四运动兴起的 1919 年就发表了多篇顺应时代潮流的"问题小说"。尽管那时的创作"多少带一些封建性"，但这"正是在新文化运动初期青年中普遍的情形，在旧的理解完全被否定、新的认识又还未能确立的过渡期中"① 最正常的表现，因此冰心的创作能够成为"五四"时代的一面"镜子"或一个"缩影"。编选者可以引导人们从其小说文本中看到"五四"的历史面影——"每一种历史首先都是一个词语制品，一种特殊语言应用的产物"② ——冰心遂成为新文学历史合法性的一个象征性的标志符号。

此外，从文学接受的角度说，性别身份的吸引力无疑也对作家的影响力起到一定作用。现代文学建设初期，女作家甚少。出自冰心之手的第一篇小说《两个家庭》于 1919 年 9 月 18 日在《晨报副刊》刊出时，"在'冰心'之下，却多了'女士'二字！据说是编辑先生添上的"。作者打电话去问，"却木已成舟，无可挽回了"③。尽管冰心这段回忆用的是惋惜和无奈的语气，但事实上却造成了一个带有喜剧性的效果，"女"字吸引了大量的眼球。于是，在《大系》这部由男性主持者编选的"经典"里，冰心以其恰如其分的时代特征、接近新文学主潮的身份以及成功驾驭新文学三种体裁的骄人创作成绩，得到了其他女作家难以企及的位置，赫然凸显于《大系》作品选各卷庞大的男性作家群中。

那么，冰心这位在《大系》"经典"的构建过程中得以一花独秀、脱颖而出的女作家，其被"经典化"的过程是否与《大系》具有某种同构的性质呢？我们注意到，《大系》的装帧相当考究，每一册都有环衬，环衬页是一幅木刻版画，画面是一个身体健硕的青年农民的侧身像。他赤足走在朝阳初生、霞光万道的土地上，边走边播撒种子。这幅画似乎暗示着编纂者的苦心。"种子"一词在中国语境中的能指非常丰富。它与土地、母亲、生殖等构成意义链，又与传播、流布、血统等相纠缠。当《大系》所鉴选的文本作为母本（摹本）被不断经典化、作为种子被不断增殖时，其鉴选和编纂行为也就无形中为中国新文学确立了一个父的"血统"。这个血统在小说创作方面的标志性基因就是："文学应该反映社会的现象，表现并且讨论一些有关人生一般的问题。"④

---

① 阿英编校：《现代十六家小品》，天津古籍书店 1990 年版，第 135 页。
② ［美］海登·怀特，陈永国、张万娟译：《后现代历史叙事学》，中国社会科学出版社 2003 年版，第 256 页。
③ 冰心：《从"五四"到"四五"》，见《冰心文集》第四卷，上海文艺出版社 1986 年版，第 451 页。
④ 茅盾：《小说一集·导言》，《中国新文学大系·小说一集》，上海文艺出版社 2003 年版，第 13 页。

冰心被看作当时"问题小说"的代表性作家，在后来编写的各种版本的现代文学史中，通常所突出的也往往是她在这方面的成绩。而事实上，冰心的处女作《两个家庭》所关心的，恰恰不是一般意义上的社会问题，而是现代女性主体在家庭中的性别角色问题。可是这篇作品问世后并不曾为人看重，其后两个月内发表的两部短篇《斯人独憔悴》和《去国》，方引起比较热烈的反响。两篇小说均刊发于《晨报副刊》。前者连载于1919年10月7日至12日，写的是一场具有时代意义的父子冲突，反映了因为受到封建大家庭的禁锢而不能参加"五四"爱国运动的青年的苦恼。小说发表一个星期后，北京《国民公报》的"寸铁栏"中就有短评："我的朋友在《晨报》上看见某女士作的《斯人独憔悴》那篇小说，昨天又看见本报上李超女士的痛史，对我蹙眉顿足骂旧家庭的坏处，我以为坏处是骂不掉的，还请大家努力改良，就从今日做起。"① 三个月后，小说被北京学生剧团改为话剧上演。《去国》连载于11月22日至26日。作品发表一星期后，《晨报》第7版上就出现了题为《读冰心女士的〈去国〉的感言》的评论。因文章较长版面不够，报社还特意让出第8版广告版的部分版面，足见其重视。这篇评论的作者称，根本不敢把《去国》当作小说来读，而是"当作研究人才问题的一个引子"，并且希望"阅者诸君，万勿当作普通小说看过就算了，还要请大家起来研究研究才好"②。这两篇小说揭示了当时较为尖锐的社会问题。一是旧式封建家庭对进步青年的压抑束缚，二是北洋军阀政府对留学归国人才的漠视浪费。所涉问题的实质，是在昏聩的封建主义"君"与"父"的统治下，青年学生无法实现自己的理想和人生价值，只能在这毫无希望的灰色家国里"憔悴"下去或者无奈地"离去"。归根结底，是思想文化意义上的"父辈"与"子辈"的冲突。冰心早期创作在这方面"提出问题"的意义，得到了及时的开掘和肯定。

而当这位女作家试图就所提出的此类问题探寻解决途径的时候，情况就发生了变化。作为一个女性，面对社会的黑暗，冰心很自然地想到了"母亲"。《超人》发表于1921年4月《小说月报》第12卷第4期。主人公何彬代表了"五四"落潮时期悲观绝望的青年。在他看来，"世界是虚空的"。小说中，何彬在梦中出现的天使般的母亲的启示下，醒悟到世界上人"都是互相牵连的，不是互相遗弃的"。小说的发表恰逢其时。当时的北京，"自从支持着《新青年》和《新潮》的人们，风流云散以来，一九二零到二二这三年间，倒显着寂寞荒凉的古战场的情景"③；"兴奋之后疲倦的颓丧的一刹那，正在继续着，虚空的苦闷，

---

① 晚霞："寸铁栏"短评，《国民公报》1919年10月17日。
② 鹃魂：《读冰心女士的〈去国〉的感言》，见《晨报》1919年12月4日。
③ 鲁迅：《小说二集序》，《中国新文学大系·小说二集》，上海文艺出版社2003年版，第8页。

攫住了人心，在这当儿，给予慰安，唤起新的活力，是文学家的责任"①。冰心应合了时代青年的心理需求，用母爱慰安了处于劣势的"子辈"。一年之后，她又发表了《超人》的姊妹篇《悟》，更进一层把"制度已定，阶级已深"的人类的"种种虚伪残忍"都归于"不爱"。而在她看来，只要"有了母亲，世界上就种下了爱的种子"，天下就可望太平。然而"中国青年对于'人生问题'已经起了很大的变化，一部分青年已经不愿再拿这个问题来自苦，而另一部分青年则已认明了这个问题的解答靠了抽象的'爱'或'憎'到底不成"②。冰心自己也意识到这一点，这篇用通信体写成的小说中，两个在信件往来中激烈争辩世间"爱的有无"的青年，实际上正是冰心内深处的矛盾双方。对于自己这样的"慰安"之作，她知道是"自欺、自慰，世界上哪里是快乐光明？"但是她"已经入世了，不希望也须希望，不前进也是前进，……走是走，但不时地瞻望前途，只一片的无聊乏味"③。这段话让人联想到鲁迅笔下那个宁可在怀疑否定中前进也"不回转去"的"过客"。

　　对于"过客"而言，"母爱"就如同小女孩那同情和温暖的"布片"一样，用来"裹伤"着实是"太小一点了"。于是茅盾这样总结冰心创作在大时代中的得失："她既已经注视现实了，她既已经提出问题了，她并且企图给个解答，然而由她生活所产生的她那不偏不倚的中庸思想使她的解答于不解答，末了，她只好从'问题'面前逃走了，'心中的风雨来了'时，她躲到'母亲的怀里'了。这一个过程，可说是'五四'期许多具有正义感然而孱弱的好好人儿他们的共通经验，而冰心女士是其中'典型'的一个。……她从自己小我的生活的和谐，推论到凡世间人都能够互相爱，她这'天真'，这'好心肠'，何尝不美，何尝不值得赞颂，然而用以解释社会人生却一无是处！"④

　　这段语言平实、看似公允的文字隐含了先扬后抑的倾向。茅盾先是肯定了冰心的"关注现实"和"提出问题"，然后又委婉地指摘她的"解答不了"和"逃走"：先是对冰心用"爱"拨开时代笼罩在人们心头的迷雾表示认可，接着又对其"爱的哲学"在社会现实面前的"一无是处"感到失望和不满。在这里，编选者的肯定体现着新文学主流话语对女性创作时代先声内涵的接受，而其"一无是处"的批评，则自觉不自觉间对具有女性性别内涵的社会问题思考，做出了贬抑。

---

①　茅盾：《杂感》，载于《文学旬刊》1923 年第 74 期。
②　茅盾：《小说一集·导言》，见《中国新文学大系·小说一集》，上海文艺出版社 2003 年版，第 18 页。
③　冰心：《问答词》，见《冰心文集》（第三卷），上海文艺出版社 1986 年版，第 10 页。
④　茅盾：《冰心论》，见《茅盾全集》（第二十卷），人民文学出版社 1987 年版，第 146~167 页。

（二）家庭场域：传统角色与女性自我重建

有意思的是，在《大系·散文二集》中，编选者郁达夫对冰心散文创作中所体现的爱意却有着别样的评价。被茅盾批评为"一无是处"的"爱的哲学"，在郁达夫笔下的特定语境中，由苍白无力转而呈现出明丽红润的面貌："记得雪莱的咏云雀的诗里，仿佛曾说过云雀是初生的欢乐的化身，是光天化日之下的星辰，是同月光一样来把歌声散溢于宇宙之中的使者，是虹霓的彩滴要自愧不如的妙音的雨师……一字不易地用在冰心女士的散文批评上，我想是最适当也没有的事情。"①

何以出现如此的不同？我们看到，当富于女性生命感受的爱被女作家作为解决社会问题与人生矛盾的一种理想投向广阔的社会公共空间时，被明确指认为无效、无力；可是，当女性之爱作为温柔的抚慰点缀在家庭式场景中时，就被认为适当且令人愉快。在这里，"她"被许可发挥爱的功能的场域体现得相当鲜明。"一个场域可以被定义为在各种位置之间存在的客观关系的一个网络（network），或一个构型（configuration）。"位置的客观存在取决于人们在权力分配结构中的关系（支配关系、屈从关系、结构上的对应关系，等等）②。

新文化运动的功绩之一是女性"社会位置"或曰"生存空间"的开放。女性意识到自身生为"人"的价值，把走向社会、参与社会当作实现自我价值的全新正途，渴望走出家庭，在社会中寻求自我的新角色。然而，当传统两性关系格局尚未发生根本性的动摇和改变时，女性在社会场域中的位置及其与男性位置之间的关系是很可怀疑的。对此，冰心自己似乎也意识到了。在一首名为《假如我是个作家》的诗中，她这样写道：

> 假如我是个作家／我只愿我的作品，被一切友伴和同时有学问的人／轻蔑——讥笑／然而在孩子，农夫，和愚拙的妇人／他们听过之后／慢慢的低头／深深的思索／我听得见"同情"在他们心中鼓荡／这时我便要流下快乐之泪了！

在这里，冰心所说的"友伴"和"有学问的人"显然主要是指男知识分子，他们在成人／儿童、知识阶级／非知识阶级（农夫）、男性／女性的关系中都处于强势位置。冰心自知不可能在男性同道那里取得她所期望的承认和赞许，于是希望同另立于他们的弱势群体相互认同。这就意味着无奈地承认了现实中女性在社会

---

① 郁达夫：《散文二集·导言》，见《中国新文学大系·散文二集》，上海文艺出版社2003年版，第16页。

② ［法］皮埃尔·布迪厄，李猛、李康译：《实践与反思》，中央编译出版社2004年版，第134页。

场域中所处的位置与在传统家庭中"男尊女卑""男主女从"的格局具有同构性质。只不过作者在诗中出于艺术表达的需要或者还有女性内在的自尊,用"假如"替换了"事实上"。

归根结底,冰心所倡导的"爱的哲学",只能属于家庭场域;而感性的"爱"与理性甚至酷的社会场域"游戏规则"之间,根本不可化约。于是冰心在同一首诗里最后写道:

> 假如我是个作家/我只愿我的作品/在人间不露光芒/没个人听闻/没个人念诵/只我自己忧愁。快乐/或是独对无限的自然/能以自由的书写。

冰心于此实际上宣称了在写作上放弃以与男性并肩的姿态进入社会场域的努力,而选择了从思想和情感上回归家庭场域,面向自身自娱自遣。这里,牵涉到如何看待女性的人生使命和人生角色。

"五四"时期关于妇女解放运动的议论,并非只有为走出家庭的"娜拉"呐喊助威的声音,而是一个众声喧哗的多声部合唱。茅盾的发言是这个时代大合唱里一个很重要的声音。他在从商务印书馆转向《小说月报》之后,同时为《妇女杂志》写稿。1917年到1922年间,茅盾共写了37篇涉及经济独立、家庭改制、儿童公育、社交公开、恋爱自由等妇女解放问题的文章。与那些认为"走出家庭,社会参与"是女性解放唯一道路的激进派不同,茅盾认为中国的女子教育还很落后,大部分女性在没有知识和能力的情况下走上社会是很危险的,"到社会上却无事可做,或者有事而不能胜任",只"徒然弄成家庭以及社会的扰乱罢了"①。他受瑞典女性主义者爱伦凯(Ellen Key)"母职神圣论"影响很深,认为在中国"不但无高于贤妻良母的教育,并(且)无贤妻良母的教育",因此女性在解放之先,首先要通过受教育提高自己的知识与素质,培养好自己的孩子,其次才可以考虑社会参与。当然"对于公共生活的态度,应该以协作的精神参与社会上的事业,一面仍当保持两性间分工的机能"②。

从当时的现实情况来说,茅盾对女性素质状况的判断是符合实际的,对女性的劝告也是善意而务实的;用现在的女性主义眼光来看,茅盾对爱伦凯"母性是一种强大的历史性存在和心理事实"观点的赞同和两性之间应该分工协作的主张也不无道理。问题是,女性的解放如果落脚于鞠躬尽瘁死而后已的"神圣母职",那么何时才能够达到"以协作的精神参与社会上的事业"?在此过程中两者之间势必会有的矛盾冲突又该如何协调?茅盾没有就此提问和回答。而冰心在那篇相对来说反响平平的短篇小说《两个家庭》中,实际上已经触及对这个问题的

---

① 茅盾:《解放的妇女与妇女的解放》,见《妇女杂志》第5卷第11号,1919年11月5日。
② 雁冰(茅盾):《爱伦凯的母性论》,见《东方杂志》第17卷第17号,1920年9月10日。

思考。

　　小说中的亚茜是一个有知识、有教养、情趣高雅的女子。她擅长家政和子女教育，同时又能协助丈夫建立事业，是个典型的新式贤妻良母。她在家中专心致志地相夫教子，使丈夫感到身心愉快，在外边的事业进展顺利，孩子也聪明可爱。而与亚茜形成鲜明对比的陈太太，则是一个妇女解放运动的"怪胎"。她彻底抛弃了作为母亲、妻子的职责，天天借应酬宴会和打牌来消磨时间，却以为这就是解放了的女性所应有的生活状态。她的这种生活方式给丈夫和孩子带来了严重影响。由于对家庭生活充满失望和无奈，丈夫沉溺于酒精的麻醉，最后悲惨地死去。两个家庭女主人对人生角色的认识和相应的角色扮演，与此形成鲜明对照：陈太太视家庭为"女权"和"自由"的绊脚石，结果将家中的一切搞得一塌糊涂；而亚茜却把家庭当作施展自己知识能力的场所，对新贤妻良母的角色有充分的认同，并把它当作实现自己人生价值的媒介，通过创造让丈夫身心愉快的家庭环境，使之能够精力充沛地投入工作而间接地造福社会。从小说中可以看出，早期冰心的女性意识已相当自觉。她笔下的女性知识分子对家庭角色有着明确的理性认识。在冰心看来，亚茜出色地扮演了自己的家庭角色，成功地在家庭而不是社会中实现了自我。这样的两性关系是平等、互爱并且互助的。反之，陈太太则未能处理好女性自我实现与家庭角色之间的关系，以致丈夫沉沦而死。作品昭示于读者的是，新女性对新式家庭的良好经营作为男性事业的支撑和协助不仅不可或缺，而且"人命关天"，其重要性不言而喻。

　　冰心对女性家庭角色的认识从散文《往事（其二）·八》中也可以得到间接的印证。她在这篇散文中谈到向往到海上守灯塔的愿望。冰心承认，与人群、大陆隔绝是一种牺牲，而且有"避世"之嫌。但是，"只要一样的为人群服务，不是独善其身，我们固然不必避世，而因着性之相近，我们也不必避'避世'"。在这里，"避世"的"守灯塔"，某种意义上可视为新贤妻良母之职的一种隐喻。在冰心看来，对于女性而言，无论是在家庭外"入世"而进行社会工作，还是在家庭里"避世"而专事妻职母职，只要能够"为人群服务"，就是值得肯定和赞美的。而她本人似更倾心于后者。她接着写道："几多好男子，轻侮别离，弄潮破浪，狎习了海上的腥风，驱使着如意的桅帆，自以为不可一世。而在狂飙浓雾，海上山立之顷，他们却蹙眉低首，捧盘屏息，凝视着这一点高悬闪烁的光明！这一点是警觉，是慰安，是导引，然而这一点是由我燃着！"

　　新式的贤妻良母不仅能够"因着性之相近"而料理好家庭，而且能够在丈夫需要的时候提供精神上"是警觉、是慰安、是导引"的灯塔般的"光明"——这一点显然与无条件从属于丈夫的传统女性不同。新贤妻良母们通过与丈夫心灵的和谐呼应，通过为丈夫、家庭服务间接实现人生价值，并从中得到认同感、成就感和自豪感。表面上她们与传统女性没有多大区别,都是以丈夫为本位,以对丈夫和子女的义务为本分。但她们的内在的自我意识已经觉醒,她们自主地决定生活空间,基于自身优长和性情,主动选择在家庭中的角色,并尽可能完美地扮演它。对于她们来说,家庭并不仅仅是一个生存和劳作的空间,而且还是一个具有深层意义上女性自我价值实现意义的空间。这样的女性意识在思考问题的起点上,与歧视女性家庭角色的封建男权思想有着根本的不同。重要的是,作者对当时部分思想文化界人士所提倡的"母职神圣",从女性自身主体性的角度加以阐释,试图使女性的社会价值和自我价值在家庭中得到实现和统一。

可以看到,在冰心对为整个时代和社会提供爱的"光明"和"慰安"的理想缺乏自信的同时,却相当自信和自觉地面向家庭寻求着女性生存价值的实现。应当指出,这种思考在现实面前不可避免地带有一定的虚幻色彩和片面性。事实上,女性要想通过扮演家庭角色实现自我的、社会的价值,不仅需要在物质生存和教育水准等方面得到基本的保证,而且有赖于家庭中夫妻地位的平等以及整个社会性别观念和人生价值评价尺度的更新。这绝非轻而易举。尽管如此,冰心小说所体现的对女性人生角色的关切和思考,在有关"人"的解放的大命题的讨论中,显然是融入了性别感受且富于新意的。她从女性主体的角度,对在家庭场域重建女性自我做出探讨,这种努力值得珍视。

然而,恰恰是这样一篇体现着作者女性意识和女性思考的小说,没有入得编选者的法眼。今天,我们对这之中的缘由不可妄加推测,但某些因素在编选者意识中发生作用应当说是很自然的。比如,作品中主要人物对"相夫教子"的女性家庭角色的认同,从外观上看,较明显地带有传统色彩;小说把留学青年报国无门的社会问题作为背景,而将家庭生活和女性的自我定位置于前台,在反映"时代主题"方面,有喧宾夺主之嫌。再者,比照冰心入选的5篇小说,可以看到她的这部作品在女性形象刻画方面与之存在的差异:《斯人独憔悴》中的姐姐颖贞,既同情、关心弟弟,又尊重、逢迎父亲,在父与子之间不断调停周旋;《别后》中姐姐宜姑,在家庭中"四下调和",处处顾念别人,使屋子的空气都"绵密温柔";《寂寞》中不过总角之年的妹妹已经博爱到"爱了父亲,又爱了母亲,又爱了许多";《超人》和《悟》中的母性形象没有直接出现,而是分别作为梦中白衣天使的影子和"百年来长明不熄爱的灯光"的传说来启示主人公对"爱的哲学"的领悟。这些女性形象都有一个共同的特点,即不论是身为姐姐、妹妹还是母亲,她们都没有丈夫。姐妹是未嫁的少女,"母亲"是抽象的符号——由于没有在现实中与之对位存在的男性,她们被从两性关系(夫/妻或者父/母)的格局中抽取出来,作为第三方另立的形象出现,充当着调停父子之争、慰藉兄弟"憔悴""寂寞"和作为儿子保护神的角色。作为文学人物,她们人都显得比较单薄，倒是更符合叙事学中的"功能"①概念。值得注意的是，在这里，"功能"是由男性的立场出发、为男性的心理需要而设置的，缺乏女性自身的生命感和主体感。从这个意义上说，她们实质上不过是披着女性外衣的男性想象物，如天使一般飘浮在空中，微笑、甜蜜、美丽，却不免扁平和虚空。她们的爱尽管在改变现实方面"一无是处"，但却有助于抚慰遭受时代挫折的男性的心灵——这是她们和亚茜最大的不同。于是，两者之间孰被检选孰被弃置，很可能就在这些因素的作用下被决定了。透过事实上什么样的女性形象被历史"照见"、什么样的女性形象被历史"遮蔽"，我们可以从一个侧面反观男性中心意识对文学批评、鉴选标准的无形渗透和影响。

作为一个跨越新旧时代的女作家，冰心女性意识的自觉程度不可能超越历史。在她的早期创作中所流露的女性观念、女性情感无疑有不少可商榷处。不过，这里试图讨论的不是冰心创作的得失，而是《小说一集》编选者的性别策略：通过筛选取舍以及对入选作品的评价，他们借冰心小说阐扬了什么？又贬抑了什么？众所周知，文学革命后，小说已成为现代文学经典中影响最大、最主要的文学样式。20世纪30年代出版的《大系》对这一文体的创作成就很自然地给予了重视。茅盾编选的《小说一集》紧随《建设理论集》《文学论争集》之后，排在各卷作品集之首。而在香港文学研究社版的《大系》里，《小说一集》所选的第一位作家就是冰心。茅盾等编选者借助对冰心"问题小说"的选择和采录，确立了新文学"反映时代焦点，关注现实问题"的传统，并且引导女作家将自己的创作融入这一传统。那些与特定意义上的"问题小说"写作取向不同，相对来说更带有女性自我指涉味的作品则被置于边缘。编选者所关心的不是"是否用不偏不倚的观点看待中国现代作家的成就，而更关心在传统与现代对抗的话语领域对合法性的特定诉求——《大系》所力图在其文学事业和当时察觉到的历史紧迫感要求之间建立的那种联系"②。

从冰心早期创作在《大系》中的境遇可以看到。编选者对冰心小说的选择及其评价，一方面，将女性创作纳入男性为主的"经典"作家作品序列，使其能够借助文学参与到本为男性舞台的社会公共场域之中，体现了历史的进步；另一方面，他们又对女作家干预现实的愿望做出不充分的价值判断，使之最终只能徘徊于社会公共场域的边缘。编选者隐含的男性中心的评价尺度在价值层面上对女性历史主体性和自我主体性的贬抑，一定程度上遮蔽了女性思维、女性情感的社会

---

① ［法］罗兰·巴特，李幼蒸编译：《叙事作品结构分析导论》，见《符号学美学》，辽宁人民出版社1987年版，第115～128页。

② 刘禾，宋伟杰等译：《〈中国新文学大系〉的制作》，见《跨语际实践——文学、民族文化与被译介的现代性》，生活·读书·新知三联书店2002年版，第235页。

意义和历史价值。《小说一集》的编选和出版客观上昭示了新文学的性别——它依然是男性中心的历史。冰心这样一位女性"经典"作家以同构于新文学"经典"的方式诞生,"女性书写的历史"在不知不觉中被悄然置换成"男性的历史书写"。应当承认,这是一种运用得非常成功的性别策略,尽管在当时和以后很长一段时间里,它是以无意识和不为人所察觉的方式进行的。

总之,在《中国新文学大系·小说一集》中,冰心是唯一一位受到特别关注的女作家。以茅盾为代表的编选者在确立新文学"关注现实,提出问题"的创作传统、赋予新文学历史合法性的过程中,选择冰心的"问题小说"进入这部"经典",对其提出问题的社会意义给予肯定;与此同时,又自觉不自觉地对冰心小说所体现的具有女性性别内涵的社会问题思考做出了贬抑。该书的编选,对构建和彰显以男性为主导的新文学历史产生了重要影响,而此间女性历史和自我的双重主体性,一定程度上受到遮蔽。

四、20世纪80年代女性文学批评中的身体想象

20世纪70年代末,中国学界曾开展了一场关于"人性解放"的讨论。这场讨论直接指涉此前20年间高度统一的政治文化政策,认为其严重压抑和扭曲了人的自然本性。这一时代文化主题也渗透到了女性问题的研究领域,"时代不同了,男女都一样"的性别理念遭到了普遍的质疑。当时的文学批评认为,片面追求两性政治经济权利的绝对相同,无形中掩盖了两性的特征和差异。同时,它将传统的男性特征作为普遍的"人"的标准让女性加以模仿,并将传统的女性特征在文化价值上加以贬低,从而使女性最终丧失了自己的性别特征。在研究者看来,这种"性别同一"观点正是对女性之"人性"的压抑。

基于这种批判前提,重新寻找"原初"的女性特征成为20世纪80年代文学研究所热衷的话题。为了证明女性特质存在的合理性,当时的研究者普遍选择了"天性""本能""自然"这样似乎无需论证的生物概念,即将女性特质看作是与"身"俱来的本质,两性由于生理功能的不同而必然具有不同的性别特征。中国的女性解放运动也从追求"男女平权"阶段过渡到追求"男女有别"的阶段。

然而,综观20世纪80年代文学批评对女性身体的描述却不难发现,它并没有在本质上超出传统男权文化对女性之躯的想象——柔美、弱小、母性、无欲、贞节等元素依然被作为女性身体的"天性"保留下来。可以说,男权文化传统中的女体规范在此处别有意味地充当了反对"性别同一化"的武器。在中国女性文学批评史上,这种对女性身体的认知是一个比较独特的现象。本章就以这个时期的批评文本为研究对象,从女性身体形象、女性身体功能和女性身体欲求几个方

面,探讨其中的女性身体想象,以期从一个特定的角度认识文学批评中的性别现象。

(一) 文学批评者的女体想象及其性别文化内涵

在 20 世纪 80 年代的小说中,一系列从外在形象到行为举止再到内在气质都非常接近传统男性的女性人物引起了文学批评界的警惕。这些女性没有柔美的身体曲线、温柔的声音和文雅的举止,其外部特征与男性相比几乎没有什么明显的差异。比如《我在哪儿错过了你》(张辛欣) 中的女主人公:

> 如果不是时时能听到她在用售票员那几乎没有区别的、职业化的腔调掩去女性圆润悦耳的声音吆喝着报站,光凭她穿着那件没有腰身的驼绒领蓝布短大衣,准会被淹没在一片灰蓝色的人堆里,很难分辨!她在车门旁跳上跳下,蹬一双高腰猪皮靴,靴面上溅满了泥浆。她不客气地紧催着上下车的人,或者干脆动手去推……①

当时的文学批评认为,新中国成立以来高度统一的政治文化政策是以硬朗、粗糙的男性形象来强行塑造女性的,这意味着要求她们按照男性的体力标准去参加社会生产劳动。在此背景下,反映传统女性柔美特征的服饰都会被斥为资产阶级情调,体力上的示弱也会被当作劳动道德的缺陷加以批判。有女作家撰文指出,这样的女体形象"实际上却是一次更大倒退。这是对于人性的严重歪曲,对女性的精神侮辱。如果扼杀大自然赋予我们的女性美和女性柔韧温婉的天性,无异于扼杀我们的生命。"②

"男性化"的女性身体形象引起了批评者广泛的"同情的批判"。他们虽然承认这类女性是特定时代文化扭曲的结果,但却将之严格地划出"常态"女性的范畴,而将"柔美温婉"看作是女性外形的"天然"之态;女性身体曲线不明显、面容不柔和、声音粗糙、举止粗鲁等现象,被认为是不符合女性的"天性"。相反,线条柔美、声音圆润、举止端庄的女性则被认为是"健全"的。不无意味的是,在不少研究中,抽烟、酗酒、讲粗话之类不甚文明的行为,并没有被看作是两性共有的缺憾,却仅仅因其不符合女性的行为规范而遭到批判。

还有一些研究将"弱小"当成女性的生理特质,即认为女性在体力、智力等方面相对于男性而言具有天然的弱势。这种源自身体的弱势感明显地体现在批评者对女性受压迫地位的看法上。不少学者认为,在特定的生产力发展阶段,"身单力薄"的女性必然处于受压迫的地位,这种状况在现阶段中国还将

---

① 张辛欣:《我在哪儿错过了你》,载于《收获》1980 年第 5 期。
② 张抗抗:《我们需要两个世界》,见《文艺报》1985 年 8 月 10 日。

继续存在。比如有批评者指出,"在我国,男子占支配地位的情形仍未根本改变。……由于我国现阶段生产力水平还相当低下,大部分劳动还是主要靠笨重的体力支出,这样,身单力薄的女子在社会生产中不能不处于次要地位。"① 这种典型的生物决定论在女性的体能与其历史地位之间建立起了某种必然联系。肉身的"匮乏"不仅被看成是女性受压迫的历史原因,而且也被当作是现代女性的发展阻滞力量。女性作为体能和智力的劣势群体要付出比男性更多的努力才能达到与之相当的地位。比如这样的论述:"有成就的中年妇女,承受着照料家庭和事业竞争的双重负担,智力上优势的强度和持久度也总是低于自己逐渐上升的生理劣势。这种不公正是上帝的错误,我们所能做的只是努力把这种劣势变为优势。"②

还有的研究将女性的身体特征与其创作的文体特征相联系,认为女性身体的弱小决定了其文风的柔弱。比如,"(女性创作)与女性的生理和心理特点有某种内在的一致性,娇小、轻巧、柔弱、圆润、温和、和谐……诸如此类的特点,往往在女性身上体现得最为充分。"③ 值得注意的是,关于身体的"弱势感"比较集中地体现在一些女性批评者那里。她们默认了关于女性身体弱小、匮乏的文化描述,并认为这种特质完全出于自然之手,是女性无法抗拒的生物命运。一种自卑感和无奈感时常流露在研究文本中。

上述文学批评中所蕴含的对女性身体外形的想象值得思考。一些研究者试图通过对"柔美""弱小"等特质的强调来反拨新中国成立以来社会文化对女性形象特殊性的抹杀,然而,这种反拨仍是在男性中心的文化场域内进行的,批评者对女性之"柔弱"的强化实质上正是传统男权文化的欲望想象。有学者指出:"在古典文学、哲学作品中诸如《诗经》《列子》《朱子》《淮南子》中关于美女基本标准是这样的:年轻纤巧,曲线优美,柔若无骨,削肩细颈,罩在华美紧身缎子下的肌肤美如凝脂,纤纤玉手,额头净白,耳垂突出,乌发、别有精致发卡,眉毛浓而黑,眼睛清澈如水,声音娇媚,鼻子高挺,唇红齿白,优雅大方。"④ 不难看出,20世纪80年代文学批评者的女体想象与中国古典的美女标准并无本质上的区别。

同时,20世纪80年代初期的一些批评者也夸大了女性的"身单力薄"所具有的社会、历史的普遍意义。不论是在女性群体内部还是相对于男性而言,由于地域、种族、劳动方式和社会文化的不同,女性的体形和体能都有很大的差异,这种身体差异未见得小于男性和女性的群体差异。将"身单力薄"作为女性身体

---

①③ 吴黛英:《新时期"女性文学"漫谈》,载于《当代文艺思潮》1983年第4期。
② 张抗抗:《我们需要两个世界》,见《文艺报》1985年8月10日。
④ 文洁华:《美学与性别冲突》,北京大学出版社2005年版,第112页。

的普遍特质某种程度上透露出男性中心意识或潜意识中对女性的控制欲望。而一些女性研究者对"强壮"身体的潜在渴慕，某种意义上也透露出她们对女性自身文化价值尚缺少性别自信。在人类的社会生产实践中，"强壮"并非是衡量劳动力价值的唯一标准。男性固然通常在某些方面具有体力上的优势，但其本身也不乏相对不利的一面，比如婴幼儿阶段易夭折、耐力相对较差、平均寿命短等。事实上，在今天的科学技术条件下，女性身体通常具有的相对灵活、更富韧性等特点，已成为社会生产劳动力的构成要素。批评者对女性"身单力薄"的印象和焦虑，是将男权文化中女体约束进行内化的结果，女性身体的弱势感是文化弱势感的体现。

应该承认的是，新中国建立之后女性身体的"男性化"现象，确实不是一种合乎人身健康发展的正常状态。然而，这种现象的不合理之处，并不只是在于抹杀两性身体在生物属性方面的客观差异，让女性勉强从事力所难及的工作，而更在于它无形中使女性丧失了自我支配身体的权利。这种支配权至少包括如下几个方面：一是根据自身体能条件自主选择劳动方式的权利；二是按照个人意愿塑造自身形象的权利；三是在身体条件特殊不利的情况下，寻求社会制度保护的权利。当然，在这个意义上，尽管20世纪50年代到70年代的"身体政策"潜在的是以传统的男性身体特征为蓝本的，但对男性来说，个体层面的身体支配权同样是匮乏的。

实际上，人类身体的形态特征既是自然的产物，又是文化的产物。它受人类生活的自然环境、生产方式和社会文化的综合影响，又有着巨大的个体差异，因而并不存在某种符合"天性"的普遍意义上的性别身体特征。比如在人类早期的造像艺术中，基于对神秘生命和生殖的膜拜，以丰乳巨腹的女性最为常见，而男性雕像的出现不但晚于女像，而且在数量上和质量上都不能与女像相提并论。我们很难从中看出"健硕的男性"和"柔弱的女性"这样的形象区别①。对于充满个体差异的人类群体来讲，任何一种性别特征的模式化，都会抹杀和压抑个体特征的存在。从身体形象的角度来讲，正如硬朗、粗糙等特征不能成为女体形象的规定一样，柔美、圆润等特征同样也不当以"天性"的名义成为女性身体的准则。

但是，当时的女性研究者的确面临复杂的情形：新中国成立以后男女两性已在很大程度上实现了共同参与社会生产，在法律上拥有平等的政治经济权利。基于这样的现实，她们既没有足够的理论依据来挣脱那只隐形的"自然之手"，同

---

① 叶舒宪：《高唐神女与维纳斯——中西文化中的爱与美主题》，陕西人民出版社2005年版，第9页。

时又要为了与男性"站在同一起跑线上"而与身体抗争,这便陷入了两难的处境。表现在批评态度上,则是新生的乐观与发展的焦虑并存。一些女性采取回避"女"字的权宜之计来缓解这种性别焦虑,即明确反对被特别指称为"女作家"或"女批评家"。张抗抗曾经作过一个形象的比喻,她认为被强调为"女作家"就像在伤残人运动会上,人们欢呼伤残运动员同正常人一样跑步,虽然他们跑得并不快,但正因为大多数观众认为他们根本不会跑,也不应该跑,所以这才是奇迹①。

如果说对"女"字的格外强调反映出男权文化对女性整体能力的轻视甚至某种程度上的否定,那么女性批评者不自觉地流露的"厌女"情结本身,恰恰包含了对这种观念的认同,即默认了"女"的属性势必与柔弱、低等、被动等相联系。显然,这一时期的女性批评者还没有重新建立女性身体文化的自信力,当她们急于摆脱"女"字背后所承载的男权内涵和文化压抑时,干脆连"女"之本身也丢掉了。

(二) 女性身体功能的认知与文学批评

在对女性身体功能的认知上,20世纪80年代的文学批评表现出双重倾向:一方面,封建社会遗留下来的将女性作为"生育工具"的观点遭到批判,女性是与男性一样的社会劳动者和国家建设者,这一点与"五四"以来的妇女解放思想一脉相承;另一方面,依托女性生殖功能建立起来的某些性别角色非但没有动摇,反而作为被解放的女子"天性"在很大程度上被强化。

文学批评在女性的生殖功能与其性别角色之间建立了一种带有宿命色彩的紧密联系。不少研究者坚持,生育孩子的母亲自当承担起养育孩子的义务,并且还应该照顾所有家庭内务,母性和妻性是女人与生俱来的属性。身体功能还被认为在很大程度上影响了"性别气质"的塑造。有研究认为:"女性由于孕育和哺乳活动的关系而最早萌发和体会了人类的感情,加之女性的活动范围客观上比男性更多更早地洞穴化和人间化,便日益发展了身心中柔和的部分,初建了敏感细腻的心理结构。"②这里,生殖功能以及与之联系的早期人类活动被假想为影响女性气质的重要因素。这一假想所具有的合理性加深了文学批评的如下倾向:诸如温柔慈爱、细腻敏感、注重感情之类的性格和气质,在20世纪80年代文学批评中常被视为女性作者的"天性"。

---

① 张抗抗:《我们需要两个世界》,见《文艺报》1985年8月10日。
② 陈惠芬:《找回失落的那半:"认识你自己"——关于女性文学的思考兼及人类意识的提高等等》,载于《当代文艺思潮》1987年第2期。

但是抵牾之处在于，在当时的语境下，那些与男性共同参与社会生产、承担社会角色的女性被认为是真正"大写的人"，但母职与妻职又被看作是与"身"俱来、不可推卸的义务；现代职业理念希望女性在所从事的工作中如同男性一样肩负责任，具有进取精神，而这又与所谓女性温柔慈爱的"天性"相违背。面对这一矛盾，20世纪80年代文学批评在理论上是焦虑的，在价值阐释上也难以取舍。于是某些权宜之计被用来"调和"冲突、缓解压力。常见的大体有如下三种情况：

一是采取暂时悬置矛盾的策略。有批评将这一矛盾看作是现代职业女性发展过程中暂时出现的问题，不急于求得解决。研究者相信，当女性经过某个"男性化"的阶段争取到平等地位之后，她们会自然而然地恢复其女人的天性。下面这段论述较有代表性：

> 如果生活迫使我们不得不向"男性化"发展时，我们又该怎么办？现代社会剧烈的竞争（包括知识、能力、体力等方面，并非指经济意义上的）往往使我们不知不觉地在某些方面日益男性化起来，譬如进取、好胜、强悍等原本属于男性的一些性格特征已在越来越多的女子身上体现出来。……我以为，这种现象的出现只是暂时的，它是一种对妇女压迫的矫枉过正，是在恢复女性本来面目过程中的必经阶段①。

显然，研究者并不认为"男性化"的生活模式将是女性永久的状态，而是相信女性具有某种"天性"，这种"天性"的复归在经历了特定的阶段之后是可以期待的。虽然我们很难从这段表述中看出所谓女子"本来面目"的具体内涵，但至少可以知道其中并不包含"进取、好胜、强悍"等质素，因为这些是"对妇女压迫的矫枉过正"的结果，是男性气质的专属特征。

二是对社会职能与家庭职能兼顾的女性给予肯定。不少批评文本认为，现代女性既应该担负起生育孩子、照顾孩子以及家庭内务的职能，也应与男性一样追求个人事业的发展。比如有批评说："我们并不是过激地认为女性的事业与家庭形同冰炭，也不是认为女性不应该成为贤妻良母，实际上正相反，真正的女性应该是丰富的、身心全面发展的个体，她不仅可以是事业的主人，也应该是贤淑的妻子、温良的母亲，因为女性解放的过程实际上就是一个女性自身不断完善的过程。"② 这里研究者把能否将家庭角色和社会角色双肩挑起，作为衡量女性是否趋于完善、成为"真正的女性"的标尺。

三是主张家务劳动社会化。一些批评认为，家务劳动不能充分社会化，是女

---

① 吴黛英：《女性世界和女性文学——致张抗抗信》，载于《文艺评论》1986年第1期。
② 禹燕：《女性文学的历史与现状——兼论什么是"女性文学"》，载于《当代文艺思潮》1985年第5期。

性陷入两难困境的主要原因:"目前我国家务劳动社会化的程度很低,大部分仍需要家庭承担,这样,历来主'治内'的妇女,不得不把许多精力耗费在繁琐沉重的家务劳动上。因此,妇女无论在社会上还是在家庭中,都面临着比男子更多的困难和障碍,有时甚至受到歧视。"① 为此,"家务劳动社会化"被看作是解决这个棘手问题的"药方",即把育儿等相当一部分原先主要压在女性身上的家务工作交由社会组织去做,以缓解女性生物角色和社会角色之间的紧张。

上述思路尽管不同,但都有一个基本的出发点,那就是认为女性的母职和妻职是基于其特殊的生理构造形成的,这是女性不当推卸的使命。至于男性是否也应当参与一定的家庭劳动,人类的生产孕育是否也应当在社会生产的价值体系中占有一定的位置,或者两性是否有可能根据自己的实际情况在家庭和社会之间自由选择角色,这一时期的批评文本均未曾顾及。

20世纪80年代之初,小说《在同一地平线上》(张辛欣)中女主人公发出的一段感慨曾被很多批评引用,借以说明女性面对双重压力的困境:"难道我注定要在专注地、不变地去爱的本能和不断保持自己的奋斗中,苦苦地来回挣扎?!"深究起来就会发现,这种看似两难的心态,正是以高度肯定女性具有"爱的本能"为前提的。当其生物性角色被认定与生俱来时,社会角色的加入势必促使女性在难以两全的现实面前陷入困窘之境。

对女性身体功能的认知,直接影响到文学研究者对女性创作的评价。不少批评将家庭题材以及与感情有关的题材看作女性创作的天然之选。有批评十分明确地说:"女作家,当她获得了创作上较充分的外部自由和内部自由时,她们关注的第一命题,很可能就是感情、爱情生活及其观念的重新审度与变更。这是合乎她们的天性的。"② 还有研究者认为,既然女人天然拥有母性,那么关注孩子也便是女性创作的题中应有之意。在谈及女性创作的成绩时,儿童文学往往是被纳入其中的。例如:"当代女作家对文学的贡献还表现在她们凭借母性的光辉,对儿童生活和儿童心理的独到观察。她们中的许多人或从儿童文学起步,或至今还在为儿童写作。"③ 还有的批评本书将女性创作风格的形成与女性身体上的特征联系起来。比如女性身体构造的"弱小"决定了其文学风格的柔弱,如:"(女性创作)与女性的生理和心理特点有某种内在的一致性,娇小、轻巧、柔弱、圆润、温和、和谐……诸如此类的特点,往往在女性身上体现得最为充分。"④ 在20世纪80年代的文学批评中,"细腻、优美、柔和"等元素,经常被看作是女性创作的天然形态。

---

①④ 吴黛英:《新时期早期"女性文学"漫谈》,载于《当代文艺思潮》1983年第4期。
② 谢望新:《女性小说家论》,载于《黄河》1985年第3期。
③ 张维安:《在文艺新潮中崛起的中国女作家群》,载于《当代文艺思潮》1982年第3期。

不难看出，这一时期的文学批评不仅有意无意间沿袭了传统文化对女性性别角色的定位，同时也在批评实践中传播了这种性别角色的文化价值。在男权文化中，与个体性的肉体呵护有关的育儿及家务劳动，其重要性和经济价值明显低于社会性劳动，甚至不被看作是社会生产的有机组成部分。同样的，在文学题材方面，尽管研究者将婚恋家庭题材看成是符合女性身体功能的选择，但同时又将它视为相对低层次的甚至是有缺陷的文学领域。有研究称："竭力地关注着女性命运，强化着女性意识，全神贯注地探索着女性的位置和生存方式，这不能不说是一种缺陷，或者说是一种性别的偏执"①。关注女性题材就意味着某种与社会生活相脱节的文学视野，这样的认知在20世纪80年代早期的文学批评中屡见不鲜。

研究者显然预设了一种更为"高级"的文学观照，它通往全人类的公共视野，而与女性的经验世界相隔离。不少学者试图在女性创作中区分"两个世界"："第一世界"关乎女性生殖经验和家庭生活，包括育儿、家庭、婚恋等。这个世界往往被认为是狭隘的、个人化的，因而从思想内容的角度衡量，其文学价值不高；"第二世界"则是人类共有的社会公共空间，包括社会改革、历史、军事等，它为作品获取较高的文学价值提供了可能。这里，"两个世界"并非单纯的文学题材的划分，而是带有一定的"性别比附"倾向：有关"第一世界"的创作大多时候出自女性作者之手，而"第二世界"中的宏大主题写作，则大都是由男性作者完成。基于这样的写作现实，很多批评相信，女性文学创作的历史发展趋势就在于从"第一世界"向"第二世界"的迈进②。

这种文学价值的等级划分和性别比附现象，不仅体现在对文学题材、文学主题的价值衡量上，也体现在对艺术风格的判定上。逻辑缜密、艺术形式复杂等特点往往被认为是属于男性的风格，当女性具有这种创作风格时则被视为是某种艺术上的"进步"。有研究者在评价女作家谌容时，高度肯定她视野开阔、目光犀利、揭示深刻，因而颇具"男作家的特点"③。

这种现象至少透露出两个问题。其一，研究者潜在地认为，在"女性"之上还有"人"的存在，在"女性文学"之上还有"人类"的文学。现代女性首先是人，然后才是女人。这样一来，文学批评的逻辑就出现了某种内在的悖论："女性文学"概念的提出标志着"女性"作为独立的言说主体的合法性，但当"女性文学"与"人类的文学"并列时，它又势必处在"次一等"的位置上。其二，此期文学批评将文学特征区分为"女性的"和"男性的"两个阵营，其间

---

① 魏维：《在炼狱的出口处——论当前女性文学的理论超越》，载于《上海文论》1989年第2期。
② 陆文采：《沉思在女性文学批评的园地里》，载于《社会科学辑刊》1989年第2～3期。
③ 谢望新：《女性小说家论》，载于《黄河》1985年第3期。

并没有可供作者自由选择的中间地带;与此同时,认为与男性相关的文学质素就是好的、进步的,而与女性有关的质素就是低级的、落后的。当女性创作具备了某种类似于"男性的"特色时,文学批评往往将其认定为作者在文学水准上的自我超越和提升。

"性别类比"的思维在中西方文化的发展中都有体现。但实际上,所谓文学的"第一世界"和"第二世界"之间并不能够进行机械的划分。文学史告诉我们,优秀的文学作品在对个体性躯体经验的描摹中,必然蕴含着对特定历史阶段的群体处境的深刻反思;而在关于社会性问题的写作中,更是不能回避对个体血肉之躯的深刻关怀。所谓"两个世界",在文学创作中只能是一种相互关联、彼此渗透的良性关系,而不可能彼此割裂甚至分出高下。既然如此,性别视角也就注定不是仅在观照世界的某一部分时所独有的。所谓创作中性别意识的自觉,并非联系着某一性别对某类题材或风格的独特偏爱。在特定的意义上,它可以成为作家对不平等的人类性别文化的省思和提示,同时又是对性别平等权利的自觉维护。因而,对所谓"第二世界"的观照同样需要性别意识的自觉。

在此,我们无意否认两性作家的写作侧重点有着明显不同的文学史实,问题在于,对这一现象产生原因的理解及其意义的评定,需要借助于更为自觉的性别平等意识。20世纪80年代的文学批评主要是从两性"生理"差异方面来认识这种不同的,而未能深入分析隐藏其后的社会文化根源,以及这种写作差异中所透露出的性别等级意识。面对充满个性自由和丰富内涵的文学创作,文学批评将某种创作风格与作家性别简单地联系起来,进而轻率地判其高下,客观上强化了两性角色的对立以及人们对性别与文学创作之间关系的片面理解。

(三) 关于女性性欲望的意义和价值

在20世纪80年代的文学创作和批评中,"女人是人不是性"的口号曾经格外引人瞩目[①]。这是针对传统男权文化将女性仅仅当作性欲对象和生育工具的现象提出的。学界希望通过彰显女性的人格使其从被"物化"的命运中解放出来,恢复做人的主体性。然而,当批评者在鼓吹女性的身体不是欲望对象、不是生殖工具时,却无法继续回答身体对于女性自身来说究竟意味着什么?"步入'女人'阶段的女性对自己的躯体尚然没有研究权、阐释权和阐释的习惯,她痛恨男性社会对女性之躯体所下的种种定义,但同时又无从辩明女性之躯对自身究竟有何意义"[②]。对女性身体欲望本体价值的无视,使得"女人是人不

[①] 语出自张洁:《方舟》,北京出版社1983年版。
[②] 孟悦、戴锦华:《浮出历史地表》,河南人民出版社1989年版,第113页。

是性"的良好愿望在批评实践中往往被阐释成"女人不要性",由此形成了一个理论上的怪圈:明确反对"性压迫"的女性主体却并不拥有对自己身体的主体权利。

在女性身体所具有的各种感官欲望中,性要求往往被批评者贬斥为"低级趣味",与精神世界的"崇高追求"相对立。虽然"重精神,禁肉欲"的文学诉求在中国有着漫长的历史,但细究起来不难发现,文学批评对女作家"去欲化"的文学要求要比对男作家更加明确和强烈,甚至将此作为女性文学创作的独特"优势"加以阐扬。

与此同时,这一时期的文学批评一方面肯定"爱情自由",另一方面又将其中"性爱自由"的成分抽空,只凭借"爱情自由"来标榜"人性解放"和"人格独立"等时代主题。然而,翻身做了"爱情主人"的女性并没有成为自己身体的主人。批评者对"性爱"的肯定仅仅是将其作为人生命题的一个抽象表征,并不涉及任何关乎身体的物质细节。当批评者强调"性爱的问题最能反映一个时代女性主体意识觉醒程度,最'可以判断出人的整个文明程度'"[①] 时,他们并不真的关注"性爱"之于女性个体的价值以及文学创作对身体的处理方式,而是很快将笔锋一转,指出"但这些小说并没有囿于纯粹性爱,而是渗透了人生社会的态度。从个人性爱出发,趋于人生社会,又始终不离性爱婚姻问题,是20世纪80年代女性文学主题意识的主要走向。"——"性爱书写"还没有来得及展示此岸真切的身影,就匆匆抵达了"人生社会"的理想彼岸。

还有一些批评者将"性需要"看作是现代女性已然超越的低层次阶段性需要。与上述两种批评倾向不同的是,他们并不否认或回避女性性欲望存在的合理性,但他们坚持认为性欲望和吃穿住行一样是低层次的生物性要求,这种要求早已随着新中国妇女的解放而被充分满足,当代中国女性应该超越生理需要的低级阶段进入社会性需要的高级阶段。这种将人类需要进行等级划分的方法似乎有理由使批评者乐观地相信,"我们已经得到一个判别中国近代、现代与当代妇女的解放程度乃至社会进步的理论性参数。即是说,哪个社会的妇女所追求的合理需求层次越高,说明其解放程度越多,社会亦越进步。"[②]

实际上,与世界各国妇女一样,中国女性的肉身解放与精神解放也不是一个前后承继的线性进化过程。二者在封建男权文化中同时受到贬抑,因而需要一种共时性的解放。当社会文化和制度允许女性自由寻求婚姻对象时,并不意味着她同时已然获得了充分的身体控制权。对这种双重压抑的无视导致了批评者对于如

[①] 阮忆:《女性文学和女性意识——新时期女性文学断想》,载于《文艺评论》1987年第4期。
[②] 夏中义:《从祥林嫂、莎菲女士到〈方舟〉》,载于《当代文艺思潮》1983年第5期。

何认识女性的"人身自由"这一概念产生了结构性缺失——将之仅仅等同于女性走出闺阁、不在空间上受到约束，而女性是否得到了对自己身体的赋义权、支配权和保护权，则还没有进入当时批评者的视野。

以上三种批评态度其实都有意无意地回避了一个棘手的问题，那就是如何正面阐释女性性欲望的意义和价值。我们从这种回避中隐约可以见到封建男权道德针对女性的"性不洁观"。不过，在一个将"人性解放"作为普泛主题的年代，这种性禁忌的痕迹不太可能是显性的存在，它往往采用变体的方式隐含在批评者对"人格""自由"等理念的讴歌中。以至于在女性性欲望的不洁感和爱情的神圣感之间，在性禁忌与性自由之间，20世纪80年代的批评者表现出某种值得探究的矛盾态度，这种态度从批评者如何阐释女性的"名誉"和"贞洁"等概念中可见一斑。

一些批评者虽然肯定女性追求"性爱自由"的合理性，却又格外强调女性在这一追求过程中所付出的"名誉"代价。比如有文章在谈到女性对爱情主题的写作时指出："作为妇女中先知先觉者的女作家们，为今天妇女的进一步解放，不仅付出了辛勤劳动的心血与汗水，而且付出了巨大的牺牲——包括对女性最为珍视的名誉的牺牲，这种勇气和牺牲精神，往往只有开拓者才具有。"[①] 又如："张洁，20世纪80年代一位勇敢的女性，她甚至不惜自己的名誉受到严重挑战的代价，辟开布满荆棘的妇女文学之路，树起一帜。"[②] 从中不难看出，研究者们认为对女性作家而言所谓"名誉"是最为珍贵的。尽管他们正面肯定女作家放弃某种"名誉"的先锋精神，但这种肯定是以默认女性"名誉"的传统内涵为前提的。

与此类似，批评者有关女性"贞节"的阐释也表现出某种"欲拒还迎"的矛盾立场。《性扭曲：女界人生的两极剖视》这篇文章具有一定的代表性。批评者一方面正面抨击"处女嗜好""从一而终"等父权文化中的"贞节"观念，另一方面却并没有放弃将"贞节"作为女性独有的道德规范，只不过是将其变体理解为某种女性"生命本体内在"的要求。文章写道：

> 贞节作为一种积极的德操，是女性性意识觉醒的标示。……一旦女性智力的发展使她们走出了性蒙昧的时代，便觉醒了沉睡的性意识，随之产生了女性所特有的性羞耻感（羞怯、羞涩感）、排他性要求以及个体意志和人格尊严。妇女的这种内在的贞节要求，使其在阳施阴受的自然性行为中，不致因为被动的地位而失去自己的人格尊严，特别是父权文化将女性视为男性性

---

① 吴黛英：《新时期"女性文学"漫谈》，载于《当代文艺思潮》1983年第4期。
② 谢望新：《女性小说家论》，载于《黄河》1985年第3期。

享乐的玩偶以后，女性内在的贞节要求则使其最大可能地维系了个人意志，成为一种自我保护的内在动力①。

从这段论述看，作者似乎是想将"贞节"阐释为女性维护自身的个体意志、人格尊严的一种天然的心理防御机制。但这种女性"贞节"观值得商榷。其一，女性觉醒了性意识之后为何会产生"特有的性羞耻感"？显然，在批评者的潜在话语中，女人的"性"依然是不健康、不自然的和不洁净的。她很难在"性"的道德禁忌和"性"的自主守护之间划分出一条清晰的界限。其二，如果说"贞节"是人类对个人身体尊严的正当守护，是一种"生命本体内在"的要求，那么为何男性不存在这种需要呢？虽然批评者将"贞节"的内涵从一种被动的身体压迫转换为一种主动的内在的身体守护，但"贞节"依然是女性需要独自遵守的身体规则，女性并没有从中获得表达欲望的权利。

这种专门针对女性的"性不洁观"也影响到批评对于女性创作的文学功能的判定。不少批评者认为，女性文学创作应该是一种"美的化身"，它的特质在于带给人们"净化心灵"的功用。这种文学审美期待的基本出发点是去除女性身体的感官欲望，认为女性文学之美就在于坚持精神世界的高尚而不能涉及身体需要的具体描写。比较典型的是关于航鹰小说《明姑娘》②的评论。这篇小说讲述了一位盲人姑娘自强不息的故事。文中没有正面提及女主人公任何身体残疾的痛苦，而是将笔墨重点放在展现明姑娘的乐观精神上。这种回避身体细节体验的"想象和夸张"得到了批评者的高度肯定："作者略去了残废者生理上的痛苦、缺陷和丑陋，通过想象和夸张，把内在美和外在美集于明姑娘一身，使之成为美的化身"③。

应该承认，这种去除身体欲望的文学审美期待在很大程度上秉承了20世纪50年代后新中国文学创作中的身体观念。在这一时期，我们可以看到一个越来越清晰的对肉体的排斥和贬低过程：身体不仅成为与精神相对立的存在，在激进的"无产阶级世界观"中，肉身及其所表征的个体欲望还带有了"私"的性质。然而，身体问题对于女性而言似乎远没有这么简单。批评者不仅要求女性创作是"去欲"的，而且希望女性身体通过这一"去欲"的过程成为"美的化身"，从而使作品具备"净化人的心灵"的文学功能。"女性文学之美，在内容方面多表现为歌颂崇高的理想、美好的心灵和高尚的行为。……女性的心灵就像一座熔炉，生活在这里得到了过滤和净化，淘汰杂质，留下来的是美的结晶。这一类纯

---

① 王绯：《性扭曲：女界人生的两极剖视——来自〈中国女性系列〉的报告》，载于《上海文论》1989年第2期。
② 航鹰：《明姑娘》，载于《青年文学》1982年第1期。
③ 吴黛英：《新时期"女性文学"漫谈》，载于《当代文艺思潮》1983年第4期。

净的作品在女性文学中比比皆是。"① 这后一种"净化"功能被看作是女性创作的"天然"优势和独有之态,这显然有别于批评界对男性创作的审美期待——为什么单单是女性的文学创作应当肩负起"净化人的心灵"的功能呢?这种高尚性和纯洁性的美学期待隐含着女性角色的定位:"好"的女性应该是没有身体欲望的、具有神性的奉献者。这与男权文化对于女性的道德监控密不可分。对所谓道德完满的女性的呼唤企图剔除的正是女性血肉之躯的丰富性和复杂性,这种过滤的最终目的是抑止其产生独立的思想价值体系的可能性。想象某一性别必然是"纯美"的,正如想象某一性别必然是"邪恶"的一样不可思议。其中所渗透的,不能不说是一种片面针对女性的"精神贞洁观"。

综上所述,20 世纪 80 年代初期的文学批评对于女性身体的态度表现出明显的矛盾之处。研究者既希望依托女性的身体重新建构被社会忽视已久的女性特质,又难以在这种重建中摆脱封建男权文化对女性身体的想象和规范,独立拓展关于女体想象的丰富的审美空间。这种矛盾的立场直到 21 世纪的文学批评中仍时隐时现。可喜的是,从 80 年代中后期开始,随着西方女性主义理论的译介和本土女性研究的深入开展,不少研究者从女性主义视角对女性的身体权力和身体处境进行反思,并取得了切实的收获,从而为我们围绕这一问题展开进一步思考提供了新的条件。

---

① 吴黛英:《新时期"女性文学"漫谈》,载于《当代文艺思潮》1983 年第 4 期。

结　语

  1981 年，朱虹教授撰文介绍了带有女性主义色彩的美国"妇女文学"[①]；1983 年，她又为《美国女作家短篇小说选》作序，评述美国 20 世纪 60 年代后期的女权运动，宣扬文学中的"妇女意识"，介绍女性主义批评经典和历史上被埋没的女作家。这些工作标志着大陆文坛开始了对性别与文学创作、文学研究之间的关系的学理性思考。而今三十多年过去，文学领域的性别研究在理论探讨和实践层面均取得了不俗的成绩，呈现出积极的文学文化意义。本书所做的探讨也构成了这一努力的组成部分。

  书中从文学创作、理论批评、文学史写作等多层面，对中国文学文化领域的性别问题进行了探讨。在此过程中，我们努力做到历史与现实结合，研究对象贯通古今；重视文化传统以及对国外理论资源的合理借鉴，探索多学科研究方法的互补交融；坚持两性关怀，两性对话，在理论方法上做出了一定的探索。当然，本书目前所涉及的问题及研究的深度还有很大局限，有待今后不懈的探索。第四章在对学术史和批评实践进行回顾与反思的过程中，对这方面的问题已有所论述。这里仅就如何寻求研究水准的提升谈一点看法。

  第一，正确理解文学的性别研究与当下社会文化建设之间的关系，努力在实践中使二者得到有效的沟通。多年来，在社会经济生活和文化思潮发生深刻变化的背景下，我们看到，文学中的性别议题一方面持续为人关注，研究论著的生产数量不断增长[②]；另一方面，却又在很大程度上失去了 20 世纪 80~90 年代曾经出现的与社会思想文化对话或抗辩的情境。也就是说，"象牙塔"中的理论探讨与时代生活以及当下创作之间未能很好地建立起密切的关联，为研究而研究的"书斋化"倾向比较明显。

[①]　朱虹：《美国当前的"妇女文学"》，载于《世界文学》1981 年第 4 期。
[②]　参见谢玉娥编：《女性文学研究与批评论著目录总汇》（1978~2004），河南大学出版社 2007 年版。

毋庸置疑，文学的性别研究作为人文学术的组成部分是需要深厚的学理支撑的，但与此同时，性别视角之提出，这一考察文学的特定切入点之成立，本身即与人类社会的文化实践密不可分地联系在一起。可以说，以文学研究、文学批评的特有方式对文学文化活动中的性别现象作出回应，是自这一课题被提出之时即已内在包含的历史使命。然而，近些年来，尽管研究成果的数量不断增加，但是面对一些在大众层面影响广泛的带有性别意味的文学文化现象，以及各类媒介出于不同考虑对"性别"（特别是"女性"）表现出的浓厚兴趣，专业研究领域的作用并没有得到很好的发挥。例如，在关于"个人化写作"的讨论中，"女性文学"被等而下之地视为"身体写作"或"美女文学"，而批评界未能对此作出更为有效和有力的回应[1]。正是基于这样的现实，有学者尖锐指出："中国的性别研究逐渐萎缩为一种书斋里的存在，很大程度上丧失了介入现实、影响现实的能力。"[2] 这种情况之所以产生，重要原因之一在于现行学科管理所包含的评价体系客观上对研究者心态乃至价值观的影响。在评价体系所关联的现实利益的驱动下，研究者往往陷入浮躁、焦虑和急功近利的状态，学科意识被片面强化。学术评价体系的考量指标无形中成为指挥棒，研究者自觉关注的常常是如何才能在成果发表、立项、评奖、职称晋升等方面符合指标要求，而文学领域性别研究的人文关怀和社会责任这样的根本性问题或被淡忘。如若这样的情况演化为比较普遍的存在，就有可能加剧制度化的知识生产与具有社会实践能动性的性别主体之间两相脱节。

　　毫无疑问，在书斋里做学问是不可少的，文学研究也不应重新沦为实用主义的工具；但不容忽略的是，对于具有数千年历史的中华民族性别文化的深入把握，需要以开阔的生活视野、丰富的生活阅历以及深沉的文化思考和生命感悟做基础。当前，中国社会正处在全球风云变幻的历史进程中，意识形态和经济生活都在发生重大变化。处身其中的文学研究者，一方面，需要直面这样一个剧烈变动的时代带来的机遇和挑战，在专业活动中寻求安身立命和自我价值的实现；另一方面，需要保持清醒的头脑，自觉意识到本身的不足和局限。研究主体在可能的情况下，应当主动创造条件，沉潜到鲜活的时代生活中，真切体察"乡土中国"[3] 所孕育的民族文化在社会转型时代丰富、复杂、立体、胶着的存在状态，以多种方式介入当下的文学批评和中国文学史叙事，介入性别文化现象的阐释。从某种意义上说，只有研究主体达成与时代生活的深度关联，本学科领域的探索

---

[1] 贺桂梅：《当代女性文学批评的三种资源》，载于《文艺研究》2003年第6期。
[2] 董丽敏：《性别、语境与书写的政治》，人民文学出版社2011年版，第15页。
[3] "乡土中国"借用费孝通的概括。它某种意义上是传统文化的符号，指包含在具体的中国基层传统社会里的一种特具的体系，支配着社会生活的各个方面。

方可得到切实拓展。否则,我们将难免陷入"自说自话",既无法对性别与文学的关系做出恰当的评价,也无法为促进社会文明的健康发展做出应有的贡献。

说到底,当我们引进和借鉴国外各种性别理论时,不可不注意到它所拥有的生机恰恰来源于面对所处时代和社会生活所具有的人文关怀。也就是说,我们的研究不能仅仅满足于话语层面的变革,而是需要切实建立起与时代生活的有效关联。尽管学科建设确实受到管理体制方面的制约,但这不应成为放弃人文关怀和社会责任的理由。我们的研究只有深深植根于中华民族的历史和现实,才能从优秀传统文化的肌理和时代脉搏的跳动中汲取生命的活力,赢得良好的发展前景。

第二,改变重复性研究现象较多的状况,加强研究中的学风建设和学术创新能力。近三十年来,文学领域性别研究的成绩是有目共睹的。在此基础上,有价值的问题之发现,愈益成为推进研究深化的重要方面。然而,反思研究现状,可以说,重复性研究较多是一个比较明显的弱点。一方面,期刊、杂志、网络、书籍等各类媒介上有关性别的知识生产或传播空前发展,堪称兴旺;另一方面,出自本土、有新意、有创见的高质量成果并不多见。一些时候,某些"成果"虽然进入了专业数据统计,而实际上很大程度是对已有成果的拼贴组装;前人的研究工作得不到应有的尊重,学术不端现象时有发生。这就涉及学科建设中值得注意的端正学风和增强原创力问题。

毋庸置疑,人文社会科学研究离不开对前人成果的广泛涉猎和适当借鉴,所谓原创只是一个相对的概念,它强调的是在先前的基础上能够取得新的发现、新的突破。无论学科建设还是个人的学术发展,都来不得大跃进,只能靠踏实勤奋的努力。真正的学术精神是一种发自内心的诚笃、不懈地追求真理的精神。外部环境的改善,出版物数量的增多,并不意味着一定能够产出具有学术创新意义的成果,而低水平的重复甚或学术底线的失守,不仅造成研究资源的浪费,而且还会对学科声誉和未来发展产生负面影响。因此,加强研究实践中的学风建设,提升学术创新能力,对学科发展来说非常重要。

一般而言,人文学术的开拓创新主要体现在三个层面:一是资料的发掘;二是研究范式的创新;三是理论建构。性别与文学关系的探讨也是如此。

首先,从事具体研究离不开对相关材料的占有和消化,否则只能是无本之木,流于空疏。对性别研究来说,尽管有学者多年来在资料方面做了很多工作,但无论古代、近现代还是当代,相关资料的发掘整理仍有很大空间,很多事情需要一点一滴积累。另外,对已发掘出来并经过初步整理的材料,研究利用也远不够充分。值得一提的是,当前,在注重汉民族历史文献的同时,有必要加强对具有民族性、地方性质素的各种资料的发掘与关注。这原本就是考察中国文学的题中应有之义,而长期以来这一工作较为薄弱,只有为数不多的学者在研究中有所涉及。其间蕴含着新的学术生长点和增强原创性的契机。

其次，研究范式的创新对推进学术研究具有重要意义。在进行研究的过程中，承载学术的"框架"如果趋于僵化，不能根据问题视域的变化做出必要的调整，就会对学术的发展产生阻碍。对性别与文学的关系研究来说，根据考察对象和具体目标寻求合适的路径，探寻研究范式的创新，是一项十分艰巨的任务。托马斯·库恩在《科学革命的结构》一书中，将从事某一科学的研究者群体所共同遵从的世界观和行为方式称为"范式"。它大致可理解为：特定的学术群体在一定时期内基本认同并在研究中遵循的学术信念、原则体系和实践路线。对学科意义上的性别与文学研究来说，同样需要有自己的基本要素，比如公认的概念范畴、理论逻辑以及共同的学术理念和价值观等，这就涉及研究范式的构建。可以说，研究范式的生成及演变，某种意义上反映出学科成长的水平。

近三十年来，我们的研究主要是在借鉴和采用西方女性主义范式的实践中取得进展的。比如，在研究中强调性别差异，进而对文学活动和人类文化生存中的不平等现象做出分析批判。今后，如何超越二元对立思维以及对"性别"的本质主义理解，真正做到以一种有"性别"而不惟"性别"的更加宽广的视角去观察和阐释多姿多彩的文学现象，努力创造充满生机活力的研究范式，当成为学科建设自觉关注的一个方面。

再次，理论建构是学术创新的重要标志。它意味着以新的理念、观点和思路为核心，构建比较系统的理论体系。这样的体系并未割断与学科传统的联系，但在继承和超越中实现了具有特定人文价值的新的创造。就本学科的理论建设而言，"本土化"议题近年来颇为引人瞩目。其中所包含的理论建设的使命感无疑是可贵的。然而，所谓本土化是一个显示各种异质多样性和特定情境要素的过程，而非目的本身。从目前性别研究借鉴国外理论的实际情况来看，恐怕很难说我们现在已经拥有足够的积累和实力，短时间内即可一蹴而就。或许，当下最为切实的，是尽力铺好一砖一石，做好基础性工作。所谓一砖一石，是指结合具体问题所做的分析考察和理论提炼，同时也包括对传统中国性别研究理论资源的发掘、认知和利用。只有历史地把握中华民族性别文化的基本特征和多样形态，深入探讨在中国社会进程中性别与文学活动之间的具体联系以及这种联系的社会作用，才有可能进行富于深度的思考，做出新的理论概括。

应该说，追求原创性绝非轻而易举之事。它不仅与知识背景、思维方式、文化底蕴、研究传统、学术环境等因素有关，同时也需要研究者具有智慧、信念、自觉的批判意识和创造的激情。当前，中国社会在自身经历转型和面对外部种种挑战的情势下，呈现出问题丛生、纷繁复杂的状况。就文学研究者来说，面对商品经济以及娱乐传媒对传统意义上的文学活动产生深刻影响和极大冲击的现实，如何厘定文学研究的立场、问题与方法,努力穿透学科层级化体制的坚硬外壳,实现对现实的精深理解与真诚关怀,是一个需要认真对待的严峻课题。

毫无疑问,性别与文学研究的原创性离不开特定的时代背景。也就是说,它所面临的问题并非自身所独有,而是在文学研究界乃至整个学术界带有一定的共通性。不过,创造性地从事这方面的文学研究确又需要独特的前提——性别意识的自觉以及在两性平等观念主导下对性别文化传统和现状的认知。落实到研究中,就是强调从"女性/性别"的维度提出问题,结合中国文学的实际展开思考。

最后,在文学文化研究中,积极探求处理好性别分析与文学的审美性二者之间的关系。近年来,文学研究中比较常见的情况:一是立足于文本,将其作为一种精神文化现象,探寻其中包含的文化意味;二是以鲜明的文化批判意识为主导,借助对文学文本的评论介入现实,落脚点则在种族、阶级、性别或日常生活方式和意识形态话语等议题上。这两种情况都与文学有一定关联,但分别突出的是文化视角与文化批评,重心在于文化阐释而不是文学解读,对文学自身内在规律的研究未能得到深入的展开。在课题立项中这一倾向也相当明显。有学者对近年国家社科基金课题项目的情况进行统计,得出的结论是:在跨学科研究中,"文学性"实际上处在完全被消解的境地:"数据显示,'文学性'已在当代文学研究中面临危机,这直接导致研究者对文学人性论的漠然。"[1]

面对这样的情况,一些学者认为,把文学作为研究某种社会文化现象的突破口,能使文学研究超越单纯的文本解读,获得丰富的文化意蕴;这种文学研究向文化研究的位移,包含着让学术走出书斋,在介入文学文化的同时贴近社会现实的意味。另有学者在肯定文化研究积极意义的同时担忧文学审美的失落,对文学研究中出现的过分注重理论操作性、轻视文学审美经验性分析的倾向提出质疑,指出文学研究历来关注的"文学性"被漠视和丢弃,诸如审美、情感、想象、艺术个性一类文学研究的"本义"被放逐,这种文学研究"空洞化"的现象值得反思[2]。也就是说,如果过分强调文学作为某种文化权利符号的政治功能,有可能抹杀文学与其他文化形式的区别,使文本解读变成思想批判而毫无诗意可言[3]。另有学者提出,对于文学的文化研究来说,必须兼顾审美与现实,不能置诗情画意于不顾,因为这是文学的生命和魅力所在,无诗意或反诗意的文化批评是不足取的;进而主张以跨学科的文化视野把"内部研究"与"外部研究"贯通起来,建构一种植根于现实土壤的"文化诗学"。这种文化诗学具有现实性的品格,关注现实的社会文化问题,但又追求文学艺术的意义与价值。它既是文化的,又仍

---

[1] 牛学智:《我们的"文学研究"将被引向何处?》,载于《天津师范大学学报》2011年第6期。
[2] 温儒敏:《现当代文学研究中的"空洞化"现象》,载于《文艺研究》2004年第3期。
[3] 张毅、王园:《文学研究的价值取向与理论视阈》,载于《文史哲》2007年第6期。

然是诗学的，保持着文学诗情画意的审美特质，在文学阐释与文化分析二者之间形成折衷的互文关系[①]。这一观点在认同文学文本与其外部错综复杂的历史文化语境关联的同时，强调"诗意"，也即自觉葆有文学的审美特质。

对性别与文学的探讨来说，学界有关文化研究的讨论具有启发意义。实际上，自20世纪80年代大陆的女性文学研究兴起开始，如何处理"性别"与"审美"之间的关系问题就已提上议程。80年代中后期完成的《浮出历史地表》（孟悦、戴锦华著）和《二十世纪中国女性文学史》（盛英主编）两部著作，对这个问题的认知和把握各有不同；其后，研究者也就此做出了种种尝试。然而，要想在文学批评和文学史研究中真正做到兼顾性别与审美，在二者的融通中有机把握研究对象的整体，绝非易事。既然"性别"在人类社会生活中渗透在包括学术领域在内的方方面面，那么，文学中的性别现象如何在同审美活动的关联中与"其他"相区别，从而获得独特的意义？这一问题带来深深的困扰，也促使我们做出新的探索。

可以肯定的是，"性别与文学"这一命题的提出，决定了有关它的研究工作不可能仅仅局限在传统意义上的文学领域，而是包含了对跨学科研究的召唤。但这并不等于要取消现行的学科分野，而是试图寻求不同的学科之间在开展研究的过程中，围绕文学中的性别现象进行科际整合。这种整合包括对历史、哲学、社会学、心理学等人文学术成果的吸收借鉴，也包括与文化研究的互补。整合的精髓不在于简单的叠加，而在于各部分要素的有机结合，也即相互交叉、渗透，形成综合性的、有价值的整体。

文学研究重视文学文本，尤其是文本中艺术审美和艺术创造的个性和差异，偏重于对研究对象特点的探求；而文化研究所关注的往往是文学现象、文学文本背后的东西，特别是其中隐藏的权力关系。后者自有其积极意义和独特价值，但它只是作为研究方式之一，而不能取代对作为艺术审美创造的文学文本展开的探讨。这样的探讨需要研究者具备良好的艺术审美的能力以及对语言文学的感悟力和表达能力，体现了专业功能和素质。

对于文学的性别研究与文化研究之间的关系，或可这样理解：无论是将文学创作放到文化研究或思想史的场域中考察，还是利用文化研究与思想史的方法、角度来解读文学，都不是脱离文学，而是旨在探询文学活动与性别文化、性别观念的互动，也即是"从更开阔的背景中了解文学所依持的思维方式、想象逻辑及情感特质，以及这些文学想象和情感方式如何在特定的历史语境中形成带普遍性

[①] 童庆炳：《植根于现实土壤的"文化诗学"》，载于《文学评论》2001年第6期。

的社会心理现象"①。这种互动原本就是一种客观存在。对它的复杂内涵和机制进行深入探讨，有助于认识文学审美活动的意义和功能。这样的思路一方面不曾抛开文学的审美特质。另一方面没有将文学做封闭式的理解，而是打开视野，对文学本体以及与其联系紧密的文化问题做出一定的判断。当然，在此过程中把握好"文学"的立足点是必要的。因为任何事物总有其相对稳定的界线，学科研究同样如此。有些时候，界线可以模糊处理；但若完全打破，也就无异于取消了事物本身。

总之，性别与文学研究的生命力来自社会生活，它的意义和价值不是依凭小圈子里的孤芳自赏来体现，而是需要众多学人脚踏实地坚持不懈的长期努力。我们愿和大家一道，尽己所能，推动文学领域的性别研究。

---

① 温儒敏：《现当代文学研究中的"空洞化"现象》，载于《文艺研究》2004年第3期。

参 考 文 献

[1] 阿英编：《现代中国女作家》，北新书局1931年版。

[2] 陶秋英：《中国妇女与文学》，北新书局1933年版。

[3] 黄人影：《当代中国女作家论》，光华书局1933年版。

[4] 谭正璧：《中国女性文学史话》，百花文艺出版社1984年版。

[5] 张文杰等编译：《现代西方历史哲学译文集》，上海译文出版社1984年版。

[6] 李子云：《净化人的心灵——当代女作家论》，生活·读书·新知三联书店1984年版。

[7] 季红真：《文明与愚昧的冲突》，浙江文艺出版社1986年版。

[8] 李泽厚：《中国现代思想史论》，东方出版社1987年版。

[9] 赵园：《论小说十家》，浙江文艺出版社1987年版。

[10] 孟悦、戴锦华：《浮出历史地表》，河南人民出版社1989年版。

[11] 李小江：《夏娃的探索——妇女研究论稿》，河南人民出版社1988年版。

[12] 张寅德编选：《叙述学研究》，中国社会科学出版社1989年版。

[13] 陈平原：《中国小说叙事模式转变》，上海人民出版社1988年版。

[14] 禹燕：《女性人类学》，东方出版社1988年版。

[15] 陈平原、夏晓虹编：《二十世纪中国小说理论资料》（1897～1916年），北京大学出版社1989年版。

[16] 舒芜编录：《女性的发现——知堂妇女论类抄》，文化艺术出版社1990年版。

[17] 贾植芳主编：《中国现代文学的主潮》，复旦大学出版社1990年版。

[18] 谢无量：《中国妇女文学史》，中州古籍出版社1992年版。

[19] 张京媛主编：《当代女性主义文学批评》，北京大学出版社1992年版。

[20] 刘思谦：《娜拉言说——中国现代女作家心路纪程》，上海文艺出版社1993年版。

[21] 乔以钢：《中国女性的文学世界》，湖北教育出版社1993年版。

[22] 陶慕宁：《青楼文学与中国文化》，东方出版社1993年版。

[23] 陶东风：《文体演变及其文化意味》，云南人民出版社1994年版。

[24] 李小江、朱虹、董秀玉主编：《性别与中国》，生活·读书·新知三联书店1994年版。

[25] 罗钢：《叙事学导论》，云南人民出版社1994年版。

[26] 赵毅衡：《苦恼的叙述者——中国小说的叙述形式与中国文化》，北京十月文艺出版社1994年版。

[27] 李小江、朱虹、董秀玉主编：《性别与中国》，生活·读书·新知三联书店1994年版。

[28] 康正果：《女权主义与文学》，中国社会科学出版社1994年版。

[29] 盛英主编：《二十世纪中国女性文学史》，天津人民出版社1995年版。

[30] 刘慧英：《走出男权传统的藩篱——文学中男权意识的批判》，生活·读书·新知三联书店1995年版。

[31] 林树明：《女性主义文学批评在中国》，贵州人民出版社1995年版。

[32] 林丹娅：《当代中国女性文学史论》，厦门大学出版社1995年版。

[33] 鲍晓兰主编：《西方女性主义研究评介》，生活·读书·新知三联书店1995年版。

[34] 苏冰：《允诺与恐吓——20世纪中国性主题文学的文化透视》，太白文艺出版社1995年版。

[35] 齐文颖主编：《中华妇女文献纵览》，北京大学出版社1995年版。

[36] 刘纳：《颠踬窄路行》，作家出版社1995年版。

[37] 陈顺馨：《中国当代文学的叙事与性别》，北京大学出版社1995年版。

[38] 陈惠芬：《神话的窥破：当代中国女性写作研究》，上海社会科学院出版社1996年版。

[39] 罗苏文：《女性与近代中国社会》，上海人民出版社1996年版。

[40] 周宪：《中国当代审美文化研究》，北京大学出版社1997年版。

[41] 朱立元主编：《当代西方文艺理论》，华东师范大学出版社1997年版。

[42] 王一川：《通向本文之路》，四川人民出版社1997年版。

[43] 王晓明主编：《20世纪中国文学史论》，东方出版中心1997年版。

[44] 冯宪光：《"西方马克思主义"美学研究》，重庆出版社1997年版。

[45] 陈平原、钱理群等：《二十世纪中国小说理论资料（全五卷）》，北京大学出版社1997年版。

[46] 李银河主编：《妇女：最漫长的革命》，生活·读书·新知三联书店

1997年版。

[47] 王政、杜芳琴主编：《社会性别研究选译》，生活·读书·新知三联书店1998年版。

[48] 陈东原：《中国妇女生活史》，商务印书馆1998年版。

[49] 张岩冰：《女权主义文论》，山东教育出版社1998年版。

[50] 申丹：《叙述学与小说文体学研究》，北京大学出版社1998年版。

[51] 赵毅衡：《当说者被说的时候——比较叙述学导论》，中国人民大学出版社1998年版。

[52] 孟繁华：《1978：激情岁月》，山东教育出版社1998年版。

[53] 朱寿桐主编：《中国现代主义文学史》（上、下卷），江苏教育出版社1998年版。

[54] 祁述裕：《市场经济下的中国文学艺术》，北京大学出版社1998年版。

[55] 南帆：《文学的维度》，上海三联书店1998年版。

[56] 郭绍虞：《中国文学批评史》，百花文艺出版社1999年版。

[57] 刘宁元：《中国女性史类编》，北京师范大学出版社1999年版。

[58] 戴锦华：《隐形书写：90年代中国文化研究》，江苏人民出版社1999年版。

[59] 戴锦华：《犹在镜中：戴锦华访谈录》，知识出版社1999年版。

[60] 屈雅君：《执着与背叛：女性主义文学批评理论与实践》，中国文联出版社1999年版。

[61] 林贤治：《娜拉：出走或归来》，百花文艺出版社1999年版。

[62] 李洁非：《城市像框》，山西教育出版社1999年版。

[63] 陈晓明：《仿真的年代——超现实文学流变与文化想象》，山西教育出版社1999年版。

[64] 蒋梦麟：《西潮·新潮》，岳麓书社2000年版。

[65] 范伯群主编：《中国近现代通俗文学史》，江苏教育出版社2000年版。

[66] 吴士余：《中国文化与小说思维》，上海三联书店2000年版。

[67] 陈厚诚、王宁主编：《西方当代文学批评在中国》，百花文艺出版社2000年版。

[68] 方汉文：《后现代主义文化心理：拉康研究》，上海三联书店2000年版。

[69] 夏晓虹：《晚清社会与文化》，湖北教育出版社2001年版。

[70] 周策纵：《五四运动史》，岳麓书社2001年版。

[71] 许志英、邹恬主编：《中国现代文学主潮》，福建教育出版社2001年版。

[72] 王岳川：《中国镜像——90年代文化研究》，中央编译出版社2001年版。

[73] 陆扬、王毅选编：《大众文化研究》，上海三联书店2001年版。

[74] 夏晓虹：《晚清女性与近代中国》，北京大学出版社2002年版。

[75] 李玲：《中国现代文学的性别意识》，人民文学出版社2002年版。

[76] 陶东风：《社会转型期审美文化研究》，北京出版社2002年版。

[77] 张宏生、张雁编：《古代女诗人研究》，湖北教育出版社2002年版。

[78] 鲍震培：《清代女作家弹词小说论稿》，天津社会科学院出版社2002年版。

[79] 王晓明主编：《二十世纪中国文学史论》，东方出版中心2003年版。

[80] 乔以钢：《多彩的旋律——中国女性文学主题研究》，南开大学出版社2003年版。

[81] 阿英：《中国新文学大系·史料索引卷》，上海文艺出版社（影印本）2003年版。

[82] 钟雪萍、劳拉·罗斯克主编：《越界的挑战——跨学科女性主义研究》，上海社会科学院出版社2003年版。

[83] 王尔敏：《中国近代思想史论》，社会科学文献出版社2003年版。

[84] 乔以钢：《中国女性与文学》，南开大学出版社2004年版。

[85] 王绯：《空前之迹》，商务印书馆2004年版。

[86] 舒芜：《哀妇人》，安徽教育出版社2004年版。

[87] 夏晓虹：《晚清女性与近代中国》，北京大学出版社2004年版。

[88] 陈顺馨、戴锦华选编：《妇女、民族与女性主义》，中央编译出版社2004年版。

[89] 林树明：《多维视野中的女性主义文学批评》，中国社会科学出版社2004年版。

[90] 黄华：《权力，身体与自我：福柯与女性主义文学批评》，中国人民大学出版社2004年版。

[91] 程光炜主编：《都市文化与中国现当代文学》，人民文学出版社2005年版。

[92] 王政、陈雁：《百年中国女权思潮研究》，复旦大学出版社2005年版。

[93] 周宪：《审美现代性批判》，商务印书馆2005年版。

[94] 夏志清：《中国现代小说史》，复旦大学出版社2005年版。

[95] 杨莉馨：《异域性与本土化：女性主义诗学在中国的流变和影响》，北京大学出版社2005年版。

[96] 乔以钢：《中国当代女性文学的文化探析》，北京大学出版社2006年版。

[97] 艾晓明主编：《20世纪文学与中国妇女》，天津人民出版社2008年版。

[98] 张晓梅：《男子作闺音》，人民出版社2008年版。

[99] 胡晓真：《才女彻夜未眠——近代中国女性叙事文学的兴起》，北京大学出版社2008年版。

[100] 王侃：《历史·语言·欲望：1990年代中国女性小说主题与叙事》，广西师范大学出版社2008年版。

[101] 陈洪、乔以钢等：《中国古代文学文化的性别审视》，南开大学出版社2009年版。

[102] 刘思谦、屈雅君等：《性别研究：理论背景与文学文化阐释》，南开大学出版社2010年版。

[103] 张莉：《浮出历史地表之前——中国现代女性写作的发生》，南开大学出版社2010年版。

[104] 李欧梵：《现代性的追求》，人民文学出版社2010年版。

[105] 乔以钢等：《中国文学文化现象与性别》，南开大学出版社2012年版。

[106] 陈千里：《因性而别：中国现代文学家庭书写新论》，南开大学出版社2013年版。

[107] 刘堃：《晚清文学中女性形象及其传统再构》，南开大学出版社2015年版。

[108] ［美］韦勒克、沃伦：《文学理论》，刘象愚等译，生活·读书·新知三联书店1984年版。

[109] ［保］瓦西列夫：《情爱论》，赵永穆、范国恩、陈行慧译，生活·读书·新知三联书店1984年版。

[110] ［德］卡西尔：《人论》，甘阳译，上海译文出版社1985年版。

[111] ［美］W. 古德：《家庭》，魏章玲译，社会科学文献出版社1986年版。

[112] ［英］安纳·杰弗森等：《西方现代文学理论概述与比较》，陈昭全等译，湖南文艺出版社1986年版。

[113] ［美］丹尼尔·霍夫曼：《美国当代文学》，王逢振译，中国文联出版公司1986年版。

[114] ［英］霭理士：《性心理学》，潘光旦译，生活·读书·新知三联书店1987年版。

[115] ［德］H. R. 姚斯、［美］R. C. 霍拉勃：《接受美学与接受理论》，周宁、金元浦译，辽宁人民出版社1987年版。

[116] ［瑞士］荣格：《心理学与文学》，冯川苏译，生活·读书·新知三联书店1987年版。

[117] ［英］特里·伊格尔顿：《当代西方文学理论》，王逢振译，中国社会

科学出版社 1988 年版。

[118] [荷] 佛克马、易布斯：《二十世纪文学理论》，林书武等译，生活·读书·新知三联书店 1988 年版。

[119] [英] 弗吉尼亚·伍尔夫：《一间自己的屋子》，王还译，生活·读书·新知三联书店 1989 年版。

[120] [美] 坦娜希尔：《历史中的性》，童仁译，光明日报出版社 1989 年版。

[121] [德] 哈罗德·布鲁姆：《影响的焦虑》，徐文博译，生活·读书·新知三联书店 1989 年版。

[122] [英] 玛丽·伊格尔顿编：《女权主义文学理论》，胡敏等译，湖南文艺出版社 1989 年版。

[123] [美] 华莱士·马丁：《当代叙事学》，伍晓明译，北京大学出版社 1990 年版。

[124] [法] 丹纳：《艺术哲学》，傅雷译，安徽文艺出版社 1991 年版。

[125] [捷] 米兰·昆德拉：《小说的艺术》，唐晓渡译，作家出版社 1992 年版。

[126] [挪威] 莫依：《性与文本的政治——女权主义文学理论》，林建法、赵拓译，时代文艺出版社 1992 年版。

[127] [德] E. M. 温德尔：《女性主义神学景观》，刁承俊译，生活·读书·新知三联书店 1995 年版。

[128] [英] 玛丽·沃斯通克拉夫特、[英] 约翰·斯图尔特·穆勒：《女权辩护　妇女的屈从地位》，商务印书馆 1995 年版。

[129] [德] E. 卡西勒：《启蒙哲学》，顾伟铭等译，山东人民出版社 1996 年版。

[130] [美] 浦安迪：《中国叙事学》，北京大学出版社 1996 年版。

[131] [英] 弗里德里希·冯·哈耶克：《通往奴役之路》，王明毅等译，中国社会科学出版社 1997 年版。

[132] [美] 弗·杰姆逊：《后现代主义与文化理论》，唐小兵译，北京大学出版社 1997 年版。

[133] [荷] D. 佛克马、[荷] E. 蚁布斯：《文化研究与文化参与》，俞国强译，北京大学出版社 1997 年版。

[134] [英] 安东尼·吉登斯：《现代性与自我认同》，赵旭东、方文译，生活·读书·新知三联书店 1998 年版。

[135] [英] 安东尼·吉登斯：《民族—国家与暴力》，胡宗泽、赵力涛译，生活·读书·新知三联书店 1998 年版。

[136] [法] 西蒙娜·德·波伏娃：《第二性》，陶铁柱译，中国书籍出版社1998年版。

[137] [法] 让—伊夫·塔迪埃著，《20世纪的文学批评》，史忠义译，百花文艺出版社1998年版。

[138] [法] 福柯：《知识考古学》，谢强、马月译，生活·读书·新知三联书店1998年版。

[139] [美] 贝蒂·弗里丹：《女性的奥秘》，程锡麟、朱徽、王晓路译，北方文艺出版社1999年版。

[140] [美] 道格拉斯·凯尔纳、[美] 斯蒂文·贝斯特：《后现代理论——批判性的质疑》，张志斌译，中央编译出版社1999年版。

[141] [美] 凯特·米利特：《性的政治》，钟良明译，社会科学文献出版社1999年版。

[142] [德] 哈贝马斯：《公共领域的转型》，曹卫东译，学林出版社1999年版。

[143] [英] 迈克·费瑟斯通：《消费文化与后现代主义》，刘精明译，译林出版社2000年版。

[144] [英] 布莱恩·特纳：《身体与社会》，马海良、赵国新译，春风文艺出版社2000年版。

[145] [美] 凯瑟琳·巴里：《被奴役的性》，晓征译，江苏人民出版社2000年版。

[146] [英] 安吉拉·默克罗比：《后现代主义与大众文化》，田小菲译，中央编译出版社2001年版。

[147] [德] 齐奥尔格·西美尔：《时尚的哲学》，费勇等编译，文化艺术出版社2001年版。

[148] [美] 罗斯玛丽·帕特南·童：《女性主义思潮导论》，艾晓明译，华中师大出版社2002年版。

[149] [美] 苏珊·S.兰瑟：《虚构的权威：女性作家与叙述声音》，黄必康译，北京大学出版社2002年版。

[150] [英] 杰佛瑞·威克斯：《20世纪的性理论和性观念》，宋文伟、侯萍译，江苏人民出版社2002年版。

[151] [美] 罗斯玛丽·帕特南·童：《女性主义思潮导论》，艾晓明等译，华中师范大学出版社2002年版。

[152] 刘禾：《跨语际实践》，宋伟杰等译，生活·读书·新知三联书店2002年版。

[153]［德］恩格斯：《家庭、私有制和国家的起源》，中共中央马恩列斯著作编译局编，人民出版社2003年版。

[154]［英］诺曼·费尔克拉夫：《话语与社会变迁》，殷晓蓉译，华夏出版社2003年版。

[155]［美］约瑟芬·多诺万：《女权主义的知识分子传统》，赵育春译，江苏人民出版社2003年版。

[156]［日］木山英雄：《文学复古与文学革命》，赵京华编译，北京大学出版社2004年版。

[157]［美］高彦颐：《闺塾师》，江苏人民出版社2005年版。

[158]［美］苏珊·布朗米勒：《女性特质》，朱萍译，江苏人民出版社2006年版。

[159]［美］罗丽莎：《另类的现代性：改革开放时代中国性别化的渴望》，黄新译，江苏人民出版社2006年版。

[160]［美］朱迪斯·巴特勒：《性别麻烦——女性主义与身份的颠覆》，宋素凤译，上海三联书店2009年版。

[161]刘剑梅：《革命与情爱：二十世纪中国小说史中的女性身体与主题重述》，郭冰茹译，上海三联书店2009年版。

[162]［日］须藤瑞代：《中国"女权"概念的变迁——清末民初的人权和社会性别》，姚毅译，社会科学文献出版社2010年版。

[163]［美］朱迪斯·巴特勒：《身体之重：论"性别"的话语界限》，李钧鹏译，上海三联书店2011年版。

后 记

这部著作是教育部哲学社会科学重大课题攻关项目"性别视角下的中国文学与文化"的最终成果。此项研究开始于2006年,前后历经十年,是一次跨高校、跨学科合作的实践。在此过程中,取得了包括一系列学术著作和论文在内的阶段性成果。其间,南开大学出版社出版了"性别视角下的中国文学与文化"学术丛书10部,具体包括:

陈洪、乔以钢等:《中国古代文学文化的性别审视》(2009)

刘思谦、屈雅君等:《性别研究:理论背景与文学/文化的阐释》(2010)

张莉:《浮出历史地表之前——中国现代女性写作的发生》(2010)

乔以钢等:《中国现代文学文化现象与性别》(2012)

陈惠芬等:《现代性的姿容:性别视角下的上海都市文化》(2013)

陈千里:《因性而别——中国现代文学家庭书写新论》(2013)

陈宁:《身体观念与当代文学批评》(2014)

刘堃:《晚清文学中的女性形象及其传统再构》(2015)

[韩]李贞玉:《清末民初的"善女子"想象》(2016)

马勤勤:《隐蔽的风景:清末民初女性小说的多元书写(1898~1919)》(2016)

与此同时,在《中国社会科学》《文学评论》《中国现代文学研究丛刊》《南开学报》《文史哲》《中山大学学报》《厦门大学学报》《妇女研究论丛》等学术期刊上发表课题论文82篇。其中部分论文获国家级、省部级人文社会科学研究奖。首席专家自2005年开始在《南开学报》主持"性别视角下的中国文学与文化"专栏,该栏目每年定时刊出3期有关文学与性别研究的学术论文。这些工作为最终完成课题研究奠定了基础。2015年底课题组提交结项申请后,顺利通过教育部专家组的结项审查,质量鉴定为优秀。

在结项成果的基础上,我们吸收专家意见进行修改完善。整体设计及统稿工作由本人承担。各章作者中,著名学者、资深教授叶嘉莹先生和陈洪先生的热情支持对课题组是莫大的荣幸和鼓舞；陕西师范大学屈雅君教授、厦门大学林丹娅教授、北京语言大学李玲教授的真挚合作令人由衷感佩。其他参与者中，除张莉、李彦文两位先后在南开博士后流动站与本人合作研究外，均曾由本人指导攻读硕士、博士学位。近十年来，他们陆续走上工作岗位，分别任职于高校或传媒机构。现将各位参与撰稿的基本情况记录如下（首次出现时注明所在单位）：

第一章 第一节，乔以钢（南开大学）、陈千里（南开大学）；第二节，乔以钢；第三节，叶嘉莹（南开大学）；第四节，乔以钢、刘堃（南开大学）；第五节，1陈洪（南开大学）；2陈洪；3李贞玉（天津师范大学）；4刘堃。

第二章 第一节，刘堃；第二节，张莉（天津师范大学）；第三节，王爽（今晚报社）；第四节，陈千里；第五节，1李玲（北京语言大学）；2林丹娅（厦门大学）；3李玲；4陈千里。

第三章 第一节，乔以钢；第二节，乔以钢；第三节，傅建芬（河北省委党校）；第四节，李振（吉林大学）；第五节，1乔以钢、包天花（赤峰学院），2屈雅君（陕西师范大学），3乔以钢、刘堃，4李彦文（天津外国语大学）。

第四章 第一节，乔以钢；第二节，乔以钢；第三节，乔以钢、景欣悦（南开大学）；第四节，乔以钢；第五节，1屈雅君；2乔以钢、李振；3乔以钢、刘堃；4陈宁（南开大学）。

尽管我们做出了很大的努力，在有关性别与文学关系的探讨方面有所收获，但相对于这一问题本身的复杂性而言，目前所做工作只是基础性的。此次受篇幅所限，对结项成果的内容做了较大幅度的压缩，很多问题在这里未能涉及或更进一步展开，感兴趣的读者可参看课题研究已出版和发表的其他成果。

值此结项之际，衷心感谢一路走来在立项、研究和结项过程中给予我们指点和帮助的各位专家；感谢长期以来本领域诸多学者的研究为我们提供的学术滋养和启迪。还要特别感谢南开大学文学院宽松的学术环境、团结协作的良好氛围。三十年来，各位师长、同仁对我本人以及性别研究的开展给予了十分可贵的理解和支持。正是依托这样的学科平台，我们才能在性别研究方面不断前行。

乔以钢

2016年9月

教育部哲学社会科学研究重大课题攻关项目成果出版列表

序号	书　名	首席专家
1	《马克思主义基础理论若干重大问题研究》	陈先达
2	《马克思主义理论学科体系建构与建设研究》	张雷声
3	《马克思主义整体性研究》	逄锦聚
4	《改革开放以来马克思主义在中国的发展》	顾钰民
5	《新时期　新探索　新征程——当代资本主义国家共产党的理论与实践研究》	聂运麟
6	《坚持马克思主义在意识形态领域指导地位研究》	陈先达
7	《当代资本主义新变化的批判性解读》	唐正东
8	《当代中国人精神生活研究》	童世骏
9	《弘扬与培育民族精神研究》	杨叔子
10	《当代科学哲学的发展趋势》	郭贵春
11	《服务型政府建设规律研究》	朱光磊
12	《地方政府改革与深化行政管理体制改革研究》	沈荣华
13	《面向知识表示与推理的自然语言逻辑》	鞠实儿
14	《当代宗教冲突与对话研究》	张志刚
15	《马克思主义文艺理论中国化研究》	朱立元
16	《历史题材文学创作重大问题研究》	童庆炳
17	《现代中西高校公共艺术教育比较研究》	曾繁仁
18	《西方文论中国化与中国文论建设》	王一川
19	《中华民族音乐文化的国际传播与推广》	王耀华
20	《楚地出土戰國簡册［十四種］》	陈伟
21	《近代中国的知识与制度转型》	桑兵
22	《中国抗战在世界反法西斯战争中的历史地位》	胡德坤
23	《近代以来日本对华认识及其行动选择研究》	杨栋梁
24	《京津冀都市圈的崛起与中国经济发展》	周立群
25	《金融市场全球化下的中国监管体系研究》	曹凤岐
26	《中国市场经济发展研究》	刘伟
27	《全球经济调整中的中国经济增长与宏观调控体系研究》	黄达
28	《中国特大都市圈与世界制造业中心研究》	李廉水

序号	书　名	首席专家
29	《中国产业竞争力研究》	赵彦云
30	《东北老工业基地资源型城市发展可持续产业问题研究》	宋冬林
31	《转型时期消费需求升级与产业发展研究》	臧旭恒
32	《中国金融国际化中的风险防范与金融安全研究》	刘锡良
33	《全球新型金融危机与中国的外汇储备战略》	陈雨露
34	《全球金融危机与新常态下的中国产业发展》	段文斌
35	《中国民营经济制度创新与发展》	李维安
36	《中国现代服务经济理论与发展战略研究》	陈　宪
37	《中国转型期的社会风险及公共危机管理研究》	丁烈云
38	《人文社会科学研究成果评价体系研究》	刘大椿
39	《中国工业化、城镇化进程中的农村土地问题研究》	曲福田
40	《中国农村社区建设研究》	项继权
41	《东北老工业基地改造与振兴研究》	程　伟
42	《全面建设小康社会进程中的我国就业发展战略研究》	曾湘泉
43	《自主创新战略与国际竞争力研究》	吴贵生
44	《转轨经济中的反行政性垄断与促进竞争政策研究》	于良春
45	《面向公共服务的电子政务管理体系研究》	孙宝文
46	《产权理论比较与中国产权制度变革》	黄少安
47	《中国企业集团成长与重组研究》	蓝海林
48	《我国资源、环境、人口与经济承载能力研究》	邱　东
49	《"病有所医"——目标、路径与战略选择》	高建民
50	《税收对国民收入分配调控作用研究》	郭庆旺
51	《多党合作与中国共产党执政能力建设研究》	周淑真
52	《规范收入分配秩序研究》	杨灿明
53	《中国社会转型中的政府治理模式研究》	娄成武
54	《中国加入区域经济一体化研究》	黄卫平
55	《金融体制改革和货币问题研究》	王广谦
56	《人民币均衡汇率问题研究》	姜波克
57	《我国土地制度与社会经济协调发展研究》	黄祖辉
58	《南水北调工程与中部地区经济社会可持续发展研究》	杨云彦
59	《产业集聚与区域经济协调发展研究》	王　珺

序号	书　名	首席专家
60	《我国货币政策体系与传导机制研究》	刘　伟
61	《我国民法典体系问题研究》	王利明
62	《中国司法制度的基础理论问题研究》	陈光中
63	《多元化纠纷解决机制与和谐社会的构建》	范　愉
64	《中国和平发展的重大前沿国际法律问题研究》	曾令良
65	《中国法制现代化的理论与实践》	徐显明
66	《农村土地问题立法研究》	陈小君
67	《知识产权制度变革与发展研究》	吴汉东
68	《中国能源安全若干法律与政策问题研究》	黄　进
69	《城乡统筹视角下我国城乡双向商贸流通体系研究》	任保平
70	《产权强度、土地流转与农民权益保护》	罗必良
71	《我国建设用地总量控制与差别化管理政策研究》	欧名豪
72	《矿产资源有偿使用制度与生态补偿机制》	李国平
73	《巨灾风险管理制度创新研究》	卓　志
74	《国有资产法律保护机制研究》	李曙光
75	《中国与全球油气资源重点区域合作研究》	王　震
76	《可持续发展的中国新型农村社会养老保险制度研究》	邓大松
77	《农民工权益保护理论与实践研究》	刘林平
78	《大学生就业创业教育研究》	杨晓慧
79	《新能源与可再生能源法律与政策研究》	李艳芳
80	《中国海外投资的风险防范与管控体系研究》	陈菲琼
81	《生活质量的指标构建与现状评价》	周长城
82	《中国公民人文素质研究》	石亚军
83	《城市化进程中的重大社会问题及其对策研究》	李　强
84	《中国农村与农民问题前沿研究》	徐　勇
85	《西部开发中的人口流动与族际交往研究》	马　戎
86	《现代农业发展战略研究》	周应恒
87	《综合交通运输体系研究——认知与建构》	荣朝和
88	《中国独生子女问题研究》	风笑天
89	《我国粮食安全保障体系研究》	胡小平
90	《我国食品安全风险防控研究》	王　硕

序号	书　名	首席专家
91	《城市新移民问题及其对策研究》	周大鸣
92	《新农村建设与城镇化推进中农村教育布局调整研究》	史宁中
93	《农村公共产品供给与农村和谐社会建设》	王国华
94	《中国大城市户籍制度改革研究》	彭希哲
95	《国家惠农政策的成效评价与完善研究》	邓大才
96	《以民主促进和谐——和谐社会构建中的基层民主政治建设研究》	徐　勇
97	《城市文化与国家治理——当代中国城市建设理论内涵与发展模式建构》	皇甫晓涛
98	《中国边疆治理研究》	周　平
99	《边疆多民族地区构建社会主义和谐社会研究》	张先亮
100	《新疆民族文化、民族心理与社会长治久安》	高静文
101	《中国大众媒介的传播效果与公信力研究》	喻国明
102	《媒介素养：理念、认知、参与》	陆　晔
103	《创新型国家的知识信息服务体系研究》	胡昌平
104	《数字信息资源规划、管理与利用研究》	马费成
105	《新闻传媒发展与建构和谐社会关系研究》	罗以澄
106	《数字传播技术与媒体产业发展研究》	黄升民
107	《互联网等新媒体对社会舆论影响与利用研究》	谢新洲
108	《网络舆论监测与安全研究》	黄永林
109	《中国文化产业发展战略论》	胡惠林
110	《20世纪中国古代文化经典在域外的传播与影响研究》	张西平
111	《国际传播的理论、现状和发展趋势研究》	吴　飞
112	《教育投入、资源配置与人力资本收益》	闵维方
113	《创新人才与教育创新研究》	林崇德
114	《中国农村教育发展指标体系研究》	袁桂林
115	《高校思想政治理论课程建设研究》	顾海良
116	《网络思想政治教育研究》	张再兴
117	《高校招生考试制度改革研究》	刘海峰
118	《基础教育改革与中国教育学理论重建研究》	叶　澜
119	《我国研究生教育结构调整问题研究》	袁本涛 王传毅
120	《公共财政框架下公共教育财政制度研究》	王善迈

序号	书　名	首席专家
121	《农民工子女问题研究》	袁振国
122	《当代大学生诚信制度建设及加强大学生思想政治工作研究》	黄蓉生
123	《从失衡走向平衡：素质教育课程评价体系研究》	钟启泉 崔允漷
124	《构建城乡一体化的教育体制机制研究》	李　玲
125	《高校思想政治理论课教育教学质量监测体系研究》	张耀灿
126	《处境不利儿童的心理发展现状与教育对策研究》	申继亮
127	《学习过程与机制研究》	莫　雷
128	《青少年心理健康素质调查研究》	沈德立
129	《灾后中小学生心理疏导研究》	林崇德
130	《民族地区教育优先发展研究》	张诗亚
131	《WTO主要成员贸易政策体系与对策研究》	张汉林
132	《中国和平发展的国际环境分析》	叶自成
133	《冷战时期美国重大外交政策案例研究》	沈志华
134	《新时期中非合作关系研究》	刘鸿武
135	《我国的地缘政治及其战略研究》	倪世雄
136	《中国海洋发展战略研究》	徐祥民
137	《深化医药卫生体制改革研究》	孟庆跃
138	《华侨华人在中国软实力建设中的作用研究》	黄　平
139	《我国地方法制建设理论与实践研究》	葛洪义
140	《城市化理论重构与城市化战略研究》	张鸿雁
141	《境外宗教渗透论》	段德智
142	《中部崛起过程中的新型工业化研究》	陈晓红
143	《农村社会保障制度研究》	赵　曼
144	《中国艺术学学科体系建设研究》	黄会林
145	《人工耳蜗术后儿童康复教育的原理与方法》	黄昭鸣
146	《我国少数民族音乐资源的保护与开发研究》	樊祖荫
147	《中国道德文化的传统理念与现代践行研究》	李建华
148	《低碳经济转型下的中国排放权交易体系》	齐绍洲
149	《中国东北亚战略与政策研究》	刘清才
150	《促进经济发展方式转变的地方财税体制改革研究》	钟晓敏
151	《中国—东盟区域经济一体化》	范祚军

序号	书名	首席专家
152	《非传统安全合作与中俄关系》	冯绍雷
153	《外资并购与我国产业安全研究》	李善民
154	《近代汉字术语的生成演变与中西日文化互动研究》	冯天瑜
155	《新时期加强社会组织建设研究》	李友梅
156	《民办学校分类管理政策研究》	周海涛
157	《我国城市住房制度改革研究》	高 波
158	《新媒体环境下的危机传播及舆论引导研究》	喻国明
159	《法治国家建设中的司法判例制度研究》	何家弘
160	《中国女性高层次人才发展规律及发展对策研究》	佟 新
161	《国际金融中心法制环境研究》	周仲飞
162	《居民收入占国民收入比重统计指标体系研究》	刘 扬
163	《中国历代边疆治理研究》	程妮娜
164	《性别视角下的中国文学与文化》	乔以钢

……